ullstein

Das Buch

Die junge sympathische Grundschullehrerin Nicky Hobbs übernimmt eine neue Klasse. Schnell gewinnt sie die Schüler für sich, und der 10-jährige Oscar wächst ihr besonders ans Herz. Sie erfährt, dass die Mutter des sensiblen Kindes vor fünf Jahren ums Leben kam. Oscars Vater Mark arbeitet von morgens bis abends und kümmert sich kaum um seinen Sohn. Deshalb bestellt ihn Nicky zum Elternsprechtag – bei dem die beiden heftig aneinander geraten. Dennoch geht Nicky Oscars attraktiver Vater einfach nicht mehr aus dem Kopf. Aber Nickys Exfreund und Kollege Rob entwickelt wieder große Zuneigung für sie und gesteht ihr, dass er eine Trennung nie wollte. Nun weiß sie plötzlich nicht mehr, für wen ihr Herz schlägt. Und ihre fiese Kollegin Amanda mischt sich auch noch ein.

Die Autorin

Melissa Nathan arbeitete zehn Jahre als Journalistin, bevor sie sich ganz auf das Schreiben konzentrierte. Nach dem Sunday-Times-Bestseller *Die Nanny* und *Mit Milch und Zucker* ist *Liebe: leider ungenügend* ihr fünfter Roman. Kurz vor dessen Erscheinen verstarb Melissa Nathan leider viel zu früh.

Von Melissa Nathan sind in unserem
Hause bereits erschienen:

Die Nanny
Mit Milch und Zucker

Melissa Nathan

LIEBE: LEIDER UNGENÜGEND

Roman

Aus dem Englischen von
Ulrike Bischoff

Ullstein

Besuchen Sie uns im Internet:
www.ullstein-taschenbuch.de

Umwelthinweis:
Dieses Buch wurde auf chlor- und säurefreiem Papier gedruckt.

Deutsche Erstausgabe im Ullstein Taschenbuch
1. Auflage Februar 2009

Titel der amerikanischen Originalausgabe: *The Learning Curve*
(arrow books, Random House, London)
Umschlaggestaltung: HildenDesign, München
Titelabbildung: © Muriel de Seze / Digital Vision / Getty Images
Satz: Pinkuin Satz und Datentechnik, Berlin
Gesetzt aus der Excelsior
Druck und Bindearbeiten: CPI – Ebner & Spiegel, Ulm
Printed in Germany
ISBN 978-3-548-26904-7

FÜR JEREMY

Mein Bruder, dass du mich in einen Teppich
eingerollt hast, als ich ein Baby war,
hast du mehr als wettgemacht.
Danke für alles.

Zur Erinnerung an

REBECCA LAWSON, 1950–2004

KAPITEL 1

In Nicky Hobbs' Schlafzimmer war es still und dunkel. Die glatten Kleiderschranktüren und das passende Nachttischchen ließen keine Rückschlüsse auf den Inhalt zu. Mitten in ihrem ordentlichen Zimmer lag Nicky Hobbs ordentlich in ihrem Bett. Ihr Körper war nahezu reglos, bis auf die Lider, die wie Schmetterlingsflügel flatterten, als zitternde Zeichen der Traumwelt, die sich dahinter entfaltete. Denn dort wehte das Läuten entfernter Kirchenglocken zu ihr herüber wie auf einer sanften Brise, während sie in schweren Träumen in einer leeren Scheune lag. Plötzlich erschien in der offenen Tür die Silhouette des Knechts Pierre, dessen Mistgabel sich scharf gegen den kirschroten Himmel abzeichnete. Er starrte sie an und kam mit langsamen, sehnsüchtigen Schritten, die von geschmeidigen Hüften raunten, auf sie zu.

Mit einem Mal verwandelte er sich in Rob. »Hallo, Nickers«, sagte er augenzwinkernd. Schlagartig war sie hellwach.

Und allein.

Eine Hand landete – bang! – auf ihrem Wecker, und die entfernten Kirchenglocken, die sich verdächtig nach Weckerklingeln angehört hatten, wie ihr nun auffiel, verstummten. Unverzüglich schlug ihre andere Hand die Bettdecke zurück, denn Nicky Hobbs hatte nichts für Trödelei übrig. Ihr war klar, dass morgens aus dem Bett zu kommen in der Vorausschau wesentlich schlimmer erschien, als es tatsächlich war. Das galt für vieles im Leben. Für Hausaufgaben. Oder sich morgens die Haare zu machen. Oder die eigene Schwester zu besuchen. (Die einzige Ausnahme – denn jede Regel hatte ihre Ausnahme – waren Blind Dates. Nach ihrer Erfahrung war dabei die Vorfreude meist das Beste.) Das einzig Richtige war also, es in Angriff zu nehmen, dann hatte man das Schlimmste im Nu hinter sich.

Nach einer schnellen Dusche ging sie an ihren Kleiderschrank, öffnete die Tür und musterte sich in dem bodentiefen Spiegel mit einer Einstellung, mit der man einen Aufsatz korrigieren würde. Einen Aufsatz, der auf den ersten Blick durch die ordentliche Handschrift einen guten Eindruck machte, aber bei genauerem Hinsehen eine nachlässige Einstellung zur Grammatik offenbarte. Auf den ersten Blick hatte sie eine Figur mit den richtigen Kurven, die selbst in einem schäbigen Badetuch gut aussah, und ein gewinnendes herzförmiges Gesicht. Bei genauerem Hinsehen musste sie sich aber den Fakten stellen: Ihre geschwungenen Lippen waren trocken, ihre Haut leichenblass, und das Einzige, was aus ihren Augen strahlte, war ein gewisses Potential. Und dann noch ihr Haar. Sie starrte die kupferroten Locken an, die ihr vom Kopf abstanden wie in einer Werbung für Kopfschmerztabletten. Sie nickte kurz, nur um ihre Locken wippen zu sehen. (Denn selbst in verzweifelten Momenten konnte Nicky Hobbs das Leben noch von der komischen Seite sehen, und es gab kaum etwas Komischeres als ihre wippende Lockenpracht.) Sie erlaubte sich ein letztes tiefes Seufzen. Ach, wenn sie doch nur das Gewicht langer, glatter Haare auf ihrem Rücken spüren könnte!

Entschlossen kehrte sie dem Spiegel den Rücken und ging in die Küche.

Als sie vor ihrem Küchenfenster die Sonne blutrot durch dichte Baumkronen glühen sah, hätte sie beinahe innegehalten. Aber sie sagte sich nur lächelnd, dass es Vorteile hatte, so früh aufzustehen, und schaltete den Wasserkocher ein. Bis das Wasser kochte, machte sie sich ein Sandwich und einen Apfel für die Mittagspause zurecht und erlaubte sich erst anschließend, den Blick in den frühherbstlichen Morgenhimmel zu genießen. In solchen Momenten liebte sie ihre kleine, aber perfekt geschnittene Maisonettewohnung im ersten Stock. Als ihre Mutter vor achtzehn Jahren gestorben war, hatte sie ihren beiden Töchtern ein nettes Sümmchen hinterlassen. Ihr Vater hatte das Geld in eine Sparanlage mit hoher Verzinsung angelegt, eine der umsichtigsten Maßnahmen, die er je für seine Töchter getroffen hatte. Und als Nicky sich nach ihrer ersten Eigentumswohnung umgesehen hatte, hatte sie genug Eigenkapital beisammen, um eine Neubauwohnung in einem Teil Nordlondons zu ergattern, der sich zu einem der gefragtesten Viertel entwickeln sollte. Jedes Zimmer bot ihr Ausblicke in den Himmel, der ständig die Farbe wechselte. Die Natur war etwas Wunderbares, Erstaunliches, dachte sie, bevor sie wieder ins Schlafzimmer ging und versuchte, ihr Haar zu bändigen.

Nach viertelstündigem Gezerre war sie fertig. Ihre Frisur war zwar nicht wesentlich besser, aber doch anders, dachte sie stirnrunzelnd. »Könnte besser sein«, sagte sie ihrem Spiegelbild im Garderobenspiegel mit einem kurzen, entschiedenen Nicken. Als sie ihre Aktentasche nahm und hinausging, mahnte sie sich, dass man nicht immer in allem »sehr gut« abschneiden musste. Manchmal war es ganz gesund, etwas zu haben, worauf man hinarbeiten konnte. Schließlich brauchte man Ziele im Leben. Nur so hielt man die Bereitschaft zu lernen wach, und Lernen war etwas Gutes.

Die junge Frau von nebenan überholte sie auf dem Gehweg mit einem flüchtigen Gruß. Ihre langen blonden Haare glänzten auf ihrem Rücken wie poliertes Gold. Nicky strich sich über ihr noch feuchtes Haar. Die Spitzen kräuselten sich schon wieder. Sie hatte diese Frau noch nie leiden können.

Sie stieg in ihr Auto, stellte ihre Tasche auf den Beifahrersitz, knallte die Tür zu, holte ihr Handy heraus, schaltete es auf die Freisprechanlage, nahm ihr Schminktäschchen aus dem Handschuhfach und legte es sich auf den Schoß. »In Ordnung«, murmelte sie, während sie mit einer Hand den Motor anließ und mit der anderen einen Eyeliner herauskramte, »ich will ein ›Sehr gut‹.«

Nicky liebte ihr Auto. Für sie war es mehr als nur ein Fahrzeug, es war eine Art Boudoir auf Rädern. Im Kofferraum lagen ihre Lieblingshüte, Schals und zwei Paar lange, enge Lederstiefel, die hier mehr Platz hatten als in ihrem Kleiderschrank oder in ihrer Diele. Das Handschuhfach war vollgepackt mit ihrem Schminktäschchen, Taschentüchern, Nagellack und ihrer Ohrringsammlung. Dieses »Boudoir« war organisch gewachsen (wie alle guten Boudoirs). Angefangen hatte es als Außenposten für die Male, an denen ihr frühmorgens die Zeit knapp geworden war, und hatte sich allmählich zum idealen Ort entwickelt, um ihr Make-up, ihre Haare und ihre Accessoires zu richten und dabei in Ruhe Radio zu hören. Die Fahrt zur Arbeit war zwar nicht lang, aber der Londoner Verkehr und die ewigen Baustellen sorgten dafür, dass sie immer reichlich Zeit hatte, alle diese Dinge zu erledigen. Eigentlich wohnte sie nahe genug an der Schule, dass sie zu Fuß hätte gehen können, aber selbst wenn sie am Vorabend keine Hefte korrigiert hatte, musste sie immer einiges mitschleppen – außerdem saß sie gern in ihrem Boudoir. Der einzige Nachteil war, dass Umleitungen und Schlaglöcher manchmal für einen verwackelten Lidstrich sorgten.

Das war auch heute Morgen nicht anders. In den meisten Schulen fing heute der Unterricht wieder an, und wie üblich gab es zwei neue Baustellenampeln und eine Umleitung. Nachdem sie ihrer Schwester eine SMS geschickt und die Nachrichten im Radio gehört hatte, blieb ihr noch Zeit, Eyeliner in zwei Farben, Mascara und Lippenstift (zweimal) aufzutragen und drei verschiedene Paar Ohrringe auszuprobieren, bevor sie die Schule erreichte.

Als sie den Wagen auf dem Schulparkplatz abgestellt hatte und gerade mit einem letzten Blick in den Rückspiegel ihr Aussehen noch einmal überprüfen wollte, bekam sie eine SMS von Ally. Grinsend fragte sie sich, ob Ally wohl schon im Lehrerzimmer sein mochte.

Morgen! Schon auf?

Sie simste zurück, dass sie bereits auf dem Schulparkplatz stand, und bekam sofort Antwort: *Streberin! Koch schon mal Kaffee.*

Sie schüttelte den Kopf.

Nach einem flüchtigen Blick in den Rückspiegel und noch etwas Mascara war sie fertig. (Ein letzter prüfender Blick war immer wichtig, bevor man abgab, wie sie ihren Schülern oft eintrichterte.) Sie erlaubte sich den Anflug eines Lächelns, als sie Robs Wagen in der Parktasche sah, die der Schule am nächsten war. Dann räumte sie ihr Boudoir auf und stieg aus. Stille.

Lächelnd betrachtete sie den breiten, sanft geschwungenen Weg, der zum Eingang der Schule führte. Unter ihren eleganten, aber bequemen Pumps gab der weiche Asphalt angenehm nach. Rechts, vor den Klassenräumen der jüngeren Schüler, standen Koniferen, die nach einem Regen himmlisch dufteten. Links vom Weg lagen die Schulhöfe. Auf dem Boden prangten in verblassten Regenbogenfarben die Ziffern von 1 bis 10 neben der entsprechenden Anzahl Insekten, gefolgt von den Buchstaben des Alphabets mit passenden Tierbildern. Die Freifläche war zugleich Schulhof der Vorschulklasse. Sie konnte sich nicht mehr erinnern, wer sie zum ersten Mal »die Lernkurve« genannt hatte – wahrscheinlich Ally oder Pete –, aber der Name passte hervorragend. Am Ende stand das imposante Schulgebäude aus rotem Backstein mit hohen Bogenfenstern und einer großen, einladenden Tür. Nicky ging immer etwas langsamer, sobald es in Sicht kam. Über den leeren Schulhof hinweg schien das Gebäude ihr vor Möglichkeiten förmlich zu pulsieren. Langsam überquerte sie den Schulhof, um den Moment hinauszuzögern, in dem die Emotionen hinter den Details zurücktraten. Dabei fiel ihr auf, dass dies ein besonderer Augenblick war. Nicky Hobbs liebte besondere Augenblicke.

Sie war eine junge Lehrerin, die das sechste Schuljahr (Zehn- bis Elfjährige) unterrichtete, war gerade dreißig geworden, arbeitete in ihrem Traumberuf und stand am Anfang eines neuen Schuljahrs mit einer Klasse mit phantastisch lernbegierigen Schülern. Sie liebte ihren Beruf und wusste, dass sie gut darin war. Ihre noch immer jugendliche Energie war zunehmend gepaart mit Selbstvertrauen in ihre fachliche Kompetenz. Sie hatte gute Freunde, war gesund und besaß eine eigene Wohnung. Außerdem hatte sie im Sommer drei Pfund abgenommen und passte wieder in ihren Lieblingsrock. Das Leben war schön. Sie erlaubte sich ein kindliches Grinsen, das ihre Schüler bis Weihnachten nie an ihr zu sehen bekamen. Sie besaß einfach alles.

Plopp.

Der Augenblick war vorbei. Unwillkürlich knabberte sie an ihrer Unterlippe. Na gut, vielleicht nicht alles, sagte sie sich, aber es gab viele, die schlechter dran waren als sie. Sie schob das Bild ihrer Schwester beiseite, das plötzlich vor ihrem inneren Auge auftauchte.

Als sie die Schultür öffnete, begegnete sie Rob Pattison, dem Lehrer des fünften Schuljahrs. Sie grinsten sich an.

»Nix!«, rief er.

»Prattison!«, rief sie.

Das Schuljahr hatte angefangen.

»Ist sonst schon jemand da?«, fragte sie, als sie an der Glasfront des leeren Sekretariats vorbei zum Lehrerzimmer gingen. Wie immer, bevor die Kinder eintrudelten, herrschte in der Schule eine Totenstille, die Nicky äußerst gespenstisch fand. Es brauchte nur ein Kind hereinzurasen, um das Gebäude zum Leben zu erwecken. Bis dahin kam es ihr vor, als bewege sie sich in einem verbotenen Traum. Aber sobald die ersten Kinder kamen, stieg der Lärmpegel stetig, ihr spontanes Lachen hallte durch die geschlossenen Türen der Klassenzimmer, ihr inbrünstiger Gesang aus dem Musikraum, ihre aufgeregten Schreie und Rufe vom Sportplatz und ihr wildes Getrappel durch die Korridore, die mit der Mahnung *GEHEN, NICHT RENNEN!* tapeziert waren. Das alles machte die einzigartige Geräuschkulisse einer Schule aus, weil Erwachsene wohl schon vor Jahren vergessen hatten, wie man solche Geräusche machte.

Nicky schaute stur geradeaus, während sie und Rob den Korridor entlanggingen, nur ab und an wandte sie den Kopf, um durch eine offene Tür zu schauen. Sie vermied es, den Blick in seine Richtung zu wenden, obwohl sie genau wusste, dass er sie jedes Mal ansah, wenn er etwas sagte. Sie hatte schon lange aufgehört, sich zu fragen, wieso sie nach all diesen Jahren noch immer diese Spielchen mit ihm treiben musste. Es war einfach mädchenhafter Stolz, eine kleine Schwäche, die sie sich erlaubte.

»Natürlich ist noch niemand da«, sagte Rob, als sie am Fotokopierer vor dem Büro des Finanzverwalters vorbeikamen. »Faules Pack.« Er grinste sie von oben herab an.

»Nicht mal Amanda?« Nun schaute sie ihn doch an und bedachte ihn mit einem wissenden Lächeln. Sie sah, wie seine Lippen zuckten.

»Nicht mal Amanda«, sagte er. Mehr nicht.

Sie öffnete die Tür zum Lehrerzimmer und bemühte sich, das flaue Gefühl im Magen zu ignorieren, das sich dabei immer einstellte. »Ich muss noch ein paar Poster holen«, murmelte sie vor sich hin.

Das Lehrerzimmer der Grundschule Heatheringdown, London N10, war der reinste Traum eines Fernsehproduzenten. Staatliche Gelder schafften es nie bis hierher, da es ja praktisch noch nicht in sich zusammengefallen war. Es war klein und quadratisch, aber wegen seiner hohen Decke, unter der man bequem ein Zwischengeschoss hätte einziehen können, alles andere als gemütlich. Rundherum standen alte, niedrige Sessel, auf denen man nur mit eingeklemmtem

Zwerchfell sitzen konnte. In der Raummitte lag ein Teppich, dessen Farben bis zur völligen Unkenntlichkeit verblasst waren. An einer Wand befand sich eine Küchenzeile, die aussah, als habe sie auf dem Weg zum Sperrmüll hier eine Pause gemacht. An einer anderen Wand stand eine Reihe kleiner Spinde mit Vorhängeschlössern. Im Grunde war der Raum ein überdachter Müllcontainer.

Nicky schaute auf die Uhr: 7.30 Uhr. Ihr blieb noch eine halbe Stunde, um vor der ersten Morgenkonferenz mit der Rektorin in ihre Klasse hinaufzuspringen und sich wieder mit ihrer interaktiven Tafel vertraut zu machen. Von dieser Konferenz wollte sie keine Minute verpassen, denn es standen spannende Entscheidungen bevor: Am Ende des vergangenen Schuljahres hatte Miss Fotheringham, die Konrektorin und Lehrerin der Vorschulklasse (Vier- bis Fünfjährige), überraschend mitgeteilt, dass sie in Ruhestand gehen würde. Sie hatte ihren Beruf erstaunliche dreißig Jahre lang ausgeübt, davon nahezu 25 Jahre im selben Rock. Nach ihrer schockierenden Mitteilung am vorletzten Schultag hatte Miss James ihrem Kollegium erklärt, sie werde gleich zu Beginn des nächsten Schuljahres die Nachfolge regeln, bis dahin sollten sie die Sache vergessen und ihre Ferien genießen, da sie vorerst ohnehin nichts unternehmen könnten. Alle fanden einmütig, dass diese Haltung ihrem typischen »Teamgeist« entsprach. So konnten sechs Lehrer ihre Ferien beschwingt durch die Aussicht auf eine mögliche Beförderung im nächsten Schuljahr genießen, ohne sich im Sommer mit Konkurrenzdruck oder Bewerbungsgesprächen herumschlagen zu müssen.

Die Grundschule Heatheringdown würde also in diesem Schuljahr nicht nur einen neuen Kollegen für die Vorschulklasse bekommen, sondern auch ein bisschen Spannung über die Besetzung der Konrektorenstelle erleben. Nicky fragte sich, ob sie wohl einen männlichen Kollegen bekämen. Sie könnten durchaus noch einige Männer im Kollegium gebrauchen.

Als sie wieder ins Lehrerzimmer kam, nachdem sie ein bisschen mit ihrer interaktiven Tafel herumgespielt hatte, war das gesamte Kollegium der Grundschule Heatheringdown eingetrudelt. Sieben Lehrerinnen und Lehrer und fünf Schulassistentinnen stritten sich um den Wasserkocher, hockten mit den Knien in Augenhöhe in den Sesseln, erzählten von ihren Ferien und machten die alten Witzchen, wie froh sie seien, wieder in der Schule zu sein. Und eine neue Lehrerin für die Vorschulklasse tat so, als fände sie das lustig.

Nicky schaute sich um. Ihre ältere Schwester Claire hatte einmal gesagt, neunzig Prozent der Ehen begännen als Romanzen am Arbeitsplatz. Wenn Nicky an diese Statistik dachte, fragte sie sich, wo die restlichen zehn Prozent ihren Partner wohl kennenlernten. Sie sollte bald anfangen, diese Orte aufzusuchen, wo immer sie sein mochten. Denn unter den sieben Vollzeitlehrkräften waren nur drei Männer: Ned, Pete und Rob.

Pete war natürlich wunderbar, aber nicht gerade geeignetes Material für Liebesbeziehungen. Er war zierlich, fast schon schmächtig, gerade mal eins achtundsechzig groß und sah in manchen Hosen aus, als hätte er keinen Hintern. Ally und Nicky fragten sich oft, ob ihm das Sitzen nicht weh tun müsse. Sein Gesicht wirkte wie mit einem feinen Pinsel gemalt: hellblaue Augen mit zarten Wimpern, weiche Lippen und kleine, gleichmäßige Zähne. Wäre er eine Frau, dann hätten alle Männer den Wunsch verspürt, ihn zu beschützen. Aber als Mann war er praktisch unsichtbar. Er war Robs bester Freund, rechte Hand und immer für einen Scherz gut.

Rob war ein völlig anderes Kaliber. Allen war selbstverständlich klar, dass Rob Pattison, der die fünfte Klasse mit den Neun- bis Zehnjährigen unterrichtete, der bestaussehende Mann der Schule war. Auch ihm war das klar. Um gerecht zu sein, musste man einräumen, dass es ihm schwergefallen wäre, es nicht zu wissen. Denn ganz abgesehen von der Reaktion der Frauen auf ihn, gab es ja auch noch Spiegel. Rob war groß, dunkelhaarig, breitschultrig und gutaussehend.

Alle, die Robs und Nickys Geschichte nicht kannten, also alle bis auf Ally und Pete, hatten den Eindruck, dass Nicky als Einzige an der Schule gegen Rob Pattison immun war. Und sie war die einzige Frau, die dem Rob-Radar entging, das heißt, die er nicht als potentielle Kerbe an seinem Bettpfosten behandelte, sondern wie eine enge, respektierte Freundin und Vertraute.

Diejenigen, die wie Ally und Pete ihre Geschichte kannten, hatten zuweilen den Eindruck, dass Nicky und Rob nur eine Auszeit von einer Beziehung nahmen, die vor sieben Jahren begonnen – und abrupt geendet – hatte und in die sie eines Tages wieder hineinschlüpfen würden wie in einen alten Socken.

»Sei vorsichtig«, hatte Ally Nicky einmal gewarnt, nachdem sie in einer Mittagspause heftig geflirtet hatten, »die Leute werden reden.«

»Sei nicht albern!«, hatte Nicky leichthin gelacht. »Das ist doch nur freundschaftliches Geplänkel. Er ist für mich wie ein Bruder.«

»Würde ich meinen Bruder so angucken, dann würden meine Eltern den Sozialdienst rufen«, hatte Ally mit ernster Miene geknurrt.

Die schlichte und zuweilen unbequeme Wahrheit war, dass Nicky und Rob eine schillernde Geschichte hatten, die ihrer Freundschaft einen speziellen Glanz verlieh. Eine weitere nackte Tatsache war, dass es leider Rob war, der sie beendet hatte.

Und das war für Nicky ein Problem (wie sie Ally oft erklärte), weil alle annahmen, da sie nicht Schluss gemacht hatte, wäre sie immer noch in dieser Beziehung, wenn sie die Wahl hätte. Aber nackte Tatsachen erzählten nicht immer die ganze Geschichte. Ja, praktisch hatte Rob vor Jahren, nur zwei Wochen nach Nickys dreiundzwanzigstem Geburtstag, nach einem halben Jahr Schluss gemacht. Ja, damals hatte sie geglaubt, sie könne ebenso gut sterben, werde nie wieder Liebe finden und könne ihren Traum aufgeben, je zu heiraten und eine Familie zu gründen.

Aber das war lange, lange her. Sieben Jahre! Ein ganzes Leben! Heute war sie ein völlig anderer Mensch. Als glückliche, dreißigjährige Karrierefrau fragte sie sich heute sogar manchmal erleichtert, ob sie ihn damals nicht unbewusst dazu getrieben hatte, eine Beziehung zu beenden, von der ihr tief im Inneren klar war, dass sie im Grunde zum Scheitern verurteilt war.

Denn schließlich hatte sie mit nur 23 Jahren dem damaligen College-Romeo, den sie anbetete (und der sich so dramatisch in sie verliebt hatte, dass er sie ein ganzes Jahr umworben hatte und ihr dann für die längste Zeit seines bisherigen Lebens treu geblieben war), erklärt, wenn er ihr nicht versprechen könne, sie zu heiraten, bevor sie 25 werde, und ihr die Kinder zu schenken, nach denen sie sich verzweifelt sehnte, gebe es für sie keine Zukunft. Wie hätte sie ahnen sollen, dass er nicht auf die Knie fallen und ihr einen Antrag machen würde, sondern ihre Anrufe eine Woche lang ignorieren und dann Schluss machen würde? Und das nach seinen wunderbar formulierten Liebesschwüren! Nach diesen herrlichen Liebesnächten und -morgen! Nachdem sie ihre Lieblingsbücher getauscht (sobald er versprochen hatte, die Rückenbindung nicht kaputtzumachen) und Heimlichkeiten an den Rand gekritzelt hatten! Welche junge Frau hätte nach alldem einen solchen Ausgang ahnen können?

Aber auch in diesem Fall erzählten die Fakten nicht die ganze Geschichte, denn er hatte so wunderbar Schluss gemacht, dass sie beinahe glaubte, ihm bräche es mehr das Herz als ihr. Beinahe. Er war weinend zusammengebrochen, hatte beteuert, sie habe mehr verdient, er sei nicht der Richtige für sie, weil er nie, niemals heiraten und Kinder haben wolle. Dafür habe die kaputte Ehe seiner Eltern gesorgt. Er hatte ihr erklärt, weil er sie so sehr liebe, könne er nicht zulassen, dass sie die besten Jahre ihres Lebens an einen Mann vergeude, der ihr letztlich nicht geben könne, was sie brauche. Er hatte ihr versichert, er habe sie mehr geliebt als jede andere Frau in seinem Leben (und da er ein Jahr älter war, sprach er aus Erfahrung) und werde sie nie vergessen. Er hatte sich von ihr versprechen lassen, dass sie immer Freunde bleiben würden. Die Trennung hatte sie schockiert und traumatisiert, aber nicht beschämt.

Erstaunlicherweise hatten sie es tatsächlich geschafft, Freunde zu bleiben. Vier Jahre später, als sie beide fertig ausgebildete Lehrer mit einer gewissen Berufserfahrung waren, hatte Rob erfahren, dass an einer Schule zwei Stellen frei wurden. Er hatte Nicky davon erzählt, sie hatten sich beide beworben und gleichzeitig begeistert ihre Stellen angetreten. Und so waren sie vor drei Jahren als Busenfreunde an die Grundschule Heatheringdown gekommen. Hier hatte sie sich mit Ally und er sich mit Pete angefreundet.

Nicky konnte nicht umhin, festzustellen, dass Rob sich seit dem Ende ihrer Beziehung zwar auf viele Liebschaften und One-Night-Stands, aber nie wieder auf eine echte Beziehung eingelassen hatte. Sie selbst hatte einen oder zwei Versuche unternommen, die aber nicht lange gedauert hatten. Rob hatte sich höchst interessiert an ihrem Ausgang, aber nicht sonderlich beunruhigt gezeigt. Allerdings hatte er in dieser Zeit immer angefangen, sich sacht vorzutasten. Gesprächsweise hatte er fallenlassen, seine Einstellung zu Kindern habe sich allmählich geändert, ob sie am Vorabend auch die Sendung über Adoption im Fernsehen gesehen habe und dass dieses niedliche kleine Mädchen fast in ihm den Wunsch wecke, Vater zu werden. Er hatte laut überlegt, wie ihre Kinder wohl aussehen würden: ganz süß mit Ringellöckchen und Grübchen und so weiter und so fort.

Diese wenig hilfreichen Bemerkungen und ihr lockeres, freundschaftliches Geplänkel nach ihrer Beziehung sorgten dafür, dass Nicky, wenn sie ganz ehrlich war – was meist ein gewisses Quantum Wein erforderte –, eine einfache, aber beunruhigende Frage nicht beantworten konnte: Wenn Rob wieder mit ihr anbandeln wollte, würde sie ja oder nein sagen?

Für ein Nein sprachen handfeste Argumente. Nach sieben Jahren hatte sie gegen ihn als Partner wesentlich mehr Bedenken als mit Anfang zwanzig, als sie noch unerfahren war. Damals hatten seine ständigen sexuellen Eroberungen ihn leidenschaftlich und lustbetont erscheinen lassen, heute wirkte er dadurch nur noch zynisch und übersättigt. Außerdem fand sie seine Lebensweise zutiefst unattraktiv. Er hatte nahezu zehn Jahre lang bedeutungslose Liebeleien einem sinnvollen Liebesleben mit einer Frau vorgezogen, die er geliebt hatte (falls seine Schwüre der Wahrheit entsprochen hatten) und die ihn geliebt hatte. Die endlose Kette von Affären, auf die er sich nach ihrer Beziehung eingelassen hatte und nach wie vor voller Elan einließ, zeigte überdeutlich, dass sie völlig verschiedene Prioritäten im Leben setzten. Wenn sie heute zurückblickte, fragte sie sich, wie Rob es mit Anfang zwanzig geschafft hatte, ihr sechs Monate lang treu zu bleiben – falls es denn tatsächlich so war.

Aber das war es nicht allein. Im Laufe der Jahre hatte sie gemerkt, dass sich hinter der draufgängerischen Maske eigentlich ein grausamer Zug verbarg. Er brach Herzen so skrupellos, wie andere Leute Eier köpften. Er konnte Menschen hänseln, bis sie weinten. Und mit einem einzigen Blick vermochte er jeden erstarren zu lassen. Er war scharfsichtig, geistreich und klug, aber manchmal setzte er diese attraktiven Eigenschaften als Waffe ein. Dass er es bei Nicky (in letzter Zeit) nicht getan hatte, machte es nicht verzeihlicher, lediglich leichter zu verteidigen.

Und dann war da sein Aussehen. Nicky fand es längst nicht mehr so umwerfend wie früher. Er sah zwar immer noch gut aus, aber irgendwie hatte er sich von dem wegentwickelt, was sie anfangs so zu ihm hingezogen hatte. Sie hatte sich in den schlaksigen Gang eines verlorenen kleinen Jungen und die schiefen Schultern seiner verlegenen Jimmy-Dean-Haltung verliebt. Seitdem war er breitschultriger geworden, stellte sich der Welt stämmig entgegen und hatte die jungenhafte Unsicherheit verloren, die ihre Knie früher beim ersten Blick hatte weich werden lassen.

Obwohl es also eine Tatsache war, dass er sie verlassen hatte, beschlich sie manchmal das Gefühl, dass sie Glück gehabt hatte, noch mal davongekommen zu sein. Die Vorstellung, was passiert wäre, wenn sie so jung geheiratet hätten, hatte eigentlich etwas Erschreckendes.

In Augenblicken der Einsicht verspürte sie sogar eine gewisse Dankbarkeit, dass er zu einer Zeit, als sie von der Verheißung auf einen märchenhaften Sie-lebten-glücklich-bis-ans-Ende-Ausgang geblendet war, eine so reife, weitsichtige Entscheidung über ihrer beider Leben getroffen hatte. Mittlerweile hatte sie jahrelang bei Freunden – und natürlich bei ihrer Schwester, die jung geheiratet und Kinder bekommen hatte – erlebt, was nach dem Happy End kam, und wusste, dass viele heute unglücklich waren. Manchmal beneidete sie sie um ihre wunderbaren Kinder, aber sie hätte nicht behaupten können, dass sie sie um ihr Leben beneidete. Dank seiner Entscheidung war sie also heute eine glückliche, erfüllte Dreißigjährige, die nicht die besten Jahre ihres Lebens an den Falschen verschwendet hatte. Stattdessen hatte sie einen Beruf, der sie ausfüllte und ihr eine befriedigende Zukunft versprach, und hatte die erregendste Zeit der Liebe und Ehe noch vor sich statt endgültig hinter sich.

Was konnte also dafür sprechen, ja zu ihm zu sagen? Darüber hatte sie zwei Theorien. Zum einen war die Trennung bei allen anderen Beziehungen vor und nach Rob von ihr ausgegangen. Da Rob als Erster Schluss gemacht hatte, war ihr jede Möglichkeit genommen, je zu erfahren, was passiert wäre, wenn er es nicht getan hätte. Hätte sie sich vielleicht von ihm getrennt, nur drei Jahre später, oder hätten sie inzwischen vier wunderbare Kinder, einen Golden Retriever und zwei Meerschweinchen? Sie steckte in der ewigen Klemme aller Verlassenen, die immer emotional mit einer schlechtverheilten Narbe leben mussten, weil jemand die Wunde genäht hatte, als er mit halbem Blick bereits zur Tür hinaus war.

Wenn sie und Ally gelegentlich mehr Wein tranken, als an einem Werktag ratsam war, legte sie gern ihre boshaft wilden Rachepläne dar, wie sie Rob herumkriegen wollte, sich mit ihr zu verabreden, nur um zu beweisen, dass sie nein sagen konnte und endgültig über ihn hinweg war.

Ally lehnte diese hirnrissige Theorie immer vehement ab.

»Nein«, erklärte sie kopfschüttelnd und schlug, je nach Weinpegel, mit der Faust auf den Tisch. »Wenn du das tätest, würdest du genau das Gegenteil beweisen!«

»Wieso?«

»Wenn du dein Leben lang versuchst, ihn für dich zu interessieren, nur damit du ihn zurückweisen kannst, beweist du damit, dass du gerade nicht über ihn hinweg bist, oder?«

»Das versuche ich gar nicht mein Leben lang«, kreischte Nicky dann.

»Seit sieben Jahren«, platzte Ally heraus.

»Ich möchte es einfach nur wissen«, polterte Nicky zurück.

»Aber das ist doch genau der Punkt! Wenn du über ihn hinweg wärst, bräuchtest du das gar nicht! Es wäre dir schnurzegal.«

»Doch, bräuchte ich wohl«, schrie Nicky dann. »So bin ich nun mal.«

»Wie? Masochistisch?«

»Nein! Durch und durch organisiert. Ich habe gern alles sauber und ordentlich. Ich muss das Buch zuklappen, die Schublade zumachen. Unbeantwortete Fragen kann ich nicht leiden. Ich brauche einen klaren Schlussstrich.«

»Du brauchst Hilfe«, lautete gewöhnlich Allys Antwort. »Versteh mich nicht falsch. Ich mag Rob, aber er ist nicht der Richtige. Hättest du mit ihm Kinder, dann würdest du dich fragen, wieso sie aussehen wie alle anderen in Nordlondon. Vermutlich hat er schon fünfzig Kinder gezeugt. Nur weiß er nichts davon.«

»Puuuh«, erwiderte Nicky darauf. »Dann hab ich ja gerade noch mal Glück gehabt.«

»Genau«, beendete Ally das Thema. »Wo ist der Korkenzieher?«

Nickys zweite Theorie, warum sie ja sagen könnte (die sie nicht einmal Ally gegenüber zugab), war wesentlich beunruhigender und fiel ihr meist spätabends ein, wenn sie allein war: Sie besagte, dass alle ihre triftigen guten Gründe, nein zu sagen, bloße Ausflüchte waren. Sie protestierte einfach zu viel. Sie war eine Ein-Mann-Frau, und Rob war einfach der Richtige für sie. Der wahre Grund, weshalb sie mit ihm befreundet war, bestand darin, dass er ihr mehr als Freundschaft nicht anbot. Sollte er je versuchen, wieder mit ihr anzubandeln, würde sie umfallen wie eine Fliege: seine einfachste Eroberung aller Zeiten. Immer wenn dieser erschreckende Gedanke auftauchte und sie in einen Strudel der Zweifel und Verwirrung stürzte, zwang sie sich, sich Allys Reaktion auszumalen und sich Vernunft einzureden.

Gott sei Dank hatte sie Ally. Sie sorgte dafür, dass Nicky vernünftig blieb, was einiges hieß. Ally hatte die Seele eines Engels, den Witz eines amerikanischen Sitcom-Autors und die Geduld einer Heiligen. Nach Nicky war sie die beliebteste Lehrerin der Schule. Alle Kinder mochten sie. Leider steckten alle ihre wunderbaren Eigenschaften in einem Körper, auf den ein Bullterrier stolz gewesen wäre. Ally besaß Schultern, für die Pete sein Leben gegeben hätte. Neben ihr wirkte jedes Fass schmächtig. Erst bei genauerem Hinsehen bemerkte man die Wärme in ihren Augen, die Grübchen in ihren strahlenden Wangen und ihr ansteckendes Lachen.

Als Nicky wieder ins Lehrerzimmer kam, standen die anderen in ihrer üblichen Ecke neben den Spinden. Rob lehnte an einem Spind und sah aus wie der Zuchthengst der Schule. Pete und Ally musterten Martha, die neue Lehrerin der Vorschulklasse.

»Ich würde sagen, sieben von zehn Punkten«, erklärte Pete.

»Hmm«, entgegnete Rob. »Eher vier.«

»Na ja, deine Maßstäbe können sich nicht alle leisten«, entrüstete sich Pete.

Ally schaute die beiden stirnrunzelnd an. »Wisst ihr eigentlich, wie beleidigend ihr seid? Eine Frau aufgrund eurer beschränkten westlichen Schönheitsideale auf eine Punktzahl zu reduzieren?«

»Klar«, antwortete Pete, ohne den Blick von der jungen Frau zu wenden. »Wie sollte ich mich sonst überlegen fühlen?«

Ally schaute ihn achselzuckend an. »Aufgrund deiner Punktzahlen bei Videospielen?«

Er sah sie an. »He, mach mir nicht mein zweitliebstes Hobby kaputt.«

Sie beobachteten Martha eine Weile. Es war ihre erste Vollzeitstelle. Sie war ein bisschen nervös, sehr jung und sehr lächelnd. Sie trank ihren Kaffee und hörte sich mit lächelnder Traurigkeit die Witzchen aller anderen an, als sei jeder Spaß aus ihrem Leben geschwunden. Unterdessen bewiesen alle anderen das ganze Ausmaß ihrer Langweiligkeit, indem sie sich ehrlich aufgeregt zeigten, dass sie hier war.

»Du wirst dich bald an uns gewöhnen«, erklärte Ned, der Lehrer des dritten Schuljahrs, ihr immer wieder wie eine stolze alte Eule.

»Ja, bestimmt«, bestätigte Gwen, die Lehrerin des zweiten Schuljahrs, kopfnickend. »Und an unsere albernen kleinen Marotten. Ich nehme an, es ist ein bisschen wie an deinem ersten Schultag.«

Alle grölten vor Lachen, weil es ja tatsächlich ihr erster Tag an der Schule war, wie sie ihr erklärten, und als Gwen merkte, was sie gesagt hatte, brachen wieder alle in Gelächter aus.

Als Nicky versuchte, sie mit Marthas Augen zu sehen, fiel ihr nach langer Zeit mal wieder auf, wie deprimierend das Kollegium als Ganzes doch war. Ihr Blick begegnete Robs, und sie grinsten sich verstohlen an. Als sie den Blick abwandte und er sich am anderen Ende des Lehrerzimmers mit Amandas traf, entschloss sie sich zu lächeln. Ein Fehler, denn Amanda fasste das als grünes Licht auf, sich zu ihnen zu gesellen.

Während Amanda auf die Gruppe zukam, bemühte Nicky sich, den Blick von ihrer glänzenden schwarzen Mähne zu lösen, was ihr aber nicht gelang. Langes, dickes, glattes Haar in der Farbe von Ebenholz rahmte Amandas Gesicht ein. Und als ob das noch nicht reichte, war sie auch noch groß und gertenschlank, ganzjährig sonnengebräunt und hatte Beine bis zu den Achselhöhlen. Sämtliche Männer taten so, als stünden sie nicht auf Amanda, weil es sie so durchschaubar gemacht hätte. Sämtliche Frauen taten so, als ob sie Amanda nicht verabscheuten, weil sie dadurch armselig gewirkt hätten.

Aus Gründen, die niemand verstand, schwelgte Rob zwar ausgiebig in Amandas Reizen und ihrer wohltuenden Wirkung auf ihn, spielte seine üblichen Spielchen mit ihr, flirtete, neckte sie, schürte ihre Erwartungen ins Unermessliche, ließ aber keine Taten folgen. Vielleicht wurde er einfach älter. Vielleicht sparte er sich diese Eroberung für eine besondere Gelegenheit auf. Oder es lag daran, dass sie kaum einmal den Mund aufmachte, ohne etwas Biestiges über andere zu sagen. Oder der Gruppenzwang war selbst für ihn zu stark, weil die Clique sich so erbarmungslos über sie das Maul zerriss. Amanda hatte sich bemüht, in ihre Clique zu kommen, war aber immer abgeblitzt. Vermutlich weil die meisten der Clique wussten, dass sie nur auf eins aus war.

»Hallo zusammen«, sagte Amanda und schaute Rob an.

»Hallo«, antwortete Rob strahlend.

»Was haltet ihr von dem Neuzugang?«

»Nett«, meinte Pete. »Ihre Augen gefallen mir.«

»Hübscher Hintern«, sagte Rob. »Reizt, seine Zähne reinzugraben.«

Amanda drehte sich um, angeblich um Martha zu mustern, und brachte damit ihre Hüften und Oberschenkel in ihrer neuen Jeans zur Geltung. Sie gähnte, wobei sie sich ganz langsam reckte und ihren flachen, glatten, weichen Bauch zur Schau stellte. Beide Männer starrten auf ihre straffe braune Haut und schnell wieder auf ihr Gesicht. Martha, ihre Augen und ihr Hintern waren vergessen.

Um fünf vor acht kam die Rektorin ins Lehrerzimmer, das damit seinen Mittelpunkt fand. Es war unmöglich, nicht auf Miss James' Herzlichkeit zu reagieren. Sie war ebenso überdreht wie eindrucksvoll und hatte es geschafft, dass diese staatliche Schule im Laufe der Jahre bei Mittelschichteltern ein hohes Ansehen genoss. Es war fast ausschließlich Miss James zu verdanken, dass die Postleitzahl dieses bescheidenen Londoner Stadtteils mittlerweile als Gewinnzahl im Lotto galt.

In der Schule trug sie stets lange Röcke, Stiefel mit hohen Absätzen und schwere Halsketten mit exotisch wirkenden Steinen, die gegen ihre juwelenbesetzte Brillenkette klimperten. Unter dem Arm trug sie eine alte Schultasche, die förmlich vor Papieren und Akten platzte, und ihr schulterlanges, gewelltes Haar hüpfte um ihr rundes, freundliches Gesicht. Sie leitete die Schule seit zwanzig Jahren und war vermutlich verrückt.

»Guten Morgen, Team«, rief sie in der Tür und strahlte übers ganze Gesicht.

»Guten Morgen, Miss James«, erwiderte das gesamte Kollegium.

»So!«, sagte sie und bahnte sich über die Taschen und Kaffeebecher am Boden einen Weg zu ihrem Platz an der Küchenzeile. »Sind wir auch alle froh, froh, froh, wieder hier zu sein?« Ihr Kollegium antwortete mit einem Lachen. »Schön, schön, schön, *schön.*« Strahlend stellte sie ihre Schultasche ab, legte Mantel und Schal ab und setzte ihre Brille auf die Nasenspitze. Plötzlich stockte sie und nahm ihre Brille wieder ab.

»Guten Morgen, Martha!«, rief sie und breitete die Arme in Richtung der jungen Frau aus. »Hat man Sie willkommen geheißen?«

Martha bejahte die Frage.

»Gut, gut, gut, *gut.*« Sie reichte Martha ihren Mantel. »Hier kommt Ihre erste Aufgabe an der Grundschule Heatheringdown. Hängen Sie meinen Mantel auf, seien Sie bitte so lieb.«

Schallendes Gelächter ertönte. Miss James setzte ihre Brille wieder auf und zog einen A4-Schreibblock aus ihrer Schultasche. Die Notizen darauf waren so unleserlich, dass sie wie die Kritzelei eines Vorschulkindes aussahen. Sie musterte sie einen Moment, bevor sie aufschaute und den Blick ihrer großen, halbmondförmigen Augen zielgenau ausrichtete. Wieder nahm sie die Brille ab.

»Ned, wären Sie so nett?«, sagte sie und hielt ihm den Stift für die Weißwandtafel hin.

Ned sprang auf und löste beinahe eine Lawine aus Tee und Doppelkeksen aus. Fast ballettreif tänzelte er über die Beine seiner sitzenden Kollegen hinweg, nahm den Stift seiner geschätzten Rektorin an und ließ sich von ihr den Stundenplan diktieren, den er in perfekt geschwungenen Buchstaben an die Tafel schrieb. Nicky fragte sich, ob seine wunderschönen Kleinbuchstaben ihm wohl den Konrektorenposten eintragen würden. Sie bemerkte, wie Roberta und Gwen, die Lehrerinnen des ersten und zweiten Schuljahrs, sich beäugten. Sie wetteiferten ständig um die größte Opferrolle. Roberta war unförmig dick, hatte ein Gesicht wie ein Ballon, der Luft verloren hatte, und ein Doppelkinn mit aktivem Eigenleben. Wenn sie nur zwinkerte, tanzte es schon an ihrem Hals Conga. Ihr Mann hatte sie vor zwanzig Jahren verlassen, was sie noch immer kränkte, und ihr Sohn war an seinem achtzehnten Geburtstag ausgezogen. Gwen hatte kurzes orangerotes Haar, knallrot angemalte Lippen, bunte, baumelnde Ohrringe und ein verhaltensgestörtes Kind. Roberta hob vielsagend die Augenbrauen, worauf Gwen sich betont räusperte. Nicky schaute wieder zu Ned.

Er unterrichtete das dritte Schuljahr, was er gut machte, während alle älteren Schüler ihn gepiesackt hätten. Jeden Tag schickte seine Frau ihn mit einem Lunchpaket in die Schule, und täglich rief er sie mittags an, um ihr dafür zu danken und seinen Butterbrotbelag mit ihr zu diskutieren. Nicky mochte ihn sehr, hatte aber mit Ally abgemacht, sich von ihr erschießen zu lassen, falls sie je so werden sollte wie er.

Miss James war mit ihrer Liste der anstehenden Aufgaben für den heutigen Tag fertig und schaute alle an. »Gut. Eine Stunde, um sich mit unseren nervösen kleinen Rangen anzufreunden, und anschließend kommen wir alle zur morgendlichen ... Morgenandacht zusammen.« Es gab gutmütiges Gelächter. »Viel Glück, Team!«

Nicky kramte Haarband und Brille aus ihrer Tasche, band ihr Haar zu einem festen Pferdeschwanz zusammen und setzte ihre schicke schwarzgerandete Brille auf. Anfangs hatte sie ihr Haar nur zur Morgenandacht zusammengebunden, wenn es besonders unbändig war, hatte es sich aber bald zur Gewohnheit gemacht. Selbst am ersten Morgen eines neuen Schuljahrs, wenn alle Lehrkräfte eine entscheidende Stunde Zeit hatten, ihre neuen Schüler vor der ersten Morgenandacht zu begrüßen, präsentierte sie sich mit Pferdeschwanz und Brille. Das vermittelte den Kindern gleich den richtigen Eindruck von ihr. Sie hatten sie bisher immer nur in der Morgenandacht oder während der Pause erlebt, aber nie im Klassenzimmer, und glaubten daher, sie sei durchgängig streng und verziehe keine Miene. Es wäre also eine angenehme Überraschung für sie, wenn sie nett und lustig war. In den ersten Wochen des Schuljahres fiel es ihr immer schwer, die Kinder nicht mit »Schätzchen« oder »Liebes« anzureden. Aber wenn eine Lehrerin zu früh damit anfing, witterten Kinder Schwächen, was selbst die nettesten zwangsläufig ausnutzten. Kinder mussten bei Lehrerinnen Autorität spüren. Im Laufe des Schuljahrs sollten sie ganz allmählich in kleinen Dosen erfahren, dass sie auf ihrer Seite stand, und es wie den Hauch frisch gemähten Grases im Sommerwind empfinden.

Das Klassenzimmer des sechsten Schuljahrs lag am Ende des Korridors im oberen Stock mit Blick auf den Schulhof. Nicky, vielmehr Miss Hobbs, hielt die Tür auf und ließ ihre neue Klasse an sich vorbeidefilieren. Dreißig nervöse Zehn- und Elfjährige waren völlig überwältigt von der neuen Situation.

»Setzt euch erst mal da hin, wo ihr wollt«, sagte sie. »Die Sitzordnung regeln wir später. Vorerst haben wir Wichtigeres zu tun.«

Sie beobachtete, wie jedes Kind mehr über sich verriet, als wenn sie heimlich in ihren Kinderzimmern gelauert hätte. Jede Klasse besaß ihre eigene komplexe Hierarchie, die am einfachsten festzustellen war, wenn man zusah, welche Sitzordnung die Kinder wählten. Dreißig Kinder stürmten an die fünf Tischgruppen mit jeweils sechs Plätzen, um sich neben ihre besten Freunde und weit weg von ihren Feinden zu setzen. Sie sah, wie Kinder schwächere Klassenkameraden mit brutaler Gewalt, Persönlichkeit oder unverhohlener Grausamkeit ausstachen; sah Mädchen, die sich an der Hand hielten, sich gegenseitig Plätze frei hielten und glücklich umarmten, während die anderen um sie herumrasten. Sie sah die Schwärmerei im hoffnungsvollen Blick eines Jungen, als er eine amazonenhafte

Zehnjährige anschaute, und vorgetäuschten Hass zwischen einem Jungen und einem Mädchen, die Rücken an Rücken an verschiedenen Tischen mitten im Raum gelandet waren und miteinander rangelten. Sie wartete, bis alle sich gesetzt hatten, bevor sie so leise redete, dass alle still sein mussten, um sie zu verstehen. Dann bedachte sie ihre Schüler mit einem strahlenden Lächeln und sagte die magischen Worte:

»Hallo! Ich bin Miss Hobbs und möchte euch gern kennenlernen.«

Das löste immer aufgeregtes Gemurmel aus. Alle hatten ein leeres Blatt Papier vor sich liegen, und sie forderte sie nun auf, »zehn aufregende Dinge über mich« aufzuschreiben, die sie anschließend vorlesen sollten. Während dieser Arbeit rutschten einige Schüler aufgeregt hin und her, andere kauten nachdenklich an ihren Stiften, und Nicky erfuhr wieder mehr über sie, als wenn sie die Kinder stundenlang ausgefragt hätte. Als sie fertig waren, stand eins nach dem anderen auf und las seine zehn aufregenden Dinge vor. Die Stunde verging im Nu. Als es Zeit für die Morgenandacht war, hatte sie ihre Kids schon für sich eingenommen, indem sie sich einfach nur für sie interessiert hatte. Das neue sechste Schuljahr hätte seine neue Lehrerin fast bis aufs Messer verteidigt.

Das fünfte Schuljahr hatte nicht ganz so viel Glück. Mr Pattison war ein strenger Lehrer, der das Topmanagement im Auge hatte und manchmal dazu neigte, seine Schüler nicht wie Kinder, sondern wie die untere Managementebene zu behandeln. In der ersten Stunde erklärte er seinem neuen Team gewöhnlich, was er in dem neuen Job von ihnen erwartete. Ganz oben auf der Agenda stand Ruhe, als Zweites kam synchronisiertes Aufstehen, sobald er die Klasse betrat (»wer weiß, was synchronisiert heißt?«), als Drittes natürlich harte Arbeit und als Viertes Pünktlichkeit. Der zehnte Punkt lautete »keine Sperenzchen«, und die restlichen Punkte gingen auf immer im Nebel der Langeweile unter. Im Grunde erwartete er eine Menge von ihnen, und bis zur Morgenandacht bestand daran bei keinem seiner Schüler mehr der geringste Zweifel. Neds Schülern war im zarten Alter von sieben bis acht Jahren bereits nach einer Stunde klar, dass sie aus härterem Holz geschnitzt waren als er. Vor Nervosität über seine Lage wurde er rot, stammelte und kicherte. Wären die meisten von ihnen nicht ebenfalls vor Nervosität rot geworden, hätten gestammelt und gekichert, wäre er verloren gewesen. Aber den schwersten Stand hatte Martha, die Neue. Ihre Schüler hatten das letzte Jahr noch im Schoß ihrer Familie verbracht und erlebten es als reinsten Alptraum, dass die Schule, im Gegensatz zu Zauberern und Monstern, tatsächlich existierte. Der Schreck über diese neue Realität saß bei ihnen noch tiefer als bei ihr. Sobald ein Kind zu weinen aufhörte, fing das nächste an. Zwei machten sich in die Hose, eins musste sich übergeben, und die kleine Josephine O'Marney klemmte sich den Fuß in ihrem Stuhl ein und glaubte, sie würde nie wieder herauskommen. Sie weinte, bis sie in die Hose machte und sich gleichzeitig übergab. Es war die reinste Feuertaufe, aber bis zur Morgenandacht hatte Martha Selbstvertrauen in ihrem neuen Job gefasst. Im Lehrerzimmer mochte sie die Neue sein, im Klassenzimmer war sie Bionic Woman.

Als die ganze Schule sich nach der ersten Stunde auf den Weg zur Morgenandacht machte, spürte Nicky einen Stich in der Schulter. Zuerst dachte sie, es sei Rob, aber es war Miss James, die sie mit einem stumpfen

Bleistift pikste. »Würden Sie bitte nach dem Unterricht kurz bei mir hereinschauen, Nicola, Liebes?«, raunte sie. »Punkt vier Uhr.«

Abrupt wandte sie sich ab. Nicky sah, dass Rob sie beobachtete, während er mit geübtem Blick seine mucksmäuschenstillen Schüler im Auge behielt. Er hob fragend eine Augenbraue. Sie ging in die Turnhalle und sah ein Meer eifriger kleiner Gesichter, das bis an die Turngeräte am Ende des Saales reichte. In der kühlen Luft verschränkte sie die Arme und spürte ein leichtes Prickeln im Bauch.

Als das sechste Schuljahr wieder in seiner Klasse saß, bemerkte es eine subtile Veränderung an seiner neuen Lehrerin. Sie wirkte bestimmter, strenger, ein bisschen lehrerinnenhafter als vorher.

Nicky bedachte ihre Klasse mit einem flüchtigen Blick und schlug das Klassenbuch auf, als zöge sie in einem Western eine Schusswaffe. Ohne Vorwarnung verlangte sie von ihnen, nach der richtigen alphabetischen Reihenfolge aufzustehen und ihre Namen zu nennen. Der Schreck war fast hörbar. Keine Hilfe. Keine Unterstützung. Ganz allein. Nicky war klar, dass es sich wesentlich schwieriger anhörte, als es tatsächlich war. Jedes Kind wusste, wer in der Namensliste unmittelbar vor ihm stand. Dieser Trick hatte noch nie versagt. Ihr half er, sich die Namen der Kinder schneller einzuprägen, und ihre Klasse fühlte sich ein bisschen übertölpelt, auf dem falschen Fuß erwischt und würde sie von Anfang an ernst nehmen. Das funktionierte jedes Mal.

Als sie fertig waren, gönnte sie ihnen ein kleines Lächeln.

»Seht ihr«, sagte sie beinahe verführerisch, »ihr seid

jetzt in der sechsten Klasse und könnt die Anwesenheitsliste selbst durchgehen.«

Als sie ihre Brille abnahm (sie war nur ein bisschen kurzsichtig und brauchte sie kaum), wusste sie, dass die Kinder sich über ihre neuen Tische hinweg anschauten. Ohne aufzusehen, rief sie einen der Jungen am hintersten Tisch auf und hielt ihm dreißig Arbeitsblätter hin.

»Würdest du diese bitte austeilen, jedem eins?«

Als er zwischen den Tischen hindurch auf sie zukam, lächelte sie ihn an. »Du hast ja wohl nicht geglaubt, dass du dich da hinten verstecken kannst, oder?«, sagte sie scherzhaft.

Er lächelte sie verlegen an. Als er die Arbeitsblätter nahm, hielt sie sie fest und wartete, bis er zu ihr aufsah.

»Wie bitte?«, fragte sie sanft.

»Nein.«

Mit der Andeutung eines Lächelns um die Lippen hob sie eine Augenbraue.

»Nein, Miss Hobbs«, sagte er.

Sie lächelte ihn aufrichtig an und ließ die Arbeitsblätter los.

»Vielen Dank, Marcus.«

Sie beschäftigte die Klasse, bis es zur Mittagspause klingelte, und gönnte ihnen erst anschließend etwas Erholung, indem sie mit ihnen in die Bibliothek ging, wo sich alle ein Buch aussuchen durften, das sie (still) jeden Morgen vor der Überprüfung der Anwesenheitsliste lesen sollten.

Um Punkt 15.15 Uhr, also fünf Minuten vor Schulschluss, schaltete sie die Weißwandtafel aus, setzte sich auf den Rand ihres Pults und fragte ihre Schüler, wie sie sich nach ihrem ersten Tag im sechsten Schuljahr fühlten. Ein Junge fand es aufregend, jetzt der Größte der ganzen Schule zu sein. Lachend schlug sie vor, eine Größentabelle aufzuhängen, auf der alle sehen konnten, wie viel sie im Laufe des Jahres wuchsen. Ein Mädchen erklärte, sie habe heute Morgen ein bisschen Angst gehabt. Als Nicky nachhakte, wovor sie Angst gehabt habe, antwortete das Mädchen kleinlaut, vor ihr. Lachend erklärte Nicky, sie werde ihnen eins der bestgehüteten Geheimnisse der Schule verraten.

»Nur die Schüler der sechsten Klasse wissen, dass ich ein echter Softie bin, wenn sie gut sind«, flüsterte sie. Die Klasse lachte. Sie legte den Finger auf die Lippen. »Das ist jetzt euer Geheimnis.« Sie machte große Augen. »Verratet es bloß nicht der fünften Klasse.«

Eine Woge der Erregung ging durch die Klasse.

»Versprecht ihr es?«, fragte sie.

»Jaaa«, erschallte es lachend im Chor.

»Ja, was?«, fragte sie und hielt sich die Hand hinters Ohr.

»Ja, wir versprechen es, Miss Hobbs.«

»Schön«, sagte sie. »Ihr lernt schnell. Ich glaube, wir werden sehr gut miteinander auskommen.«

Die Schulklingel schrillte laut und rasselnd. Die Schüler warteten auf ihre Reaktion. Sie lächelte. »Ich wünsche euch allen einen schönen Abend. Ihr habt eure Sache heute gut gemacht.«

Sie blieb noch einen Moment sitzen, bevor sie ihre Tasche nahm und aufstand. Sie hatte Kopfschmerzen, eine raue Kehle und verkrampfte Wangen und Augenbrauen von der Anstrengung, den ganzen Tag ein waches, interessiertes Gesicht zu machen. Sie zog ihr Haarband heraus und spürte, wie ihre Locken in alle

Richtungen sprangen. Aber die Erleichterung für ihre Schläfen war so groß, dass es ihr egal war. Auf ein Geräusch an der Tür drehte sie sich um.

»Wie war dein Tag im Büro, Liebes?«, fragte Rob mit schiefgelegtem Kopf.

»Ich bin geschafft«, antwortete sie und überlegte, ob sie ihm von ihrem Termin mit Miss James erzählen sollte.

»Manche können sich das leisten«, sagte er und kam herein, während sie ihre Sachen zusammenpackte, »aber einige von uns müssen noch arbeiten, bevor sie nach Hause gehen können.«

»Ach ja?«

»Miss James möchte mich sprechen«, erklärte er.

»Ach, interessant«, rief Nicky.

»Mm. Na ja, ich weiß noch nicht, worum es geht.«

»Nein, interessant ist, dass sie mich auch sprechen will.«

Nicky bemerkte seine völlig überraschte Miene, bevor er sich höflich interessiert gab.

»Ach«, meinte er nur. »Die Geschichte kommt in Schwung.«

Schweigend gingen sie ins Lehrerzimmer und wünschten sich gegenseitig Glück, als Rob sich auf den Weg zu seiner Besprechung mit Miss James machte. Da Nicky noch eine halbe Stunde auf ihr Gespräch warten musste, erledigte sie schon einige Unterrichtsvorbereitungen für den nächsten Tag. Auf dem Weg zum Fotokopierer kam sie am Aufenthaltsraum vorbei. Auf dem Rückweg warf sie einen Blick hinein, um zu sehen, ob dort auch Schüler aus ihrer neuen Klasse darauf warteten, abgeholt zu werden.

Sie sah nur zwei, den Jungen und das Mädchen, die den ganzen Tag mit dem Rücken zueinander gesessen hatten. Oscar und Daisy, rief sie sich ihre Namen in Erinnerung. Sie spielten Schach. Sie beobachtete die beiden eine Weile, bevor der Junge, Oscar, sie bemerkte. Durch die Tür lächelte sie ihn an, aber er hatte den Blick schon wieder auf das Schachbrett gerichtet.

KAPITEL 2

Oscar betrachtete stirnrunzelnd das Schachbrett. Falls er sich nicht sehr irrte, hatte Daisy gewonnen. Sobald er seinen Turm bewegte, würde sie seinen Bauer nehmen und ihn schachmatt setzen. Er schaute auf die Uhr, die über der Tür hing, und sah draußen plötzlich eine Verrückte mit wilden Haaren stehen, die ihn anstarrte. Erst als er schnell die Augen niederschlug, wurde ihm klar, wer sie war, aber Miss Hobbs war bereits verschwunden. In einer halben Stunde wollte sein Vater ihn abholen. Er baumelte mit den Beinen. Wenn er auf Zeit spielte, würde Daisy nicht zu ihrem nächsten Zug kommen, und die Partie wäre unentschieden. Er stützte das Kinn auf die Hand und sah zu Daisy auf. Sie guckte aus dem Fenster.

»Mein Dad kommt in einer halben Stunde«, sagte er.

Sie schaute ihn an. »Meine Mum auch.«

»Ja, aber deine Mum hat keinen roten Sportwagen.«

Daisy zuckte mit den Schultern.

»Ich darf vorne sitzen«, gab er an.

Wieder zuckte sie mit den Schultern.

»Deine Mum hat nur einen alten Renault.«

Daisy schürzte die Lippen wie eins der Tweenies. »Mach schon deinen nächsten Zug, sonst hab ich gewonnen.«

»Das ist unfair! Du schummelst.«

Aus Oscars Handy tönte Greendays »American Idiot«, dann piepte es. Er klappte es auf.

»Die ist von meinem Dad!«, rief er und las die SMS mit so tiefgesenktem Kopf, dass sein Kinn seine Brust berührte. Seine Füße schlugen gegen die Tischbeine.

»Mach schon den nächsten Zug, sonst hab ich gewonnen!«, drängte Daisy.

Plötzlich sprang Oscar auf und schlug mit der Faust auf das Schachbrett, dass sämtliche Figuren und Daisy hoch sprangen.

»Dein blödes Schachspiel ist mir schnurzegal«, schrie er und stürmte hinaus.

Miss Gregory schaute von ihren Korrekturen auf.

»Daisy, was ist passiert?«, fragte sie.

Tränen brannten Daisy in den Augen. »Er hat unser Schachspiel kaputtgemacht, nur weil ich gewonnen hätte.«

Nicky setzte sich vor den Schreibtisch der Schulleiterin, während Miss James stirnrunzelnd einige Notizen las, die vor ihr lagen. Schließlich schaute sie auf und nahm ihre Brille ab. Sie zwinkerte Nicky über ihren chaotischen Schreibtisch hinweg zu und stützte die Ellbogen auf den Berg von Papieren, die zwischen ihnen lagen.

»Wie war Ihr erster Tag?«, erkundigte sie sich honigsüß.

»Gut, danke«, antwortete Nicky lächelnd. »Schön, wieder hier zu sein.«

»Ach, das höre ich gern«, erklärte Miss James begeistert. »Sie haben einen wunderbaren Optimismus. Eine phantastische Eigenschaft. Erst gestern Abend habe ich meiner Mutter von Ihnen erzählt – Sie wissen ja, ich erzähle meiner Mutter alles.« Sie zwinkerte. »Und meine Mutter sagte, es gibt nichts Besseres als Optimismus, wenn es darum geht, eine sechste Klasse zu unterrichten.«

»Danke.« Nicky lächelte. Alle wussten, dass Miss James mit ihrer Mutter zusammenlebte, einer rüstigen Achtzigjährigen, die eine der renommiertesten Privatschulen des Landes geleitet hatte.

»Also, meine Liebe«, fuhr Miss James fort, »ich habe mich entschieden. Das ist genau das, was Heatheringdown bei einer neuen Konrektorin braucht: Optimismus.«

Nicky schluckte.

Miss James bedachte sie mit einem zögernden Lächeln. »Ich habe nicht vor, Sie durch Reifen springen zu lassen, obwohl der Schulvorstand das gern hätte. Aber ich muss niemandem mehr etwas beweisen, und je schneller die Sache geregelt ist, umso besser. Also. Wir umgehen das langwierige rechtliche Prozedere, indem wir sagen, dass es sich um eine kommissarische Besetzung handelt – wer weiß, für welche Stelle.« Sie zuckte mit den Schultern bis zu den Ohren. »Alles ist möglich! Also machen Sie sich mit den Aufgaben vertraut, und wir treffen später eine Entscheidung. So habe ich auch die Möglichkeit, Sie in dieser Stellung zu erleben.« Miss James zwinkerte ihr flüchtig zu. Nicky starrte sie verständnislos an, worauf Miss James plötzlich ernst wurde. »*Ich* weiß, dass Sie der Stellung gewachsen sind«, sagte sie rundheraus. »Die Frage ist lediglich, ob Sie es auch wissen.«

Noch bevor Nicky diese Frage verarbeitet hatte, lächelte sie und nickte vehement. Jetzt war nicht der richtige Zeitpunkt nachzudenken.

»Es bedeutet eine Menge Mehrarbeit«, erklärte Miss

James mit wachsendem Ernst. »Sie wissen ja, dass Miss Fotheringham ständig zu tun hatte.«

Nicky nickte wieder.

»Aber da Sie unsere geschätzte Kraft für das sechste Schuljahr und nicht für die Vorschulklasse sind, ist mir klar, dass Sie unmöglich so viel Zeit aufbringen können wie Miss Fotheringham. Und deshalb habe ich eine völlig neue Regelung eingeführt!« Miss James lehnte sich zurück. »Sie und der junge Mr Pattison werden meine *gemeinsamen* Konrektoren.«

»Oh!« Nicky fühlte sich schlagartig schlecht behandelt, schämte sich aber sofort dafür, und dann siegte die Erregung. Sie setzte ein, wie sie hoffte, zuversichtliches, optimistisches Lächeln auf. »Das freut mich sehr«, sagte sie. »Ich kann Ihnen versichern, dass Sie Ihre Entscheidung nicht bereuen werden.«

Miss James beugte sich über ihren Berg von Papieren.

»Ich weiß, meine Liebe. Davon bin ich überzeugt. So!« Sie hob einen Finger. »Das muss ganz unter uns bleiben, bis ich es dem übrigen Kollegium in ein paar Tagen mitteile, sobald unsere wunderbare Janet den ganzen Papierkram geregelt hat. Also! Kein Getratsche!«

Nicky nickte. »Kein Getratsche.«

»Gut.« Miss James stand auf, strich ihren langen Rock glatt und reichte Nicky die Hand. »Herzlichen Glückwunsch, meine Liebe. Sie haben es verdient.«

Nicky rannte ins Lehrerzimmer. Rob war noch da. Sie fielen sich jubelnd in die Arme, aber die ungewohnte körperliche Nähe ließ Nicky schnell zurückweichen. Sie hatte Rob seit sieben Jahren nicht mehr umarmt. Sie hatte keine Ahnung, wie viel sie seitdem zugenommen hatte.

»Glückwunsch, Nix«, sagte Rob leise. »Du hast es weit gebracht.«

Sie schaute ihn an. »Na ja, du aber auch«, erwiderte sie und lehnte sich etwas zurück.

»Danke«, sagte er, »aber du weißt schon, wie ich es meine.«

»Nein. Wie denn?« Sie war sich nicht sicher, ob sie ihn richtig verstanden hatte.

»Also, bei Männern ist das doch was anderes«, erklärte er mit einem Schulterzucken.

Sie starrte ihn an und wich zurück. »Was soll das heißen?«

»Nichts! Es ist nur … also, von Männern erwartet man eher als von Frauen, dass sie Karriere machen, deshalb ist es für uns einfacher, voranzukommen. Das ist alles.«

»Einfacher oder passender?«, fragte sie trocken. »Was genau willst du eigentlich sagen?« Trotz ihres breiten Grinsens kam sie gegen den harten Unterton in ihrer Stimme nicht an. »Dass ich ein Drachen sein muss, um so erfolgreich zu sein?«

»Was?«, rief Rob. »Wie kommst du denn darauf? Meine Güte! Fühlst du dich angegriffen, oder was?«

Sie zwang sich zu einem Lächeln. »Ich fühle mich nicht angegriffen. Nur bist du dir anscheinend stärker als ich bewusst, dass ich eine Frau bin.«

»Klar. Ich bin schließlich ein Mann«, antwortete er.

»Sag mal, würdest du einem schwarzen Kollegen, der es so weit gebracht hätte wie du, das gleiche Kompliment machen, nur weil er schwarz ist?«

»Jesses!«, stöhnte Rob. »Das ist das letzte Mal, dass ich versuche, dir Komplimente zu machen!«

»Wieso glaubst du eigentlich, du müsstest mir Komplimente machen?«, fragte sie. »Ich brauche Komplimente genauso wenig wie du. Oder hältst du mich etwa für ein kleines Mädchen?«

»Komm schon«, meinte Rob plötzlich. »Hör auf mit diesem ganzen feministischen Mist und hör mir zu. Ich wollte lediglich sagen, dass wir alle wissen, wie viel schwerer es noch immer für Frauen als für Männer ist, beruflich voranzukommen. Und du hast eine Menge Männer hinter dir gelassen, um es so weit zu bringen. Du hast es also phantastisch weit gebracht.«

Das ließ sie erst ein Weilchen auf sich wirken und lächelte dann verlegen. »Danke. Ja, vielleicht hast du recht. Tut mir leid.« Sie erlaubte sich, den Moment auszukosten. »Ich habe es wirklich weit gebracht, nicht?«

»Allerdings. Du kannst stolz auf dich sein.«

Sie nickte strahlend. »Das bin ich auch. Danke.«

In einvernehmlichem Schweigen fingen sie an, ihre Sachen wegzupacken.

»Weißt du«, sagte er unvermittelt, »manchmal kann ich gar nicht glauben, dass du dieselbe bist wie damals, als wir zusammen waren.«

Nickys Körpertemperatur schoss in die Höhe. »Wie meinst du das?«, brachte sie mühsam hervor und hielt den Blick auf ihre Tasche gerichtet.

»Na ja, damals warst du völlig darauf fixiert, Mutter zu werden, oder? Etwas anderes kam gar nicht in Frage. Ich war damals fest überzeugt, dass du inzwischen drei Kinder haben würdest und das nächste unterwegs wäre.«

Nicky versuchte zu lachen, brachte aber nur ein lahmes Krächzen heraus.

»Ich erinnere mich genau. Habe dir das nie erzählt, oder? Ich konnte es gar nicht fassen, dass du nicht versucht hast, mir die Trennung auszureden. Ich habe so fest daran geglaubt, dass du dir das mit den Kindern anders überlegen würdest, dass ich nicht mal einen Plan B hatte.«

Nicky verschlug es die Sprache.

»Ich weiß«, kicherte er. »Arrogant, was? Aber ich konnte einfach nicht glauben, dass du so jung, wie du warst, schon so feste Vorstellungen von deiner Zukunft hattest.«

»Du meinst, eigentlich wolltest du gar nicht mit mir Schluss machen«, raunte sie.

Er schüttelte grinsend den Kopf.

»Nein. Keine Sekunde. Ich war total schockiert, als ich von dir wegging. Dabei hatte ich es mit jedem erdenklichen Trick versucht: weinen, unsterbliche Liebe erklären, blablabla. Aber du warst so fest entschlossen. Wie ein Fels. Es war erstaunlich. So was hatte ich noch nie erlebt. Es war, als ...«, er überlegte einen Moment, »als ob rein gar nichts dich aufhalten könnte, deinen Traum zu verwirklichen.« Sein Ton wurde ernst. »Du bist wirklich eine starke Frau, Nicky.«

Nicky wurde schwach.

»Ich glaube, ich bin mittlerweile drüber weg«, sagte er und legte mit gespieltem Ernst die Hand ans Herz. »Und die Liebesnächte, die ich mit der Mitleidstour rausschinden konnte, waren toll.«

Sie lachte wieder. Dieses Mal war es glucksend. »Ach!«, sagte sie schließlich. »Süß.«

»Na ja«, meinte er, »ich denke, letzten Endes war es wohl so das Beste!«

»Das denke ich auch.«

»Und jetzt sieh dir an, was aus dir geworden ist!«, sagte er voller herzlichen Staunens. »Du hast diese ganze erstaunliche Kraft und Entschlossenheit in die entgegengesetzte Richtung gelenkt. Dein Leben hätte wohl kaum unterschiedlicher verlaufen können, als du es damals geplant hast.«

Nickys Magen ging in freien Fall über, als hätte Rob sie gerade aus einem fliegenden Flugzeug gestoßen.

»Du bist eine echte Inspiration«, stellte er fest. »Du weißt genau, was du willst, und lässt dich von nichts und niemandem davon abhalten.«

Darauf fiel ihr einfach keine Antwort ein. Die Nicky, die er beschrieb, hatte nichts mit ihr zu tun, dabei hatte sie geglaubt, er kenne sie besser als jeder andere. Außerdem war sie völlig perplex, dass er damals gar nicht hatte Schluss machen wollen und ihre Geschichte vielleicht anders verlaufen wäre, wenn sie anders reagiert hätte.

»Wo wir gerade dabei sind: Darf ich dich was fragen?«, erkundigte er sich nach längerem Schweigen.

Sie nickte. Mehr schaffte sie nicht.

»Ist ein bisschen heikel.«

Sie suchte am Tisch Halt.

»Also weißt du, nachts frage ich mich manchmal …«, er stockte, und erst als es Nicky leicht schwindelig wurde, erinnerte sie sich daran, zu atmen, »wann du dir das mit den Kindern anders überlegt hast.«

Ihre Kinnlade folgte ihrem Magen im freien Fall. Sie starrte Rob fassungslos an. Sein offener, ehrlich fragender Blick war so ungekünstelt, als hätte er sie gerade nach der Uhrzeit gefragt. Sie bastelte eine Weile an einer Antwort, bevor sie geradeheraus sagte: »Also, ehm, weißt du, eigentlich sehe ich das nicht als entweder – oder.«

Er runzelte leicht die Stirn. »Wie meinst du das?«

»Karriere oder Mutterschaft«, erklärte sie. »Das schließt sich für mich nicht aus.«

Er nickte nachdenklich. »Du meinst, du willst immer noch Kinder?«

»Selbstverständlich.«

»Ach!« Er schüttelte verwundert den Kopf. »Verstehe!«

»Was hast du denn gedacht?«

Er zuckte mit den Schultern. »Also, ich dachte, du hättest deine Meinung geändert und wärst zur Vernunft gekommen.« Er lachte unvermittelt. »Weil du bis jetzt keine hast.«

Es folgte eine lange Pause.

»So läuft das nicht«, erwiderte sie kurz angebunden.

»Was?«

»Das Leben.«

Nach einer ganzen Weile sagte er: »Ach so, ich verstehe. Oder nein, wohl doch eher nicht.«

Nicky versuchte, ihre Gedanken zu ordnen, merkte aber, dass sie vor Verwirrung kaum noch wusste, wie sie hieß.

»Aber eigentlich ist es letzten Endes so das Beste, oder?«, sagte Rob in freundlichem, leichtem Ton.

»Was?«, fragte sie.

»Wahrscheinlich hätte Miss James nicht eben mit dir über die Konrektorenstelle gesprochen, wenn zu Hause dein Göttergatte auf sein Essen und drei kreischende Kids auf Hilfe bei den Hausaufgaben warten würden.«

Plötzlich brannten ihr Nase und Augen. »Ach, ich bin sicher, Miss James hätte es einrichten können, zu einem anderen Termin mit mir zu sprechen«, entgegnete sie betont zuckersüß. »Ich hatte nicht den Eindruck, dass ich für den Job nicht in Frage käme, wenn ich den Vieruhrtermin nicht geschafft hätte.«

Er lachte lauthals. »Du hast völlig recht. Touché! Und wenn du erst später eine Familie gründest, ist außerdem mehr Geld da, so dass du dir Tagesstätten oder Kindermädchen leisten kannst.«

Nicky war so schockiert, dass sie in Lachen ausbrach. Kaum hatte sie sich darauf eingestellt, schlug es in Weinen um. Nicht in damenhaftes Schniefen, sondern in heftiges Schluchzen, das ihren ganzen Körper schüttelte. Sie wandte sich von ihm ab.

»Was ist? Was ist los?«, fragte er.

Sie schüttelte den Kopf.

»Was habe ich denn gesagt?«, fragte Rob verdutzt hinter ihr.

»Nichts«, schniefte sie. »Gar nichts. Es war nur ein langer Tag.«

»He, komm schon«, murmelte er. »Ich dachte, das wäre etwas Gutes.«

Sie nickte. »Ja. Es ist toll.«

»Bitte, Nicky! Mist! Entschuldige! Ich wollte dich wirklich nicht aufregen.«

»Du hast mich nicht aufgeregt«, schnaufte sie. »Ich bin nur müde und empfindlich.«

»Psst«, machte er und legte ihr die Hand auf die Schulter. Sie stieß ihn weg und kramte ein Taschentuch aus ihrer Tasche. Wieso bewirkten Tränen, dass Menschen einen wie eine Fünfjährige behandelten, obwohl dahinter durchaus erwachsene Gefühle standen?

»Hör gar nicht auf mich«, bat er. »Vergiss alles, was ich gesagt habe.«

»Okay, schon passiert.«

»Und denk dran, deine Karriere hat ein Verfallsdatum, Kinder kannst du immer noch kriegen. Für Kinder bekommst du schließlich keine Pension, oder?«

Sie drehte sich zu ihm um. »Hör doch endlich mal

auf mit Kindern! Man könnte meinen, du wärst völlig besessen davon.«

»Na ja«, gab er zu. »Das ist dir also aufgefallen. Also, weißt du, wenn ein Mann in ein gewisses Alter kommt, sieht er das Leben völlig anders.«

Es trat eine lange Pause ein.

»Wirklich?«, fragte sie matt.

»Ja, wirklich«, erklärte er ernst.

»Wow«, sagte sie. »Du meinst, du hältst Kinder nicht mehr für wandelnde Abstelltischchen für dein Bier?«

Er lachte.

»Gut, ich gehe nach Hause«, sagte sie, da sie das dringende Verlangen spürte, wegzukommen. »Übrigens, ich weiß, dass wir mit niemandem darüber reden sollen, aber was sollen wir den anderen sagen?«

»Ally und Pete? Keine Ahnung. Dass wir besser sind als sie?«

Sie schlug ihn auf den Arm. Er schlug zurück. Dann wischte sie sich den Eyeliner von den Wangen und sagte: »Ich muss nach Hause und den Unterricht für morgen vorbereiten.«

Nachdem Nicky sich in der Damentoilette das Gesicht gründlich mit eiskaltem Wasser gewaschen hatte, war sie so gut wie neu, hatte allerdings kein Gefühl mehr in den Fingerspitzen. Zehn Minuten später ging sie über den Schulhof zum Parkplatz und zwang sich, keinen Gedanken mehr an Robs Bemerkungen zu verschwenden. Wie würden die Kollegen die Neuigkeit wohl aufnehmen? Ned war seit zehn Jahren an der Schule. Gwen und Roberta hatten Kinder, für die sie sorgen mussten. Sie bemühte sich, ihr schlechtes Gewissen zu verdrängen und sich nur auf das Positive zu konzentrieren. Offensichtlich waren die anderen nicht so gut wie sie. Sie wusste, dass sie gut in ihrem Beruf war, und fragte sich, was wohl kommen mochte, wenn Miss James in den Ruhestand ging. Ob sie es eines Tages zur Rektorin bringen würde? War es möglich, eine begehrte, sexy Schulleiterin zu sein? Würde es geradezu Heiratsanträge hageln, und bald wäre sie Schulleiterin und Mutter dreier Kinder? Ha! Sie würde es Rob schon zeigen mit seinem Mist, sie hätte es sich »anders überlegt«!

Ein lautes Scheppern, das über den Schulhof hallte, riss sie aus ihren Gedanken. Sie drehte sich zum Haupttor um, weil sie sehen wollte, ob vielleicht ein Teenager den Eingang verwüstete, und sah verwundert einen Jungen – vermutlich einen Grundschüler –, der mit gesenktem Kopf ziemlich verloren die Eisenstangen des Tores mit einem Kricketschläger bearbeitete.

Als sie näher kam, erkannte sie den Jungen, den sie nach dem Unterricht im Aufenthaltsraum gesehen hatte. Oscar, einer ihrer neuen Schüler. Sie rief ihn, worauf er abrupt aufsah und seine finstere Miene sich etwas aufhellte. Ganz offensichtlich hätte er das kalte Wasser in der Damentoilette dringend gebraucht.

»Schlag bitte nicht auf das Schultor ein, Oscar«, sagte sie. »Ist das dein Kricketschläger?«

Er schaute den Schläger an und wollte schon lügen, nickte dann aber.

»Na ja, ich denke, du weißt, dass er sich wesentlich besser eignet, Kricket zu spielen, als Schultore zu verwüsten.«

Er ließ den Kopf hängen. Seine Entschuldigung wehte mit dem Wind zu ihr herüber.

»Es ist schon spät«, sagte sie, öffnete das Schultor und trat neben ihn. »Was machst du denn noch hier?«

»Das Au-pair-Mädchen ist zu spät. Wahrscheinlich hat sie sich verfahren.« Er seufzte. »Sie ist neu.« Er zog sein Handy heraus, ein Fotohandy, wie Nicky erstaunt bemerkte. »Ich rufe sie an.«

Sie hörte zu, wie er das gesamte Gespräch mit einem einzigen Knurren bestritt. Dann klappte er das Handy zu. »Zwei Minuten«, sagte er.

»Gut«, erklärte sie, schlang ihren Mantel fester um sich, setzte sich auf den Boden und lehnte sich ans Tor. »Setz dich.«

Oscar setzte sich neben sie.

»Drei Dinge«, sagte sie. »Erstens: Bring bitte dein Handy nicht mehr mit zur Schule. Du weißt, das kann Probleme geben. Wenn du telefonieren musst, kannst du es vom Sekretariat aus tun. Zweitens: Und schon gar kein Fotohandy, es kann nicht nur verloren, kaputtgehen oder gestohlen werden, sondern du wirst mit Sicherheit überfallen, und es wird dir gestohlen. Drittens: Sag mir, wo deine Eltern sind.«

»Mein Dad muss länger arbeiten. Mal wieder.«

»Und deine Mum?«, fragte sie.

»Ich hab keine Mum.«

Es folgte eine Pause.

»Das tut mir leid«, sagte sie sanfter.

Oscar zuckte mit den Schultern.

»Ich habe auch keine«, gestand sie.

Er schaute sie an. »Aber Sie sind erwachsen.«

Sie zuckte mit den Schultern. »Trotzdem habe ich keine Mum.«

Ein Wagen hielt vor ihnen am Straßenrand, die Fahrerin hupte.

»Da ist sie«, erklärte Oscar. »Ich geh mal besser.«

»Was machst du in Zukunft mit dem Kricketschläger?«

Er rang sich ein versöhnliches Lächeln ab und schlug die Augen nieder. »Kricket spielen.«

Sie hielt die Hand hinters Ohr, ein Zeichen, das er mittlerweile kannte. Er lächelte zögernd. »Tut mir leid, Miss Hobbs.«

Sie lächelte ihn an. »Das will ich meinen. Bis morgen.«

Er nickte. »Tschüs.«

»Wie bitte?« Sie neigte den Kopf in seine Richtung.

»Auf Wiedersehen, Miss Hobbs.«

»Auf Wiedersehen, Oscar. Ich wünsche dir einen schönen Abend.«

Knurrend stand Oscar auf und trottete zum Auto. Weder er noch das Au-pair-Mädchen sagten etwas, als der Wagen auf die Straße bog. Nicky stand auf, wischte sich den Mantel ab und fragte sich, wieso manche Leute sich überhaupt Kinder anschafften.

Oscar warf einen verstohlenen Blick auf die Hände des Au-pairs am Lenkrad. Ihre Knöchel waren weiß, was einfach lächerlich war, da sie keine zehn Stundenkilometer fuhr. Mit seinem Skateboard war er schneller. Auf die Gesichter der Au-pairs achtete er schon lange nicht mehr, außer vielleicht um zu sehen, ob sie hübsch, nett oder mütterlich waren. Dieses Au-pair-Mädchen hatte harte Züge. Er hasste sie.

Als sie über die Hauptstraße fuhren, starrte Oscar aus dem Fenster auf die Kinder, die neben ihren Müttern an den Geschäften vorbeischlenderten, auf Mütter, die ihre Babys in Buggys schoben, und auf lachende, flirtende Teenager in ihren Baggy-Hosen mit Zigaretten oder Chipstüten in der Hand. Er stellte sich vor, dass zu Hause ihre Mütter auf sie warteten und Brot backten.

Er konnte es kaum abwarten, älter zu werden.

»Was hat dein Vater gesagt, um wie viel Uhr er nach Hause kommt?«, fragte das Au-pair.

Oscar zuckte mit den Schultern.

»Oscar??«

Er knurrte.

»Um wie viel Uhr ...?«

»Er hat nichts gesagt«, fiel Oscar ihr ins Wort. »Ihm ist was Wichtiges dazwischengekommen.«

Das Au-pair pfiff durch die Zähne. Oscar ballte die Fäuste unter seiner Schultasche.

Die Straße führte durch Muswell Hill mit seinen Reihenhäusern, seinen vielen Menschen und Bussen, durch ein Wäldchen und den Hügel hinauf nach Highgate. Hier gab es mehr Grün, weniger Leute und Busse, große, frei stehende Häuser und einen Weiher. Er sah Jungen in Vierer- und Fünfergrüppchen aus der vornehmen Privatschule strömen. Sein Vater hatte ihn gefragt, ob er diese Schule gern besuchen würde. Dann hätte er im Laufe des Jahres eine Prüfung ablegen müssen, aber sein Vater hätte ihm, wenn nötig, Nachhilfestunden bezahlt. Oscar hatte abgelehnt. Er wollte wie die coolen Teenager sein, die er in ihren Baggy-Hosen an den Straßenecken stehen sah, nicht wie diese Weicheier.

Der Wagen kroch einen steilen Hang hinunter und bog, ohne zu blinken, in die breite Seitenstraße, in der Oscar wohnte. Sein Vater sagte oft, die Häuser stünden hier so weit auseinander, dass man seine Nachbarn nie zu sehen bekäme, was für London erstaunlich sei. Aber Oscar wusste, dass sie Nachbarn hatten, weil er sie im Sommer in ihren Swimmingpools planschen hörte. Das Au-pair hielt den Wagen und den Atem an, stellte den Automatikhebel auf Parkposition, stieg aus, drückte auf den Knopf neben dem Tor und lief zurück zum Auto. Als das Tor sich langsam öffnete, manövrierte sie den Wagen auf die Einfahrt und versuchte, ihn in die Garage zu fahren. Oscar fragte sich, was daran so schwierig sein sollte. Die Garage war schließlich groß genug für zwei Autos. Sobald der Wagen stand, sprang Oscar heraus, noch bevor sie ausgeatmet hatte, und rannte durch die Verbindungstür in die geräumige Diele. Er hinterließ Schmutzspuren auf dem Marmorboden und verstreute Schultasche, Mantel und Schuhe auf und um die cremefarbene Couch. Noch bevor das Au-pair ins Haus gekommen war, hatte er bereits den begehbaren Kühlschrank in der Küche geöffnet und sich eine Diätcola genommen.

»Was machst du jetzt?«, fragte sie und hielt seinen Mantel in der Hand.

Er zuckte mit den Schultern. »Hausaufgaben.« Damit ging er zur Treppe.

»Um sieben koche ich Nudeln«, rief sie hinter ihm her.

»Ich hasse Nudeln!«, brüllte er. »Ich mache mir mein Abendessen selbst.«

»Du weißt, dass dein Vater böse wird, wenn du nicht um neun im Bett bist«, mahnte sie.

Mit wütendem Gebrüll rannte Oscar die geschwungene Treppe hoch, immer drei Stufen auf einmal nehmend, vorbei an dem bodentiefen Fenster. Er knallte seine Zimmertür hinter sich zu, warf sich aufs Bett, zog die Fernbedienung unter dem Kopfkissen hervor und schaltete den Fernseher ein.

Zum Abendessen holte er sich zwei Scheiben Toast mit Erdnussbutter und eine Tüte Kartoffelchips auf sein Zimmer. Anschließend spielte er zwei Stunden Videospiele, bevor er sich bäuchlings auf sein Bett legte und vor laufendem Fernseher Hausaufgaben machte. Dann zog er sich aus, ließ seine Kleider neben dem Teller mit Toastkrümeln und der leeren Chipstüte auf dem Boden liegen, zog seinen Schlafanzug an und holte seine zerlesene Ausgabe von *Herr der Ringe* hervor.

Er schaute nicht auf seinen Wecker, als er seine AC-Mailand-Nachttischlampe ausschaltete, wusste aber auch so, dass es schon nach neun Uhr war. Das blöde Au-pair hatte nicht mal nach ihm gesehen. Als er nicht schlafen konnte, schaltete er seine Taschenlampe ein und las unter der Bettdecke weiter. Er konnte sich nicht erinnern, wann er eingeschlafen war.

Und er hörte nicht, wie sich Stunden später das Garagentor schloss.

Mark Samuels zog seine Schuhe aus, warf Aktentasche und Jackett auf die Couch und ging, drei Stufen auf einmal nehmend, die Treppe hinauf. Auf Zehenspitzen schlich er durch den Flur, öffnete die Zimmertür seines Sohnes und lauschte. Keine Bewegung. Er hüstelte und öffnete die Tür etwas weiter, damit Licht hineinfiel.

Behutsam setzte er sich auf die Bettkante und betrachtete seinen schlafenden Sohn. Er gab ihm einen Kuss auf die Wange, sog den Geruch des schlafenden Jungen ein und zog ihm die Bettdecke über die Schultern.

Er schaute zu, wie Oscars Atem die Decke gleichmäßig hob und senkte. Als Oscar sich knurrend umdrehte, lächelte er. Es lohnte sich immer, zu warten. Schließlich stand er auf, legte Buch und Taschenlampe auf den Nachttisch, hob den Teller, die Chipstüte und die Kleider auf und nahm sie mit nach unten. Zehn Minuten später lag er im Bett und stellte sich den Wecker für den nächsten Morgen.

KAPITEL 3

Vier Stunden später, morgens um halb sechs, stand Mark Samuels wieder vollständig angezogen im Schlafzimmer seines Sohnes. Er hielt seine Krawatte fest, damit sie Oscars Gesicht nicht streifte, beugte sich vor und strich sanft durch die Locken des Jungen – darin ähnelte er seiner Mutter, nicht Mark. Er küsste ihn auf die Wange und fragte sich, wie sein Sohn im Schlaf noch so kindlich wirken konnte, obwohl er doch sein Bett schon weidlich ausfüllte. Dann verließ er das stockfinstere Haus.

Straßen und U-Bahn waren so früh am Morgen noch leer, und so schaffte er es in einer Rekordzeit von 25 Minuten zur Arbeit. Im Büro warf er einen Blick auf die Uhr: 6 Uhr. In einer halben Stunde würde der Rest seines Teams allmählich eintrudeln. Bald würden sie wieder ganze Nächte durcharbeiten müssen. Das war immer so, wenn sie im Kundenauftrag die Bilanzen und Bücher einer Firma eingehend prüften, bevor der Kunde das Unternehmen kaufte. Und als einer der jüngsten Partner im zweitgrößten Wirtschaftsprüferbüro der City – der zudem diesen umfangreichen Auftrag mitgebracht hatte – war Mark Samuels zum ersten Mal in seiner fünfzehnjährigen Karriere nur sich und dem Kunden verantwortlich. Und den übrigen hundert Partnern natürlich. Die Zeiten, in denen er hübsche Grafiken zeichnete und ordentliche Tabellen aufstellte, mochten vorbei sein, aber dafür lastete nun der Stress auf ihm, Termine einzuhalten und den Kunden bei Laune zu halten. Es wurde nie einfacher, nur anders.

Vorläufig war er noch nicht in die Chefetage umgezogen, sondern hatte sein Büro in seiner Abteilung behalten. Bisher lief alles gut. Er holte sich eine Tasse Kaffee, öffnete das Fenster in seinem Büro, setzte sich an seinen Schreibtisch und trank einen Schluck. Bevor sein Team kam, hatte er bereits 25 Minuten konzentriert gearbeitet.

Matt war der Erste.

»Hi, Boss«, rief er laut.

Mark grinste bitter. Schön, respektiert zu werden.

»Haben Sie gestern Abend das Fußballspiel gesehen?«, fragte Matt und stopfte sich ein halbes Croissant in den Mund, während er sein Jackett auszog.

»Nein«, antwortete Mark und dachte im Stillen: Ich war bis Mitternacht im Büro, du Blödmann.

Matt schüttelte den Kopf. »Den Schiedsrichter sollte man erschießen.«

Danny kam herein, worauf Matthew in Kriegsgeheul ausbrach.

»Zwei zu eins, zwei zu eins«, jubelte Danny und hopste mit wedelnden Armen herum.

»Das war niemals ein Elfmeter«, schrie Matt.

»Die bessere Mannschaft hat gewonnen, Mann.«

Als Anna-Marie hereinkam, wurde es vorübergehend still im Raum. »Morgen«, sagte sie lächelnd. Matt und Danny erwiderten den Gruß. Sie hatte ihnen vor einer Woche mitgeteilt, dass sie schwanger war, daher wären Avancen in ihre Richtung für die beiden nur Kraftverschwendung. Matt schnipste ein paar Büroklammern an ihr vorbei auf Danny.

»He«, schrie Danny lachend, »du bist ein schlechter Verlierer.«

Oscar war reifer als diese beiden Affen, dachte Mark. Dabei waren sie leitende Manager.

Bis sieben Uhr abends glaubte Mark noch, er schaffe es, rechtzeitig nach Hause zu kommen, um Oscar zu sehen. Um acht war ihm klar, dass daraus nichts wurde. Um neun rief er einen Mitarbeiter seines Teams zu sich.

»Also«, erklärte er, »ich glaube, ich habe eine Lücke in den Büchern entdeckt.«

»Was?«, schrie Matt. »Das ist nicht Ihr Ernst. Verdammt!«

»Jemand muss morgen nach Birmingham, um das zu überprüfen. Höchstens ein Assistant Manager. Ich habe um acht Uhr einen Termin mit dem Vorstand, bin also erst im Laufe des Vormittags hier.«

»Okay, Boss«, stöhnte Matt.

Als er durch das Büro ging, hörte er, wie Danny seiner Frau am Telefon erklärte, dass er nicht vor Mitternacht nach Hause käme, und Matt Anna-Marie mitteilte, dass ein Wagen sie am nächsten Morgen um 6.30 Uhr zu Hause abholen und zu einer Konferenz um 9 Uhr nach Birmingham bringen werde.

Am Freitagmorgen wachte Oscar früh auf und bestand darauf, dass sein Au-pair-Mädchen ihn auf dem Schulweg bei Daisy absetzte. Er stand vor Daisys Haustür und stemmte sich mit seinem ganzen Körpergewicht gegen die Klingel, während der Wagen stotternd davonfuhr.

Als die Tür sich öffnete, stand Daisys Mutter in dem engen Hausflur und schaute ihn wenig beeindruckt an.

»Weißt du was?«, schrie sie. Sofort ließ Oscar die Klingel los. »Die Klingel funktioniert.«

»Entschuldige, Lilith«, sagte er und lief an ihr vorbei die Treppe hoch. »Hab ganz vergessen, dass ich drauf gedrückt habe.«

»Daisy ist in der Küche«, sagte sie, obwohl ihr klar war, dass er nicht wegen Daisy da war, sondern um ein Familienfrühstück zu erleben. Die meisten zehnjährigen Jungen wollten von Mädchen nichts wissen, und Oscar ließ sich kaum als Ausnahme bezeichnen. Lilith wusste, dass er und Daisy sich in der Schule kaum anschauten, aber außerhalb der Schule verließen sie sich ebenso sehr aufeinander, wie Mark sich auf Lilith verließ. Diese doppelten Maßstäbe hätten Lilith im Namen ihrer Tochter gekränkt, wenn Daisy zu Oscar nicht eine ebenso heuchlerische Einstellung an den Tag gelegt hätte.

Die Wohnung war das, was Immobilienmakler als Kleinod bezeichneten. Lilith nannte sie gerade groß genug, um »eine Katze herumzuschleudern, wenn man sie umbringen wollte«.

Daisy schaute von ihren Kakaopops und ihrer Zeitschrift mit Promi-Klatsch auf. »Hi.«

»Hi.«

»Hast du ein Pausenbrot mit?«, fragte Lilith.

»Nein«, antwortete Oscar.

Seufzend reichte sie ihm eine Butterbrotdose. »Wieso hab ich das bloß geahnt?«

Oscar erstarrte, als er die Butterbrotdose sah. Lilith erstarrte, als sie Oscar anschaute.

»Was ist los?«, fragte sie. »Gibt's ein Problem?«

»Die ist pink«, brummte Oscar.

Ihre Augenbrauen hoben sich bis zum Pony hoch. »Ich glaube, du wolltest sagen: ›Danke, Lilith‹.«

»Danke, Lilith«, murmelte er wenig überzeugend.

Seufzend packte Lilith sein Pausenbrot in eine blaue Dose und gab dabei Daisy Anweisungen. »Mantel und Schuhe anziehen! Schultasche, Pausenbrot und Hausaufgaben. Licht aus! Wartet auf dem Bürgersteig auf mich.« Sie schloss die Haustür hinter sich ab und reichte Oscar eine Butterbrotdose.

»Das ist meine«, kreischte Daisy.

»Ich weiß«, kreischte Lilith zurück und gab Daisy die pinkfarbene Dose. »Wieso schreibst du es nicht den Kindern in der Dritten Welt, die vor Hunger sterben?«

Daisy verdrehte die Augen. »Gott, wie ätzend.«

Lilith umarmte zuerst ihre Tochter, dass ihr der Atem wegblieb, und dann Oscar.

»Ihr seid ja beide so knuffelig.« Sie richtete sich auf. »So, seid brav. Und wenn das nicht geht, will ich lieber nichts davon wissen. Viel Spaß«, rief sie hinter ihnen her, als sie davontrotteten. »Geht nicht über die Straße, ohne vorher zu gucken. Esst eure Brote erst in der Pause. Viel Spaß.« Sie sah ihren Bus am Fuß des Hanges auftauchen und rannte wie eine Wilde an die Bushaltestelle.

Am ersten Samstag nach Beginn des neuen Schuljahrs wachte Nicky ziemlich früh auf. Nach der ersten Unterrichtswoche hatte sie eher mehr Energie als weniger. Da die Sommerferien sie immer ein bisschen träge machten, fand sie es gut, wieder in Schwung zu kommen. Sie ging einkaufen und holte frischen Kaffee, warme Brioches und zwei Wochenendzeitungen. Ally kam wie üblich gegen zehn Uhr, und da der Morgen mild war, frühstückten sie auf Nickys Balkon. Dabei überlegte Nicky, wie sie Ally alle ihre Neuigkeiten erzählen sollte.

»Ich kann gar nicht fassen, dass wir wieder hier sitzen«, sagte Ally.

»Wie meinst du das?«

»In einem neuen Schuljahr. Als Kind hatte ich immer das Gefühl, dass die Sommerferien ewig dauerten. Jetzt waren sie höchstens zwei Wochen lang.«

»Das kenne ich.«

»Und ehe wir's uns versehen, gucken wir uns um und sind tot.«

»Also, ich bin wirklich froh, dass du gekommen bist. Ich hatte schon Angst, ich könnte in eine Abwärtsspirale geraten, aber dann bringst du deine Magie in mein Leben, und gleich geht's wieder aufwärts.«

Ally versprach, nicht wieder vom Tod zu reden, bis sie ihre Brioche gegessen hätte. Um sie davon abzulenken, erzählte Nicky ihr, dass sie gemeinsam mit Rob die Konrektorenstelle übernehmen sollte. Ally starrte sie, Brioche kauend, an. Als sie gerade etwas sagen wollte, erzählte Nicky weiter, dass Rob ihr gestanden hatte, er habe nie vorgehabt, sich von ihr zu trennen. Er habe damit gerechnet, dass Nicky einlenken und vorerst ihren Kinderwunsch aufgeben würde, um weiter mit ihm zusammenzubleiben. Ally klappte die Kinnlade herunter. Nachdem sie sich getrennt hätten und Nicky immer noch keine Kinder habe, habe Rob angenommen, dass sie sich die Sache mit den Babys anders überlegt habe. Ally machte große Augen. Und nachdem Nicky ihm erklärt habe, dass sie heute nicht anders zu Babys stünde als damals, habe er ihr gestanden, dass er inzwischen ernsthaft darüber nachdenke, Vater zu werden.

Stille trat ein. Ally wollte etwas sagen, verschluckte sich aber an ihrer Brioche und musste fürchterlich husten.

»Dramatisch, was?«, schloss Nicky.

»Kannst du einen nicht mal in Ruhe das Frühstück genießen lassen«, hauchte Ally mit nassen Augen.

»Entschuldige«, sagte Nicky, »aber ich musste das alles einfach loswerden. Am liebsten hätte ich es dir gestern schon erzählt, aber Miss James hat uns zum Stillschweigen verpflichtet, und ich hatte Sorge, dass jemand mithören könnte.«

Ally starrte sie weiter an. »Also, nur um das klarzukriegen.«

»Mmm.«

»Du bist jetzt Konrektorin, und Rob will im Grunde wieder was mit dir anfangen.«

Nickys Magen schlug Purzelbäume. Sie fing an zu kichern und konnte gar nicht wieder aufhören.

»Na ja«, stellte Ally fest, »da hast du es.«

»Was?«, schnaubte Nicky.

»Jetzt weißt du es.«

»Was weiß ich?«

»Wie du reagieren würdest, wenn er wieder was von dir wollte.«

»Wie denn?«

Ally bedachte sie mit einem herzlichen Grinsen. »Wie eine vierzehnjährige Klosterschülerin.«

Oscar wachte um sechs Uhr auf, tapste durch den Flur und stupste seinen Vater an. Mark knurrte mit geschlossenen Augen: »Rrgh.«

»Dad, darf ich an den Computer?«

»Wie spät ist es?«, brachte Mark mühsam heraus.

»Sechs.«

Die Pause, die folgte, zeigte Oscar, dass sein Vater nicht gerade erfreut war. Nach einer Weile merkte er, dass sein Vater wieder eingeschlafen war.

»Daad, darf ich an den Computer?«

Mark tauchte widerstrebend aus seinem Traum auf. Er wollte nein sagen, weil sie schließlich abgemacht hatten, dass der Computer bis mindestens acht Uhr aus blieb. Er wollte vorschlagen, bis dahin lieber ein Buch zu lesen oder zusammen ein Brettspiel zu spielen. Er wollte schlafen.

»Ja«, sagte er.

Zwei Stunden später war Oscar wieder da.

»Daad.«

»Ehhmmm.«

»Darf ich fernsehen?«

»Mm.«

Vier Stunden später war das interessanteste Fernsehprogramm vorbei. Oscar ging in sein Zimmer und schaute seine Spielsachen an. Dann trottete er mit rutschender Schlafanzughose nach oben, verkroch sich in sein kaltes Bett und las ein Buch.

Um eins ging er wieder ins Schlafzimmer seines Vaters und setzte sich zu ihm aufs Bett. Nichts. Er stand auf und setzte sich noch einmal hin. Immer noch nichts. Er hopste herum. Nichts. Er fing an zu wimmern. Mark schlug ein Auge auf.

»Was ist das für ein furchtbares Geräusch?«, grummelte er.

»Mir ist langweilig.«

Mark drehte sich auf den Rücken und breitete die Arme aus. Oscar legte sich neben ihn.

»Wie langweilig ist dir auf einer Skala von eins bis zehn?«, fragte Mark.

»Zehn.«

»Meine Güte! Zehn!«, meinte Mark. »Dagegen müssen wir was tun.«

Als Oscar ihn fünf Minuten später in die Rippen

stieß, wachte Mark erschrocken auf. Er erwiderte den Stups in die Rippen und kitzelte ihn. Oscar wich zurück und schrie ihm ins Ohr: »ZEHN!«

Mark rutschte ein Stück hoch und lehnte sich an den Bettgiebel. Die Haut um seine Augen brannte.

»Gut«, sagte er. »Ich muss etwa eine Stunde arbeiten, danach gehöre ich ganz dir. Was sollen wir heute machen?«

»In den Park gehen und Fußball spielen.«

Am Esszimmertisch zu arbeiten war nicht gerade ideal, aber Mark wollte im selben Zimmer sein wie Oscar. Auch Oscar wollte im selben Zimmer sein wie sein Vater, gleichzeitig aber sein James-Bond-Video in voller Lautstärke gucken. Nach einer halben Stunde schaute Mark von seiner Arbeit auf und sah, dass sein Sohn zufrieden fernsah. Er griff zum Telefon. Lilith kam an den Apparat.

»Hi, ich bin's«, sagte er.

»Hmm?«, antwortete sie nach einer kurzen Pause.

Er stöhnte. »Ich muss blöderweise termingerecht fertig werden …«

»Wie lange?«, fragte sie ausdruckslos.

»Eine Stunde. Maximum.«

»Also zwei.«

»Phantastisch. Wann kannst du ihn abholen?«

Lilith brach am anderen Ende der Leitung in Lachen aus. »Du kannst ihn innerhalb der nächsten zehn Minuten hier absetzen, sonst sind wir bereits unterwegs zum Shoppen in Brent Cross.«

»O Gott«, stöhnte Mark. »Er hasst das Einkaufszentrum.«

Lilith seufzte. »Daisy auch. Aber ich muss hin. In der Woche habe ich keine Zeit, einzukaufen.«

»Okay«, sagte Mark. »Wie wär's, wenn Daisy herkommt und mit Oscar spielt, während ich oben arbeite?«

»Perfekt. Ich dachte schon, du würdest nie fragen. Ich bringe sie gegen zehn vorbei.«

Mark legte auf und merkte, dass Oscar ihn quer durch das Wohnzimmer anschaute.

»Gehen wir in den Park?«, fragte er. Marks Herz krampfte sich zusammen.

»Ja, Schatz, wenn ich mit meiner Arbeit fertig bin. Aber ich muss mich oben ins Arbeitszimmer setzen. Daisy kommt zum Spielen.«

Er schaute seinen Jungen an.»Komm her und lass dich von deinem Dad umarmen.«

Oscar wandte den Kopf ab und starrte aus dem Fenster. Als er sich wieder umdrehte, war sein Vater schon fast aus dem Zimmer.

Daisy gewann immer *Monopoly*, Oscar immer *Risiko*. Also spielten sie *Mensch ärgere dich nicht*. Nach nur zwanzig Minuten hatte das Spiel seinem Namen alle Ehre gemacht, denn Oscar hatte zwei von drei Spielen gewonnen.

»Ja, hurra!«, schrie er, sprang auf und reckte die Faust in die Luft.

»Das heißt, dass wir im Garten Fußball spielen und du ins Tor musst.«

»Okay«, willigte Daisy ein, »aber ziele nicht mit dem Ball auf mich.«

Sechsundfünfzig Tore später saßen er und Daisy im Baumhaus. Oscar hielt den Ball fest, Daisy ihren ramponierten Daumen, an dem der Ball beim 23. Tor abgeprallt war, bevor er ins Netz ging.

»Wie findest du Miss Hobbs?«, fragte sie.

Oscar dachte nach. »Sie ist in Ordnung«, erklärte er schließlich.

»Mmm«, stimmte Daisy zu.

»Ich meine, sie ist nett, aber ein bisschen unheimlich«, fügte er nach einigem Nachdenken hinzu.

»Mm.«

»Sie hat auch keine Mum.«

Daisy schaute ihn an. »Woher weißt du das?«

»Sie hat's mir erzählt. Sie hat gefragt, wo meine Mum ist, und da habe ich ihr gesagt, dass ich keine habe, und sie hat erzählt, dass sie auch keine hat.«

Daisy blieb der Mund offen stehen. »Das hat sie dir erzählt? Dann kann sie dich bestimmt gut leiden.«

Oscar zuckte mit den Schultern.

»Und ihr beiden habt was gemeinsam«, stellte sie ehrfürchtig fest.

Als sie hörten, dass Mark die Leiter heraufkam, kreischten sie aufgeregt, Erwachsene dürften nicht herein.

»Was ist das denn?«, fragte Mark, der auf der Mitte der Leiter stehen geblieben war.

»Ich habe sechsundfünfzig Tore geschossen!«, rief Oscar.

»Oh, dann hatte Daisy ja bestimmt einen schönen Nachmittag«, lachte Mark.

Sie lachten auch. Als er das Baumhaus erreichte, strahlte er sie an. »Wer möchte hereinkommen, heiße Schokolade trinken und ein Video gucken? Daisy, deine Mum ist hier und bleibt den ganzen Abend. Sie hat *Johnny English* mitgebracht.«

Im Nu waren Oscar und Daisy unten.

Mark und Oscar teilten sich eine Riesenpizza mit doppelter Portion Thunfisch und Ananas, die außer ihnen niemand mochte, Daisy aß eine Pizza mit Pilzen und Lilith einen Salat. Sie machten ein Jungs- und ein Mädchensofa, Mark legte den Arm um Oscar, Lilith den ihren um Daisy. Beide Eltern schliefen schon nach ein paar Minuten ein. Daisy holte sich im Spielzimmer ein Puzzle, aber Oscar rührte sich nicht vom Fleck.

KAPITEL 4

Das Telefon weckte Nicky früh am Sonntagmorgen.

»Tante Nicky?«, fragte Sarah-Jane in die Stille.

Nicky wollte »Hallo, Schatz« sagen, brachte aber keinen Ton heraus.

»Tante Nicky?«

Mit einem Husten erweckte Nicky ihre Stimme zu Leben. »Ja, Süße«, bellte sie.

»Ist alles in Ordnung?«, fragte Sarah-Jane. »Du hörst dich ja furchtbar an.«

Nicky grinste. Ihre älteste Nichte wurde ihrer Mutter von Tag zu Tag ähnlicher.

»Das ist noch gar nichts«, meinte Nicky. »Du solltest mich mal sehen. Ich sehe aus wie ein Hundehintern, der nicht in bester Verfassung ist.«

Sarah-Jane prustete vor Lachen. »Mummy fragt, ob du heute dein Schwimmzeug mitbringen kannst.«

»Wieso? Machen wir einen Schönheitswettbewerb für Badenixen?«

»Nein. Wir gehen schwimmen.«

»Puh. Ich dachte schon, ich müsste meine Beine einer Wachsbehandlung unterziehen.«

Sarah-Jane bekam Lachkrämpfe. Nicky machte es Spaß, ihre zehnjährige Nichte zum Lachen zu bringen. Dazu brauchte sie nur ehrlich zu sein.

»Wie spät ist es?«

»Neun Uhr.«

»Willst du etwa sagen, dass du mich um neun Uhr früh geweckt hast, und das an einem Sonntag?«, fragte sie langsam und deutlich.

»Ja.« Das Lachen wurde immer hysterischer.

»Sag tschüs.«

»Hundehintern«, kam die kichernde Antwort.

»Das reicht mir«, murmelte Nicky und legte auf.

Sie schob ihre gepflegten Füße in bestickte Hausschuhe, die immer unter dem Bett bereitstanden, und trottete in die Küche.

Radio an, Wasserkocher an, Toaster an. Der Sonntag hatte begonnen.

Nachdem sie mit einem gründlichen Hausputz fertig war, fuhr sie zu ihrer Schwester Claire. Nicky hatte die Mädchen schon oft zu sich eingeladen, und wenn sie gekommen waren, hatte es ihnen immer gefallen. Aber Claire fand es einfacher, wenn Nicky zu ihnen kam. Die wenigen Male, als Nicky darauf bestanden hatte, dass sie zu ihr kamen, war Claire entweder zu spät gekommen oder hatte in letzter Minute angerufen und erklärt, wieso eins der Mädchen sich weigerte, ins Auto zu steigen. Schließlich hatte Nicky schlicht akzeptiert, dass sie nun mal der unabhängige, alleinstehende Mohammed war und Claire der Berg und die Mutter dreier Kinder.

Als sie das schmiedeeiserne Tor öffnete und durch den Vorgarten ihrer Schwester ging, winkte sie Isabel, ihrer zweiten Nichte, am Fenster zu. Nichte Nummer drei, Abigail, öffnete ihr die Tür. Isabel kam in die Diele gesprungen, Sarah-Jane tauchte oben an der Treppe auf, und ihre Mutter, Nickys sechs Jahre ältere Schwester, erschien mit einem Geschirrtuch in der Hand in der Küchentür.

»So! Ich will von jeder einen Kuss«, rief Nicky ihren Nichten zu.

Die Mädchen stürmten zu ihr, und Nicky gab jeder einen Kuss, bevor sie ihren Mantel aufhängte, die Schuhe auszog und mit ihrer Schwester in die Küche ging.

»Dir macht es doch nichts aus, mit ihnen schwimmen zu gehen?«, fragte Claire. »Das letzte Mal hat es ihnen so gut gefallen.«

»Nein.«

»Können wir hinterher ins Kino?«, fragte Sarah-Jane.

Claire gab den einzigartigen Ton einer wenig erfreuten Mutter von sich, eine Kreuzung aus »Ehrm« und »Tst«.

»Bitte«, bettelte Sarah-Jane und fügte rasch hinzu: »Wenn du Zeit hast.«

»Na ja, mal sehen«, sagte Nicky. »Aber welcher Film würde einer Zehnjährigen, einer Achtjährigen und einer Sechsjährigen gefallen?«

Sie sagten es ihr nur zu gern, und damit war ihr Sonntag verplant.

Acht Stunden später erklärte Oscar seinem Vater beim Abend kategorisch, dass er seinen Rosenkohl nicht essen würde: »Die sehen aus wie Gespenster.«

»Gruselig.« Mark verzog das Gesicht. »Ich will keine Gespenster sehen.«

Oscar lachte, setzte aber gleich wieder eine finstere Miene auf. Heute Abend war er fest entschlossen, seinen Vater nicht komisch zu finden. Er war wütend und wollte es auch bleiben. Es war schon schlimm genug, als Letzter von einer Geburtstagsparty abgeholt zu werden, besonders schlimm war aber, dass er seinen Vater ausdrücklich gebeten hatte, pünktlich zu kommen, weil sein Klassenkamerad blöd war. Sein Vater war nie pünktlich. Aber eine halbe Stunde Verspätung! Er hatte danebensitzen müssen, während sein Klassenkamerad seine sämtlichen Geschenke auspackte. Die Mutter hatte aus Sorge um ihn lächerliche Geräusche von sich gegeben, bis er sie am liebsten verprügelt hätte. Und als fast eine halbe Stunde vergangen war, hatte sie ihn doch tatsächlich geknuddelt. Er hatte sich gefühlt, als würde er lebendig begraben. Endlich war sein Dad gekommen.

Im Flur hatte er ihn zu der Mutter sagen hören: »Gott, es tut mir ja so leid!«

»Nein, keine Sorge. Wir hatten viel Spaß.«

»Ich musste nur noch dringend etwas erledigen.«

»Ja, sicher. Ich weiß sowieso nicht, wie Sie das alles schaffen.«

Wieso sagten sie das immer, wütete Oscar innerlich. Was gab's denn da zu schaffen. Die meisten Kinder in seiner Schule hatten nur ein Elternteil, wieso war sein Dad der Einzige, der das so schlecht packte? War er denn schwieriger als alle die anderen Kinder in seiner Schule? Sicher nicht schwieriger als Stan Smith, der vom Sandkasten bis an die Schaukeln spucken konnte und einem auf dem Schulhof ständig seinen Pimmel zeigte. Aber Stans Mutter sagte bestimmt niemand, dass sie gar nicht wüssten, wie sie klarkäme. Sein Dad musste der mieseste Vater aller Zeiten sein.

Er hörte also abrupt auf, über die Gespenster zu lachen, und schob seinen Teller weg.

»Oscar«, mahnte Mark.

»Ich hasse Rosenkohl.«

»Okay. Kein Grund, so grob zu werden. Ich habe ihn extra für dich gekocht.«

Oscar gab eine Art Schnauben mit gekräuselter Oberlippe von sich. »Soll ich dafür etwa noch dankbar sein?«

Mark seufzte. Er wusste nicht, was er darauf sagen sollte.

»Ich mag ihn auch nicht«, sagte er ruhig. »Aber er ist gut für dich, und ich möchte, dass du gesund und stark bist. Weil ich dich liebe.«

Oscar zupfte einen Nietnagel von seinem Daumen und trat gegen das Tischbein, während Mark seinen Teller abräumte.

Als die Mädchen im Bett waren, setzten Claire und Nicky sich in die Küche. Auf dem Tisch flackerte eine Kerze, zur Feier von Nickys Beförderung machten sie eine Flasche Wein auf, und im Hintergrund sorgte eine Janis-Ian-CD mit schmachtender Trostlosigkeit dafür, sie rechtzeitig für den Montagmorgen in Depressionen zu stürzen.

»Wir sollten wegfahren«, schlug Claire unvermittelt vor. »Irgendwo zusammen eine Woche Urlaub machen.«

Nicky hob die Augenbrauen. Sie waren noch nie zusammen in Urlaub gefahren. Das Angebot und ihre Rührung darüber wunderten sie. Aber es wäre die Hölle.

»Mm.« Sie nickte eifrig. »Und wohin?«

»Das ist doch ganz egal«, schnaubte Claire. »Soll Derek mal sehen, wie es ist, alles, aber auch wirklich alles alleine zu machen: Frühstück, Waschen, Bügeln, Putzen, Schulbrote, Baden, Nachtschicht«, sie zählte es an den Fingern ab, »alles ganz allein.«

»Entschuldige mal«, warf Nicky ein und zählte ebenfalls an den Fingern ab: »Schwimmen, Mittagessen,

Kino. Wirklich, ich glaube, du hattest heute gerade sieben Stunden ganz für dich.«

Claire zählte weiter an den Fingern ab: »Ich habe staubgesaugt, gewaschen, gebügelt, eine Balletttasche gepackt, eine Pfadfindertasche, drei Schulbrotdosen und zwei Butterbrotdosen für hinterher fertig gemacht und zwei Verabredungen zum Spielen arrangiert. Als du zurückkamst, hatte ich mich gerade zum ersten Mal hingesetzt.«

Nicky runzelte die Stirn. »Solltest du das nicht besser mit Derek besprechen als mit mir?«

Claire verzog das Gesicht. »Vielen Dank für dein schwesterliches Verständnis.«

»Genau«, hielt Nicky dagegen, »ich bin deine Schwester, nicht dein Mann.«

In feindseligem Schweigen tranken sie ihren Feierwein, bis Claire schließlich sagte: »Entschuldige, das muss sich furchtbar undankbar anhören. In deinen Ohren, meine ich.«

Nicky sträubten sich die Nackenhaare. »Wie bitte?«

»Na ja, du weißt schon«, sie zuckte mit den Schultern, »ich habe einen Mann und drei gesunde Kinder, drei gesunde Töchter, und beklage mich noch.«

Langsam und betont erklärte Nicky: »Ich würde nicht mit Derek verheiratet sein wollen.«

»Klar, natürlich nicht«, platzte Claire heraus. »Er ist ja die meiste Zeit nicht zu Hause! Und wenn er da ist, spielt er dieses verdammte Golf! Von allen Hobbys, die es gibt, musste er sich ausgerechnet Golf aussuchen, was den ganzen Tag dauert. Gestern habe ich zu ihm gesagt: ›Bist du hier unglücklich?‹ Und weißt du, was er geantwortet hat?«

Nicky schüttelte den Kopf.

»Er hat gesagt: ›Nein, Schatz, aber du wirst in letzter

Zeit immer so wütend.‹« Claire starrte Nicky an. Nicky starrte zurück. Claire schnaubte vor Wut. Nicky blinzelte.

»›Wütend!‹«, wiederholte Claire wütend. Nicky nickte. »›WÜTEND!‹ Beinahe wäre ich mit dem Messer auf sein blödes Gesicht losgegangen!«

Nicky senkte den Kopf, um ihr Grinsen zu verbergen.

Am späteren Abend schaute Mark Samuels von seinen Notizen auf an die Esszimmerdecke. Oscars Musik lief so laut, dass er den Text verstehen konnte. Er warf einen Blick auf die Uhr: zehn Uhr. Er legte seine Notizen auf den Couchtisch, stellte sein Glas Wein daneben und lief die Treppe hoch. Als er Oscars Tür öffnete, war die Musik abgestellt. Wie schaffte sein Sohn es immer wieder, ihn zu hören? Er blieb an Oscars Tür stehen. Oscar saß mit gebeugtem Rücken und flinken Fingern am Computer.

»Was ist?«, knurrte er.

»Osc«, sagte Mark, »es ist Zeit fürs Bett. Morgen ist Schule.«

»Ich weiß.« Oscar starrte auf den Monitor und sagte ausdruckslos: »Wäre ich früher von der Party nach Hause gekommen, dann wäre ich auch früher ins Bett gegangen.«

Am liebsten hätte Mark die Tür hinter sich zugeknallt, stattdessen setzte er sich hinter Oscar aufs Bett.

»Osc, tut mir leid. Aber manchmal musst du mir ein bisschen lange Leine lassen, Junge.«

»Wieso?«, brüllte Oscar.

Mark wunderte sich immer wieder, wie schnell Oscar in Tränen ausbrach.

»Dass ich dich eine halbe Stunde zu spät abgeholt habe, heißt doch nicht, dass ich dich nicht liebe.« Oscar schob seine Hand von seiner Schulter weg. »Es heißt doch nicht, dass ich dich vergesse. Es heißt nur, dass ich eine halbe Stunde zu spät gekommen bin.«

»Wieso kommen die anderen Eltern nie eine halbe Stunde zu spät?«

Oscar wirbelte mit seinem Drehstuhl zu seinem Vater herum. »Was hast du denn so Wichtiges gemacht?«

»Gearbeitet. Ich habe gearbeitet, Oscar. Damit wir genug Geld haben, um die Hypothek zu bezahlen und dieses Jahr in Urlaub zu fahren.«

»Schön.« Oscar schaltete seinen Computer aus, legte sich ins Bett und machte die Nachttischlampe aus. Nach einer Weile sagte Mark: »Gute Nacht« und schloss die Tür. Er wartete noch einen Moment, hörte aber nichts.

Unten trank er seinen Wein aus und nahm sich einen Gin Tonic, wobei er mit dem Tonic sparsam umging. Vielleicht wäre es besser gewesen, wenn nicht Helen den Autounfall gehabt hätte, sondern er. Sie wäre wahrscheinlich gut allein zurechtgekommen. Dieser Gedanke kam ihm so oft, dass er sich schon fragte, ob Oscar es nicht ebenso sah. Wünschte Oscar sich wohl, dass statt seines Vaters lieber seine Mutter noch lebte? Schnell stand er auf. Er dachte daran, Lilith, die perfekte Mutter, anzurufen und sich bei ihr emotionalen Beistand zu holen, entschied sich aber dagegen. Stattdessen nahm er seine Notizen und machte sich wieder an die Arbeit.

Um 22.30 Uhr lag Nicky im Bett und seufzte tief ins Telefon. »Wie zum Teufel soll ich mich morgen bloß Rob gegenüber benehmen?«, fragte sie Ally.

»Ganz normal.«

»Und was ist normal?«

»Du weißt schon: so als ob ihr beide völlig verrückt nacheinander wärt, aber zu viel Angst hättet, was zu machen.«

Nicky schnaubte ins Telefon. »Aber er hat doch was gemacht, oder?«

»Wirklich? Was denn? Hat er dir etwa gesagt, was er empfindet?«

»Nein, aber er hat diese ganzen Sachen gesagt. Diese ganzen Andeutungen gemacht.«

Nach einer langen Pause machte Ally am anderen Ende der Leitung: »Hmmm.«

»Was ist?«, fragte Nicky.

»Ich weiß nicht recht«, erklärte Ally. »Das Timing stinkt.«

»Das Timing?«, fragte Nicky. »Dass es nach sieben Jahren plötzlich wieder juckt, oder was?«

»Nein! Gott, bist du eine Romantikerin.«

»Was meinst du denn dann?«

»Versprich mir, dass du nicht sauer wirst.«

»Nun sag schon.«

»Also gut«, willigte Ally ein. »Ihr werdet beide befördert und seid jetzt nicht mehr bloß befreundete Kollegen, sondern praktisch Rivalen. Und ganz plötzlich, schlagartig, bringt er dich dazu, wieder ernsthaft über ihn und sogar über die Möglichkeit nachzudenken, statt Konrektorin lieber Mutter zu werden. Und das ausgerechnet in dem Moment, als du zu einer möglichen Bedrohung für seinen beruflichen Ehrgeiz wirst.«

»Mannomann«, murmelte Nicky beeindruckt, »mit der verdrehten Logik könntest du glatt Politikerin werden. Wieso verschwendest du deine Zeit damit, Kinder zu unterrichten?«

»Na gut, also«, führte Ally aus. »Wieso hat er es gerade dann gesagt? Ausgerechnet nachdem ihr beide befördert worden seid? Sag mal ganz ehrlich, hat es dich von deiner Beförderung abgelenkt?«

Nicky überlegte einen Moment. »Ja, ich denke schon.«

»Siehst du? Ich wette, ihn hat es nicht von seiner Beförderung abgelenkt.«

Nicky starrte an die Decke, die einen frischen Anstrich vertragen könnte. »Aber vielleicht sieht er mich dadurch plötzlich anders. Findet mich in gewisser Weise attraktiver? Ernsthafter?«

Es trat wieder eine Pause ein. »Hmm.«

»Was soll das heißen?«, fragte Nicky. »Glaubst du, er hat das alles nur vorgetäuscht?«

»Na ja, er ist schließlich ein Mann, oder? Ihm ist jedes Mittel recht. In der Liebe, im Krieg und in der Karriere ist alles erlaubt.«

»Aber er hat mir wirklich gratuliert, Ally. Du hättest ihn sehen sollen.«

»Ja, sicher. Ich sage ja auch gar nicht, dass er boshaft ist, Nick«, räumte Ally ein. »Ich sage bloß, dass er ein Kerl ist. Die stehen anders zu ihrer Karriere als die meisten Frauen. Das müssen sie einfach. Jemand wie Rob dürfte schon seit Jahren eine Führungsposition im Auge haben.«

»Wie meinst du das: jemand wie Rob?«

»Jemand, der so erfolgssüchtig ist wie er.«

»Du findest ihn erfolgssüchtig?«, fragte Nick erstaunt.

»Aber sicher!«, rief Ally. »Guck dir doch bloß an, wie er Frauen behandelt! Für ihn sind alle Frauen außer dir (und mir aus offensichtlichen Gründen) persönliche Eroberungen.«

»Bei Amanda hat er es nie versucht.«

»Hätte er es bei Amanda versucht, dann hätte er die Clique verloren«, warf Ally ein. »Er ist erfolgssüchtig, aber nicht blöd. Hör zu, ich sage ja bloß, wo er jetzt Cokonrektor ist, wird er seinen angeborenen Ehrgeiz auf seine Karriere richten statt auf die Kerben in seinem Bettpfosten. Du wirst schon sehen.«

»Ich weiß nicht, es ist alles so verwirrend.«

»Weißt du, was ich denke? Du solltest dich jetzt auf deinen neuen Job konzentrieren. Das ist unglaublich wichtig.«

»Ja, du hast recht. Danke.«

»Versuch einfach, alles zu vergessen, was Rob gesagt hat, und konzentrier dich auf deine Arbeit. Du bekommst nur die eine Chance, Nicky, und wenn du es vermasselst, wirst du dich in den Hintern treten. Falls es so sein soll, dass Rob und du letzten Endes zusammenkommen, dann wird es auch passieren. Konzentrier dich auf deine Arbeit.«

»Ja. Du hast recht. Danke, Ally. Du bist eine echte Freundin.«

KAPITEL 5

Nicky und Rob saßen bei ihrer ersten Besprechung als Cokonrektoren nebeneinander vor Miss James' Schreibtisch und warteten, während sie etwas in ihrer kunstvoll verschnörkelten Schrift notierte, was sie später nicht mehr würde entziffern können.

In Miss James' Büro standen zwei Schreibtische: der, an dem sie saß, war voller Papiere, auf dem anderen lag das neueste Puzzle, an dem sie gerade arbeitete. Sie war ein Puzzlefan. Alle, die in ihr Büro kamen, ob Sekretärin, Kinder, Eltern, Schulvorstände, Hausmeister oder Lehrer, mussten ein Puzzleteil einfügen, bevor sie wieder gehen durften. »Es ist ein Gemeinschaftspuzzle«, erklärte sie allen. Das diesjährige Puzzle war eine Landkarte Europas und ungeheuer kniffelig. Es war schon vorgekommen, dass Kinder eine ganze Rechenstunde versäumt hatten, weil sie ein Stück Portugals suchten. Dem Kollegium war klar, dass es sinnlos war, sich bei der Rektorin darüber zu beschweren, denn sie würde ihnen nur die Vorzüge von Puzzles darlegen, obwohl allgemein bekannt war, dass sie nur dazu dienten, das Puzzle fertig zu machen.

Heute Morgen saß ein Vierklässler stirnrunzelnd, mit blasser, angespannter Miene davor. Plötzlich atmete er hörbar auf, sprang auf und fügte ein Teil ein.

»Na, dann lauf, Ralph«, sagte Miss James wohlwollend. »Sag Miss Jennings, dass du gepuzzelt hast.«

Miss James schaute ihre beiden Stellvertreter an und nahm ihre Brille so energisch ab, dass sie sich beinahe den Hals brach.

»So, so, so, so«, sagte sie und renkte sich den Hals wieder ein. »Wie geht es meinen beiden Generalen?«

Nicky lächelte, und noch bevor sie antworten konnte, hörte sie Rob sagen: »Gut.« Er schaute sie an, sie nickte, und alle strahlten sich an.

»Schön«, meinte Miss James. »Schön, schön, schön.« Sie klatschte laut in die Hände. »So! Und welche Vision haben Sie für Heatheringdown?«

Es trat eine kurze Pause ein. In Nickys Kopf schwirrte es. Dann kam alles stotternd zum Stillstand. Vision? O Gott, sie war diesem Job nicht gewachsen. Sie hatte keine Ahnung, wie die richtige Antwort lautete.

Miss James starrte sie an. Ohne nachzudenken, suchte Nicky mit einem Blick auf Rob nach einer Eingebung und verfluchte sich innerlich. Miss James folgte ihrem Blick.

»Ehm«, sagte Rob. »Progressiv?«

Miss James blinzelte ihn langsam an und nickte leicht. Dann schaute sie Nicky an und hob fragend die Augenbrauen.

»Ich denke«, sagte Nicky zögernd, »ich sehe sie als eine multiethnische, multifokussierte …« Sie brach ab. Multifokussiert? Sie merkte, dass sie aufgehört hatte zu reden, gleichzeitig fiel ihr auf, dass sie sich von Rob wesentlich mehr eingeschüchtert fühlte als von Miss James.

O Gott, sie würde ihren Job nach nur zehn Minuten wieder verlieren. Und das alles in Robs Gegenwart.

»Gut!«, rief Miss James und kritzelte etwas, das aussah wie ein antiker griechischer Tempel, der an einen Fisch gekettet war. »Das gefällt mir. Multiethnisch, multifokussiert.« Sie hörte auf zu schreiben und sah Rob an. »Was hatten Sie noch gleich gesagt?«

»Progressiv«, erklärte Rob nachdrücklich.

»Hmmm.« Miss James runzelte die Stirn. »In welcher Hinsicht?«

»Na ja, nehmen wir zunächst mal ICT.«

»Ach ja!«, seufzte Miss James verträumt. »ICT! Es gibt heutzutage ja so viele Abkürzungen, finden Sie nicht? Informations-Kommunikations-Technologie, ich meine, was soll das um Himmels willen heißen? Zu meiner Zeit hatten wir eine Tafel, und das war alles. Bei einer Tafel wusste man, woran man war.«

»Wir haben die Möglichkeiten erweitert«, fiel Rob ihr, keinen Moment zu früh, ins Wort. »Es geht nicht mehr nur um Computer in der Klasse, mittlerweile haben wir Digitalkameras, Webcams und sogar Roamer-Roboter für das erste Schuljahr.«

»Ich weiß«, sagte Miss James mit skeptischem Stirnrunzeln. »Und es gefällt mir ganz und gar nicht. Roboter für Fünfjährige. Was kommt als Nächstes? Digitale Schultische?«

»Aber die Roamer helfen ihnen zu lernen ...«

»Und überhaupt, heißt das alles nicht nur, mit der Zeit Schritt zu halten?«, bewies Miss James mit Aplomb, dass sie mindestens so gut austeilen wie einstecken konnte, wenn es darum ging, anderen ins Wort zu fallen.

Meine Güte, dachte Nicky. Rob schnitt bei dieser Frage gar nicht so gut ab wie sie selbst.

Rob hüstelte und rutschte auf seinem Stuhl hin und her. »Ja ...«

»Verstehen Sie mich nicht falsch!« Miss James hielt ihm die Hand vors Gesicht wie ein Polizist, der den Verkehr regelte. »Die Idee gefällt mir sehr, ich finde sie genial, genau so wollte ich Heatheringdown immer schon haben. Ich frage mich nur, ob wir es jemals erreichen werden.« Sie verdrehte die Augen, immer ein schlechtes Zeichen. »Um wirklich progressiv zu sein, müssen wir amorph sein. Fließend. Nebulös. In ständigem Wandel. Wie eine Wolke an einem stürmischen Herbsthimmel. Aber gleichzeitig müssen wir an einem klaren Ethos festhalten, mit dem sich Eltern, vor allem zukünftige Eltern, mühelos identifizieren können.« Ihre Miene verfinsterte sich wie ein stürmischer Herbsthimmel. »Ach, das ist alles so kompliziert.«

»Genau«, rief Rob aufgeregt. »Das ist es!« Er fing an zu lachen.

»Ach ja?«, fragte Miss James begeistert.

»Niemand hätte das besser zusammenfassen können als Sie«, erklärte Rob.

»Tatsächlich?«, fragte sie erfreut.

»Und unsere Aufgabe ist, zu erarbeiten, wie diese beiden entscheidenden Elemente, Fortschritt und Tradition, Seite an Seite dazu beitragen können, die Schule ins einundzwanzigste Jahrhundert zu bringen und dabei ihre Werte des zwanzigsten Jahrhunderts zu bewahren.«

Rob und Miss James schauten sich beinahe verliebt an. Verliebt in Miss James, denn schließlich war es ihr Büro. Nicky saß reglos daneben und überlegte, ob sie Beifall klatschen sollte. Alles wäre besser, als dazusitzen und nichts zu tun. Schließlich nickte sie.

Plötzlich deutete Miss James auf Rob. »Ich möchte, dass Sie ausarbeiten, wie sich ›progressiv, aber traditionell‹ in eine echte Arbeitsvision für Heatheringdown übersetzen lässt. Das ist Ihre Aufgabe, werter Konrektor.« Sie wandte sich Nicky zu. »So, Nicola, Nicola, Nicola, meine werte Konrektorin. Wir alle wissen, dass wir diese langweiligen standardisierten Lernstandserhebungen durchführen müssen, blablabla.« Sie beugte sich vor, fixierte Nicky und deutete mit dem Finger auf sie. »Ihre Aufgabe, werte Konrektorin, ist es nun – falls Sie das übernehmen möchten –, herauszufinden, wie jeder einzelne Kollege in dieser ›progressiven, aber traditionellen‹ Schule«, ein Augenzwinkern und ein Kopfnicken zu Rob, »im Laufe des Jahres seine ganz persönliche Beurteilung vornimmt, und daraus eine zeitgemäße Bewertungsgrundlage zu entwickeln, an die alle sich halten.«

Nicky starrte sie sprachlos an. Schließlich brachte sie mühsam heraus: »Mensch!«

»Den Gerüchten zufolge ermittelt Ned den Leistungsdurchschnitt seiner Schüler, indem er mit geschlossenen Augen einen herauspickt«, vertraute Miss James ihnen an.

»Mensch ...«

»Nicht wirklich angemessen«, sagte Miss James. »Zumal wenn er ständig diejenigen herauspickt, die zu dumm sind, sich rechtzeitig zu ducken.«

»Mensch«, sagte Nicky wieder.

»Von heute ab ist das also Ihre Aufgabe, meine Liebe.«

Nicky fragte sich, wie man diese beiden Aufgaben von der Arbeitsbelastung her als gleichwertig betrachten konnte. Rob brauchte nur Miss James' Formulierung einen weiteren amorphen, nebulösen, fließenden und weitgehend bedeutungslosen Satz hinzuzufügen, während sie die ureigenen Bewertungsmethoden einer jeden Lehrkraft ausspionieren, zusammentragen und eine völlig neue Erfassungsmethode entwickeln musste. Sie überlegte, ob jetzt wohl der richtige Zeitpunkt sein mochte, die Arbeitsbelastung anzusprechen.

»Vielen Dank«, sagte sie leise.

»Ich werde Janet, meine wunderbare Sekretärin und rechte Hand, anweisen, Ihnen alle Unterlagen und jede Unterstützung zu geben, die Sie brauchen. JANET!«

Janet öffnete die Tür und blieb im Türrahmen stehen, ohne auch nur den Zeh über die Schwelle zu schieben.

»Mm?«

»Diese beiden wunderbaren Leutchen arbeiten jetzt an Vision und Beurteilungsmethoden von Heatheringdown.«

»Mm.«

»Ihre Aufgabe ist es, sie in jeder Weise zu unterstützen, die diese beiden von Ihnen erbitten.«

Janet schaute die beiden an. »Ich gehe in fünf Minuten nach Hause, und morgen komme ich später, weil mein Jüngster sich den Daumen gebrochen hat.«

»Gut.« Nicky und Rob nickten und lächelten sich an.

Janet schaute Miss James an. »Sonst noch was?«

»Nein, nein, nein. Danke, Janet!«

Janet schloss die Tür hinter sich. Miss James schlug energisch auf die Papiere auf ihrem Schreibtisch und strahlte sie an. »Wir haben viel zu tun. So viele Schüler sind auf uns angewiesen. Ist das nicht aufregend?«

Nicky und Rob nickten.

»Ich setze volles Vertrauen in Sie beide«, erklärte sie. »Gemeinsam werden wir Heatheringdown zu *der* Spitzenschule machen. So, Sie beiden. Jeder noch ein Teil in meinem Europapuzzle, und dann können Sie frei über Ihre Zeit verfügen.«

Nicky sprang auf, ging an den anderen Schreibtisch und musterte die unfertige Landkarte. Die Ecken und ein Drittel Englands waren fertig. Während sie die verfügbaren Puzzleteile musterte, die rund um den Rand verstreut lagen, fand Rob ein Teil, fügte es mitten in Bulgarien ein und grinste sie flüchtig an.

»Dann auf Wiedersehen, Miss James«, sagte er. Sie schaute von ihren Notizen auf, als hätte sie völlig vergessen, dass er da war. Nicky brauchte volle zehn Minuten, ein passendes Puzzleteil zu finden, was ihr unendlich peinlich war. Nachdem sie es eingefügt hatte, räusperte sie sich, was Miss James aber nicht hörte, und schlich sich in der Hoffnung hinaus, dass sie ihre Anwesenheit vergessen hatte.

Das übrige Kollegium erfuhr am nächsten Morgen von Robs und Nickys Beförderung. Ein kleiner Schock, da Miss James den beiden vorher nichts von dieser Mitteilung gesagt hatte. Sie erklärte, zu ihren Aufgaben gehöre nun auch »die Verantwortung für die berufliche Entwicklung« ihrer Kollegen, Rob und Nick hätten also jederzeit ein offenes Ohr für alles, was die jeweils zehn ihnen zugeteilten Lehrer mit ihnen besprechen wollten. Sie waren darüber ebenso überrascht wie die anderen, und es hätte ein heikler Moment werden können, wenn Amanda nicht eingeworfen hätte: »Ach, heißt das, wir können offiziell bei ihnen meckern?« Alle lachten.

Im Allgemeinen nahmen sie die Mitteilung aber so gut auf, wie man nur erwarten konnte. Roberta und Gwen schauten sich über ihre Kaffeetassen hinweg mit triumphierender Verbitterung an, was ihrer Freundschaft auf die Sprünge half. Ned, der so viel Verbitterung besaß wie ein Welpe, der sich schwanzwedelnd auf dem Rücken wälzte, freute sich für Rob und Nicky. Bei seinem mittäglichen Telefonat erzählte er es seiner Frau als kleines Intermezzo in seiner Eloge auf Marmite- und Käsesandwichs: »eine spannende Kombination und eine keineswegs unangenehme Überraschung«. Er legte sogar die Hand auf die Sprechmuschel und gab Nicky quer durchs Lehrerzimmer die Glückwünsche seiner Frau Theresa weiter. Nicky war ihm dankbar und bemühte sich, ihn nicht zu bemitleiden.

Martha, die gerade erst als neue Lehrerin der Vorschulklasse angefangen hatte und an eine Beförderung nicht mal denken durfte, konnte sich vorbehaltlos für Rob und Nick freuen.

Sobald Martha das Lehrerzimmer verlassen hatte, entspann sich eine heftige Debatte über ihr Gefühlsleben, wie die Kollegen sie nicht mehr führen würden, wenn sie die junge Frau erst besser kennengelernt hätten.

»Das ist wirklich eine Schande«, entrüstete Roberta sich in übertriebenem Flüsterton. »Das arme Mädchen.«

»Wieso?«, fragte Rob.

»Na ja, sie wartet offensichtlich darauf, dass ihr Freund ihr einen Antrag macht«, erklärte Roberta. »Und um ihre Enttäuschung zu kaschieren, lügt sie sich in die Tasche, er sei nicht der Richtige. Habt ihr nicht gemerkt, wie schwer es ihr gefallen ist, damit herauszurücken?«

»Unsinn!«, riefen sämtliche Singles unisono.

»Wahrscheinlich macht er ihr nie einen Antrag«, schlug Gwen sich auf Robertas Seite, ohne auf die Singles zu achten. »Und sie wirft für ihn ihre zwanziger Jahre weg.« Sie schnippte mit den Fingern. »Und das war's dann. Eines Tages wacht sie auf und stellt fest, dass es zu spät ist, eine Familie zu gründen.«

Nicky merkte, dass Rob sie plötzlich besorgt anschaute. Sie bedachte ihn mit einem starren Grinsen, schaute aber schnell weg.

»Wenn das so ist, sollte sie zusehen, dass sie ihn loswird, und sich wieder auf den Markt begeben«, konstatierte Roberta nickend und senkte die Stimme: »Vielleicht sollte ich sie mit jemandem bekannt machen.«

»Entschuldigt mal!«, kreischte Amanda. »Vielleicht macht es ihr ja Spaß! Vielleicht will sie gar keine Kinder, das könnte doch sein. Nicht jede Frau will Kinder. Ich wünsche ihr viel Glück.« Sie schaute zu Rob hinüber.

»Oder vielleicht glaubt sie einfach nicht an die Ehe«, fügte Nicky hinzu. »Auch damit wünsche ich ihr viel Glück.«

Amanda beäugte Rob, bevor sie nickend erklärte: »Völlig richtig, Mädchen! Wir sind Karrierefrauen, stimmt's?« Lachend stieß sie Nicky mit dem Ellbogen in die Seite.

Nicky fand den Zeitpunkt nicht geeignet, sich auf eine Debatte einzulassen, wieso Frauen sich zwischen Karriere und Familie entscheiden mussten, Männer aber nicht, ganz zu schweigen davon, dass sie Amanda eine runterhauen würde, falls sie ihr noch einmal den Ellbogen in die Seite stieß.

»Entschuldigt mal!«, kreischte Roberta. »Ich habe einen Exmann und einen Sohn, heißt das etwa, dass ich keine Karrierefrau bin?«

Eine peinliche Pause entstand.

»Heißt das, Mütter mit drei Kindern können nicht befördert werden?«, warf Gwen, von Roberta ermutigt, ein.

Stille kroch durch den Raum. Nicky beschloss, dass es wohl doch der geeignete Zeitpunkt für eine gesunde Debatte über diesen Punkt war, aber während sie noch überlegte, wie sie anfangen sollte, räusperte Rob sich und sagte mit einem leicht zurechtweisenden Lächeln:

»Na, na. Ich glaube nicht, dass Nicky befördert wurde, weil sie alleinstehend und ungebunden ist. Ich denke, wir alle wissen, dass es an ihren beruflichen Qualitäten liegt.«

»Ja, natürlich«, bestätigte Gwen hastig. »Das wissen wir alle.«

»Gut«, grinste Rob.

Nicky starrte von Gwen zu Rob und wieder zurück, bevor sie ruhig sagte: »Und wo wir gerade beim Thema sind, ich denke, wir wissen auch alle, dass Rob nicht befördert wurde, weil er alleinstehend und ungebunden ist.«

»Natürlich nicht«, meinte Gwen. »Das wissen wir alle.«

Nicky nahm ihre Tasche und rauschte aus dem Lehrerzimmer.

In der Pause erwischte Ally sie fünf Minuten allein.

»Du warst vorhin ziemlich schroff zu Rob«, sagte Ally. »Er hat doch bloß versucht, deine Position zu verteidigen.«

»Wieso muss er mich verteidigen?«, erwiderte Nicky. »Wir sind gleichberechtigt. Wieso muss meine Beförderung gerechtfertigt werden und seine nicht?«

Ally schüttelte den Kopf über ihre Freundin. »Hast du dir in letzter Zeit mal seinen Hintern angeguckt?«

Stöhnend stützte Nicky den Kopf in die Hände und jammerte: »Du hast mir doch gesagt, ich soll es nicht tun.«

»Gegen Gucken hab ich nichts gesagt«, erklärte Ally. »Ich habe nur gesagt, du sollst dich dabei nicht davon abhalten lassen, dich auf deinen Job zu konzentrieren.«

Nickys Hauptaufgabe, aus den Beurteilungsmethoden sämtlicher Lehrer eine Vorlage für die gesamte Schule zu entwickeln, nahm ihre »Verwaltungszeit« vollauf in Anspruch und beeinträchtigte ihre »Planungs- und Vorbereitungszeit«, da sie in den nächsten sieben Wochen in allen Klassen hospitieren musste. Mittlerweile mussten ihre Schüler nahezu ihre sämtlichen Arbeiten selbst korrigieren. Sie hatte schon lange gelernt, dass Kinder am besten ein Gefühl für ihre eigenen Leistungen entwickelten, wenn sie mit ihren Banknachbarn die Hefte tauschten und gegenseitig ihre Aufgaben korrigierten. Damit hatte sie wertvolle Zeit an den Wochenenden gewonnen, die sie bisher genutzt hatte, um mit Hilfe des Internets wunderbare Unterrichtsreihen vorzubereiten oder in der Schule Ausstellungen mit Bastelarbeiten der Kinder zu organisieren. Ihr hatte es nie etwas ausgemacht, für ihre Schüler Freizeit zu opfern. Denn je mehr Arbeit man investierte, umso mehr hatten die Kinder davon. Schließlich verbrachte sie mit ihnen nur fünf Stunden täglich und wollte keinen Moment vergeuden.

Aber plötzlich blieb ihr keine Zeit mehr übrig. Ihre Aufgabenliste, die sie für jeden Tag erstellte, war mittlerweile so lang, dass sie gar nicht mehr darüber nachdenken mochte.

Ihr war klar, dass sie den Kürzeren gezogen hatte, als sie sah, dass Rob für seine Aufgabe mit ein paar Kindern in der Mittagspause sprach und dann Miss James und ihr einen vierzigminütigen, leidenschaftlichen Vortrag mit Schautafeln vom Overheadprojektor hielt. Miss James war von jedem Wort begeistert und gab ihm zwei Doppelkekse und einen Bourbon.

Nach dieser Besprechung hatte Miss James ihnen

mitgeteilt, dass sie nun natürlich auch für den Elternsprechtag zuständig waren.

Wieder einmal sollten Rob und sie sich die Aufgaben teilen, was recht einfach erschien. Es galt, die Terminplanung und die Korrektur der Schularbeiten zu beaufsichtigen. Die Terminplanung für den Elternsprechtag, der an zwei Abenden stattfand, erledigte jeder Lehrer selbst (damit alle Eltern genau wussten, wann sie wie lange mit dem Lehrer ihres Kindes sprechen konnten); außerdem mussten sie dafür sorgen, dass sämtliche Schularbeiten korrigiert waren (damit Eltern sich die Arbeiten ihres Kindes anschauen konnten, wenn sie wollten). Noch bevor Nicky ihr Gehirn einschalten konnte, hatte Rob sich die Terminplanung ausgesucht und sie musste die Korrekturen der Lehrer überprüfen. Wie sich herausstellte, waren alle Kollegen nur zu froh über ein bisschen Druck, Anleitung und würzendes Geflirte bei der Terminplanung, dagegen gefiel es ihnen ganz und gar nicht, sich an etwas so Heikles wie ihre Korrekturen erinnern zu lassen. Schon gar nicht von einer Kollegin, die meistens die Schularbeiten von den Schülern selbst korrigieren ließ.

Schon bald wirkte sich Nickys zusätzliche Arbeitsbelastung auf ihr Privatleben aus. Nachdem sie sich die ganze Woche mit widerspenstigen Kollegen herumgeschlagen hatte, lag sie samstagabends manchmal bereits um neun Uhr im Bett. Sonntags stand sie schon um acht Uhr morgens auf, um die Arbeitsvorbereitungen für die kommende Woche abzuschließen, statt wie bisher ihre Wohnung zu putzen, und nachmittags verschaffte sie sich die dringend benötigte Erholung bei einem alten John-Wayne-Film mit abgeschaltetem Ton (so fand sie sie interessanter). Die Hausarbeit erledigte sie nun morgens vor der Schule, was sie knapp schaffte, wenn sie eine Viertelstunde früher aufstand. Und während des John-Wayne-Films saugte sie Staub, was zu ihrer Verwunderung den Spaß an dem Film nicht beeinträchtigte. Ihre Wäsche bügelte sie abends, wenn sie nicht zu müde war, und kaufte bald nur noch bügelfreie Kleidung.

Als die Sommerzeit zu Ende war und die Tage kürzer wurden, spürte sie die Auswirkungen mehr denn je und war meistens müde. Sie nahm nun Claires Einladungen zum sonntäglichen Mittagessen immer öfter an, weil es die einzige Chance war, ein warmes Essen zu bekommen – sie hatte wirklich keine Zeit, sonntags für sich zu kochen – und sich nicht den Rest des Tages um die Töchter ihrer Schwester zu kümmern. Dafür hatte sie weder Zeit noch Energie.

Ihr kam der Gedanke, dass sie vielleicht einem solchen Maß an Arbeit nicht gewachsen war und dass es durchaus Gründe gab, weshalb mehr Männer es in die Führungsebene schafften: Sie hatten nämlich eine Ehefrau zu Hause, die kochte, putzte, Brote schmierte und an den richtigen Stellen »aha« sagte.

Ihr Posten in der Schulleitung brachte noch andere Aufgaben mit sich. Rob und sie organisierten die Morgenandacht – eine harte Arbeit –, den täglichen Stundenplan für die ganze Schule – eine teuflische Arbeit –, die Schülermitverwaltung – ein völliger Alptraum – und die Dienstpläne der Schulassistentinnen und Küchenfeen.

Aber zunächst mussten sie den Elternsprechtag vorbereiten.

Oje, Elternsprechtag, dachte sie. Es gab vieles an Elternsprechtagen, was Nicky mochte oder verabscheute. Am liebsten war ihr, wenn sie einer Mutter, die von Schuldgefühlen über ihren Vollzeitberuf zerfressen war, sagen konnte, dass ihr Kind sich gut machte. Dagegen hasste sie es, mit Dolmetschern zu reden oder Eltern, die nur Rumänisch sprachen, klarzumachen, dass ihr Kind besondere Bedürfnisse hatte. Und sie hasste es, einem alleinerziehenden Vater zu erklären, dass sie es nicht für angebracht hielt, bei einem Abendessen über sein Kind zu sprechen, und dabei so zu tun, als hätte sie seine Avancen nicht bemerkt. Was sie aber am meisten störte, waren Eltern, die schlichtweg nicht auf die Einladung zum Elternsprechtag reagierten. Und zu ihrer wachsenden Verärgerung gehörte Oscars Dad zu dieser Sorte. Vierzehn Tage vor den beiden Elternabenden hatte er als Einziger das Formular noch nicht unterschrieben zurückgebracht. Jedes Mal wenn sie Oscar danach fragte, antwortete er etwas Unverbindliches oder versprach, es seinem Vater noch am selben Abend zu geben. Jedes Mal dachte sie, sie sei endlich zu ihm durchgedrungen, musste aber am nächsten Tag feststellen, dass er nur noch ausweichender reagierte. Sie überlegte, bei ihm zu Hause anzurufen oder seinem Vater eine E-Mail zu schicken, wollte aber keinen unnötigen Wirbel machen. Denn Oscars schulische Leistungen waren gleichbleibend gut. Wenn sein Vater es nicht für nötig hielt zu kommen, sollte sie vielleicht auch nicht darauf bestehen.

Als sie an Halloween, zehn Tage vor dem Elternsprechtag, den ganzen Nachmittag Kürbislaternen und Kostüme für Süßes-oder-Saures bastelten, erzählte Oscar, an diesem Abend werde er mit seinem Dad und Daisys Mum auf Süßes-oder-Saures-Tour gehen. Nicky freute sich für ihn und fühlte sich ermutigt. Denn ein Vater, der mit seinem Sohn an Halloween durch die Straßen zog, würde sicher den Elternsprechtag nicht versäumen. Sie ließ sich von Oscar versprechen, dass er die Anmeldung zum Elternsprechtag noch heute vor dem Zubettgehen von seinem Vater unterschreiben lassen würde, und wünschte, sie hätte eine Kamera, um zu fotografieren, wie seine Augen jedes Mal leuchteten, wenn er davon sprach, etwas mit seinem Vater zu unternehmen.

An diesem Abend beschloss sie, ihre Verwaltungsarbeiten zu Hause zu erledigen. Auf dem Heimweg musste sie noch Unmengen Süßigkeiten einkaufen, da an Halloween meist einige ihrer ehemaligen Schüler an ihrer Tür klingelten. Sie stellte eine brennende Kürbislaterne vor die Haustür, schüttelte sämtliche Süßigkeiten in eine Schüssel und wartete auf sie. Rob hatte sie wie üblich zu seiner Halloween-Party eingeladen, aber sie hatte wie üblich dankend abgelehnt. Halloween war etwas für Kinder, nicht für Erwachsene, die sich wie Kinder aufführten. Außerdem war sie nicht sonderlich wild darauf, Amanda im Hexenkostüm zu sehen.

Um sechs Uhr abends hockte sie in ihrem Wohnzimmer auf dem Boden und hatte ihre Arbeit auf dem Couchtisch ausgebreitet. Im Hintergrund lief der Fernseher ohne Ton, alle Lämpchen waren eingeschaltet, das Gasfeuer im Kamin glühte und draußen war es dunkel und kalt. Als ihr Telefon klingelte, nahm sie automatisch ab. Es war Rob.

»Bist du sicher, dass du heute Abend nicht kommen willst?«

Nicky lächelte. »Ja, danke. Ich möchte meine Kids auf keinen Fall verpassen.«

»Lass es lieber«, rief er aus. »Es wird dir bloß zeigen, wie alt du bist.«

»Na, vielen Dank.«

»Ach, komm doch zur Party. Es wird bestimmt lustig.«

Sie seufzte. »Nein, danke. Ich könnte eine phantastische Fee verpassen.«

»Ich habe mein Batmankostüm an«, versuchte er sie zu überreden, »und dieser Batman hat extrem straffe Schenkel.«

Sie lachte und warf einen Blick auf ihren Berg von Notizen. »Hast du eigentlich nichts mehr für Miss James zu erledigen?«

»Doch«, antwortete er, »aber das kann warten.«

Wieso konnte er eine Party geben, während sie kaum Zeit hatte, die Haustür zu öffnen, wenn es klingelte? Vielleicht war er besser für diesen Job geschaffen als sie.

»Dir ist klar, dass du mir keine andere Wahl lässt, als den Abend mit Amanda zu verbringen«, sagte er in die Stille hinein. »Und sie kommt als böse Hexe.«

»Ich weiß«, erklärte Nicky, »sie hat es mir heute erzählt. Ich hab es geschafft, nicht zu grinsen.«

»Gut, sonst hätte sie dich in eine Kröte verwandelt. Ich muss gestehen: Ich hab was übrig für Hexen.«

Nicky zögerte. Was wollte er damit ausdrücken? Sie überlegte schon, ob sie nicht doch zu der Party gehen sollte, aber der Gedanke, aus dem Haus zu gehen, war ihr zu viel. Über Nacht war es Winter geworden, draußen war es viel zu kalt. Und was hätte sie anziehen sollen?

Gott, Rob hatte recht. Wahrscheinlich wurde sie alt.

»Pete will dich noch sprechen«, sagte Rob.

Pete kam ans Telefon. Er und Ally kamen nach Robs Party immer zu Fuß zu Nicky, um bei ihr zu übernachten. So konnten sie etwas trinken, ohne anschließend fahren zu müssen, und hatten es am nächsten Morgen nicht so weit zur Schule.

»Bist du sicher, dass es okay ist, wenn wir hinterher zu dir kommen?«, fragte Pete.

»Klar«, versicherte Nicky ihm. »Das ist doch Tradition.«

»Danke. Ich würde ja hierbleiben, aber Kobolde können nicht in Batmans Höhle bleiben. Davon kriegen sie Pickel, und es gibt nichts Schlimmeres als pickelige Kobolde.«

Da es an Nickys Tür klingelte, verabschiedete sie sich, lief die Treppe hinunter, nahm die Schale mit Süßigkeiten vom Dielentisch und öffnete die Haustür.

Drei Stunden später hatten die meisten Kinder ihre Süßes-oder-Saures-Runde beendet. Nicky saß auf dem Fußboden, schaute fern und aß die letzten Fruchtgummi-Reißzähne. Von den vielen Bonbons war ihre Zunge ganz rau. Rob hatte recht behalten: Ihre Exschüler als schlaksige Teenager zu sehen hatte ihr in diesem Jahr zum ersten Mal vor Augen geführt, wie schnell das Leben verflog. Es war, als ob ihre Schüler auf einem riesigen Brettspiel ständig die richtigen Zahlen würfelten und eine Leiter nach der anderen erklommen, während sie immer nur eine Eins oder Zwei würfelte oder aussetzen müsste. Gegen neun Uhr war sie so niedergeschlagen, dass sie zum ersten Mal an einem Halloween-Abend versucht war, früh ins Bett zu gehen. Auf Pete und Ally brauchte sie nicht zu warten, da sie einen Hausschlüssel hatten. Als es um eine Zeit an der Tür klingelte, als es für die Süßes-oder-Saures-Runde schon zu spät, aber noch zu früh für Pete und Ally war, überlegte sie, ob sie überhaupt öffnen sollte.

Langsam stand sie auf und trottete mit ihrer nahezu leeren Süßigkeitenschale nach unten. Zwei Kinder, die bis zur Unkenntlichkeit vermummt waren, starrten sie an. Die müde Mutter, die hinter ihnen stand, lächelte entschuldigend, aber die Kinder starrten sie nur weiter stumm und mit großen Augen an und kreischten schließlich aufgeregt: »Miss Hobbs! Miss Hobbs!«

Sie bat alle in ihre warme Diele, wo sie nach und nach herausfand, dass sie es mit Oscar und Daisy zu tun hatte.

Daisy hüpfte hin und her und kreischte: »Das ist Miss Hobbs! Das ist Miss Hobbs!« Oscar grinste so breit, dass er aussah wie ein völlig anderer Junge. Nachdem Nicky heute Abend so viele ihrer ehemaligen Schüler und Schülerinnen gesehen hatte, fiel es ihr nicht schwer, ihn sich mit vierzehn Jahren vorzustellen, groß, schlaksig, umwerfend gutaussehend und lebendig. Das machte sie glücklich und gleichzeitig traurig.

Die Mutter lächelte offenbar noch angestrengter.

»Hi, ich bin Nicky Hobbs.« Sie schüttelte ihr die Hand.

»Lilith Parker«, stellte die Mutter sich vor. »Daisys Mum. Tut mir leid, dass wir so spät noch klingeln. Wir sind immer weitergegangen, weil wir gehofft haben, Oscars Dad würde noch kommen. Wir sind ein bisschen über unsere übliche Runde hinausgegangen. Ich glaube, wir haben ein Gebiet von fünfzehn Kilometern Durchmesser abgeklappert und sind ziemlich müde.«

»Ich nicht«, widersprach Oscar verstockt.

Nicky wurde schlagartig ernst und fragte spontan: »Wer hätte denn gern eine schöne heiße Schokolade mit Toast?« Die Kinder schauten Lilith eindringlich bittend an.

»Dürfen wir? Bitte, Mum«, quengelte Daisy.

»Bitte«, bettelte Oscar. »Dann schafft Dad es vielleicht noch zu kommen.«

Seufzend schaute Lilith Nicky an. »Das wäre wunderbar. Vielen Dank. Wir haben noch nicht zu Abend gegessen, weil wir seit sechs Uhr unterwegs sind. Die Kinder wollten einfach immer weitergehen. Na ja, jedenfalls Oscar.«

Nicky rang sich ein Strahlen ab. »Das ist prima. Wenn Oscars Dad früher gekommen wäre, hätte ich euch alle nicht gesehen.«

Sie folgten ihr hinauf in die Küche.

So, dachte Nicky, Oscars Vater war also doch nicht zur versprochenen Süßes-oder-Saures-Runde erschienen. Während ihre Besucher Mäntel, Schals und Mützen auszogen, erkundigte sie sich so munter, wie sie nur konnte, wo Oscars Dad war. Oscar hatte sie anscheinend nicht gehört, aber Lilith murmelte: »Bei der Arbeit natürlich. Wo sonst?«

Bis die Milch heiß und das Brot getoastet war, ließ Nicky von Daisy und Oscar den Tisch decken und löffelte Trinkschokolade und Zucker in leuchtend bunte Becher. Die Kinder setzten sich an die kleine Frühstückstheke und drehten auf. Nicky und Lilith lehnten sich neben dem Herd an die Arbeitsplatte.

»Ich hoffe, Sie nehmen mir die Frage nicht übel«, sagte Nicky, während die Kinder miteinander scherzten und lachten, »aber wissen Sie, ob Oscars Vater zum Elternsprechtag kommt? Er ist der Einzige von den Eltern der Klasse, der noch nicht geantwortet hat.«

Lilith verdrehte die Augen. »Typisch. Ich rede mit ihm. Aber ich würde mir davon nicht zu viel versprechen. Im letzten Jahr musste ich für ihn hingehen.« Sie schüttelte den Kopf. »Das Einzige, was Mark macht – und das peinlich gewissenhaft –, ist, zu den Jahreshauptversammlungen der Schule zu gehen. Typisch Wirtschaftsprüfer. Er denkt, er könnte irgendwie helfen, wenn er sich den Bericht des Schatzmeisters anhört. Er verpasst das Sportfest, das Krippenspiel, den Elternsprechtag – immer wegen seiner Arbeit –, aber bei der blöden Jahreshauptversammlung ist er da, egal, was kommt. Männer!« Sie lachte laut auf. »Haben keine Ahnung.« Als Nicky darauf nicht antwortete, fügte sie hinzu: »Schon okay. Wir sind … befreundet. Eigentlich ist er ganz in Ordnung.«

Nicky lächelte flüchtig. »Es ist wirklich eine Schande, dass er nicht kommen kann.«

Lilith musterte sie. »Gibt's ein Problem?«

Nicky verzog das Gesicht. »Nein, aber wenn Eltern nicht erscheinen, und das immer wieder, hat das meiner Erfahrung nach meistens einen Grund … vielleicht einen Grund, über den wir Bescheid wissen sollten.«

Lilith rang sich ein Lächeln ab. »Ich kann Ihnen versichern, das Einzige, was da läuft, ist Arbeit. Mark ist gerade zum Partner in einer der größten Firmen der Stadt aufgestiegen. Verdient ein Vermögen, muss sich dafür aber mit Leib und Seele an die Firma verkaufen. Bevor Helen starb, Oscars Mum«, sie sprach noch leiser, »war das einer ihrer Hauptstreitpunkte. Dass Mark seinen Job mehr liebte als seine Familie. Aber er sagte immer, das mache er für sie und Oscar. Auch wenn es vielleicht nicht so aussieht, ihm liegt viel an Oscar, und er glaubt, er tut das Richtige.«

Nicky nickte und wollte gerade fragen, wie der Junge sich mit seiner Mutter verstanden hatte, als Oscars Handy piepste. Er sprang auf und rief: »Daddy! Daddy! Er kommt!« Sobald er das Handy aufklappte, verstummte er.

»Da haben wir's«, flüsterte Lilith, so dass nur Nicky es hörte, und reichte Oscar seine heiße Schokolade und einen Toast. »Was ist, Schatz?«

Oscar las die SMS mit gesenktem Kopf. »Er muss die

ganze Nacht durcharbeiten«, las er ausdruckslos. »Dad fragt, ob ich heute Nacht bei euch bleiben kann.«

Nicky sah, dass Daisy die Augen verdrehte wie eine leidgeprüfte Ehefrau.

»Ja, klar«, rief Lilith. »Auf dem Heimweg können wir alle im Auto Busted hören und mitsingen!«

Oscar starrte in seine Schokolade.

Eine Stunde später schlüpfte Nicky ins Bett. Als es an der Haustür klingelte, lief sie hinunter und öffnete. Ally trug Zaubererumhang und -hut. Petes Koboldkostüm bestand aus großen, spitzen Ohren, einem noch größeren spitzen Hut, falscher Nase, roten Wangen, grünem Kittel und Strumpfhose. Es heiterte Nicky ungemein auf.

»Amanda war gar nicht als Hexe verkleidet«, kreischte Ally und nahm ihren Hut ab.

»Psst!«, zischte Pete lautstark. »Hier wohnen doch Leute! Nicky wohnt doch hier.« Er deutete auf Nicky. »Siehst du?«

»Sie war als Hexenkatze verkleidet«, platzte Ally in der Diele heraus.

Sie gingen hinauf in die Küche, wo Nicky eine Kanne Kaffee aufbrühte und Ally und Pete an die Arbeitsplatte sackten. Petes Kopf wippte fast genauso heftig wie Nickys Haare am frühen Morgen.

»Sie sah total nuttig aus«, erzählte Ally. »Das war echt schon Pornographie. Übrigens waren alle da. Ich glaube, du hast als Einzige gefehlt.«

Pete seufzte. »Ich werde Katzen nie wieder mit denselben Augen sehen. Es ist wirklich beunruhigend.«

Ally gab ihm einen Klaps auf den Arm, und als er zurückschlagen wollte, verpasste er sie und fiel beinahe vornüber, worauf alle beide vor Lachen losprusteten.

»Sie hatte hautenge schwarze Lederstiefel bis hier oben an«, erzählte Ally und deutete auf die Mitte ihrer Oberschenkel, »Netzstrümpfe, eine Korsage und sonst kaum was. Aber vor allem …«

Pete und Ally tauschten aufgeregte Blicke.

»Ja?«, fragte Nicky.

»Irgendwas ist passiert«, erklärte Ally gewichtig.

Pete rülpste traurig. Sie nahmen ihre Kaffeebecher mit ins Wohnzimmer.

»Wie meinst du das: ›Irgendwas ist passiert‹?«, fragte Nicky. »Wart ihr denn nicht dabei?«

»Wir waren fast den ganzen Abend im Garten und haben Kricket gespielt.«

»Was? Draußen ist es doch eiskalt.«

»Französisches Kricket«, erklärte Pete.

»Ach so.«

»Aber als wir hinterher wieder hineingegangen sind, war eindeutig irgendwas passiert«, versicherte Ally, die offenbar schlagartig wieder nüchtern war und nun Pete anschaute.

»Du musst das unbedingt für mich rausfinden. Quetsch Rob für uns aus.«

»Kommt nicht in die Tüte. Er ist mein Freund.« Er wandte sich an Nicky. »Mach du's doch. Bei dir singt er bestimmt.«

»Glaubt ihr, er hat was mit Amanda angefangen?«, fragte Nicky mit unsicherer Stimme.

Pete guckte sie fassungslos an. »Das glaube ich nicht.« Er schaute zu Ally hinüber. »Ich dachte, er versucht's bei Martha.«

»Martha!«, kreischte Ally. »Wieso?«

Pete zuckte mit den Schultern. »Leicht zu haben. Keine großen Ansprüche. Keine Verpflichtungen, weil sie sich nicht von ihrem Freund trennen will.«

»Na, toll«, meinte Ally. »Da könnte man glatt wieder an Märchen glauben.« Sie wandte sich an Nicky. »Ist das Gästezimmer fertig?«

»Natürlich.« Nicky dankte ihren Sternen, dass sie nicht zu der Party gegangen war. Noch besser wäre, wenn überhaupt niemand hingegangen wäre. »Aber keine Techtelmechtel. So ein Etablissement ist das hier nicht.«

»Hast du gehört, Allison«, sagte Pete zu Ally. »Lass bloß die Hände von mir, du scharfes Stück.«

Ally seufzte. »Mal sehen, was sich machen lässt, aber ich kann nichts versprechen. Kobolde mit fingerdicken Beinen machen mich wirklich heiß.«

KAPITEL 6

Am nächsten Morgen, einem Freitag, betrat Nicky entschlossen das Lehrerzimmer. Ally und Pete waren noch in ihrer Wohnung und machten sich fertig. Beim Aufwachen hatte Nickys erster Gedanke Oscar gegolten, und sobald sie allein war, beschloss sie, ihn zum letzten Mal auf den Elternsprechtag anzusprechen, und falls er ihr keine klare Antwort geben könnte, wollte sie sich mit seinem Vater in Verbindung setzen.

Aber das war vergessen, sobald sie ins Lehrerzimmer kam. Es ging tatsächlich irgendetwas Merkwürdiges vor. Sie konnte nicht den Finger darauflegen, spürte aber, dass eine frische Atmosphäre in der Luft lag wie nach einem Frühjahrsputz. Es hatte fast schon etwas Beschwingtes. Dann fielen ihr wieder Robs Party und Amanda die Hexenkatze ein.

Alle waren da, bis auf Rob und Amanda. Ihr Unterleib krampfte sich zusammen. Als sie gerade schon überlegte, ob die beiden wohl zusammen in die Schule kommen würden, kam Rob eindeutig allein, strahlend und lässig herein.

»Hi, alle miteinander!«, grüßte er und erhielt herzlichere Antworten, als Nicky es je erlebt hatte. Statt Kaffee für sich und Nicky zu holen, wie er es seit Jahren jeden Morgen tat, ging er geradewegs an seinen Spind. Sie wartete, bis zwei Kinder, die mit ihren Lehrern sprachen, den Raum verlassen hatten, bevor sie zu ihm ging und fragte: »Und? War's ein Erfolg gestern Abend?«

»Das weiß ich nicht«, antwortete er in den Raum hinein. »Das musst du die anderen fragen.«

Alle bejahten begeistert. Es erinnerte Nicky an den Morgen, als Miss Fotheringham verkündet hatte, dass sie in den Ruhestand ging. Echter, wichtiger Klatsch verjüngte alle. Eindeutig war gestern Abend irgendwas passiert.

»Okay«, sagte sie zu Rob. »Was ist passiert? Was habe ich verpasst?«

»Nichts«, erklärte Gwen mit aufgesetzter Nonchalance.

»Gar nichts«, lachte Roberta. »Nur Gwen, die als Kürbis *I Will Survive* gesungen hat.« Die anderen prusteten vor Lachen. Nickys Augen wurden groß wie Tinte auf Löschpapier. »Warst du betrunken?«, fragte sie Gwen fassungslos.

»Nein«, antwortete Gwen. »Ich hatte einfach Spaß. Man braucht doch nicht betrunken zu sein, um sich zu amüsieren.«

»Blau«, stellte Roberta fest, was weiteres Gelächter auslöste.

Gwen schleuderte ein Buch quer durchs Lehrerzimmer an Robertas Schulter. Ein Bibliotheksbuch! Zu Nickys Verblüffung lachte Gwen lauthals. Meine Güte, dachte Nicky, das musste eindeutig eine tolle Party gewesen sein.

»Wart ihr alle da?«, fragte sie und erntete Kopfnicken.

In diesem Augenblick kam Amanda herein, und es wurde schlagartig so still, als ob es plötzlich angefangen hätte zu schneien. Amanda blieb in der Tür stehen, und alle starrten sie unverhohlen an. Sie tastete nach dem Türrahmen und schluckte. Nicky war perplex. Zum ersten Mal solange sie sich erinnern konnte, sah Amanda nicht gut aus. Sie sah sogar ausgesprochen mitgenommen aus. Die langen, schlanken Beine wirkten ungeheuer zerbrechlich, und die Ganzkörperbräune war unattraktiv fahl. Wieso hatte sie nie einen Fotoapparat bei sich, wenn sie ihn brauchte?, fragte Nicky sich.

Die anderen waren offenbar nicht sonderlich überrascht über Amandas Aussehen. Ned trat schließlich einen halben Schritt vor, hüstelte zur Einleitung und sagte viel zu laut: »Hallo!«

Die anderen taten es ihm nach, worauf Ned, begeistert über seine durchbrechenden Führungsqualitäten, mit dem Kopf nickte wie ein Wackeldackel.

Amanda gab eine Art Grunzen von sich und stapfte mit gesenktem Kopf an ihren Spind.

»Mensch, Marie«, platzte Roberta hinter Amandas gekrümmtem Rücken heraus, »du siehst aus wie gerade von einem Fußballer ausgespuckt.« Hier und da war schuldbewusstes Kichern zu hören.

Amanda erstarrte, atmete tief durch und drehte sich langsam um. Leicht schwankend suchte sie mit einer Hand Halt und erklärte jammernd: »Ich habe einen Kater. Aber ich erwarte gar nicht, dass ihr das versteht, weil eure Vorstellungen von Spaß gleich nach Trivial Pursuit kommen.«

Rob unterbrach ein paar behutsame Missfallensäußerungen, indem er wenig überzeugend lachte, mit einem Satz zu Amanda sprang, ihren Arm nahm und überschwenglich erklärte: »Du warst phantastisch gestern Abend! Wir sind doch bloß neidisch!« Er wandte sich an Gwen. »Gwen! Ein Glas Wasser bitte.«

»Sicher«, sagte Gwen und ging zum Wasserhahn.

Ned hüstelte wieder. »Was … ehm, an was erinnerst du dich denn noch?«, fragte er Amanda.

Amanda machte mehrmals den Mund auf und wieder zu. Rob sagte lachend: »Was gibt's da schon groß, woran man sich erinnern sollte? Ein Mädchen trinkt ein bisschen zu viel, sagt Sachen, die sie nicht so meint, und geht mit einem Brummschädel nach Hause.« Er lachte wieder.

Im Lehrerzimmer war es still.

»Hat jemand ein Video gemacht?«, fragte Nicky leise.

Rob bekam einen Lachanfall. »Komisch! Wirklich komisch!« Er ließ das Lachen verklingen, bevor er abschließend mit übertriebenem Achselzucken feststellte: »Na ja. Ich denke, jetzt müssen wir alle wieder an unsere langweilige Arbeit.«

Als alle auf diesen Wink mit dem Zaunpfahl sich wieder an ihre morgendlichen Routinearbeiten machten, versuchte Nicky, seinen Blick einzufangen, aber er wollte nichts davon wissen. Selbst als Ally und Pete kamen, hielt er Distanz. Ihr blieb also nichts anderes übrig, als hinauszugehen, um die Aufsicht während der Morgenandacht zu übernehmen.

Zum ersten Mal seit Menschengedenken traf sich die Viererclique den ganzen Tag nicht. Bis zu Nickys und Robs Beförderung hatten die vier immer in der Kantine oder im Lehrerzimmer zusammen zu Mittag gegessen. Heute waren Pete und Ally in die Kantine gegangen, aber Nicky hatte noch zu viel zu erledigen. Sie aß ihr Butterbrot am Laptop. Auch Rob hatte noch zu arbeiten und war im Lehrerzimmer, unterhielt sich aber ausgiebig mit Ned, der mit vollem Mund sprach.

Schließlich angelte Nicky ihr Handy aus der Tasche und schrieb Rob von ihrem Platz aus eine SMS.

Ich finde raus, was passiert ist. Spätestens beim Feuerwerk, so oder so.

Sie beobachtete, wie er das Gespräch mit Ned unterbrach, sein Handy herauszog und die SMS las. Dann warf er ihr quer durch das Lehrerzimmer einen Blick zu, den sie nicht ganz zu deuten vermochte, der ihr aber das Gefühl vermittelte, ihm zugleich ferner und näher zu sein denn je. Sie tröstete sich mit dem Gedanken, dass ihr gemeinsamer Ausflug zum Feuerwerk am Samstag sich vermutlich äußerst interessant gestalten dürfte.

In diesem Jahr würde die Clique sich schon zum fünften Mal das Feuerwerk zum Guy-Fawkes-Tag mit Tausenden Zuschauern auf den Hängen rund um Alexandra Palace ansehen und das gesamte Kollegium der Schule durchhecheln. Meist lagen zwischen Halloween und dem Feuerwerk einige Tage, aber da es in diesem Jahr auf das Wochenende vor dem 5. November fiel, lagen nur zwei Tage dazwischen. Nicky war froh darüber, denn sie hatte nicht vor, Rob mit seiner Geheimniskrämerei davonkommen zu lassen.

Aber vorher musste sie noch einen ganzen Nachmittag überstehen und hatte von Oscars Dad noch immer keine Antwort auf die Einladung zum Elternsprechtag bekommen.

»Hast du gestern Abend mit deinem Vater über den Elternsprechtag gesprochen?«, fragte sie Oscar gleich nach der Mittagspause.

»Nein.«

»Wieso nicht?« Sie bemühte sich, ihren Ärger nicht durchklingen zu lassen. »Möchtest du nicht, dass er kommt?«

»Doch!« Oscar ärgerte sich offenbar. »Aber ich war bei Daisy!«

Sie runzelte die Stirn. »Du meinst, du hast seit dieser SMS gar nicht mehr mit deinem Vater gesprochen?«

Oscar zuckte abwehrend die Schultern. »Das kommt oft vor.«

Nicky schaute ihn eine Weile an.

»Er legt mir Schokolade auf mein Kopfkissen«, erklärte Oscar hastig, »damit ich weiß, dass er da war. Das macht er immer, wenn er erst nach Hause kommt, wenn ich bereits schlafe.«

Sie schaute ihn weiter an. »Das muss ziemlich viel Schokolade sein«, murmelte sie schließlich.

»Ja«, nickte er grinsend. »Es ist toll.«

Nach dem Unterricht fragte Nicky Ned und Gwen, ob Oscars Vater je zum Elternsprechtag gekommen sei. Verblüfft erfuhr sie, dass er nur ein einziges Mal erschienen war, als Oscar noch in die Vorschulklasse ging. Helen, Oscars verstorbene Mutter, war damals ebenfalls gekommen. Noch im selben Jahr war sie bei einem Verkehrsunfall ums Leben gekommen, der so tragisch war, dass er es sogar in die landesweiten Nachrichten gebracht hatte. Seitdem hatte es nur noch schriftliche oder telefonische Kontakte zu Oscars Vater gegeben. Nicky war fassungslos. Am liebsten hätte sie Oscar an ihre Brust gedrückt und nie wieder losgelassen.

Am späten Samstagnachmittag begann Nicky ihre Vorbereitungen auf den gemeinsamen Besuch des Feuerwerks mit einem ausgedehnten heißen Bad. Heute Abend wollte sie sich besondere Mühe geben. Den ganzen Freitag hatte sie Rob und Amanda genau im Auge behalten, aber keinerlei Anzeichen von Intimität an ihnen entdeckt, lediglich eine erhöhte Aufmerksamkeit füreinander, die sie ein bisschen beunruhigend fand. Sie glaubte zwar nicht, dass zwischen den beiden etwas lief, hatte aber bisher gedacht, im Rennen um »die Frau in Rob Pattisons Leben« nehme sie die Pole-Position ein. Nun war sie sich da nicht mehr so sicher. Sie musste Rob in die Mangel nehmen, dabei aber ihren Stolz bewahren. Und wenn es um Männer ging, gab es dazu nur einen möglichen Weg.

Nach dem Baden zwängte sie sich in ihre engste Jeans, die ihre Schenkel und das wunderbare kleine Dreieck darüber zur Geltung brachte, die weiche Rundung ihrer Hüften spektakulär betonte und ihrem Hintern ungemein schmeichelte. Sie war geradezu ein Korsett aus Jeansstoff. Dazu trug sie einen hautengen schwarzen Pulli mit V-Ausschnitt, der ein hübsches, aber nicht zu gewagtes Dekolleté machte, und ihr figurbetontes cremefarbenes Pelzjäckchen, das knapp über dem Po endete. Ihre sexy schwarzen Lederstiefel mit hohen Absätzen, die sie eigens für diese Gelegenheit aus ihrem Auto mit in die Wohnung gebracht hatte, rundeten das Bild ab, indem sie sie zehn Zentimeter größer machten und ihre Knöchel und Waden wie eine Slalomstrecke wirken ließen. Ihre toffeebraune Wollmütze ließ ihre dunklen Augen gleich wärmer erscheinen und versteckte weitgehend ihre unbändigen Haare. Nachdem sie noch einen weichen khakifarbenen Lidstrich gezogen hatte, der die Mandelform ihrer Augen unterstrich, zog sie sich die Lippen mit einem neuen dunkelroten Lippenstift nach, der ihr einen letzten Hauch von Glamour verlieh. Sie mochte zwar keine natürliche Schönheit sein wie Amanda, aber ein bisschen aufpoliert konnte sie sich durchaus sehen lassen. Nur schade, dass sie kaum atmen konnte, dachte sie.

Gerade bedachte sie ihr Spiegelbild mit einem zufriedenen Lächeln, als sie Rob draußen hupen hörte.

Eine halbe Stunde später trafen sie Pete und Ally an ihrem üblichen Treffpunkt am Parkeingang und ließen sich zu viert mit der riesigen Zuschauermenge auf das riesige Freudenfeuer zutreiben. Nicky fror erbärmlich und war völlig verspannt von dem Versuch, sich warm zu halten. Als der Wind ihr in den Nacken peitschte, sehnte sie sich nach dem formlosen Fleecepullover, der in ihrem Kleiderschrank lag. Rob legte ihr den Arm um die Schultern und rieb sie warm. Sie schaute zu ihm auf, er schaute zu ihr herunter. Sie lächelten.

»Alles klar, Goldstück?« Er grinste und drückte fest ihre Schulter.

»Was ist vorgestern Abend passiert?«, fragte sie, ebenfalls grinsend.

Er ließ sie los und deutete mit dem Finger auf sie, als sei sie ein ungezogenes Kind. Sie dachte schon, er werde antworten, aber er stockte und sagte dann nur: »Ich hole die Ofenkartoffeln, Ally holt den Glühwein. Pete sucht uns einen Platz, Nicky holt die Wunderkerzen. Und vergiss dieses Mal nicht, eine anzuzünden, Nicky.«

»Du sollst mich nicht einfach ignorieren, Robert Pattison«, schimpfte sie, stampfte mit dem Fuß auf und deutete mit dem Finger auf ihn. »Was ist auf der Party passiert, verflucht noch mal?«

Er grinste liebevoll und sagte: »Weißt du, wenn du das machst, siehst du aus wie ein kleines Mädchen.«

»*Wie ein kleines Mädchen!*«, platzte sie heraus. »Diese Jeans ist, als ob man eine Rippe amputiert bekäme! ›Wie ein kleines Mädchen‹, du meine Fresse.«

Rob musterte anerkennend ihre Jeans. »Du hast recht«, sagte er, »dein Hintern ist ganz Frau.« Zu ihrer

Verwunderung gab er ihr einen Klaps auf den Po, dass sie beinahe das Gleichgewicht verlor. »Aber der Rest ist ganz kleines Mädchen.«

»Wag es ja nicht, mich so väterlich zu behandeln, Prattison!«, kreischte sie. »Ich werde dann immer gefährlich unreif. Und das kannst du nicht wollen, wenn Wunderkerzen in der Nähe sind. Nicht in dieser Hose.« Als Rob sichtlich stutzte, nutzte sie den Moment. »Erzähl mir einfach, was zum Teufel vorgestern Abend passiert ist. Und wieso Amanda danach aussah wie eine verwesende Leiche.«

»Ach, vergiss es, Nicky«, rief Pete. »Das sind doch alte Geschichten.«

»Was stimmt nicht mit dieser Hose?«, fragte Rob und schaute an sich herunter.

»Wir sehen uns oben auf dem Hügel«, warf Pete ein. »Ich rufe euch alle an, sobald ich einen Platz gefunden habe.« Er und Ally machten sich gemeinsam auf den Weg. Rob und Nicky gingen zusammen los, um sich in die Schlangen für Kartoffeln und Wunderkerzen anzustellen.

»Sag's mir«, quengelte sie.

Rob blieb stehen und schaute sie an. Sie hielt seinem Blick mit hochgezogenen Augenbrauen und gerecktem Kinn stand. So leise, dass sie sich vorbeugen musste, um ihn zu verstehen, sagte er: »Ich erzähle es dir nur, wenn du mir versprichst, mir eine Frage zu beantworten.«

Sie hopste kreischend auf und ab und klatschte in die Hände. »Okay! Versprochen.«

»Gut.« Sein Ton war plötzlich ernst. »Wenn du mir ganz ehrlich sagst, warum du es so unbedingt wissen willst, erzähle ich dir, was vorgestern Abend passiert ist.« Er wartete mit verschränkten Armen.

Sie schaute ihn stirnrunzelnd an. »Weil es eine gute Klatschgeschichte ist, Blödi. Und gute Freunde erzählen sich gegenseitig gute Klatschgeschichten.«

Zu ihrer Verwunderung kehrte Rob ihr den Rücken und ging in Richtung des Essenstands. Okay, dachte sie, falsche Antwort.

»Ich …«, rief sie hinter ihm her.

Er drehte sich um und wartete ab. Sie hielt inne.

»Ja?«, fragte er.

»Ich möchte doppelt Käse auf meine Kartoffel.«

Er nickte, drehte sich um und ging weiter. Sie blieb noch ein Weilchen stehen, bevor sie sich in der entgegengesetzten Richtung zu den Wunderkerzen aufmachte.

Nicky liebte es, Wunderkerzen zu kaufen. Sie gab es an einem Stand, der nur über eine schmale, ausgetretene Betontreppe zu erreichen war. Die bot gerade genug Platz, dass auf der einen Seite Leute einzeln hintereinander nach oben und auf der anderen nach unten gehen konnten. Am oberen Ende der Treppe musste man scharf nach rechts biegen und sich am Ende der Schlange anstellen. Dabei hatte man einen herrlichen Blick über London und auf winzige Feuerwerksraketen, die in der Ferne wie tanzende Juwelen am Nachthimmel aufleuchteten. War man am vorderen Ende der Schlange angekommen, gab man einem rundlichen, rosigen Mann sein Geld und bekam die Wunderkerzen. Dann musste man sich schnell in ein ständig wechselndes Menschenknäuel drängen, in dem alle ihre Wunderkerzen gegenseitig anzündeten.

Auf der Treppe herrschte furchtbares Gedränge, da alle noch rasch Wunderkerzen kaufen wollten, bevor das Feuerwerk begann. Da Nicky in ihrer Jeans nicht schnell laufen konnte, ließ sie sich Zeit und erreichte die Schlange am unteren Ende der Treppe gleichzeitig mit einem Mann, der aus der anderen Richtung kam. Es war offensichtlich, dass einer von ihnen noch vor der ersten Treppenstufe ausweichen musste. Sie schaute auf, um zu sehen, ob er sie vorlassen würde. Im selben Moment schaute er sie an, und in ihrem Körper explodierten gut dreihundert Feuerwerksraketen.

Dickes blondes Haar fiel ihm in die Stirn, darunter leuchteten blaugrüne Augen. Er lächelte.

»Nach Ihnen«, sagte er mit einer so tiefen Stimme, dass sie meinte, den Boden unter sich vibrieren zu spüren.

Jetzt war der Augenblick für eine phantastisch überraschende Bemerkung gekommen.

»Danke«, sagte sie.

Mist.

Sie bemühte sich, vor ihm die Treppe so beeindruckend feminin hinaufzugehen, dass alle faszinierenden Aspekte ihrer komplexen Persönlichkeit zur Geltung kämen. Das war nicht einfach in ihrer Jeans, die ihr das Blut abschnürte. Zu ihrem Entsetzen wäre sie beinahe gestolpert und musste sich mit den Händen abfangen. Dass der Mann ihr zu Hilfe eilte, milderte ihre Demütigung kaum. Er trat neben sie, legte eine Hand an ihren Unterarm, die andere sanft auf ihren Rücken und raunte besorgt: »Alles in Ordnung?«

Seine Stimme fuhr ihr direkt in ihre besten Körperteile. Sie richtete sich auf und drehte sich zu ihm um. Er ging eine Stufe hinunter, so dass sie nun fast auf Augenhöhe mit seinem Kinn stand. Sie lächelten sich ein paar entscheidende Sekunden länger an, als unbedingt nötig war. Zum ersten Mal an diesem Abend war ihr warm.

»Danke«, sagte sie.

»Keine Ursache.«

»N-normalerweise bin ich ganz gut im Treppensteigen«, erklärte sie. »Wir haben sogar Treppen bei der Arbeit und alles.«

Er lachte ebenso überrascht wie amüsiert. Ihr blieb nur wenig Zeit, ihn eingehend zu betrachten. Tolle Zähne, phantastisches Kinn, Lippen, die …

»Gehen Sie doch mal weiter, sonst verpassen wir das Feuerwerk«, maulte jemand von unten.

Sie kehrte ihm den Rücken zu und lief die Treppe hinauf, so schnell ihre Jeans es erlaubte. Ob sie sich noch einmal umdrehen und ihn verschwörerisch anlächeln sollte, weil sie in einer so verrückten Welt lebten? Nein, wahrscheinlich würde sie nur wieder stolpern.

Zum ersten Mal seit sie hier Wunderkerzen holte, war sie wütend, dass die Schlange so schnell kürzer wurde. Noch bevor sie sich einen Satz zusammengebastelt hatte, den sie ihm mit der richtigen Dosierung an vielsagendem Lächeln zum Abschied mitgeben konnte, damit er ihn nie wieder vergaß, war sie schon an der Reihe und fummelte mit Wollhandschuhen in den Münzen herum.

Als sie sich neben der Schlange in den dichtgedrängten Kreis der Leute schob, die gegenseitig ihre Wunderkerzen anzündeten, empfand sie plötzlich einen jener Momente schierer Freude. Das Leben war voller Möglichkeiten. Aufregend. Und sie war mittendrin. (Ob er wohl guckte? Sie wölbte ihren Rücken ein bisschen.)

Als er sich in den Kreis schob, konnte sie sich nicht durchringen, ihn anzusehen. Es hätte ein zu großes Eingeständnis bedeutet. Sie sah nur, wie er das Ende seiner Wunderkerze an ihre hielt. Als sie sich zwang, ihn anzusehen, erhöhte er behutsam den Druck seiner

Wunderkerze, hob vielsagend die Augenbrauen und bedachte sie mit einem schüchtern-frechen Lächeln.

Hallo, Welt, dachte sie, während eine Hitzewelle sich in ihrem ganzen Körper ausbreitete.

Als ihre Wunderkerzen endlich zündeten, lachten sie sich in ihrem goldenen Flackern an und gingen gemeinsam an die Treppe.

»Danke, dass Sie meine Wunderkerze angezündet haben«, sagte er mit tiefer Stimme.

»War mir ein Vergnügen.«

Er wollte gerade etwas sagen, als sein Handy klingelte. Sie ging weiter, hörte aber gerade noch am anderen Ende der Leitung eine Kinderstimme rufen: »Daddy!«

Der Moment war vorbei. Lächerlich enttäuscht ging sie langsam die Treppe hinunter.

Unten bekam sie eine SMS von Pete. Da sie kein Wort verstand, rief sie ihn an. Er beschrieb ihr den Weg zu dem Hügel, auf dem er einen Platz ergattert hatte, und während sie sich darauf konzentrierte, ihm zu folgen, drehte sie sich mit ausgestrecktem Arm um. Plötzlich stand sie auf Armeslänge vor dem umwerfenden Mann namens Dad und berührte fast seine Brust. Er blieb abrupt stehen und starrte sie an. Langsam ließ sie den Arm sinken. Sein Mund verzog sich zu einem verlegenen Lächeln, seine Augenbrauen hoben sich leicht. Es war ein recht trauriger Abschied, dachte sie, als sie ihn langsam davongehen sah.

»… du kannst es gar nicht verfehlen«, sagte Pete an ihrem Ohr. Es entstand eine Pause. »Nicky? Hallo? Bist du noch da?«

Nicky zwinkerte. »Wo?« Sie sah dem Mann nach, der langsam in der Menge verschwand.

Wieder eine Pause.

»Du hast gar nicht zugehört, oder?«

»Ehm. Nein, nicht richtig.«

»Bis wohin hast du zugehört?«

»Ehm …« Sie überlegte. »Bis ›Hallo‹?«

Eine halbe Stunde später war sie immer noch auf der Suche nach den anderen und schaute sich dabei verstohlen nach dem geheimnisvollen Mann um. Wenn sie sich hier, inmitten von fünftausend Menschen, wiederbegegnen sollten, wäre es Schicksal, sagte sie sich. Ein Zeichen. Aber je hektischer sie sich umsah, umso klarer wurde ihr, dass die Chancen, in dieser Menschenmenge auch nur ein bekanntes Gesicht zu entdecken, eine Million zu eins standen.

»*Nicky!*«

Sie starrte in Amandas entsetztes Gesicht.

»Ich wusste gar nicht, dass du heute Abend herkommen wolltest«, sagte Amanda vorwurfsvoll.

»Ich wusste auch nicht, dass du kommen wolltest«, wehrte Nicky ab.

»Du hast mich nicht gefragt.«

»Du auch nicht.«

»Mit wem bist du hier?«, erkundigte sich Amanda.

»Rob, Pete und Ally«, antwortete Nicky, die im Augenblick zu sehr mit anderen Dingen beschäftigt war, um sich spontan eine ausweichende Antwort einfallen zu lassen.

Amandas Gesicht erstarrte zur Märtyrermiene. »Ach, verstehe.«

»Möchtest du dich zu uns gesellen?«

»Gott, nein.« Amanda setzte ein Lächeln auf. »Lehrer sehe ich den ganzen Tag schon genug. Ich bin mit Freunden hier.«

Nicky nickte zögernd. »Dann grüße ich alle von dir.«

»Ja, mach das«, meinte Amanda lächelnd.

Als Nicky ihre Clique endlich fand, reichte Rob ihr eine kalte Ofenkartoffel, Ally einen kalten Glühwein und sie ihnen abgebrannte Wunderkerzen.

»Ihr ratet nie, wen ich gerade getroffen habe«, erklärte sie.

»Amanda?«, fragte Rob, ohne den Blick vom Feuerwerk zu wenden.

»Wie zum Teufel hast du das erraten?«

»Gar nicht. Sie hat mir eine SMS geschickt.«

Nicky starrte Rob an. »Gut, wenn du mir nicht erzählst, was vorgestern Abend passiert ist, sage ich Miss James, dass du sie für eine verrückte alte Kuh hältst.«

Er schaute sie eindringlich an. »Ich schwöre, es ist nichts passiert.«

»Hmm. Und warum hat Amanda dann gerade so getan, als ob sie dich hasst?«

»Weil sie mich vermutlich hasst«, erklärte er schlichtweg. »Besonders nach vorgestern Abend.«

Plötzlich seufzten fünftausend Menschen gleichzeitig »Ooohhh!«, als über ihnen Feuerwerksraketen explodierten. Sie schauten nach oben.

»Ist also doch was passiert«, stellte Nicky fest.

Fünftausend Menschen riefen »Aaaaahhhh!«, als rote Kaskaden vom Himmel regneten.

Beide schauten auf.

»Wir verpassen noch das ganze Feuerwerk, wenn du nicht endlich still bist«, sagte Rob. »In zehn Minuten ist alles vorbei.«

»Wenn du versprichst, es mir zu erzählen, sobald es vorbei ist, halte ich den Mund.«

»Abgemacht.«

»Versprochen?«

»Ja.«

Vierzig Meter entfernt schoben Lilith und Mark eilig Oscar und Daisy in Richtung Parkausgang. Mark hatte gedacht, er hätte den ganzen Abend nur seine Arbeit im Kopf, und war nun angenehm überrascht. Lilith hatte ihm gedroht, ihm nie wieder an Wochenenden auszuhelfen, wenn er nicht mitkäme, daher war er direkt aus dem Büro hergefahren, obwohl er nicht verstanden hatte, was das ganze Aufhebens sollte. Aber nachdem er seinen Jungen beim Feuerwerk hatte strahlen sehen, begriff er es. Und die erstaunliche junge Frau mit ihren wilden Haaren, der tollen Figur und dem ein bisschen schüchternen, ein bisschen wissenden Lächeln hatte ihn daran erinnert, dass es vielleicht noch etwas anderes im Leben gab als Arbeit.

Während er mit gesenktem Kopf weiterging und den Blick fest auf die Füße der Leute vor sich heftete, ließ er vor seinem inneren Auge noch einmal das Bild der jungen Frau erstehen.

»Guck mal! Da ist Miss Hobbs! Miss Hobbs!«, rief Oscar, zeigte nach rechts und riss Mark beinahe um. »Daddy! Da ist Miss Hobbs. Und Mr Pattison!«

Ohne nachzudenken, schwenkte Mark in die entgegengesetzte Richtung und hielt den Kopf nachdrücklich gesenkt. Heute Abend war ihm wirklich nicht danach, Lehrer zu sehen.

»He«, rief Lilith. »Willst du sie nicht kennenlernen? Sie möchte dich jedenfalls kennenlernen. Will wissen, warum du nicht zum Elternsprechtag kommst. Und Mr Pattison ist auch da. Er ist total sexy.«

Die Kinder bettelten, er solle mit ihnen zu ihr gehen, aber dazu hatte er keine Lust. Er ging weiter Richtung Ostausgang.

Da Ally und Pete in der entgegengesetzten Richtung wohnten, fuhren sie mit dem Bus nach Hause. Sobald Rob und Nicky allein waren, bearbeitete sie ihn weiter.

»Erzähl es mir«, bettelte sie, während sie versuchte, auf dem Weg zum Westausgang mit Rob Schritt zu halten.

»Warte, bis wir im Wagen sind.«

Plötzlich meinte sie, jemand habe ihren Namen gerufen. Sie schaute sich suchend um. Nichts. Nur Familien, die sich zu den Ausgängen durchkämpften. Als Rob sie am Arm weiterzog, bettelte sie weiter: »Jetzt erzähl schon.«

»Ich erzähle es dir, wenn wir im Wagen sitzen.«

Im Auto vertröstete er sie: »Ich sage es dir, wenn wir bei dir zu Hause sind.«

»Das will ich schwer hoffen«, erklärte sie mit Nachdruck. Er hielt ihrem wütenden Blick stand, ließ den Motor an und trat aufs Gaspedal.

Im Auto steigerten Oscar und Daisy sich in ihre Enttäuschung hinein, Miss Hobbs verpasst zu haben.

»Ich mag Miss Hobbs so sehr«, schluchzte Daisy.

»Schön«, erklärte Lilith. »Vielleicht kannst du dann ja ein paar Nächte in der Woche bei ihr schlafen.«

»Ich mag sie auch«, rief Oscar.

»Du magst deine Lehrerin?«, fragte Mark mit einem Blick in den Rückspiegel.

Der Junge nickte. »Ja. Und ich mag ihre Küche.«

Mark trat aufs Gaspedal und starrte Oscar im Rückspiegel an. »Was? Wann hast du denn ihre Küche gesehen?«

Lilith drehte sich um und lächelte Oscar aufmunternd zu, als Mark plötzlich auf die Bremse trat und wütend fluchte. Lilith flog mit einem Ruck nach vorn, dass sie vor Schmerz die Augen schloss.

Rob und Nicky blieb vor Schreck der Mund offen stehen. Um ein Haar wären sie mit einem roten Sportwagen zusammengestoßen. Sie waren ihm so nah, dass sie die erschrockene Miene des Fahrers sehen konnten. Und Nicky stellte fest, dass sie schon wieder dem faszinierenden Mann in die Augen sah. Er starrte sie unverwandt an. Seine Lippen waren grimmig, wenn nicht gar feindselig verkniffen. Die weit auseinanderstehenden Augen waren von wütend heruntergezogenen Augenbrauen betont. (Komisch, dass sie ihr nicht bereits vorher aufgefallen waren.) Der sandblonde Pony fiel ihm in die Stirn.

Die Kinder waren hinten im Wagen mucksmäuschenstill geworden. Lilith gab einen erstickten Laut von sich. Und Mark starrte in die erschrockenen Augen des phantastischen Mädchens und ihres Mistkerls von Freund, der sie alle gerade beinahe umgebracht hätte. Ihm war vorher gar nicht aufgefallen, dass sie so große Augen hatte. Er überlegte gerade, ob er sie anlächeln sollte, als ihr Freund wieder in die Parklücke zurücksetzte, aus der er gekommen war, und jemand hinter ihnen hupte. Er fuhr weiter.

»Flachwichser«, knurrte Rob. »Die Karre kostet fünfmal so viel, wie wir im Jahr verdienen. Mehr Geld als Verstand.«

»Hmm«, brachte Nicky mühsam heraus.

Als der faszinierende Mann weiterfuhr, bemerkte sie auf dem Beifahrersitz die Umrisse einer Frau und hinten im Wagen zwei Kinder. Schnell schaute sie weg.

»Alles in Ordnung?«, fragte Mark und packte das Steuerrad fester.

»Ja«, antworteten die Kinder.

»Osc?«

»Ja.«

»Daisy?«

»Ja.«

»Gut, dann ist ja nichts passiert.«

»Lilith?«, sagte Lilith leise. »Ach! Danke der Nachfrage. Ich glaube, ich habe mir das Genick gebrochen. Abgesehen davon, geht es uns allen gut.«

»Jesses«, brummte Rob und sah dem Auto nach. »Wie viel muss man verdienen, um sich so ein Auto leisten zu können? Hunderttausend? Hundertfünfzigtausend?«

»Wichser«, spie Nicky aus. »Betrügerischer Mistkerl.«

»Ja«, bestätigte Rob, »wahrscheinlich auch noch ein Mörder.«

»Wichser.«

»Miss Hobbs' ganze Wohnung ist oben«, erzählte Oscar. »Das gefällt mir.«

»Woher weißt du das?«, fragte Mark.

»Wir waren an Halloween da«, antwortete Oscar.

»Ihr wart an Halloween da?«, fragte Mark ungläubig.

»Ich glaube, ich habe mir das Genick gebrochen«, warf Lilith ein.

»Würdest du mir bitte mal erklären, wie es dazu gekommen ist?«, forderte Mark Lilith auf.

»Na ja«, sagte sie, »es ist passiert, als du so plötzlich gebremst hast.«

»Ihr wart an Halloween bei der Lehrerin und habt mir nichts davon erzählt?«, fragte Mark.

»Nein, natürlich nicht«, entgegnete Lilith. »Wir waren zufällig auf unserer Süßes-oder-Saures-Runde bei ihr.«

»Und sie hat euch hereingebeten?«, fragte Mark.

»Dafür war ich ihr sehr dankbar«, sagte Lilith. »Wir hatten nämlich nicht zu Abend gegessen und waren drei Stunden in eisiger Kälte unterwegs, weil Oscar ständig darauf wartete, dass du noch kämst. Sie hatte Mitleid mit uns und machte uns heiße Schokolade. Wir waren gerade bei ihr, als du ihm per SMS Bescheid sagtest, dass du es nicht mehr schaffen und in der Nacht nicht nach Hause kommen würdest.«

»Gott, wie traurig. Sie hat wohl keine Freunde.«

Lilith hob die Augenbrauen. Wie schafften Männer es bloß, sich immer die unwichtigsten Informationen herauszupicken?

»Das war nicht traurig«, schrie Oscar. »Es war nett. Du warst doch gar nicht dabei, du kannst es also gar nicht wissen.«

»Schön«, brummte Mark. »Für mich klingt das, als wäre sie ziemlich schrullig.«

Rob parkte schwungvoll vor Nickys Haustür.

»Tja«, sagte sie scharf, »danke fürs Nachhausebringen. Es ist gut, sich hin und wieder seiner eigenen Sterblichkeit zu stellen.«

Nach einer Weile schaute Rob sie an und meinte: »Wenn du mich auf einen Kaffee einlädst, erzähle ich dir, was vorgestern passiert ist.«

»Meine Güte«, brummte sie. »Du verstehst es wirklich, einen auf die Folter zu spannen.« Sie öffnete die Wagentür. »Na gut, dann komm mit.«

Zehn Minuten später waren sie in ihrer Küche und hatten den Wasserkocher eingeschaltet. Es war ein gutes Gefühl, einen Mann in der Küche zu haben, besonders, wenn sie diese Jeans trug. Sie musste an den Mann vom Feuerwerk denken, an seinen Blick, und dann an seine nette vierköpfige Familie im Wagen.

»Jetzt erzähl schon«, drängte sie, »sonst kriegst du keinen Kaffee.«

»Amanda machte ein paar alberne Bemerkungen über uns. Sie war ziemlich betrunken. Und ein paar Leute bekamen es zufällig mit.«

Sie starrte ihn an. »Über uns?«

»Ja.«

»Über dich und mich?«

»Ich glaube, das heißt ›uns‹, ja.«

Sie blieb wie angewurzelt stehen. Rob begriff den Wink und erklärte: »Sie hat wohl erraten, dass wir zwei mal was miteinander hatten.« Er zuckte mit den Schultern. »Das ist alles. Ich schwöre es.«

»Und?«, fragte sie, obwohl sie nicht wusste, wieso. Vielleicht lag es am Feuerwerk, vielleicht an dem Beinaheunfall, vielleicht an Robs Wutausbruch, vielleicht an der Art, wie der Mann sie angeschaut hatte, oder an den Kindern hinten in seinem Wagen.

»Und?«, wiederholte sie.

Rob seufzte. Dann schaute er ihr mit einem Ausdruck, den sie lange, lange nicht gesehen hatte, direkt in die Augen.

»Rob«, sagte sie.

»Okay.« Er stockte, bevor er sagte: »Sie meint, das zwischen uns sei nicht bloß Geschichte.«

»Ach, du meine Güte …«

»Sie meint, zwischen uns würde es immer noch … knistern.«

Nicky hob verwundert die Augenbrauen.

»Du meinst, Amanda hat einen Witz gemacht.«

Rob grinste.

»Verstehe«, sagte sie nachdenklich.

»Ich glaube«, raunte Rob, »wenn wir beide ganz ehrlich sind … ist Amanda scharfsichtiger, als wir dachten.«

Nicky lief ein Schauer über den Rücken. Dann prickelte es in einem wesentlich wichtigeren Körperteil, und sie schmolz dahin. Sex!, dachte sie. Heute Nacht würde sie Sex haben. Der Gedanke war so überwältigend, dass sie Rob fast vergaß.

»Glaubst du das nicht auch?«, fragte er und brachte mit seiner tiefen Stimme ihren Körper sanft zum Pulsieren. Gerade rechtzeitig fiel ihr wieder ein, dass er da war. Weibliche Intuition verriet ihr, dass er sie unverwandt anschaute. In ihrem Kopf begann eine Diskussion, denn selbst in solchen Momenten, in denen es völlig unerwünscht war, schaltete sich Nicky Hobbs' Gehirn ein: »Da bin ich unerwartet in eine spannende Situation geraten«, sagte es. »Ich muss sorgfältig nachdenken, bevor ich …« Aber ihr prickelnder, schmelzender, bebender Körper erinnerte sich an den Mann vom Feuerwerk, als sie und Rob sich in der Mitte der Küche trafen und sich zum ersten Mal seit sieben Jahren küssten.

KAPITEL 7

Fünf Minuten später riss Rob sich widerstrebend los und starrte Nicky fassungslos an.

»Das ist nicht dein Ernst«, stöhnte er leise an ihrem Ohr.

»Doch«, raunte sie. Ihre Stimme bebte ebenso wie der Rest ihres Körpers.

»Okay, gleich«, murmelte er, umfasste ihre Hüften und zog sie sanft an sich. Hätte er sie nicht festgehalten, dann wäre sie längst völlig dahingeschmolzen. Sie hatte ganz vergessen, wie gut er küsste.

Wieder fing er an, so sanft ihren Hals zu küssen, dass der Rest ihres Körpers neidisch wurde. Aus unerfindlichen Gründen sah sie plötzlich vor ihrem inneren Auge Miss James, die von oben auf sie beide herablächelte. Sie warf den Kopf in den Nacken, dass sie Rob mit dem Kinn anstieß.

»Au!«, sagte er.

»Komm schon, Rob. Ich habe nein gesagt.«

»Okay«, antwortete er mit erstickter Stimme, weil seine Lippen mit ihrem Hals beschäftigt waren.

Sie erlaubte sich noch zwei Minuten.

»Gut«, hauchte sie mit hellem Stimmchen. »Schluss.«

Seine Hände glitten auf ihren Hintern, aber sie stieß ihn weg. Nicht ihr Hintern, dachte sie, das war schon immer ihre entscheidende Stelle. Sie fragte sich, ob er sich daran wohl noch erinnerte.

»Ach, komm schon«, schmeichelte er, ließ seine Hände genau da, wo sie waren, und trommelte sanft auf ihre Rundungen.

»Nein. Schluss!«, hörte sie sich sagen und stieß ihn entschlossen weg. Um ehrlich zu sein, hätte jemand sie in diesem Augenblick nach dem Warum gefragt, sie hätte keine überzeugende Antwort geben können.

Rob starrte sie an.

»Findest du nicht, dass du für solche Spielchen ein bisschen zu alt bist?« Seine Stimme war rau.

»Das sind keine Spielchen, Rob«, erklärte sie errötend. »Wäre ich an Spielchen interessiert, dann würde ich dich jetzt mit in mein Schlafzimmer nehmen.«

Er zog sie wieder an sich. »Lass uns spielen«, flüsterte er ihr heiser ins Ohr.

Ihr Körper hätte ihr Gehirn am liebsten an irgendwelche Hausaufgaben geschickt. Selten hatte ein Mann überzeugender und einfühlsamer mit ihr gesprochen. Aber ihr Kopf sagte ihr, dass es nicht einfach irgendein Mann war, sondern Rob.

Sie legte eine Hand an sein Ohr, die andere an seinen Hintern und schob ihn entschlossen aus der Küche: »Raus!«

Und zu seiner Verwunderung fand Rob Pattison, *der* Rob Pattison, sich fünf Minuten später auf der falschen Seite ihrer Haustür wieder und wusste mit seinem Körper nirgendwo anders hinzugehen als nach Hause.

So aufrecht er konnte, ging er an seinen Wagen und stieg ein. Eine Weile saß er einfach da und starrte vor sich hin. Als er sah, dass das Licht in Nickys Diele ausging, schlug er, laut fluchend, auf das Lenkrad und fuhr nach Hause.

Als Nicky seinen Wagen anfahren hörte, stand sie

mit pochendem Herzen reglos in der dunklen Diele. Durfte sie auch nur im Traum daran denken? Ja! Es war genau so, wie sie es sich immer erträumt hatte. Noch besser.

»Rob«, flüsterte sie in die Stille und wusste, dass dieses eine Wort jetzt eine ungeheure Bedeutung für sie hatte. »Rob.«

Junge, das war ein großer Augenblick. Sie genoss ihn triumphierend, wenn auch ein bisschen gekrümmt, im Dunkeln. Das war der große Augenblick, in dem ihr Leben ganz von vorne anfing.

Am Sonntagmorgen wachte sie zeitig auf und sprang beinahe aus dem Bett. Sie war in Hochstimmung und konnte es kaum abwarten, Ally alles zu erzählen. Früher denn je machte sie sich auf den Weg in die Bäckerei und beschloss, ihnen beiden zur Feier des Tages Schokocroissants zu gönnen. Erst als Ally klingelte und sie an die Haustür lief, um zu öffnen, fiel ihr ein, dass sie Ally gar nicht erzählen konnte, was vorgefallen war. Sie würde es vielleicht gar nicht verstehen oder, schlimmer noch, sie nicht unterstützen, und das hätte Nicky nicht verkraftet. Wahrscheinlich wäre es besser, erst mit Rob zu sprechen. Der Gedanke, etwas vor Ally geheim zu halten, vermittelte ihr das Gefühl, ihr untreu zu sein, aber gleichzeitig auch erwachsen zu werden. Sie brauchte nicht alles sofort abzuladen, nachdem es passiert war. Vielleicht war das ja schon der Beginn ihres neuen Lebens.

Sobald Ally gegangen war, rief Nicky ihre Schwester Claire an und erzählte ihr alles. Sie kamen gemeinsam zu dem Schluss, dass sie gleich am Montagmorgen mit Rob reden sollte. Sonntagnacht schlief Nicky den Schlaf der Gerechten. Sie träumte von einem Riesenpuzzle mit koffergroßen Teilen. Das letzte Teil war in ihrem Bett versteckt, und sie fand es! Es war ein Barbie-Geburtstagskuchen, wie sie ihn sich als Kind immer gewünscht, aber nie bekommen hatte.

Am Montagmorgen wachte sie noch vor dem Weckerklingeln auf. Sie musste mit Rob reden, bevor die anderen kamen. Vierzig Minuten später parkte sie auf dem leeren Parkplatz der Schule und schaute durch die Windschutzscheibe, auf der die Scheibenwischer im Regen quietschten. Robs Wagen war nicht da. Zum ersten Mal seit ihrem Kuss verspürte sie eine gewisse Spannung. Sie fragte sich, ob Pete wohl bereits wusste, was vorgefallen war? Wenn ja, würde er es Ally erzählen? Ihr fiel erstmals auf, wie viel sie zu verlieren hatte, falls alles in die Binsen gehen sollte. Sie musste unbedingt bald mit Rob reden.

Im Lehrerzimmer war sie die Erste und setzte sich mit Papier und Bleistift hin, um ihre Gefühle zu sortieren.

Als sie hinter sich die Tür aufgehen hörte, wirbelte sie mit leuchtenden Augen und strahlendem Lächeln herum. Bei Amandas Anblick bekam sie einen trockenen Mund.

»Hi«, sagte sie mit klebrigen Lippen.

Amanda kniff die Augen zusammen. »Was machst du denn schon so früh hier?«

»Ach, weißt du«, Nicky schluckte mühsam, »Dinge erledigen. Leute sprechen.«

Amanda starrte sie mit verschränkten Armen an.

Nicky rang sich ein Lächeln ab. »Und du?«

Amanda grinste sie flüchtig an. »Ach, weißt du. Dinge erledigen. Leute sprechen.«

Nicky kämpfte gegen das Bedürfnis an, ihr eine Ohrfeige zu geben. In diesem Augenblick ging die Tür des

Lehrerzimmers auf, und Rob kam herein. Er schaute sie beide an und gab ein Geräusch von sich, das halb Lachen, halb Würgen war.

»Hi«, sagte er mit hochgezogenen Augenbrauen.

»Hi«, antwortete Amanda beißend wie saurer Regen.

Nicky lächelte. »Das Wasser hat gerade gekocht. Kaffee?«

»Ehm, nein danke«, meinte Rob.

Mit einem flauen Gefühl im Magen kehrte sie ihm den Rücken zu. Statt sich Kaffee zu machen, setzte sie sich zu den beiden. Wieso ging alles schief?

»Und«, sagte sie, als sie sich auf einem Sessel niederließ und ihre Knie höher waren als ihr Gesicht, »wie fandest du das Feuerwerk am Samstag, Amanda?«

Eine kurze Pause trat ein.

»Erbärmlich«, antwortete Amanda mit einem Blick auf Rob. »Ein bisschen wie das jetzt hier. Möchtet ihr beiden lieber allein sein?«

»Nein!«, riefen Rob und Nicky wie aus einem Munde. Mist, dachte Nicky. Eigentlich hatte sie ja gemeint.

»Obwohl, wenn es dir nichts ausmacht«, sagte sie schnell, bevor ihre Selbstzensur eine Chance hatte, »Rob und ich hätten wirklich was zu besprechen.«

»Nein, haben wir nicht!«, lachte Rob. »Es gibt nichts Privates, worüber wir reden müssten. Oder?«

Nicky wechselte die Seiten und hätte jetzt am liebsten Rob eine Ohrfeige verpasst. Amanda war wenigstens ehrlich. Amanda stand auf und knurrte verhalten etwas von »nervigen Turteltäubchen«. Während Rob sie noch zu überreden versuchte zu bleiben, öffnete sich die Tür des Lehrerzimmers, und Ned und Gwen kamen herein. Damit war diese Chance dahin.

Nicky dachte, sie könnte vielleicht auf dem Weg zur

Morgenbesprechung bei Miss James mit Rob reden, aber er sprang auf und erklärte, er habe noch Vorbereitungen zu erledigen und würde sie bei Miss James treffen.

Nicky beschloss, zeitig zu Miss James zu gehen und noch vor der Besprechung ihr Puzzleteil zu suchen. Vielleicht hatte ihr Traum der vergangenen Nacht ja etwas zu bedeuten und sie würde nun schneller ein passendes Teil finden. Dann könnte sie zusammen mit Rob hinausgehen.

Als sie in das Büro kam, schrieb Miss James etwas, was nach einer umgekehrten Kettenaufgabe im Rechenunterricht aussah, und Rob stand am Puzzletisch. Verwundert und gekränkt blieb Nicky wie angewurzelt stehen. Er hatte sie doch tatsächlich angelogen, um nicht mit ihr reden zu müssen. Er schaute nicht einmal auf, als sie hereinkam. Sie stellte sich neben ihn an den Puzzletisch, aber noch bevor sie auch nur eine Chance hatte, ihn anzusehen, geschweige denn etwas zu sagen, gab er einen Laut der Genugtuung von sich, drückte ein Puzzleteil an seinen Platz und sprang beinahe zu seinem Stuhl vor Miss James' Schreibtisch, ohne sie auch nur eines Blickes zu würdigen. Wer spielt jetzt Spielchen?, fragte sie sich wütend. Verzweifelt versuchte sie, ein passendes Puzzleteil zu finden, bevor Miss James mit der Besprechung begann.

»So!«, rief Miss James und setzte sich die Brille auf. »So, so, so, so.«

Nicky setzte sich neben Rob. Lange herrschte Stille, während Miss James nach einigen Notizen suchte. Nicky neigte den Kopf zu Rob, aber er wich zurück. Miss James fing an, munter zu summen.

»Miss James«, sagte Nicky, die nicht länger stillsitzen konnte.

Miss James schaute auf. »Ja, meine Liebe?«

»Darf ich Sie wegen des Elternsprechtags etwas fragen?«

»Meine Liebe«, erklärte Miss James, »Sie dürfen mich alles fragen! Ich bin ganz Ohr! Nur zu!«

Nicky lächelte. »Vielen Dank. Es geht um einen Vater.«

Sie erklärte Miss James, dass sie sich Sorgen um Oscar machte und von seinem Vater keine Antwort auf die Einladung zum Elternsprechtag bekommen könne. Schließlich schüttelte Miss James traurig den Kopf.

»Es ist immer so ... tragisch, wenn der Vater sich nicht einbeziehen lässt.«

»Zumal wenn keine Mutter da ist«, bestätigte Nicky.

»Ich begreife die Männer nicht«, warf Rob leise ein. Nicky und Miss James schauten ihn an. »Ich meine, wie ist es möglich, dass man nicht in das Leben seines Kindes einbezogen sein will.«

Nicky starrte ihn an. Er lächelte Miss James an. Sein Profil war vollkommen.

»... also ich denke, ein Brief, der ihn freundlich auffordert zu kommen, wäre angebracht«, schloss Miss James, bevor sie sich der drängenderen Frage zuwandte, wie viele Kekse und Stühle für die beiden Abende benötigt wurden.

Um vier Uhr nachmittags war Nicky so verzweifelt, dass sie kaum noch atmen konnte. Rob hatte es den ganzen Tag geschafft, ihr aus dem Weg zu gehen. Letzten Endes musste sie Ally in einer SMS um Hilfe bitten. Es war zwar nicht ideal, Ally oder Pete dabeizuhaben, wenn sie mit Rob redete, aber wenn es anders nicht ging, war es eben nicht zu ändern. Noch so einen Tag hielt sie nicht aus.

Im Lehrerzimmer führten Ally und Pete eine Art Gesangs- und Tanznummer vor, während Rob sich vor Lachen ausschüttete. Als Nicky hereinkam, wurde es still. Alle anderen waren bereits nach Hause gegangen.

»Rob! Endlich, verflixt!«, rief sie, unfähig, sich zu verstellen.

Er schaute sie einen Moment an, dann die beiden anderen, deren schuldbewusste Mienen alles verrieten.

»Nicky!«, antwortete er. »Endlich!«

»Hör zu, wir müssen reden. Über Samstagabend«, sprudelte sie heraus.

»Verdammt, Nicky, du brauchst mir nichts zu erklären! Ich bin's doch, schon vergessen? Rob!«

»Ja, ich weiß«, sagte sie.

Ally und Pete packten geräuschvoll ihre Sachen zusammen, aber Rob und Nicky ignorierten sie. Nicky wurde klar, dass die beiden genau wussten, was passiert war.

»Der Kuss war total daneben«, setzte Nicky an.

»Ich weiß, ich weiß! Ich meine, es ist … nicht … es ist … Hör zu. Die Arbeit und alles. Es ist wirklich kompliziert. Schlechtes Timing. Als ich nach Hause kam, merkte ich, dass ich wirklich froh war, dass wir nicht weitergegangen waren. Es wäre völlig unmöglich gewesen.«

Es folgte eine lange Pause. Nicky ratterte innerlich Hunderte möglicher Antworten herunter.

»Gott sei Dank«, sagte sie schließlich. »Genau das wollte ich auch sagen. Das Timing ist wirklich, wirklich schlecht.«

Rob nickte. »Ja, wirklich schlecht.«

Pete durchbrach die peinliche Stille, indem er Rob bat, ihn auf dem Heimweg mitzunehmen. Rob bedachte Nicky mit einem strahlenden Lächeln. Die beiden Männer gingen und ließen Ally und Nicky allein im Lehrerzimmer zurück. Nicky schaute Ally an.

»Ich wollte es dir erzählen, Ally, aber ich fand es besser, zuerst mit ihm zu reden«, rechtfertigte sich Nicky. »Weißt du, alles zu klären. Aber er ist mir den ganzen Tag ausgewichen.«

»Blödmann«, meinte Ally milde.

»Wie ich sehe, hat es ihm nichts ausgemacht, mit anderen darüber zu reden.«

»Offensichtlich nicht. Noch vor der Pause hat Pete mir alles erzählt.«

»Tut mir leid, dass du es von ihm erfahren musstest.«

»He, sei nicht albern. Es ging doch hier nicht um dich und mich. Ich wusste, dass du es mir schon noch erzählt hättest.« Ally deutete mit dem Kopf auf die Stelle, an der Rob eben gestanden hatte. »War das alles in Ordnung?«

Nicky schien aus einem Tagtraum zu erwachen. »Unglaublich«, sagte sie plötzlich aufgeregt. »Ally! Ich kann dir gar nicht sagen, wie toll ich mich fühle, seit ich jetzt weiß, dass ich über ihn hinweg bin. Den ganzen Tag habe ich versucht, mit ihm zu reden, um ihm zu sagen, dass wir endlich, endgültig nur gute Freunde sind. Es ist, als wäre mir eine Riesenlast von den Schultern genommen. Nach sieben Jahren!«

»Machst du Witze?« Ally fing an zu lachen.

Nicky fiel in ihr Lachen ein. »Nein! Abgesehen davon, dass mein Körper ihn im Endspurt fast überholt hätte, habe ich absolut nichts empfunden, als ich ihn geküsst habe. Ich meine, emotional. Nichts! Körperlich …« Mimisch deutete sie das Schmelzen ihres Körpers an, worauf Ally lachte. »Unglaublich. Aber gleichzeitig hatte ich das Gefühl, ich weiß auch nicht, zu lügen. Und wenn ich weitergegangen wäre, hätte ich das Gefühl gehabt, ihn an der Nase herumzuführen. Und das wollte ich einfach nicht.« Sie zuckte mit den Schultern.

Ally kreischte: »Jetzt kannst du endlich anfangen, dein restliches Leben zu leben!«

»Ich weiß!«, lachte Nicky.

Ally umarmte sie, runzelte aber die Stirn, als sie sah, dass Nickys Augen feucht wurden. »Aber?«, fragte sie.

»Keine Ahnung«, antwortete Nicky aufrichtig. »Ich hatte nicht erwartet, dass er so leicht aufgeben würde.«

Am Freitagabend hatte Daisys Kindermädchen, Pat, es eilig. Sie schob Brot in den Grill und rief Oscar und Daisy zum Essen. Ihre Kabbeleien ebbten vorübergehend ab. In der halben Stunde, bis Lilith von der Arbeit käme, musste Pat Oscars Tasche packen, eine Bluse bügeln, sich für ihren Formationstanz umziehen, das Abendessen machen und hinterher die Küche aufräumen. Sie rief die beiden noch einmal, drehte das Brot um, legte Käsescheiben darauf und schob es wieder in den Grill.

Als Oscar leise neben ihr auftauchte, erschrak sie sich beinahe zu Tode.

»Ich will nach Hause«, erklärte er.

Sie schaute ihn an. »Möchtest du keinen überbackenen Toast?«

»Nein«, antwortete Oscar. »Ich will nach Hause.«

Sie reichte ihm Besteck. »Deck bitte den Tisch.«

»Ich will nach Hause.«

»Ja, ich hab's gehört. Aber dein Daddy ist noch nicht zu Hause und dein Au-pair ist weg, also fürchte ich, dass es nicht geht.« Sie reichte ihm zwei Platzdeckchen.

Daisy kam herein und ließ sich auf einen Stuhl am Tisch fallen. Pat räusperte sich warnend, worauf Daisy schnaubend aufstand, Gläser aus dem Schrank holte und mürrisch half, den Tisch zu decken. Oscar hatte unbedingt den ganzen Nachmittag auf ihrem Computer Sportspiele spielen wollen, und nun hatte sie gründlich die Nase voll.

»Ich will nach Hause«, sagte er wieder.

»Und ich will mich gemütlich hinsetzen und eine paffen«, erwiderte Pat achselzuckend. »Das Leben ist hart. Wenn du das erst mal kapiert hast, geht alles viel leichter.«

Oscar starrte sie an. »Ich will nach …«

»Ja, gut, allmählich will ich das auch«, fiel Pat ihm ins Wort, »aber da können wir nun mal nichts ändern, oder?«

»Doch«, meinte Oscar, »du kannst mich nach Hause bringen.«

»Wie denn? Auf meinen Schultern?«

Oscar runzelte die Stirn. »Nein, mit deinem Auto.«

»Sonnenscheinchen, ich hab kein Auto«, erklärte Pat, »und selbst wenn: Dein Daddy ist noch nicht zu Hause, und dein Au-pair ist weg. Da wird also nichts draus. Deshalb rate ich dir, dich hinzusetzen, deinen überbackenen Toast zu essen und es Lilith zu sagen, wenn sie nach Hause kommt. In Ordnung?«

Oscar überlegte einen Moment. »In Ordnung.«

Als es verbrannt roch, holte Pat fluchend den überbackenen Toast heraus, verteilte ihn auf zwei Teller und stellte sie vor die Kinder.

Daisy schaute ihr Abendessen finster an. »Wann kommt Mummy nach Hause?«

Pat seufzte. »War mir ein Vergnügen«, brummte sie und wischte sich die Hände an der Schürze ab.

»Danke«, murmelte Daisy und fragte nach einer höflichen Pause: »Wann kommt Mummy nach Hause?«

»Mummy«, ahmte Oscar sie nach.

»Mum«, verbesserte Daisy sich, trat unter dem Tisch nach Oscar und hob schnell die Beine, bevor er zurücktreten konnte.

Pat warf einen Blick auf die Küchenuhr und fluchte. »Zehn Minuten. Wenn ihr fertig seid, spülst du, Daisy, und Oscar trocknet ab.« Sie musste eine andere Bluse anziehen, die schmeichelhaftere zu bügeln konnte sie unmöglich noch schaffen. »Gut. Ich ziehe mich jetzt um«, sagte sie und band ihre Schürze ab. »Ich will keine Zankerei und keine Unordnung in der Küche.«

Als sie die Wohnungstür aufgehen und Lilith grüßen hörten, sprangen die Kinder auf.

»Hinsetzen«, rief Pat. Sie setzten sich.

Lilith tauchte noch im Mantel in der Küchentür auf. »Hallo, Jungs und Mädchen«, grüßte sie. »Wie geht's?«

»Ich bin spät dran«, erklärte Pat und zwängte sich an Lilith vorbei, um in ihr Schlafzimmer zu gehen.

»Pat hat das Abendessen anbrennen lassen«, beschwerte sich Daisy. »Und Oscar will nach Hause. Und ich will auch, dass er nach Hause geht. Ich musste den ganzen Nachmittag Kricket spielen.«

»Ich will nach Hause«, teilte Oscar Lilith mit bebender Stimme mit.

Lilith schaute die beiden an. »Gut«, sagte sie. »Daisy, es gibt Kinder auf der Welt, die würden für ein angebranntes Abendessen andere umbringen. Oscar, ich rufe deinen Dad gleich an.«

»Gut«, sagte Oscar zu Daisy, als Lilith ins Wohnzimmer ging. Daisy ignorierte ihn und starrte mit brennenden Augen auf ihren angebrannten Toast. Plötzlich sprang sie so heftig auf, dass ihr Stuhl nach hinten kippte, und lief hinter Lilith her.

»Andere Kinder auf der Welt sind mir egal«, schrie sie ihre Mutter an.

Lilith schaute ihre Tochter überrascht an. Daisy stand mit geballten Fäusten und trotzigem Blick schwer atmend im Türrahmen. Lilith wusste, dass sie eigentlich ärgerlich sein sollte, aber im Augenblick hatte sie nur Mitgefühl. Es war eine armselige Antwort, die sie dem Kind ständig gab, aber sie steckte nun mal in dieser Rille fest wie die Nadel eines Plattenspielers, die hängengeblieben war. Sie wusste genau, woher der Wutausbruch ihrer Tochter kam, und konnte nur zu gut nachempfinden, wie Daisy sich fühlte.

»Andere Kinder auf der Welt sind mir egal«, keuchte Daisy. »Bethany Jones hat ein Trampolin im Garten! Wir haben nicht mal einen eigenen Garten! Oscar hat einen Fernseher und einen Computer in seinem Schlafzimmer, aber er kommt her und spielt seine blöden Spiele auf unserem beschissenen alten …«

»Das reicht, Fräulein.«

»Dann hör endlich auf, mir zu sagen, ich soll mich mit anderen Kindern vergleichen«, brüllte Daisy und brach in heftiges Schluchzen aus. Sie trampelte mit den Beinen auf der Stelle, hielt aber ihre Arme fest in die Seiten gestemmt, weil sie sonst wahrscheinlich etwas an die Wand geworfen hätte. Lilith hielt sich die Hand vor den Mund, während ihre Tochter ihre Dämonen auszutreiben versuchte. Als Daisy sich nach einigen gekonnten Knieschwüngen allmählich beruhigte, hatte Lilith ihre Fassung wiedergefunden.

»Danke, Daisy«, sagte Lilith nach einer Weile. »Wenn ich mir *Riverdance* hätte ansehen wollen, dann hätte ich eine Bustour gebucht.«

Brüllend stapfte Daisy aus dem Zimmer und knallte ihre Schlafzimmertür hinter sich zu. Erfüllt von mütterlichem Stolz, konnte Lilith sich vorstellen, dass Daisy sich nach diesem Auftritt wesentlich besser fühlte. Daher kümmerte sie sich nun um das Naheliegende. Sie zog ihren Mantel aus, legte ihren Schlüssel auf den Couchtisch und wählte Marks Telefonnummer.

»Mark Samuels«, meldete Mark sich brüsk.

»Dein Sohn will nach Hause. Meine Tochter will ebenfalls, dass er nach Hause geht, und daher möchte ich noch dringender, dass er nach Hause geht. Komm und hol ihn sofort ab, sonst bist du deine kostenlose Kinderbetreuung offiziell los.«

Es folgte eine Pause. Beinahe konnte sie hören, wie Mark sich auf seinem Drehstuhl von seinen Kollegen abwandte.

»Ich kann nicht«, zischte er ins Telefon.

»Doch, du kannst«, zischte sie zurück.

»Wie denn?«

»Du kannst aufstehen und aus diesem verdammten Büro marschieren, in dem du mehr Zeit verbringst als in deinem Haus, und mit deinem Sohn zusammen sein. Ich meine, soviel ich weiß, bist du sein Vater.«

»Lilith«, raunte Mark, »dafür habe ich keine Zeit. Ich habe auch keine Wahl. Ich …«

»Nein, *ich* habe dafür keine Zeit«, fiel sie ihm vehement ins Wort. »Und er ist dein Kind, nicht meins. Und erzähle mir bloß nichts von Wahlmöglichkeiten. Du hast im Leben jede Menge Möglichkeiten, weil du ein Mann in einer Männerwelt bist, und du bist reich in einer Welt der Reichen, also erzähl mir nichts von

Wahlmöglichkeiten. Ob du es glaubst oder nicht, du bist nicht der einzige alleinerziehende Berufstätige auf der Welt.«

Mark versuchte, sie zu unterbrechen, aber sie war in Fahrt.

»Korrigiere mich, wenn ich was Falsches sage, aber ich kann mich nicht erinnern, dass wir geheiratet hätten, also brauche ich mir diesen selbstversessenen, sexistischen Mist nicht anzuhören. Du kommst jetzt sofort her, holst deinen Sohn und machst zur Abwechslung mal drei Leute glücklich statt nur dich. Sonst setze ich ihn auf die Straße, damit meine Tochter das Eckchen unserer winzigen Wohnung, das sie ihr Zuhause nennt, wieder für sich hat.«

»Ich bin damit auch nicht glücklich«, explodierte Mark am anderen Ende, aber sie hatte bereits aufgelegt.

Als sie den Hörer auf die Gabel knallte und herumwirbelte, sah sie Oscar bleich an der Tür stehen.

Sie lächelte ihn grimmig an. »Daddy kommt bald, Schatz.«

Oscar drehte sich um und ging.

KAPITEL 8

Ein warmer, zappeliger Körper schmiegte sich neben Mark ins Bett. Lächelnd drehte Mark sich auf den Rücken, um seinem Sohn eine vorzeitige Lektion über die Funktionsweise des männlichen Körpers zu ersparen. Er zwang sich, nicht mehr an gutgebaute Frauen mit Korkenzieherlocken und hautengen Jeans zu denken, und als er es geschafft hatte, streckte er die Hand nach Oscars Arm aus. Eine Weile lagen sie mit geschlossenen Augen da. Schließlich öffnete Mark die Augen und sah, dass Oscar ihn fast fragend anschaute.

»Hallo, Osc«, krächzte er.

»Hi.«

»Wir haben den ganzen Tag für uns. Was möchtest du machen?«

»Schwimmen!«

Mark sah gutgebaute Frauen mit langen Korkenzieherlocken und hautengen Badeanzügen vor Augen. Er schob seine Hüften ein Stück von Oscar weg. »Abgemacht. Lass mir fünf, nein zehn Minuten Zeit, dann komme ich zu dir runter.«

Oscar jubelte.

Wie versprochen, schlurfte Mark zehn Minuten später zum Frühstück nach unten. Während Oscar Toast aß und versunken auf einen grellbunten, hektischen Zeichentrickfilm im Fernsehen starrte, holte Mark die Post herein.

Er füllte die Espressomaschine und öffnete den braunen Umschlag mit der getippten Adresse. Er bekam fast nur Rechnungen. Verblüfft las er:

Lieber Mr Samuels, ich hoffe, Sie nehmen es mir nicht übel, dass ich auf diesem ungewöhnlichen Weg Kontakt zu Ihnen aufnehme, aber ich bin zunehmend besorgt, weil Oscar als einziges Kind meiner Klasse von niemandem auf dem Elternsprechtag vertreten wird.

Wie Sie wissen, ist Oscar nun in der sechsten Klasse und wird im nächsten Jahr auf eine weiterführende Schule wechseln. Sowohl ich als auch die Rektorin von Heatheringdown, Miss James, fänden es angebracht, dass Sie zu diesem Elternsprechtag kommen, um sich in diesem wichtigen Stadium voll und ganz in die schulische Erziehung Ihres Sohnes einbezogen zu fühlen.

Der Sprechtag beginnt um 18.30 Uhr und endet um 20 Uhr. Wir sind der Ansicht, dass dieser Termin allen Eltern eine Teilnahme ermöglichen sollte, sosehr sie geschäftlich oder beruflich auch eingespannt sein mögen.

Ich freue mich darauf, Sie zum Sprechtag zu sehen.

Mit freundlichen Grüßen
N. Hobbs

Mark starrte den Brief fassungslos an. Man zitierte ihn zum Elternsprechtag.

Na gut, dachte er. Er würde da sein. Und er würde dieser Ziege, die sich in sein Leben mischte, die dickste Zigarre ihres Lebens verpassen. Sie hatte doch keine Ahnung davon, Kinder großzuziehen. Er hatte seit sechs Monaten keine Nacht länger als ein paar Stunden geschlafen, weil er so hart arbeitete, um seinem Sohn das Leben zu ermöglichen, das er verdiente. Er würde jede Wette eingehen, dass diese alte Kuh in ihrem ganzen, langweiligen Leben noch nicht einen einzigen Tag richtig gearbeitet hatte.

Als sie eine Stunde später ins Schwimmbad kamen, war er immer noch wütend.

Nachdem er und Oscar sich an den Händen gehalten und, laut »Geronimo!« schreiend, wie die Tradition es verlangte, am tiefen Ende ins Wasser gesprungen waren, nutzte Mark die Gelegenheit, um mehr über diese Miss Hobbs zu erfahren.

»Osc, erzähl mir von deiner berühmten Miss Hobbs.«

Er stellte sich auf einen plötzlichen Stimmungsumschwung, vielleicht sogar auf schmollendes Schweigen oder einsilbiges Knurren ein, aber zu seiner Verwunderung strahlte Oscar übers ganze Gesicht.

»Sie ist toll, Dad. Ich mag sie. Sie hat auch keine Mum.«

»Was? Woher zum Teufel weißt du das?«

»Sie hat es mir erzählt.«

»Sie hat dir erzählt, dass sie keine Mutter hat? Nur dir oder der ganzen Klasse? Wann?«

»Am ersten Tag. Sie ist gekommen und hat sich draußen vor der Schule neben mich auf den Bürgersteig gesetzt. Das war cool.«

»Du meinst, am ersten Schultag nach den Ferien?«

»Mm.«

»Wie kam das?«

Oscar zuckte mit den Schultern. »Hab ich doch gesagt. Sie ist gekommen und hat sich zu mir gesetzt. Auf den Boden. Das war cool.«

»Also, damit ich das richtig verstehe: Sie ist zu dir

nach draußen gekommen und hat angefangen, dir persönliche Sachen aus ihrem Privatleben zu erzählen?«

Oscar nickte. »Ich glaub schon.« Er tauchte rückwärts ins Wasser.

Meine Güte, dachte Mark. Das war ernst. Diese Frau war doch krank. Und wieso hatte sie sich ausgerechnet seinen Sohn ausgeguckt?

»Du hast eine Mutter, Osc«, sagte er und schwamm hinter seinem Sohn her. »Sie ist nur …«

»… im Himmel, ich weiß«, beendete Oscar den Satz und ließ sich von seinem Vater wegtreiben. Mark folgte ihm.

»Hat sie dir wegen des Elternsprechtags zugesetzt, Osc?«

Oscar murmelte mit gesenktem Blick ein Ja, aber Mark hakte nach.

»Hat sie dich … genervt?«

Er zuckte mit den Schultern. »Ein bisschen.«

»Wie oft hat sie danach gefragt? Jeden Tag?«

Oscar lachte. »Mindestens.«

»Gut«, erklärte Mark. »Ich komme zum Elternsprechtag.« Oscar strahlte ihn an. »Und ich werde Miss Hobbs kennenlernen. Keine Sorge, junger Mann!«

»Yippee!«, johlte Oscar und bespritzte seinen Vater zum Dank.

Ein paar Meter entfernt zogen Nicky und ihre älteste Nichte sich im Damenumkleideraum um.

Vor einer Stunde hatte Claire sie verzweifelt angerufen. Sie musste Abigail unbedingt vor Montag neue Schuhe zur Schuluniform kaufen, weil irgendein Rowdy ihre geklaut hatte. (Nicky wusste, dass Abigail diese Schuhe hasste, hielt aber dicht.) Claire hatte es zur Abwechslung geschafft, Derek Isabel aufzuhalsen, aber Sarah-Jane weigerte sich, bei ihm zu bleiben oder mit ihrer Mutter zu gehen, sondern bestand darauf, den Vormittag mit ihrer Tante Nix zu verbringen.

Eigentlich war Nicky ganz froh darüber, denn ihre Arbeit fraß deprimierend viel ihrer Freizeit auf, und sie musste dringend einmal aus dem Haus. Ein bisschen Bewegung würde ihr guttun. Besonders in dem schicken Schwimmbad in der Nähe ihrer Schwester, wo man in den Umkleidekabinen nicht das dringende Bedürfnis verspürte, erst einmal mit dem Wischmopp durchzugehen, bevor man sich auszog.

»Okay, ich gehe mit ihr schwimmen«, hatte sie ihrer Schwester gesagt, »aber nur unter einer Bedingung.«

»Alles, was du willst.«

»Hinterher hörst du dir bei einer großen Flasche Wein meine Liebesproblemchen an und hilfst mir, einen klaren Kopf zu bekommen.«

Als sie nun ins Schwimmbad kamen, herrschte im Becken Hochbetrieb.

»Vergiss nicht, ich bin ein bisschen kurzsichtig«, mahnte Nicky ihre Nichte. »Ich kann nicht weiter sehen als bis zu der Säule da drüben. Schwimm also nicht zu weit weg.«

Sarah-Jane tauchte ins Becken und spritzte Nicky ins Gesicht. Nicky ging die Stufen ins Wasser hinunter und schwamm in gleichmäßigen Zügen am Beckenrand entlang.

Zuerst hörte sie Oscar gar nicht, weil sie Wasser in den Ohren hatte. Aber nach einer Weile erkannte sie ihn in dem Jungen, der vor ihr wild herumgestikulierte. Sie kreischte ebenfalls und kniff ihn leicht in die Wange. Da sie es nicht angebracht fand, ihm im Bikini zu nahe zu kommen, trat sie auf der Stelle und hielt alles bis auf ihr Gesicht unter Wasser.

»Ich bin mit meinem Dad hier«, schrie Oscar.

»Wirklich?«, antwortete Nicky. »Phantastisch! Vielleicht könnte ich ihm ja schnell mal hallo sagen!«

Oscar strahlte. »Ich hole ihn. Er kommt zum Elternsprechtag!«

»Wunderbar! Ich warte hier!«

Oscar tauchte ab und schwamm zügig davon. Während Nicky wartete, überlegte sie, ob es die ideale Umgebung sei, Oscars Vater kennenzulernen, denn im Grunde trug sie ja nur bunte Unterwäsche.

Zuerst verstand Mark nicht, was Oscar sagte.

»Miss Hobbs ist hier«, brüllte Oscar. »Miss Hobbs ist hier! Ich hab sie gerade getroffen! Sie will dich kennenlernen!«

Als Mark ihn endlich verstand, hätte er beinahe ins Becken gemacht. Hier war nicht die richtige Umgebung, sich überlegen zu fühlen. Er hatte schließlich nur eine Badehose an, und sie trug wer weiß was, vermutlich ein viktorianisches Badekostüm unter einem Kleid. Außerdem musste er sich auf die Begegnung mit einer Lehrerin vorbereiten, und auf Oscars Lehrerin erst recht. Er hatte Lehrer noch nie ausstehen können, daran hatte auch sein Alter nichts geändert. Allein schon der Geruch von Klassenzimmern verursachte ihm Brechreiz. Ihm war zudem klar, dass die Begegnung mit ihr unangenehm verlaufen würde, und er wollte nicht, dass Oscar miterlebte, wenn sein Vater eine Person zur Schnecke machte, die der Junge mochte. Oder noch schlimmer: dass Oscar miterlebte, wie er vor einem alten Drachen in die Knie ging.

Oscar hörte auf zu planschen und schaute seinen Dad an.

»Dad?«

Mark schüttelte nur den Kopf. »Es gibt für alles den rechten Ort und die rechte Zeit. Das hier ist weder das eine noch das andere. Ich bin sicher, dass sie das versteht.«

Oscar versuchte nicht einmal, ihn umzustimmen. Er drehte sich nur um, knurrte: »Ich hab's gewusst«, und schwamm davon.

Als Nicky sah, dass Oscar allein wieder auf sie zuschwamm, war sie durchaus nicht überrascht. Was hatte sie denn erwartet? Dass sein Vater ihn stolz und vor Liebe strahlend auf den Schulter tragen und vor Glück lachen würde, endlich die Frau zu treffen, die jeden Tag mit seinem Sohn verbrachte?

»Tut mir leid«, sagte Oscar. »Ich kann ihn nicht finden.«

Sie wussten beide, dass er log. Nicky fragte sich sogar, ob er nur erfunden hatte, dass sein Vater hier war. Vermutlich war er wieder mit Daisy und Lilith im Schwimmbad.

Sie schenkte ihm ihr freundlichstes Lächeln.

»Macht nichts. Wahrscheinlich ist es ohnehin nicht der geeignete Ort, ihn kennenzulernen.«

»Ja, das hat er auch gesagt«, meinte Oscar eifrig nickend.

Mark schaute Oscar nach, bis er nicht mehr zu erkennen war, dann schlug er mit der Faust aufs Wasser. Wieso verdarb ihnen irgendetwas immer die wenige Zeit, die sie miteinander verbrachten? Er schwamm an den Beckenrand und stieg aus dem Wasser. Auf dem Weg zu seinem Handtuch ließ er den Blick durch die Halle schweifen und blieb wie angewurzelt stehen, als er an einem der Kunststofftische und Stühle eine Frau in buntem Bikini entdeckte. Er musterte ihr Haar; das

Wasser hatte es dunkler und glatter gemacht, aber es war lockig. Korkenzieherlocken. Und sie konnte den Bikini eindeutig tragen. Ihre weichen Rundungen füllten ihn aus. Er beobachtete, wie sie ihr Haar auswrang und ein Mädchen etwa in Oscars Alter vom Schwimmbecken zu ihr lief und den Arm an ihre Hüften legte – eine der weichsten Rundungen von allen – und anfing, sich abzutrocknen. Plötzlich warf sie den Kopf in den Nacken, dass das Wasser nur so spritzte. Schnell drehte er sich weg. Die abrupte Bewegung erregte Nickys Aufmerksamkeit. Sie schaute hinüber, weg und dann wieder zu ihm. Mit dem Handtuch in der Hand schaute sie dem Mann nach, dessen breite, leicht gebeugte Schultern nass glänzten. Das sandblonde Haar war feucht und dunkel, aber sie erkannte es wieder. So schnell wie möglich erfasste sie alle übrigen Details. Lange, straffe Beine, eine enganliegende Badehose, die einen knackigen Hintern betonte, kräftige Oberarme, die auf gesunde Bewegung statt auf das Stemmen von Hanteln hindeuteten. Sie konnte die Blicke nicht von ihm wenden, bis seine Umrisse unscharf wurden und allmählich verschwammen. Zu ihrem Schrecken drehte er sich plötzlich halb zu ihr um, als habe er etwas vergessen. Sie wirbelte herum und zog instinktiv den Bauch ein. Mist. Beinahe hätte er gesehen, dass sie ihn anstarrte. Mit pochendem Herzen packte sie Sarah-Jane an den Schultern und schob sie entschlossen in die Umkleideräume. Innerlich fluchte sie, dass man nicht mit Kleidern, Make-up und Pumps schwimmen gehen konnte.

KAPITEL 9

Am Morgen des Elternsprechtags hatte Mark seine Aktentasche über die Schulter gehängt, hielt in jeder Hand eine große Kaffeetasse und balancierte an den leeren Schreibtischen seines Teams vorbei. Mit müden Augen schaute er verärgert auf die Wanduhr. Die schwarzen Zeiger standen auf 6.30 Uhr. Gott, wie er diese Uhr hasste. Wie ein Vorarbeiter in der Frühzeit der Industrialisierung beherrschte sie sein Leben und das aller, die unter ihr saßen. Er hatte diese Zeiger schon in mehr Positionen gesehen als die seiner Uhren zu Hause. Wie oft hatte er sie schon vierundzwanzig Stunden hintereinander vor Augen gehabt? Unzählige Male.

Aber nicht heute Abend. Heute Abend würde er um Punkt sieben Uhr gehen. In weniger als dreizehn Stunden. Und sein Team würde sich damit abfinden müssen.

Mark hörte ein Geräusch, ließ seine Aktentasche fallen und kniete sich neben Danny und Matt, die auf dem Boden schliefen.

»Morgen. Ich dachte, Sie hätten gern einen Kaffee.«

Danny drehte sich gähnend um. Matt stöhnte. »Danke, Boss«, sagte Danny. »Wie spät ist es?«

»Erst halb sieben. Es ist noch viel Zeit.«

Als die Tür sich hinter ihnen öffnete, drehten sie sich um. Anne-Marie lächelte sie höflich an.

»Morgen, Jungs! Croissants für alle!«

Nahezu zwölf Stunden später betrachtete Mark sein Team durch die weit geöffnete Tür seines Eckbüros. Alle arbeiteten fieberhaft und schweigend. Er hatte das Gefühl, dass sie gerade erst richtig angefangen hatten, und hätte schwören können, dass die Bürouhr heute doppelt so schnell lief wie sonst. Er warf einen Blick darauf. Es war kurz vor sechs, und er hatte ihnen immer noch nicht gesagt, dass er heute Abend früher gehen würde. Er schaute zu Anne-Marie hinüber. Sie saß stirnrunzelnd über einer Arbeit, die sie unbedingt fertigmachen wollte, um sie ihm zur Prüfung vorzulegen und noch heute per Fahrradkurier an den Klienten zu schicken. Wie sollte er bloß um 19 Uhr an ihr vorbei aus dem Büro kommen? Kriechen vielleicht? Es war einfach lächerlich. Er war mittlerweile Partner der Firma, mit nur dreiunddreißig. Ein zukünftiger Wirtschaftsguru, wenn er nicht einen Herzinfarkt bekäme, bevor er vierzig würde. Welchen Sinn hatte es, ganz oben zu sein, wenn man nicht ein einziges Mal im Jahr ohne schlechtes Gewissen früher aus dem Büro gehen durfte? Er stellte sich Oscars verängstigtes Gesichtchen überschattet vom Busen eines Drachens vor.

Der Klient musste warten.

Es gab nur eine Möglichkeit, und es war nicht fair, das war ihm klar, aber es gab keinen anderen Weg. Er nahm sein Handy und wählte eine gespeicherte Nummer.

Um zehn Minuten nach 18 Uhr steckte Nicky den Kopf durch die Tür jedes Klassenzimmers, um nachzusehen, ob alle Lehrkräfte fertig waren und nichts brauchten.

»Ja, danke«, sagte Amanda verkniffen. »Ich habe das schon mal gemacht. Aber wenn ich jemanden brauche, der meine Hand hält, dann rufe ich dich.«

Manchmal hasste Nicky es, Konrektorin zu sein. Allerdings fand sie es interessant, wie unterschiedlich ihre Kollegen den Elternsprechtag gestalteten. An den beiden Abenden saßen die Lehrerinnen und Lehrer jeweils in ihrem Klassenraum, wo die Eltern sie zum vorab vereinbarten Termin für jeweils zehn Minuten sprechen konnten. Nicky hatte immer gedacht, der Rahmen für diese Gespräche ließe sich nur so einrichten, wie sie es machte: Lehrer und Eltern setzten sich auf Schülerstühle an einen der Schultische, damit sie auf gleicher Ebene möglichst ungezwungen und offen miteinander reden konnten. Zu ihrer Verwunderung stellte sie jedoch fest, dass einzelne Kollegen fast majestätisch an ihrem erhöhten Pult thronten und den Eltern winzige Stühle davor anboten. Manche Kollegen hockten sich auf die Kante ihres Pults, um einen zwanglosen Anschein zu erwecken, saßen dabei aber noch höher über den Eltern, andere setzten sich vor ihrem Pult auf ihren höheren Stuhl oder auf einen Schülertisch. Nur wenige hielten es wie Nicky und setzten sich auf einen Kinderstuhl. Nicky fragte sich, ob diesen Kollegen wohl bewusst war, welchen Eindruck diese offenbar subtile Sitzordnung auf manche Eltern machte. Wenn ja, dann spielten sie üble Machtspielchen und kaschierten vermutlich eine tiefe Unsicherheit. In diesem Fall sollte man ihnen auf keinen Fall verletzliche Kinder ein ganzes Jahr lang anvertrauen. Waren sie sich darüber aber nicht im Klaren, dann waren sie soziale Idioten und sollten erst recht nicht unterrichten.

Ein anderer Aspekt war die Einhaltung des Zeitplans. Da für die Eltern eines jeden Kindes nur zehn Minuten eingeplant waren, musste jeder Lehrer den ganzen Abend die Uhr im Auge behalten. Nicky hatte aber angenommen, jedem müsse klar sein, dass diese kostbaren zehn Minuten für die Eltern eine völlig andere Bedeutung hatten als für die Lehrer und dass es daher höchst unsensibel wäre, den unpersönlichen Zeitaspekt zu betonen. Doch auch hier stellte sie besorgt fest, dass manche Kollegen tatsächlich große Uhren von zu Hause mitgebracht und mit der Rückseite zu den Eltern auf ihr Pult plaziert hatten. Einige stellten sogar einen Wecker, der nach zehn Minuten klingelte. Andere nahmen ihre Armbanduhr ab und legten sie auf ihre Notizen, um nur ja keinen Zweifel an ihren Prioritäten für den Abend aufkommen zu lassen. Winzige, aber äußerst verräterische Kleinigkeiten.

Sie schaute in Allys Klassenzimmer und grinste sie an. Ally saß im Schneidersitz auf einem Schultisch.

»Bleibst du so sitzen?«, fragte Nicky.

»Natürlich nicht«, antwortete Ally munter. »Sobald sie reinkommen, springe ich auf und mache einen kleinen Stepptanz vor der Diashow.«

»Entschuldige«, sagte Nicky. »Aber es ist faszinierend, wie unterschiedlich es alle handhaben.«

Ally nickte und setzte sich auf einen Schülerstuhl. »Hat Amanda schon ihre Scheinwerfer und Spiegel aufgestellt?«

»Praktisch ja«, erwiderte Nicky. »Volle Kriegsbemalung.«

»Ja. Frauen wie sie bringen Make-up in Verruf.«

Bevor Nicky in ihre eigene Klasse ging, sah sie noch schnell zu Rob hinein und machte große Augen. Er saß am Lehrerpult, vor dem zwei winzige Schülerstühle standen. Auf seinem Pult prangte der größte Wecker, den sie je gesehen hatte, mit der Rückseite zu den Stühlen der Eltern und tickte so laut, dass sie kaum ihre innere Stimme hören konnte, die ihn verurteilte.

Er hatte sich zurückgelehnt, die Hände an den Hinterkopf gelegt und summte vor sich hin.

»Hi«, rief sie. Er fuhr auf.

»Hi«, meinte er grinsend. »Alles klar?«

»Ich denke schon.«

»Freust du dich schon darauf, Mr Samuels zu treffen, der sich so rarmacht?«

»Eigentlich nicht.«

Als Lilith die Haustür hinter sich zuzog, hörte sie ihr Handy summen. Laut fluchend stellte sie ihre Tasche ab. Sie war ohnehin schon zu spät dran für Daisys Elternsprechtag, und das hieß, dass ein anderes Elternpaar – eine andere Mutter, wenn sie sich nichts vormachen wollte – vor ihr an die Reihe käme und sie ihren Babysitter noch länger bezahlen musste.

Sie kramte wild in ihrer Tasche herum, grub alles aus, bis auf ihr Handy, und verteilte es um sich herum. Als sie ihr Handy gefunden hatte, hatte das Klingeln, wie üblich, bereits aufgehört, aber sie klappte es dennoch auf. Während sie alles wieder in ihre Tasche packte und an die Bushaltestelle lief, las sie die Nachricht. Sie war von Mark.

Ruf mich an. Dringend.

Das war abzusehen, dachte sie. Sie hätte um gutes Geld mit ihm wetten sollen, dass er es heute Abend nicht schaffen würde, dann hätte sie das Geld für den Babysitter schon wieder hereingeholt. Den Teufel würde sie tun, ihn anzurufen. Sie würde nicht wieder die Mittlerin zwischen ihm und einer Lehrerin spielen. Bei Mr Pattison hatte es ihr nicht viel ausgemacht, aber Miss Hobbs war nicht ihr Typ. Nein. Das konnte er sich abschminken. An der Bushaltestelle setzte sie sich auf einen Klappsitz, hockte in der

Kälte und tippte mit dem Fuß, während sie auf den Bus wartete.

Als der Bus nach zwanzig Minuten noch immer nicht kam, dachte sie, verflixt, die einzige Möglichkeit, ihn endlich auftauchen zu lassen, war, Mark anzurufen. Sie konnte sich ebenso gut seine Ausrede anhören. Vielleicht würde es die Verspannung in ihrem Nacken lösen, wenn sie ihm ordentlich die Leviten las. Sie wählte seine Nummer und war überrascht, als sie nicht warten musste, bis er sich meldete. Sofort bellte er laut seinen Namen in den Hörer.

»Ich bin's«, sagte sie mit verkniffenem Mund.

»Ach, hi«, brüllte er ihr ins Ohr. »Wie geht's dir? Lange nichts von dir gehört.«

»Was?«

»Danke, mir geht's gut«, brüllte er weiter. »Und dir?«

Lilith runzelte die Stirn und starrte auf das Display, um sich zu vergewissern, dass sie die richtige Nummer gewählt hatte. Ja, doch. Sie hielt das Handy wieder ans Ohr.

»Bist du betrunken, Mark?«

Stille.

»Mark?«

»Ach, mein Gott«, hörte sie ihn laut flüstern.

»Was?«, fragte sie.

»Machst du … Witze?«, flüsterte er wieder ziemlich laut.

Sie stand auf und ging hin und her.

»Mark«, fuhr sie ihn schnippisch an, »würde ich Witze machen, dann würdest du lachen. Was zum Teufel geht …«

»Ich, ich … ich kann es nicht fassen«, fiel Mark ihr ins Wort.

Lilith stockte. Sie hörte ihn am anderen Ende in ihr Schweigen mehrfach »mmm« sagen.

»Nein«, erklärte sie schließlich. »Ich auch nicht.«

»Ich habe sie doch letzte Woche noch gesehen.«

»Tschüs, Mark.«

»Ja selbstverständlich«, hörte sie, »ich komme sofort.«

»Das habe ich gehört«, meinte sie spitz und legte auf.

Nicky schaute von ihren Notizen auf und verzog das Gesicht zu einem Lächeln, um die nächsten Eltern zu begrüßen, die gerade hereingekommen waren. Von den Schläfen über die Wangen bis zum Kiefer spürte sie, wie die pochende Anspannung zunahm. Kopfschmerzen kündigten sich an.

»Hallo«, grüßte sie ruhig. »Ich bin Miss …«

»Was soll das alles mit der Schuluniform?«, fragte die Frau und setzte sich neben Nicky auf einen Stuhl, der nicht größer war als ihre Hand. Nicky hob die Augenbrauen, was weh tat. Wieso waren Eltern immer so besessen davon, was ihre Kinder anzogen? Und wer verbreitete immer diese falschen Gerüchte?

Sie bedachte sie mit einem zurückhaltenden, aber freundlichen Lächeln.

»Seit ich hier unterrichte, gab es immer wieder das Gerücht, wir wollten Schuluniformen einführen«, sagte sie ruhig und schaute die beiden an. »Aber ich kann Sie beruhigen. Wir führen keine Schuluniformen ein.«

»Gut«, erklärte die Frau, »wir würden Anemone nämlich sofort von der Schule nehmen. Wir haben nämlich nicht siebentausend Pfund Steuern bezahlt, damit wir auch noch anfangen müssen, Schuluniformen zu kaufen.«

Nicky nickte mitfühlend, worauf ein pochender Schmerz ihr durch den Schädel schoss.

Sie warf einen Blick auf die Notizen über Anemone, die auf ihrem Schoß lagen. Langsam schaute sie wieder auf und fixierte die beiden mit einem Lächeln, das ihrem Zahnfleisch weh tat.

»Ihre Anemone ist sehr …«

Sie suchte nach einer positiven Beschreibung der Tochter. Groß?

Sie leckte sich die Lippen.

»… sie ist ein sehr … kraftvoller Charakter.«

Sie strahlten.

»Ihre Präsenz ist in der Klasse immer deutlich zu spüren.«

Sie tauschten ein Lächeln aus.

»Und obwohl das in mancherlei Hinsicht eine wunderbare Eigenschaft ist, habe ich das Gefühl, dass es manchmal, auch wenn es nicht ihre Schuld ist, auf andere vielleicht ein bisschen zu kraftvoll wirken kann.«

»Ha«, meinte Anemones Mutter energisch. »Das gibt's für mich gar nicht.«

»Na gut«, sagte Nicky und schaute wieder auf ihre Notizen.

»Wie ist sie in Mathe?«, fragte Anemones Vater.

Nicky lächelte ihn an. »Manchmal kreativer als in Englisch«, antwortete sie lachend.

Wieder strahlten sie stolz.

Nicky entspannte ihren Kiefer und merkte, dass der Schmerz etwas nachließ.

Mark stand mit der Aktentasche in der Hand an seinem Schreibtisch und starrte seine Sekretärin Caroline wütend an.

»Sagen Sie ihm, ich bin schon weg«, sagte er zum ersten Mal in seinem Leben.

Caroline schaute auf die Uhr. »Um sieben Uhr abends? Eine Woche vor dem letzten Termin?«

Mark seufzte. »Schon gut, schon gut. Sagen Sie dem Taxifahrer, ich komme gleich. Stellen Sie den Kerl durch.«

Caroline huschte an ihren Schreibtisch, stellte den Klienten durch und gab dem Taxifahrer Bescheid, der draußen parkte.

Mark wartete, bis das Gespräch durchgestellt war.

»Peter«, rief er. »Was kann ich für Sie tun?«

»Reuters weiß Bescheid. Es gibt Gemunkel. Wir müssen den Termin vorziehen.«

Mark ließ sich in seinen Sessel fallen. Nicht heute Abend. Jederzeit, aber nicht heute Abend. »Auf wann?«

»Morgen.«

»Mist.«

»Spätestens morgen Mittag.«

Mark legte auf und überlegte einen Moment. Dann ging er ins vordere Büro.

»Alle mal herhören.« Vier blasse Gesichter schauten auf. »Wir werden alle die ganze Nacht durcharbeiten müssen«, verkündete Mark. »Der Termin ist vorgezogen auf morgen früh, zehn Uhr. Reuters weiß Bescheid.« Flüche wurden laut. Mark fuhr fort: »Bis Mitternacht will ich alles auf meinem Schreibtisch haben. Wenn etwas fehlt, dann möchte ich wissen, warum, Matt.«

»Wann kommen Sie zurück?«, fragte Matt.

Mark schaute auf die Uhr. »Sobald ich die Lehrerin meines Sohnes zur Schnecke gemacht habe. In etwa zwei Stunden.«

KAPITEL 10

Nicky zwang sich aufzustehen. Jedes Haar auf ihrem Kopf fühlte sich an wie eingeschraubt. Durch das Schmerzmittel, das sie geschluckt hatte, fühlten sich ihre Glieder zwar weniger bleiern an, aber die Kopfschmerzen waren unvermindert, da sie die Tabletten zu spät genommen hatte. Sie brauchte nur noch auf Mr Samuels zu warten und hatte es wie durch ein Wunder geschafft, ihrem Zeitplan fünf kostbare Minuten voraus zu sein. Jede einzelne wollte sie dazu nutzen, ihr Gesicht mit eiskaltem Wasser zu kühlen oder, wenn möglich, ihren Kopf zu entkorken und lockerer wieder zu verschließen.

Als sie gemessenen Schrittes hinausging, warf sie einen flüchtigen Blick in Robs Klasse. Er hielt einem Elternpaar Vorträge, das auf den lächerlichen Stühlchen aussah wie eingeschüchterte Kinder. Sie runzelte die Stirn, ließ es aber rasch wieder bleiben, weil es zu weh tat.

Sie setzte ihre Brille ab und ging auf Zehenspitzen durch den Flur.

Mark fluchte laut auf dem Rücksitz des Taxis. Seit wann war der Haupteingang einer Schule für die Öffentlichkeit gesperrt? Wie sollte man denn sonst hineinkommen?

»Absolut typisch«, knurrte er. »Sie bestehen darauf,

dass man in die Schule kommt, und dann machen sie es einem so schwer wie möglich. Genau wie bei den blöden Prüfungen.«

Der Taxifahrer kicherte.

»Wie spät ist es?«, fragte Mark.

»Zehn vor.«

»Gut. Wir haben keine Zeit für diesen Unsinn«, sagte Mark. »Ignorieren Sie das Schild einfach und setzen Sie mich vor dem Haupteingang ab. Wenn jemand Ärger macht, sagen Sie einfach, Miss Hobbs hätte es Ihnen erlaubt.«

Der Wagen hielt, Mark sprang heraus, knallte die Tür zu und lief die Treppe zum Haupteingang der Schule hoch.

Nicky lehnte sich an das Waschbecken in der Damentoilette und betrachtete ihr Spiegelbild. Zwei rote Flecken unter ihren Augen waren alles, was von ihren rasenden Kopfschmerzen zu sehen war. Sie zog das Band aus ihrem Haar, was ihr sofort Erleichterung verschaffte. Dann drehte sie den Kaltwasserhahn auf, beugte sich über das Becken und ließ sich das eisige Wasser über das Gesicht laufen.

Es ließ sich nicht mehr leugnen. Mark hatte sich verlaufen. Bereits zum dritten Mal kam er nun schon an diesem Schaukasten vorbei und wusste mittlerweile zweifelsfrei, dass sie sich im chinesischen Jahr des Hundes befanden. Er lockerte seine Krawatte und suchte sämtliche Türen nach einem Schild der sechsten Klasse und einem alten Drachen ab, der darauf wartete, gegen ihn Feuer zu speien.

Nicky drehte den Kaltwasserhahn ab und schaute zu, wie der Wasserstrahl allmählich versiegte. Ihr Gesicht war so kalt, dass sie es kaum noch spürte. Sie hoffte, dass es den ganzen Abend so bliebe. Vorsichtig tupfte sie ihre Wangen mit einem Papiertuch trocken, sah sich im Spiegel an, seufzte ausgiebig und schloss die Augen. Von ihren Augen bohrte sich der Schmerz in ihren Schädel. Es fühlte sich an, als würde jemand ihre Augen in den Höhlen festschrauben. Ihr fiel alles ein, was sie noch hinter sich bringen musste, bevor sie im Schlaf Vergessen suchen durfte.

Als sie aus der Damentoilette kam und die Tür hinter sich schloss, sah sie sich dem blonden Mann mit den blaugrünen Augen gegenüber, den sie beim Feuerwerk getroffen hatte.

Mark blieb wie angewurzelt stehen. Die junge Frau vom Feuerwerk stand direkt vor ihm und sah umwerfender aus denn je. Ihre Haut wirkte fast durchscheinend, ihre Augen leuchteten, und ihre Wangen waren wie zwei rosige Äpfelchen. Klar! Sie war eine Mutter! Das kleine Mädchen, mit dem er sie im Schwimmbad gesehen hatte, musste in Oscars Klasse sein.

»Hallo«, grüßte er strahlend.

»Hallo«, hauchte Nicky und gab sich große Mühe zu lächeln.

Offenbar war sie nicht sonderlich erfreut, ihn zu sehen, fand er. Vielleicht hatte sie ihn ja nicht erkannt. Oder ihr Mann stand am Ende des Korridors.

»Wir sind uns beim Feuerwerk begegnet«, half er ihr auf die Sprünge.

»Ach ja!« Sie lächelte etwas mehr. »Natürlich. Ich erinnere mich.«

»Einen Moment lang glaubte ich, ich hätte mich hier

verlaufen«, erklärte er. »Ich dachte schon, ich käme nie mehr lebendig hier raus.«

»Oje, für immer in der Schule. Schreckliche Vorstellung«, sagte sie.

»Na ja, jetzt hätte ich nichts mehr dagegen«, räumte er ein.

Nicky fühlte sich plötzlich ganz wie Girlie.

Er reichte ihr die Hand.

»Ich bin Mark. Schön, Sie zu treffen.«

»Ich bin Nicky.«

Sie lächelten.

»Also wirklich«, meinte er und ließ zögernd ihre Hand los. »Das ist wirklich eine angenehme Überraschung.«

»Vielen Dank.« Sie lächelte. »Ebenfalls.« Sie gingen gemeinsam den Korridor entlang.

»Hat Ihnen das Feuerwerk gefallen?«, fragte er.

»O ja. Besser denn je.«

Er bedachte sie mit einem unmissverständlichen Blick. »Mir auch. Mir auch.«

Um nicht zu kichern wie ein Schulmädchen, zwang Nicky sich, daran zu denken, dass er eine Familie hatte. »Und Sie sind zum Elternsprechtag hier?«, fragte sie.

Die Frage bewirkte sofort eine dramatische Veränderung. Das Lächeln verschwand, das Flirten hörte auf, und er sog scharf die Luft ein. »Mein Gott, ja. Ich hatte es grade geschafft, das zu vergessen. Man hat mich hergepeitscht.«

»Ach, verstehe.« Er verstand sich also nicht mit seiner Frau.

»Ja«, stöhnte er. »Mein Junge hat Probleme mit seinem Alptraum von Lehrerin.«

»Ach!« Nicky war schockiert. Es hatte einige Beschwerden über Amandas Strenge gegeben, aber bislang hatte sie noch nie gehört, dass jemand sie als Alptraum bezeichnet hatte. Falls es Klagen gab, musste sie darüber Bescheid wissen.

»Tut mir leid, das zu hören«, sagte sie. »Darf ich fragen, worum es geht?«

Inzwischen näherten sie sich ihrem Klassenraum. Flüchtig fragte sie sich, wohin er gehen mochte, aber offenbar war er zufrieden, ihr zu folgen.

»Ach«, sagte er leichthin, »nichts, womit ich nicht fertig würde. Aber die alte Schachtel benutzt meinen Jungen offensichtlich als Ersatz für die eigenen Kinder, die sie nicht hat. Verzweifelte alte Jungfer, Sie kennen das ja.«

»Ach«, murmelte Nicky fasziniert. Das klang nicht nach Amanda. Vielleicht meinte er Gwen.

Sie hatten nun ihre Klasse erreicht, gingen hinein und blieben an der Tür stehen.

»Eigentlich tragisch, wenn man darüber nachdenkt«, überlegte Mark. »Von Kindern umgeben zu sein, wenn man keine eigenen hat. Vermutlich sollte ich Mitleid mit ihr haben, statt wütend zu sein. Aber heute Abend mache ich kurzen Prozess mit ihr.«

»Tja, das hört sich ernst an«, sagte Nicky und schloss die Tür hinter ihm, bevor es zu persönlich wurde.

»Na ja, das ist es auch.« Er lachte. »Sie hat doch tatsächlich – Sie werden es nicht glauben – aber sie hat mir doch tatsächlich einen schulmeisterlichen Brief geschrieben und darauf bestanden – nicht gebeten, darauf bestanden –, dass ich heute Abend komme.« Er lachte erneut. »Als wäre ich einer ihrer Schüler. Ich musste extra aus dem Büro kommen. Wir müssen die Nacht durcharbeiten, und ich habe mein ganzes Team allein gelassen. Unerhört. Ich bin Teilhaber der Firma. Das ist absolut unerhört.«

Nicky zwinkerte.

»Und das ist noch längst nicht alles«, sprudelte er weiter. »An Halloween hat sie meinen Sohn ohne meine Erlaubnis zu sich nach Hause eingeladen. Gehört sich das etwa? Wahrscheinlich könnte ich sie allein deswegen schon suspendieren lassen. Vermutlich hat sie eigens dafür Süßigkeiten gekauft. Man darf gar nicht darüber nachdenken. Und sie hat ihn nach dem Unterricht abgefangen, um ihm alles Mögliche über ihr Privatleben zu erzählen. Er ist erst zehn! Weiß Gott, was sie ihm emotional antut!«

Er schaute Nicky um Bestätigung heischend an. Sie starrte ihn mit großen Augen an. Beruhigt redete er weiter.

»Sehen Sie, Oscar, das ist mein Junge, hat keine Ahnung. Er ist noch zu jung, solche Sachen richtig einzuordnen. Er findet sie toll. Wissen Sie, er liebt sie wie eine Mutter, weil er keine mehr hat. Redet ständig von ihr. Wissen Sie, er ist verletzlich, hat keine Mutter, ich bin nämlich Witwer, und das nutzt sie natürlich aus. Hat sogar versucht, den Eindruck zu erwecken, als säßen sie im selben Boot, weil sie auch keine Mutter hat. Können Sie sich das vorstellen? Eine erwachsene Frau sagt einem Zehnjährigen, dass sie beide zusammen mutterlos sein können. Wenn Sie mich fragen, braucht die Frau Hilfe.«

Wieder schaute er Nicky an.

»Ich überlege gerade, ob Sie sie vielleicht kennen?«, fragte er plötzlich. »Miss Hobbs.«

Nicky hatte das Gefühl, dass der Boden unter ihr schwankte.

»Mr Samuels?«, hörte sie sich sagen.

Er strahlte sie überrascht an. »Ja! Mark Samuels! Woher wissen Sie das?«

»Oscars Vater?«

»Ja! Stimmt! Oscar Samuels! Kennen Sie ihn? Niedlicher Junge mit sechs Sommersprossen auf der Nase.«

Nicky streckte die Hand aus. Mark starrte darauf und schaute sie dann stirnrunzelnd an.

»Vielleicht sollten wir noch mal ganz von vorn anfangen«, schlug sie ruhig vor.

Er schüttelte verständnislos den Kopf.

»Ich bin Miss Hobbs«, erklärte sie. »Nicky Hobbs. Oscars Klassenlehrerin.«

Mark öffnete den Mund, um etwas zu sagen, aber beiden war schnell klar, dass es nur eine leere Geste war. Aus seiner Kehle drang ein gurgelnder Laut, der aber sofort verstummte.

Nicky wartete ab.

»Ich … ich«, setzte er an.

Sie hob eine Augenbraue.

»Sie sind viel …«, versuchte er es noch einmal. »Ehm …«

Sie hob die Augenbrauen noch höher.

»Ich …«

»Na ja«, sagte sie leise, »mir wird ganz warm ums Herz, dass ein so redegewandter Mann mich bemitleidet.«

Sie band sich das Haar zu einem Pferdeschwanz zusammen und setzte ihre Brille auf.

»Oh«, sagte er leicht alarmiert und wich etwas zurück.

»Mr Samuels«, erklärte sie ruhig, aber bestimmt, »niemand hat Sie gezwungen, heute Abend hierherzukommen, aber nach allem, was ich bereits über Sie erfahren habe, überrascht es mich nicht im mindesten, dass dieses enorme Opfer, das Sie zum ersten Mal bringen, seit Ihr Sohn in der Schule ist, Sie so viel gekostet hat.«

Mark öffnete den Mund, aber da er schnell lernte, machte er ihn sofort wieder zu.

»Meinen ›schulmeisterlichen‹ Brief habe ich nach reiflicher Überlegung und selbstverständlich in Rücksprache mit unserer äußerst geschätzten Rektorin geschrieben. Er war als freundlicher, aber letzter Versuch gedacht, auch nur einen Funken Interesse am schulischen und emotionalen Leben Ihres Sohnes zu wecken.«

»Wie ...« Marks Stimmbänder verkrampften sich.

»Eines Sohnes, der in dem ständigen, täglichen Bewusstsein lebt, nicht nur einen liebevollen Elternteil verloren zu haben, der den ganzen Tag für ihn da ist, sondern zwei.«

Marks Stimme tauchte vorübergehend wieder auf.

»Und was Ihre Sorgen um mich betrifft, lassen Sie mich Ihnen versichern, dass ich Oscar nichts über mein Privatleben anvertraut habe, was in irgendeiner Weise unpassend gewesen wäre. Es ist nur zufällig so, dass ich auch meine Mutter verloren habe, als ich noch ein Kind war, und ebenfalls einen emotional abwesenden Vater hatte. Im Gegensatz zu Oscar hatte ich das Glück, eine ältere Schwester zu haben, die zu meiner Ersatzmutter wurde, aber noch heute, als Erwachsene, weiß ich genau, der Verlust welchen Elternteils mich mehr geschmerzt und getroffen hat. Den Verlust eines toten Elternteils kann man betrauern, über den Verlust eines lebenden Elternteils kommt man nie hinweg.«

Mark gab einen gutturalen Laut von sich.

»Als ich zufällig auf Oscar traf«, fuhr sie fort, »war er am ersten Tag des neuen Schuljahrs der letzte Schüler, der abgeholt wurde. Wir haben über zweihundert

Schüler an unserer Schule, Mr Samuels, und darunter sind einige, die im Heim leben, andere aus traumatisch zerrütteten Familien und manche, deren Eltern noch in von Krieg zerrissenen Teilen der Welt sind. Oscar war das letzte Kind, das abgeholt und nach Hause gebracht wurde. Kein Wunder, dass er weinte. Außerdem schlug er auf das Schultor ein, während er auf ein Au-pair-Mädchen wartete, das er hasste und dessen Namen er nicht mal kannte. Ich erwähnte nebenbei flüchtig meine verstorbene Mutter, um ihm zu vermitteln, dass ein Erwachsener seine Lage nachempfinden konnte – und schon da (nachdem ich ihn kaum einen Tag kannte) hatte ich den Eindruck, dass er so etwas nur selten erfährt.«

Mark stöhnte leise.

»So, und nun zu Ihrem nächsten Vorwurf. An Halloween habe ich ihn nicht ›zu mir eingeladen‹. Vielmehr erzählte er mir an dem Tag in der Schule, dass Sie abends mit ihm auf Süßes-oder-Saures-Runde gehen würden. Lassen Sie mich Ihnen sagen, wie aufgeregt Ihr Sohn über die Aussicht war, einen Abend mit Ihnen zu verbringen. Er konnte sich im Unterricht kaum konzentrieren. Und zufällig klingelte er mit Daisy und ihrer Mutter um neun Uhr abends – als alle anderen bereits seit Stunden aufgehört hatten – an meiner Tür, weil er so fest entschlossen war, weiterzumachen, bis Sie kämen, dass er einfach nicht akzeptieren konnte, dass Sie nicht kommen würden. Sie waren alle ganz erschöpft und hungrig nach dem langen Abend in der Kälte. Ich weiß nicht, wie Sie es aufnehmen werden, wenn Sie das erfahren, aber ich sage es Ihnen trotzdem. Daisy war nicht im Geringsten überrascht, als sie erfuhr, dass Sie doch nicht kommen würden. Sie ist zehn Jahre alt. Ich habe sie alle hereingebeten und bekam daher zufällig mit, als Sie ihm in einer SMS mitteilten, dass Sie ihn mal wieder enttäuschten.«

Mark schnaubte durch die Nase.

»Sie haben einen wunderbaren Sohn, Mr Samuels. Und Sie haben recht. Ich habe keine eigenen Kinder. Aber ich kann Ihnen versichern, lieber habe ich keine Kinder, als eins in eine Welt zu setzen, die ich nicht mit ihm zu teilen bereit bin. Ich mag Ihren Sohn sehr, aber ich bin nicht auf Ihr abgeschobenes Kind angewiesen, vielen Dank.«

»Abgeschoben! Wie können Sie es wagen …«

»Wie würden Sie es denn nennen, Mr Samuels«, fuhr sie ihn an. Innerlich tobte Mark, dass sie ihn nicht ausreden ließ, nachdem er endlich seine Sprache wiedergefunden hatte. »Ihm Schokolade aufs Kopfkissen zu legen, statt für ihn da zu sein? Ihn tage- und nächtelang bei einer anderen Mutter zu lassen!«

»Ich muss schließlich Geld verdienen, verdammt«, explodierte Mark und war froh, etwas gefunden zu haben, was er sagen konnte.

»Ach ja, natürlich«, platzte sie heraus. »Das ach so wichtige Geld. Der männliche Ersatz für Liebe.«

»Was?«

»Haben Sie eine Ahnung, wie viele alleinerziehende Mütter ich heute Abend gesehen habe? Und keine einzige von ihnen musste mit einem Brief genötigt werden zu kommen.«

»Also«, brüllte Mark, fest entschlossen, endlich einen Satz zu Ende zu bringen, »die haben wahrscheinlich irgendeinen armen Kerl, der sich abrackert, um ihnen Unmengen Scheißunterhalt zu zahlen.«

»Ach, Quatsch!«, spie Nicky so wütend aus, dass es beide traf wie ein Peitschenhieb. »Sie machen zwei Jobs und schaffen es trotzdem, buchstäblich Essen auf den Tisch zu bringen und da zu sein, wenn ihr Kind ins Bett geht. Der Unterschied, Mr Samuels, ist, dass sie wissen, was es heißt, Mutter oder Vater zu sein. Schlagen Sie es bei Gelegenheit mal im Wörterbuch nach. Da steht nichts von Geld drin.«

»Wie können Sie es wagen …«

»Ich wage es, Mr Samuels, ich wage es. Die einzige Tragödie ist, dass es offensichtlich bisher noch niemand gewagt hat.«

Sie starrten sich an.

»Ach, und übrigens«, sagte sie spröde und öffnete die Klassentür als Zeichen, dass ihr Gespräch beendet war, »in dieser Schule ist Fluchen nicht erlaubt.«

Damit kehrte sie ihm den Rücken zu, ging an ihr Pult und packte ihre Unterlagen zusammen.

Fünf Minuten später bemühte Nicky sich auf dem Weg zu ihrem Wagen, nicht darüber nachzudenken, dass sie sich vermutlich gerade ihre Karriere verbaut hatte. Im Augenblick war es ihr egal. Sie wollte nur noch ins Bett.

Ein Taxi fuhr röhrend an ihr vorbei über den Schulhof.

»Typisch«, knurrte sie, als sie sah, wer auf der Rückbank saß.

Mark wandte den Blick demonstrativ von Miss Hobbs ab, als das Taxi von der Schule wegfuhr. Selbst im Dunkeln war ihre verächtliche Miene unverkennbar. Als das Taxi vor seinem Büro hielt, öffnete er die Wagentür, noch bevor es stand. Auf der Freitreppe blieb er stehen und starrte den Eingang an. Er ging die Treppe hinauf und blieb oben wieder stehen. Erst fünf Minuten später öffnete er die Tür, knurrte »Quatsch« in sich hinein und versuchte, es lächerlich zu finden.

KAPITEL 11

Die Sonne lauerte über den Rand eines benachbarten Hochhauses auf Mark und verhieß einen klaren Wintertag. Er schaute auf die Uhr und holte sein Handy heraus.

»Aufwachen«, sang er mit übermüdeter, rauer Stimme ins Telefon.

»Was – Dad?«, fragte Oscar mit verschlafener Stimme.

»Hallo, Prachtkerl. Hast du gut geschlafen?«

»Was ist los?«, fragte Oscar.

»Nichts!«, antwortete Mark. »Ich wollte nur mal mit dir reden, bevor du in die Schule gehst.«

Er hörte, wie Oscar sich auf die andere Seite drehte, und stellte ihn sich auf Liliths Sofa vor. Er hatte angeboten, ihr ein Gästebett zu kaufen – das eigentlich für Oscar wäre –, aber sie hatte es eisern mit der Begründung abgelehnt, sie brauche keine Almosen. Da Oscar aber allmählich zu groß wurde, mussten sie bald etwas wegen der Schlafmöglichkeiten unternehmen. Vielleicht sollte er ihr Etagenbetten vorschlagen?

»Hast du gut geschlafen?«, fragte er.

»Mm.«

»Was steht heute an?«

»Schule.«

»Ich habe gestern Abend Miss Hobbs getroffen.«

Schlagartig klang Oscar hellwach. »Wirklich? Wie war's? Wie mache ich mich?«

Mark grinste ins Telefon. »Du machst dich prima, Schatz. Nur mit mir hat sie Probleme.«

»Wie meinst du das?«

Mark hörte Carolines Telefon klingeln und wusste, dass ihm nur noch ein paar Sekunden Zeit blieben.

»Wir sehen uns heute Abend«, sagte er zu seinem Sohn. »Wenn du schon schläfst, wecke ich dich, und wir machen uns einen Mitternachtsimbiss.«

Caroline steckte den Kopf zur Tür herein, und er nickte ihr zu.

»Tschüs, Osc. Ich liebe dich.«

Er drückte auf eine Taste seines Telefons.

»Peter«, grüßte er.

»So! So, so, so, so. Und was haben Sie beiden nun für Informationsbröckchen für mich?«

Wegen der Aufarbeitung des Elternsprechtags fiel für Rob und Nicky heute die Morgenandacht aus. Ned würde Miss James vertreten.

»Gibt's irgendwas?«, fragte Miss James und schaute von einem zum anderen.

Nicky stockte der Atem. Ob Mr Samuels sich schon beschwert hatte? Gab Miss James ihr eine Chance, alles zu gestehen, bevor sie ihr sämtliche Einzelheiten über ihren grässlichen Auftritt gestern Abend aus der Nase ziehen musste? Ihre Kopfschmerzen waren zwar noch da, aber längst nicht mehr so schlimm wie am Vortag. Mit Schmerztabletten und viel Wasser würde sie den Tag schon überstehen.

Miss James lächelte ihre beiden Stellvertreter an. »Hatten wir alle einen wunderbaren Abend mit unseren wunderbaren Eltern?«

Vielleicht hatte Mr Samuels ja noch gar keine Zeit gehabt, sich zu beschweren, überlegte Nicky. Zu viel Arbeit wahrscheinlich. Vielleicht hatte sie ja noch eine Chance, ihren Fehler wiedergutzumachen, bevor es zu spät war. Wann war wohl ein günstiger Moment, zu beichten, dass sie einen Vater, der zum allerersten Mal seit sechs Jahren zum Elternsprechtag gekommen war, zur Schnecke gemacht hatte? Vor, während oder nach der Puzzlezeit?

Der blecherne Klang von zweihundert Kindern, die ein nicht erkennbares Kirchenlied sangen, weckte in Nicky das kindliche Verlangen, Ned über seine Sätze stolpern zu hören, statt über ihre eigenen stolpern zu müssen. Zum zigsten Mal an diesem Morgen fragte sie sich, ob sie diesem Job überhaupt gewachsen war. Als plötzlich von draußen schallendes Gelächter hereindrang, musste sie sich mühsam zurückhalten, nicht hinauszulaufen, um nachzusehen, was passiert war.

Selbst Miss James schaute verwundert drein. »Oh! Das klingt alles sehr spannend da drin, nicht wahr?«

»Ich bin sicher, Ned macht das wunderbar«, versicherte Rob. Nicky nickte, eifrig bemüht, sich nichts vorzustellen, was der Wahrheit vermutlich näher kam, etwa dass Ned seine Hose heruntergerutscht war.

»Also«, setzte Miss James noch einmal an. »Haben Sie beide es schon geschafft, zwischendrin ein bisschen mit Ihren zugeteilten Lehrkräften zu plaudern?«

Sie nickten.

Wie machte Miss James es bloß, dass die Aufgaben, die sie ihnen übertrug, sich aus ihrem Munde immer nach Kleinigkeiten anhörten? Um »zwischendrin ein bisschen mit ihren zugeteilten Lehrkräften zu plaudern«, hatten sie beide anderthalb Stunden und ihre Kollegen mindestens eine Stunde früher in die Schule kommen müssen, was ihnen unweigerlich jede Menge unterschwelligen Groll bei allen eingebracht hatte, die schon Elternsprechtage durchgeführt hatten, als Nicky und Rob selbst noch Schüler waren. Selbst Ally hatte es übelgenommen und war zu spät gekommen.

Wie üblich gab es nichts Besonderes zu berichten außer den üblichen Frust über die Vorbereitungen auf die Lernstandserhebungen und der ewigen unbegründeten Panik, dass die Schule Uniformen einführen wolle.

Während Nicky wartete, bis Rob mit seinem Gerede fertig war, überlegte sie, auf welchen Beruf sie umsatteln könnte. Töpferkurse? Politesse? Schülerlotsin?

»Nicky? Wo sind Sie, meine Liebe? Sie sehen aus, als wären Sie meilenweit weg!« Miss James lächelte sie milde an. Sie fragte sich, wie sie wohl aussehen mochte, wenn sie wütend war. Fast erschrocken stellte sie fest, dass es ihr eigentlich lieber wäre.

»Und was ist mit dem berüchtigten Mr Samuels?«, fragte Miss James. »Hat er sich nach Ihrem charmanten Brief blicken lassen?«

Nicky fand, dass dieser Moment ebenso gut geeignet war, über die Vorfälle des vergangenen Abends zu reden, wie der andere.

»Ja-a-«, setzte sie an.

»Und?«, fragte Miss James. »Und, und, und, und?«

»Eigentlich gibt es nicht viel zu erzählen«, sagte Nicky mit dumpfer Stimme. »Aber zumindest ist er gekommen.«

»Gut gemacht, meine Liebe!«, trällerte Miss James. »Glückwunsch!«

Mittags hatte Mark den Sekt geöffnet, und das Büro versank im Chaos. Nach dem zweiten Glas nahm er sich einen Becher Wasser, ging leicht schwankend in sein Büro und schloss die Tür hinter sich. Normalerweise hatte Sekt nicht die Wirkung auf ihn, aber er wurde wohl auch nicht jünger. Er setzte sich und legte den Kopf auf den Schreibtisch. Hier würde er einfach sitzen bleiben, bis es Zeit war, ins Bett zu gehen.

»Mark?« Caroline stand in der Tür zu seinem Büro.

»Hm?« Er starrte seine Sekretärin an und krächzte: »Ja?«

»Mark, Sie sehen absolut grauenhaft aus«, flüsterte sie.

»Ich fühle mich auch nicht besonders«, erwiderte er flüsternd. Caroline war ernstlich beunruhigt. Bei Mark Samuels hieß eine solche Äußerung, dass er ins Krankenhaus gehörte.

»Gut«, sagte sie bestimmt. »Ich rufe Ihnen ein Taxi.«

Er hatte nicht die Kraft, zu nicken, geschweige denn, ihr zu danken.

Nicky wurde das Gefühl nicht los, dass ihr Streit mit Mr Samuels schlimme Folgen haben würde. Sie musste mit Ally reden. Sie brauchte Rat von einer Kollegin und Freundin, ob sie Miss James alles beichten sollte, bevor die unausweichliche Beschwerde kam. Oder ob sie sich einfach dumm stellen und seine Beschwerde als Überreaktion hinstellen sollte?

Außer den möglichen negativen Folgen beunruhigte sie aber noch etwas an dem Streit. Mr Samuels' harscher Vorwurf, sie suche in ihrem Beruf nur einen Ersatz für die Kinder, die sie selbst nicht habe, hatte eine Kette deprimierender Fragen in ihr ausgelöst. Würde sie so enden? Was unternahm sie denn, um Männer kennenzulernen? Wie oft ging sie aus? Nie. Wie viele neue Leute lernte sie kennen? Keine. In ihrer Freizeit arbeitete sie ständig. Und wofür? Für einen Beruf, den sie vielleicht gerade aufs Spiel gesetzt hatte.

Und so ging es in einer stetigen Abwärtsspirale weiter.

Als die Clique sich in der Mittagspause traf, bat sie Ally, an diesem Abend zum Essen zu ihr zu kommen. Leider hatte Ally die ganze Woche keine Zeit.

»Ich habe eine Collegefreundin zu Besuch«, erklärte sie voller Bedauern. »Sonst liebend gern. Tut mir leid.«

»Was ist?«, fragte Pete.

»Ich brauche Hilfe«, gab Nicky zu. »Von einem Freund, der auch Lehrer ist.«

»Verdammt, ich habe heute Abend Fußball«, sagte Pete.

Es entstand eine peinliche Pause.

»Ich komme«, bot Rob an.

»Mm, ich weiß nicht«, sagte sie. »Heute Abend bin ich dem wahrscheinlich nicht gewachsen. Ich gehe gleich ins Bett. Ich habe immer noch Kopfschmerzen.«

»Gut, dann komme ich morgen.«

»Es ist Migräne. Die dauert drei Tage.«

»Gut, dann Freitag.«

Sie bedachte ihn mit einem dünnen Lächeln. Er lächelte freundlich zurück. »Schließlich sind wir ja Freunde, oder?«

Nicky nickte und merkte, dass sie dankbar war. Ja, sie waren Freunde. Und vielleicht brauchte sie ja die Sicht eines Mannes auf das ganze Problem.

Drei Tage nach Oscars Elternsprechtag ging Mark noch immer nicht zur Arbeit, fühlte sich aber zumindest wohl genug, Lilith anzurufen.

»Was?«, kreischte sie ins Telefon. »Du meinst, du bist hingegangen? Zum Elternsprechtag?«

»Ja«, brummte Mark auf dem Sofa. »Und seitdem kann ich nicht mehr laufen.«

»Du bist wirklich hingegangen?«, wiederholte sie. »Du hast keinen Lakaien aus deinem Büro geschickt? Du? Persönlich? Woher wusstest du denn überhaupt, wohin du gehen musstest?«

Er stöhnte entrüstet. »Und seitdem kann ich nicht mehr laufen«, wiederholte er.

»Warte mal. Wieso hast du eigentlich Zeit, mich von der Arbeit aus anzurufen?«

»Ich bin nicht im Büro. Ich bin krank. Am Morgen danach musste ich nach Hause gehen und war seitdem nicht mehr im Büro.«

Es folgte eine lange Pause.

»Ich kann Oscar heute nicht abholen«, sagte sie plötzlich ausdruckslos. »Ich mache eine Doppelschicht, damit ich den Babysitter bezahlen kann. Meine Mum holt Daisy mit dem Fahrrad ab. Nächste Frage?«

»Das wollte ich dich gar nicht fragen. Mein Gott, das hört sich ja geradeso an, als ob ich dich ständig um Gefälligkeiten bitten würde.«

»Tust du ja auch.«

Wieder folgte eine lange Pause.

»Gut«, sagte Mark. »Dann kommt jetzt die letzte: Kannst du morgen Abend zum Essen rüberkommen?«

»Das ist der Gefallen?«

»Na ja, nicht ganz ...«

»O nein! Mark! Ist es jetzt so weit?«

»Wie weit?«

»Mitleidssex?«

»Bitte. Bitte«, flehte er. »Hör auf. Ich brauche einfach deinen Rat.«

»Gott sei Dank. Du bist so was von nicht mein Typ.«

»Was für ein verdammtes Glück«, brummte er.

»Zufällig geht meine Mum morgen Abend nicht zur Tanzgruppe, ich kann also kommen.«

»Danke, Lil.«

»Nenn mich nie wieder so. Das klingt so nach Waschweib.« Damit legte sie auf.

Mark legte sich auf dem Sofa zurück. Lilith wurde mit den Jahren verbittert. Vielleicht sollte er ihr das mal sagen. Schließlich waren sie Freunde, und bei einer Frau war dieser Charakterzug besonders unattraktiv. Vielleicht hatte sie deshalb seit Jahren keinen Freund mehr gehabt. Da ließ sie doch tatsächlich durchblicken, er riefe sie immer nur an, wenn er ihre Hilfe brauche, dachte er. Innerlich führte er mit ihr ein Streitgespräch und wollte alle Gelegenheiten auflisten, als er sie angerufen hatte, um einfach nur mit ihr zu plaudern oder zu hören, wie es ihr ging. Nach einer Weile rollte er sich stöhnend auf dem Sofa zusammen.

Am Freitagabend stand Rob vor Nickys Haustür und wartete, dass sie ihn hereinließ. In seinem ganzen Leben hatte er sich noch nie in einer solchen Lage befunden. Er hatte nicht die geringste Ahnung, wohin dieser Abend führen mochte. Würden sie wieder in der Küche enden? Würde sie ihn wieder hinauswerfen? Oder würden sie wirklich nur reden? Als Nicky die Tür öffnete, griff er auf seine beträchtlichen Erfahrungen zurück, um die Lage innerhalb von Sekunden einzuschätzen.

Gemischte Signale.

Sie trug einen verblichenen Jogginganzug und hatte das Haar zu einem lockeren Zopf geflochten. Dunkle Schatten lagen unter ihren Augen, und ihre Lippen waren blass. Auf dem Couchtisch im Wohnzimmer standen zwei Teller mit Nudeln.

Er legte einen Strauß Blumen auf das Zweisitzersofa.

»Ich habe sie unterwegs gesehen und dachte, du könntest eine kleine Aufmunterung vertragen.«

»Ach, danke. Das ist wirklich nett.«

Nett, dachte er. *Mist*.

Sie gab ihm lächelnd einen Kuss auf die Wange und ging aus dem Zimmer. Sie roch nach Rosenblüten. Er musterte ihren Hintern. Sicher wusste sie, wie gut sie in diesem Jogginganzug aussah. Die Hose war unnötig eng geschnitten. Der Jogginganzug war also bloß ein Bluff.

»Ich stelle nur eben die Blumen ins Wasser«, rief sie aus der Küche. Er blieb einen Moment stehen und folgte ihr dann spontan. An der Küchentür kam sie ihm bereits entgegen. Beide erschraken, er etwas mehr, weil sie einen Korkenzieher auf ihn richtete.

Okay. Dieses Mal also nicht die Küche.

»Ach, möchtest du überhaupt etwas trinken?«, fragte sie. »Ich dachte, eine schöne Flasche Wein wäre vielleicht ganz nett. Ich weiß jedenfalls, dass ich es brauchen kann.«

»Perfekt«, sagte er, während sie wieder ins Wohnzimmer gingen.

O ja, das hatte er verstanden. Die junge Dame musste sich ein bisschen Mut antrinken.

Sie setzte sich im Schneidersitz neben ihn auf das Zweiersofa, beugte sich vor und seufzte tief.

Hmmm, dachte er. Nicht gerade lehrbuchmäßig. Sehr abwehrende Körpersprache. An diesen Beinen kam er niemals vorbei.

»Kannst du die Flasche öffnen?«, fragte sie und

reichte ihm den Korkenzieher mit einem neckisch verschämten Wimpernklimpern und sanft errötendem Hals.

»Gern.«

Er hörte sie seufzen und spürte ihren bohrenden Blick im Rücken. Er versuchte sich vorzustellen, wie sie ihn wohl sah, während er mit großen, geschickten Händen die Weinflasche problemlos schon beim zweiten Versuch öffnete. Langsam und behutsam schenkte er den Wein ein, drehte sich mit geübtem Lächeln zu ihr um und merkte, dass sie verträumt aus dem Fenster schaute.

Er stürzte den Wein hinunter.

»Bedien dich«, murmelte sie.

»Danke.« Er versuchte, das Weinglas abzustellen, ohne den Blick von ihr zu wenden.

Sie schaute auf. »Tut mir leid, dass es nur Nudeln gibt.«

»Wie bitte?«

»Aber ich bin einfach so erschöpft, dass ich nicht die Energie hatte, etwas Aufwendigeres zu kochen. Ich fühle mich, als wäre ich siebzig. Ich fühle mich so … ausgelaugt. Total ausgelaugt.«

Okay, er hatte begriffen. Nicht heute Abend, Marie. Beinahe war er erleichtert, allmählich wurde er auch ein bisschen müde.

Daher war er ziemlich überrascht, als sie sich zu ihm beugte und den Kopf an seine Schulter legte.

Mark starrte Lilith quer durch die Küche fassungslos an. Das konnte sie unmöglich gesagt haben. Ruhig und bestimmt bat er sie, es zu wiederholen.

»Du hast mich schon verstanden«, sagte sie ebenso ruhig und bestimmt.

»Wie zum Teufel meinst du das?«

»Ich meine genau das, was ich gesagt habe«, antwortete sie. »Es war höchste Zeit, dass dir mal jemand die Wahrheit sagt. Es hätte von einem Freund kommen sollen, aber zufällig war sie es.«

»Ich glaube, du hast mich nicht richtig verstanden. Diese verklemmte Ziege hat mir vorgeworfen … sie … sie hat einfach Quatsch gesagt, verdammt.«

»Ich weiß, Mark. Ich habe jedes einzelne Wort gehört. Und sie hat recht.«

»Ich dachte, wir wären Freunde«, murmelte er.

»Nein.« Sie schüttelte traurig den Kopf. »Ich war dir keine gute Freundin. Ich habe dir nur geholfen, dein Problem zu kaschieren, statt dir zu helfen, damit fertig zu werden.«

»Welches Problem?«

»Wäre ich eine wahre Freundin, dann hätte ich dir das alles schon vor Jahren gesagt.«

»Das hast du doch«, rief Mark. »Du hast erst neulich gedroht, ihn auf die Straße zu setzen.«

»Ja, aber ich bin immer nur Daisys oder meinetwegen sauer geworden. Dabei war Oscar derjenige, der wirklich gelitten hat. Und das seit Jahren. Und das habe ich dir eigentlich nie gesagt.«

»Mein Gott, nicht auch noch du«, brummte er.

»Mark, bei Kindern hast du nur eine Chance. Und das war's. Dann sind sie weg.«

Plötzlich schauderte er.

»Ich glaube, tief im Inneren weißt du genau, dass sie den Nagel auf den Kopf getroffen hat. Du hast es im großen Stil vermasselt. Als Oscars Vater hast du völlig versagt. Und zwar massiv.«

Er schüttelte den Kopf.

»Deshalb schwitzt dein Körper jetzt den ganzen

Mist aus, den du verleugnet hast, seit Helen gestorben ist. Denn du hasst es, Fehler zu machen, du bist ein Perfektionist. Aber du hast perfekt das Falsche gemacht.«

Mark schloss die Augen und ließ den Kopf hängen.

Sein Mund formte das Wort »Quatsch«, brachte aber keinen Ton heraus.

»Na, na«, tröstete Rob Nicky und rückte sich so zurecht, dass er den Arm um sie legen konnte, ohne sich verrenken zu müssen. »Was ist denn los?«

Sie wich steif zurück. »Gott, es tut mir wirklich leid. Ich kann gar nicht aufhören zu heulen.«

»Schon gut. Hier.« Er schenkte ihr Wein nach.

»Ich ... ich ...« Sie trank etwas Wein.

Er wartete ab.

»Ich habe das Gefühl, ich warte drauf, dass irgendwas in meinem Leben passiert«, brachte sie mühsam hervor.

Rob starrte auf die beiden Sommersprossen über ihrer Oberlippe und beugte sich langsam zu ihr.

»Irgendwas Furchtbares«, fuhr sie fort. »Etwas Schreckliches. Etwas Katastrophales.«

Er lehnte sich zurück.

»Und ich hatte einfach das Gefühl, dass ich es mir von der Seele reden muss, weil ich es sonst irgendwann auskotze oder so.« Sie wischte sich die Augen.

Mit einem langen Seufzer schenkte er sich noch Wein nach.

»Schieß los«, sagte er.

Mark und Lilith gingen ins Wohnzimmer, damit Mark sich aufs Sofa legen konnte.

»Also, damit ich das richtig verstehe«, sagte er langsam. »An Halloween hat Miss Hobbs euch heiße Schokolade gemacht, weil ihr zufällig gerade bei ihr wart, als ich Oscar die SMS geschickt habe, dass ich nicht komme?«

»Ja«, seufzte Lilith. »Und Toast mit Butter und Marmelade. Und dann hat sie mich leise, so dass die Kids nichts davon mitbekommen konnten, gefragt, wo du bist.«

Er verzog das Gesicht. »Und was hast du gesagt?«

Lilith zuckte mit den Schultern. »Was sollte ich schon sagen? Dass du noch bei der Arbeit bist. Mal wieder.«

»Und weiter. Wie hat sie reagiert?«

»Wenn ich mich recht erinnere, war sie seltsamerweise nicht gerade beeindruckt.«

»Ja, du erinnerst dich ganz richtig. Sie war nicht beeindruckt«, sagte er erbittert. »Miss Hobbs war ganz und gar nicht beeindruckt.«

»Genau wie ich.«

»Sie begreift einfach nicht, wie es in der freien Wirtschaft läuft. Du bringst es zu nichts, wenn du deine Karriere halbherzig betreibst. Das ist einfach nicht …«

»Blablablabla«, fiel Lilith ihm ins Wort und hielt sich die Ohren zu.

Mark schaute sie stirnrunzelnd an.

»Ach, sei doch nicht …«, setzte er an.

»Blablablabla.«

»Komm, werd erwachsen …«

Er brach ab. Nach langem, lastendem Schweigen sagte er: »Bla.« Dann schloss er die Augen, bevor sie zu nass waren.

Rob strich Nicky die Haare aus dem Gesicht und küsste sie sanft auf die Stirn.

»Natürlich verlierst du nicht deinen Job«, beruhigte er sie.

»Aber vielleicht sollte ich das«, schniefte Nicky. »Dann könnte ich mich auf das konzentrieren, was mir ins Gesicht starrt.«

Er starrte ihr ins Gesicht und beugte sich vor.

»Wenn ich dir eine wirklich wichtige Frage stelle, versprichst du mir, dass du mir eine ehrliche Antwort gibst?«

»Gott, ja«, antwortete er.

»Als wir befördert wurden, hast du gesagt, du hättest deine Einstellung zu Kindern geändert, erinnerst du dich?«

Er hielt den Atem an und nickte kurz.

»Sag, hältst du es für möglich, dass eine Frau Karriere macht und eine Familie hat?«

»Klar.«

Sie nickte. »Okay, denken wir einen Schritt weiter. Wenn du ein Baby mit einer erfolgreichen Karrierefrau hättest – mal ganz theoretisch –, die ihren Job liebte und gut darin wäre, würdest du von ihr erwarten, dass sie ihren Job aufgibt, um bei dem Kind zu bleiben?«

Er blinzelte sie an. Verflucht. Über Babys hatten sie nicht mehr geredet, seit … Mist, das war ernst. Ruhig bleiben. Neulich hatte er die Sache völlig falsch eingeschätzt. Er musste nachdenken. *Sie hatte sich verändert. Sie war eine erfolgreiche Karrierefrau, aber sie wollte trotzdem Kinder.* Das war die Millionenfrage, knifflig, aber nicht unlösbar. Wahrscheinlich wusste sie die Antwort selbst nicht. Schweiß perlte ihm auf der Stirn. Wenn er es richtig hinbekäme, dann lägen sie in ein paar Minuten im Bett.

»Nein«, sagte er schließlich. »Natürlich nicht. Es sei denn, sie wollte Vollzeitmutter sein, was für mich völlig in Ordnung wäre ... weißt du, phantastisch.«

»Also tief im Innern würdest du dir das wünschen?«

»Nein. Das habe ich nicht gesagt.«

»Du würdest also wollen, dass sie arbeitet?«

»Nein. Ich würde wollen, dass sie glücklich ist.«

»Mehr, als du wolltest, dass das Baby glücklich ist?«

»Nein! Ich würde wollen, dass beide glücklich sind.«

»Aber du findest, dass es ihre, nicht deine Sache wäre, ihr Leben zu ändern, damit es dem Kind gutgeht.«

»Ich glaube tief im Innern, dass sie es wahrscheinlich als ihre Sache ansehen würde«, antwortete Rob zögernd.

»Ja, klar«, erwiderte Nicky, »sie wurde schließlich dazu erzogen, das als ihre Aufgabe anzusehen, egal, ob sie ein mütterlicher Typ ist oder nicht.«

»Genau, ja.«

Mist, sie hatte sich wirklich verändert. Denk nach, Mann.

»Und wenn sie nun wirklich bei ihren Kindern bleiben und trotzdem weiter berufstätig sein wollte?«, fragte sie weiter.

»Ehm.« Rob hatte die Konzentration verloren und schenkte sich Wein nach.

»Würdest du wollen, dass sie eine Teilzeitstelle nimmt«, schlug Nicky vor.

»Ja!«, rief er. »Toll! Teilzeit! Absolut perfekt! Dann wären alle glücklich!«

»Damit wären ihre langfristigen Karriereaussichten natürlich hinüber, und sie wäre keine Bedrohung für deine Männlichkeit«, überlegte Nicky.

»Ehm ... ja ... gut ...«

»Es ist alles so verwirrend, nicht?«

»Verdammt, ja.«

»Manchmal frage ich mich, ob frühere Generationen es nicht richtig gemacht haben. Keine Frage: Vater arbeitete, Mutter kümmerte sich um die Kinder.«

»Ja«, murmelte Rob etwas entspannter. »Vater kriegte den besten Sessel, die Kids waren im Bett, bevor er nach Hause kam, Lehrerinnen hörten auf zu arbeiten, wenn sie heirateten. Ich meine, das ist ja wohl fruchtbar.«

»Und ganze Generationen von Müttern waren deprimiert, wütend und unausgefüllt und ließen es an den Kindern aus, die ihr Leben ruiniert hatten.«

»Mist. Ja.«

»Andererseits wussten sie wenigstens, was auf sie zukam. Damals war alles so klar.«

»Genau.«

»Trotzdem. Es muss die Hölle gewesen sein. Ein Leben lang Opfer bringen. Unausweichliche Depressionen. Isolation. Verbitterung. Wut. Zusehen müssen, wie die Selbstachtung schwindet, während die Männer es im Leben zu was bringen.«

»Na ja, so weit würde ich nicht gehen. Für die Männer war es auch kein Zuckerschlecken. Vierzig Jahre lang derselbe Job. Hypothek, Frau und Kinder zu ernähren.«

Nicky schaute ihn an. »Ansehen, Respekt, Geld, Kumpanei, heimliche Affären.«

»Und heute ist das Leben für uns auch kein Zuckerschlecken.«

»Wieso?«

»Na ja«, überlegte Rob, »Okay, nur mal ein Beispiel: Du und ich würden uns bestimmt keine Stelle teilen.«

»Ja, da hast du recht«, gab Nicky zu. »Ich säße zu Hause und würde deine Hemden bügeln.«

»Genau.«

»Ich meine, hypothetisch.«

»Und ich würde für dich sorgen.«

Sie betrachtete ihn.

»Hypothetisch«, fügte er hinzu.

»Ich fände es grässlich, wenn jemand für mich sorgen würde«, knurrte sie.

»Und ich habe jemanden, der meine Hemden bügelt«, meinte er leise.

Sie schauten sich an. Okay. Er war wieder im Gleis.

»Ich nehme an, wir tappen gemeinsam im Dunkeln«, sagte Nicky nachdenklich. »Ich meine, Männer und Frauen.«

Er nickte, beugte sich vor und raunte: »Manchmal ist das ganz schön.«

»Ich hasse es«, erklärte Nicky nachdrücklich. »Ich muss alles unter Kontrolle haben. Das ist sehr wichig für mich.«

Er lehnte sich wieder zurück. »Aber du hast doch alles unter Kontrolle, Nix. Selbst wenn du glaubst, dass es nicht so ist.«

»Wirklich?«

»Das war schon immer so.«

»Ich bin völlig ratlos. Ich weiß einfach nicht, was als Nächstes passieren wird. Verstehst du, was ich meine?«

»Na ja, wart's ab«, raunte er wieder und beugte sich vor. »Vielleicht erlebst du ja eine angenehme Überraschung.« Er streckte den Arm aus, um das Licht auszuschalten.

»Gott, nein«, sagte sie vehement. »Ich hasse Überraschungen.«

Schlaff legte Rob ihr eine Hand aufs Knie und schaute sie ernst an. »Nix, ich bin zu alt für diesen Mist. Das ist nichts für mich.«

»Genau das wollte ich auch gerade sagen«, flüsterte sie. »Ich weiß genau, was du meinst.«

»Wirklich?«

»Ja. Manchmal fühle ich mich ...«

»Ja? Was?«

»Alt. Richtig alt.«

Er starrte sie an. »Na ja, für mich gilt das heute Abend mit Sicherheit.«

Sie zwinkerte verwundert. »Wieso heute Abend?«

Er schnaubte. »Ich liebe dich wie verrückt, aber du schaffst mich.«

Sie runzelte die Stirn. »Ich schaffe dich?«, wiederholte sie.

»Schatz, versteh das bitte nicht falsch, aber du sendest so widersprüchliche Signale aus, dass ich einfach nicht weiß, ob ich über dich herfallen oder das Weite suchen soll.«

Nicky machte tellergroße Augen. »Du hast doch gesagt, wir wären Freunde.«

»Ach, komm mir doch nicht mit diesem Freunde-Scheiß. Seit drei Jahren machst du mich an und dann wirfst du dich mir in deiner Küche an den Hals.«

»Ich habe mich dir nicht ...«

»Und sobald du mich richtig scharf gemacht hast, schmeißt du mich raus!«

»Gut.« Sie stand auf. »Ich glaube ...«

»Und dann lockst du mich zum Abendessen her.«

»Du hast doch angeboten, mir zu helfen.«

»Ziehst einen hautengen Jogginganzug an.«

»Was?«

»Versuchst, mich betrunken zu machen.«

»Ich habe nicht versucht, dich …«

»Und ziehst eine Schau ab von wegen ›ich bin so ein armes kleines Mädchen, bitte, hilf mir‹.«

Er schaute ihr ins Gesicht. Ein Bild von einem Gesicht, leider ein wirklich wütendes Bild.

»Ach, Scheiße«, stöhnte er und ließ sich wieder aufs Sofa fallen.

»Allerdings, Rob«, sagte sie kühl. »Mein Leben dreht sich nur darum, dich ins Bett zu kriegen.«

»Ach, komm schon, Nix.«

»Rob, sag mir eins: Wenn der Schulvorstand herausfinden würde, dass wir was miteinander hätten, wessen Job stünde wohl auf dem Spiel? Wessen Ruf wäre ruiniert und wessen Ruf aufpoliert? Wie viele Schulvorstände sind Frauen und wie viele Männer?«

»Was?«, schrie Rob. »Versuch jetzt bloß nicht, da was Politisches draus zu drehen. Dieses Zeug ist seit der Arche Noah überholt.«

»Blödsinn!«

»Hast du schon mal was von Postfeminismus gehört?«, brüllte er geradezu.

»Ach, nennt die *Nuts* das diese Woche so?«, schrie sie zurück.

»Diese blöde Zeitschrift lese ich nicht, das weißt du genau, Nicky«.

»Wirklich? Du hast dich aber gerade genauso angehört wie ein Leserbrief daraus.«

Es folgte eine lange Stille ein.

»Gut«, sagte Rob schließlich. »Ich habe dich klar und deutlich verstanden. Lass uns einfach nie wieder darüber reden.«

»Gut.« Nicky überlegte, dass es vermutlich nicht gut wäre, ihm eine zu knallen. Schließlich musste sie weiter mit ihm arbeiten. »Ja«, brachte sie mühsam hervor. »Lass uns versuchen, das Ganze zu vergessen und uns wie Erwachsene zu benehmen.«

»In Ordnung. Wie Erwachsene.« Und nach einer kurzen Pause sagte er leise: »So. Eigentlich ist es ganz gut, endlich zu wissen, wo wir stehen.«

»Ja.«

»Wir werden also nie wieder miteinander schlafen.«

Er spürte die plötzliche Spannung, die in der Luft lag, und achtete sorgfältig darauf, sie nicht anzusehen. Genial. Absolut genial.

»Tschüs, Rob«, sagte sie leise.

Als er ging, verkniff er sich ein Grinsen, weil sie auf seine letzte Feststellung nicht geantwortet hatte.

KAPITEL 12

Als Nicky am Montagmorgen in die Schule fuhr, fragte sie sich, wie sie es bloß geschafft hatte, sich in diese Lage zu manövrieren. Noch vor einer Woche war alles völlig normal gewesen. Und jetzt wartete sie auf eine Beschwerde vom Vater ihres Lieblingsschülers, und sie und Rob hatten endlich zugegeben, dass ihr jahrelanges Geflirte offiziell vorbei war.

Zum Glück ließ Rob sich an diesem Morgen nicht im Lehrerzimmer blicken, wohl aber Ally und Pete.

»Konnte Rob dir am Freitag helfen?«, fragte Ally. Weil sie ihre Collegefreundin zu Besuch hatte, war ihr übliches gemeinsames Sonntagsfrühstück ausgefallen.

Nicky warf einen verstohlenen Blick zu Pete hinüber. Seine Miene wirkte offen und unbekümmert. Sie kam zu dem Schluss, dass Rob ihm seine Version von Freitagabend nicht erzählt hatte. Noch nicht.

»Ja, ich denke schon«, sagte sie. Sie würde Ally später erzählen, was vorgefallen war.

Wie sie vermutet hatte, traf sie Rob bereits in Miss James' Büro an. Er saß vor ihrem Schreibtisch und summte vor sich hin. Am Puzzletisch starrte Ned unglücklich auf den Flickenteppich Europa. Er sah weitaus erbärmlicher aus als Rob, dem es offenbar gutging. Einfach blendend. Was hatte sie denn erwartet? Einen gebrochenen Mann? Das war er eindeutig nicht.

Er schaute auf, stockte kurz, hob flüchtig die Augenbrauen und bedachte sie mit einem kurzen, aber eindeutigen Lächeln. Dann schaute er rasch fort, bevor er hallo sagte. Offensichtlich musste er noch daran arbeiten, den Blickkontakt zu halten, wenn er mit ihr sprach. Aber zumindest versuchte er es.

Gut, dachte Nicky. Nun war sie an der Reihe. Als sie gerade eine vage Bemerkung über ihre Fahrt zur Schule machte, wurde sie zum Glück unterbrochen, bevor sie so etwas wie einen vollständigen, sinnvollen Satz hätte zustande bringen müssen.

»Krippenspiel!«, ertönte es laut hinter ihnen. Sie drehten sich um und sahen Miss James hereinkommen. »Können Sie es fassen, dass es schon wieder so weit ist?« Sie ging mit schnellen Schritten an ihnen vorbei und setzte sich hinter ihren Schreibtisch.

Munter stürzte Rob sich in Ausführungen zu seinen Ideen für das diesjährige Krippenspiel, und Nicky saß dabei und nahm kaum Neds immer lauteres Stöhnen am Puzzletisch wahr, das Robs Monolog betonte. Während Rob eifrig den Beitrag seiner Schüler zur Weihnachtsfeier darlegte, fand sie es ziemlich attraktiv, dass ihr Streit vom Wochenende ihn offenbar so wenig erschüttert hatte.

Und das machte ihr ziemlich Sorgen.

Noch mehr Sorgen machte ihr allerdings Robs plötzliche revolutionäre Eingebung, in diesem Jahr solle das sechste Schuljahr als besondere Auszeichnung, weil es die letzte Klasse der Schule erreicht habe, eine neue Tradition begründen und ein selbstverfasstes humoristisches Krippenspiel mit modernen Anklängen aufführen. Nach dem ersten Schock versuchte Nicky, das fünfte Schuljahr mit einzubeziehen, aber Rob erklärte, das würde nur den Stundenplan komplizierter machen und außerdem sei es dann keine Auszeichnung mehr für die oberste Klasse. War das die Rache für Freitagabend? Am liebsten hätte sie ihn umgebracht. Vielleicht wäre es einfacher gewesen, mit ihm zu schlafen.

Nachdem sie die anstehenden Verwaltungsangelegenheiten besprochen hatten, zu denen die Kündigung des Finanzverwalters, ein Streit zwischen zwei Küchenfeen und eine Stundenplanänderung gehörten, durften Rob und Nicky sich zu Ned an den Puzzletisch gesellen. Eine halbe Stunde später gingen die drei schweigend den Korridor entlang. Nicky brauchte Zeit, bevor sie Rob auf das selbstverfasste humoristische Krippenspiel des sechsten Schuljahrs ansprechen konnte, sonst wäre ihr dazu nur Blasphemisches eingefallen, und das kam ihr irgendwie unpassend vor.

In der Mittagspause hatte sie hunderterlei zu erledigen, aber nachdem sie damit fertig war, blieb ihr immer noch eine volle Viertelstunde übrig. Sie schrieb Ally eine SMS, aber Ally arbeitete gerade mit einem ihrer Schüler. Also beschloss Nicky, ins Lehrerzimmer zu gehen.

Dort fand sie Rob und Amanda in trautem Tête-à-Tête auf dem einzigen Zweiersofa, während Ned am Telefon mit seiner Frau über Humus mit Sahnequark plauderte.

Je mehr Nicky im Laufe des Tages über Rob nachdachte, umso stärker wuchs in ihr der Wunsch, in seine Klasse zu stürmen und ihm vor seinen Schülern einen Schwamm ins Gesicht zu schleudern. Aber das war nur einer der vielen Verluste, die mit der Einführung neuer Technologien in der Schule einhergingen. Lappen für interaktive Tafeln richteten in einem Gesicht einfach nicht so viel Schaden an wie schöne altmodische Tafelschwämme. Vielleicht sollte sie Rob vorschlagen, sie im Zuge seines Progressiv-aber-traditionell-Ethos wiedereinzuführen.

Solche Überlegungen halfen ihr, den Tag durchzustehen.

Als man sie nachmittags um Viertel vor drei noch immer nicht in Miss James' Büro gerufen hatte, um sich einem wütenden Mr Samuels zu stellen, war sie so erleichtert, dass sie beschloss, ihren Schülern etwas Gutes zu tun und sie vom Wochenende erzählen zu lassen. Kinder erzählten immer gern von sich und vermittelten dabei wunderbare Einblicke in ihr Elternhaus.

Sie schaute sich in der Klasse um, während alle Kinder die Hand in die Luft reckten.

»Matthew«, rief sie den Jungen auf, der neben Oscar saß, worauf alle ihre Hände sinken ließen. »Was hast du am Wochenende gemacht?«

»Ich war in Hampton Court und es war toll und die haben da einen Irrgarten da bin ich mit meinem Dad reingegangen und meine Schwester mit meiner Mum und wir haben gewonnen darum hab ich auf dem Heimweg eine DVD gekriegt und ich hab mir *Shrek zwei* ausgesucht der ist ganz toll haben Sie den schon mal gesehen und in Hampton Court hab ich ein Poster mit dem Stammbaum von allen Königen und Königinnen gekriegt und den kann ich mal mitbringen da war ein König der war jünger als ich und der hieß Edward ...«

Während Matthew drauflosplapperte, ohne Luft zu holen, kämpfte Nicky gegen den Wunsch an, ihn zu unterbrechen. Vermutlich war es falsch, zu reden, als ob es weder Punkt noch Komma gäbe, überlegte sie, aber gerade das machte den Charme seiner Erzählung aus. Nachdem Matthew schließlich die Puste und der Stoff ausgingen, nahm sie noch zwei weitere Kinder an die

Reihe und erfuhr, dass eins am vergangenen Wochenende ein neues Schwesterchen und einen neuen Fußball bekommen hatte und beides gleich ausführlich schilderte.

Im Nu war es Zeit, nach Hause zu gehen. Während die Kinder ihre Sachen packten, ging sie ans Fenster, lehnte sich an die Fensterbank und schaute auf den Schulhof. Die Rot- und Orangetöne des letzten Herbstlaubs faszinierten sie immer wieder. Ihr Blick schweifte ziellos nach links zur Straße, die vor dem Schuleingang eine sanfte Kurve machte. Eine Bewegung am Tor erregte ihre Aufmerksamkeit. Unwillkürlich erschrak sie. Am schmiedeeisernen Schultor lehnte Mr Samuels und schaute gebannt auf die Schule.

Sie hatte ja gewusst, dass es so kommen musste. Sicher hatte er sich gerade über sie beschwert und wartete jetzt, bis Oscar aus der Schule kam. Sie starrte auf den Mann, der ihren Traum von der Konrektorenstelle für immer zunichtezumachen drohte. Gott, hat er schöne Beine, dachte sie. Er trug verwaschene Jeans und denselben dunkelblauen Fleecepullover, in dem sie ihn beim Feuerwerk gesehen hatte. Hatte er sich den ganzen Tag Urlaub genommen, um seine Beschwerde vorzubringen? Wann hatte er wohl den Termin vereinbart? Hatte Miss James es heute Morgen schon gewusst?

Plötzlich schaute er direkt zu ihr herauf. Schnell trat sie vom Fenster weg und wandte sich wieder ihrer Klasse zu. Sie sah Oscar hinauslaufen und zwang sich, vom Fenster fortzubleiben.

Mark starrte weiter zum Fenster hinauf, nachdem sie verschwunden war. Erst als dreißig Kinder aus der Schultür auf ihn zustürmten, verlagerte sich seine

Aufmerksamkeit. Ein zögerndes Lächeln umspielte seine Lippen, als er Oscars Kopf entdeckte. Er sah seinen Sohn angeregt mit der Eindringlichkeit eines alten Mannes, der bei einem Maltwhisky über Politik diskutiert, mit einem Jungen reden, den er noch nie gesehen hatte, der aber ein guter Freund von ihm zu sein schien. Vor Marks innerem Auge blitzte ein Bild des Mannes auf, der in seinem Jungen schlummerte. Eine Woge der Liebe, voller Ungeduld auf das Kommende und Sehnsucht nach der Vergangenheit, erfüllte ihn. Dann entdeckte Oscar ihn, grinste und kam angerannt. Nach einer jungenhaft lockeren Umarmung ließ Oscar ihn gleich wieder los, drückte seinem Vater die Schultasche in die Arme und trottete im Gleichschritt neben ihm die Straße hinunter. Mark war voller Stolz.

Nicky saß in der leeren Klasse und schaltete ihr Handy ein. Ally hatte keine Nachricht geschickt. Sie würde sie heute Abend anrufen. Sie musste unbedingt wissen, was Ally von Robs Verhalten hielt. Bildete sie sich das nur ein, oder hatte er ihr tatsächlich stillschweigend den Krieg erklärt? Langsam packte sie ihre Tasche, schloss die Tür hinter sich und verkniff es sich, in Robs Klasse zu schauen. Sie wappnete sich und ging zu Miss James' Büro.

»Hi, Janet«, grüßte sie Miss James' Sekretärin. »Ist sie da?«

Janet schaute über ihren Brillenrand.

»Wer? Die Katzenmutter?«

Nicky seufzte. »Miss James.«

»Nein. Miss James war den ganzen Nachmittag nicht da. Sie ist bei der Konferenz über die neuen Beurteilungsverfahren.«

Nicky runzelte die Stirn. »Sie war den ganzen Nachmittag fort?«

»Ja. Wie du sicher gemerkt hast, habe ich deshalb ausdrücklich gesagt: ›den ganzen Nachmittag‹.«

»Sie hatte heute keine Termine, den ganzen Nachmittag nicht?«

Janet stöhnte ungeduldig. »Keine, bei denen es nicht um die neuesten Beurteilungsverfahren ging, und die waren in einer anderen Schule.«

»Gut, danke«, sagte Nicky.

Erst auf dem Heimweg wurden Nicky zwei Dinge klar. Erstens: Miss James würde bei der Konferenz die Erkenntnisse vortragen, die Nicky in stundenlanger Arbeit über die Beurteilungsverfahren der einzelnen Lehrer zusammengetragen hatte; und zweitens wünschte sie, man hätte sie dazu eingeladen.

»Dann habe ich meinen König gezogen, und es war schachmatt«, erzählte Oscar seinem Vater.

»Toll, Oscar.«

»Morgen erfahren wir, welche Rollen wir kriegen.«

»Wobei?«

»Beim *Superstar-Krippenspiel.* Miss Hobbs sagt, nachdem sie uns in der Theatergruppe gesehen hat, hat sie sich entschieden. Ich will Ali G sein und ›Away in da Manger‹ singen.«

»Wirklich?« Mark lachte. »Toll! Ich wusste gar nicht, dass du gern Theater spielst.«

Oscar zuckte mit den Schultern. »Es macht bestimmt Spaß. Miss Hobbs führt Regie.« Er drehte sich zu seinem Vater um und sagte mit einem Akzent wie Ali G: »Isses weil isch de Sohn von Gott sein?« Als sein Vater lachte, sprach er auf dem ganzen Heimweg so weiter.

Zu Hause merkte Mark, dass er keine Ahnung hatte, wie es nun weiterging. Aß Oscar etwas, bevor er seine Hausaufgaben machte? Schaute er zuerst fern? Um wie viel Uhr aß er zu Abend?

»Wie viele Hausaufgaben hast du auf?«, erkundigte er sich und folgte seinem Sohn in die Küche.

Verwundert sah er, wie Oscar einen Karton Orangensaft aus dem Kühlschrank nahm und an die Lippen führte.

»Etwa eine halbe Stunde«, antwortete Oscar.

»Was machst du denn?«, rief Mark. »Nimm doch ein Glas!«

Oscar hielt inne und schaute seinen Dad an. »Wieso?«

»Weil das unhygienisch ist! Dieser Karton ist für alle da. Da könntest du auch gleich herumlaufen und uns alle auf den Mund küssen.«

»Igitt.«

»Genau.«

»Die Dings lässt mich aber immer.«

»Na, ich aber nicht!« Mark öffnete den Schrank, in dem die Trinkgläser standen. Er war leer. Er runzelte die Stirn. »Wo sind die Gläser?«

»Spülmaschine?« Achselzuckend holte Oscar eins heraus und knallte die Spülmaschine zu, bevor er sich Saft einschenkte.

»He, he, he, Großer«, sagte Mark. »Würdest du bitte die Spülmaschine ausräumen?«

Oscar starrte ihn an und schüttelte langsam den Kopf.

Mark lachte. »Gut, dieses Mal mache ich es. Aber in Zukunft räumt derjenige sie aus, der sie voll und sauber vorfindet. Okay?«

Oscar setzte sich auf einen Hocker an der Kücheninsel. »Dad, was glaubst du, wann du wieder gesund genug bist, zur Arbeit zu gehen?«

Während Oscar oben seine Hausaufgaben machte, kochte Mark Spaghetti bolognese. Zwischendurch rief er Lilith an und lud sie und Daisy für Samstagabend ein. Wenn Daisy wollte, konnte sie über Nacht bleiben. Er würde abends kochen und am nächsten Morgen mit ihnen schwimmen gehen.

KAPITEL 13

Es war die Jahreszeit, in der alles schlagartig trister wurde. Die Nächte waren länger, die Tage dunkler, und der Himmel gab jegliche Hoffnung auf. Der Freitagmorgen fing feucht und grau an, und das letzte Herbstlaub war abgefallen und hatte auf dem Schulhof einen matschigen Teppich hinterlassen.

Mit dem Wechsel der Jahreszeit hatte auch die Stimmung in der Clique einen Umschwung erlebt. Nicky hatte endlich Gelegenheit gefunden, Ally von ihrem erniedrigenden Streit mit Rob zu erzählen, und war zum ersten Mal dankbar für Allys aufrichtige Loyalität zu ihr und ihre Vorurteile gegen ihn. Was das Krippenspiel anging, fiel es ihr jedoch schwer, lange wütend auf ihn zu bleiben, weil ihr die Arbeit daran bald großen Spaß machte. Sie hatte gewusst, dass ihre Schüler voller Begeisterung waren, aber sie hatte nicht geahnt, dass sie so witzig, selbstironisch und teamfähig waren. Das Krippenspiel war sonst immer Sache der Vorschulklasse gewesen, die Joseph, Maria und diverse biblische Tiere dargestellt hatten. In diesem Jahr sollte es wie eine Superstar-Castingshow präsentiert werden. Sie konnte es gar nicht abwarten. Es bedeutete zwar zusätzliche Arbeit zu ihrer ohnehin schon beträchtlichen Arbeitsbelastung, aber Miss James hatte sie für den Rest des Jahres von der Stundenplangestaltung abgezogen, die nun allein an Rob hängenblieb.

Sie und Rob schafften es, freundlich bis neutral miteinander umzugehen, und halfen sich sogar gelegentlich bei ihren gemeinsamen Aufgaben, aber es war unverkennbar, dass zwischen ihnen etwas fehlte. Manchmal fragte sie sich, ob es in ihrer Freundschaft vielleicht nur um dieses gewisse Etwas gegangen war. Sie wusste noch immer nicht, ob Rob Pete von ihrem hässlichen Streit neulich erzählt hatte oder ob Pete und Ally darüber gesprochen hatten, aber sie merkte, dass die ungezwungene Kameradschaft zwischen ihnen allen dahin war und jede Bemerkung offenbar eine Spitze enthielt. Noch schlimmer war, dass Amanda jetzt ständig zu der Clique stieß und Rob sich plötzlich weigerte, sich an den Sticheleien gegen sie zu beteiligen. Ihre Anwesenheit veränderte alles, teils weil Nicky und Ally sie nicht ausstehen konnten, teils weil sie einfach nicht zu ihnen passte. Punkt.

»Okay, alle mal herhören«, verkündete Ally eines Morgens. »Ich lasse mir an diesem Wochenende die Haare schneiden. Wie soll ich sie mir machen lassen?«

»Irokesenschnitt. Am besten pink«, schlug Pete vor.

»Lässt sich da nicht was machen, dass sie dein Gesicht verdecken?«, fragte Rob.

»Blau färben«, fügte Pete hinzu.

Nicky wollte gerade eine Igelfrisur vorschlagen, als Amanda mit einem leicht verwundert-verächtlichen Seitenblick auf die Jungs sagte: »Ihr seid wirklich grässlich zu ihr, wisst ihr das?« Sie tätschelte Ally das Knie. »Ich finde, du solltest es mal mit einem Stufenschnitt probieren. Er würde deine … Züge weicher machen.«

In diesem Moment kam Gwen herein und stöhnte, dass sie zwanzig Minuten ihres Lebens damit vergeudet habe, das »g« von Bulgarien zu finden.

»Das mit Allys Haar war nur ein Witz«, erklärte Rob Amanda mit einem freundlichen, beinahe verstohlenen Grinsen.

Nicky starrte ihn fassungslos an und hatte das Gefühl, dass eine Ära zu Ende war.

Einen Tag später, am Samstagabend, kamen Lilith und Daisy in Marks Küche und staunten über den wunderschön gedeckten Tisch.

»Ich habe die Ofenkartoffeln gemacht«, verkündete Oscar. »Und Dad hat ein Hähnchen gegrillt.«

Lilith lächelte, während Daisy ihren Freund stirnrunzelnd anstarrte. Sollte ihr das etwa imponieren? Ofenkartoffeln hatte sie schon zum Abendessen gemacht, als sie sechs war. Und dass Hähnchen zu grillen einfach war, wusste doch jeder.

»Habt ihr schon gehört«, sagte Mark, als sie sich setzten und er das Hähnchen zerlegte. »Ihr sitzt mit Ali G an einem Tisch.«

»Und mit Anne Robinson«, erklärte Daisy. »Ich bin die Quizmasterin Anne Robinson! Du bist der Schwächste und fliegst!«

Lilith grinste Mark an. »Daisy hat sich Anne Robinson nur ausgesucht, damit sie eine Schönheitsoperation machen lassen kann, um genauso jung auszusehen wie sie. Ich bin übrigens total begeistert, dass meine wunderbare Tochter mir dieses Jahr erlaubt, ihr ein Kostüm bei Primark zu kaufen, statt ihr selbst eins zu machen.«

Mark lächelte. »Greift zu, bevor es kalt wird.« Plötzlich hielt er inne.

»Osc, wer macht dein Kostüm?«

»Du natürlich«, meinte Oscar und langte ordentlich zu.

Nach dem Essen räumten Lilith und Mark auf und schenkten sich Wein nach, während die Kinder sich ein Video anschauten. Sobald die Kinder im Nebenzimmer waren, gab er es auf, so zu tun, als ob er in Hochstimmung wäre. Seine Beine taten weh.

»Ich muss dir etwas sagen«, verkündete er, sobald die Spülmaschine lief.

Lilith lächelte ihn über den Küchentisch hinweg an. »Ich habe schon geahnt, dass da was im Busch ist.«

Mark setzte sich ihr gegenüber an den Tisch und atmete tief durch.

»Na, dann mal los«, forderte sie ihn auf.

»Sobald die Bonuszahlungen für dieses Jahr bekanntgegeben werden, kündige ich.«

Lilith starrte ihn an. Mark erklärte ihr, dass er in der einen Woche, in der er zu Hause geblieben war, mehr über seinen Sohn erfahren hatte als je zuvor. Am Ende hatte er Oscar gefragt, ob es ihm gefallen habe, so viel mit seinem Vater zusammen zu sein, und Oscar war bei dem Gedanken, nächste Woche wieder zur Normalität zurückzukehren, in Tränen ausgebrochen.

Damit war die Sache entschieden, erzählte Mark Lilith. Er würde alles tun, um mehr Zeit für seinen Sohn zu haben. Und nachdem er das beschlossen hatte, fühlte er sich, als ob eine schwere Bürde von ihm abgefallen sei. Endlich könne er aufatmen. Es sei erstaunlich.

Er wollte ihr frei stehendes Sechszimmerhaus verkaufen, dem Au-pair-Mädchen kündigen und ein kleines Haus mit vier Zimmern in der Nähe der Schule suchen. Wenn er seine beträchtlichen Ersparnisse teils zu guten Konditionen in festverzinsliche Wertpapiere und teils über einen unabhängigen Finanzberater in Aktien anlegte, könnten sie davon leben, bis er in der näheren Umgebung eine Stelle fände, die sich mit Oscars Unterrichtszeiten vereinbaren ließe.

»Aber die Einkommenseinbußen«, gab Lilith zu bedenken. »Die sind doch bestimmt riesig. Bist du sicher, dass du dir das gründlich überlegt hast?«

»Ja.«

»Du verlierst doch sicher hundert Riesen im Jahr.«

»Mehr.«

»Wie zum Teufel willst du das schaffen?«

Mark lächelte bitter. »Ich hatte ohnehin nie Zeit, das Geld auszugeben. Seit Helens Tod wandert das meiste ohnehin aufs Sparkonto. Das ist das Einzige, was ich für Oscar getan habe. Seit seiner Geburt habe ich eifrig für ihn gespart. Er – also wir sitzen auf einem kleinen Vermögen.« Er schüttelte den Kopf. »Und welchen Sinn hat das ganze Geld, wenn wir keine Lebensqualität haben? Wie du gesagt hast: Bei Kindern bekommst du nur eine einzige Chance. Mir ist klargeworden, dass in meinem Büro Männer sitzen, die zwanzig Jahre älter sind als ich und die ganze Woche von morgens bis abends arbeiten, während ihre Frauen sich um ihre halbwüchsigen Kinder kümmern, die sie kaum kennen.« Er zuckte mit den Schultern. »Ich habe begriffen, dass ich meine Arbeit dazu nicht genug liebe.«

Lilith nahm seine Hand.

»Das ist absolut phantastisch«, sagte sie.

»Ich habe schon angefangen, mich nach einem Job in der näheren Umgebung umzusehen«, berichtete er. »Da gibt es ein paar gute Stellen, um die ich mich bewerben will.«

»Schön für dich.«

»Würde es dir etwas ausmachen, Oscar am Sonntag zu nehmen, während ich ein paar Bewerbungen schreibe?«, bat er. »Als letzten Gefallen?«

Sie ließ seine Hände los. »O nein. Daisy und ich sind den ganzen Sonntag in Wood Green einkaufen. Ich muss ein Kostüm kaufen, das meiner Tochter gefällt und nicht mehr kostet als eine Dose Katzenfutter.«

»Oje«, seufzte Mark. »Und wann schreibe ich die Bewerbungen?«

Lilith beugte sich über den Tisch und flüsterte ihm zu: »Das musst du wohl machen, wenn er schläft. Dann kümmere ich mich nämlich um die Wäsche und das Bügeln. Und Hunderte alleinerziehender Mütter im ganzen Land machen ihre Hausaufgaben für die Fernuniversität oder ihre Prüfungen oder schreiben Bewerbungen oder …«

»Ja, schon gut. Ich hab's verstanden.«

KAPITEL 14

Anfang Dezember begannen die Proben für das Krippenspiel. Kinder mit Sprechrollen hatten mit Miss Hobbs' Hilfe ihre Texte geschrieben und mussten sie bis zu einem festgesetzten Termin auswendig lernen. Und während der Rest der Klasse singen übte, fingen für die Schauspieler die richtigen Proben an.

Nicky gratulierte sich zu ihrer heißumstrittenen Besetzung. Außer den offenkundigen Schauspielertalenten hatte sie bei weniger selbstbewussten Kindern einige Überraschungen erlebt. Ihr war es gelungen, für jedes Kind irgendeine Rolle zu finden, und allmählich merkte sie, dass manche, wenn nicht gar alle, buchstäblich die Erfahrung ihres bisherigen Lebens machten. Sie zu bewegen, ihren Text zu lernen, machte Nicky dagegen, gelinde gesagt, etwas nervös.

Nur Oscar konnte seinen Text innerhalb einer Woche. Außerdem kannte er offenbar auch den Text der anderen auswendig, flüsterte ihn laut in die Klasse, wenn sie steckenblieben, oder hüpfte aufgeregt auf der Stelle, wenn sie Fehler machten.

Als Nicky nach vierzehn Tagen immer noch nichts über eine Beschwerde von Mr Samuels gehört hatte, keimte in ihr die Hoffnung, dass er vielleicht davon abgesehen hatte, weil Oscar sie so gut leiden konnte.

Eines Nachmittags nach der Probe ging sie über den Parkplatz und sah Oscar vor dem Schultor warten. Sie beobachtete ihn einen Moment und konnte sich ein Lächeln nicht verkneifen. Er übte seine Tanzschritte für das Krippenspiel mit unermüdlicher Energie. Als er sie bemerkte, winkte er und kam angelaufen. Sie trafen sich auf der Mitte des Schulhofs. Sie beugte sich zu ihm hinunter.

»Ist das Au-pair-Mädchen noch nicht da?«, fragte sie.

»Nee. Ist aber in Ordnung. Ich übe meinen Text.«

Lächelnd richtete sie sich wieder auf. »Kannst du sie jetzt ein bisschen besser leiden?«

Oscar nickte gleichgültig. »Sie ist in Ordnung. Dad ist jetzt viel öfter zu Hause. Und sie sind viel zusammen. Wenn er da ist, ist sie viel netter.«

Vor dem Tor hupte ein Auto, und Nicky schaute Oscar wie versteinert nach, als er davontrottete. Mr Samuels hatte doch wohl nicht etwa …? Sie schüttelte verwundert den Kopf. Daddy hatte also was mit dem Au-pair-Mädchen angefangen. Kein Wunder, dass er sich nicht die Mühe gemacht hatte, sich über ihren kleinen Streit zu beschweren. Er hatte anderes im Kopf! Wie albern von ihr, zu glauben, er würde Zeit auf etwas so Banales wie die Lehrerin seines Sohnes verschwenden, wo er doch ein junges Au-pair-Mädchen im Haus hatte.

Sie stürmte über den Schulhof zu ihrem Wagen und knabberte so fest innen an ihrer Lippe, dass sie blutete.

Anfang Dezember erfuhr Mark, dass sein Jahresbonus für die Umzugskosten, die Steuern und die ersten Monate reichen würde und er seine Ersparnisse vorerst nicht anrühren musste. Von da an verließ er das Büro jeden Abend um Punkt 18 Uhr, spätestens. Das war auch nötig, da seine Erschöpfung nicht nachließ. Er ging meist unmittelbar nach Oscar ins Bett und hatte trotzdem morgens Mühe aufzustehen.

Einer Eingebung folgend, hatte er sein Au-pair-Mädchen gebeten, ihm gegen eine Extrabezahlung einige grundlegende Hausarbeiten beizubringen. Es war erstaunlich, wie sehr man einrostete, wenn man Dinge jahrelang mied. Ebenso erstaunlich war, dass er eine völlig andere Einstellung zu seinem Heim bekam und stolz auf ein frisch bezogenes Bett, zufrieden über glänzende Wasserhähne und einen sauberen Backofen war.

Seinen Partnern wollte er seinen Austritt aus dem Büro erst mitteilen, wenn er eine neue Stelle gefunden und einen Arbeitsvertrag in der Tasche hätte, und erst dann würde er auch Oscar die Neuigkeiten erzählen. Er wollte dem Jungen keine Hoffnungen machen, nur damit er anschließend vielleicht noch ein halbes Jahr darauf warten müsste. Aber schon wenige Wochen nachdem er seine Bewerbungen verschickt hatte, erhielt er Einladungen zu den ersten Vorstellungsgesprächen. Als er in den letzten zehn Jahren in der Londoner City die Karriereleiter erklommen hatte, hatte ein harter Konkurrenzkampf geherrscht. Obwohl er in seinem Beruf gut war und einen beeindruckenden Lebenslauf vorzuweisen hatte, hatte man ihm bei manch einer Bewerbung und Beförderung ebenso beeindruckende Kandidaten vorgezogen, weil sie dem richtigen Golf-, Squash- oder Herrenclub angehörten. Das war jetzt völlig anders. Seine Ausbildung und Erfahrung in der Finanzwelt war eine seltene, hochgeschätzte Qualifikation. Von den wenigen Mitbewerbern, die er traf, wenn er auf ein Vorstellungsgespräch wartete, wusste er, dass seine Konkurrenten aus zwei Gruppen kamen: entweder Mütter, die seit zehn Jahren nichts mehr gerechnet hatten, was über das Grundschulpensum hinausging, und die zwei freie Tage in der Woche verlangten, oder ältere Männer, die in der City gescheitert waren und denen der Ruch von Versagern anhaftete. Schon bald war ihm klar, dass er in seinen Vorstellungsgesprächen sein Gegenüber nur von der Echtheit seines Sinneswandels in Bezug auf seine Karriere überzeugen musste, und alle würden ihm praktisch aus der Hand fressen.

Zunächst bewarb er sich bei örtlichen Steuerberatern, stellte aber sofort fest, dass er sich in ihren Büros am liebsten aus dem Fenster gestürzt hätte, das unweigerlich am Hinterhof eines Restaurants lag. Schlimmer war, dass dort nur Verlierer saßen. Nachdem zwei dieser Büros ihm mit verdächtiger Hast eine Stelle angeboten hatten und er sie ebenso überstürzt abgelehnt hatte, musste er sich überlegen, wo er seine Arbeitstage eigentlich verbringen wollte.

Eines Abends, als er im Bett die Sonntagszeitung durchblätterte (mittlerweile war das die einzige Zeit, in der er zum Lesen kam), stutzte er bei einer Stellenanzeige. Aufgeregt stand er sofort auf und schrieb eine Bewerbung. Gleich am nächsten Tag gab er sie persönlich ab.

Es dauerte drei Wochen, in denen er seine Fingernägel abkaute, bis man ihn zum Vorstellungsgespräch einlud.

Im Gegensatz zu den anderen Stellen, auf die er sich beworben hatte, waren die Vorstellungsgespräche hier mitten am Tag, daher beschloss er, für den Nachmittag einige Besichtigungstermine mit einem Immobilienmakler zu vereinbaren, und tat dann etwas, was er in seinem gesamten Berufsleben noch nie gemacht hatte. Er meldete sich krank. Unangenehm berührt stellte er fest, wie einfach das war.

Er traf die letzten Vorbereitungen, duschte, zog sich an, trank seine dritte Tasse Espresso und machte sich auf den Weg.

Eine halbe Stunde später saß er in dem härtesten, seltsamsten Vorstellungsgespräch, das er je erlebt hatte. Noch nie im Leben hatte er solche Fragen beantworten müssen. Und noch nie hatte er so viel Persönliches von sich preisgeben müssen.

Jedes Mal wenn er meinte, eine passende Antwort gegeben zu haben, schaute sein Gegenüber ihn nur an, kniff die Augen zusammen und fragte weiter. Am Ende war er reif für eine Therapie.

»Hmmm«, sagte sein Gegenüber schließlich. »Gut, jetzt weiß ich also, wieso wir, und ich weiß, wieso Sie. So. Und wieso gerade jetzt wir und Sie?«

Er runzelte die Stirn.

»Was um Himmels willen hat eine so dramatische Veränderung in Ihrem Leben ausgelöst?«, fragte sein Gegenüber und beugte sich vor. »Welcher lebenumwälzende, alles verändernde, monumentale Auslöser hat Sie an diesem schönen Wintermorgen hierher in mein bescheidenes Büro geführt?«

Mark öffnete den Mund, aber es kam nichts heraus. Seine Stimme versagte, und seine Augen brannten. Während er die Frage beantwortete, wurden ihm zwei Dinge klar: erstens, dass er in einer schweren Midlife-Krise steckte, die ihn körperlich krank gemacht hatte, und zweitens, dass an alledem Miss Hobbs schuld war.

Er zwang sich, langsam zu sprechen und sich auf jedes Wort zu konzentrieren. In einem entscheidenden Moment versagte ihm die Stimme, aber zum Glück konnte er seine Gefühle mit einem Hüsteln und einem Achselzucken unterdrücken, bevor er noch einmal von vorn anfing. Als er fertig war, starrte er auf seine Hände, die in seinem Schoß lagen, als gehörten sie einem anderen. Er war erschöpft, fühlte sich aber so leicht, als schwebe er an die Decke.

Nach einer Weile schaute er sein Gegenüber an, als hätte er völlig vergessen, dass sie da war.

»Hervorragend.« Sie strahlte. »Hervorragend, hervorragend, hervorragend. So.« Sie musterte ihn über ihren Brillenrand hinweg. »Können Sie gut puzzeln?«

Mitten in einem naturwissenschaftlichen Experiment merkte Nicky, dass sie sämtliche Bücher für die nächste Unterrichtsstunde im Lehrerzimmer vergessen hatte. Das sah ihr gar nicht ähnlich. Zum letzten Mal war ihr das vor etwa zwei Jahren passiert. Sie durfte die Kinder nicht allein lassen, hatte aber heute keine Schulassistentin. Ihr blieb nichts anderes übrig, als Rob zu bitten, ein Auge auf ihre Klasse zu haben. Andere Lehrer machten das häufig, aber Nicky tat es mehr als ungern. Denn es hieß nicht nur, einen Kollegen, der seine eigene Klasse zu beaufsichtigen hatte, um einen Riesengefallen zu bitten, sondern auch einzugestehen, dass sie einen Fehler gemacht hatte. Aber sie hatte keine andere Wahl. Also sagte sie ihrer Klasse, sie sollten eine Weile still sein, und lief über den Gang in Robs Klassenzimmer. Zu ihrer Verwunderung war Amanda bei ihm, beugte sich über sein Pult, zeigte auf etwas, was darauflag, und ließ ihr langes Haar auf seine Schulter fallen.

Nicky musste sich innerhalb von Sekunden entscheiden. Sollte sie sich dazu herablassen, Rob in Amandas Gegenwart um einen Gefallen zu bitten? Sollte sie Amanda fragen, wer ihre Klasse beaufsichtigte? Sollte sie eifersüchtig sein? Professionell besorgt? Oder sollte sie einfach einen langen Urlaub irgendwo in der Sonne machen?

Rob und Amanda schauten sie an, und sie schaute an Amanda vorbei zu Rob.

»Mr Pattison, es tut mir leid, dass ich Sie bemühe, aber ich muss unten etwas holen, könnten Sie bitte ein Auge auf die sechste Klasse haben?«, bat sie.

Amanda kam lächelnd auf sie zu und antwortete: »Ich mache das, Miss Hobbs. Ich habe für eine Stunde eine Assistentin und nutze die Gelegenheit, etwas mit Mr Pattison zu klären, Ich komme gleich hinüber.«

»Danke, Miss Taylor«, sagte Nicky.

Als sie Robs Klasse verließ, strahlte Amanda sie an. »Keine Ursache. Wir versuchen gerade, ein alptraumhaftes Stundenplanproblem zu lösen. Da ist es ganz schön, eine Pause zu machen.«

»Toll«, meinte Nicky. »Danke. Dauert nicht lange.«

Als sie die Treppe hinunterlief, fragte sie sich, ob die beiden wohl schon miteinander gingen.

So schnell wie möglich ging sie ins Lehrerzimmer, um sich Amanda nicht verpflichtet fühlen zu müssen. Sie würde es nicht wundern, wenn sie mit einer Stoppuhr auf sie warten würde. Sie holte die dreißig dünnen Schulbücher, klemmte sie sich unter den Arm und schloss sorgfältig die Tür.

Als sie einen Blick auf den Schulhof warf, um nach dem Wetter zu sehen, traute sie ihren Augen nicht.

Da stand Mr Samuels vor dem Eingang, als gehörte ihm die Schule. Am Schnitt seines Anzugs hätte sie ihn überall erkannt. Er stand mit dem Rücken zu ihr, ein Bein angewinkelt wie ein Antiheld früherer Zeiten, und starrte in den Regen. Er musste von einem Gespräch mit Miss James kommen, eine andere Erklärung gab es nicht. Er hatte sich also doch noch über sie beschwert.

Erschrocken starrte sie auf seinen Rücken und vergaß völlig, dass sie wieder in ihre Klasse musste. Ein paar Bücher rutschten langsam unter ihrem Arm weg, landeten neben ihrem Fuß auf dem Boden und rissen sie aus ihrer Trance.

Verflixt. Sie musste doch zurück in ihre Klasse. Amanda! Aber seltsamerweise rührten ihre Füße sich nicht vom Fleck. Als sie gerade dachte, schlimmer könne es nicht werden, drehte Mr Samuels sich plötzlich um und schaute sie geradewegs an.

Sie schluckte und spürte, wie ihr am ganzen Körper heiß wurde. Er wusste sicher, dass ihr klar war, dass er sich gerade über sie beschwert hatte. Sie starrten sich wie gelähmt an. Ohne Vorwarnung setzten ihre Füße sich plötzlich in Bewegung und sie lief den Korridor entlang.

Mark konnte es nicht fassen. Sie hatte ihn gesehen. Typisch! Wieso zum Teufel hatte er sich noch einmal umgedreht? Er ging durch den Nieselregen über den Schulhof, während ihr Bild in ihren Lehrerinnenpumps, ihrem knielangen Rock und der adretten weißen Bluse sich in sein Hirn brannte. Verfluchter Mist. Und wenn sie nun Oscar fragte, wieso sein Vater heute in der Schule war? Der Gedanke ließ ihn mitten auf dem Schulhof wie angewurzelt stehen bleiben. Ob er zurückgehen und sie bitten sollte, dem Jungen nicht zu erzählen, dass sein Vater heute in der Schule war? Nein. Dann könnte Oscar ihn sehen.

Außerdem lähmte ihn allein schon der Gedanke, mit ihr zu reden, mit bleierner Müdigkeit. Verflucht, die Frau hatte keine Erklärung verdient. So unverschämt, wie sie war. Er hatte sogar schon überlegt, sich bei ihr für sein unmögliches Benehmen am Elternsprechtag zu entschuldigen oder sie zumindest anzulächeln und sie mit einem höflichen Kopfnicken zu grüßen, aber bevor er eine Chance dazu hatte, hatte sie ihm hochnäsig den Rücken gekehrt und war davongerauscht, wie um ihm kategorisch klarzumachen, dass sie ihn einfach ignorierte.

Verhalten fluchend, ging er den lächerlich langen gewundenen Weg entlang zu seinem Wagen, stieg ein, stützte die Ellbogen auf das Lenkrad und den Kopf in die Hände.

Nach einer Weile holte er einen Stadtplan heraus und fuhr dieses Mal der Beschilderung nach vom Schulparkplatz.

Nach wenigen Minuten hielt er vor einem kleinen Cottage. Stirnrunzelnd schaute er durch die Windschutzscheibe. Zu klein. Eigentlich brauchte er gar nicht erst auszusteigen. Aber leider sah er an dem leeren Mini mit der grausig schlecht gedruckten Werbeaufschrift, dass sein Immobilienmakler bereits im Haus war. Seufzend stieg er aus. Ein von Lavendel gesäumter Kopfsteinpflasterweg führte zu einer kleinen weißen Haustür mit Klopfer. Die winterlichen Überreste eines Jasmins rankten sich über der Tür und dem weißgerahmten Erkerfenster. Auf sein Klingeln hörte er drinnen Schritte und hätte sich nicht gewundert, wenn Peter Hase die Tür geöffnet hätte. Stattdessen sah er sich seinem Makler gegenüber, der eindeutig nicht in dieses Landidyll passte.

»Hallo«, grüßte Steve, der Makler. »Kommen Sie herein.«

Er trat beiseite, und Mark quetschte sich in eine Diele, die so klein war, dass ein Aufzug großzügig dagegen wirkte.

»Ist es nicht herrlich?«, sagte Steve.

»Na ja, es ist ziemlich klein.«

»Ein echtes Juwel«, korrigierte Steve.

»Aha, Juwel. So nennen Sie das also?«

Steve lachte so schallend, dass Mark überlegte, ob er rückwärts wieder hinausgehen sollte, um ihm mehr Platz zu lassen.

»Kommen Sie, sehen Sie sich die Küche an«, forderte Steve ihn auf. »Ich glaube, Sie werden staunen.«

»Wieso?«, fragte Mark. »Ist sie aus Legosteinen?«

Wieder lachte Steve lauthals. Sie gingen zwei Stufen hinunter in eine Einbauküche.

Mark blieb stehen und schaute auf die Uhr.

»Gut. Ich denke, ich habe genug gesehen.«

»Komplett ausgestattete Einbauküche«, fiel Steve ihm ins Wort und öffnete Schranktüren.

»Mann«, sagte Mark kopfschüttelnd. »Meine Zeit ist kostbar. Und Ihre sicher auch. Also: Schauen Sie mich an. Ich bin eins achtundachtzig. Ich habe einen zehnjährigen Sohn, der so aussieht, als ob er in fünf Jahren größer und breiter würde als ich. Bitte machen Sie keine Besichtigungstermine mehr für Häuser, die für Hobbits gemacht sind.«

»Wollen Sie sich das Obergeschoss nicht noch ansehen? Die Aussicht ist phantastisch.«

»Das muss sie schon sein«, antwortete Mark nachdrücklich. »Gut. Fahren wir zum nächsten Haus.«

Hinter dem Haus am Demby Place war eine Autowerkstatt ohne Türen, aus der so laut der Lokalsender Capitol Gold plärrte, dass die Mechaniker sich nur brüllend verständigen konnten. Abgesehen davon war das Haus perfekt. Dagegen war das Objekt in Hadley Gardens dringend renovierungsbedürftig, und das in der Onslow Avenue war eine weitläufige Wohnung im obersten Stock ohne Aufzug.

»Gut«, sagte Mark, als sie wieder draußen vor der Wohnung standen. »Noch etwas: Ich bin ein sehr beschäftigter, sehr müder Familienvater, also keine Wohnungen im obersten Stock, eigentlich gar keine Etagenwohnungen, keine Lärmbelästigung und keine renovierungsbedürftigen Häuser.«

Steve sog kopfschüttelnd die Luft durch die Zähne wie ein Klempner, der eine Baustelle begutachtete. »Ehrlich gesagt, ich weiß nicht, ob das so einfach wird.«

Mark schaute ihn verwundert an. »Mir ist es egal, wie einfach oder schwierig Ihr Job ist. Ich lasse mich nicht beschwatzen, in einem Haus zu leben, das mir nicht gefällt, nur damit Sie Ihre Provision kassieren und sich einen neuen Ford Capri kaufen können. Wenn Sie weiter meine Zeit verschwenden, beschwere ich mich offiziell über Sie und suche mir einen anderen Makler. Mich interessiert es nicht, ob Sie mich mögen. Ich will nur ein Haus bei Ihnen kaufen. Verstanden?«

Steve wurde puterrot, und Mark erkannte Hass in seinem verbissenen Kinn und seinem bestimmten Kopfnicken. Ich bin ein Höllenkunde für ihn, dachte er. Endlich! Es wurde Zeit, dass ich mal an die Reihe kam.

Sie hatten noch ein Haus zu besichtigen, bevor Mark Oscar damit überraschen wollte, dass er ihn von der Schule abholte. Die Straße befand sich auf der weniger wohlhabenden Seite der Schule und wurde in der Beschreibung als »Randgebiet Muswell Hill« bezeichnet, weil sie eben nicht in Muswell Hill lag.

Mark fuhr zerstreut die Straße entlang, ohne sich richtig umzusehen, denn ihm war schon klar, dass er nicht in diese Gegend wollte. Bei solchen Entscheidungen musste man schließlich auch an den Wiederverkaufswert denken. Er hätte Steve gern gesagt, dass er den Besichtigungstermin absagen solle, aber Steve war schon wieder in sein Büro zurückgefahren, weil Mark sich im Haus mit dem Besitzer treffen sollte. Typisch.

Er parkte vor dem Grundstück und trommelte wütend auf das Lenkrad. Als er an die Haustür ging, stellte er fest, dass es eine Doppelhaushälfte von Ende der 1930er Jahre im phantasielosesten Baustil war, den er den ganzen Tag gesehen hatte. Während er wartete, dass jemand auf sein Klingeln öffnete, überlegte er, was er Oscar heute zum Abendessen machen sollte.

Als die Tür aufging, setzte er ein Lächeln auf, das sich vertiefte, sobald er an der Besitzerin vorbei in eine luftige, elegante Diele schaute, an deren rechter Seite eine Treppe ihn auf einen hellen, geräumigen Treppenabsatz lockte. Zehn Minuten später hätte er die Frau, die ihm die Tür geöffnet hatte, nicht zu beschreiben vermocht, weil die aufeinander abgestimmten Farben der Wände und Böden, der makellos schimmernde Lack der Türen und der weite Blick in die Wohnküche dahinter zu viel Raum in seinem Kopf einnahmen. Es war etwas Ursprüngliches wie Liebe auf den ersten Blick. Neben diesem ersten Eindruck verblasste alles andere.

Zum Glück war der Rest des Hauses ebenso schön wie die Diele. Alle Zimmer waren gut geschnitten, hatten hohe Decken, aber trotzdem eine Gemütlichkeit, in der er sich sofort heimisch fühlte. Nur der eine oder andere Vorhang war nicht nach seinem Geschmack, aber das ließe sich leicht ändern. Die Küche war nach hinten in den langgestreckten Garten erweitert worden, hatte ein großes Fenster und genug Platz für einen großen Esstisch und ein kleines Sofa. Da man die Wand zwischen Wohn- und Esszimmer herausgebrochen hatte, war ein großzügiger Raum entstanden, in dem mehrere Gäste bequem sitzen konnten, ein Couchtisch Platz hatte, an dem sich zu Abend essen ließ, und ein großes Sofa passte, auf dem man sich lümmeln konnte. Der Garten war groß genug, um herumzukicken. Außerdem war die Garage zum Arbeitszimmer umgebaut und der Speicher darüber zu einem ausreichend großen Gästezimmer mit Dusche ausgebaut. Oscars Schlafzimmer wäre kleiner als in ihrem jetzigen Haus, aber wenn er Platz für aufwendigere Schularbeiten brauchte, konnte er Marks Arbeitszimmer mitbenutzen, wo sich mühelos ein zweiter Schreibtisch unterbringen ließ.

Nachdem die Besitzerin ihn durch das Haus geführt hatte, brachte Mark vor Aufregung kaum ein Wort heraus. Zum Glück hatte er als Mann jahrelang Übung darin, seine Gefühle im Griff zu behalten. Als das Handy in seiner Tasche vibrierte, ignorierte er es. Wortlos nickte er, während die Besitzerin ihm erklärte, warum ihre Familie ein so schönes, geliebtes Haus verkaufte, und ihm zeigte, wo der Boiler war. Er schüttelte ihr zum Abschied fest die Hand und ging langsam zu seinem Wagen. Wieder vibrierte sein Handy in der Tasche und zeigte ihm eine Nachricht an. Er holte es heraus, um nachzusehen, von wem sie kam. Falls es sein Büro war, würde er nicht antworten.

Er kannte die angezeigte, örtliche Nummer nicht und wagte sich kaum vorzustellen, worum es gehen mochte, als er die Nachricht abrief.

Gespannt hörte er sie ab, strahlte über das ganze Gesicht und ging sofort wieder zurück an die Haustür.

Die Besitzerin öffnete und lächelte ihn offen an.

»Entschuldigen Sie, dass ich noch mal störe, aber ich würde gern noch eine Kleinigkeit nachsehen.«

»Natürlich. Kommen Sie herein.«

Dieses Mal gingen sie direkt ins Wohnzimmer.

»Es hört sich vielleicht albern an«, sagte Mark, »aber wo stellen Sie Ihren Weihnachtsbaum auf?«

Die Besitzerin deutete auf das Erkerfenster im Wohnzimmer. Ihm war gar nicht aufgefallen, dass es ein Erker war. »Außerdem haben wir noch einen Baum in der Küche«, gab sie ein bisschen verlegen zu. »Die Kinder mögen sie so sehr.«

»Aha«, murmelte er. »Ja. Verstehe.«

Er erkundigte sich, ob er in etwa einer halben Stunde noch einmal mit seinem Sohn kommen dürfe. So blieben ihm zwanzig Minuten, um Oscar zu erklären, dass sein Vater, falls er einverstanden wäre, der neue Finanzverwalter der Grundschule Heatheringdown werden und ab dem 3. Januar jeden Tag mit ihm in die Schule gehen und jeden Nachmittag und während der gesamten Schulferien zu Hause sein könnte. Und außerdem hatte er ein neues Zuhause für sie gefunden, so dass sie sich auch noch einen Urlaub leisten konnten.

Eine Stunde später teilte er der Besitzerin der Doppelhaushälfte im Randgebiet Muswell Hill mit Oscars hysterisch kicherndem Segen mit, dass er das Haus zum geforderten Kaufpreis erwerben möchte.

KAPITEL 15

Nicky klatschte noch einmal in die Hände und wartete, bis der Lärm sich legte. Trinny und Susannah hatten die ganze Zeit getuschelt, während David und Victoria ihre Version von *All I Want for Christmas is a Baby Girl* sangen.

»Trinny und Susannah«, rief sie schließlich und unterbrach die Beckhams. »Wenn ihr nicht aufhört zu schwatzen, lasse ich euch ein Stück vortragen, das ihr selbst gemacht habt.«

Selten war eine Drohung wirkungsvoller.

Miss James wollte im Laufe des Nachmittags kommen, um sich die Probe anzusehen. Jederzeit sonst hätte Nicky sich darüber gefreut, aber nachdem sie am Vortag Mr Samuels in der Schule gesehen hatte, machte die Aussicht sie unglaublich nervös. Miss James hatte ihn während der morgendlichen Besprechung nicht erwähnt, aber vielleicht fand sie es unpassend, sie in Robs Gegenwart auf eine Beschwerde anzusprechen. Ob sie wohl diese Gelegenheit nutzen wollte, um sie allein zu sprechen und sie dabei freundlich anzulächeln? Oder würde sie während der Probe vor den Kindern mit ihr reden? Bei Miss James konnte man nie wissen.

Als Nicky die Kinder noch einmal von vorn anfangen ließ, hörte sie hinter sich die Tür aufschwingen und sich wieder schließen. Sie drehte sich um und sah Miss James ganz langsam auf Zehenspitzen hereinschleichen wie eine Zeichentrickfigur, wobei sie gefährlich schwankte und ihre Halsketten und ihre Brille hin und her pendelten. Als Nicky sie unsicher anlächelte, strahlte Miss James über das ganze Gesicht und sah aus wie eine verrückte Schildkröte. Als sie Nicky schließlich erreicht hatte, drückte sie ihr die Schulter und stellte sich in der großen Halle so dicht neben sie, als suche sie Wärme.

Am Ende der Probe klatschte sie so laut, dass Nicky beinahe der Kopf platzte.

»Mehr! Mehr! Mehr! Mehr!«, rief sie.

Die Kinder johlten, was jede weitere Arbeit unmöglich machte, soweit Miss James sie nicht schon verhindert hatte.

»Haben wir alle Spaß?«, brüllte Miss James.

»Ja!«, kreischten die Kinder.

»Miss Hobbs lebe dreimal hoch«, grölte Miss James. Nicky rang sich ein freundliches Lächeln ab.

Miss James wandte sich an Nicky.

»Gut. Ich gehe nach Hause, meine Liebe. Wir sehen uns morgen früh frisch und munter!« Sie zwinkerte ihr zu, winkte und schwankte gefährlich auf Zehenspitzen hinaus.

Nicky schaute ihr nach. Würde sie dann mit ihr über Mr Samuels reden? In Robs Gegenwart?

Abends stand Oscar mit unverhohlen verächtlicher Miene vor dem Badezimmerspiegel.

»Was hältst du davon?«, fragte Mark hinter ihm und musterte das Spiegelbild seines Sohnes stirnrunzelnd.

Oscar verzog das Gesicht noch mehr. »Ich finde, ich sehe aus wie ein Arsch.«

Mark schnitt eine Grimasse. »Oscar! Sag nicht dieses Wort. Es passt nicht zu dir.«

»Das Kostüm auch nicht. Ich sehe darin aus wie ein Arsch.«

»Oscar!«

»Ali G hat eine teure Brille, keine Taucherbrille.«

»Aber sie sieht aus wie eine Taucherbrille.«

»Das ist nicht dasselbe. Damit sehe ich aus wie ein Arsch.«

»Gut«, sagte Mark kurz angebunden. »Das reicht. Zeit, ins Bett zu gehen. Dann musst du dir eben selbst überlegen, was du anziehen willst.« Er schaute auf die Uhr und stöhnte. »Ich muss in fünf Stunden aufstehen. Am Wochenende gehen wir ein Kostüm kaufen.«

»Toll«, stöhnte Oscar.

»Ja, ich kann's auch gar nicht erwarten.«

»Ich setze keine Taucherbrille auf«, rief Oscar auf dem Weg in sein Zimmer. »Alle anderen gehen mit ihren Kumpels einkaufen, nicht mit ihrem Dad.«

Mark kam so schnell hinter ihm her, dass Oscar sicher war, sich eine Ohrfeige einzufangen. Er wich zurück, stolperte beinahe über seine Füße und versuchte, sich in eine trotzige Miene zu retten, wusste aber, dass er seine Angst verraten hatte.

»Wenn du mit deinen zehnjährigen Freunden einkaufen gehen willst, junger Mann, dann kannst du das gern tun«, zischte Mark wütend. »Und weißt du was?«

Oscar schüttelte benommen den Kopf.

»Dann siehst du bestimmt aus wie ein Arsch.«

Damit knallte er Oscars Zimmertür hinter sich zu.

Eine Woche später war der große Tag gekommen. Die Grundschule Heatheringdown sollte die bescheidene Geburt Jesu aufführen und Thiery Henry singen hören *Wish I Was at Home for Christmas*.

Miss James hatte noch immer nichts über Mr Samuels' rätselhaftes Auftauchen in der Schule gesagt, und eines Tages hatte Nicky tatsächlich den Mut aufgebracht, ohne rot zu werden zu erwähnen, dass sie ihn dort gesehen hatte. Miss James hatte ihr zugezwinkert und geheimnisvoll erklärt: »Ich weiß, meine Liebe. Ich weiß. Später mehr dazu.«

Und so hatte Nicky sich gezwungen, die Sache zu vergessen. Angesichts der Proben und der zunehmend von gespannter Erwartung geprägten Atmosphäre in der Schule war ihr das schließlich auch gelungen.

Nach dem Unterricht wünschte sie ihren Schülern viel Glück und sagte ihnen, dass sie auf sie alle sehr stolz sei und es gar nicht abwarten könne, sie in ein paar Stunden auf der Bühne zu sehen. Dann fuhr sie nach Hause, machte sich rasch etwas zu essen, räumte auf und ging ins Schlafzimmer, um sich für ihren liebsten Abend des Schulhalbjahrs umzuziehen.

Zehn Minuten später stand sie noch immer in BH und Slip vor ihrem Kleiderschrank und wartete stirnrunzelnd auf eine Eingebung. Nach einer Weile trottete sie ins Badezimmer und ließ sich ein siedend heißes Bad mit viel Schaum ein. Mit dem beruhigenden Hintergrundgeräusch des plätschernden Wassers kehrte sie zurück an ihren Kleiderschrank. Nach einer Weile ging sie in die Küche und machte sich eine große Tasse süßen, heißen Tee.

Damit stellte sie sich beruhigt wieder vor den Kleiderschrank, trank Tee und wartete auf eine Inspiration.

Schließlich stieg sie erst einmal in die Wanne und genoss die fast schmerzliche Hitze, die ihren Körper umschloss.

Sie legte den Kopf zurück, schwebte im Schaum und lächelte. In zwei Stunden würden ihre Lieblingsschüler einen mächtigen Sprung in Richtung auf ihr späteres Erwachsenenleben tun, und sie würde ihnen hinter der Bühne dabei zusehen. Heute Abend würden sie Selbstbewusstsein und Selbstvertrauen finden. Heute Abend würde sie ihre Eltern vor Stolz strahlen sehen. Heute Abend …

Sie schreckte so schnell hoch, dass das Wasser auf den Boden schwappte.

»Verdammter Mist«, flüsterte sie.

Oscar spielte Ali G, und Oscars Vater würde im Zuschauerraum sitzen. Heute Abend musste sie sich Mark Samuels stellen.

Schnell wusch sie sich, stieg aus der Wanne, wobei sie noch mehr Wasser verspritzte, und kehrte mit ihrem Tee zurück an den Kleiderschrank. Sie nahm ein Kleid heraus, das sich an genau den richtigen Stellen an ihren Körper schmiegte. Dazu zog sie ein Paar Schuhe an, die für jeden etwas boten: Bequemlichkeit für die Trägerin, einen angenehmen Anblick für den Betrachter und die wöchentliche Hypothekenrate für den Designer. Dann betete sie zur Make-up-Göttin und machte ihr Gesicht zurecht. Die Göttin zeigte sich gnädig, und als sie fertig war, sah sie fabelhaft aus. Schließlich machte sie sich entschlossener denn je an ihre Frisur. Eine halbe Stunde später betonten dicke, schimmernde Locken ihr herzförmiges Gesicht, und ihre Oberarme schmerzten vor Anstrengung.

Eine Stunde später war sie wieder in der Schule. Ihr Kleid umspielte seidig ihre Knie, als sie geradewegs hinter die Bühne in die Umkleideräume der Kinder ging. Aus ihrer Klasse war noch niemand da. Einige Kinder der Vorschulklasse standen schon in biblischen Gewändern herum. Die Aufregung sorgte für das eine oder andere Malheur. Da es Nicky nicht viel anders ging, machte sie sich auf den Weg zur Damentoilette, um noch einmal nach ihrem Make-up zu sehen.

Nachdem sie ihr Spiegelbild gemustert hatte, hörte sie Gemurmel und Gekicher. In der Hoffnung, sich unbemerkt zurückschleichen zu können, verließ sie die Damentoilette, sah sich aber der Herrentoilette gegenüber, deren Tür gerade weit aufgerissen wurde. Und da standen Amanda und Rob, der Amandas Taille umschlang. Nicky zwang sich zu einem breiten Grinsen, drehte sich um und ging.

»Sagst du nicht hallo?«, fragte Amanda munter hinter ihr.

Nicky drehte sich schnell genug um, um gerade noch zu sehen, wie Rob ihr Hinterteil beäugte.

»Hallo«, sagte sie ebenso munter wie Amanda.

»Wir waren gerade …«, setzte Rob an und kam hinter ihr her.

»Wir waren gerade, du weißt schon«, kicherte Amanda und folgte ihm.

»Und, wie geht's?«, fragte Rob.

Nicky wandte sich um und strahlte die beiden an. »Gut, danke.«

Während sie gemeinsam in die Umkleideräume gingen, überlegte Nicky, ob es ein gutes oder ein schlechtes Zeichen war, dass sie Rob am liebsten ebenso verprügelt hätte wie Amanda.

In der Garderobe hatte sich inzwischen eine komplette Krippenbesatzung im Kleinformat eingestellt. Maria war einfach süß, vor allem, wenn sie ihr Jesuskind am linken Fuß hielt. Einer der Esel sah aus wie Esel Iaah aus Pu der Bär, und Josephs obligatorisches Küchenhandtuch war mit Kricketregeln bedruckt. Am liebsten hätte sie sie alle in den Arm genommen und gedrückt, bis ihnen die Sommersprossen abfielen.

Als sie Oscars Hinterkopf entdeckte, hätte sie vor Freude fast laut gekreischt. Sie rief ihn quer durch die Garderobe und lief zu ihm. Als er sich umdrehte, strahlte er überglücklich. Er war angezogen wie Ali G, einschließlich Mütze und dicken Goldringen. »Yo«, sagte er und schnaubte hysterisch.

»Dad ist im Zuschauerraum«, verkündete er mit seiner normalen Stimme.

»Ja natürlich«, antwortete sie.

»Es ist das erste Mal, dass er gekommen ist«, teilte er ihr mit.

Mit Mühe gelang es ihr, sich nicht zu wiederholen.

»Er will heute Abend mit Ihnen sprechen«, sagte Oscar.

Nicky biss sich auf die Lippen. »Ach, ja?«

»Ja. Er muss Ihnen was sagen. Warum er bei Miss James war.«

Nicky stockte das Blut in den Adern. Sie nickte mühsam, stand auf und schaute sich um, ob ihre anderen Schüler schon da waren. Dabei entdeckte sie Amanda, die Rob an der Hand hielt und hinausführte. Bevor er außer Sichtweite war, drehte er den Kopf, aber sie schaute schnell weg. Sie hatte Wichtigeres im Kopf, zum Beispiel, dass Mr Samuels es gar nicht abwarten konnte, ihr von seinem Gespräch mit ihrer Chefin zu erzählen.

Miss James' lautes Klatschen löste zischelndes Psst!, Gekicher und weiteres Psst! aus. Normalerweise war das für Nicky der schönste Moment des Abends, voller Vorfreude, Spannung und Spaß. Aber heute hätte sie am liebsten jemanden verprügelt. Vor Nervosität hatte sie gleichzeitig Gänsehaut und Schweißausbrüche.

»So, alle mal herhören«, rief Miss James. »Eure Familien und Freunde sitzen draußen und sind bereit.«

Wieder gab es aufgeregtes Gelächter und Pssts.

»Und ich weiß, dass ihr ihnen allen das schönste Krippenspiel zeigen werdet, das sie je gesehen haben.« Sie lächelte alle liebevoll an. »So, und wo ist jetzt meine bewährte rechte Hand? Mr Pattison? Mr Pattison?«

Nicky rechnete damit, dass Rob plötzlich grinsend mit zerzausten Haaren und Lippenstift auf der Wange auftauchte. Aber nein. Offenbar hatte ihm jemand Besseres zu bieten. Männer, dachte sie erbittert. Wenn es nicht das Au-pair-Mädchen ist, dann ist es die Kollegin, kurz bevor der Vorhang aufgeht. Sie fragte sich, ob Oscars Au-pair wohl auch im Saal saß. Oscar hatte nichts davon gesagt, also war sie vermutlich nicht da.

»Miss Hobbs! Könnten Sie vielleicht in die Bresche springen, meine Liebe?«

Nicky schaute Miss James an.

»Sicher«, antwortete sie. Worum hatte sie gerade gebeten?

»Wunderbar! Wunderbar!«, sagte Miss James. »Sie brauchen nur das Krippenspiel anzusagen und diese kleine Liste vorzulesen.« Sie hielt ein A4-Blatt hoch, und Nicky ging durch den Raum, um es ihr abzunehmen. Die Liste bestand aus zehn Punkten und enthielt eine Bitte, Ideen für Spendengelder einzureichen, eine Durchsage zu einem geparkten Wagen und überschwengliche Dankesbezeugungen an alle, die an der Gestaltung des heutigen Abends beteiligt waren.

»Ich bekomme eine kleine Erkältung«, flüsterte Miss James mit einem Lächeln, das Nicky allmählich zu hassen begann. Sie starrte auf das Blatt Papier und wunderte sich, wieso es so zitterte, bis sie merkte, dass es an ihrer Hand lag. Seit ihren eigenen Auftritten bei Krippenspielen vor etwa fünfundzwanzig Jahren hatte sie nicht mehr auf einer Bühne gestanden. Und Mr Samuels, der sie verabscheute und bemitleidete, saß im Publikum und bereitete sich darauf vor, ihr die Meinung zu geigen.

In diesem Augenblick tauchte Rob auf.

»Ach«, rief Miss James. Gott sei Dank, dachte Nicky und entspannte sich augenblicklich. »Wie es aussieht, haben Sie Ihre Chance auf einen Starauftritt verpasst«, erklärte Miss James ihm fröhlich. »Nicky wird heute die Aufführung ansagen. Sie müssen wohl bis zum nächsten Jahr warten.«

»Mir macht es nichts aus«, erklärte Nicky schwach.

»Sicher nicht«, sagte Miss James und hielt ihre Hand fest. »Aber heute Abend haben Sie die Gelegenheit, zu glänzen.« Wieder ein Lächeln. »Kommen Sie, meine Liebe. In fünf Minuten geht's los.«

Draußen im Saal konnte Mark einfach nicht fassen, wie nervös er war. Seine Hände waren so verschwitzt, dass er den Camcorder kaum halten konnte. Er zeigte sie Lilith, die neben ihm saß.

»Na ja, was hast du denn erwartet?«, fragte sie ohne jedes Mitgefühl. »Dass du es genießen würdest?«

»Was ist, wenn er seinen Text vergisst?«, flüsterte er. »Oder hinfällt? Meine Güte. Das ist die reinste Folter.«

Lilith starrte ihn an. »Was hast du denn gedacht?«

Er zuckte mit den Schultern. »Dass es Spaß macht?«

Sie lachte. »Spaß? Das klingt, als ob's ein Kinobesuch wäre. Elternschaft ist keine Freizeitbeschäftigung, sondern ein Extremsport.«

»Allmählich merke ich das auch«, sagte er leise.

Lilith seufzte. »Du hast noch viel zu lernen.«

»Ich glaube, mir wird schlecht«, murmelte Mark.

Das Licht ging aus.

»Na, das musst du dir jetzt wohl verkneifen«, sagte Lilith barsch. »Ach, guck mal, da ist Nicky«, rief sie plötzlich, während im Saal anerkennende Pfiffe ertönten.

Mark zwang sich, auf die Bühne zu schauen, und war angenehm überrascht, dort Miss Hobbs zu sehen, die gar nicht auf die Pfiffe achtete.

Ihm fiel auf, dass er ihr inzwischen zwar schon mehrmals begegnet war, unter anderem ein denkwürdiges Mal, als sie nur einen Bikini trug, dass er aber nie richtig Gelegenheit gefunden hatte, sie sich richtig anzuschauen.

Er lehnte sich zurück und betrachtete ihr Gesicht. Es war zu niedlich, um es als schön zu bezeichnen, hatte aber eindeutig etwas Faszinierendes. Immer wenn sie lächelte, zeigte sich in einer Wange ein Grübchen. Sein Blick schweifte über die sinnlichen braunen Locken, auf denen im Scheinwerferlicht kastanienrote Lichter schimmerten, hinunter zu ihrer Brust, die sich bei jedem Atemzug sanft hob und senkte. Ihr Kleid schmiegte sich fließend an ihre Kurven, und obwohl er kein Experte war, hatte er den Eindruck, dass ihre High Heels nur von winzigen Schleifchen an ihren zierlichen Knöcheln gehalten wurden.

Als er seine Aufmerksamkeit auf das lenkte, was sie sagte, stellte er überrascht fest, dass ihre Stimme, die so streng gewirkt hatte, als sie ihn abgekanzelt hatte, nun ausgesprochen weich klang und sogar ein bisschen zitterte. Immer wieder musste sie hüsteln und strich sich das Haar hinter das Ohr, was völlig sinnlos war, da es gleich wieder vorsprang. Als sie sich darüber ärgerte, lächelte er in sich hinein. Sie war süß, wirklich süß.

Nach allem, was er von ihr sah und hörte, kam er zu dem Schluss, dass Miss Hobbs Lampenfieber hatte. Und das war besonders süß.

Als er sah, wie sie sich über ihre trockenen Lippen leckte, dachte er, verdammt, die arme Frau stirbt vor Angst. Sie beendete stammelnd ihre Ansprache, lächelte entschuldigend – da war wieder das Grübchen – und ging äußerst vorsichtig von der Bühne. Rund um sich her hörte er überrascht Beifall.

Danach bekam er nicht mehr viel mit, zumal er wusste, dass Oscar erst in der zweiten Hälfte an die Reihe kam. In der ersten Hälfte stellte die Vorschulklasse die Krippenszene nach. Früher hätte er so etwas als groteske Zeitverschwendung empfunden, aber heute rührte es ihn zutiefst.

In der Pause holten er und Lilith sich Glühwein, und er musterte über den Rand seines Pappbechers grimmig die anderen Eltern. Als er merkte, dass unter ihnen auch einige der Lehrer waren, wunderte er sich, wie jung sie waren. Fast verschluckte er sich an seinem Wein, als er Rob vorbeischlendern sah. Sofort erkannte er in ihm den Idioten, der sie nach dem Feuerwerk durch seine draufgängerische Fahrweise fast umgebracht hätte. Das war eindeutig der Kerl, der Nicky an jenem Abend nach Hause gefahren hatte. Er musterte ihn von oben bis unten. Aha, das war also ihr Typ. Beinahe hätte er seinen Becher fallen lassen, als Rob Lilith erkannte und fröhlich grinste.

»Miss Parker«, grüßte er. »Wie schön, Sie zu sehen.«

Angewidert stellte Mark fest, dass Lilith ebenso erfreut schien, ihn zu sehen. Die beiden flirteten unverhohlen miteinander. Marks Unbehagen wuchs, als er erfuhr, dass dieser Bursche, der nicht Auto fahren konnte und Miss Hobbs nagelte, Oscar das ganze vergangene Jahr unterrichtet hatte. Während er sich noch einmal anstellte, um zwei Becher Glühwein zu holen, überlegte er, dass dieser Schnösel im Unterricht vermutlich auch diese lächerlichen trendy Jeans getragen hatte. Kein Wunder, dass Oscars Kleidergeschmack völlig verhunzt war.

Nachdem Rob weitergegangen war, gesellte Mark sich kopfschüttelnd wieder zu Lilith.

»Was ist?«, fragte sie.

Er deutete mit dem Kopf auf Rob. »Der hält sich wohl für ein Geschenk Gottes.«

Lilith schaute Rob nach. »Na ja, vielleicht nicht gerade ein Geschenk Gottes, aber doch eindeutig ein Geschenkgutschein. Ich hätte nichts dagegen, ihn einzulösen.«

»Machst du Witze?«, fragte Mark. »Der soll gut aussehen?« Er trank seinen Wein aus und machte sich gleich über Liliths Becher her.

»Ja klar«, versicherte Lilith begeistert. »Der wandelnde Sex.«

»Für mich sieht er nach Schaumschläger aus«, knurrte Mark und wich Liliths verwundertem Blick aus. Als das Licht wieder ausging, war er wesentlich entspannter.

Ein scharfer Rippenstoß weckte ihn. Er richtete sich auf. Wo war Oscar? Sein Blick suchte auf der Bühne nach einer sündhaft teuren Sonnenbrille, die aussah wie eine geschmacklose Taucherbrille.

»Wo ist er?«, zischte er Lilith zu.

Vor ihnen machte ein Elternpaar laut »Psst!«.

Lilith zeigte auf den großen Jungen, der im Hintergrund in Rapperpose dastand, während Busted ein Lied darüber sang, warum man zur Schule ging. Der Song war nicht unbedingt passend, aber erstaunlich gut.

Dann schob Oscar sich mit wiegendem Gang in die Bühnenmitte, und die Scheinwerfer verloschen. Mark wartete atemlos. Als die Scheinwerfer wieder angingen, staunte er, wie groß Oscar war. Und sobald er die ersten Zeilen sprach, die Mark inzwischen auswendig kannte, schnappte er hörbar nach Luft. Oscars Stimme war so klar, so laut, so selbstbewusst, dass Mark meinte, sein Herz gehe ihm über. Er hob seinen Camcorder so schnell ans Auge, dass er sich damit ins Gesicht schlug. Trotzdem schaltete er ihn ein und nahm auf, wie sein Sohn sich an die Eier griff und unter schallendem Gelächter des Publikums *Away in da Manger* sang. Als schließlich donnernder Applaus losbrach, gab Mark Geräusche von sich, die er noch nie von sich gehört hatte. Auf der Aufnahme klang es wie Schluchzen, aber er schwor, es sei Lachen gewesen.

Als ihre Schüler von der Bühne kamen, warfen sich alle in Miss Hobbs' Arme. Und sie vergaß sämtliche Verhaltensregeln, die ihr jeden Körperkontakt mit ihnen verboten, und machte die Zurückhaltung des bisherigen Schuljahrs wett, indem sie alle so fest umarmte, dass ihnen beinahe die Luft wegblieb. Nach dem Krippenspiel drückte Miss James immer ein Auge zu. Sie hatte das Gefühl, dass Jesus dafür Verständnis hätte. Sie bestand immer darauf, dass die Lehrkräfte sich nach der Vorstellung unter die stolzen Eltern mischten. Meist machte es Nicky Spaß, vor allem, wenn sie am nächsten Tag alles in ihrer Clique zerpflückten. Aber in diesem Jahr hatte sie das Gefühl, dass es nicht viel gab, worauf sie sich hätte freuen können. Seit langem hatte sie die einfallsreiche Tradition eingeführt, allen Kindern hinter der Bühne eine Tüte mit Süßigkeiten zu schenken, sobald sie fertig umgezogen waren. So brauchten sie nicht stundenlang, um aus ihren Kostümen zu kommen, und die Lehrer kamen vor Mitternacht nach Hause. In diesem Jahr ließ sie die Kinder aber nur widerstrebend gehen, weil der Gedanke, was sie draußen im Saal erwartete, ihr solche Angst machte. Sie umarmte jedes Kind noch einmal herzlich und erzählte ausführlich, was sich in der Süßigkeitentüte befand. Anschließend sammelte sie die Sachen ein, die die Kinder herumliegen ließen, weil sie so sehr darauf brannten, im elterlichen Stolz zu schwelgen, dass sie die Kostüme vergaßen, an denen die Eltern monatelang gearbeitet hatten.

Als der Lärm um sie her abnahm, war sie erleichtert. Ihr fiel erst auf, dass sie allein zurückgeblieben war, als Rob es ihr sagte.

»Hi«, sagte sie, ohne von ihrer Arbeit aufzusehen.

»Was ist los? Du verpasst ja den ganzen Spaß da draußen«, meinte er, lehnte sich an den Garderobenständer und schaute zu, wie sie auf dem Boden kniete und vergessene Habseligkeiten einsammelte. »Ich habe dich gesucht. Drei Eltern haben mich bereits nach dir gefragt. Ich habe ihnen gesagt, dass du dir die Nase puderst.« Er zwinkerte ihr zu.

»Was hast du?« Zum ersten Mal schaute sie zu ihm auf und war plötzlich wütend. »Dir war wohl nicht danach, ihnen zu sagen, dass ich aufräume?«

Er zuckte vage mit den Schultern. »War doch nur Spaß.«

»Wirklich? Das merke ich mir, und wenn Miss James das nächste Mal fragt, wo du bist, sage ich ihr, dass du gerade einen kleinen Quickie mit einer Kollegin hast. Und dann sage ich, es war nur ein Witz.«

Rob kam näher. »He, he, he«, beschwichtigte er. »Was ist denn los?«

Sie stand auf und schlug seine Hand beiseite. »Nichts da, ›he, he, he‹. Den Eltern meiner Schüler zu sagen, dass ich mir die Nase pudere, ist eine abfällige, unprofessionelle und sexistische Verleumdung, besonders, nachdem ich heute Abend auf die Bühne musste, während du … du …«

»He, komm, hör zu. Wir haben gar nichts gemacht … wir haben nur …«

»Das ist mir schnurzegal, und wenn ihr es wie die Hunde auf dem Südeuropapuzzle treibt!«, explodierte sie. »Aber schädige nicht meinen Ruf, nachdem ich raus auf die Bühne musste, nur um deinen zu schützen.«

Er kicherte. »Mann, das war komisch! Du warst wirklich nervös, was? Ich dachte, du fällst in Ohnmacht.«

»Danke«, schrie sie.

»Keine Sorge. Ich glaube nicht, dass jemand es gemerkt hat.«

»Hau einfach ab«, sagte sie und ging hinaus.

An der Tür zum Saal versuchte sie, ihre Fassung wiederzufinden. Als sie Rob nachkommen hörte, ging sie in den Saal und zog ihm die Tür – hoffentlich – vor der Nase zu.

Sobald die Tür sich hinter ihr öffnete, ging sie einfach weiter, ohne recht zu wissen, wohin. Als Lilith ihr über den Weg lief, blieb sie stehen und plauderte mit ihr und Daisy.

Rob stellte sich neben sie. Sie musste sich anstrengen, ihr Lächeln zu behalten, und konzentrierte sich auf das Gespräch, was ihr aber nahezu unmöglich wurde, als Amanda sich ebenfalls zu ihnen gesellte und hinter Rob stehen blieb. Lilith lachte über einen von Robs Scherzen und trat einen kleinen Schritt zurück, vermutlich sogar in der Absicht, sich dichter neben ihn zu stellen. Aber sofort füllte Amanda die Lücke und fiel in ihr Lachen ein.

Als Oscar neben Nicky auftauchte, war sie so froh, dass sie sich praktisch auf den Boden fallen ließ, um auf einer Höhe mit ihm zu sein, und am liebsten an seiner Schulter geweint hätte. Ihre Augen füllten sich sogar mit Tränen, was ihr höchst peinlich war. Aber sie begnügte sich damit, ihn an den Schultern zu fassen und ihm zu sagen, wie stolz sie auf ihn sei. Sie bemerkte, dass jemand hinter ihm stand, und schaute zu Mr Samuels auf, der ebenso feuchte Augen hatte und jünger wirkte als zuvor.

Sie stand auf, nickte ihm zu und ließ Oscar los. Dabei bemerkte sie, dass er dem Jungen die Hand auf die Schulter legte. Ihr sträubten sich die Nackenhaare.

»Das ist mein Dad«, sagte Oscar strahlend. Sie lächelte Oscar an und schaute dann wieder seinen Vater an.

Er reichte ihr die Hand und plapperte sinnlos drauflos, wobei ihr auffiel, dass seine Augen leuchteten, seine Wangen gerötet waren und sich über seinem linken Auge ein blauer Fleck bildete.

»Es war wunderbar«, sprudelte er heraus. »Absolut wunderbar. Ich war noch nie dabei. Ich hatte ja keine Ahnung. Oscar sagte, Sie haben das meiste geschrieben. Wie haben Sie das bloß gemacht? Es war ja so komisch! Sie müssen fix und fertig sein. Ich wette, Sie sind froh, wenn endlich Weihnachtsferien sind!« Er lachte. »Oscar hat jede Sekunde genossen, stimmt's, Osc?«

Oscar nickte glücklich und schmiegte sich an seinen Dad.

»Na, jedenfalls gratuliere ich Ihnen!«, schloss Mark und ließ ihre Hand los.

»Danke«, lächelte sie. »Er war einfach phantastisch. Ein echter Star.«

Sie bemerkte, wie Lilith Daisy zuzwinkerte, und sagte zu dem Mädchen: »Und du, Fräulein, hast ebenfalls hervorragend gesungen. Eine der stärksten Nummern.«

Daisy strahlte.

»Sie haben am Anfang sehr gut gesprochen«, erwiderte Lilith das Kompliment.

Nicky schnitt eine Grimasse und wurde puterrot. »Nein, nein, ich war grauenhaft.«

»Ach, ja«, schaltete Rob sich lautstark ein. »Unsere Miss Hobbs ist ein echter kleiner Feldwebel.«

Amanda lachte zustimmend, als ob das allgemeine Meinung wäre oder sie früher schon mal darüber gesprochen hätten. Nicky ignorierte die beiden und wünschte inständig, dass Rob und Amanda gingen, bevor Mr Samuels über sie herfiel. Als Miss James auftauchte, hätte sie am liebsten die Flucht ergriffen.

»Aha!«, rief Miss James. »Wie ich sehe, haben Sie alle sich bereits kennengelernt.«

Jetzt kommt es, dachte Nicky, nehmen Sie doch einen Pfefferminzkeks und melden Sie sich arbeitslos.

»Wie finden Sie die Neuigkeit?«, fragte Miss James mit vor Aufregung großen Augen.

»Ich habe es ihnen noch nicht gesagt«, erklärte Mark. »Ich wollte es gerade tun.«

»Ach«, sagte Miss James. »Na, dann will ich Ihnen die Überraschung nicht verderben!« Sie zwinkerte Nicky und Rob zu und deutete mit dem Kopf auf Mark. »Sie werden nämlich darauf achten müssen, dass Sie bei ihm gut angeschrieben sind!« Sie sah wieder Mark an. »Na, dann los! Sagen Sie es ihnen! Ich bin gespannt wie ein Flitzebogen.«

Mark schaute Oscar an. »Na, dann mal los! Miss James ist gespannt wie ein Flitzebogen.«

Oscar umarmte lachend seinen Vater und verkündete: »Daddy ist der neue Finanzverwalter der Schule. Er fängt nach den Ferien an. Und wir ziehen näher an die Schule. Und dann gehen wir jeden Morgen zusammen zu Fuß in die Schule.«

Nicky starrte zuerst Oscar und dann Mr Samuels an. Sie war so überrascht, dass ihr nur ganz am Rande auffiel, wie gut ihm das verlegene Grinsen stand.

»Das stimmt.« Er legte den Arm fest um Oscar, der ihn umschlang. »Wie es aussieht, werden Sie mich in Zukunft öfter sehen, fürchte ich.«

»Wow!, rief Amanda und reichte ihm die Hand. »Ich bin Amanda. Miss Taylor. Ich freue mich schon darauf, Sie im neuen Jahr in der Schule zu sehen.«

»Phantastisch, Mann«, meinte Rob und schüttelte ihm zwischen Amanda und Nicky hindurch fest die Hand. »Absolut phantastisch. Sie wissen ja, wie es heißt: Besser spät als nie.«

Nicky schickte sich an, etwas passend Nettes zu sagen, aber da Rob lautstark weiterredete und sie ziemlich müde war, ließ sie es bleiben.

KAPITEL 16

Oscar konnte nicht einschlafen. Einmal war er kurz eingenickt, aber gleich wieder aufgewacht, weil er meinte, er hätte etwas gehört. Er war ein Idiot; er wusste genau, dass es den Weihnachtsmann nicht gab, aber es hatte genauso geklungen, als hätte jemand eine Dachpfanne abgenommen.

Da war es wieder! Und dann bewegte sich etwas auf dem Flur. Es war eindeutig auf dem Flur. Er setzte sich auf und rief nach seinem Dad, um ihn zu warnen, dass er noch wach war. Er wusste nicht, wovor er mehr Angst hatte, einen Fremden auf dem Dach zu hören oder seinen Vater mitten in seinem Zimmer mit einem vollen Kissenbezug zu überraschen. Beide Vorstellungen waren so furchtbar, dass er sich nun schon seit zwei Stunden im Bett hin und her geworfen hatte. War es ihm im vergangenen Jahr Weihnachten auch so gegangen? Er wusste es nicht mehr. Er konnte sich nicht erinnern, je diese seltsame Mischung aus Vorfreude und Angst empfunden zu haben. Wenn es sich so anfühlte, groß zu werden, wollte er es gar nicht.

Er rief noch einmal, bekam aber keine Antwort. Schließlich sprang er aus dem Bett und lief an seine Schlafzimmertür. Langsam öffnete er sie einen Spalt und blinzelte, als das grelle Flurlicht ihn blendete. Nachts war das Haus so fremd, als ob es gar nicht mehr sein Zuhause und sein Dad, der hier wohnte, ein

Fremder wäre. Er konnte es kaum abwarten, dass sie umzogen. Er durfte bestimmen, wo die Möbel hinkamen, und sein Zimmer selbst einrichten. Und er bekam ein eigenes Bad. Da das Haus kleiner war, würde er immer wissen, wo sein Dad gerade war, und er sollte ein Bett bekommen, aus dem man zwei machen konnte, damit Freunde bei ihm übernachten konnten.

Er horchte die Treppe hinunter.

»Dad?«

Stille.

»Dad?«

Er öffnete die Tür vollständig.

»Da-ad!«

Mark erschien in sackiger Schlafanzughose im Flur und versuchte, eine strenge Miene aufzusetzen.

»Hallo, junger Mann«, sagte er. »Um diese Zeit sollten Kinder aber nicht mehr wach sein. Dir ist doch klar, dass der Weihnachtsmann dich umbringen muss, wenn er dich sieht, oder?«

»Dad, das ist nicht komisch«, jammerte Oscar.

Er trottete zu Mark und legte ihm den Kopf an die Brust. Mark liebte Oscar, wenn er nachts um fünf Jahre zurückzufallen schien. Sie blieben eine Weile so stehen.

»So, jetzt komm«, flüsterte Mark schließlich, strich seinem Sohn über das Haar und brachte ihn wieder ins Bett. Oscar schlüpfte unter die Decke, und Mark legte sich neben ihn.

»Worauf freust du dich am meisten, wenn wir umziehen?«, fragte er. Das war ihr Lieblingsspiel. Es hatte ihnen das Warten auf den Umzug verkürzt, und da es jetzt nur noch wenige Wochen waren, bis es so weit war, spielten sie es einfach aus Spaß.

Überhaupt hatten sie inzwischen mehr Spaß miteinander. Die Weihnachtszeit war die schönste seit Jahren. Zum ersten Mal seit Helens Tod hatte Mark das Gefühl, Oscar auch ohne Mutter ein schönes Weihnachtsfest bereiten zu können. Oder dass dieses Fest nicht voller schmerzlicher Erinnerungen sein würde. Er hoffte, dass dieses Gefühl auch noch den nächsten Tag anhielt. Allerdings konnte man nie wissen, wie es einem Weihnachten ging, bevor es so weit war.

Aber in diesem Jahr war er voller Zuversicht. Entspannt. Glücklich, wenn er so sagen durfte. Und das brachte ihn zum ersten Mal, seit er denken konnte, zu der Erkenntnis, dass er vorher nicht glücklich gewesen war. Wahrscheinlich war er also unglücklich gewesen. Eine seltsame Erkenntnis.

Er, Mark Samuels, war wieder glücklich.

Aber sofort stellten sich Schuldgefühle ein. Wie konnte er glücklich sein, wenn Helen tot war?

Zu seiner Verwunderung fand er einen Weg, mit diesen neuen Gefühlen umzugehen. Anfang Dezember besuchte er Helens Grab. Er hatte immer erklärt, er könne Leute, die das taten, nicht begreifen. Ein Grab war nur eine Deponie für verwesende Knochen. Den Geist eines Menschen trug man in seinem Herzen. Wenn Oscar das Grab hatte besuchen wollen, dann hatte er sich immer von Lilith oder seiner Mutter begleiten lassen.

Aber in diesem Dezember ging er mit einem extravaganten Strauß Lilien hin. Sie hatte den Duft von Lilien immer geliebt. Er hatte einige gekauft, die schon blühten, und einige, die noch in der Knospe standen. Albern, das war ihm klar, aber für ihn ergab es durchaus Sinn.

Es war an einem schönen, klaren Wintertag, an dem die Luft sich auf der Haut anfühlte wie ein frischer Kuss und die Sonne wie ein Freund. Er hatte das Gefühl, dass Helen bei ihm war, was ihn gleichzeitig mit Freude und Schmerz erfüllte. Sie hatten eine stürmische, komplizierte Ehe geführt, aber nie an ihrer Liebe gezweifelt. Helen war komplex und geradeheraus gewesen, was ihn vermutlich anfangs zu ihr hingezogen hatte. Ja, sie hatten viel gestritten, vor allem darüber, dass er so viel arbeitete, aber sie war eine wunderbare Mutter und eine unbedingt loyale Ehefrau gewesen. Er hatte sie immer eine Löwin genannt, die ihr Junges gegen alles verteidigte. Bei der Erinnerung musste er lächeln. Das hatte er völlig vergessen.

Nach ihrem Tod war er untröstlich gewesen und hatte sich noch mehr als vorher in die Arbeit gestürzt. Anfangs hatte er gedacht, es würde ihm helfen, und war völlig verdutzt, als er nach einem Jahr einen kleinen Nervenzusammenbruch erlitten hatte und zum Arzt hatte gehen müssen. Wie er dort erfahren hatte, war es nichts Ungewöhnliches, dass Menschen ihre Trauer unterdrückten und sie sich erst später Bahn brach. Er hatte sich zwei Wochen Urlaub genommen – der längste Urlaub am Stück, wenn er keine Reise gebucht hatte – und den ganzen Tag geweint, bis Oscar nachmittags aus der Schule kam. Zu seiner Verwunderung hatte es tatsächlich geholfen. Als er wieder zur Arbeit gegangen war, hatte er zum ersten Mal seit ihrem Tod das Gefühl gehabt, wieder richtig wach zu sein. Dank seiner Freundschaft mit Lilith, Helens bester Freundin, hatte er in den letzten Jahren sein Leben allmählich wieder in den Griff bekommen.

Und nun war er tatsächlich wieder glücklich. Es machte ihn ein bisschen wehmütig. Er war nicht ununterbrochen in Hochstimmung, eher erlebte er im Laufe des Tages immer wieder kleine Höhepunkte, einen gewissen Optimismus, wenn er morgens aufwachte, Vorfreude auf den ersten Espresso des Tages, Wogen der Liebe für seinen Sohn.

Er saß an Helens Grab und las immer wieder die Inschrift, bis statt des stechenden Schmerzes nur noch Buchstaben übrig blieben.

Seitdem verbrachte er möglichst viel Zeit mit Oscar und merkte dabei, dass sein Sohn sein Tonikum war. Nicht Alkohol, nicht Arbeit, nicht das Vergessen. Wenn Oscar glücklich war, dann war er es auch. Wenn Oscar von einem Dad, den er liebte, alles lernte, was er brauchte, um in der Welt zurechtzukommen, war er glücklich. Und wenn Oscar glücklich war, nur weil er mit seinem Dad zusammen sein konnte, war ihm geradezu schwindelig vor Glück. Und das war in Ordnung. Es war mehr als in Ordnung, es war gut. Das Leben war schön. Sie hatten Glück, weil sie einander hatten, weil sie lebten.

Er betrachtete seinen Sohn und empfand etwas zwischen Rührung und Gebet. Oscar lächelte verschlafen neben ihm.

»Ich kann es gar nicht abwarten, mein eigenes Badezimmer zu haben.«

»Und?«

»Und selbst zu bestimmen, wie es renoviert wird.«

»Welche Farbe soll es haben?«

»Grün.«

»Ich dachte, blau.«

»Nein«, gähnte Oscar. »Grün.«

»Dann eben grün. Und was noch?«

»In die Schule zu gehen.« Er gähnte wieder und flüsterte. »Mit dir.«

Mark schlich sich aus dem Zimmer, und als Oscar vier Stunden später aufwachte, sah er am Fußende seines Bettes ein prallgefülltes Kopfkissen. Erleichtert schlief er noch zwei Stunden, und so begann der Weihnachtsmorgen im Haus der Samuels so spät wie noch nie.

Mark hatte recht, in diesem Jahr war Weihnachten tatsächlich ganz anders. Zum ersten Mal gab es auch ohne Helen ein richtiges Weihnachtsessen zu Hause statt bei Freunden, bei Marks Eltern oder in einem teuren Hotel. Mark hatte sich eigens eine Schürze mit einem aufgedruckten Bild des Weihnachtsmanns umgebunden und eine Rauschegoldtiara aufgesetzt, während er gefüllten Truthahn, Würstchen, Rosenkohl, Röstkartoffeln und Pastinaken kochte. Und Oscar war sein Souschef.

Aber noch zwei Dinge waren in diesem Jahr anders. Zum einen bekam Oscar erheblich weniger Geschenke als sonst. Mark hatte sich auf eine kleine Ansprache vorbereitet, um ihm zu erklären, dass sie sich ein bisschen einschränken müssten, aber das war gar nicht nötig, denn die nächste Veränderung war, dass Oscar seine Geschenke kaum beachtete. Er fand die Aussicht viel aufregender, mit seinem Dad zu kochen, abends zusammen mit ihm ein Video anzusehen und am zweiten Weihnachtstag mit ihm in der Stadt ein Märchenspiel zu besuchen. Und der Gedanke an alles, was das nächste Jahr bringen sollte, war für ihn so spannend, dass er völlig vergaß, mit seinen brandneuen Spielsachen zu spielen. Sonst hatte Mark ihn kaum davon wegholen können.

Als sie anfingen, das Gemüse zu putzen, Oscar mit ernster Miene am Küchentisch saß und ein Schälmesser in der Hand hielt, als wäre es König Artus' Schwert, fragte Mark sich, wieso er so lange die Prioritäten falsch gesetzt hatte. Aber dann sagte er sich, dass er einfach den Augenblick genießen und froh sein sollte, es eingesehen zu haben, bevor es zu spät war. Bei diesem Gedanken blitzte Nicky Hobbs' Bild vor seinem inneren Auge auf, und gespannte Erwartung durchzuckte ihn.

Er hielt den Augenblick für günstig, Oscar zu erklären, dass ein teurer Sommerurlaub im nächsten Jahr nicht angebracht wäre, und ihn zu fragen, was er von einem Campingurlaub in Cornwall hielte. Oscars Reaktion war eine weitere Lektion für ihn.

»Camping!«, kreischte er begeistert. »Nur wir beide?« Er ließ das Schälmesser auf den Boden fallen und umarmte seinen Vater stürmisch. »Das ist das schönste Weihnachten aller Zeiten, Dad«, raunte er Mark ins Ohr.

»Ich dachte, dir hätte der Sommerurlaub im Ausland gefallen«, sagte Mark.

»Nur weil ich mit dir zusammen war.« Oscars Stimme klang erstickt.

Mark war sprachlos. Während Oscar sich wieder ans Kartoffelschälen machte, fiel Mark auf, dass in einem amerikanischen Spielfilm nun der Moment gekommen wäre, seinem Sohn zu sagen, wie sehr er ihn liebe. Stattdessen schaltete er ein Kinderprogramm im Fernsehen ein, und sie setzten ihre Essensvorbereitungen bei einer durchwachsenen Mischung denkwürdiger und weniger denkwürdiger aktueller Weihnachtshits fort, wobei Oscar Mark in allen Einzelheiten über seine Lieblingsbands aufklärte.

Mark hatte nach reiflicher Überlegung seine Eltern zu diesem besonderen Weihnachtsessen eingeladen. Weihnachten war schließlich ein Familienfest, und Oscar brauchte so viel Familie wie möglich. Mit seiner Mutter hatte er auch seine Großeltern mütterlicherseits verloren. Da Helens Vater bereits vor ihr gestorben war, hatte Oscar ihn nie kennengelernt. Helens Mutter war nach dem Tod ihrer Tochter nach Neuseeland ausgewandert. Oscar bekam zum Geburtstag und zu Weihnachten einen Scheck von ihr, das war alles. Mark kannte den Grund genau: Oscar war Helen wie aus dem Gesicht geschnitten. Auf Baby- und Kinderfotos sah Helen aus wie Oscar in Mädchenkleidung. Helens Mutter hatte in Neuseeland wieder geheiratet und die Enkel ihres neuen Mannes quasi adoptiert.

Was seine eigenen Eltern anging, so blieb Mark gar nichts anderes übrig, als sie einzuladen. Natürlich liebte er sie, vor allem, wenn er sie begrüßte und sich von ihnen verabschiedete. Dazwischen war es schwierig.

Virginia und Harvey Samuels hatten Helen nie gemocht und immer gefunden, dass ihr einziger Sohn unter Stand geheiratet habe. Als sie bei einem Autounfall starb, waren sie entsetzt. Und da Mark ein Au-pair-Mädchen nach dem anderen engagierte, statt mit einer passenden jungen Frau ganz von vorn anzufangen (schließlich war er doch noch attraktiv, jung und eine äußerst gute Partie), versuchten sie jedes Mal, wenn sie ihn sahen, ihn von einer neuen Heirat zu überzeugen. Als sie damit keinen Erfolg hatten, gingen sie nach einigen Jahren dazu über, ihm jedes Mal, wenn sie ihn sahen, deutlich zu machen, wie enttäuscht sie von ihm waren.

Virginias Gesicht eignete sich dazu hervorragend. Ihre Züge bekamen wie von selbst einen Ausdruck der Enttäuschung. Schon vor Jahrzehnten hatte sie sich die Augenbrauen zupfen lassen und zog sie jeden Morgen in einem hohen, verächtlichen Bogen nach. Ihre Oberlippe war nach unten gezogen, als verkneife sie es sich ständig, ihre Meinung zu äußern, und es bedurfte nur eines Blicks ihrer harten braunen Augen, um jeden vor Schuldgefühlen im Boden versinken zu lassen. Ihr Mann Harvey hatte Marks ebenmäßige, offene Züge, die aber von lebenslangen Schuldgefühlen verhärtet waren.

Bis sie (früh) kamen und Lilith, Daisy und Pat (spät) eintrudelten, hatten Mark und Oscar das Essen fertig und trugen beide die gleichen Jeans und Sweatshirts (schwarz mit der orangefarbenen Aufschrift »Whatever«). Nach dem Essen spielten sie zwei Stunden lang, die Mark wie die längsten seines Lebens erschienen, Scharaden. Nachdem Lilith, Daisy und Pat sich verabschiedet hatten, ging Oscar nach oben, um sein neues Computerspiel zu spielen.

Mark setzte sich bei Pfefferminztörtchen und Portwein mit seinen Eltern zusammen, um ihnen von seiner beruflichen Veränderung zu erzählen.

Er schenkte den Port ein – für sich einen doppelten – und stellte die Pfefferminztörtchen auf die Beistelltischchen. Seine Mutter saß reglos mit steifem Rücken auf der Sofakante, die Knöchel aneinandergepresst, die Hände auf den Knien gefaltet, den Kopf in Erwartung der guten Nachricht leicht schief gelegt wie ein Live-Art-Kunstwerk. Sein Vater lehnte sich mit schweren Lidern und Glas in der Hand im Sessel zurück. Mark wartete, bis er ihnen Port nachschenken konnte.

Schließlich sagte er: »Mum, Dad, ich habe Neuigkeiten für euch.«

Virginia hielt hörbar den Atem an und starrte ihn mit dem eindringlichen Wunsch an, er möge sie glücklich machen.

»Ich bin nicht verlobt«, meinte er schnell, als ihm sein Fehler klarwurde.

Laut seufzend kniff sie die Lippen zusammen. Harvey kippte seinen zweiten Port.

»Also, meine Neuigkeit ist, dass ich gekündigt habe«, erklärte Mark und sprach von Wort zu Wort langsamer.

Diese Eröffnung stieß auf Totenstille, die zu achtzig Prozent aus Schock und zu zwanzig Prozent aus Portwein bestand. Mark schenkte sich noch ein Glas nach.

»Ich habe eine neue Stelle an Oscars Schule«, erzählte er weiter, »ich kann also jeden Tag mit ihm hin und wieder nach Hause gehen und habe in den Schulferien frei.« Er hüstelte. »Außerdem ziehen wir um. Das Haus ist kleiner, aber näher an der Schule. Das bedeutet …«

»Wirst du etwa Lehrer?«, flüsterte seine Mutter.

»Herrgott«, platzte sein Vater heraus und setzte sich zum ersten Mal an diesem Tag kerzengerade hin. »Er hat es mit den Nerven.«

»Nein«, erklärte Mark bestimmt. »Ich arbeite nach wie vor im Finanzwesen. Und ich habe keinen Nervenzusammenbruch.«

»Gott sei Dank«, hauchte seine Mutter. »Jeder hasst Lehrer.«

»Im öffentlichen Finanzwesen?«, hakte sein Vater nach. »Was soll das für ein Finanzfachmann sein?«

»Das ist ein Finanzfachmann, der mehr Zeit mit seinem Sohn verbringen will, Dad.«

»Wieso?«, fragte Virginia. »Was stimmt denn nicht mit ihm? Hat er Probleme?«

»Mein Junge, du bist Partner einer Firma in der City«, erinnerte sein Vater ihn. »Hast du überhaupt eine Ahnung …«

»Nein, ich bin kein Partner der Firma mehr, Dad. Ich

habe nämlich gekündigt. Um mehr Zeit mit Oscar zu verbringen.«

Seine Eltern starrten ihn verständnislos an.

»Also«, setzte Mark noch einmal an.

»Jetzt hör mir mal gut zu«, begann Harvey.

»Ruiniert. Sein. Leben.«, herrschte Virginia ihren Mann im Stakkato an. »Er ruiniert sein Leben. Ganz davon abgesehen, dass er seiner Mutter das Herz bricht.«

»Eigentlich …«, setzte Mark erneut an.

»Ich denke, wir sollten dankbar sein, dass er nicht mit dieser Lilith verlobt ist«, meinte Virginia nun ausschließlich an Harvey gewandt. »Hast du die Ohrringe gesehen, die ihre Mutter getragen hat? Plastikohrringe. *Plastik*ohrringe.«

»Wisst ihr«, erklärte Mark, »ich war sehr unglücklich. Und Oscar auch. Wir haben uns kaum gesehen. Ich war ständig auf der Arbeit.«

»Selbstverständlich«, fuhr sein Vater ihn an. »Du bist schließlich sein Vater. Ich habe dich kaum richtig gesehen, bis du elf warst. Und meinen Vater habe ich überhaupt nie gesehen.«

»Beim Kind zu sein ist Aufgabe der Mutter«, stellte Virginia in bemüht sanftem Ton fest.

»Ja, Mum«, erwiderte Mark nachdrücklich. »Aber Oscars Mutter ist tot, also bin ich für ihn Mutter und Vater.«

»Wenn du wieder heiraten würdest, hätte er eine Mutter«, sagte Virginia klar und deutlich. »Und wahrscheinlich auch Geschwister. Und eine Familie. Und dann bräuchtest du nicht deine Karriere zu opfern.«

»Wir *sind* eine Familie«, entgegnete Mark.

»O nein, das seid ihr nicht«, kam es wie aus der Pistole geschossen von Virginia, »wenn du das glaubst, machst du dir nur etwas vor. Eine Familie, das sind Mutter, Vater und ihre Kinder. Nicht Vater und Sohn und eine endlose Reihe osteuropäischer Haushaltshilfen. Und auch nicht Mutter, Tochter und Großmutter mit Plastikohrringen.« Sie wandte sich an ihren Mann: »Was ist bloß los mit dieser Generation? Hat sie denn gar nichts von uns gelernt?« Wieder richtete sie sich an Mark: »Du hast eine Verantwortung gegenüber der nächsten Generation, und da versagst du, junger Mann. Da versagst du. Ich danke Gott, dass ich tot sein werde, bevor die nächste Generation erwachsen ist.«

Mark seufzte. »Ich habe sogar viel von euch gelernt. Und sei es auch nur aus euren Fehlern.«

»Fehler!«, rief Virginia. »Was … wir haben keine Fehler gemacht! Wir haben alles für dich getan. In den ersten zehn Jahren deines Lebens sind wir keinen einzigen Abend ausgegangen. Wir haben dich kein einziges Mal einer Fremden überlassen.«

»In Ordnung«, sagte Mark. »Aber mir ist einfach klargeworden, dass ich nur eine Chance habe, mit meinem Sohn zusammen zu sein. Und die werde ich nicht verpassen.«

»Du willst also zu Hause herumsitzen wie eine verdammte Frau!«, brüllte sein Vater.

»Nein. Ich werde eine Arbeit haben, die sich mit meinem Sohn vereinbaren lässt.«

Virginia unterbrach die Männer mit scharfer Stimme: »Als ›verdammte‹ Frau kann ich nur sagen, wenn du eine Midlife-Krise durchmachst, Schatz, warum fängst du nicht einfach eine Affäre mit deiner Sekretärin an? Bei deinem Vater hat es geholfen.«

Stille trat ein.

»Was?«, hauchte Mark.

»Gut«, knurrte Harvey und stand auf. »Wir gehen.«

Er holte seine Autoschlüssel aus der Hosentasche und ging aus dem Zimmer.

»Sag Oscar auf Wiedersehen von uns«, sagte seine Mutter und stand auf.

Mark sprang auf und rief Oscar.

Oscar bemerkte nichts von der eisigen Atmosphäre, als seine Oma seine Wange mit ihrer streifte und sein Opa ihm auf die Schulter klopfte. Nachdem sie die Küche aufgeräumt hatten, ging Oscar an den Wohnzimmerschrank und schleppte eine schwere Kiste an den Couchtisch. Dann setzten sie sich auf den Boden, Mark mit seinem Whisky, Oscar mit seiner Schokoladenorange, und öffneten die Kiste. Sie war voller Fotos von Helen: eine erschöpfte Helen mit dem neugeborenen Oscar; Helen und Oscar, die mit dem gleichen Lächeln in die Kamera schauten; Helen, Oscar und Mark im Urlaub (Mark fiel auf, dass er Oscar auf keinem der Fotos berührte). Mark erzählte zu jedem Foto, das Oscar aussuchte, die Entstehungsgeschichte, die der Junge so gut kannte, dass er jede Einzelheit anmahnte, die Mark ausließ.

Dann schauten sie sich noch zusammen ein Video an, bevor sie zu Bett gingen.

KAPITEL 17

Sobald die Schule zu Ende war, verlor die Weihnachtszeit für Nicky ihren Reiz. Sie freute sich zwar auf Weihnachten, weil das eben dazugehörte, verfiel danach aber unweigerlich aus unerfindlichen Gründen in eine deprimierte Lethargie.

Die meisten ihrer Freunde stammten ursprünglich nicht aus London und nutzten die Gelegenheit, in ihre Heimatorte zu verschwinden und die Festtage im Schoß der Familie zu verbringen. *Ein* Mal hatte Nicky Allys Einladung nach Leeds angenommen und erfahren, dass es Schlimmeres gab, als Weihnachten in seiner eigenen kaputten Familie zu verbringen.

Also hatte sie in den letzten Jahren die soziale Wüste der endlosen Woche zwischen Weihnachten und Silvester mit Arbeit gefüllt. Von acht Uhr morgens bis halb vier nachmittags empfand sie diese Geschäftigkeit als beruhigend positiv, aber sobald es dunkel wurde, fühlte sie sich wie eine der Brontë-Schwestern vorzeitig gealtert, übergangen, ungeliebt und in Arbeit versunken, um der schallenden Einsamkeit ihres Lebens zu entfliehen. Dann schaute sie das Nachmittagsprogramm im Fernsehen und aß Schokolade.

Meist waren aber zumindest die Weihnachtstage erfreulich. Sie fuhr immer an Heiligabend zu Claire, Derek und den Kindern und kam erst am zweiten Weihnachtstag wieder nach Hause. Claires Gluckenhaftigkeit und Dereks Langweiligkeit konnte sie ignorieren, weil die Fröhlichkeit ihrer Töchter auf sie abfärbte. Aber da die Mädchen älter wurden und in diesem Jahr nur noch die Jüngste an den Weihnachtsmann glaubte, fand Nicky, dass es nichts Traurigeres gab, als Weihnachten mit einer zynischen Zehnjährigen und einer übersättigten Achtjährigen zu verbringen. Als die Mädchen noch jünger waren, hatte sie sich zudem mühelos vorstellen können, dass es eines Tages Cousinen geben würde, die gemeinsam mit ihnen aufwachsen könnten. Aber als sie nun in Sarah-Jane die junge Frau mit Macht durchbrechen sah und selbst an Abigail erste vorpubertäre Anzeichen bemerkte, kam sie an dem Gedanken nicht mehr vorbei, dass die Mädchen vielleicht nie Cousins und Cousinen haben würden. Oder, falls doch, dass sie eher zu horrenden Kursen babysitten als mit ihnen spielen würden. Je älter ihre Nichten wurden, umso mehr fühlte sie sich als Außenstehende und nicht mehr als Teil ihrer Familie.

Vielleicht setzte deshalb Nickys deprimierte Lethargie in diesem Jahr früher ein als sonst. Am zweiten Weihnachtstag fuhr sie unter einem Vorwand gleich nach dem Frühstück nach Hause. Als sie die Treppe in ihrer Wohnung hinaufging und die Wintersonne, die durch die Fenster schien, eine helle, luftige und friedliche Atmosphäre verbreitete, atmete sie erleichtert auf. Vielleicht sollte sie weniger Zeit mit der Familie ihrer Schwester verbringen. Vielleicht war es an der Zeit, sich ein bisschen anders zu orientieren.

Als Claire am Nachmittag des zweiten Weihnachtstags anrief, klammerte sie sich an den Anruf wie ein Alkoholiker mit Kater an den ersten Schluck des Tages.

»Wie geht's?«, fragte Claire.

»Ach, ganz gut«, sagte Nicky. »Und dir?«

»Fix und fertig. Die Kinder vermissen dich – ich rede mit Tante Nicky. Geht weg.«

Nicky hörte Abigail im Hintergrund quengeln.

»Was habe ich gerade gesagt?«, fragte Claire ihre Tochter. »Ich rede mit Tante Nicky. Geht weg.«

Nicky hörte Abigail nach oben stapfen. Eines Tages würde sie sich eine Katze holen, nicht weil sie eine Katze wollte, sondern damit sie jemanden hatte, mit dem sie während der Telefonate mit ihrer Schwester reden konnte.

»Also«, redete Claire weiter. »Hast du am dreißigsten Dezember schon was vor? Am Abend vor Silvester?«

»Ja«, antwortete Nicky munter, »ich mache eine Expedition auf den Mount Everest. Wir sind zu mehreren und wollen da oben das erste Internet- und Strickcafé mit jeder Menge neuer Kaffeesorten aufmachen. Wir finden, das ist der ideale Ort für ein Fucaccino.«

Eine Pause folgte.

»Nach oben, habe ich gesagt«, brüllte Claire und fragte dann: »Was hast du gesagt? Hier hat man keinen Augenblick Ruhe.«

»Ehm, nein«, seufzte Nicky ins Telefon. »Ich habe am dreißigsten Dezember noch nichts vor.«

»Wunderbar! Derek und ich planen einen reinen Erwachsenenabend. Keine Kids, schicke Kleider, gepflegte Unterhaltung, tolle Musik im Hintergrund und richtig gutes Essen. Was hältst du davon?«

Nicky verspürte einen Funken Hoffnung. »Klingt toll. Danke.«

Und so klingelte Nicky am Abend vor Silvester, nachdem sie sämtliche Arbeiten für die Schule erledigt hatte, voller Zuneigung für ihre Schwester und einer annähernd freundlichen Einstellung zu ihren

Mitmenschen in schickem Kleid und High Heels mit einer Flasche Sauvignon Blanc im Arm bei Claire. Ein Fremder öffnete die Tür, ein Mann, der etwa zehn Jahre älter war als sie.

»Hi«, rief er. »Du musst Nicky sein.« Er musterte sie anerkennend von oben bis unten und trat beiseite, um sie hereinzulassen. Dann reichte er ihr die Hand. »Ich bin Don. Ich habe schon viel von dir gehört.«

Während er Nicky wabbelig die Hand schüttelte, rief Claire einen Gruß aus der Küche, und Derek kam in die Diele. »Aha! Wie ich sehe, habt ihr beiden euch schon bekannt gemacht.« Er strahlte sie huldvoll an wie ein Pate am Taufbecken. Und so begann der höllische Abend.

Zuerst gab es Häppchen im Wohnzimmer, wobei Claire und Derek hin und her liefen, Wein einschenkten, in der Küche das Essen zubereiteten und ihre Zweisamkeit mit Neckereien und so reichlichem Körperkontakt zur Schau stellten, dass sich Nicky die Zehennägel kräuselten.

Währenddessen fragte Don Nicky über ihren Beruf aus und gab amüsante Anekdoten zum Besten, um zu demonstrieren, wie sehr er Kinder, Haustiere und seine Mutter liebte. Ehrlich gesagt, war an dem Mann nichts Konkretes auszusetzen, was Nicky auf die Frage brachte, ob das wohl der Grund war, weshalb Claire Dereks Antrag angenommen hatte.

Nach einer Ewigkeit führten sie Nicky und Don ins Esszimmer, wo zum zweiten Mal in diesem Jahr der gedeckte Tisch mit roten Kugeln und passenden Servietten dekoriert war. Don und Nicky saßen einander gegenüber, während Claire und Derek wieder hin und her liefen, das Essen auftrugen, in der Küche nach dem Rechten sahen, eine weitere Flasche Wein öffneten, sich neckisch kniffen, wenn sie sich in der Tür begegneten, und Nickys Magen sauer reagierte.

Als Derek die Vorspeisen brachte, stellte Claire zwei Knoblauchbaguettes auf den Tisch, setzte sich und rief unvermittelt: »Ach, das habe ich ja ganz vergessen! Nicky! Das rätst du nie. Den Film, der dir so gefallen hat, fand Don auch ganz toll.«

Alle schauten Nicky an.

»Wirklich?«, sagte sie und wandte sich an ihn. »Lass uns heiraten!«

Es folgte eine Pause, bevor Claire sich gebärdete wie ein verschrecktes Pferd, das zu lachen versuchte. Die Männer fielen ein.

»Siehst du? Was habe ich dir gesagt«, zwinkerte Derek Don zu. »Boshafter Humor. Absolut erstaunlich. Die Kids schwören auf sie.«

Don gestand ihr über Mozzarella mit Tomaten hinweg: »Ich liebe Ken Loach. Ich liebe seine …« Er überlegte: »Seine wunderbare Trostlosigkeit.« Er ließ den Satz in der Luft hängen, als wolle er ihr Zeit geben, ihn auf sich wirken zu lassen, bevor er fragte: »Was ist dein Lieblingsfilm von Loach?«

Nicky bedachte ihn mit einem stahlharten Blick. »Ehm, war *American Pie* nicht auch von ihr?«

Don und Derek lachten wie Maschinengewehrfeuer. Nur Höflichkeit hielt Nicky davon zurück, ihnen das Baguette in den offenen Mund zu stopfen. Nach einer halben Stunde ging sie in die Küche, wo Claire gerade das Roastbeef aus dem Backofen holte.

Claire schaute strahlend vom Braten auf, doch als sie Nickys Miene sah, schwand ihr Lächeln.

»Was machst du bloß?«, zischte Nicky.

Claire starrte auf den Braten. »Meinst du, er braucht noch länger? Ich möchte nicht, dass er zäh wird.«

Nickys Muskeln spannten sich ruckartig an. Sie entdeckte die Flasche Wein, die sie mitgebracht hatte, riss die Schublade auf, in der der Korkenzieher lag, und machte sich mit vor Wut zitternden Händen daran, die Flasche zu öffnen.

»Gib ihm doch eine Chance«, flüsterte Claire ihrer Schwester von hinten zu. »Nie gibst du jemandem eine Chance.«

Nicky wirbelte herum und zeigte drohend mit dem Korkenzieher auf ihre Schwester.

»Wann habe ich jemals zu dir gesagt, wenn ich doch bloß einen Mann finden würde, der Ken Loachs wunderbare Trostlosigkeit mag, dann wäre mein beschissene Leben endlich lebenswert? Wann?«

»Ich …«

»Wann?«

Claire wischte sich Nickys Spucke von der Wange und sagte langsam und betont: »Ich versuche dir nur zu helfen.«

»Helfen!«, explodierte Nicky. »Helfen!«

»Wer braucht Hilfe?« Don lehnte lässig grinsend am Türrahmen.

»Ich«, quietschte Claire.

Nicky drehte sich mit breitem Lächeln zu ihm um. »Es tut mir so leid, Dan …«

»Don.«

»… aber mir ist plötzlich eingefallen, dass ich … den Wasserkessel nicht ausgeschaltet habe.« Mit der Flasche in der Hand stürmte sie an ihm vorbei aus dem Haus.

Zwölf Stunden später, am Silvestertag, hatten die beiden Schwestern noch immer nicht miteinander telefoniert. Nicky würde Claire gewiss nicht anrufen. Sie war nur froh, dass sie sämtliche Arbeiten für die

Schule schon erledigt hatte, denn nach dem vorigen Abend war sie nicht in der Lage, etwas zu tun.

Sie konnte sich auch nicht auf die Silvesterparty mit dem Kollegium freuen. Normalerweise hätte sie sich mit Ally und Pete amüsiert und harmlos mit Rob geflirtet. Aber kurz vor den Ferien hatte sich eindeutig abgezeichnet, dass Rob mit Amanda zu der Party kommen und sie auch mit ihr gemeinsam wieder verlassen würde. Die beiden waren inzwischen offiziell zusammen. Und Ally hatte angewidert verkündet, sie bleibe nach Weihnachten noch eine Woche bei ihrer Familie in Leeds und käme zum ersten Mal nicht zu der Silvesterparty. Später hatte sie Nicky erklärt, dass sie sich am Silvesterabend von dieser spinnenhaften Hexe nicht bemitleiden lassen wollte.

Nicky beschloss, sich erst spät auf der Party blicken zu lassen, in der Hoffnung, dass Pete bereits da war.

Gwens Reihenhaus lag in einer hübschen Allee nicht weit der Schule. Es hatte echten Eichenboden in der Diele, ein echtes Kohlenfeuer im offenen Kamin und überall echte Pfefferminztörtchen. Als Nicky über jeder Tür einen Mistelzweig entdeckte, nahm sie sich vor, nicht darunter stehen zu bleiben.

Sie stieß die Küchentür auf und lächelte alle zur Begrüßung an. Nachdem sie sich fieberhaft umgesehen hatte, stellte sie fest, dass rein niemand da war, den sie sonderlich mochte. Offenbar kam Pete gar nicht.

Abgesehen von Rob, Amanda, Ally und Pete hatte sich das gesamte Kollegium strahlend und mit Rauschegold behängt in Gwens Küche versammelt. Es war vertraut und surreal zugleich. Sie fand sich mit Ned und seiner Frau neben der Gartentür in der Küche wieder und fing eine engagierte Diskussion über die Kunst der Pausenbrote an.

Um fünf vor zwölf wurde ihr klar, dass sie aus der Küche verschwinden musste, wenn sie das neue Jahr nicht mit Gesprächen über Marmite einläuten wollte. In Panik murmelte sie, ihr sei heiß, riss die Gartentür auf, flüchtete in die Nachtluft und zog die Tür fest hinter sich zu. Es war stockfinster, aber erstaunlich mild. Sie ging so weit in den handtuchgroßen Londoner Garten, bis sie hoffte, dass sie von der Küche aus nicht mehr zu sehen war, seufzte tief und musste plötzlich lachen.

»Hallo«, rief eine bekannte Stimme hinter etwas, was nach einem hohen kahlen Baumstamm aussah.

»Wir sind hier drüben«, sagte Rob und kam hinter dem Schatten hervor, der sich als Amanda herausstellte.

»Ach! Lasst euch nicht stören«, bat Nicky und wich zurück.

»Sei nicht albern«, meinte Rob und kam ihr nach. »Schön, dich zu sehen! Du störst überhaupt nicht.«

Am liebsten hätte Nicky laut geschrien. Wieso waren Pärchen immer so herablassend? In Wirklichkeit hatten die beiden doch Nickys Einsamkeit gestört.

Rob und Amanda waren inzwischen näher gekommen, und Nicky konnte im Licht der Küche sehen, wie Amanda ihr verschmiertes Make-up zurechtwischte und ihren BH-Träger über ihre knochige Schulter hochschob.

»Wo ist Pete?«, fragte Nicky rundheraus.

»Er kommt nicht.«

»Wieso nicht?« Sie war empört.

Rob zuckte mit den Schultern. »Er sagte, er hätte dieses Jahr keine Lust dazu. Wie lange bist du schon hier?«

»Im Garten? Etwa zwei Sekunden«, antwortete Nicky.

Rob lachte wie besessen.

»Nicht hier im Garten«, stellte Amanda klar und schmiegte den Kopf an Robs Schulter. »Auf der Party.«

»Ach so«, sagte Nicky. »Etwa fünfzig Jahre. Ich habe mich mit Ned unterhalten.«

Rob prustete laut, was Nicky vermuten ließ, dass er betrunken war.

»Und wer ist sonst noch da?«, fragte Amanda.

»Keine Ahnung«, antwortete Nicky. »Ich bin innerhalb von Sekunden ins Koma gefallen.«

Sie hasste Amanda. Nur ihretwegen war Ally nicht hier.

»Ist dieser tolle neue Finanzverwalter …«, setzte Amanda an, als gedämpfter Jubel von drinnen sie unterbrach. Nicky schaute in die Küche und sah, dass alle sich umarmten.

»Tja«, sagte sie und rang sich ein grimmiges Lächeln ab. Das war das schlimmste Neujahr ihres Lebens. »Frohes neues Jahr, Leute«, rief sie.

»Jaaaa«, brüllte Rob, stolperte vor und umarmte Nicky lange und fest. Sie wusste nicht, was sie mehr wunderte, dass Rob sie umarmte oder dass Amanda ihn buchstäblich von ihr fortriss. »Frohes neues Jahr, Nicky«, sagte er.

»Eigentlich wollten wir gerade gehen«, erklärte Amanda verkniffen.

»Ja, ich denke, ich gehe wohl auch«, erwiderte Nicky, die plötzlich müde war.

»Für Pärchen ist das anders«, gestand Amanda augenzwinkernd. »Die haben am Silvesterabend anderes vor, wenn du weißt, was ich meine.«

»Ach, verstehe.« Nicky wandte sich an Rob. »Dann also wieder ans Scrabble.«

Rob grölte vor Lachen. Nicky erlaubte sich ein verlegenes Lächeln. Amanda schaute sie zuerst hasserfüllt, dann mitleidig an und zog Rob energisch in die Küche. Nicky blieb reglos im Garten stehen und dachte über ihr armseliges Leben nach.

Plötzlich tauchte Rob wieder auf und drückte sie zu ihrer Verwunderung an die Wand.

»Hör gut zu«, sagte er, ohne zu nuscheln, »wir haben nicht viel Zeit. Sie kann blitzschnell pinkeln.«

»Was?«

»Nimm mich einfach nur in den Arm«, bat er und umarmte sie stürmisch. »Frohes neues Jahr, Nicky. Ich liebe dich wie verrückt.«

Als die Küchentür aufging, sprang Rob zurück, als stünde seine Unterhose in Flammen, und strahlte wie besessen in Richtung Tür.

»Hi, Schatz«, platzte er heraus.

Traurig musterte Nicky ihn und schaute ebenfalls schuldbewusst, obwohl sie keinerlei Grund dazu hatte, zur Tür. Statt Amanda stand dort Mark Samuels.

»Ach, Gott sei Dank«, lachte Rob. »Wir dachten, es wäre – hi, Schatz!«

»Hi«, sagte Amanda hinter Mark. Sie starrte von Nicky zu Rob und fragte in einem Ton, der Milch sauer werden lassen konnte: »Du hast wohl schon angefangen, was?«

»Hahahaha!« Rob rieb sich die Hände. »Die meint die guten Vorsätze fürs neue Jahr!«

Nicky musterte die beiden stirnrunzelnd.

»Gut!«, erklärte Rob. »Wir gehen dann mal nach Hause. O ja! Ab nach Hause!« Obwohl Rob einen guten Schritt von Nicky entfernt stand, sah er immer noch aus wie das personifizierte schlechte Gewissen. Und sie stand mit verschränkten Armen an der Wand wie ein Teenager, der gerade seinen ersten verbotenen

Knutschfleck bekommen hatte. Ihr wurde das alles zu kompliziert. Am liebsten hätte sie wieder über Pausenbrote geredet.

Da sie weder Rob noch Amanda in die Augen schauen konnte, warf sie einen verstohlenen Blick auf Mark. Er sah sie mit leicht gehobenen Augenbrauen an. Plötzlich stieß Amanda hinter ihm ein sexy Lachen aus und deutete auf den Mistelzweig über seinem Kopf. Dann landete sie einen schmatzenden Kuss auf seinem Mund und zog ihn an sich. Sobald sie Luft geholt hatte, sah sie Rob an und erklärte heiser: »So, das ist ein Vorsatz fürs neue Jahr.«

Lachend sagte Rob zu Mark: »Frohes neues Jahr, Mann.«

»Danke, ebenfalls«, antwortete Mark leise und schaute Nicky an. Ihr Inneres geriet in Flammen. Er blickte unsicher in die Runde und verschwand in der Küche.

»Was zum Teufel macht er denn hier?«, flüsterte Nicky Rob und Amanda zu.

Amanda stellte sich neben Rob.

»Gwen hat ihn beim Krippenspiel eingeladen. Er ist doch jetzt ein Kollege. He! Vielleicht sollten wir versuchen, dich mit ihm zu verkuppeln, Nicky.«

»Hahahaha«, lachte Rob und schob Amanda vor sich her in die Küche.

Nicky blieb noch eine Weile im Dunkeln stehen und fragte sich, was das alles zu bedeuten hatte.

Als sie wieder ins Haus ging, räumten Gwen, ihr Mann und Marthas Freund bereits die Küche auf. Sie verabschiedete sich, und Gwen begleitete sie zur Tür. Dort unterhielt sich Mark mit Martha, die völlig betrunken an der Wand lehnte und offensichtlich ohne diesen Halt schon auf dem Boden gelegen hätte.

Mark warf Nicky einen flüchtigen Blick zu, schaute aber mit kühler Verachtung weg, sobald ihre Blicke sich trafen.

»Ich fürchte, Sie haben den besten Teil der Party verpasst«, entschuldigte Gwen sich bei Mark. »Die meisten müssen wegen der Babysitter kurz nach Mitternacht nach Hause.«

»Ach, verstehe«, sagte Mark lächelnd. »Ich bemühe mich immer, zum Jahreswechsel mit Oscar zusammen zu sein.«

»Aaaa«, seufzte Martha und schaute ihn verträumt an. »Ist das nicht schön?«

»Ja«, antwortete Gwen zwinkernd, »es gibt nichts Schöneres als einen liebevollen Dad.«

»Ich finde das ja einfach nur schön«, meinte Martha, »Nicky, findest du das nicht auch schön?«

»Ja«, erwiderte Nicky. »Und das Schönste ist, dass er es nur einmal im Jahr tun muss.«

»Na ja«, wandte Mark ein. »Eigentlich ist es ganz eigennützig von mir. Ich möchte einfach mit ihm zusammen sein.«

Martha seufzte erneut. »Habt ihr das gehört? Habt ihr das gehört? Ach, das ist ja so schön!«

»Sie müssen Martha entschuldigen«, warf Nicky ein. »Sie unterrichtet die Vorschulklasse und ist es gewohnt, alles zu wiederholen.«

»Wisst ihr was«, flüsterte Martha plötzlich, »ich hab Amanda und Rob zusammen weggehen sehen.«

Sie zwinkerte ganz langsam und dramatisch mit beiden Augen.

»Martha!«, rief Gwen. »Du bist wirklich nicht auf dem Laufenden! Sie gehen doch schon eine Weile miteinander. Da hat die arme Nicky ihre Chance verpasst. Es sei denn, dass die Gerüchte stimmen und er sich nur mit ihr über Nicky hinwegtrösten will.« Alle starrten Nicky an.

Nicky hatte keine Ahnung, was sie darauf sagen sollte. »Tja, es ist Zeit, dass ich gehe.«

»Ooooh.« Martha legte den Finger auf ihre Lippen. »Dreiecksbeziehung, was? Mehr sag ich nicht. Mehr sag ich nicht.«

Nicky täuschte ein Gähnen vor. »Vielen Dank, Gwen. Es war ein schöner Abend.«

»Ich habe dich kaum gesehen«, antwortete Gwen. »Du warst die ganze Zeit im Garten, oder?« Sie zwinkerte ihr zu. »In deiner netten kleinen Dreiecksbeziehung?«

»Nein, war ich nicht«, stellte Nicky richtig. »Ich war in der Küche und habe mich stundenlang mit Ned unterhalten.«

»Ach, ja?«, fragte Gwen überrascht. »Wo war denn seine entzückende Frau? Sieht Ned gar nicht ähnlich, sich von Theresa zu trennen. Mensch, Nicky, was hast du bloß für eine Wirkung auf Männer, die in festen Händen sind?«

»Du hast völlig recht, Gwen«, fiel Martha ein. »Das sieht Ned überhaupt nicht ähnlich. Hast du ihn auf Abwege geführt? Wo war denn seine entzückende Frau?«

»Sie war bei ihm«, sagte Nicky und fragte sich, ob sie zu laut wurde. »Sie war bei ihm und mir! Wir haben über Butterbrote geredet. Den ganzen Abend.«

»Klingt spannend«, meinte Mark grinsend.

Sie starrte ihn an, bevor sie Gwen auf die Wange küsste und sagte: »Danke für den netten Abend, Gwen. Du hast dich mal wieder selbst übertroffen. Ein gutes neues Jahr. Bis nach den Ferien. Tschüs, Martha.«

Sie ging hinaus, ohne sich noch einmal umzusehen.

KAPITEL 18

Nicky begrüßte den Neujahrstag mit einem großen Becher Kaffee und einem noch größeren Stück Bioschokolade. Anschließend setzte sie sich vor den Fernseher, um vorerst nicht wieder aufzustehen.

Es war halb zehn, und Claire hatte immer noch nicht angerufen. Nicky hatte auf keinen Fall vor, sich bei ihr zu melden, nur um sich wieder herablassend behandeln zu lassen. Sie würde sich den ganzen Tag im flauschigen Schlafanzug herumlümmeln, Mist essen und Mist im Fernsehen gucken. Es hatte etwas herrlich Dekadentes, zu faulenzen, wenn man es nur einmal im Jahr tat.

Gerade hatte sie es sich auf ihrem Sofa gemütlich gemacht, als es an der Haustür klingelte. Widerstrebend schaltete sie den Fernseher auf stumm, trottete in den Flur und wartete. Es klingelte wieder.

»Ich bin's«, rief Claire durch den Briefschlitz. »Lässt du mich rein, oder müssen wir das durch die Haustür klären?«

Nicky überlegte einen Moment, bevor sie hinunterstapfte und die Tür öffnete. Die Schwestern starrten sich an. Nickys erster Gedanke war, dass Claire allmählich alt wirkte. Unter ihren Augen hatte sie dunkle Tränensäcke.

»Und«, fragte Claire schließlich, »lässt du mich rein?«

Nicky öffnete weit die Tür und trat beiseite, um

Claire hereinzulassen. Dann folgte sie ihr in die Küche, wo Claire sich abrupt umdrehte.

»Ich musste Derek mit den Kindern allein lassen, um herzukommen«, erklärte sie vorwurfsvoll.

Nicky schaute sie verwundert an. »Gut, dann will ich mich bemühen, euch nicht zu enttäuschen.«

Claire ignorierte sie und ließ sich unvermittelt auf einem Barhocker nieder, als sei sie zu müde und aufgewühlt, sich zu streiten.

»Also, du magst Zeit haben, den ganzen Tag im Schlafanzug fernzusehen«, meinte sie, »aber ich nicht. Was zum Teufel ist eigentlich los?«

Nicky stutzte. »Vielleicht sehe ich das ja falsch, aber aus deinem Ton schließe ich, dass du mir die Schuld gibst.«

»Allerdings.«

»Hmm«, machte Nicky.

»Was soll das heißen?«

»Es heißt, dass ich das interessant finde, weil ich nämlich nur dich dafür verantwortlich mache.«

»Bin ich etwa einfach vom Essen weggelaufen?«, brüllte Claire. »Habe ich einen sehr netten Freund von uns beleidigt? Habe ich deine Gefühle verletzt, nachdem du dir alle Mühe gegeben hast, einen schönen Abend zu gestalten?«

»Schön?«, explodierte Nicky, dass Claire mit einem erschrockenen Quietschen auffuhr.

»Du herablassende ...«, setzte Nicky an.

»Was?«, kreischte Claire. »Herablassend? Was soll das jetzt wieder heißen?«

Nicky legte den Kopf schief. »Das heißt, jemanden von oben herab behandeln«, erläuterte sie leise.

»Wieso war ich herablassend?«, brüllte Claire. »Ich habe doch bloß versucht zu helfen.«

Nicky hatte Mühe, ihre Stimme zu beherrschen. »Hast du eigentlich eine Ahnung, wie beleidigend du vorgestern Abend warst? Und wie beschissen ich mich dabei gefühlt habe?«

»Beleidigend?«, explodierte Claire. »Ich habe ein köstliches Essen gekocht und jemanden eingeladen, von dem ich dachte, dass du ihn mögen würdest. Was ist daran beleidigend, verdammt noch mal?«

»Beruhige dich«, sagte Nicky. Sie kochte eine Kanne Tee, holte zwei Becher und schenkte ein. »So, und jetzt erkläre mir mal ganz ehrlich, warum du mir nicht gesagt hast, dass du Don eingeladen hast.«

»Weil ich genau wusste, dass du dann nicht kommen würdest!«

Nicky nickte. »Genau! Weil du nämlich denkst, du wüsstest im Gegensatz zu mir, was gut für mich ist.«

»Nein, weil du so verdammt stolz bist.«

»Klar!«, blaffte Nicky. »Immer bin ich schuld. Es ist allein meine Schuld, dass mein Leben nicht so ist wie deins.«

»Was?«

»Wie würde es dir wohl gefallen, wenn ich es mir zur Mission machen würde, dir einen Job zu suchen, weil du armes Ding es nicht geschafft hast, dir selbst einen zu suchen?«

Claire schaute ihre Schwester an, als sei sie nun endgültig im falschen Film gelandet.

»Wie würde es dir gefallen, wenn ich zu jedem Treffen mit dir Bewerbungsformulare für eine Lehrerstelle mitbringen und dich drängen würde, dich zu bewerben?«

»Was?«

»Wenn ich darauf bestehen würde, dass du mich in der Schule besuchst, weil ich viel zu beschäftigt bin mit meiner ach so wichtigen Karriere und du ja jede Menge Freizeit hast, weil du ohnehin nicht arbeitest? Und während du mir beim Unterrichten zusähest, würde ich meine Chefin kommen lassen, euch mit dem Taktgefühl einer läufigen Hündin miteinander bekannt machen und ihr in deiner Gegenwart deinen Lebenslauf ausbreiten, als ob du nicht für dich selbst sprechen könntest?«

Claire atmete keuchend.

»Und jedes Mal, wenn du mir sagen würdest, ich solle mich um meinen eigenen Kram kümmern, würde ich deine Persönlichkeit kritisieren und dir sagen, es sei deine Schuld, dass du keinen Job hast«, malte Nicky weiter aus.

Claire starrte sie an.

Nach einer Pause fragte Nicky ruhiger: »Was glaubst du wohl, was das mit deiner Selbstachtung anstellen würde? Wenn ich ständig, jahrelang, auf dich einhacken würde, dass dein Leben beschissen wäre, weil es nicht so wäre wie meins, und du bräuchtest nur deinen Charakter zu ändern, um so zu werden wie ich, dann wäre alles in Ordnung?«

»Schon gut«, krächzte Claire. »Hör auf. Hör bloß auf.«

Nicky starrte ihre Schwester an und sah, dass ihr eine Träne über die Wange lief.

»Was ist los?«, fragte sie verwundert. »Wieso weinst du?«

»Ich habe mein Leben weggeworfen«, murmelte Claire.

Nicky wurde bleich. »Wie kannst du so was sagen. Du hast drei wunderbare Töchter.«

»Aber was ist mit mir?« Claire schlug sich mit der Faust an die Brust und wischte sich die nassen Augen mit dem Handrücken ab. »Ist dir je in den Sinn gekommen, dass ich dich um deine Karriere beneiden könnte?«

»Nein«, erwiderte Nicky verwundert und hob den Teebecher an ihren Mund. »Keine Sekunde lang. Worauf solltest du schon neidisch sein?«

Claire schloss die Augen und flüsterte: »Ich muss Derek um Geld bitten.«

Nicky starrte ihre Schwester fassungslos an. »Was? Habt ihr denn kein gemeinsames Konto?«

Claire schüttelte den Kopf. »Nein. Er hat einen monatlichen Dauerauftrag für mein Haushaltsgeld eingerichtet. Den hat er seit zehn Jahren nicht mehr erhöht. Wenn ich mehr benötige, weil die Mädchen vielleicht neue Schuhe brauchen oder ich mir mal was gönnen möchte, muss ich ihn darum bitten. Aber wenn er sich ein neues Auto kaufen will, tut er es einfach. Und seinen Jahresbonus gibt er nur für sich aus. Er sagt, es ist sein Bonus, den hat er sich verdient. Er hat es zwar nie gesagt, aber ich weiß, dass er sich für was Besseres hält, weil er arbeitet und ich nicht.«

»Aber du arbeitest doch«, wandte Nicky ein. »Du ziehst seine Kinder groß. Und das machst du phantastisch. Die drei werden die zukünftige Weltspitze.«

»Das kann doch jeder.«

»Jeder außer Derek«, entgegnete Nicky. »Er kann sich ohne Gebrauchsanleitung doch nicht mal die Schuhe zubinden.«

Claire seufzte. »Eigentlich hatte ich immer gedacht, ich würde einen Beruf ergreifen. Das war für mich völlig selbstverständlich. Stattdessen sehe ich dieses Leben allmählich wegdriften. Und je weiter es wegrückt, umso unwahrscheinlicher wird es, dass ich es je bekomme.«

Plötzlich traten Nicky Tränen in die Augen.

»Was ist?«, flüsterte Claire.

Nicky schüttelte den Kopf und wartete, bis die Gefühlswallung sich gelegt hatte.

»Ich weiß genau, wie du dich fühlst«, schniefte sie. »Es ist schrecklich.« Plötzlich spulte sich vor ihrem inneren Auge im Zeitraffer ein Film ab, in dem sie Rob in ihr Bett und ihr Leben ließ, ihn ein Jahr später heiratete, drei Kinder bekam und Barbie-Kuchen buk, während im Hintergrund eine Frauensendung lief.

»Aber für dich ist es doch noch nicht zu spät«, sagte Claire. »Du bist noch jung.«

»Du doch auch! Jede Menge Frauen kehren in deinem Alter wieder zurück in den Beruf.«

Claire schüttelte den Kopf. »Ich habe Angst. Ich habe seit zehn Jahren keinen Chef mehr gehabt.«

»Nein, du hattest Derek! Und drei Tyrannen! Danach findest du jeden Chef ein Zuckerschlecken. Chefs sind auch nur Menschen in schicken Klamotten.«

Beiden ging anscheinend gleichzeitig die Energie aus. Stillschweigend begruben sie ihren Streit.

»Wieso haben wir eigentlich das Gefühl, dass wir nicht beides haben können?«, fragte Nicky. »Da draußen sind jede Menge Frauen mit Beruf und Familie. Es ist schwer, aber sie schaffen es. Wie kommt es, dass wir beide offenbar das Gefühl haben, beides schließe sich gegenseitig aus?«

»Keine Ahnung«, antwortete Claire. »Vielleicht haben Mum und Dad uns auf diese Rollen festgelegt.«

»Haben sie das gemacht?«, fragte Nicky leise und versuchte, sich ihre Mutter und ihren Vater gemeinsam vorzustellen, sah sie aber nur schemenhaft in ihrer alten Küche.

»Ja.«

»Ich kann mich nicht mehr daran erinnern.«

»Na ja, ich habe sie vermutlich länger erlebt.«

Nicky empfand einen Anflug von Neid. »Wie meinst du das, dass sie uns auf diese Rollen festgelegt haben?«

Claire zuckte mit den Schultern. »Du hast mit Puppen gespielt, ich nicht. Es war alles und nichts. Sie sagten, du würdest mal eine Mutter und ich würde Karriere machen. Ich hatte immer das Gefühl, dass sie mich kritisierten«, überlegte Claire, während Nicky schweigend dasaß. »Ich glaube, ich hatte immer das Gefühl, dass es zwei Lebensweisen sind, die sich ausschließen. Und dann lernte ich Derek kennen und heiratete jung. Und ehe ich mich's versah, hatte ich drei Kinder. Ich hatte deine Rolle, während du die glänzende Karriere machtest.«

Leise sagte Nicky mit einer Stimme, die nicht wie ihre eigene klang: »Manchmal, wenn ich dich bei dir zu Hause mit den Mädchen sehe, habe ich das Gefühl, dass ich keine Kinder haben darf, weil du sie bereits hast.«

Claire wurde blass. »Das ist schon sehr, sehr komisch. Denn ich habe das gleiche Gefühl umgekehrt. Du hast den Beruf. Darum muss ich mich mit den Kids begnügen. Versteh mich nicht falsch«, fügte sie hastig hinzu. »Ich liebe sie. Aber manchmal habe ich den Eindruck, dass ich ihr Leben lebe, nicht meins.«

»Und du hast deinen Mann«, räumte Nicky ein.

»Erinnere mich nicht daran«, murmelte Claire, »für heute habe ich genug geheult.«

KAPITEL 19

Marks Wecker klingelte und brachte ihn auf Trab. In fünf Minuten war er geduscht, hatte sich ein Handtuch um die Hüften gebunden und klopfte an Oscars Zimmertür, die gleich neben seiner war.

»Okay«, rief Oscar lachend.

Zehn Minuten später trafen sie sich unten in der Küche.

»Gut«, sagte Mark mit einem Blick auf die Uhr, die an der Wand der neuen Küche hing. »Toast oder Frühstücksflocken?«

»Ich mag nichts essen«, erklärte Oscar.

»Du musst«, beharrte Mark. »Es ist der erste Schultag. Du musst frühstücken.«

Oscar kicherte. »Toast.«

Mark lief an den Kühlschrank.

»Nein!«, brüllte Oscar. »Frühstücksflocken.«

Mark schaute ihn, mit der Hand an der Kühlschranktür, an. »Die Uhr tickt, Oscar.«

»Frühstücksflocken«, sagte Oscar bestimmt.

»Gut. Du holst die Frühstücksflocken, ich die Milch.«

Mark machte sich einen löslichen Kaffee und schüttete ihn gleich in den Ausguss, als er merkte, dass er vergessen hatte, das Wasser heiß zu machen.

Nachdem Oscar gegessen hatte, sprang er auf.

»He«, mahnte Mark. »Was ist damit?« Er deutete auf die Müslischale.

»Dad, das ist doch bloß ...«, beschwerte Oscar sich.

»In die Spülmaschine. Sofort.«

Quietschend vor unterdrückter Aufregung, holte Oscar die Schale, spülte sie unter fließendem Wasser ab und räumte sie in die Spülmaschine.

Mäntel an, Taschen nehmen, Alarmanlage einschalten.

Mark schlug die Haustür hinter ihnen zu, und sie eilten durch die leeren Straßen. Als sie das Schultor erreichten, rannte Oscar die letzten Meter, schlug an das Tor und rief: »Jetzt!«

Mark hielt die Stoppuhr an.

»Nicht schlecht. Gar nicht schlecht.«

»Sag schon!«

»Achtundzwanzig Minuten. Rekord!«

Oscar jubelte.

»Das heißt, dass wir morgen um Viertel nach sieben aufstehen können. Aber vielleicht sollten wir sicherheitshalber um zehn nach aufstehen.«

Auf dem Heimweg ging Mark langsam und genoss den letzten Tag der Weihnachtsferien, während Oscar immer ein Stück vorauslief und wieder zu seinem Dad zurückkam.

Am nächsten Morgen, dem ersten Schultag nach den Ferien, ging es bei den Samuels rund. Als Mark an Oscars Zimmertür klopfte, kam der Junge bereits fertig angezogen heraus. Als Mark nach unten rannte, hatte Oscar schon die Müslischale in die Spülmaschine geräumt. Als sie sich auf den Schulweg machten, lag eine neue persönliche Bestzeit in der Luft. Oscar rannte die letzten zehn Meter und schlug an das Schultor.

»Zweiundzwanzig Minuten«, jubelte Mark.

Sie klatschten ihre Hände aneinander.

»Wie geht's dir?«, fragte Oscar.

»Gut.«

»Du kommst bestimmt prima klar, das weiß ich genau«, versicherte Oscar seinem Vater.

»Danke, Osc. Ich wünsche dir auch einen schönen Tag.«

In diesem Augenblick sah Oscar seinen Freund Matthew, den Mark mittlerweile auch besser kannte, da er öfter zu Hause war, wenn er zum Spielen zu Oscar kam. Oscar rief Matthew etwas über die Straße zu, und beide rannten um die Wette über den Schulhof zum Eingang.

Als Nicky am ersten Schultag in die Schule kam, war das Lehrerzimmer leer. Sie machte sich eine Tasse Tee und hatte sich gerade in einen Sessel gesetzt, als Janet, Miss James' Sekretärin, in der Tür erschien. Sie ließ den Blick durch den Raum schweifen, schaute Nicky mit gehobenen Augenbrauen an und deutete in Richtung Miss James' Büro.

»Miss James' Büro?« Janet nickte kurz. »Sofort?«

Nicky stockte der Atem. Sie folgte Janet den Korridor entlang. Als sie am Fotokopierer vorbeikam, hörte sie Möbelrücken in dem winzigen Büro des Finanzverwalters, das sich unmittelbar gegenüber von Miss James' Büro befand. Die Tür war nur angelehnt. Mr Samuels war also schon da, in seinem eigenen Büro. Er wartete also nicht bei Miss James auf sie, um ihre Kündigung zu erwirken.

Normalerweise setzte Janet sich an ihren Schreibtisch und deutete mit einem knappen Kopfnicken an, dass Miss James bereits wartete, aber heute klopfte sie leise an die Verbindungstür, was Miss James erschrocken auffahren ließ.

»Miss Hobbs ist hier«, erklärte Janet vielsagend, was Nicky höchst beunruhigend fand.

Zwei Fünftklässler, die früher gekommen waren, standen am Puzzletisch.

»Lasst das jetzt mal«, sagte Miss James. »Ihr könnt gehen.«

Beide Kinder starrten sie fassungslos an, bevor sie schnell hinausliefen. Nicky schluckte. Jetzt bekam sie richtig Angst.

»Hallo, meine Liebe«, rief Miss James. »Kommen Sie doch herein, Liebes. Kommen Sie. Nehmen Sie Platz.«

Nicky setzte sich.

»Wie geht es Ihnen?«

»Gut«, antwortete Nicky heiser und hüstelte. »Ich freue mich auf das neue Halbjahr.«

Miss James nickte. »Also«, sagte Miss James, stockte, legte den Kopf schief, schaute Nicky über den Schreibtisch hinweg an und sog die Lippen mit trauriger Endgültigkeit nach innen. Nicky bekam Ohrensausen.

»Ich habe Neuigkeiten«, verkündete Miss James mit abschließender Traurigkeit. »Ich nehme an, Sie können es sich schon denken, meine Liebe.«

Nicky nickte. Das war's also. Mark Samuels hatte sicher erklärt, er könne nicht in derselben Schule arbeiten wie sie, und Miss James hatte sich für ihn entschieden.

»Ich …«, Miss James seufzte und schlug die Augen nieder, »höre auf.« Sie schaute zu Nicky auf. »Ich höre auf, meine Liebe.«

Nicky starrte sie an.

»Ich gehe in Pension, ja, ich lasse mich pensionieren.«

Nicky hatte keine Ahnung gehabt, dass Miss James im Rentenalter war. Sie hatte immer gedacht, sie sei in den Fünfzigern. Die Frau sah phantastisch aus für ihr Alter. Kaum ein Fältchen um die Augen, wunderbare Haut und eine nach wie vor gute Figur. Aber sie hatte ja auch keine Kinder, oder?

»Sie sind so still«, stellte Miss James fest.

»Ach, ich habe nur gerade gedacht, wie gut Sie mit sechzig aussehen.«

Miss James lachte schallend vor Freude, beugte sich vor und raunte: »Clarins.«

»Wow«, flüsterte Nicky.

Miss James nahm wieder Diensthaltung an. »Also, das hinterlässt natürlich eine kleine Lücke. Haben Sie je daran gedacht, Schulleiterin zu werden, meine Liebe?«

Jedes Mal wenn ich Sie ansehe, dachte Nicky und sagte zögernd: »Na ja, das strebe ich eindeutig an, ja.«

»Ich frage das, meine Liebe, weil ich sehr gern hätte, dass Sie sich auf meine Stelle bewerben.« Nickys Ohren klingelten.

»Mann«, flüsterte Nicky, »Mannomann.«

Miss James lächelte sie wohlwollend an.

»Vielen Dank«, sagte Nicky, »ich fühle mich sehr geehrt.«

»Nichts zu danken«, erklärte Miss James. »Aber das ist eine Entscheidung, die man nicht leichtfertig treffen sollte. Die Stelle bedeutet natürlich wesentlich weniger Kontakt zu den Kindern – falls Sie nicht als Rektorin weiter unterrichten wollen, was ich nicht empfehlen kann –, eine schöne kleine Gehaltserhöhung und vermutlich ein paar Kopfschmerztabletten mehr.«

Nicky lachte herzlich.

»Sie ist selbstverständlich mit erheblich mehr Verwaltungsarbeit verbunden.«

»Selbstverständlich.«

»Ein ständiger Drahtseilakt, den Schulvorstand, den Finanzverwalter, das Kollegium und die Schüler zufriedenzustellen.«

»Sicher.«

»Und eins sollten wir nicht vergessen«, stellte Miss James fest. »Gute Lehrer sind nicht unbedingt gute Schulleiter. Eigentlich gibt es sogar kaum Überschneidungen.«

Allmählich fragte Nicky sich, wieso sie überhaupt hier saß.

»Aber es gibt Ausnahmen«, erklärte Miss James.

Nicky lächelte.

»Ich habe übrigens auch Mr Pattison empfohlen, sich zu bewerben.«

»Ach, natürlich.«

»Er war vor zwei Wochen während der Ferien zufällig in der Schule, um etwas vorzubereiten, und ich war auch hier, um das eine oder andere zu erledigen. Die Gelegenheit habe ich genutzt, um mit ihm darüber zu sprechen. Er weiß also schon Bescheid. Und natürlich weiß er, dass Sie sich auch bewerben werden. Er freut sich für Sie ebenso wie für sich!«

Nicky lächelte vage.

»Ich nehme an, dass Sie kein Problem damit haben.«

»Nein, nein, natürlich nicht«, versicherte Nicky und lächelte nun wirklich.

Miss James beugte sich vor. »Ich habe mir feierlich von ihm versprechen lassen, dass er Ihnen nichts davon erzählt, bis ich Gelegenheit hatte, ausführlich mit Ihnen zu sprechen.« Sie wackelte mit dem Finger. »Sie müssen ihm also verzeihen, dass er es vor Ihnen geheim gehalten hat!«

»Sicher.«

»So, Sie kennen natürlich die rechtliche Lage. Ich habe keine andere Wahl, als die Stelle landesweit auszuschreiben.«

»Klar.«

»Und mich mit meinem wunderbaren Schulvorstand zu beraten.«

»Gut.«

»Also«, führte Miss James weiter aus. »Praktisch wird die Stelle erst nach den Sommerferien frei. Und der Rest der Schule erfährt es erst im Frühjahr. Janet weiß natürlich Bescheid, sie ist schließlich meine rechte Hand. Und unser wunderbarer neuer Finanzverwalter ist ebenfalls eingeweiht, wie man so schön sagt. Aber von Ihren Kollegen weiß es niemand. Sie haben also drei Monate Zeit, sich gut zu überlegen, ob Sie sich bewerben wollen. Und in diesen drei Monaten ist es meine Aufgabe, Sie und Mr Pattison noch genauer im Auge zu behalten als bisher, allerdings immer wohlwollend, immer wohlwollend. Und falls Sie sich dann zu einer Bewerbung entschließen sollten, bedeutet das natürlich mehr Arbeit, einige recht anstrengende Bewerbungsgespräche und direkte Konkurrenz mit mindestens einem Ihrer Kollegen. Es könnten sich natürlich auch noch andere bewerben. Daher habe ich beschlossen, Ihnen und Mr Pattison viel Zeit zu geben, sich die Sache gründlich zu überlegen. Es ist schließlich ein großer Schritt.«

Nicky nickte konzentriert, aber völlig verwirrt.

Miss James stand auf und reichte ihr über die Papierberge auf ihrem Schreibtisch hinweg die Hand.

»Viel Glück«, raunte Miss James mit einem wehmütig verwunderten Kopfschütteln. Nicky drückte ihr, wie sie hoffte, professionell, aber höflich, selbstbewusst, aber nicht arrogant, fest, aber freundlich die Hand und ging mit nur leicht zittrigen Knien hinaus.

Dieses Mal weinte sie nicht. Sie wollte diese Stelle. Sie ging nur auf die Damentoilette, um mit einem Blick in den Spiegel zu überprüfen, ob sie verändert aussah. Auf dem Weg ins Lehrerzimmer versuchte sie, so ruhig wie möglich zu wirken.

»Morgen«, begrüßte Ally sie. »Gott, siehst du beschissen aus.«

»Vielen Dank.«

Pete drehte sich nach ihr um und fragte: »Was ist los? Sag bloß nicht, du hast versehentlich ein Kind in den Arm genommen. Das gibt zehn Jahre, bei guter Führung acht.«

»Nichts ist los«, entgegnete sie. »Kann man denn nicht ab und zu einfach mal beschissen aussehen?«

»Doch, sicher«, sagte Ally. »Bei Pete ist das immer so. Er ist für uns alle eine Inspiration.«

»Also, ich mache es dir bloß nach«, gab Pete kurz angebunden zurück.

Sie starrten sich an. Nicky fragte sich, ob die Stimmung durch ein Geheimnis wohl noch schlechter werden mochte. Falls das überhaupt möglich war. Amanda und Rob kamen herüber. Als Nicky sie auf sich zukommen sah, fiel ihr ein, dass Rob höchstwahrscheinlich seine Freundin eher in das Geheimnis einweihen würde als seine Kollegen. Waren die besten Zeiten der Clique endgültig vorbei?

»Hallo, Clique«, rief Amanda.

Ja, dachte Nicky, sie waren vorbei.

An diesem Tag beschloss Nicky, in der Kantine zu Mittag zu essen. Ihr war es furchtbar, ein Geheimnis vor Ally zu haben, und sie brauchte einen Tag, bevor sie nicht mehr auf ihrem Stuhl hin und her rutschte und sich darauf verlassen konnte, dass sie es ihr nicht erzählen würde. Als sie anfing zu essen, fiel ein Schatten auf ihren Teller. Sie sah auf. Rob saß ihr mit ausgesprochen ernster Miene gegenüber.

»Ich habe mit Amanda Schluss gemacht«, flüsterte er eindringlich. »Es ist vorbei.«

Sie sah ihn verwundert an und wusste nicht recht, wie sie darauf reagieren sollte. Eigentlich war es eine gute Nachricht, denn Amanda war eine hinterhältige Schlange und hatte es verdient, zum Teufel geschickt zu werden, aber es gab noch andere Aspekte zu bedenken. Erstens: Wieso sagte Rob ihr das, als wäre es besonders wichtig für sie? Zweitens: Seit heute Morgen waren sie Rivalen um dieselbe Stelle. Und drittens, was vielleicht das Wichtigste war, hatte sie gerade einen Riesenbissen Kartoffelauflauf im Mund.

»Ich weiß, dass Miss James dir geraten hat, dich auf ihre Stelle zu bewerben«, sagte er hastig. »Und ich weiß, dass du weißt, dass ich es auch tue. Außerdem weiß ich, dass du weißt, dass ich es schon eine ganze Weile weiß.«

Langsam schob sie den Bissen auf die andere Seite ihres Mundes. Der Auflauf war gut.

»Nicky«, drängte er, »Miss James wollte nicht, dass ich es dir sage. Ich schwöre es. Nicky, tu mir das nicht an. Ich bin's doch, Rob.«

Ihre Augenbrauen hoben sich zur Andeutung eines Stirnrunzelns, als sie schluckte und mit Wasser nachspülte.

Er seufzte. »Scheiße, Nicky. Ich weiß, ich habe mich in letzter Zeit ein bisschen beschissen benommen. Du weißt schon, seit … Hör zu, es tut mir leid. Das mit dem Krippenspiel tut mir leid. Das war gemein.«

»Ich fand das Krippenspiel wunderbar«, sagte Nicky. »Ich kann gar nicht fassen, dass uns das nicht schon früher eingefallen ist. Den Kindern hat es auch viel Spaß gemacht, und die Eltern waren ganz hingerissen.«

»Das ist toll! Na ja, es war wirklich sehr gut. Das war echt dein großer Abend.«

»Hmm«, machte Nicky und musste an Robs und Amandas Affäre denken.

»Also«, drängte er. »Können wir einfach einen Schlussstrich unter die ganze Sache ziehen?«

Da sie nicht recht wusste, wie sie reagieren sollte, zögerte sie die Notwendigkeit hinaus, indem sie sich einen weiteren Riesenhappen Kartoffelauflauf in den Mund schob.

»Okay, ich gebe zu, dass ich in meinem blöden Machostolz verletzt war«, räumte Rob ein. »Ich wollte dich wirklich. Unbedingt. Und aus gekränktem Stolz habe ich mich benommen wie ein Arsch. Amanda war, ich weiß auch nicht, so was wie Rache? Nicht gerade nett, aber ich konnte nichts dagegen tun. Das ist jetzt alles vorbei. Gott sei Dank. Verzeih mir bitte.«

Nicky starrte ihn an. Sie leckte sich die Fleischsoße vom Gaumen und wunderte sich, dass solche Sätze immer noch eine unsagbare Wirkung auf sie haben konnten, selbst wenn sie gerade aß. Sie hatte gar nicht gewusst, dass ihr Innenleben zum Multitasking fähig war. War der menschliche Körper nicht erstaunlich?

»Komm schon«, bettelte er drängend. »Lass uns noch mal von vorn anfangen. Nur wir beide: die gutaussehende Hälfte der Clique.«

Fast hätte sie sich verschluckt. »Rob!«, kreischte sie. »So was zu sagen ist grässlich!«

»Freunde?«, grinste er.

»Freunde«, willigte sie grinsend ein.

»Gott sei Dank, Nicky. Ich habe dich vermisst.«

»Ich dich auch«, gab Nicky nach einer Weile zu.

»Gut! So!«, sagte er mit Nachdruck. »Noch eins: Beförderung bedeutet nicht, dass du keine Kinder haben wirst.«

»Das weiß ich«, piepste sie. »Mann, da bin ich wirklich drüber weg.«

»Wirklich?«

»Ja! Ich kann gar nicht mehr fassen, dass ich darüber geheult habe. Ich glaube, das war nur der Schock über die Beförderung. Aber keine Sorge, dieses Mal bin ich nicht geschockt.«

»Phantastisch«, meinte er und schlug mit der Hand auf den Tisch. »Absolut phantastisch. Toll. Aber vor allem bin ich froh, dass wir wieder miteinander reden. So hätte ich es nicht mehr lange ausgehalten.« Er betrachtete nachdenklich ihren Auflauf. »Ist er so gut, wie er aussieht?«

»Noch besser. Aber du kriegst nichts davon ab.«

»Hmmm«, sagte er kopfschüttelnd. »Ich glaube, ich kann einem gebratenen Frühstück nicht widerstehen. Da wir jetzt wieder miteinander reden, habe ich auch wieder Appetit. Mir kommt es vor, als hätte ich mir in den letzten Monaten etwas vorgemacht.« Er drückte ihr die Hand. »Lauf nicht weg, Nicky.«

Als er sich einen Teller holte, lehnte Nicky sich zurück und schaute ihm lächelnd nach. Sie waren wieder Freunde, und die Welt war in Ordnung.

Während Rob auf sein Essen wartete und Nicky ihren Auflauf aufaß, wünschte Mark Samuels sich in der ersten Mittagspause in seiner neuen Arbeitsstelle, er könnte mehr von ihr sehen als die langen Locken auf ihrem Sanduhrrücken.

KAPITEL 20

Miss James ließ neuen Mitarbeitern immer einen Tag relativer Anonymität in ihrem neuen Job, bevor sie sie offiziell vorstellte. Heute war also der Moment gekommen, ihr munteres Völkchen mit dem neuen Finanzverwalter bekannt zu machen.

»Hallo!«, rief sie von der Tür aus. »Hallo, hallo, hallo!«

Gefolgt von einem recht verlegen dreinschauenden Mark, trippelte sie zwischen einem Sammelsurium herumstehender Dinge an ihren Platz. Es wurde still im Raum.

Ein wahrhaftig großer Moment: ein neuer Mann im Lehrerzimmer, und dazu noch ein großer, breitschultriger mit offenem, gutgeschnittenem Gesicht, warmen Augen und umwerfendem Lächeln.

Als Nicky sich im Raum umsah, meinte sie förmlich hören zu können, wie Eizellen durch Eileiter sausten.

»So«, erklärte Miss James, »den Aufmerksameren unter Ihnen dürfte nicht entgangen sein, dass ich heute Morgen nicht allein bin.«

Herzliches Gelächter wurde laut, ein Gelächter, das Mark klar und deutlich sagte, dass er zwar nicht verrückt sein musste, um hier zu arbeiten, dass es aber durchaus hilfreich wäre. Miss James legte ihm mütterlich die Hand auf den Arm, worauf er sie anlächelte und sicher einige anfällige Eizellen schwach wurden.

»Das ist Mark Samuels«, verkündete Miss James stolz. »Einige von Ihnen kennen ihn als Oscar Samuels' Vater, und einige haben ihn, glaube ich, schon auf Gwens wunderbarer Silvesterparty kennengelernt.«

Ein paar der Anwesenden begrüßten ihn mit einem Kopfnicken.

»Aber den Übrigen möchte ich hiermit den neuen Finanzverwalter von Heatheringdown vorstellen«, fuhr Miss James fort.

Die meisten murmelten überrascht oder weniger überrascht, soweit sie ihm bereits begegnet waren. Miss James klatschte unvermittelt Beifall, in den alle einfielen.

»Ich freue mich sehr, Mark in Heatheringdown begrüßen zu können«, erklärte sie. »Er kommt direkt aus einem namhaften Wirtschaftsprüfungsbüro in der City, wo er einer der jüngsten Partner war. Und nun wird er sein Können, seine Sachkunde und seine Erfahrungen in Finanzangelegenheiten hier bei uns in Heatheringdown einbringen.«

Nicky wusste nicht recht, ob die zunehmende Panik in Marks Blick sich auf die Erwartungen bezog, die an ihn gestellt wurden, oder auf die entschlossen schmachtenden Blicke der meisten weiblichen Anwesenden.

»Seine erste Aufgabe wird es sein, ein paar phantastische Pläne zu erarbeiten, wie wir Spendengelder eintreiben können«, fuhr Miss James fort. »Wenn ihm also jemand Ideen vorzuschlagen hat, wissen Sie, wo sein Büro ist. Seine Tür steht immer offen, nicht wahr, Mark?«

»Absolut«, bestätigte er.

»Außerdem wird er seine phantastischen Rechenkünste auf unseren ständig deprimierenden Schuletat verwenden, damit Heatheringdown auch weiterhin die beste staatliche Schule der Umgebung bleibt. Hat noch jemand aus meinem werten Lehrerkollegium eine Frage?«

Nach einer Weile reckte Amanda ihre Hand und ihre Brust vor.

»Hi, Mark«, grüßte sie strahlend.

»Hi.« Er erwiderte das Lächeln.

»Ich bin Amanda, Miss Taylor, und unterrichte das vierte Schuljahr. Wir sind uns beim Krippenspiel begegnet und auf der Party.«

»Ja, ich erinnere mich.« Ein Anflug von Röte betonte seine Wangenknochen. »Hi, Amanda.«

Nicky erinnerte sich an den Kuss unter dem Mistelzweig und schaute Amanda nicht ohne eine gewisse Ehrfurcht an.

»Vielleicht finden Sie meine Frage ja ein bisschen unverschämt«, meinte Amanda.

»Oho!«, rief Miss James. »Wie aufregend.«

»Also«, sagte Amanda lächelnd, »ich könnte mir vorstellen, dass diese Frage allen auf der Zunge liegt. Es ist nur so, dass ich mich wundere, was um alles in der Welt Sie dazu gebracht hat, die quirlige Finanzwelt zu verlassen und an unsere bescheidene, wenn auch exzellente Schule zu kommen?«

Eine La-Ola-Welle des Kopfnickens ging durch den Raum.

»Gute Frage!«, rief Miss James.

Mark lehnte sich an den Tisch hinter sich, strich sich durch sein sonnenbeschienenes blondes Haar und verzog die vollen, aber maskulinen Lippen zu einem bescheidenen Lächeln, das sein markantes Kinn betonte. Manch ein Wechseljahrssymptom schwand.

»Tja, seltsam, dass Sie danach fragen, denn das

habe ich einer von Ihnen zu verdanken«, antwortete Mark.

Stille.

»Wissen Sie, die Äußerungen Ihrer Kollegin Miss Hobbs beim Elternsprechtag brachten mich dazu, eine der schwerwiegendsten Entscheidungen meines Lebens zu treffen.«

Alle Blicke schweiften flüchtig zu Nicky, die verwundert blinzelte.

»Miss Hobbs' äußerst scharfsichtige Feststellungen über Oscar machten mir klar, dass ich mehr Zeit mit meinem Jungen verbringen wollte und musste. Ja, Firmen in der City zahlen gut, aber dafür verlangen sie dein Leben, so dass du die grundlegenden, wichtigen Dinge versäumst. Dagegen kann ich hier in dieser Stelle mein Fachwissen und meine Erfahrung hervorragend nutzen und gleichzeitig meinen Jungen heranwachsen sehen.«

Die Fruchtbarkeit im Raum stieg beträchtlich. Jemand öffnete ein Fenster.

Miss James klatsche in die Hände. »So, Nicky! Ihnen haben wir also unsere Neuerwerbung zu verdanken!«

»Nun ja, ich habe ihr sicher zu danken«, erklärte Mark bescheiden, »ob Sie ihr zu danken haben, muss sich erst noch herausstellen. Das Schulwesen ist für mich etwas Neues, aber ich versichere Ihnen, ich lerne schnell und bin, wie Miss James bereits sagte, für jeden Rat dankbar.«

»Haben Sie davon gewusst, meine Liebe?«, fragte Miss James Nicky quer durch den Raum.

»Nein, absolut nicht«, antwortete sie.

»Und nachdem Sie es jetzt wissen, haben Sie diesem Geständnis noch etwas hinzuzufügen?«, hakte Miss James augenzwinkernd nach.

»Ja«, erwiderte Nicky. »Wenn er nichts taugt, habe ich ihn noch nie im Leben gesehen.«

Alle lachten und applaudierten.

Als es zur Morgenandacht klingelte, raffte Nicky ihre Sachen und ihren Grips zusammen. Konnte das derselbe Mann sein, mit dem sie sich am Elternsprechtag gestritten hatte? Sie schaute zu Mark hinüber. Er war von einer Schar Frauen umringt, die dieses Wunder von Mann in ihrer Welt und ihren Herzen willkommen hießen, denn ein Mann, der mehr Zeit mit seinem Kind verbringen wollte und so markante Wangenknochen hatte, war ein Phänomen. Wenn sie erst herausfanden, dass er Witwer war, würde es im ganzen Haus keinen trockenen Sitz mehr geben, dachte Nicky.

Sie konnte ihnen die Bewunderung nicht verübeln. Wäre er eine schöne Frau gewesen, hätten sich die männlichen Kollegen um ihn geschart. Das war einfach Biologie. Allerdings verspürte sie wenig Lust, sich unter die Komparsinnen zu mischen, wo sie noch vor einer Weile von der weiblichen Hauptrolle geträumt hatte.

Immerhin hatte er ihr gerade in aller Öffentlichkeit vor sämtlichen Kollegen und ihrer Chefin die beste Empfehlung ausgestellt. Allein dafür hatte er einen dicken Dank verdient. Aber nicht jetzt.

Sie band ihr Haar zusammen und setzte ihre Brille auf. Als sie aufstand, tauchte Ally neben ihr auf, gefolgt von Rob. Auf dem Weg zur Morgenandacht holten sie Pete ein, und beinahe war es wieder wie in alten Zeiten.

»Bitte, Miss Hobbs, darf ich Ihren Rocksaum berühren«, frotzelte Pete.

»Nein. Aber du darfst meine Schuhe ablecken«, antwortete Nicky.

»Wie findest du den neuen Finanzverwalter?«, fragte Ally, ohne auf Pete zu achten. »Acht von zehn Punkten?«

Nicky lächelte. »Mindestens. Wahrscheinlich sogar neun.«

Ally nickte. »Ja, ich glaube, du hast recht.«

Pete schüttelte den Kopf. »Das ist so beleidigend.«

»Und Mist«, knurrte Rob. »Er ist ein totaler Wichser. Habt ihr gemerkt, wie er ganz nebenbei sein dickes Gehalt erwähnen musste?«

»O ja«, seufzte Ally. »Hab ich mitbekommen. Das war, als er sich hinten an den Tisch gelehnt hat.«

»Ich auch«, bestätigte Nicky kichernd. »Zehn von zehn Punkten.«

Erst in der Mittagspause hatte Nicky Gelegenheit, sich bei Mark zu bedanken. Sobald sie gegessen hatte, ging sie zielstrebig an sein Büro und klopfte furchtlos an seine Tür. Als die Tür sich langsam öffnete, sah sie sich Amanda gegenüber.

»Oh, es ist die Scharfsichtige persönlich«, rief Amanda und öffnete die Tür ein Stück weiter, um Nicky hereinzulassen. Da Mark seinen Schreibtisch an die andere Seite des Raums gerückt hatte, starrte Nicky nun gegen eine Wand.

»Ach, nein, schon gut«, sagte sie und trat einen Schritt zurück. »Ich kann ein anderes Mal wiederkommen. Nicht so wichtig.«

»Sei nicht albern«, meinte Amanda und nahm sie am Arm. »Wir haben nur eben ein bisschen geplaudert, stimmt's, Mark?«

Mark stand mittlerweile neben Amanda. Als er Nicky hereinbat, sah sie, warum es so lange gedauert hatte, an die Tür zu kommen. Das winzige Büro stand voller Kartons, die noch auszupacken waren. In der

City hatte er eindeutig ein größeres Büro zur Verfügung gehabt.

Amanda lehnte sich an die Fensterbank, zupfte lässig imaginäre Fusseln von ihrer Bluse und erläuterte Marks Ideen für sein Büro.

Mark und Nicky standen sich gegenüber. Ihr fiel auf, dass seine Wangen stark gerötet waren. Entweder hatte er gerade einen schweren Karton geschleppt oder Amanda tatkräftig erkundet. Oscars Au-pair kam ihr in den Sinn, und sie stellte sich Mark und Amanda zusammen auf seinem Schreibtisch vor.

Gott, war das heiß hier drin. Marks Röte breitete sich über den Hals nach unten aus. Nicky roch Amandas durchdringendes Parfüm. Sie schaute aus dem winzigen Fenster und sah die Wolken vorüberziehen.

»Keine sonderlich schöne Aussicht«, sagte Amanda, die ihrem Blick gefolgt war, »aber wenigstens ein bisschen Licht.« Sie ging durch das Büro und setzte sich auf Marks Schreibtisch.

»Ich dachte, wir könnten uns mal zu einem Brainstorming treffen, um Ideen zu sammeln, wie sich Spenden eintreiben lassen«, verkündete sie. »In einem Pub. Abends. Was hältst du davon, Nicky. Gute Idee?« Nicky wollte gerade antworten, als Amanda sich von ihr abwandte. »Mark?«

»Ja, tolle Idee«, antwortete Mark und nickte Nicky zu. »Das wäre auch eine gute Möglichkeit, alle besser kennenzulernen.«

Nicky fragte sich, wer in der Zeit auf Oscar aufpassen würde. »Wir könnten die Kinder bitten, Vorschläge zu machen. Es ist ihre Schule. Meistens haben sie wirklich gute Ideen.«

»Ja! Natürlich!«, sagte Mark. »Brillant! Klar!«

Amanda lachte. »Ich glaube, Kinder dürfen nicht

in Pubs, Nicky. Ich mache mal ein paar Terminvorschläge und sehe, ob im Kollegium Interesse besteht. Das könnten wir doch eigentlich sofort machen, Nicky, oder?« Sie sprang von Marks Schreibtisch. »Oder wollt ihr noch … ein kleines privates Tête-à-Tête, nur ihr beide?«

»Nein, nein, schon gut«, entgegnete Nicky. »Ich komme mit.«

»Moment«, lachte Mark. »Wollten Sie mich nicht sprechen, ehm, Miss Hobbs, Nicky?«

»Ehm …«

»Amanda.« Mark schaute Amanda über Nickys Kopf hinweg an. »Wenn es Ihnen nichts ausmacht.«

»Natürlich nicht«, trällerte Amanda munter. »Ich stelle mal die Termine zusammen. Tschüssi.«

Nicky versuchte zu lächeln und wandte sich wieder Mark zu. Er sah sie erwartungsvoll an.

»Hallo«, sagte er.

Es brachte Nicky aus der Fassung, irgendwie wirkte das Wort so persönlich.

»Ehm, ich wollte nur sagen, wie leid mir mein Ausbruch auf dem Elternsprechtag tut«, entschuldigte sie sich leise.

Marks Lächeln verschwand.

Mit gesenktem Kopf erklärte sie: »Es war unverzeihlich und äußerst unprofessionell von mir, und ich kann Ihnen versichern, dass das sonst nicht meine Art ist.«

Schweigen. Sie überlegte gerade, wie sie eine Überleitung finden sollte, um ihm für seinen Auftritt am heutigen Morgen zu danken, als er zögernd meinte: »Ja, ich verstehe. Tja, ich danke Ihnen. Aber ich bedaure es ganz und gar nicht.«

Sie schaute ihn fragend an.

»Und eigentlich müsste ich mich entschuldigen«, fügte er rasch hinzu.

»Ach, ja?«

»Hinterher war ich völlig entsetzt über das, was ich Ihnen an dem Abend gesagt hatte. Nachdem ich Sie kennengelernt habe, weiß ich, dass ich völlig falschlag.«

Sie fand, dass nun der geeignete Augenblick war, ihr Sprüchlein zu sagen, wenn auch wesentlich milder, als sie es geprobt hatte.

»Nur um das klarzustellen«, sagte sie mit großen Augen, »ich bemuttere meine Schüler nicht, ich unterrichte sie.«

»Nur um das klarzustellen«, schloss er sich lächelnd an, »ich habe meinen Sohn immer geliebt. Mir war nur nicht klar, wie ich es am besten zeigen konnte.«

Es klopfte, und gleich darauf steckte Amanda den Kopf zur Tür herein.

»Ich habe drei Termine zur Auswahl, also zücken Sie Ihren Terminkalender, Mark!«

Nicky lächelte ihn an und konnte Amanda ignorieren, da es ihr nun wieder gutging.

»Außerdem wollte ich mich bei Ihnen für die brillante Empfehlung bedanken, die Sie mir heute Morgen ausgestellt haben. Das war sehr großzügig von Ihnen.«

Er schaute sie ernst an. »Es entsprach nur der Wahrheit.«

An diesem Abend beschloss sie, mit der Tradition zu brechen. Sie würde keine Hausarbeiten machen. Sie hatte sich einen freien Abend verdient. Sie würde sich ein heißes Bad mit Aromatherapie gönnen, eine Gesichtsmaske und anschließend die *Eastenders* im Fernsehen gucken, wahrscheinlich mit einer Packung Maltesers.

Als sie nach Hause kam, ging sie geradewegs ins Schlafzimmer, ließ ihre Kleider an Ort und Stelle fallen und stieg ins Bett. Im Nu war sie eingeschlafen und hörte nicht mehr, dass Claire, die zufällig auch gerade mit Traditionen brach, ihr eine Stunde später eine Nachricht auf den Anrufbeantworter sprach.

KAPITEL 21

Erst am nächsten Abend hörte Nicky Claires Nachricht ab. Dann stellte sie das Radio aus, hörte sie noch einmal ab und lächelte dabei, wie es nur geht, wenn man allein ist: äußerlich kaum zu sehen, aber innerlich mit großem Glockengeläut.

»Hi«, war Claires Stimme laut und deutlich zu vernehmen, »ich hoffe, bei dir ist alles okay. Ich wollte nur, also, eigentlich wollte ich dich um Hilfe bitten. Kannst du mich zurückrufen?«

Wie sich herausstellte, hatte Claire in der Lokalzeitung eine Anzeige für eine Halbtagsstelle als Schulassistentin entdeckt und brauchte nun Hilfe bei der Bewerbung und Ratschläge, wen sie um Empfehlungen bitten sollte. Nicky bot ihr an, am Wochenende zu ihr zu kommen, aber zum ersten Mal seit Menschengedenken schlug Claire vor, zu Nicky zu kommen: »Keine Kinder, keine Störungen.«

Als Claire am Samstagmorgen kam, brachte sie Blumen mit.

Sie setzten sich an den Küchentisch, und Nicky fragte ihre große Schwester aus, warum sie den Job wollte, welche Qualifikationen sie ihrer Ansicht nach dafür mitbrachte und wo beim Computer oben und unten war. Nicky kam sich vor wie ein Kind, das einem Erwachsenen das Laufen beibrachte. Sie stellte fest, dass sie eine ganze Menge von der Arbeitswelt,

Bewerbungsgesprächen und Karrierestrategien verstand, während Claire praktisch nichts darüber wusste. Allerdings hatte Derek noch weniger Ahnung als sie beide, denn er dachte, seine Frau sei beim Body-Wrapping.

»Du verlierst Zentimeter und hast hinterher eine seidenweiche Haut«, erklärte Claire.

»Merkt er denn nicht, dass du es gar nicht hast machen lassen?«, fragte Nicky.

»Da müsste ich mir schon ein Fan-Shirt der englischen Nationalmannschaft anziehen«, knurrte sie, »und selbst dann würde er nur an die Nationalmannschaft denken.«

»Vielleicht sollte ich auch mal ein Body-Wrapping machen lassen«, überlegte Nicky.

»Hah!«, platzte ihre Schwester heraus.

Nicky sträubten sich die Nackenhaare. »Nur weil ich keinen Mann habe, heißt das noch lange nicht, dass ich mich nicht auch in meiner Haut wohl fühlen möchte.«

Claire starrte sie an. »Du brauchst kein Body-Wrapping, du Verrückte, weil dein Körper sowieso aussieht wie aus der Werbung für hinterher.«

»Oh, danke.«

»Ich habe zwei 41-Wochen-Schwangerschaften und eine 42-Wochen-Schwangerschaft hinter mir«, erklärte Claire. »Mein Bauch ist wie Teig, meine Schenkel sind wie Wackelpudding und mein Hintern und meine Brüste sind Riesenschwämme. Ich bin ein wandelnder Pudding.«

Nickys Bauch grummelte.

In den nächsten Tagen war Nicky zur Stelle, wann immer Claire Hilfe brauchte. Als sie ein Bewerbungsformular bekam, half Nicky ihr, es am Computer auszufüllen. Als Claire eine Einladung zum Vorstellungsgespräch erhielt, fragte Nicky Miss James, ob Claire einen Tag lang bei der Arbeit einer Schulassistentin zusehen dürfe. Miss James ließ sie eine Woche lang hospitieren. Und als Claire die Stelle bekam, half Nicky ihr, es Derek zu sagen, der von nun an wohl donnerstags ohne seinen üblichen Eintopf auskommen musste. Zu ihrer beider Überraschung freute Derek sich aufrichtig für seine Frau und bot sogar an, sich einmal in der Woche mit einem Essen vom Schnellimbiss zu begnügen. Und Claire überraschte Nicky mit einem Gutschein für ein Body-Wrapping, den sie ihr zum Dank schenkte. Nicky beschloss, ihn für schlechte Zeiten aufzuheben.

In der Schule erlebte die Clique ein Comeback, seit Amanda nicht mehr ständig mit Rob zusammen war. Aber wie bei den meisten Comebacks war es nicht mehr so wie früher, auch wenn sich nur schwer sagen ließ, wieso. Seit Nicky wusste, dass Rob mit Amanda Schluss gemacht hatte, bemühte sie sich, ihr keinen Grund zur Eifersucht zu geben. Vorher hatte sie nie sonderlich über Amandas Gefühle nachgedacht, vor allem nicht über ihre Gefühle für Rob. Aber das war nun anders. Amanda hatte Anspruch auf ihre Gefühle für Rob, auch wenn sie nur aus Wut bestanden, und das respektierte Nicky. Aber Amanda war offenbar fest entschlossen, gut mit der Trennung zurechtzukommen, und verbrachte weitaus weniger Zeit mit Rob als mit Mark.

Robs und Amandas Trennung hatte aber zumindest zwei gute Seiten. Eine war, dass Rob wieder ganz der Alte war und ihre Freundschaft sich besser denn je gestaltete. Ein bisschen war es wieder wie vor dem Feuerwerk, was (wenn sie ganz ehrlich zu sich war) bedeutete, dass sie unterschwellig ständig zu verstehen versuchte, was er eigentlich von ihr wollte, ganz zu schweigen davon, was sie eigentlich von ihm wollte.

Nach einer Weile fing er wieder an, mit ihr zu flirten, aber es wirkte nun wesentlich ernsthafter als vorher. Und damit hatte sie wieder die gleichen beiden Probleme wie vorher: Zum einen hing ihr Selbstwertgefühl davon ab, wie viel Rob Pattison mit ihr flirtete, zum anderen war sie froh, dass sie in Hinblick auf eine Zukunft mit ihm nicht alle Brücken hinter sich abgebrochen hatte. Manchmal fragte sie sich, ob sie nicht eigentlich nur an seiner reifen DNA interessiert war.

Die zweite positive Auswirkung, die Robs und Amandas Trennung hatte, war, dass Amanda mehr Zeit mit anderen Kollegen verbrachte und sogar seltener im Lehrerzimmer war. Leider gab es keine Möglichkeit, ihr bei dem Fundraising-Treffen aus dem Weg zu gehen. Am liebsten wäre Nicky gar nicht hingegangen, wusste aber, dass es von ihr als Konrektorin erwartet wurde. Amanda hatte, wie angekündigt, ein abendliches Treffen in einem Pub arrangiert, um Ideen auszutauschen und Mark Gelegenheit zu geben, alle besser kennenzulernen. Wie sich herausstellte, bekam er nur die Chance, Martha, Rob, Amanda und Nicky besser kennenzulernen.

Nicky hatte Ally und Pete gebeten, ebenfalls zu kommen, aber sie hatten nichts davon wissen wollen.

»Kein Überflieger zu sein hat den Vorteil, dass wir nichts machen müssen, wozu wir keine Lust haben«, hatte Ally erklärt.

»Völlig richtig«, hatte Pete beigepflichtet. »Nicht mal, wenn es von einer Frau arrangiert ist, deren Beine bis zu den Achselhöhlen reichen.«

»Dann schon gar nicht«, hatte Ally geknurrt.

»Ja, entschuldige, genau das meinte ich«, hatte Pete eingelenkt und vorgeschlagen: »He! Wir könnten ja stattdessen ins Kino gehen.«

Ally hatte die Stirn gerunzelt. »Was? Und *Coronation Street* im Fernsehen verpassen? Du hörst wohl nie zu, wenn ich was sage, was?«

Als Miss James von dem Plan erfuhr, war sie begeistert, weil »großartige Ideen« zu erwarten waren und die »Jungen« etwas zusammen unternahmen.

Am Abend des Treffens fühlte Nicky sich allerdings ganz und gar nicht jung. Es war ein unfreundlicher, grauer Tag, der nie genug Energie aufbrachte, es richtig hell werden zu lassen, und abends frischte der Wind stürmisch auf und trieb den Regen in messerscharfen Schwaden waagerecht vor sich her. Als Rob anrief und Nicky anbot, sie auf dem Weg zum Pub abzuholen, war ihnen beiden klar, dass sie es sonst wohl kaum bis an ihren Wagen geschafft hätte.

Der Pub war in Highgate, so nah an Amandas Wohnung, dass sie nicht einmal nasse Haare hatte. Sie saß bereits auf einer gepolsterten Bank neben einem alten Kamin mit Holzfeuer und schrieb eifrig eine SMS. Nicky stellte sich auf eine bissige Bemerkung ein, weil Rob und sie gemeinsam gekommen waren, aber Amanda bedachte sie nur mit einem flüchtigen Lächeln und tippte weiter ihre SMS.

Eine Viertelstunde lang machten sie höfliche Konversation. Als Martha kam, begrüßten sie sie überschwenglich. Es machte ihnen nicht einmal etwas aus, dass sie ihren Freund mitgebracht hatte. Wie sich herausstellte, wollte er in der Nähe einen Bekannten besuchen. Er küsste Martha zum Abschied. Als er hinausging, kam Mark herein.

»Hi, Mark«, rief Amanda.

Er erwiderte ihren Gruß und lächelte alle der Reihe nach entwaffnend an. Als er Nicky ansah, hob er leicht die Augenbrauen, und sein Lächeln wurde noch breiter. Mark reichte Rob die Hand, worauf Rob aufstand und ihm den Platz neben Amanda anbot, die das kühle, lässige Lächeln des beliebtesten Mädchens der Klasse aufsetzte. Davon wollte Nicky aber nichts wissen. Nachdem sie dieser Frau eine Viertelstunde gegenübergesessen hatte, war sie nicht mehr imstande, sie anzusehen, ohne ihr am liebsten die Augen auszukratzen, daher rückte sie auf, um Mark neben sich Platz zu machen.

»Also, was habe ich verpasst?«, fragte Mark, als er seine Lederjacke auszog und sich neben Nicky setzte.

»Absolut nichts«, meinte Amanda lachend. »Wir hätten uns kaum mehr langweilen können.«

Rob und Nicky tauschten einen Blick aus, worauf Amanda sofort aufhörte zu lachen. Nicky trank ihr Glas aus.

»Ich sage euch was«, schlug Mark vor. »Ich hole uns etwas zu trinken, während ihr eure grauen Zellen auf Trab bringt.« Als er zurückkam, sprachen sie gerade über Miss James.

»Sie ist mit Sicherheit schon sechzig«, erklärte Martha. »Oh, danke.« Sie nahm das Bierglas von Mark an und trank es in einem Zug halb aus.

»Auf keinen Fall«, sagte Amanda. »Würde sie Jeans tragen, dann sähe sie aus wie Ende vierzig. Diese Röcke machen sie richtig alt.«

Nicky musste sich Mühe geben, Rob nicht anzusehen.

»Was glaubst du, Nicky?«, fragte Amanda in so freundlichem Ton, dass Nicky zum ersten Mal richtig klarwurde, wie sehr Amanda sie hasste.

»Keine Ahnung«, antwortete sie. »Darüber habe ich mir noch nie Gedanken gemacht.«

»Ach, sei nicht albern«, sagte Amanda lachend. »Du bist doch eine Frau! Natürlich hast du dir darüber Gedanken gemacht.«

»Ich glaube, sie ist um die fünfzig«, meinte Mark. »Rob, was glaubst du?«

»Na ja«, seufzte Rob. »Ich würde sie nicht besteigen, also ist sie wahrscheinlich über fünfunddreißig.«

Martha gab ein heiseres Prusten von sich und schnaubte, das sei einfach widerlich, gab aber zu, dass fünfunddreißig wirklich uralt sei. Als Rob in diesem Stil weitermachte, schaute Amanda Mark unverhohlen über den Tisch hinweg mit einem affektiert wissenden Grinsen und gehobenen Augenbrauen an. Nicky beobachtete Robs Auftritt und fragte sich, wann Männer wohl endlich merken würden, dass sie bei intelligenten Frauen nicht ankamen, wenn sie sich wie missratene Internatsschüler benahmen. Das setzte natürlich voraus, dass Rob überhaupt an einer intelligenten Frau interessiert war. Vielleicht wollte er im Augenblick lieber ein junges Mädchen, das frisch von der Uni kam und es für feministisch hielt, Bier zu trinken und zu rülpsen. Oder zog er diese Schau nur für sie ab? Oder für Amanda? Sie wurde einfach nicht schlau aus ihm. Dagegen war Martha leicht zu durchschauen. Nicky sah sie lachend in Robs Falle tappen: den Doppelbluff des modernen Mannes, so zu tun, als spiele er den Chauvi nur.

»Also gut«, sagte Martha mit dem Bierglas an den lächelnden Lippen, »welche Anforderungen stellst du denn an eine Frau, die du ›besteigst‹, wie du es so taktvoll ausdrückst?«

»Na ja«, antwortete Rob und beugte sich zu ihr, »ich mag es, wenn eine Frau einen Stiefel verträgt.«

Martha hatte einen Ganzkörperlachanfall, wie man ihn ab Ende zwanzig nicht mehr übersteht, ohne sich am nächsten Morgen zu fragen, wieso der Nacken so schmerzt.

»Ach«, erwiderte Amanda verdutzt, »du meinst eine Frau, die sich so betrinkt, dass sie mit dir Sex hat?«

»Ich hab's nicht nötig, dass eine Frau sich betrinkt, um mit mir zu schlafen«, widersprach Rob mit jungenhaft boshaftem Grinsen. »Wie du sehr wohl weißt.«

Amandas Wangen brannten, und die zarte Haut um ihre Lider straffte sich so stark, dass es aussah, als schrumpften ihre Augen. Nicky erwartete jeden Moment, dass ihr Strahlen aus den Augen schössen und Rob zweiteilten.

»Also gut«, verkündete Mark. »Hiermit erkläre ich die Sitzung für eröffnet.«

»In meiner sexuellen Vergangenheit gibt es nichts, wofür ich mich schämen müsste«, erklärte Amanda Rob hochnäsig, ohne auf Mark zu achten. »Und es gibt keine ›Eroberung‹, auf die du stolz sein könntest. Diese Art sexueller Doppelmoral gibt's schon seit Jahren nicht mehr.«

»Da kann ich dir nur recht geben«, entgegnete Rob. »Was uns angeht, gibt es wirklich nichts, worauf ich stolz sein könnte.«

»So!«, Mark klatschte in die Hände. »Wer möchte denn jetzt mal mit der ersten Idee anfangen?«

»Oh, da muss ich dir jetzt recht geben, Rob«, sagte Amanda schnippisch und wackelte mit dem kleinen Finger. »Da gibt es absolut nichts, worauf man stolz sein könnte.«

»Ich dachte da vielleicht an irgendeine gesponserte Veranstaltung«, fuhr Mark ruhig fort.

Amanda sagte in gespieltem Schrecken: »Oh, entschuldigt bitte. War das vielleicht unter der Gürtellinie?«

Lastende Stille trat ein. Und als sie allzu drückend wurde, musste Nicky einfach etwas sagen.

Mit bemüht versöhnlichem Lächeln erklärte sie: »Wow, Amanda, erinnere mich daran, dass ich dich niemals ärgere.«

Amanda lachte schallend auf. »Ach, du je! Püppchen, du könntest mich nicht mal ärgern, wenn du es wolltest.«

Martha stellte ihr Bierglas ab und verpasste nur knapp den Bierdeckel. »Überhaupt spielt die Größe gar keine Rolle, es kommt drauf an, was man damit macht. Wenn ihr wisst, was ich meine.«

»Du hast völlig recht, Martha«, sagte Amanda voller Gefühl und wandte sich an Rob. »Ich glaube, du hast gerade deine perfekte Frau gefunden.«

Alle schauten betreten auf ihre Gläser.

Mit traurigem Blick fragte Rob Amanda sanft: »Hab ich dich so gekränkt? Das wusste ich nicht. Tut mir leid, Mandy.«

Amanda bekam feuchte Augen, und Nicky meinte rasch zu Mark: »Ich finde eine gesponserte Veranstaltung eine tolle Idee. Zum Beispiel?«

»Ehm … Schweigen«, schlug er vor.

Danach herrschte eine etwas weniger gespannte Atmosphäre, und nach zehn Minuten gab Amanda sogar eine Runde aus. Sie kippte Rob auch nicht das Glas in den Schoß, sondern ließ es einfach mitten auf dem Tisch stehen.

»Du hast doch da nicht etwa reingepinkelt?«, fragte er, als er es an den Mund führte.

»Gott, nein«, antwortete sie lachend. »Dazu müsste mir ja etwas an dir liegen.«

»Touché«, sagte Rob grinsend und zwinkerte ihr über den Rand des Glases zu.

Wesentlich später machte Mark den Vorschlag, ein Fest zu veranstalten. Da er mittlerweile fast als Einziger noch nüchtern war, stieß sein Vorschlag auf großen Beifall. Es war die einzige brauchbare Idee des Abends (abgesehen von Marthas gesponsertem Knutschmarathon und Robs gesponsertem Wet-T-Shirt-Wettbewerb), aber das Treffen war dennoch keine völlige Pleite. Amandas Plan hatte funktioniert, sie hatten sich alle besser kennengelernt. Besser, als es den meisten lieb war.

Als Marthas Freund hinter ihr auftauchte, fiel ihnen auf, dass es an der Zeit war, nach Hause zu gehen.

»Ich dachte, wir hätten ausgemacht, dass ich dich anrufe«, begrüßte sie ihn, als er verlegen hinter ihnen stand.

»Ja, aber als Clive anfing, seinen Schlafanzug anzuziehen, fand ich, ich sollte besser gehen«, meinte ihr Freund ruhig.

»Na ja, irgendjemand hätte mich schon nach Hause gebracht.«

»Jetzt bin ich ja schon mal hier.«

»Das sehe ich.«

Sie verabschiedeten sich und gingen. Die anderen sahen ihnen nach.

»Ich gebe ihnen sechs Monate«, sagte Rob. »Höchstens.«

»Wohl eher sechs Minuten«, widersprach Amanda.

Rob schüttelte den Kopf. »Nein, sie ist mehr an ihn gewöhnt, als sie denkt.«

»Und jetzt zu dir, Robert«, sagte Amanda unvermittelt. »Wir müssen reden. Bei mir zu Hause. Sofort.«

»Ach, tut mir leid, Mandy«, sagte Rob. »Ich muss Nicky nach Hause bringen. Sonst gern.«

»Schon gut«, warf Mark leichthin ein. »Ich kann Nicky mitnehmen. Kein Problem.«

»Da siehst du es«, erklärte Amanda. »Danke, Mark. Das weiß ich wirklich zu würdigen. Dafür schulde ich dir was.«

»Wirklich, danke, Mark«, schloss Nicky sich an. »Sonst hätte ich vermutlich per Anhalter fahren müssen oder so.«

Beim Abschied bedachte sie Rob mit einem besonders langen Blick. Obwohl er über weite Teile des Abends mit seinem pubertären Geflirte eine armselige Schau abgezogen hatte, flog ihr Herz ihm zu, als er sie nun teilnahmsvoll von unten herauf ansah. Kaum auszudenken, was für ein Donnerwetter ihm nun bevorstand.

Als sie und Mark auf den roten Sportwagen zugingen, fielen ihr Robs Bemerkungen über den Preis eines solchen Autos und Marks Antrittsansprache ein, in der er mit der guten Bezahlung in seiner früheren Firma geprahlt hatte. Eine Woge der Solidarität mit den Unterprivilegierten nahm sie für Rob ein.

»Es ist offen.« Mark lächelte ihr über das glänzende Wagendach zu.

»Du musst mir sagen, wie ich fahren soll. Oscar war zwar schon mal bei dir, ich aber nicht.«

Nicky gab ihm Anweisungen und sagte dann: »Ach ja, das hatte ich ganz vergessen. Das war an Halloween, nicht?« Ihr fiel die SMS ein, die Oscar an jenem Abend in ihrer Küche von seinem Vater erhalten hatte, und sie verstummte.

»Stimmt. Er war so aufgeregt deswegen.«

»Mm.«

Eine Weile durchbrachen nur Nickys einsilbige Fahrtanweisungen das Schweigen. Oscars bittere Enttäuschung an jenem Abend ging ihr nicht aus dem Sinn.

»Ich weiß genau, was du denkst.«

»Ach ja?«

»Du denkst: ›Das war an dem Abend, als er ihn mal wieder enttäuscht hat.‹«

Sie musste lachen. »Bin ich so leicht zu durchschauen?«

Er grinste. »Nein, ich glaube nur zu wissen, was du von mir hältst.«

Sie schaute ihn an. »Ach, wirklich?«, fragte sie verschmitzt.

»Mmm.« Das klang genauso verschmitzt.

»Ehrlich gesagt, werde ich überhaupt nicht schlau aus dir«, gestand sie.

»Na ja, ich bin froh, dass du es überhaupt versuchst«, sagte er ernst und fügte nach einer Weile hinzu: »Ich will dir helfen, mich besser zu verstehen. Ich bin natürlich ein bisschen voreingenommen, aber ich verspreche dir, mich rein an die Fakten zu halten. In der Halloween-Nacht habe ich zwei Stunden auf dem Sofa im Büro geschlafen, neben mir mein Handy mit Oscars Foto. Ich habe mir den Wecker auf die Zeit gestellt, zu der er aufstehen würde, und ihn gleich als Erstes bei Lilith angerufen. Aber er wollte nicht mit mir sprechen. Am nächsten Abend bin ich nach zwanzig Stunden Arbeit nach Hause gefahren und neben ihm im Bett eingeschlafen. Im Morgengrauen bin ich aufgewacht und habe noch zwei Stunden gearbeitet.«

Nicky schaute ihn verständnislos im Dunkeln an. »Und was soll ich dazu sagen?«, fragte sie in jenem leichten Ton, in dem sie ihre Schüler zurechtwies.

»Nichts«, seufzte er. »Ich schildere dir nur die andere Seite. Und vergiss nicht, das war, bevor mir klarwurde, dass ich nicht der Vater war, den Oscar brauchte. Ja, ich war verblendet, aber ich habe mich bemüht.«

»Hier links«, erklärte sie.

Er bog in die Einfahrt ihres Hauses und stellte den Wagen ab.

»Hör zu«, sagte sie schließlich, »deine Beziehung zu deinem Sohn geht mich eigentlich gar nichts an.«

Er lachte. »Was du nicht sagst.« Sie merkte, dass sein Ton ebenso sanft war wie ihrer.

»Ich habe unmöglich ahnen können, dass du nach dem, was ich dir gesagt habe, dein Leben so dramatisch umkrempeln würdest. Außerdem habe ich dir erst so unverblümt die Meinung gegeigt, nachdem du mich beleidigt hast.«

»Ohne es zu wissen«, verteidigte er sich. »Als ich die ganzen Sachen gesagt habe, habe ich doch keine Ahnung gehabt, dass du die berühmte Miss Hobbs bist.«

»Ich bin nicht berühmt.«

Er lachte. »In meinem Haus schon. Oscar hält große Stücke auf dich.«

»Na ja, das beruht auf Gegenseitigkeit. Ich finde ihn wunderbar.«

»Gut«, murmelte Mark, »dann sind wir uns ja wenigstens in einem Punkt einig.«

Sie schwiegen.

Dann murmelte er mit plötzlich samtweicher Stimme: »Ich glaube, es gibt noch etwas, worin wir uns einig sind.«

Nickys Blut rauschte wie eine Flutwelle in ihre besten Körperteile. Ihr Herz rief den Notstand aus und pumpte wie wild.

Zögernd und leise fuhr er mit leicht bebender Stimme fort: »Ich habe das Gefühl, dass du, und nur du, diese Beförderung verdienst.«

Zuerst waren Nickys Ohren völlig durcheinander. Sie schickten ihrem Hirn die Worte mehrmals und fingen dann an zu pfeifen. Was hatte sie denn erwartet, was er sagen würde? Was hatte sie gehofft?

»Entschuldigung«, sagte er. »Das war vermutlich unprofessionell von mir.«

Sie beschloss abzuwarten.

»Gott, jetzt bist du wahrscheinlich wütend auf mich«, sagte er.

Aha, darauf wusste sie eine Antwort.

»Nein. Ich bin nicht wütend. Ich bin nur ...«, sie seufzte tief und von Herzen, »ich bin nur enttäuscht.«

»Mist, tut mir leid«, entschuldigte sich Mark. »Ich bin an die Karrierestrategien in der Finanzwelt gewöhnt. Vielleicht läuft das ja hier anders. Ich will nur sagen, dass du einen echten Fan hast. Beruflich, meine ich.« Stille. »Ich glaube, es würde der Schule sehr guttun, wenn du die nächste Rektorin würdest. Und ich weiß, dass die Kids begeistert wären.«

Inzwischen hatte sie sich voll und ganz auf das Thema eingestellt und fragte: »Woher willst du wissen, dass ich mich überhaupt bewerben werde?« Sie schaute ihn an.

»Was?«, rief er und drehte sich zu ihr. »Machst du Witze?«

Sie schüttelte den Kopf.

»Du überlegst, dich gar nicht zu bewerben?«, flüsterte er beinahe. »Bist du verrückt?«

Auf diese Frage wusste sie ebenfalls eine Antwort: »Ja. Vermutlich.«

»Du musst dich auf die Stelle bewerben.« Er beugte sich zu ihr. Sein Kopf stieß fast an die Autodecke.

»Warum?«, fragte sie stirnrunzelnd.

»Weil jede Faser deines Körpers für diesen Job gemacht ist«, erwiderte er. Sie verzog das Gesicht, worauf er sich noch weiter zu ihr beugte. »Du bist die zukünftige Rektorin. Du bist dafür geschaffen.«

Schnell wandte sie das Gesicht ab.

Mark runzelte die Stirn. »Hab ich was Falsches gesagt?«

»Nein«, sagte sie leise. »Es war sehr nett, das zu sagen. Danke.«

»Du bist brillant«, fügte er hinzu, da er einmal in Fahrt war. »Rob ist ein Arsch, darum musst du die nächste Rektorin werden.«

Sie lachte. Wie sollte sie es nur formulieren, damit er sie nicht für einen hormonell hoffnungslosen Fall hielt?

»Ich fürchte, so einfach ist das nicht. Eigentlich ist es ziemlich kompliziert.«

»Wieso?«

»Ich glaube, bei Frauen sind in diesen Dingen andere Überlegungen zu berücksichtigen. Besonders bei Frauen in meinem Alter.«

Plötzlich lehnte er sich zurück. »Tatsächlich? Ist das nicht verboten?«

»Für Arbeitgeber schon, aber es ist ja nun mal eine Tatsache, dass wir mehr unter einen Hut bringen müssen, wenn ich es mal so sagen darf. Das heißt, wenn wir Familie haben wollen.«

»Ach, verstehe. Natürlich. Entschuldigung, ich wollte nicht neugierig sein.«

»Schon gut. Es ist nur ...« Sie wollte den Begriff »biologische Uhr« nicht benutzen. (Komisch, dass Umschreibungen für die Fruchtbarkeit der Frau immer so mitleidig klangen, dachte sie: tickende biologische

Uhr, Wechseljahre.) Dann fiel ihr ein, dass sie den Satz gar nicht beendet hatte. »Es ist nur, ich weiß wirklich nicht genau, wie ich es richtig machen soll.«

»Wie meinst du das?«

»Na ja«, seufzte sie, »ich habe neulich mit Ro–, mit einem Freund darüber geredet. Wir sind die erste Frauengeneration, die in dem Glauben groß geworden ist, dass sie Beruf und Familie haben sollten.«

»Das ist doch gut, oder?«, fragte Mark vorsichtig. »Ich meine, meine Frau war eine hervorragende Steuerberaterin und eine phantastische Mutter. Und sie war glücklich, weil sie beides machte.«

Nicky schaute ihn fasziniert an. »Wirklich?«

»Ja. Ich will natürlich nicht behaupten, dass es einfach war. Bestimmt nicht. Oscar kam viel früher, als wir geplant hatten, und Helen, meine Frau, hatte beruflich sehr zu kämpfen. Manchmal war es richtig schwer. Sie war hin- und hergerissen. Meistens hatte sie ein schlechtes Gewissen, weil sie beides nicht so gut machen konnte, wie sie wollte. Sie sagte immer, eine berufstätige Mutter sei der Inbegriff des schlechten Gewissens.«

»Ich glaube, sie hätte mir gefallen«, meinte Nicky lächelnd nach einer Pause.

Er erwiderte das Lächeln. »Das glaube ich auch.«

»Jedenfalls, genau das ist es«, sagte sie plötzlich. »Deine Frau hatte niemanden, an dem sie sich orientieren konnte. Ich meine, von wenigen Ausnahmen abgesehen, haben wir im Allgemeinen, als Generation, keine Rollenvorbilder, denen wir folgen können.«

Mark runzelte die Stirn. »Wie meinst du das?«

»Na ja, unsere hypothetischen Töchter können von ihren Müttern lernen, wie sie damit richtig herumjonglieren, wir konnten das nicht. Unsere Mütter haben genau das Gegenteil von dem gemacht, was wir heute versuchen. Sie haben die Karriere für die Familie geopfert oder umgekehrt. Für uns ist es also wirklich schwer.«

Sie sah Marks ernste Miene. O Gott, sie hatte sich schon wieder von ihrem Thema mitreißen lassen. Ihre Clique hätte sie längst ausgebuht.

»Entschuldige«, sagte sie. »Achte gar nicht auf mich. Ich bin abgeschweift.«

»Nein, du hast völlig recht. Es ist mir noch nie so klargeworden, aber genau so fühle ich mich bei Oscar.«

»Du? Wieso?«

»Ja, es ist genau so, wie du gesagt hast«, erklärte Mark. »Mein Dad kannte seine Rolle genau, ohne auch nur einen Moment daran zu zweifeln. Er war der Ernährer, und fertig. Aber bei mir ist es völlig anders.« Er seufzte. »Um ehrlich zu sein, wäre Helen nicht gestorben und ich hätte dich nicht getroffen, dann hätte sich in unserer Familie nicht viel verändert. Inzwischen begreife ich, dass es sehr schwer für Helen war, alles zu machen, und genau das habe ich praktisch von ihr verlangt, ohne es zu merken. Sie nannte es immer Extremmutterschaft.« Er lachte kurz auf.

Eine Weile saßen sie schweigend da, während Nicky verzweifelt überlegte, was sie darauf sagen sollte. Sie entschloss sich, weiter zu schweigen.

Er räusperte sich. »Jedenfalls hat sich alles verändert, und jetzt stehe ich hier und kann nie mehr so eine Art Vater sein. Aber … wo war ich stehengeblieben?«

»Ehm, bei deinem Dad?«

»Ach ja, Rollenvorbilder. Du hast völlig recht. Wenn ich ehrlich bin, habe ich das Gefühl, einen Job zu machen, ohne die Arbeitsanforderungen zu kennen.«

Nicky nickte. »Ja. Wir arbeiten alle ohne Plan.«

Er schüttelte den Kopf. »Beängstigend. Eine ganze Generation ohne Plan, und wir können nur hoffen, dass wir es richtig machen und aus der Praxis lernen.«

Sie schauten sich an und lächelten.

»Hör zu«, sagte er schließlich. »Es gibt vieles, was ich nicht weiß. Aber eins weiß ich genau: Du solltest diese Stelle bekommen. Ich will aber gar nicht weiter darauf herumreiten. Schon gar nicht, wenn es für dich andere Probleme gibt. Tut mir leid, wenn ich etwas Falsches gesagt habe oder wenn du das Gefühl hast, dass du nicht darüber sprechen solltest.«

»Nein«, erwiderte sie. »Eigentlich ist es ganz gut, darüber zu reden. Mit Rob kann ich nicht darüber reden, das liegt auf der Hand. Und auch nicht mit den anderen Kollegen.«

»Na ja, wenn du mal Lust auf ein ›Brainstorming‹ hast, bin ich der Richtige.«

Nach einer Weile hörte sie sich sagen: »Ich würde dich ja noch auf einen Kaffee heraufbitten, aber …« Sie fragte sich, wie sie den Satz beenden sollte, und schaute ihn an. Er hob die Augenbrauen. Sie seufzte.

»Ich bin hundemüde, und so spät noch Kaffee bringt mich wieder auf Trab.«

Als sie zwei Minuten später die Treppe hinaufging und noch Marks Lachen im Kopf hatte, wünschte sie, sie könnte die Zeit zurückdrehen.

Als sie ihre Haustür öffnete, piepste ihr Handy. Es war eine SMS von Rob.

Puh. Lebe noch. Du?

Als sie die Nachricht beantwortete, fiel ihr auf, dass sie mit Rob trotz all seiner verwirrenden Botschaften nie solche peinlichen Momente erlebt hatte wie eben mit Mark.

Währenddessen fuhr Mark langsam nach Hause. Wie

hatte er nur glauben können, dass eine solche Frau keinen Kerl im Hintergrund hatte? Und wie es sich anhörte, drängte der Bursche sie dazu, sich bald fest zu binden.

KAPITEL 22

In den nächsten vierzehn Tagen sprachen Mark und Nicky nicht mehr über die Beförderung, obwohl sie ständig daran dachte. (Na ja, meistens.) Es fiel ihr nicht leicht, nicht darüber zu reden. Sie hatte es eigentlich noch nie lange geschafft, etwas für sich zu behalten. Mit Claire hatte sie nicht darüber reden können, weil ihre Schwester im Augenblick zu beschäftigt war, mit Ally durfte sie nicht darüber reden, und immer wenn sie Rob darauf ansprach, machte er nur Witze, dass sie eines fernen Tages gemeinsam über das alles lachen würden, wahrscheinlich beim Weihnachtsessen in der Familie. So begriffsstutzig sie sein mochte, das verstand sie und versuchte nicht mehr, mit ihm darüber zu reden.

Und so klopfte sie eines Tages in der Mittagspause an Marks Bürotür. Sein Büro war mittlerweile um- und aufgeräumt und sehr gemütlich. Es gab sogar eine Grünpflanze, die allerdings zu gesund aussah, um echt zu sein. Auf seinem Schreibtisch stand ein Fotorahmen, und Nicky fragte sich, ob er ein Bild von Oscar, Helen oder einem Au-pair enthielt. Aber solche Gedanken kamen ihr immer seltener, je häufiger sie miteinander plauderten.

Nickys mögliche Beförderung war zwar ihr Hauptgesprächsthema, aber keineswegs das einzige. Sie sprachen über alle wesentlichen aktuellen Kulturbereiche: Ob sie lieber duschten als badeten, Aerobic oder Gymnastik machten, Reality-TV oder US-Sitcoms bevorzugten.

Schon bald konnte Nicky sich mit Mark völlig unbefangen unterhalten und ihre Bedenken, was die Beförderung betraf, freimütig äußern. Im Laufe des Monats erzählte sie ihm, wieso sie überhaupt den Lehrerberuf gewählt hatte, und gestand ihm, dass sie Oscar für etwas ganz Besonderes hielt. Ein Thema, das sie tunlichst mied, war natürlich ihr größter Hemmschuh: ihre Sorge, dass sie mit der größeren Arbeitsbelastung ihren Traum von einer eigenen Familie zunichtemachen könnte. Erst neulich hatte sie einen Zeitungsartikel gelesen, in dem es (triumphierend?) hieß, Männer sähen erfolgreiche Karrierefrauen ausdrücklich nicht als potentielle Ehefrauen. Es war zu einfach, zu behaupten, einen solchen Mann würde sie ohnehin nicht heiraten wollen.

Einerseits scheute sie vor diesem Thema zurück, weil es zu persönlich war, andererseits weil es in ihrem Leben keinen Mann gab und sie nicht als armes Mauerblümchen erscheinen wollte.

Wann immer das Thema zur Sprache kam, entstanden daher zweideutige Pausen und unbehagliches Schweigen, aber sie konnte sich einfach nicht durchringen, es auszusprechen.

Manchmal empfand sie es als treulos gegen Rob, so persönliche Gespräche mit Mark zu führen. Aber dann sagte sie sich, dass das einfach lächerlich sei. Sie schuldete Rob rein gar nichts. Sie waren Freunde, mehr nicht. Außerdem tat sie nichts, wofür sie sich schämen müsste. Mark war auch nur ein Freund, mehr nicht. Sie konnte nichts dafür, dass seine Freundschaft ihr so guttat, dass sie sich morgens bald mehr darauf freute, ihn zu sehen als jeden anderen. Mark half ihr selbstlos und unterstützte sie von ganzem Herzen, weil er fest an sie glaubte. So etwas hatte sie bei Rob nie erlebt.

Aber plötzlich änderte sich alles. Kurz nach Beginn der Sommerzeit, als die Tage länger wurden und alle aus dem Winterschlaf erwachten, machte Miss James ihnen bei der morgendlichen Besprechung eine aufrüttelnde Mitteilung. Sobald der Hausmeister sein Puzzleteil eingesetzt und sich aus dem Staub gemacht hatte, um vermutlich nie wieder einen Fuß in das Büro zu setzen, erklärte sie Rob und Nicky, dass sie auf dem bevorstehenden Schulfest ihre Pensionierung bekanntgeben würde. Da außer ihrer Mutter auch viele Mitglieder des Elternbeirats und des Schulvorstands auf dem Fest erscheinen würden, bot es eine geeignete Gelegenheit. Danach erwarte sie alle Bewerbungen innerhalb einer Woche.

Nach der Besprechung fand Rob innerhalb von Minuten eine Ecke des Mittelmeers kurz vor Sizilien und verließ das Büro munter pfeifend. Nicky stand völlig niedergeschlagen vor Miss James' Puzzle. Jetzt musste sie sich auf die Schulleiterinnenstelle bewerben, was etwas völlig anderes war, als nur darüber nachzudenken, und hatte außerdem bald keinen Vorwand mehr für ausführliche Unterhaltungen mit Mark. Sie starrte auf die teils verschwommene Landkarte und brauchte zwanzig Minuten, um die Nordspitze Frankreichs zu finden.

Als sie Mark in der Mittagspause erzählte, dass Miss James die Bewerbungsfrist festgesetzt hatte, gratulierte er ihr, dass sie den Job praktisch schon bekommen habe. Er wirkte weitaus aufgeregter darüber als sie.

»Endlich ist Schluss mit dem Hin und Her«, sagte er, sie anlächelnd. »Die Sache ist so gut wie geritzt.«

Wieso war er so zuversichtlich und sie nicht?

Am Morgen des Schulfests wachte sie mit jungmädchenhaftem Herzklopfen bei blühenden Bäumen auf. Der Frühling wirkte sich offenbar auf alles aus. In den letzten Wochen hatte sie eine globale Erwärmung erlebt, tektonische Plattenverschiebungen hatten Beziehungen verändert und Eiskappen schmelzen lassen. Sie und Mark waren gutbefreundet.

Kein Wunder, dass Nicky gleich nach dem Aufwachen an ihn denken musste. Beim Kaffee fiel ihr auf, dass sie nach der Festsetzung der Bewerbungsfrist ihre Enttäuschung vor Mark hatte verbergen müssen, dass sie nun keinen Vorwand mehr für ihre Plauderstündchen hatten. Er hatte dagegen mit überschwenglicher Freude auf die Neuigkeit reagiert. Daraus konnte eine vernünftige Frau nur den einzig möglichen Schluss ziehen, dass ihm diese Gespräche offensichtlich nicht so viel bedeuteten wie ihr. Und wieso war er überhaupt so aufgeregt über ihre mögliche Beförderung? Allmählich kam sie sich vor wie Miss Marple, allerdings ohne das Selbstbewusstsein und die Strickkünste. Schnell zog sie sich an.

Um Punkt acht Uhr traf sie bei Claire ein. Die Mädchen schütteten mit viel Gezicke, Herumkommandieren und Machtkämpfen den Inhalt von dreizehn Jumbopackungen Bonbons in eine große Schüssel. Nicky ließ sie die Süßigkeiten in Zehnergruppen sortieren, und nach einer halben Stunde hatten sie alle gezählt und nur die Hälfte gegessen. Dann schüttete Nicky die Bonbons in ein riesiges Einmachglas und schraubte den Deckel auf. Sie ließ die Mädchen einzeln schwören und einen Vertrag unterschreiben, dass sie niemandem verraten würden, wie viele Bonbons sich in dem Glas befanden.

Dank der einschüchternden Effizienz der Elternvertretung brauchte Nicky keine weiteren Vorbereitungen für ihren Stand auf dem Schulfest zu treffen. Selbstverständlich musste sie sich zeitig dort blicken lassen, aber um Tische, Essen und Getränke, Dienstpläne und sogar um die Markise kümmerten sich die Mütter der Schüler.

Die Mädchen kamen mit zum Schulfest ihrer geliebten Tante, weil es immer Spaß machte, in eine Schule zu gehen, die nicht die eigene war. Als sie auf den Schulparkplatz bog, schlug Nickys Magen einen Purzelbaum. Würde Mark eine Freundin mitbringen? Vielleicht Oscars Au-pair-Mädchen? Oder eine Tussi aus der City mit eigenen Kindern?

Nicky setzte sich mit den Mädchen ins Gras und gab ihnen Anweisungen, wie sie den Rate-die-Zahl-der-Bonbons-im-Glas-Stand zum buntesten und auffälligsten des Schulfests machen sollten. Jedes Mädchen erhielt eine Aufgabe. Als die Sonne über den Hügel hinter ihnen stieg, drehte Nicky ihr Haar auf dem Kopf zusammen und steckte es mit einem Buntstift fest. Dann malte sie ein Schild, hängte es vorn an ihren Stand, stellte das Einmachglas auf den Tisch und legte Stift und Papier daneben. Anschließend ging sie mit den Mädchen im Schlepptau Stühle holen.

Nach dem grellen Licht draußen wirkte die Schule dunkel. Während die Mädchen in die Aula vorausliefen, nahm Nicky sich selbst ins Gebet. Sie dachte zu viel nach. Mark war ein Kollege und Freund, aber sie machte daraus eine Schulmädchenschwärmerei. Wenn sie nicht aufpasste, würde sie sich zum Narren machen. Konzentriere dich auf die Arbeit, befahl sie sich, bewirb dich auf die Rektorenstelle und mach dann ganz normal weiter.

In der Aula musste sie die Mädchen ermahnen, nicht Fangen zu spielen. Jede nahm sich einen Stuhl, und im Gänsemarsch machten sie sich auf den Weg zurück an den Stand. Während Nicky vorneweg ging, führte sie weiter ihr kleines Selbstgespräch. Mark war nicht einmal sonderlich nett. Von seiner Supervaternummer durfte sie sich nicht täuschen lassen. Schließlich hatte der Mann sich in den ersten zehn Jahren kaum um seinen Sohn gekümmert. Außerdem interessierte er sich für sie allenfalls als seine nächste Chefin.

Ihr stockte der Atem. Bekäme sie die Stelle, dann wäre sie seine nächste Vorgesetzte. Das war der Grund, weshalb Mark sie so darin unterstützte, sich für den Posten zu bewerben! Als sie plötzlich wie erstarrt in der Sonne stand und ihr Rock in der milden Brise flatterte, fiel ihr ein, dass Mark Rob nicht ausstehen konnte. Mark fände es grässlich, wenn Rob Schulleiter und damit sein unmittelbarer Vorgesetzter würde. Er hatte also doch eigene Motive, sie zu der Bewerbung zu überreden. Deshalb baute er ihre Freundschaft in dieser entscheidenden Phase so aus: um sicherzugehen, dass Rob echte Konkurrenz hatte, und um sie sich zur Verbündeten zu machen, falls sie die Stelle bekäme. Wieso war ihr das nicht schon früher eingefallen? Es lag doch klar auf der Hand. Sie musste einfach ihre naiv-romantischen Vorstellungen von Marks Vertrauen in sie aufgeben und sich endlich darauf konzentrieren, was sie eigentlich vom Leben wollte.

»Hi!«, rief Mark links von ihr. Beinahe hätte sie den Stuhl fallen lassen. Gott, sah er toll aus. Er trug eine enggeschnittene helle Leinenhose und ein weites weißes Hemd mit offenem Kragen, durch das zu beiden Seiten seines V-förmigen Oberkörpers die Sonne schimmerte. Von einer Freundin war nichts zu sehen, was ebenfalls toll war. Er trug eine Sonnenbrille, die an jedem anderen angeberisch gewirkt hätte, aber an ihm umwerfend aussah.

Sie riss sich zusammen und rief sich noch einmal zur Ordnung: Er war der Vater eines ihrer Schüler. Und vor allem interessierte er sich für sie nur so weit, wie es seinen eigenen Zielen nützte.

Sie lächelte ihn an. Er lächelte zurück. Sein Lächeln war umwerfend.

»Können wir helfen?«, fragte er mit noch strahlenderem Lächeln.

Auf der einen Seite neben ihm stand Oscar, auf der anderen Daisy. Sie sahen aus wie aus einem Hochglanzmagazin. Während Nicky noch überlegte, was sie sagen könnte, um attraktiv und geistreich zu wirken und gleichzeitig den Eindruck zu vermitteln, dass sie sich und ihr Leben voll im Griff hatte, trat Mark zu Abigail, die sich mit einem Stuhl abschleppte, der fast größer war als sie. Er ging in die Hocke, um auf Augenhöhe mit ihr zu sein, und fragte sie, ob er ihr mit dem Stuhl helfen könne. Das Mädchen legte den Kopf schief wie Lady Diana, lächelte schüchtern, und Nicky hätte schwören können, dass sie mit den Wimpern klimperte. Sicher versteckt hinter ihrer Sonnenbrille, betrachtete Nicky Marks Unterarme, als er mit einer Hand Abigails Stuhl, mit der anderen Isabels Stuhl nahm. Umwerfende Unterarme mit weichen blonden Härchen.

»Oscar«, rief Mark, »worauf wartest du?«

Oscar verzog fragend das Gesicht.

»Hier ist eine junge Dame, die Hilfe braucht«, meinte Mark und deutete mit dem Kopf auf Sarah-Jane.

Oscar ließ Kopf und Schultern hängen, als hätte er gerade Hausarrest bekommen, und nahm den Stuhl.

»Danke«, sagte das Mädchen unbekümmert. »Ich bin Sarah-Jane.«

Oscar knurrte.

»Ich bin Daisy«, antwortete Daisy an Oscars Stelle. »Wie alt bist du? Ich bin schon fast elf.«

Als die Kinder weitergingen, folgten Mark und Nicky ihnen, wobei sie im Schutz ihrer Sonnenbrille immer wieder den Blick auf seine Unterarme schweifen ließ.

»Und, wie geht es dir?«, fragte Mark.

»Gut«, antwortete sie. »Danke! Und dir?«

Noch bevor Mark antworten konnte, kam Rob mit breitem Grinsen heran und ging neben Nickys Stuhl her.

»Also, Miss Hobbs, was schleppt sich ein so hübsches kleines Ding wie Sie mit so einem großen schweren Ding ab?«, sagte er.

»Hau ab, Prattison.« Stirnrunzelnd packte Nicky den Stuhl fester. »Ich bin eine erwachsene Frau, keine Sechsjährige.« So. Das würde den beiden zeigen, dass sie eine moderne Frau war, die ihr Schicksal ohne ihre Hilfe in die eigenen Hände nahm. Sie ließ ihm den Stuhl auf den Fuß fallen.

Rob reichte ihr den Stuhl graziös und bedachte Mark mit einem verschwörerischen Grinsen. »Der gute alte Feminismus. Ihre Stühle wollen sie uns nicht tragen lassen, aber flachlegen lassen sie sich von uns.« Nur leicht humpelnd, ging er weiter Richtung Schule. Nicky blieb mit offenem Mund stehen, Mark ebenfalls.

»Ich kann nicht fassen, dass er das gerade gesagt hat«, flüsterte sie.

Marks Augenbrauen tauchten kurz hinter seiner Sonnenbrille auf.

»Weißt du, du hast recht«, sagte sie und ging weiter. »Manchmal kann er wirklich ein Arsch sein.«

»Von manchmal habe ich nichts gesagt«, brummte Mark.

Nicky überlegte, wie sie erklären sollte, dass sie sich von Rob nicht hatte »flachlegen« lassen, ohne dass es sich völlig überspannt oder aber geradezu marktschreierisch anhörte, als sie jemand plötzlich von hinten um die Taille fasste.

Sie schreckte auf, stieß sich den Stuhl ans Schienbein und starrte in Miss James' Augen, die einen leicht irren Blick hatten.

»Hallo!«, rief ihre Chefin. »Hallo, hallo, hallo.«

»Hallo!«, antworteten Mark und Nicky.

»Wie geht es uns allen heute?«, kreischte Miss James.

»Gut«, kreischten Mark und Nicky.

»Gut, gut, gut, gut«, sagte Miss James.

Nicky fühlte sich alles andere als gut, sogar ausgesprochen schlecht, und bemühte sich, Miss James nicht versehentlich oder absichtlich mit dem Stuhl am Kopf zu streifen. Stattdessen ging sie mit Mark und ihrer Chefin auf die Wiese und begnügte sich damit, finsteren Gedanken nachzuhängen. Was hatte Rob bloß geritten, so etwas zu sagen? Er war kein Freund. Wann würde sie das endlich lernen? Männer und Frauen konnten keine Freunde sein. Vielleicht steckten er und Mark sogar unter einer Decke?

Bis zehn Uhr waren alle, die einen Stand betreuten, eingetroffen. Nicky half einigen bei den Vorbereitungen, und als niemand mehr Hilfe brauchte, spielte sie mit ihren Nichten und einigen anderen Kindern, um sie zu beschäftigen und sich vor allem von ihren Grübeleien über die beiden intriganten Männer in ihrem

Leben abzulenken. Im Umgang mit Kindern bekam sie meist ihren Kopf frei, und es funktionierte auch dieses Mal. Während des Spiels schaffte sie es tatsächlich, alles zu vergessen und einfach Spaß zu haben. Der Wind in ihrem Haar, das Gras unter den nackten Füßen, die Sonne auf der Haut, das Kinderlachen um sie herum, alles das schlug sie in den Bann.

Mark stand daneben und schaute eine Weile zu, bis Oscar sich zu ihm gesellte.

»Was ist los?«, fragte Mark und stieß seinen Jungen in die Rippen.

»Nichts.«

»Wieso spielst du nicht mit? Daisy ist auch da.«

Beide schauten zu Daisy und Sarah-Jane, die sich an den Händen hielten und zusammen lachten.

»Lass mich in Ruhe«, maulte Oscar und stapfte davon. Mark sah ihm nach und schaute dann wieder dem Spiel zu. Die Kinder hatten auf der Wiese einen Kreis gebildet, hielten sich an den Händen und sangen etwas, was sie aufgeregt lachen ließ. Nicky jagte einer ihrer Nichten rund um den Kreis hinterher, bis das Mädchen plötzlich einem anderen Kind auf den Rücken schlug und dessen Platz einnahm. Nun flüchtete dieses Kind lachend und kreischend vor Nicky.

Mark sah bei jedem Schritt unter Nickys Rock ein schlankes, abgesehen von einem kleinen blauen Fleck am Schienbein alabasterfarbenes Bein hervorblitzen. Ihr Haar fiel ihr auf den Rücken, und ihre Wangen glühten. Vor allem aber fiel ihm auf, dass sie nicht lief wie eine Frau, geschweige denn wie eine Lehrerin, sondern unbefangen, zielstrebig und unbekümmert wie ein Kind.

Als Oscar wiederkam, legte er ihm sanft die Hand in den Nacken und führte ihn zu dem Kreis. Nicky empfing sie mit weit ausgebreiteten Armen und strahlendem Gesicht, und Mark merkte, dass seine Zuneigung zu ihr die seines Sohnes mittlerweile übertraf.

Gegen Mittag füllte sich das Schulgelände, und um halb eins wimmelte es vor Menschen. Nickys Stand war einer der beliebtesten und ließ ihr kaum einen Moment für sich. Als Oscar und Daisy kamen, um ihr zu helfen, war sie so erleichtert, dass sie ihnen beinahe um den Hals fiel und rasch zur Toilette lief.

Anschließend gönnte sie sich eine kleine Pause und holte sich ein Sandwich. Als sie Rob in angeregtem Gespräch mit Miss James sah, nagte purer Neid an ihr. Mit langen, selbstsicheren Schritten ging Rob in die Mitte des Zeltdachs, sprang auf die Bühne, nahm das Mikrofon und hatte sofort die Aufmerksamkeit aller. Er kündigte Miss James in einer Ansprache an, die witzig genug für die Kids war, respektvoll genug für den Schulvorstand und kurz genug für die Eltern. Nicky schaute zu, ohne ihr Sandwich aufzuessen. Ihr dämmerte, dass sie vermutlich den neuen Schulleiter vor sich hatte. Mit Rob als Rektor würde die Morgenandacht Spaß machen. Sollte sie dagegen die Stelle bekommen, bräuchte sie wahrscheinlich eine Hypnose, um auch nur in der Aula bis nach vorn zu gehen, ohne in Ohnmacht zu fallen.

Vage merkte sie, dass jemand sich neben sie stellte. Sie konnte nicht hinsehen. Ihre Arme prickelten. Bevor Rob von der Bühne sprang, feuerte er die Zuschauer an.

»Er ist gut, nicht?«, hörte Nicky Amanda so dicht an ihrem Ohr sagen, dass sie ihr Parfüm fast schmecken konnte. Sie antwortete mit einem Nicken und sah unter dem Zeltdach Hunderte lachender, strahlender Eltern. Als sie Mark entdeckte, schaute er gerade zu ihr herüber. Wie gelähmt starrte sie ihn an. Er arbeitete sich durch die Menge zu ihr durch.

Als Miss James mit ihrer schockierenden Mitteilung an die Welt begann, gelang es Nicky, den Blick von Mark loszureißen. Er stellte sich neben sie, während Rob an Amandas Seite trat. Die Menge reagierte erstaunt auf Miss James' Neuigkeit.

Nicky sah, wie Miss James von der Bühne kam, ihre Mutter umarmte und anschließend zu ihnen kam.

»So!«, erklärte sie. »Ich habe es getan, Leute. Innerhalb der nächsten Woche möchte ich Ihre Bewerbungen haben.«

»Meine bekommen Sie morgen«, erklärte Rob stolz.

»Wunderbar«, rief Miss James. »Ich mag es, wenn ein Mann schnell entschlossen ist.«

Rob strahlte und deutete eine Verneigung an, worauf Miss James klatschte. Einen Moment trat Stille ein. Aus der plötzlichen Furcht, dass Amanda ihr zuvorkommen könnte, rief Nicky: »Meine auch!«

Miss James klatschte jubelnd. Mark schloss sich ihr an.

»So«, meinte Miss James, die beiden anstrahlend, »damit ist der Fehdehandschuh also geworfen!«

»So ist es«, lachte Rob. »Möge der beste Mann gewinnen!« Er nahm Nickys Hand und führte sie an seine Lippen wie ein galanter Ritter. Nicky knickste unwillkürlich.

»Wer immer sie auch sein mag«, fügte Mark munter hinzu.

Alle lachten, und Nicky war gleichzeitig von Liebe und Hass zu allen, einschließlich sich selbst, erfüllt. Wäre sie ein Computer, wären ihre Anschlüsse durchgebrannt, so war sie nur nicht imstande, ihr Sandwich aufzuessen.

Als ein Schulvorstand Miss James fortholte, blieben die vier als Grüppchen zurück. Nicky wollte lieber allein sein.

»Wie war meine Rede?«, fragte Rob.

Alle versicherten ihm, sie sei gut gewesen, wobei Nicky sich mit einem Lächeln und einem Kopfnicken begnügte.

»Ich liebe es, Reden zu halten«, erklärte er. »Dieser Teil des Jobs wäre mir der liebste, glaube ich.«

Amanda bedachte Nicky mit einem verschwörerischen Grinsen. »Man sollte meinen, er hätte die Stelle bereits!«

Amandas Freundlichkeit brachte Nicky so durcheinander, dass sie ein Weilchen brauchte, bis ihr klarwurde, dass es sich lediglich um diplomatisches Taktieren handelte. Schließlich war vermutlich einer von ihnen beiden demnächst Amandas Chef. War hier überhaupt jemandem zu trauen?

»Ich hole mir etwas zu trinken«, verkündete sie unvermittelt.

»Sehr gut, ich komme mit«, sagte Mark.

Als sie gemeinsam durch das Gedränge gingen, streiften sich ihre Arme.

»Glückwunsch«, raunte er ihr zu und drückte sanft ihren Oberarm. Seine Hand war warm.

»Na ja, noch habe ich die Stelle nicht«, erwiderte sie. »Ich habe nur gesagt, dass ich mich darum bewerbe.«

Sie erreichten die Schlange am Getränkestand.

»Ja, aber ich setze volles Vertrauen in dich«, meinte er mit einem Blick, mit dem man seinen treuen, sterbenden Labrador anschaute, fand sie.

Sie schloss die Augen. »Danke.«

»Du bewirbst dich für eine Stelle, die du mehr als verdient hast«, flüsterte er mit Nachdruck. »Es wäre ein Verbrechen, wenn du es nicht tätest. Ich will dir was sagen, ich habe so viele Frauen gesehen, die sich wegen familiärer Verpflichtungen von Männern haben abhängen lassen. Und diese erbärmlichen Mistkerle verdienen am Ende doppelt so viel wie die Frauen und machen sie dann noch zur Schnecke, wenn sie mal früher von der Arbeit wegmüssen, um die Kinder von der Schule abzuholen. Aber für sie ist es völlig in Ordnung, früher aus dem Büro zu gehen, um sich im Pub volllaufen zu lassen, während ihre Frauen zu Hause ihre Karriere opfern, um sich um eine Familie zu kümmern, die sie nie sehen.« Er musste an Lilith denken. »Scheiße, das ist so ungerecht gegenüber berufstätigen Müttern.«

Nicky fragte sich, warum diese Solidaritätsbekundung sie nicht aufmunterte.

»Ja, aber ich tue es nicht für sie«, wandte sie mit mildem Lächeln ein, »oder für irgendwelche Frauen, auf denen du in der Vergangenheit mal herumgetrampelt hast. Ich tue es für mich.« Er wollte etwas sagen, aber sie redete schon weiter: »Außerdem gehst du davon aus, dass diejenigen, die Kinder großziehen, das kürzere Ende ziehen.« Sie rückten ein Stück in der Schlange vor. »Aber vielleicht wissen berufstätige Mütter insgeheim, dass sie das perfekt ausgewogene Leben haben und alle anderen es falsch sehen.«

»Mm«, sagte Mark. »Aber Männer können es in ihrem Beruf bis an die Spitze bringen und die perfekte Familie haben. Außerdem ernten sie auf beiden Gebieten Respekt, ohne auch nur halb so viel zu arbeiten wie Frauen.«

»Ja«, bestätigte Nicky, »aber wie gesagt: Ich mache es nicht für sie, sondern für mich.«

»Klar«, meinte Mark leicht verwundert. »Ich sage ja

bloß, dass du völlig recht hast: Es geht um die Ausgewogenheit. Das hast du mir beigebracht.«

»Ja. Außer wenn sie gar keine Kinder hat«, sagte sie bemüht, ihre Stimme unter ihre Gewalt zu bringen. »Ohne Kinder kann eine Frau sich genauso besessen auf ihre Karriere konzentrieren und hat sämtliche Vorteile, die ein selbstsüchtiger, unausgewogener Mann hat.«

»Genau!«, flüsterte er ihr ins Ohr. »Zum Glück musst du dir über das alles keine Gedanken machen. Du hast die gleichen Voraussetzungen wie Rob, und daher verdienst du diese Beförderung. So einfach ist das.«

Sie spürte seine Körperwärme und musste sich beherrschen, sich nicht an ihn zu schmiegen. »Nichts ist so einfach«, sagte sie leise.

Eine Stunde später kam Ally auf das Schulfest. Als sie Nicky fand, hatte sie schon eine Portion Zuckerwatte zur Hälfte gegessen und die Neuigkeiten gehört.

»Ich hoffe, du bewirbst dich.«

»Ja.«

»Wunderbar. Glückwunsch.«

Sie umarmte sie stürmisch und verhedderte sich mit der Zuckerwatte in Nickys Haaren. Sie lächelten sich an.

»Du weißt ja, was es für mich bedeutet, wenn du diese Stelle kriegst, oder?«, fragte Ally mit dem Mund voller rosafarbener Zuckerwatte.

»Was denn?«

»Dann kann ich jeden Morgen zu spät kommen. Du musst den Job einfach kriegen.«

Nicky lachte, aber es klang irgendwie hohl. Gab es denn niemanden, der sich einfach für sie freute, ohne an seinen eigenen Nutzen zu denken?

KAPITEL 23

Der nächste Tag war ein Sonntag, daher war es ganz normal, dass Nicky deprimiert aufwachte. Sie lag im Bett, starrte auf ihre dünnen, durchscheinenden Vorhänge und lenkte ihre Gedanken auf die saubere, leere Teekanne in ihrer sauberen, leeren Küche. Es wirkte. Sie verspürte gerade genug Optimismus, um aufzustehen.

Mit einem Becher Tee in der Hand ging sie durch das Wohnzimmer auf den Balkon. Kühle Frische belebte ihre Haut. Sie war gerade rechtzeitig aufgestanden, um die letzten taufrischen Momente des Morgens zu erleben. Sie setzte sich auf ihren Liegestuhl und schlug die Beine übereinander.

Wieso waren Sonntage so traurig? Selbst die Luft fühlte sich anders an. Irgendetwas stimmte nicht mit dieser Welt, wenn man die fünf Tage bis zum Wochenende abzählte, nur um dann am Sonntag die Zeit totzuschlagen, bis endlich *Hercule Poirot* im Fernsehen lief.

Aber was steckte außer dem Sonntag noch hinter ihrer Niedergeschlagenheit? Ach ja. Gestern.

Mark Samuels war ihr standhafter Verbündeter in ihrem Kampf, eine kinderlose Karrierefrau zu werden, weil er damit insgeheim seine eigenen Ziele verfolgte und lieber sie als Rob zur Vorgesetzten haben wollte. Und was wollte sie? Sie überlegte eine Weile, während sie die vorüberziehenden Wolken beobachtete. Sie wusste verdammt gut, was sie wollte. Sie wollte die Rektorenstelle, sie wollte mit Mark arbeiten, sie wollte Babys und sie wollte liebend gern unanständige Dinge mit Mark treiben.

Aber nicht unbedingt in dieser Reihenfolge.

Sie ging wieder hinein. Nach einem Bad betäubte sie die Stimmen in ihrem Kopf mit lauter Musik, schrieb dabei ihre Bewerbung für Miss James' Stelle auf ihrem Laptop und aß dabei ein zeltgroßes Stück Schokoladenkuchen.

Es funktionierte. Am Nachmittag war sie vollgepumpt mit Koffein, lauten, aufpeitschenden Drum Beats und Zucker. Anschließend lief sie eine kleine Runde, aß mit Claire und den Mädchen zu Abend und hatte es bis zum Schlafengehen geschafft, sich in ein gesundes Nichtunglücklichsein zu arbeiten.

Am Montagmorgen las sie ihre Bewerbung noch einmal durch, bevor sie aus dem Haus ging. Sie fand drei Rechtschreibfehler und beschloss, sie am Abend noch einmal neu zu schreiben, dieses Mal ohne laute Musik, und sie am Dienstag abzugeben. Sie hatte ja noch die ganze Woche Zeit.

In der Schule lächelten Rob und sie sich quer durchs Lehrerzimmer an. Er kam mit zwei Bechern Tee herüber, an seiner Seite Amanda als Anflug von Nostalgie. Offenbar hatten sie ihre Unstimmigkeiten beigelegt.

»Schon abgegeben?«, fragte er.

»Nein«, antwortete Nicky. »Du?«

»Um acht Uhr dreißig heute Morgen.« Amanda schüttelte den Kopf und tauschte einen Blick mit Nicky.

An diesem Abend holte Nicky ihren Laptop heraus, löschte ihre Bewerbung größtenteils und fing noch einmal von vorn an. Dieses Mal ließ sie im Hintergrund den Klassiksender laufen.

Am Dienstagmorgen las sie sie noch einmal durch, bevor sie den Umschlag zuklebte. Sie las noch mal. Und noch mal. Ja, da war eindeutig ein schwacher Satz, der sich anhörte, als stünde sie der Stelle zwiespältig gegenüber. Sie hatte ihn wohl geschrieben, als sie von einer Radiowerbung abgelenkt war. Das musste sie heute Abend noch einmal überarbeiten. Und dieses Mal ohne jede Hintergrundmusik.

Eine halbe Stunde später begegnete sie zufällig Mark auf dem Schulparkplatz. Sie kam an seinem Wagen vorbei, als er gerade abschloss, und sie lächelten sich an. Er trug einen dunklen Nadelstreifenanzug, ein weißes Hemd mit offenem Kragen ohne Krawatte, und sein glatter, weicher Adamsapfel deutete auf glatte, weiche andere Teile hin. Nebeneinander gingen sie den gewundenen Pfad entlang.

»Hast du schon deine Bewerbung abgegeben?«, begrüßte er sie.

Sie lächelte ihn an. »Du meinst wohl, hallo, wie geht's dir?«

»Hallo, wie geht's dir«, wiederholte er lachend. »Hast du schon deine Bewerbung abgegeben?«

Sie lächelte. »Nein. Ich schreibe sie heute Abend.«

Er sog hörbar Luft ein. »Du lebst wohl gern gefährlich, was?«

»O ja«, bestätigte sie. »Ein Leben am Abgrund.«

Abends brauchte sie drei Stunden, um die gesamte Bewerbung neu zu schreiben, ohne Hintergrundmusik; dieses Mal konzentrierte sie sich darauf, ihr wesentlich mehr Nachdruck zu verleihen. Dann beschloss sie, das

Ganze zu vergessen und am nächsten Tag noch einmal durchzulesen, wenn sie frischer wäre.

Am nächsten Morgen kam Rob sofort zu ihr.

»Und? Schon abgegeben?«, fragte er.

»Noch nicht«, antwortete sie so beiläufig wie möglich. »Etwas so Wichtiges sollte man nicht überstürzen.«

Amanda kam zu ihnen, kehrte dem Lehrerzimmer den Rücken zu und raunte so leise, dass Nicky sich vorbeugen musste, um sie zu verstehen: »Offenbar ist gerade ein interner Überraschungskandidat ins Rennen eingestiegen.«

»Du machst Witze«, sagte Nicky mit großen Augen.

Rob sog pfeifend die Luft ein. »Dann solltest du dich wohl beeilen«, meinte er zu Nicky. »Du willst schließlich nicht als wenig imponierende Dritte dastehen.«

»Jetzt schüchtere das Mädchen doch nicht ein«, schimpfte Amanda.

Nicky war nicht eingeschüchtert, sie war entsetzt. Ihr war nie in den Sinn gekommen, dass sich noch jemand aus der Schule bewerben könnte. Das bedeutete, dass jemand im Kollegium sich bei der Besetzung der Konrektorenstelle übergangen fühlte und den Eindruck hatte, sie mehr zu verdienen als sie. Ihr erster Impuls war, den oder die Betreffende zu suchen und ihren Job anzubieten. Ihr zweiter Gedanke war, dass sie auch gleich untertauchen könnte. Sie hasste dieses Taktieren und die Rivalität. Sie hasste es, nicht zu wissen, wer ihre Freunde waren und wer sich nur als ihr Freund ausgab, um von ihrer möglichen Beförderung zu profitieren. Sie wollte einfach nur unterrichten. Vielleicht sollte sie das Handtuch werfen, aufs Land ziehen und sich ein Kätzchen zulegen.

An diesem Abend las sie ihre Bewerbung noch einmal und fand, dass sie verbesserungswürdig war. Also überarbeitete sie alles noch einmal ohne Musik im Hintergrund, verlieh ihr einen dynamischen, kraftvollen, direkten Ton und fügte einen neuen Absatz hinzu, der ihr besonders gut gefiel.

Gleich am Donnerstagmorgen las sie den Text noch einmal durch und fand einen Rechtschreibfehler in dem neuen Absatz. Beinahe hätte sie geheult. Wenn sie einen Fehler fand, waren vielleicht noch mehr da. Sie musste alles heute Abend noch einmal lesen. Wenn sie nicht mal imstande war, die Bewerbung zu schreiben, wie sollte sie dann bloß mit dem Job fertig werden?

Vielleicht ein rotes Kätzchen mit weißen Pfoten.

Aber sofort musste sie an Mark denken und daran, wie dumm sie in seinen Augen dastehen würde, wenn sie sich nicht bewerben sollte. Vor allem, wenn der Grund war, dass sie das Bewerbungsschreiben nicht zustande brachte. An diesem Abend, dem letzten vor Ablauf der Bewerbungsfrist, las sie ihre endgültige Version, überprüfte die Rechtschreibung eines jeden Worts im Wörterbuch und ließ keine Hintergrundmusik laufen. Ohne auch nur einen weiteren Blick darauf zu werfen, klebte sie den Umschlag zu, schloss die Augen, wünschte sich etwas und steckte das Kuvert in ihre Aktentasche. Eigentlich wünschte sie sich bei dieser Gelegenheit gleich zweierlei: Sie bat ihren Schutzengel, sie bitte, bitte, bitte zur Rektorin zu machen, und fügte in einem kleinen Nachsatz spezielle Wünsche in Bezug auf Mark Samuels' untadelige Motive und schönen Schenkel hinzu.

Anschließend öffnete sie die Augen und stand nachdenklich in ihrem Wohnzimmer. War das die Definition einer modernen Frau? Sich Erfüllung im Beruf, in der Liebe und in der Lust zu wünschen, und zwar in dieser Reihenfolge? Ja, beschloss sie. Sie war der Inbegriff der Frau von heute, weil sie das alles gleichermaßen wollte. Dieser Gedanke beflügelte sie, bis sie am nächsten Morgen das Haus verließ und überlegte, dass sie wahrscheinlich nichts von alldem bekommen würde. Und das entsprach vermutlich der Definition einer unglücklichen modernen Frau, dachte sie, als sie in ihr Auto stieg.

Am Freitagmorgen wollte sie als Erstes in Miss James' Büro. Sie blieb auf dem Korridor davor stehen und betrachtete Janets Eingangskorb. Es lagen einige A4-Umschläge darin. Ob sie wohl schnell nachsehen sollte, ob einer ähnlich aussah wie ihrer? Wollte sie überhaupt wissen, ob sich sonst noch jemand beworben hatte?

»Hi«, sagte Mark.

Sie wirbelte herum. »Hi.«

Er deutete mit dem Kopf auf den Umschlag. »Ist sie das?«

Sie nickte und legte das Kuvert in Janets Korb. Mark klatschte Beifall. Sie verneigte sich leicht und ging grinsend wie eine Idiotin ins Lehrerzimmer.

Nachdem Janet bei der morgendlichen Dienstbesprechung ein Kind, das am Puzzle in haltloses Schluchzen ausgebrochen war, in seine Klasse zurückbringen musste (was nach Nickys Ansicht kaum weniger beängstigend war), hatte Miss James eine weitere kleine Überraschung für ihre werten Konrektoren.

»Wie Sie beide wissen, rückt die Sommerfahrt der Schule näher«, teilte sie strahlend mit. »Und selbstverständlich wollen Sie als meine heftig wetteifernden Stellvertreter sich das nicht entgehen lassen.«

»Natürlich nicht«, begeisterte sich Rob.

»Absolut nicht«, schloss Nicky sich an.

»Und da ich nun genau weiß, wo wir alle in Hinblick auf meinen Posten stehen«, Miss James bedachte sie beide mit einem bewundernden Lächeln, »werde ich dafür sorgen, dass wir diese langweiligen, albernen Bewerbungsgespräche mit dem Schulvorstand und mir bis zur Schulfahrt hinter uns gebracht haben, damit ich diese Woche mit Ihnen beiden und etwaigen anderen Bewerbern verbringen kann, bevor die endgültige Entscheidung fällt. Letztlich liegt die Entscheidung natürlich bei den Schulvorständen, aber sie werden mich sicher nach meiner Meinung fragen.« Sie schlug auf ihre Papiere. »Das ist der bei weitem fairste Weg, finden Sie nicht?«

Sie nickten. Nach der Besprechung war offenbar nicht einmal Rob in der Lage, ein passendes Puzzleteil zu finden, und wurde erst gleichzeitig mit Nicky fündig. Immer noch benommen, verließen sie gemeinsam das Büro.

»Dir ist doch klar, was das ist, oder?«, flüsterte er im Korridor.

»Ja.«

»Das ist ein einwöchiges Vorstellungsgespräch, verdammt.«

»Ja.«

»Sie wird uns einfach alles machen lassen«, zischte er. »Die ganze Arbeit. Und aus irgendeinem Grund ist sie wild entschlossen, uns zu erbitterten Rivalen zu machen.«

»Mm, ja, das ist mir auch aufgefallen«, erklärte Nicky. »Wieso?«

Als sie das Lehrerzimmer erreichten, drehte Rob sich abrupt zu ihr um und legte die Hand auf die Türklinke, um zu verhindern, dass sie hineinging.

»Vielleicht ist sie eifersüchtig«, sagte er. »Sie weiß, dass zwischen uns etwas Besonderes ist. Nicky, wir dürfen nicht zulassen, dass sie das mit uns macht.«

Zu ihrer Überraschung packte er sie am Ellbogen, zog sie an die gegenüberliegende Wand und drückte sie in eine Türnische. Sie schüttelte seine Hand ab und fauchte: »Rob, wieso glaubst du eigentlich, du könntest unsere Freundschaft an- und ausknipsen, wie es dir gerade passt?«

»He?«

»Diese abscheuliche Bemerkung von wegen Flachlegen zu Mark, dem Finanzverwalter, beim Schulfest. Was zum Teufel gibt dir das Recht ...«

Rob ließ den Kopf hängen und hauchte so leise, dass sie es kaum hörte: »Ich war eifersüchtig. Tut mir leid. Es war unverzeihlich, ich weiß.«

»Was?«, fragte sie fassungslos. »Eifersüchtig worauf?«

»Ach, komm schon, Nicky.« Plötzlich atmete er schwer und bekam einen flehenden Blick. »Bist du die ganze Heuchelei nicht auch leid?«

Es hätte einer Stärkeren als Nicky Hobbs bedurft, bei diesen Worten nicht dahinzuschmelzen. Sie schaute ihn an. Sein Blick wirkte gequält. Plötzlich wurde ihr alles sonnenklar. Das war es. Alles oder nichts. Schluss oder ... (Was war das Gegenteil von Schluss? Großer Neuanfang?) Ihre Knie wurden weich. Rob rückte näher.

Schnell schob sie ihn mit dem Knie fort.

»Rob. Nicht hier. Nicht jetzt«, zischte sie.

Er wich zurück. »Wann hören wir endlich auf, uns gegenseitig was vorzumachen? Und jeder sich selbst?«

Sie konnte nicht antworten. Sie konnte nicht denken. Es fiel ihr schon schwer genug zu atmen.

»Sieben Jahre, Nix«, sagte er flehentlich. »Sieben Jahre.«

Sie nickte.

»Ich weiß, ich mache Witze über uns«, fuhr er fort, »aber, Nick, du musst wissen, es vergeht kein Tag, an dem ich mich nicht frage, was passiert wäre, wenn ...«

Sie schloss die Augen und schüttelte den Kopf. Sie hatte schon vor geraumer Zeit aufgehört, darüber nachzudenken. (Was bedeutete, dass sie gewann. Hurra!)

»Ich habe mich verändert«, gestand er flüsternd. »Ich bin reifer geworden. Ich will heute andere Dinge. Ein Heim, eine Familie, Kinder. Nicky, wir sind endlich auf einer Wellenlänge.«

Sie öffnete die Augen. Was sagte er da?

»Rob«, brachte sie mühsam heraus, »du kannst etwas so Wichtiges nicht einfach an- und abschalten, es kommt alles so plötzlich.«

»Plötzlich!«, schnaubte er, sprach aber sofort wieder leise. »Ich kenne dich, seit du praktisch noch ein Kind warst! Zwei Jahre war ich schon in dich verknallt, bevor ich überhaupt etwas versucht habe.«

»Ich dachte, es war ein Jahr.«

Er lachte traurig auf. »Ich habe gelogen. Ich wollte den Coolen spielen. Das ist fast zehn Jahre her, Nicky. Und ich habe nie aufgehört, dich zu mögen. Jeden einzelnen Tag in diesem verdammten Lehrerzimmer ...«

Amanda fiel ihr ein, was sie erheblich abkühlte.

»Dein Timing war noch nie gut«, sagte sie. »Aber das ist wirklich ... Du ärgerst dich nur, weil Miss James versucht, uns gegeneinander auszuspielen.«

»Nein!« Er hob die Hände. »Sie hat mich zur Vernunft gebracht, indem sie versucht, mit unserer Zukunft ihr letztes kleines Machtspielchen zu treiben.« Sie schauten sich an, hielten den Atem an. Ihre Gesichter waren nur Zentimeter voneinander entfernt. Nicky war so verdutzt und in die Ecke gedrängt, dass sie

Mark nicht bemerkte, der nur ein Stück neben ihnen leise aus seinem Büro kam, sie sah und ebenso schnell und leise wieder verschwand.

»Tut mir leid, wenn es dir so plötzlich vorkommt«, sagte Rob. »Um ehrlich zu sein, ich habe auch nicht damit gerechnet. Aber da es jetzt heraus ist, versprich mir bitte, dass du darüber nachdenkst.«

»Worüber genau soll ich nachdenken?«

»Über uns. Das Eigentliche. Ernsthaft. Ich denke die ganze Zeit daran. Wenn wir uns nur mal durchringen würden, auf die Konsequenzen zu pfeifen und auf unser Bauchgefühl zu hören statt auf unseren Kopf. Stell dir doch bloß mal das Leben vor, das wir zusammen hätten, die Familie, die wir uns endlich erlauben würden.«

Als die Tür des Lehrerzimmers sich öffnete, sprangen sie auseinander. Zwei Minuten später waren beide mit Pete und Ally im Lehrerzimmer, und von vereinzelten ernsten Blicken abgesehen, tat Rob so, als wäre nichts passiert. Nickys Hände zitterten noch eine Stunde später.

Den Rest des Tages hatte sie das Gefühl, dass sich ihre Lebensperspektiven völlig verändert hatten. Es war, als wären ihre Schüler nur ein phantastischer Vorgeschmack auf ihr Leben statt einer lohnenden Alternative. Es war ein erheblicher Unterschied, allein schon zu glauben, dass ihr Traum von Mutterschaft eines Tages tatsächlich wahr werden könnte.

Als sie in der Mittagspause an Marks Büro vorbeikam, kam er gerade heraus. Sie blieben stehen und schauten sich an, dabei fühlte sie sich ihm seltsam fern, als ob sie ihn lange nicht gesehen hätte.

»Hallo«, sagte er.

Miss James trat aus ihrem Büro.

»Hallo, hallo, hallo«, sagte sie und gesellte sich zu ihnen. »Wussten Sie, dass Rob, Ihr würdiger Gegner, das ganze Schuljahr über geholfen hat, den Schachclub zu organisieren?«

»Nein«, antwortete Nicky mit großen Augen. »Schön! Schön für ihn.«

»Ja, nicht wahr?«, sagte Miss James strahlend.

»Soll ich Miss James erzählen, worüber wir gerade gesprochen haben?«, fragte Mark Nicky.

»Ehm …«

»Sie ist zu bescheiden«, erklärte er Miss James. »Sie hat gerade angeboten, mir bei der Organisation des Quizabends zu helfen.«

Miss James quietschte. »Wirklich? Ach, wunderbar! Ich bin so stolz auf meine Konrektoren. Ich bin stolz auf alle meine Mitarbeiter. Ich verstehe es wirklich, mir die Besten auszusuchen, nicht wahr? Wann treffen Sie sich?«

»Das erste Treffen ist schon heute Abend«, sagte Mark. »Bei mir zu Hause. Um Punkt acht. Miss Hobbs hat mir gerade gesagt, dass sie heute Zeit hat.«

Miss James schaute sie mit leuchtenden Augen an. »Morgen früh können Sie mir ja alles darüber erzählen!«

»Eigentlich wollte ich Sie gerade fragen, ob ich Sie kurz sprechen kann«, sagte Mark zu seiner Chefin.

»Mi office es su office«, verkündete Miss James strahlend. »Und wenn Sie schon mal da sind, können Sie gleich Osteuropa in Angriff nehmen.«

»Hervorragend.« Er wandte sich an Nicky. »Also dann bis acht. Ich maile dir meine Adresse.«

Sie nickte und schaute ihm nach, als er Miss James in ihr Büro folgte.

Nachdem Miss James die Tür geschlossen hatte,

starrte Nicky noch eine Weile darauf. In ihrem Kopf drehte sich alles. Sie fragte sich, wie sie es finden würde, einen Abend mit Mark zu verbringen, wenn sie nicht kürzlich dahintergekommen wäre, dass er mit seiner Unterstützung für sie vielleicht eigennützige Ziele verfolgte, und wenn Rob nicht heute Morgen geredet hätte wie der Held eines Groschenromans. Tanzte ihr Inneres einen Mambo, weil Rob ihr heute Morgen plötzlich seine zehnjährige Sehnsucht gestanden hatte oder weil Mark sie spontan zu einem Vorgespräch für einen Quizabend eingeladen hatte? Sie hatte keine Ahnung, sie wusste nur, dass es eindeutig ein Mambo war.

Nach dem Unterricht packte sie im Lehrerzimmer ihren Laptop aus. Falls sie keine E-Mail von Mark bekommen hatte, würde sie davon ausgehen, dass es nur ein Bluff war. Sie loggte sich ein. Unter dem Betreff *Meeting* schickte er seine Adresse und eine Nachricht.

Mi casa es su casa ... Bis heute Abend. X.

Sie starrte auf das Kuss-X. Wie konnte eine so kurze Nachricht, eine maschinegeschriebene flüchtige Mitteilung sich so wichtig anfühlen.

Was sollte sie tun? Ob Oscar auch da sein würde? Ob er etwas dagegen hätte, dass seine Lehrerin zu ihm nach Hause käme? Wusste er überhaupt davon? Oder wäre er heute Abend gar nicht zu Hause? Wären sie in diesem Fall allein? In Marks Haus? Den ganzen Abend? Oje.

Sie hatte gedacht, sobald sie ihre Bewerbung abgegeben hätte, würden ihre Sorgen für eine Weile nachlassen.

Ally kam ins Lehrerzimmer und musterte sie.

»Meine Güte, was ist denn los? Du siehst aus, als hättest du einen Geist gesehen.«

»Ich muss heute Abend zu einem spontanen Meeting wegen einer Fundraising-Veranstaltung zu Mark nach Hause«, sagte sie. Ach, und Rob hat sich als Vater meiner Kinder angeboten, dachte sie.

Ally machte große Augen. »Ein ›spontanes‹ Meeting? Wow.«

Nicky antwortete nicht.

Ally setzte sich zu ihr. »Ist doch bloß ein Meeting«, meinte sie beschwichtigend.

»Ein spontanes Meeting.«

»Also sei spontan. Du kommst schon klar.«

Nicky nickte. »Ich fühle mich ziemlich gestresst.«

Ally nickte ebenfalls. »Und leg Parfüm auf.«

Wieder nickte Nicky. »Danke.«

Abends um fünf Minuten vor acht Uhr parkte sie zwei Häuser von der angegebenen Adresse entfernt und blieb still sitzen. Ihre Gedanken waren ebenso durcheinander wie ihre Eingeweide. Sie trug Kleider, in denen Oscar sie tagtäglich sah. Sie war beruflich hier. Sie war Lehrerin, Mark Finanzverwalter. Es ging um ein Meeting.

Zum fünften Mal schaute sie in den Rückspiegel. Ihre Sommersprossen hatten sich am Samstag in der Sonne vervielfacht. Stirnrunzelnd betrachtete sie ihr Spiegelbild. Seit Samstag hatte sich alles verändert. Damals hatte sie Rob gehasst und für Mark geschwärmt. Jetzt wusste sie einfach nicht mehr, was sie empfand.

Kopfschüttelnd sagte sie sich, dass es nur um ein Arbeitstreffen ging, stieß die Wagentür auf und ging zu der angegebenen Hausnummer. Davor blieb sie stehen und überprüfte noch einmal die Adresse. Es war ganz und gar nicht das, was sie erwartet hatte. Sie hatte sich einen grandiosen Bau mit Säulen vorgestellt, aber das hier war eine unscheinbare Doppelhaushälfte mit Netzgardinen, wenn sie sich nicht sehr täuschte.

Auf ihr Klingeln öffnete zu ihrer Freude Oscar die Tür und strahlte sie an.

»Hallo«, rief sie. »Wie geht's meinem Lieblingsschüler namens Oscar?«

Lachend trat er zurück in eine geräumige, elegante Diele.

»Daddy zieht sich gerade um«, sagte er mit breitem Grinsen. »Ich soll Sie fragen, ob Sie Wein möchten.«

»Tatsächlich?« Sie hob die Augenbrauen.

»Ja.«

Oscar führte sie in die Küche und versuchte, so konzentriert eine Flasche Weißwein zu öffnen, dass er den Inhalt beinahe vergoss. Sie sah sich nach Anzeichen um, die auf eine Frau hindeuteten, aber die Zeichen waren zu verwirrend: Chintzvorhang und sonnengelbe Küchenschränke, aber minimalistische Möbel und kahle Wände. Sie sah sich nach Fotos um. Nichts. Am Kühlschrank hing ein Kalender, in den mit roten Großbuchstaben Oscars wöchentliche außerschulische Termine eingetragen waren. Ach, und ein Foto von Oscar, Daisy, Mark und Lilith in einem Garten, das verdächtig nach glücklicher Familie aussah.

Als Oscar die Flasche endlich geöffnet hatte, rief er nach oben: »Ich hab's geschafft! Ich hab's geschafft!« Nicky hörte Schritte die Treppe herunterkommen und bekam einen trockenen Mund. Sie drehte sich um und begrüßte Mark, der in die Küche kam und sein nasses Haar mit einem Handtuch trockenrieb. Er trug Jeans und ein grünes T-Shirt mit V-Ausschnitt, das seine grün-blauen Augen und seine breiten Schultern betonte. Sie bedachte ihn mit einem flüchtigen, professionellen Lächeln, wie es für ein abendliches Arbeitstreffen angemessen war, und als er sich umdrehte, um Gläser herauszuholen, starrte sie auf seinen Nacken und seine breiten, gereckten Schultern. Nur ein Meeting, sagte sie sich. Nur ein Meeting.

»Hat Oscar dich gefragt, ob du Wein möchtest?«, erkundigte Mark sich.

»Na ja …«

»Ich habe ihr gesagt, dass ich es tun soll«, erklärte Oscar.

»Das ist nicht ganz dasselbe«, sagte sein Vater.

»Oh«, machte Oscar und schaute zu, wie Mark Wein in zwei große und ein kleines Glas schenkte.

»Ist schon gut«, sagte Nicky. »Ehrlich gesagt, bin ich mir nicht sicher, ob es überhaupt passend ist.«

Mark schaute sie fragend an. »Passend? Wie meinst du das?« Er reichte ihr ein Glas.

»Na ja. Wein bei einem Arbeitstreffen. Vor einem Schüler.«

»Ach, verstehe.« Mark nickte.

Nicky hob ihr Glas und trank es in einem Zug fast leer.

Eine halbe Stunde lang saßen sie am Küchentisch, tranken Wein und unterhielten sich, wobei Mark Oscar gelegentlich ermahnte: »Trink nicht so schnell, Schatz, genieß es.« Nicky hatte das Gefühl, das Backstage-Geplauder ihrer Lieblingsband zu belauschen. Nur einmal vergaß sie sich und mahnte Oscar lächelnd: »Wenn du so schnell trinkst, bekommst du einen Schwips.« Oscar schaute seinen Vater fragend an. Sie folgte seinem Blick und entschuldigte sich rasch. Zu ihrer Erleichterung nickte Mark Oscar zu. »Sie ist nicht umsonst Lehrerin. Sie spricht sehr klug.«

»Und aus großer Erfahrung«, murmelte sie in ihr Glas.

Alle lachten, Oscar am lautesten, obwohl er den Witz nicht verstand. Aber ihr Lachen brachte ihn in Hochstimmung, und seine gute Laune machte das Gespräch leicht und locker. Nach einer Weile war Nicky entspannt genug, zu fragen, ob noch andere kämen.

»Wer zum Beispiel?«, fragte Mark.

»Keine Ahnung. Amanda, ich meine, Miss Taylor? Miss Matthews? Irgendjemand.«

»Miss Taylor kommt?«, fragte Oscar und schaute seinen Dad an.

Mark schaute rasch Oscar und dann Nicky an und erklärte zögernd: »Na ja, da es gar kein Meeting gibt und es einfach nur das Erstbeste war, was mir einfiel, wäre es schon ein bisschen merkwürdig, wenn sie kämen. Es sei denn, du hättest es ihnen gesagt.«

Nicky überlegte angestrengt, was sie darauf antworten sollte, aber das vierstimmige Halleluja in ihrem Kopf machte es ihr schwer, sich zu konzentrieren. Sie wünschte, sie hätte Parfüm aufgelegt.

»Ich geh dann wohl mal besser und mache meine Hausaufgaben«, sagte Oscar leise und fragte seinen Dad: »Darf ich herunterkommen, wenn ich fertig bin?«

»Klar, mein Großer.«

Schüchtern wandte Oscar sich an Nicky.

»Nacht, Miss Hobbs.«

»Gute Nacht, Oscar«, sagte sie. »Viel Glück bei deinen Hausaufgaben. Wir sehen uns morgen.«

»Außer Sie sind noch hier, wenn ich fertig bin«, korrigierte er sie, bevor er die Treppe hinauflief.

Nicky fühlte sich auf dem falschen Fuß erwischt, falsch gekleidet und kicherig, als sie Mark in die Küchensitzecke folgte, sich auf das Zweiersofa an der Terrassentür setzte und den Rock unter ihre Beine schob.

Er setzte sich neben sie, fast in die Mitte des Sofas, beugte sich vor und streckte ein Bein vor ihres.

»Wie es aussieht, bin ich also unter falschen Voraussetzungen hier«, stellte sie fest.

»Na ja«, gab Mark zu und legte den Arm auf die Sofalehne, »so könnte man es ausdrücken, schätze ich. Ich fand es nur grässlich, dass Miss James dich so offensichtlich gegen Rob ausspielte. Aber ehrlich gesagt, wäre es wirklich schön, wenn du mir bei dem Quizabend helfen könntest. Ich habe noch nie so was organisiert und müsste ihn dann nicht mit, na ja, Martha vorbereiten. Oder noch schlimmer: mit Amanda.«

»Oohh«, kicherte Nicky belustigt. »Wie boshaft.«

Mark lächelte. »Nur ehrlich.«

Sie lächelte zurück. »Ehrlich und boshaft. Das wird ja immer besser.«

Anfangs unterhielten sie sich nur vorsichtig über Amanda, als aber deutlich wurde, dass sie sich von ganzem Herzen einig waren, gaben sie ihre Vorsicht zunehmend auf.

»Ich kann ihre Falschheit nicht ertragen. Ich glaube ihr kein Wort.«

Sie nickte vehement. »Ich weiß. Jedes Lächeln ist eine kleine Lüge.«

»Ja!«

Sie lachten. »Rob und Pete sehen das einfach nicht«, erklärte sie. »Aus Gründen, die auf der Hand liegen. Sie läuft uns, also ihnen, oder besser Rob, schon ewig nach. Wie ein verirrtes Hündchen.«

Er lachte. »Ach ja?«

»Ja«, stöhnte Nicky. »Ich meine, sie ist ganz offenbar immer noch verrückt nach ihm.«

»Mmm«, stimmte Mark zu. »Auf eine verbitterte, verdrehte und rachsüchtige Weise.«

Er schaute sie über sein Weinglas hinweg an und fragte zögernd: »Glaubst du, dass es zwischen Rob und Amanda wirklich aus ist?«

Sie hielt inne, bevor sie nickte.

»Auf der Silvesterparty sah es aus, als ob zwischen euch etwas lief, wenn ich mir diese Bemerkung erlauben darf.«

Sie trank hastig einen Schluck Wein. »Etwas lief?«

»Im Garten. Als ich kam, habt ihr beide euch umarmt.«

»Ach so, nein, nein. Wir hatten eine ganze Weile nicht miteinander geredet.«

»Ach, verstehe.«

»Du weißt schon, in der Clique. Er sagte, er hätte mich vermisst. Als Freund.«

Mark nickte. »Und jetzt seid ihr wieder gute Freunde.«

»Na ja.« Sie kräuselte die Nase, bis ihr ihre Sommersprossen einfielen und sie sie schnell wieder entkräuselte. »Eigentlich ist es wohl ein bisschen komplizierter«, gestand sie leise.

»Ach, verstehe. Könnte man sagen, dass du und Rob mal miteinander gegangen seid?«

Sie nickte zaghaft und fixierte ihr Glas. »Das ist schon lange her.«

»Aber manchmal knistert es noch zwischen euch?«, fragte er zögernd.

»Na ja«, meinte sie. Aus irgendeinem Grund lag ihr sehr daran, dass Mark sie nicht missverstand. »Ich habe ihn geküsst. Einmal. Vor nicht allzu langer Zeit. Bevor du an die Schule gekommen bist.«

Er hob fragend die Augenbrauen.

»Also praktisch war es mehrmals.« Sie hüstelte.

»Und nach dem Kuss?«

Ihr war noch nie aufgefallen, wie knisternd das Wort »Kuss« war.

Sie schnitt eine Grimasse. »Eine Weile lang war es kompliziert. Aber jetzt ist es viel einfacher.«

»Aha?«

»Ich denke schon.«

»Wieso?«

»Im Grunde, weil ich nichts mit ihm anfangen wollte.« Sie zuckte mit den Schultern. »Ende.«

Sie hörte, wie Mark Luft durch die Zähne sog und ein paarmal mit der Zunge schnalzte.

»Verstehe«, sagte er lächelnd und beugte sich noch weiter zu ihr herüber. »Und seitdem?«

Aus irgendeinem Grund war Nicky ungeheuer erleichtert, diese Frage beantworten zu können.

»Komisch, dass du das fragst. Er hat gerade ganz plötzlich angefangen, wieder von ernsthaftem Interesse zu reden. Gerade heute Morgen nach der Dienstbesprechung.« Sie versuchte zu lachen, schaute aber weg, als sie merkte, dass ihre Augen feucht wurden. »Aber ich glaube, das macht er nur, weil Miss James uns gegeneinander auszuspielen versucht und ihn das angespornt hat, es ihr heimzuzahlen.«

Da sie Mark nicht in die Augen sehen konnte, bemerkte sie nicht, dass seine Anspannung in ein Strahlen umschlug.

»Ein guter Grund, mit jemandem eine ernsthafte Beziehung einzugehen«, stellte er fest.

»Tja, genau das meine ich«, sagte Nicky. »Es ist kompliziert. Rundum. Aber im Grunde ist das mit uns eine alte Geschichte. Eine sehr alte Geschichte. Nach mir war er mit Amanda zusammen und wird es wahrscheinlich demnächst wieder sein. Ich beneide keinen von beiden darum.«

»Mm.«

»Außerdem möchte ich nicht über ihn reden«, sagte sie und wagte es, aufzuschauen.

Marks Augen schienen von innen zu leuchten, als hätte die kleine Familie, die in seinem Kopf wohnte, abends das Licht eingeschaltet. Seine Augen waren so ausdrucksvoll, dass ihr Anblick sie ganz gefühlsduselig machte. Ein köstlicher Moment, von dem sie wünschte, er würde einfach immer so weitergehen.

»Sicher«, meinte Mark. »Entschuldige. Themenwechsel.«

Sie merkte, dass sie einfach nur dasaß und Mark anlächelte. Und er lächelte sie so versonnen an, dass es ihr aufdringlich vorkam, ihn anzusehen.

Nach langer Stille räusperte sie sich und sagte heiser: »Also zu diesem Quizabend …«

»Zum Teufel mit dem Quizabend«, murmelte Mark und rückte näher. Es war das Erregendste, was sie je gehört hatte. Nie wieder würde sie das Wort »Quizabend« hören können, ohne schwach zu werden. Sie schauten sich endlos in die Augen, bis er den Blick auf ihre Lippen schweifen ließ. Sie schluckte und hörte ihn schlucken. Sie schaute auf seine Lippen.

Er beugte sich ein winziges Stück ihr zu, legte den Kopf etwas schief. Leicht schwindelig beugte sie sich zu ihm hinüber. Plötzlich stockte er, sie ebenfalls. Er schaute ihr wieder in die Augen und sie ihm. Ein Lächeln zuckte um seine Lippen. Er schaute wieder auf ihren Mund. Ihr Rücken begann zu schmerzen. Mit seiner warmen Hand streifte er sanft ihren Schenkel und beugte sich schwer atmend zu ihr. Ihre Lider flatterten.

»Hallo!«, rief Oscar aus der Küche. Beide schreckten hoch. Nicky verschüttete ihren Wein, und Mark stieß sich das Schienbein am Sofabein.

»Hallo«, riefen sie beide.

Oscar erstarrte. Sie erstarrten. Oscar wurde puterrot und bekam feuchte Augen. Er rannte aus dem Zimmer. Mark lief hinter ihm her, aber als er Oscars Tür zuknallen hörte, blieb er einen Moment auf der Treppe stehen und kam wieder herunter.

Er traf Nicky in der Diele.

»Ich gehe besser«, erklärte sie mit gesenktem Blick. Ihr Schal verhedderte sich, und sie beschloss, ihn einfach in der Hand zu halten.

»Gut«, sagte Mark.

»Gut. Tschüs.«

»Tschüs.«

Nachdem Mark die Küche aufgeräumt, das Licht ausgeschaltet und die Haustür abgeschlossen hatte, klopfte er an Oscars Tür. Auf sein gedämpftes »Herein« schlich er auf Zehenspitzen in das dunkle Zimmer. Oscar lag zusammengerollt im Bett.

Mark setzte sich auf die Bettkante und beugte sich über ihn.

»Entschuldige«, piepste Oscar.

Er nahm ihn in den Arm, und Oscar weinte sich an der Brust seines Vaters aus.

KAPITEL 24

Im nächsten Monat blieb Nicky nichts anderes übrig, als sich auf die anstehenden Aufgaben zu konzentrieren. Sie musste viel Arbeit in den Quizabend investieren, der in nur drei Wochen tatsächlich stattfinden sollte. Außerdem gab es jede Menge für die Schulfahrt nach Bournemouth vorzubereiten, die neun Tage vor den Sommerferien beginnen sollte. Da anschließend nur noch anderthalb Unterrichtstage blieben, musste sie vorher für dreißig Kinder die Abschlusszeugnisse schreiben. Und bei einer Dienstbesprechung erfuhr sie, dass sie sich auch noch auf zwei Bewerbungsgespräche für die Rektorenstelle freuen durfte, eins mit Miss James und eins mit den sechs Mitgliedern des Schulvorstands. Unterdessen machte ihr Konrektor in jeder zweiten SMS Anspielungen auf Babys, und vor Verliebtheit in den Vater ihres Lieblingsschülers zitterten ihr die Knie.

Konzentrieren.

Am Morgen nach dem »Meeting« musste sie sich vor allem erst einmal um Oscar kümmern. Der arme Kerl. Nachdem sie von Mark nach Hause gekommen war und ein paar schwindelerregende Stunden lang gewisse Aspekte des Abends noch einmal durchgespielt hatte, war sie immer wieder zu Oscars kurzem, aber wesentlichem Auftauchen zurückgekehrt. Je häufiger sie sich an seine Miene erinnerte, desto bestürzter war sie.

Sehr früh am nächsten Morgen, genauer gesagt um fünf Uhr, wurde ihr klar, dass sie sich bei ihm entschuldigen musste. Sobald sie in die Schule kam, schrieb sie Mark eine E-Mail.

Im Bemühen, den richtigen Ton zu treffen, löschte sie mehrere Versionen wieder. Es war ein harter Brocken.

Lieber Mark, begann sie.

Zu förmlich.

Mark.

Zu unterkühlt.

Lieber Mr Right.

Zu bedürftig.

Das konnte doch wohl nicht so schwer sein. Sie wollte sich doch bloß erkundigen, wie es Oscar ging. Nach einer halben Stunde, zehn Minuten bevor das Lehrerzimmer sich füllte, traf sie endlich den richtigen Ton.

Wie geht's Oscar? Nicky.

Sie schickte die Mail ab und stellte verdutzt fest, dass sie eine Mail von ihm bekommen hatte. Er war schon im Haus. Nur ein Stück den Korridor weiter. Wahrscheinlich in dunklem Anzug, weißem Hemd ohne Krawatte und mit seinem Adamsapfel.

Wie geht es dir? Mark.

Ihre E-Mails hatten sich gekreuzt. Sie sprang auf, um in sein Büro zu gehen. Als sie die Tür des Lehrerzimmers erreichte, ahnte sie beinahe schon, was passieren würde. Sie wartete eine Sekunde, dann öffnete sich die Tür und Mark stand da.

»Hi«, sagten beide.

»Unsere Mails haben sich gekreuzt«, erklärte er. »Da dachte ich, ich könnte auch gleich herüberkommen und mit dir reden.«

»Ja. Ich auch. Wie geht's Oscar?«

»Gut. Er fühlte sich nur furchtbar, weil er dachte, er hätte uns gestört.«

Nicky schlug sich die Hand vor den Mund. »Der Ärmste. Ich muss mit ihm reden.«

»Ihm geht es gut«, wiederholte Mark. »Aber wie geht's dir?«

»Ist er schon hier?«, fragte sie.

»Ja. In der Klasse. Er liest.«

»Ich gehe hinauf«, erklärte sie und wollte an ihm vorbeischlüpfen.

»Wie geht es dir?«

Sie schaute ihn kopfschüttelnd an. »Ich kann nicht … Es ist wegen Oscar. Ich fühle mich schrecklich.« Sie senkte die Stimme zu einem Flüstern. »Ich bin seine Lehrerin, mein Gott.«

»Ich weiß.« Mark trat einen Schritt zurück. »Absolut. Rede mit ihm.«

Sie lief die Treppe hinauf und fand Oscar mit einem Buch an seinem Platz.

»Oscar«, sagte sie. Er konnte ihr kaum in die Augen sehen. Sie hockte sich neben ihn, sorgfältig darauf bedacht, jeden Körperkontakt zu meiden. Es tat fast körperlich weh. Am liebsten hätte sie ihn an sich gedrückt, dass seine Zähne klapperten.

»Du bist ein wunderbarer Junge«, raunte sie.

Er nickte einmal kurz.

»Ich hatte kein recht, dich in deinem eigenen Zuhause in Verlegenheit zu bringen.«

Wieder ein Nicken, ein Schniefen.

Als Nicky wieder ins Lehrerzimmer kam, war Ally da, aber die anderen nicht.

»Und?«, flüsterte Ally.

»Es war wirklich ein Arbeitstreffen«, flüsterte Nicky.

»Und?«

Nicky atmete tief durch. Sie durfte es ihr nicht erzählen. Es war gefährlich und könnte sie ihren Job kosten.

»Und?«, wiederholte Ally.

»Wir haben uns beinahe geküsst.«

Mist.

Ally zwinkerte ihr zu. »Das war ja ein schönes Arbeitstreffen.«

»Beinahe.«

»Ich habe nachgedacht«, murmelte Ally. »Vielleicht sollte ich doch von meinem Prinzip abgehen, mich nicht an Schulaktivitäten zu beteiligen.«

»Erzähle es bitte niemandem«, bat Nicky eindringlich. »Versprich es mir.«

Ally schaute sie gekränkt an. »Wem sollte ich es schon erzählen?«

»Keine Ahnung. Pete. Rob.«

»Machst du Witze?«, schnaubte Ally. »Und riskieren, dass sie deine Geheimnisse für ein Fummelstündchen mit Amanda ausplaudern? Eher lege ich meine eigenen Augen sauer ein.«

Pete kam und gesellte sich sofort zu ihnen.

»Hallo, Ladys. Wer möchte Kaffee?«

»O wunderbar«, sagte Ally.

»Du bist ein Star«, meinte Nicky.

Seit diesem Tag ging Nicky ausdrücklich später zum Mittagessen in die Kantine und hörte auf, Mark in seinem Büro zu besuchen. Auch er hielt sich auf Abstand. Sie ließ sich von Ally versprechen, das Meeting nie wieder zu erwähnen.

Zufällig hatte sie gerade doppelt so viel zu tun wie sonst, und so blieb ihr praktisch keine Zeit, außer zu Hause im stillen Kämmerlein über Mark nachzudenken.

Sie traf letzte Vorbereitungen für den Quizabend, kümmerte sich um die Werbung, führte ausgedehnte Telefonate mit Elternvertretern darüber, ob sie das Quiz nach dem Muster von *University Challenge* oder *The Weakest Link* gestalten sollten, verkaufte in der Mittagspause Eintrittskarten, sammelte Tombolapreise ein, organisierte den Einsatz der Küchenfeen, hielt Mark per E-Mail auf dem neuesten Stand, kümmerte sich um Anmeldungen mitsamt Angaben über Allergien und Diätvorschriften für die Schulfahrt nach Bournmouth (Rob organisierte das tägliche Beschäftigungsangebot während der Fahrt, und Miss James buchte die Jugendherberge, weil der Besitzer ein alter Freund von ihr war), schrieb dreißig Zeugnisse (ohne Hintergrundmusik), und nebenher unterrichtete sie.

Nicky wunderte sich keineswegs, dass der Quizabend ihr bald die größten Sorgen bereitete.

Zum einen war es die nächste Hürde, die es zu nehmen galt, zum anderen musste sie bei dieser Gelegenheit vor den Augen von Miss James, den meisten ihrer Kollegen und gut hundert Eltern zweieinhalb Stunden in Marks Gesellschaft verbringen.

Was zog man zu einer solchen Gelegenheit an?

Sie blieb bei ihrer einfachen Arbeitsuniform aus Rock, Bluse und Pumps, entschloss sich aber, sie leicht abzuwandeln. Schließlich war es eine Abendveranstaltung. Zum schicken, figurbetonten Lederrock trug sie Schuhe mit etwas höheren Absätzen, die zusammen mit hauchdünnen Perlonstrümpfen ihre Knöchel und Waden auf Testosteron wirken ließen wie Nektar auf Bienen. Dazu wählte sie ein tiefausgeschnittenes, enges Top, das figurbetont und kurz war, aber durch sein lässiges Design nicht gewollt wirkte. Vor Aufregung zitterte ihre Hand so stark, dass sie kaum Lippenstift auflegen konnte. Als es auch noch plötzlich an der Tür klingelte, musste sie noch einmal ganz von vorn anfangen, weil der Clownsmund die Gesamtwirkung ruinierte. Vorsichtig stöckelte sie die Treppe hinunter. Sie hatte Claire gebeten, sie abzuholen, da ihr größeres Auto genug Platz hatte, die Tombolapreise zu verstauen.

»Verfluchte Hölle, das willst du anziehen?«, rief Claire, als sie ihre Schwester sah.

»Wieso?« Nicky erstarrte.

»Ehm ... nichts.«

Nicky warf einen Blick auf die Uhr. Sie hatte keine Zeit, sich noch einmal umzuziehen.

»Tja, vielen Dank für deine Unterstützung«, knurrte sie, als sie die Treppe wieder hinaufging. »Jetzt bin ich ganz trunken vor Selbstbewusstsein.« Sie schob ihrer Schwester einen ponygroßen Plüschhund in die Arme. »Komm. Wir haben noch jede Menge zu tun. Wir müssen zweimal gehen.«

Eine Viertelstunde später waren sie startbereit.

»Du siehst wirklich hübsch aus«, sagte Claire, als sie den Motor anließ. »Ich ...«

»Fahr einfach«, bat Nicky.

»Nein, wirklich. Es war nur ...«

»Ich will es gar nicht hören.«

»Lässt du mich jetzt vielleicht mal ausreden? Es war nur, dass ich mich zu schlecht angezogen fühlte, weil mir nicht klar war, dass es eine piekfeine Veranstaltung ist.«

»Es ist keine piekfeine Veranstaltung«, jammerte Nicky. »Ich bin lächerlich overdressed.«

»Aber es sieht gut aus.«

»Hör auf zu reden und fahr endlich.«

Da Claire sich verfuhr, kamen sie zu spät in die Schule.

Die ersten Gäste trudelten gerade ein, aber das Kollegium war bereits vollständig erschienen. Eine Küchenfee räumte grüne Tassen und Untertassen sowie Jumbopackungen Doppelkekse für die Pause auf Servierwagen, eine andere stellte auf jeden Tisch riesige Flaschen Limonade, Wasser und, wie es aussah, billigen Wein mitsamt Pappbechern. Die Quizmaster, Eltern eines Drittklässlers, die aus Hobby als Quizmaster auf Wohltätigkeitsveranstaltungen auftraten (und kurz vor der Scheidung standen, teils weil sie auf Wohltätigkeitsveranstaltungen als Quizmaster auftraten), saßen auf der Bühne vorn in der Aula und stritten sich wortreich über die Lautsprecheranlage. Amanda und Mark plauderten am anderen Ende der Aula. Nicky beäugte sie, bekam Zweifel an der Meinung, die er über Amanda geäußert hatte, und schaute schnell weg. Ally und Pete saßen an einem Tisch mit Martha und ihrem Freund. Rob ging neben Miss James durch die Aula und hatte die Hände auf dem Rücken verschränkt.

Nicky hoffte, dass Miss James ihr spätes Eintreffen nicht bemerkt hatte, und brachte schnell die Tombolapreise auf die Bühne, bevor sie zu den Küchenfeen ging, um ihnen für ihr pünktliches Kommen zu danken. Über Amandas Kopf hinweg begegnete sie dem Blick Marks, der sie offen anlächelte. Amanda drehte sich um, weil sie sehen wollte, wem sein Lächeln galt. Mark deutete mit dem Kopf auf sie, und die beiden kamen gemeinsam zu Nicky und Claire. Von der anderen Seite näherten sich Miss James und Rob, und so trafen sich alle in der Mitte der Aula. Nicky versuchte auszusehen, als ob sie bereits stundenlang da sei.

»Nicky!«, rief Amanda und lief die letzten Schritte auf sie zu. »Du hast es geschafft! Wunderbar! Jetzt sind wir alle da.« Sie packte sie an beiden Händen und musterte sie mit hochgereckten Armen von oben bis unten. »Wow! Schau dir das an. Mannomann. Jetzt verstehe ich, wieso du zu spät gekommen bist. Sehr sexy. Ich wusste gar nicht, dass du Leder trägst. Aber wer darin so umwerfend aussieht, kann sein schlechtes Gewissen ruhig zum Teufel jagen!«

Nicky fühlte sich mit ihren hochgereckten Armen alles andere als umwerfend und versuchte vergebens, ihre Hände aus Amandas Griff zu befreien. Sie musste Claire mit erhobenen Armen vorstellen. Da alle sie schon kennengelernt hatten, als sie bei den Schulassistentinnen hospitiert hatte, kam das Gespräch mühelos in Gang. Endlich ließ Amanda Nickys Hände los, und Nicky beschloss, sich hinzusetzen.

»Verdammt«, flüsterte Claire, die ihr nachkam.

»Was?«

»Sie ist vielleicht 'ne Zicke«, meinte Claire. »Wieso kann sie dich nicht ausstehen?«

Nicky starrte mit schwirrendem Kopf auf den Tisch, ohne etwas zu sehen. Bald gesellten sich auch die anderen ihres Teams an den Tisch. Nicky saß zwischen Claire und Miss James, daneben Rob und Amanda. Neben Claire saßen Mark, Ned, seine Frau, Ally, Pete, Martha und ihr Freund.

Ally und Pete waren in äußerst sarkastischer Stimmung. Martha hatte schlechte Laune, was die Laune ihres Freundes noch schlechter werden ließ. Ned war nervös, was seine Frau noch nervöser machte. Rob war überschwenglich und Amanda noch überschwenglicher. Mark war angespannt und Nicky noch angespannter.

»Macht das nicht Spaß?«, zwitscherte Miss James und schenkte allen Wein in Pappbecher.

Sie nickten und kippten fast einmütig ihren Wein hinunter. Plötzlich pfiff das Mikrofon und kündigte den Quizmaster an. »Ehm, hallo, alle miteinander.« Er lachte nervös. »Können mich alle dahinten hören?«

»Nein!«, schrien alle von hinten.

Nicky hatte das Gefühl, dass sie jemanden umbringen könnte, bevor der Abend zu Ende ging.

»Ehm, willkommen zum Heatheringdown-Quizabend«, sagte der Quizmaster und lachte wieder nervös, was Nicky allmählich auf die Nerven ging. »Ehm, zunächst mal muss ich Ihnen etwas sagen. Wie meine Frau und ich im Laufe der Jahre gelernt haben, kann es gefährlich werden, es nicht zu beachten.« Wieder lachte er.

Im Saal entstand erwartungsvolles Gemurmel.

»Ehm, wie Sie sehen, steht mitten auf Ihren Tischen eine große Flasche Limonade. Die dürfen Sie nur ganz langsam öffnen, ich wiederhole, ganz langsam. Sonst werden Sie geduscht.« Er lachte.

Alle warteten auf die Pointe.

»So, und jetzt zu den Regeln unseres heutigen Quiz.«

Der Rätselmannschaft an Tisch 10 erging es wie im Fernsehquiz *University Challenge*, wo es in jedem Viererteam eigentlich nur einen wahren Sieger und drei Profiteure gab, die das Glück hatten, zu seinem Team zu gehören. Und niemand wunderte sich mehr darüber als Martha, dass ihr Freund eine echte Enzyklopädie des Rätselwissens war, während alle anderen sich redlich bemühten und ab und an einen Glückstreffer landeten. Nicky versuchte angestrengt, Robs gebannte Blicke zu ignorieren, und hoffte, dass Mark es ebenfalls konnte.

In der Pause stand Mark auf und fragte: »Wer hilft mir und Nicky, Tombolalose zu verkaufen?«

Stille. Miss James schaute sich am Tisch um.

Peng!, ging an einem Tisch hinter ihnen eine Flasche hoch, gefolgt vom grölenden Gelächter der schon angetrunkenen und nun pitschnassen Gäste.

»Das ist doch die ideale Gelegenheit, deinen phantastischen Rock vorzuzeigen«, meinte Amanda Nicky anlächelnd. »Darin zu sitzen ist doch die reinste Verschwendung.«

»Das kannst du laut sagen«, sagte Rob zwinkernd. Nicky stand auf, dank der zwei Becher billigen Weins ein bisschen unsicher auf den Beinen, und sah, wie Rob und Amanda sich vorbeugten, um mit Miss James zu plaudern. Klar. Diese Chance, ihr die Ohren vollzuplappern, würden sie sich nicht entgehen lassen. Sie schaute Ally und Pete an, aber die beiden waren vollauf damit beschäftigt, sich Wein nachzuschenken und auszusehen wie Bagpuss. Sie holte Mark ein, was in ihrem Outfit schon eine Leistung war. Er strahlte sie an. Er hatte vier Becher Wein getrunken.

»Was meinst du, wie es läuft?«, fragte er. »Und wie findest du das Quiz?«

Sie lachten, obwohl Nicky nicht recht wusste, wieso.

»Fabelhaft«, antwortete sie ernsthaft. »Gut gemacht.«

»Du ebenfalls. Wie geht es dir?«

»Gut«, sagte Nicky. »Ein Glück, dass ich diesen Rock angezogen habe, sonst hätte Amanda gar nichts gehabt, worauf sie den ganzen Abend hätte herumhacken können.«

Mark lachte. »Sie ist nur neidisch.«

»Worauf?«, fragte sie kühn.

»Womit soll ich anfangen?«, fragte er leise. Nickys Knie wurden weich. »Gut. Wir sehen uns an unserem Tisch. Ich will sämtliche Lose verkauft haben, sonst …«

»Sonst?« Nicky lachte.

Er musterte sie von oben bis unten, und gehorsam folgte ihr Inneres seinem Blick. »Wo soll ich anfangen?«, wiederholte er noch leiser, bevor er ging.

Mit wackeligen Knien ging sie in die andere Richtung, fühlte sich aber wie mit einem Gummiband mit ihm verbunden. Vielleicht lag es aber auch nur am Wein.

Überrascht stellte sie fest, dass es ihr Spaß machte, die Lose zu verkaufen. Jedenfalls war sie dabei glücklich. Bis zum Ende.

»Wie sind die Preise?«, fragte einer der Väter mit limonadenassem Jackett.

Sie schenkte ihm ihr strahlendstes Lächeln. »Sie kosten nur ein Pfund das Stück.«

»Das weiß ich. Welche Preise gibt es?«

»Ein Essen für zwei Personen in dem phantastischen Chinarestaurant des Viertels, einen Farbfernseher, ein Plüschtier, eine XBox, eine Flasche Champagner und eine sehr schöne Schachtel Pralinen.

»Welche Marke?«

»Ehm. Godiva.«

»Der Farbfernseher, welche Marke?«

»Das weiß ich nicht.«

»Ach.«

»Aber die Pralinen sind Godiva.«

Mit tiefem Seufzen kramte er eine Pfundmünze aus der Tasche.

»Na gut. Ist schließlich für einen guten Zweck.«

Lächelnd dankte sie ihm von Herzen und wünschte inständig, dass sein Tisch nicht gewinnen würde.

Als sie sich wieder an ihren Tisch setzte, brach das Gespräch abrupt ab, und rote Gesichter grinsten sie weinselig an. Es herrschte betretenes Schweigen.

Nicky ließ sich auf ihren Stuhl fallen. »Wenn ich den Plüschhund nicht gewinne, will ich mein Geld zurück.«

Amanda lachte lauter als alle anderen und stöhnte: »Oje, oje«, als täten ihr vor Lachen die Seiten weh.

Peng!, platzte wieder eine Limonadenflasche, und Tisch 4 war pitschnass. Wieder grölendes Gelächter.

Als das Quiz zu Ende war, gingen alle Eltern nach Hause, einige mit nassen Kleidern, die meisten mit einem Schwips, viele mit Tombolapreisen und manche mit allen dreien. Nicky zählte die Loseinnahmen, Mark verabschiedete die beiden Quizmaster, die seit Runde sechs kein Wort mehr miteinander geredet hatten, und die Küchenfeen räumten auf. Unterdessen hielten Rob und Amanda, die plötzlich ausgesprochen nüchtern wirkten, Miss James bei Laune.

Claire setzte sich zu Nicky und öffnete die Schachtel Pralinen, die sie gewonnen hatte.

»Gott, sieh dir nur Rob und Amanda an«, zischte Nicky und nahm eine Praline. »Man sollte meinen, die wären der Präsident und die First Lady.«

»Ich weiß«, sagte Claire und kaute auf einem Toffee. »Er macht den Eindruck, als wäre er der designierte Schulleiter.«

Nicky starrte ihre Schwester an.

»Hast du überhaupt eine Ahnung, was es heißt, jemanden zu unterstützen?«, fragte sie.

Claire schüttelte den Kopf. »Ich meine doch nicht, dass Miss James das so sieht, ich meine nur, dass er sich so benimmt.«

Nicky seufzte. »Erzähl mir, was sie eben über mich

gesprochen haben, während ich die Lose verkauft habe.«

»Das erzähle ich dir im Auto.«

»Nein, erzähl es mir jetzt, damit ich Schadensbegrenzung betreiben kann, bevor ich gehe, und heute Nacht überhaupt ein Auge zutue.«

Seufzend nahm Claire noch eine Praline. »Amanda sagte, dass du und Mark ein schönes Paar wärt.«

Nicky machte große Augen und schaute Amanda an, die gerade über etwas, was Miss James sagte, in Lachen ausbrach.

»Keine Sorge, es ging nach hinten los«, beruhigte Claire sie, »denn Ned sagte, du seiest sehr nett, seine Frau stimmte ihm zu, und die beiden sagten, sie könnten gar nicht verstehen, wieso du nicht verheiratet seist.«

Nicky starrte Claire an.

»Und dann sagte Martha, wahrscheinlich seiest du zu sehr Karrierefrau und das schüchtere Männer ein. Darauf sagte Amanda, sie ginge jede Wette ein, dass du sofort alles aufgeben würdest, sobald du Familie hättest. Du gehörtest zu der Sorte Frauen, und jeder wisse doch, dass du unbedingt Kinder haben wolltest. Und das würde sicher bald passieren, weil Mark und du so scharf aufeinander seid. Sie würde Geld darauf wetten, dass du innerhalb eines Jahres schwanger bist und innerhalb von zwei Jahren den ganzen Konkurrenzkampf aufgibst, um Vollzeitmama zu werden. Darauf sagte Ally, du könntest mühelos mit beidem herumjonglieren, und Pete erklärte, im Jonglieren wärst du bestimmt gut, auch wenn es nicht gerade ideal wäre, als Anfänger mit Babys zu jonglieren, schon gar nicht mit den eigenen.«

Claire nahm noch eine Praline und betrachtete Nicky. »Gott, Nicky, du bist ganz bleich geworden. Sag doch was.«

Nicky schüttelte den Kopf. »Mir fällt nichts ein, was boshaft genug wäre.«

Nachdem sie das Geld gezählt hatten, bat Nicky Claire, es Mark zu bringen, während sie im stillen, dunklen Auto auf sie warten wollte. Sie konnte einfach niemanden mehr ertragen und war kurz davor, in Tränen auszubrechen. Vermutlich lag es am Wein. Sie hasste Rob, weil er Amanda nicht hasste oder zumindest so tat, als ob, und weil er sich nicht für sie als Karrierefrau starkmachte. Sie hasste Amanda, weil sie solche Dinge vor Miss James sagte. Sie hasste Miss James, weil sie Rob und sie zu Rivalen machte, ständig so verdammt gute Laune hatte und so tat, als wüsste sie nicht, wie viel Arbeit das alles bedeutete. Sie hasste Pete, weil er immer Witze machte. Sie hasste Claire, weil sie immer so verflucht ehrlich war. Und sie hasste Mark, weil er sie in der Öffentlichkeit so verliebt anstarrte und sie trotzdem nicht schlau aus ihm wurde.

Als sie durch den leeren, dunklen Korridor zum Ausgang ging, kamen ihr die Tränen. Sie schniefte laut und schluchzte erstickt, dass es an der Schautafel des Sonnensystems vorbeihallte. Als sie den Ausgang zum Schulhof erreichte, hörte sie hinter sich die Aulatür aufschwingen. Jemand kam hinter ihr her. Sie ging schneller. In diesem Zustand wollte sie von niemandem gesehen werden.

Sie hatte schon die Wagentür geöffnet und wollte gerade einsteigen, als sie Miss James ihren Namen trällern hörte. Innerlich stöhnte sie auf, wischte sich schnell das Gesicht ab, lächelte und drehte sich zu ihrer Chefin um.

»Glückwunsch«, zwitscherte Miss James. »Gut gemacht, meine Liebe.« Ihre Stimme war eine Oktave höher als sonst. Sie streckte die Arme nach ihr aus. »Was für ein wunderbarer, wunderbarer Abend! Sie dürfen sehr, sehr, sehr, sehr stolz auf sich sein!«

Nicky versuchte, nicht in Tränen auszubrechen. »Danke. Es freut mich, dass es Ihnen gefallen hat.«

»Gefallen? Gefallen! Ich habe es genossen. Genossen. Jeden Augenblick! So lustig! Diese Limonade! Genial!« Sie prustete vor Lachen, zeigte aber plötzlich ernst mit dem Finger auf Nicky. »Sie haben eindeutig hervorragendes Organisationstalent.«

»Ja. Das Organisieren hat Spaß gemacht.«

»Und ganz offensichtlich können Sie im Team arbeiten.«

»Ich denke schon. Es war aber auch ein gutes Team«, sagte Nicky mit der Hand an der Wagentür.

»Sicher«, bestätigte Miss James. »Zweifelsfreilos.«

»Mm.«

Miss James verstand den Wink nicht, sondern beugte sich zu Nickys Schrecken noch näher, wobei sie leicht schwankte wie eine Konifere im Wind und Nicky die roten Äderchen in ihren Augen sah. Laut, sehr laut flüsterte sie: »Diese junge Miss Taylor ist eine echte Überraschung, finden Sie nicht?«

»Ach«, murmelte Nicky. »Wie meinen Sie das?«

Miss James zwinkerte ihr mit dem ganzen Körper zu und sah dabei aus, als versuche sie, eine Blasenschwäche zu unterdrücken. »Meine Liebe, das Mädchen ist eine intrigante Kuh.« Sie tippte sich an die Nase, verpasste sie und stach sich beinahe ins Auge. Dann drückte sie Nicky den Arm und ließ sie endlich in Frieden.

KAPITEL 25

Nicky stand im leeren Lehrerzimmer und blinzelte auf die Uhr. Halb acht. Rob war seit einer halben Stunde in seinem Bewerbungsgespräch. Sie hatte noch eine halbe Stunde totzuschlagen. Ein Schauer lief ihr über den ganzen Körper, als ginge jemand über ihr Grab. Sie hatte eiskalte Hände. Da sie nichts Besseres zu tun hatte, beschloss sie, den Wasserkocher einzuschalten, obwohl sie weder Tee noch Kaffee wollte. Dann entschied sie sich, ihr Make-up aufzufrischen, und als das Wasser kochte, bevor sie halbwegs damit fertig war, starrte sie den Wasserkocher mit dem Mascara in der Hand an.

Als sie so dasaß, fragte sie sich, wieso sie so nervös war. Sie hatte früher schon Bewerbungsgespräche und jede Menge Prüfungen überstanden. Wieder griff sie zum Schminkspiegel, hielt ihn sich dicht vors Gesicht und betrachtete die zarten, parallelen Linien, die sich von ihren Augenwinkeln bis an ihre Wangenknochen zogen.

»Hi. Wie geht es dir?«, fragte Mark von der Tür aus.

Beinahe wäre ihr der Spiegel aus der Hand gefallen.

»Okay, danke«, antwortete sie. Ihre Lippen bibberten vor Kälte.

Er kam ins Lehrerzimmer, und sie dachte schon, er wolle sich zu ihr herunterbeugen und sie in den Arm nehmen, aber er hielt sich gerade noch zurück. »Wird schon gutgehen«, sagte er.

Nickys Blick schoss an ihm vorbei, als die Tür des Lehrerzimmers sich erneut öffnete. Als Ned hereinkam, herrschte verdutzte Stille. Fast hätte Ned auf dem Absatz kehrtgemacht, überlegte es sich aber wohl anders, versuchte, an Ort und Stelle im Erdboden zu versinken, und hauchte ein Hallo.

Als sie seinen Gruß erwiderten, nickte er auf dem ganzen Weg bis an seinen Spind.

»Du bist früh dran«, meinte Nicky, weil ihr nichts Besseres einfiel.

Er zuckte zusammen, drehte sich zu ihr um und sah aus, als habe er sich in die Hose gemacht, was durchaus im Rahmen des Möglichen war.

Als Amanda hereinkam, sah er aus, als sei es ihm gleich noch mal passiert. Nicky hatte Mitleid mit ihm.

»Oooh«, machte Amanda und schaute von Ned zu Nicky. »Klar! Heute ist es so weit, stimmt's? Das hatte ich ja ganz vergessen! So! Sind denn alle bereit?«

Einen Moment herrschte allseits plötzliches Begreifen. Nicky schaute Ned an, der noch mehr nickte und die Augen fest auf den Boden gerichtet hielt.

»Wann ist deins?«, fragte Amanda Ned, der noch blasser war als Nicky.

Ned konnte sich kaum durchringen, Nicky anzusehen, und schaffte es knapp, den Kopf ein bisschen zu drehen. Sein Blick schweifte über den Boden, während sein Mund so etwas wie ein Lächeln nachahmte. Die Haut um seine Lippen war kränklich grün.

»Meine Frau hatte die …«, setzte er an.

»Nein«, unterbrach Nicky ihn. »Du brauchst nichts zu erklären. Viel Glück, Ned.«

»So!«, sagte Mark zu Amanda. »Und wann ist deins?«

Amanda lachte. »Ich habe mich nicht beworben. Gott, ich habe keinen Funken Ehrgeiz!«

Ned entschuldigte sich, vermutlich um seine Hose zu wechseln, dachte Nicky. Als er an ihr vorbeiging, sagte sie mehr zu ihm als zu Amanda: »Ein bisschen Ehrgeiz kann nicht schaden.«

Ned schloss die Tür hinter sich. Nicky spürte, dass Mark sie ansah. Sie hätte den Blick gern erwidert, wusste aber, dass Amanda zuschaute und sie vermutlich in Tränen ausbrechen würde.

»Viel Glück«, hörte sie ihn leichthin sagen.

»Danke«, antwortete sie.

Er öffnete die Tür und trat beiseite, als Rob auftauchte. Die beiden Männer nickten sich zu, als Mark hinausging. Rob kam herein und grinste Amanda und Nicky an.

»Und?«, fragte Amanda. »Wie war's? Spann uns doch nicht so auf die Folter. War es okay?«

Er blies die Luft aus und zuckte mit den Schultern. Hinter ihm steckte Miss James lächelnd den Kopf durch die Tür.

»Hallo, Team«, sagte sie und schaute Nicky an. »Sind Sie bereit, meine Liebe?«

Nicky nahm ihre Tasche und folgte Miss James in ihr Büro. Als sie an Marks Tür vorbeikam, hörte sie sie leise ins Schloss fallen.

Hinter der Tür erledigte Mark einen heiklen Anruf. Während er wartete, dass jemand sich meldete, ging er im Zimmer auf und ab.

»Mittelschule Fortune Green«, meldete sich die Rezeptionistin am anderen Ende.

»Hallo, hier ist Mark Samuels. Mr Davies bat mich gestern, ihn zurückzurufen.«

»Ach ja, hallo.« Selbst am Telefon war ihr Lächeln

zu hören. »Der Schulleiter ist jetzt zu sprechen. Ich stelle Sie durch.«

Miss James trat an ihrer Bürotür beiseite und ließ Nicky eintreten. Mit einem respektvollen Lächeln in Richtung auf Miss James' Schuhe ging Nicky an ihr vorbei. Leise schloss Miss James die Tür hinter ihnen. Als Erstes sah Nicky einen Schulvorstand in einem zweiten Stuhl hinter Miss James' Schreibtisch sitzen. Er sah aus wie ein dünner Weihnachtsmann, nur etwas älter. Er hatte einen weißen Bart und faszinierend buschige weiße Augenbrauen, die bei jedem Lächeln hochsprangen wie Terrier, deren Besitzer gerade nach Hause kamen.

»Das ist Mr Godfrey-Smith«, stellte Miss James vor. »Nicky Hobbs, unsere andere Konrektorin.«

Nicky streckte die Hand zu einem selbstbewussten, herzlichen, einfühlsamen, aber dennoch bestimmten und disziplinierten Händedruck aus. Lächelnd, mit hochspringenden Augenbrauen, nahm er ihre Hand und schüttelte sie eine Weile.

»Gut, also«, verkündete Miss James und setzte sich an ihren Schreibtisch, »ich denke, wir fangen am besten sofort an.«

Nicky nickte und leckte an ihrem Lippenstift. Sie schlug die Beine übereinander und legte die Hände in den Schoß. Sie bedachte Miss James und Mr Godfrey-Smith mit einem herzlichen, strahlenden Lächeln. Sie atmete tief und gleichmäßig. Sie hatte Kopfschmerzen.

Miss James setzte ihre Brille auf und schaute auf Nickys Bewerbung. Kein Lächeln. Nicky musterte das Gesicht ohne Lächeln. Von den Nasenflügeln liefen so tiefe Falten zum Kinn, dass sie wie aufgemalt wirkten. Ihre Lippen waren erstaunlich schmal. Plötzlich knallte Miss James das Bewerbungsschreiben auf den Schreibtisch und schaute auf.

»Ach, erzählen Sie mir einfach ein bisschen«, sagte sie und nahm ihre Brille ab. »Wieso diese Stelle, meine Liebe? Sagen Sie mir: Wieso diese Stelle?«

Mr Godfrey-Smith' Augenbrauen hüpften begeistert Trampolin.

»Also«, fing Nicky an und setzte sich auf. Sie führte in knappen Stichworten ihre Qualitäten auf und erklärte, wieso sie ihrer Ansicht nach den Eigenschaften einer guten Lehrerin entsprachen. Während Nicky im Einzelnen ausführlicher darauf einging, schaute Miss James sie eindringlich an und nickte bedächtig. Abschließend fasste Nicky noch einmal ihre Stichworte zusammen und unterstrich sie mit einem hoffnungsvollen Lächeln. Miss James nickte weiter bedächtig und lehnte sich schließlich zurück. Es trat einen Augenblick Stille ein, der sich in die Länge zog.

Schließlich drang durch die Stille das leise Pfeifen eines Murmeltiers, das durch das Büro lief. Als Miss James kurz auf ihre Notizen schaute, wagte Nicky einen verstohlenen Blick auf Mr Godfrey-Smith. Er schlief mit zurückgelegtem Kopf und offenem Mund. Seine Nasenhaare wetteiferten bewundernswert mit seinen Augenbrauen.

»Sind Sie glücklich?«, fragte Miss James unvermittelt.

Auf diese Frage war Nicky nicht vorbereitet. Sie kam sich vor, als hätte man ihr in einer Matheprüfung eine Frage zu Heinrich VIII. gestellt. Ihr Körper reagierte mit einem Schock. Ihr Blut rauschte wer weiß wohin, nur nicht in ihr Gehirn.

»Das ist eine merkwürdige Zeit im Leben, nicht

wahr?«, fragte Miss James. »Anfang dreißig. Stimmt's? Sie sind nicht mehr jung, aber auch noch nicht alt. Eigentlich sind Sie gar nichts. Sie müssen sich noch vor der Welt beweisen, sollten aber auch schon halbwegs angekommen sein.«

Nicky dachte immer noch, sie befände sich in einem Gespräch, das sie beide wie eine Allee auf die Lichtung führen würde, in der Nicky Hobbs als Schulleiterin leuchtete. Ihr gefiel Miss James' Stil. Sie öffnete den Mund, um etwas zu sagen.

»Zu meiner Zeit war das natürlich ganz anders«, erklärte Miss James. »Ich war eine seltene Ausnahme. Bin ich größtenteils immer noch. Sie sind wenigstens unter anderen munteren jungen Frauen, die alle gemeinsam diesen langen, schlüpfrigen Pfad hinaufklettern.«

Nicky bemühte sich angestrengt, Mr Godfrey-Smith nicht anzustarren. Hatte Miss James ihm etwas in den Kaffee getan? Oder war er inzwischen aufgewacht und machte sich Notizen?

»Und keine von Ihnen, von euch Armen, hat eine Ahnung, wie weit sie es auf diesem langen, schlüpfrigen Pfad bringen wird. Oder welche Steine das harte Leben euch unterwegs in den Weg werfen wird.« Sie seufzte. »In meinem Alter weiß ich natürlich ein bisschen mehr. Auch wenn man es auf diesem Weg nicht sonderlich weit nach oben geschafft und sein Leben völlig vermasselt hat, weiß man zumindest Bescheid. Das hat etwas äußerst Beruhigendes.«

Nicky hatte ihren Weg inzwischen aus den Augen verloren. Sie nickte nachdrücklich und versuchte, den Stressknoten zu ignorieren, der sich in ihrer Brust ballte.

»Aber allzu bald kommt die Pensionierung«, seufzte Miss James. »Und plötzlich steht man wieder ganz am

Anfang. Wieder ganz unten an einem anderen langen, steilen Pfad. Wird man es bis oben schaffen? Hat man endlich ausgelernt, oder gibt es noch viel mehr zu lernen? Was wird das Leben einem in den Weg werfen, wenn man den Rentenpfad erklimmt? Krankheit, Demenz und Tod oder lange sonnige Nachmittage und Bouleturniere?«

»Hmmm, tja«, machte Nicky.

»Ich glaube, die Antwort auf diese Fragen werden wir buchstäblich erst auf unserem Totenbett wissen. Bis dahin, bis zum letzten Augenblick unseres Lebens, klettern wir alle nur einen steinigen Pfad nach dem anderen hinauf.«

Nicky rührte sich nicht. Mr Godfrey-Smith prustete, hörte auf und fing wieder an zu pfeifen. Miss James schaute nicht hin, sondern wartete lediglich, bis es aufhörte.

Dann beugte sie sich mit leuchtenden Augen vor. Nicky beugte sich ebenfalls vor.

»Ich möchte tauchen lernen«, flüsterte Miss James.

»Oooh«, hauchte Nicky.

»Im Schwimmbad meines Viertels gibt es natürlich keine Tauchkurse.« Sie lehnte sich wieder zurück. »Ich bin meiner Zeit mal wieder voraus. Wie meine Mutter vor mir. Vielleicht mache ich zuerst einen Schwimmkurs für Fortgeschrittene. Außerdem habe ich noch so viele Bücher zu lesen. Das ist etwas, wozu man als Schulleiter nie kommt.«

»Ach«, sagte Nicky.

»Ach, lesen«, schwärmte Miss James. »Lesen ist herrlich. Es ist eine der Freuden des Lebens, nicht wahr? Aber wie oft tun wir es? Ich meine, es ist schon eine Ironie des Schicksals. Wir bringen unseren Kindern bei, diese wunderbare Sprache, die Sprache Chaucers,

Wordsworth', Shakespeares zu beherrschen, und dann als Erwachsene machen wir nichts damit. Und Sie? Lesen Sie?«

»Ehm.« Jesses, was war die richtige Antwort darauf? Gerade hatte sie ihr gesagt, dass eine Schulleiterin keine Zeit hatte zu lesen. »Ehm, na ja«, sagte sie.

»Natürlich lesen Sie Bücher für Ihre Arbeit«, fuhr Miss James fort, »aber haben Sie jemals Zeit, etwas für sich zu lesen? Nur zu Ihrem Vergnügen? Als Übung für die grauen Zellen? Als Flucht? Um der Phantasie freien Lauf zu lassen? Um sich in einen anderen hineinzuversetzen? Ich verrate Ihnen ein kleines Geheimnis. Ach, du je. Das letzte Buch, das ich gelesen habe, ist der erste Band von *Harry Potter*. Erzählen Sie es bloß niemandem. Schockierend, nicht?« Sie legte den Kopf schief und lächelte Nicky an. »Ach, wo waren wir stehengeblieben? Also wirklich, was schwatze ich da.« Sie setzte ihre Brille auf und schaute auf die Wanduhr. »Ach, du meine Güte. Sie hätten mich unterbrechen sollen. Das muss eine Schulleiterin wirklich können. Das ist absolut unerlässlich. Kontrolle ausüben!« Sie schlug energisch auf den Schreibtisch. »Kontrolle!«

Mr Godfrey-Smith schreckte aus dem Schlaf. Sein Blick landete auf Nicky. Sie bemühte sich, ihn beruhigend anzulächeln, was schwierig war, wenn man sich nicht gerade sonderlich sicher fühlte.

»Ja, also«, sagte Nicky.

»Also, meine Liebe. Haben Sie noch Fragen?«, erkundigte sich Miss James.

O Gott, dachte Nicky verdutzt. Wieso hatte sie nicht an diese Frage gedacht? Auf die einzige echte Frage, die ihr gestellt wurde, hatte sie sich nicht vorbereitet. Was fragte man eine Schulleiterin über ihre Stelle? Werde ich mir Clarins leisten können?

»Ehm«, murmelte sie.

Miss James lächelte sie an. »Lassen Sie sich ruhig Zeit, Kleines«, meinte sie freundlich. »Das ist Ihr Augenblick.« Sie drehte sich um und lächelte Mr Godfrey-Smith an, der beide freundlich anschaute, wobei seine Augenbrauen nach einem Knochen sprangen.

Nickys Herz hämmerte gegen ihre Brust.

»Kein Grund, nervös zu werden, meine Liebe«, beruhigte Miss James sanft.

Das ist keine Nervosität, dachte Nicky hitzig, das ist Hass.

»Eigentlich«, begann sie.

»Ja?«

»Ich glaube, ich habe eigentlich keine Frage. Ich denke, die wichtigen Dinge lernt man in der Praxis.«

Miss James lehnte sich zurück und schaute sie an, als hätte sie gerade das Erstaunlichste gesagt, was sie je gehört hatte.

»Interessant«, murmelte Miss James, bedächtig nickend. »Interessant.«

Als ein lächelnder Mr Godfrey-Smith Nicky hinterher die Hand seitwärts schüttelte, war ihr Körper ganz leicht vor Erleichterung und ihr Kopf schwer vor Anspannung. Sie sah Ned wie ein Lamm zur Schlachtbank hinter Miss James hergehen und hätte ihn am liebsten beruhigt, dass er bloß zuhören und gelegentlich zur Bestätigung nicken müsse.

»Und wie war's?«, fragte Rob, während Amanda in der Nähe war.

»Gut«, antwortete Nicky. »Und bei dir?«

»Gut.« Sie nickten sich zu.

Der Unterricht in der sechsten Klasse war heute das reinste Vergnügen. Nicky machte mit ihnen eines ihrer schönsten naturwissenschaftlichen Experimente und mischte Natriumbikarbonat zuerst mit Wasser, anschließend mit Zitronensaft, Orangensaft und schließlich mit Essig. Die Ergebnisse waren von Mal zu Mal aufregender und mündeten in Knalleffekten, die alle Kinder beeindruckten. Ihre Schüler waren ganz außer sich vor Begeisterung, und Nicky war begeistert, weil sie ihnen etwas beibringen konnte, was Spaß machte und was sie nie vergessen würden. Verglichen mit ihrem verrückten Bewerbungsgespräch am Morgen, war der Unterricht so angenehm und normal, dass er ihr tatsächlich half, es zu vergessen und auch nicht an das Gespräch mit dem Schulvorstand zu denken, das ihr um 17.30 Uhr bevorstand. Heute liebte sie ihre Kinder, ihre eifrigen Mienen, ihr spontanes Lachen, ihre unbändige Freude, wenn sie die richtige Antwort gaben, ihren Teamgeist und ihre gegenseitige Unterstützung, aber vor allem liebte sie Oscar. Er war eine kleine Mahnung, dass sie, selbst wenn sie wollte, nicht einfach in Marks Büro laufen und sich ihm an den Hals werfen konnte.

In der Mittagspause traf sich die Clique, aber wegen der Bewerbungsgespräche herrschte eine ungewohnte Befangenheit. Weder Rob noch Nicky ließen etwas durchsickern, so eingehend die anderen auch danach fragten. Ally und Pete gefiel es ganz und gar nicht, so ausgeschlossen zu werden. Pete versuchte, das Thema zu wechseln, und fragte Ally, wie ihr Vormittag gelaufen sei.

»Tut mir leid«, antwortete Ally, »aber darüber möchte ich nicht reden.«

»Nein, natürlich nicht«, meinte Pete. »Ich hätte nicht danach fragen sollen.«

»Und wie war es bei dir?«, fragte Ally.

»Das kann ich unmöglich sagen«, antwortete Pete.

»Es könnte meine ganze Karriere gefährden. Aber in der Pause habe ich ein Lion gegessen.«

»Was?«, fragte Ally schockiert. »Räum sofort deinen Schreibtisch.«

»Ich habe keinen Schreibtisch.«

»Gut, dann räum sofort meinen.«

»Du hast auch keinen.«

»Nicht? Na gut, das war's. Ich kündige.«

Das Gespräch wandte sich Belanglosem zu, das keinen von ihnen interessierte.

Bis 16.30 Uhr wurden Nickys Kopfschmerzen so stark, dass sie überzeugt war, sie müssten für einen anderen Kopf bestimmt sein. Sie widerstand der Versuchung, Tabletten zu nehmen, bis der Unterricht vorbei war und ihr schließlich nichts anderes mehr übrigblieb. Verzweifelt nahm sie gleich drei. Um 17 Uhr fühlte sie sich wie berauscht, konnte aber die Augen kaum noch offen halten. Sie ging in ein Café in der Nähe der Schule und bestellte zwei doppelte Espresso. Auf dem Rückweg in die Schule wusste ihr Körper kaum noch, wo oben und unten war.

Als sie die Schule betrat, kamen ihr Mark und Oscar entgegen. Sie strahlte Oscar an und lächelte Mark flüchtig freundlich an. Sie erwiderten ihr Lächeln. Sobald sie an ihnen vorbei war, drehten die beiden sich um und schauten ihr nach.

»Ist alles in Ordnung mit ihr?«, fragte Oscar seinen Vater.

»Keine Ahnung«, murmelte Mark.

Um 17.30 Uhr holte man Nicky zu einem Bewerbungsgespräch mit sechs Mitgliedern des Schulvorstands. Schon beim Eintreten wurde ihr klar, dass es völlig anders verlaufen würde als ihr erstes Gespräch. Zum einen bekam sie Gelegenheit, etwas zu sagen und sogar über die frei werdende Schulleiterstelle an der Grundschule Heatheringdown zu sprechen. Zum anderen lag auf der Hand, dass bei diesem Gespräch niemand einschlafen würde. Mr Godfrey-Smith hatte offensichtlich seine Pflicht getan und schnarchte jetzt vermutlich in seinem Herrenclub, wo er seine Nasenhaare bei einem Whisky zur Schau stellte. Das einzige Problem war die unterschwellige Spannung, die in der Luft lag und Nicky das Gefühl vermittelte, dass sie hier die unwichtigste Person war.

Schon bevor man ihr die zweite Frage stellte, war ihr klar, dass sie nur eine unbedeutende Schachfigur in einem langjährigen Machtkampf zwischen Vorstand Smith und Vorstand Atkins war. Smith war der Brutus für Caesar Atkins. Alle anderen im Raum waren Senatoren. Und sie war irgendjemand in einer Toga. Nicky war es unmöglich, die politischen und persönlichen Konflikte zu durchschauen oder zu überwinden. Sie begriff nur, dass sie offenbar wesentlich interessanter und wichtiger waren als ihre Antworten. Stellte Schulvorstand Atkins eine Frage, dann verdrehte Schulvorstand Smith die Augen, verzog heimlich hinter einem knochigen Finger das Gesicht oder lehnte sich ausdrücklich zurück. Demonstrativ stellte er dann die nächste Frage, und Vorstand Atkins saß reglos mit hochrotem Kopf da, während Nicky antwortete. Gegen Ende des Gesprächs wollte sie die Stelle schon fast nicht mehr haben.

»Also, Miss Hobbs«, sagte Vorstand Smith, »wir haben jetzt viel über Ihre Ideen für die Zukunft gehört, und das hört sich alles recht vernünftig an. Ich habe nur noch eine Frage an Sie, und die wäre, ob Sie jemals in einem anderen Lebensbereich eine ähnlich verantwortungsvolle Position bekleidet haben. Etwa in Ihrem Privatleben.« Er deutete auf ihren Lebenslauf. »Ich meine, hier steht nichts davon, ob Sie eigene Kinder haben. Ich denke, es versteht sich von selbst, dass Mutterschaft«, er bedachte die beiden weiblichen Vorstandsmitglieder mit einem milden Lächeln, »die höchste Verantwortung ist.«

Nicky schaute die weiblichen Vorstandsmitglieder an. Eine schrieb eifrig, die andere starrte sie an. War das eine Fangfrage? Rein rechtlich durfte er sie nicht fragen, ob sie vorhabe, in den nächsten Jahren eine Familie zu gründen, aber genau das wollte er höchstwahrscheinlich wissen. Seine Frage verstieß zwar gegen die Vorschriften, aber sie hatte es nur selten als Vorteil empfunden, Single zu sein, und wollte sich diese Gelegenheit nun nicht entgehen lassen.

»Sie haben völlig recht«, antwortete sie lächelnd. »Nein, ich bin nicht Mutter. Aber ich bin sehr zufrieden, und wir sind uns sicher alle einig, dass das für Kinder das beste Rollenvorbild ist.«

Es entstand eine Pause, die sie keineswegs überzeugte, dass sie sich überhaupt in etwas einig waren.

»Allerdings habe ich drei Nichten, um die ich mich viel kümmere«, erklärte sie, »oft ganze Wochenenden. Aber eigene Kinder habe ich nicht. Daher habe ich wesentlich mehr Zeit, mich auf meine Schüler zu konzentrieren, den Unterricht vorzubereiten, Arbeiten zu korrigieren und ihnen bei der Vorbereitung von Ausstellungen zu helfen, ohne das Gefühl zu haben, gleich anderswohin hasten zu müssen. Ich schaue nicht ständig auf die Uhr. Ganz im Gegenteil.«

Schulvorstand Smith sah sie an, nickte bedächtig und notierte etwas. Nicky fand den Moment nicht geeignet, sich zu erkundigen, ob sie Rob nach seiner Vaterschaft gefragt hatten.

»Ich glaube, wir brauchen uns über Miss Hobbs' Fähigkeit, sich um Kinder zu kümmern, keine Gedanken zu machen.« Schulvorstand Atkins beugte sich lächelnd zu ihr vor. »Seit drei Jahren Lehrerin der sechsten Klasse mit hervorragenden Ergebnissen bei den Lernstandserhebungen, das spricht ja wohl für sich, nicht wahr, Miss Hobbs?«

»Das hoffe ich doch«, antwortete sie und setzte Atkins innerlich auf ihre Weihnachtsgrußliste.

»Ja, aber hier geht es nicht um die Frage, ob Sie Ihrer gegenwärtigen Stellung gewachsen sind, sondern ob Sie einer Schulleitung gewachsen sind«, erwiderte Schulvorstand Morris lächelnd.

»Ich glaube, Miss Hobbs hat ihre Erfahrung als Lehrerin lediglich genutzt, um die Frage zu beantworten.«

»Und ich finde, Vorstand Morris hat wie üblich eine durchaus sachdienliche, nützliche Feststellung getroffen«, fügte Vorstand Smith hinzu.

»Vielen Dank«, sagte Vorstand Morris und lächelte Vorstand Smith an.

»Gern geschehen«, erwiderte Vorstand Smith das Lächeln.

Am liebsten hätte Nicky alle aufgefordert, sich zu küssen und zu vertragen. Sie war froh, als man sie nach knapp einer Stunde gehen ließ. Caesar gewann die Schlacht, indem er aufstand und sie zur Tür begleitete. Als sie sich umdrehte, um sich von den anderen zu verabschieden, erwischte sie Brutus beim Blickkontakt mit seinen Kameraden. Sie sah zu, dass sie schnell hinauskam.

KAPITEL 26

Falls Nicky am nächsten Morgen eine Andeutung von Miss James erhofft hätte, wie die Dinge stünden, so hätte ihr eine große Enttäuschung bevorgestanden. Aber damit hatte sie ohnehin nicht gerechnet. Sie hoffte lediglich, dass sie diesen Tag überstand.

Der Stress am Vortag und die starke Dosis Schmerztabletten ließen ihre Augenlider nicht mit der Geschwindigkeit ihres übrigen Körpers Schritt halten.

Bei den anderen hatten die Bewerbungsgespräche offenbar keine Nachwirkungen hinterlassen. Miss James und Rob waren sogar in Topform und plauderten angeregt über Harry Potter. Selbst der Vierklässler am Puzzletisch durfte sich daran beteiligen. Nicky sparte sich ihre Energie auf und konzentrierte sich darauf, die Augen offen zu halten.

Nach Harry Potter erzählte Miss James ihnen einen Witz, den sie »kürzlich« von jemandem gehört hatte und in dem sie Neds Lieblingswitz, nein seinen einzigen Witz wiedererkannten. Alle lachten lauthals.

Im Laufe der Dienstbesprechung fiel Nicky auf, dass es mehr als genug Hinweise gab, falls sie sie nur finden wollte. Rob und Miss James waren inzwischen alte Freunde, und Ned hatte seinen Witz gut an den Mann bringen können, was ihm im Lehrerzimmer selten gelang.

Sie war zwar nicht entmutigt, aber Fakten waren nun mal Fakten. Sie war draußen.

Als Miss James sich bei ihr und Rob nach dem Stand der Vorbereitungen für die Fahrt nach Bournemouth erkundigte und sie bat, die Kollegen zu drängen, dass sie rechtzeitig die Zeugnisse schrieben, damit sie alle noch vorher unterschreiben könne, hatte Nicky das Gefühl, ihre Anwesenheit sei der reinste Bluff.

Nach der Besprechung stand sie verzagt am Puzzletisch, während Miss James draußen etwas mit Janet besprach.

Stirnrunzelnd und ratlos starrte sie auf das verflixte Puzzle. »Wird das Ding denn nie fertig«, brummte sie Rob zu. »Die meisten sind doch um diese Zeit längst fertig, oder? Dieses dauert ja ewig.«

Er zuckte mit den Schultern. »Es ist doch nur ein Puzzle.« Damit setzte Rob ein Teil im ehemaligen Jugoslawien ein. Nicky schaute ihm nach, als er das Büro verließ, und starrte dann wieder auf das Puzzle. *Es ist doch nur ein Puzzle*, sagte sie sich und hatte Mühe, ihren Blick zu fokussieren. *Nur noch acht Stunden, bis ich ins Bett darf*, dachte sie. *Es ist doch nur ein Puzzle.*

Sie ließ den Blick über die Südküste Spaniens schweifen, wo sie vor einigen Jahren ihren Urlaub verbracht hatte. Beiläufig suchte sie nach ihrem Urlaubsort. Sie schaute noch einmal an der ganzen Küstenlinie nach, die dank der gesamten Grundschule Heatheringdown inzwischen komplett war. Der Urlaubsort war nicht da. Sie runzelte die Stirn. Wenn sie sich nicht sehr irrte, machte die Küste hier einen Bogen in die falsche Richtung. Und dann entdeckte sie einige Buchstaben, die ihr eher tschechisch als spanisch vorkamen. Sie legte den Finger auf die Stelle und überprüfte eingehend den Rest des Puzzles. Eindeutig waren Puzzleteile mit Gewalt in Lücken gepresst worden, wo ihre Farbe und Beschriftung völlig fehl am Platz war.

Miss James kam herein und musste lachen, als sie Nicky sah.

»Immer noch hier, meine Liebe?« Sie ging an ihren Schreibtisch und suchte nach den Notizen der heutigen Besprechung. »Dieses dauert ewig, nicht? Ich glaube, so lange haben wir noch nie gebraucht.«

»Ehm, Miss James«, sagte Nicky.

»Hmmm?« Sie wühlte in ihren Papieren herum.

»Ich glaube, ich habe da etwas entdeckt.«

»Hmm?«

Nicky schaute sie an und wartete ab. Miss James sah auf.

»Ich glaube, ich weiß, wieso es so lange dauert«, sagte Nicky.

»Ach ja?«

»Jemand hat geschummelt.«

Miss James erstarrte augenblicklich und wirkte wie ein Standfoto. »Wie meinen Sie das?« Ihr Ton war kalt.

»Na ja, einige Teile liegen verkehrt. Sie sind einfach irgendwo eingefügt«, erklärte Nicky.

Miss James kam, um es sich anzuschauen. Nicky zeigte auf die Teile. Eine Weile standen sie da, bis Miss James fast unhörbar sagte: »Ich danke Ihnen.«

An diesem Morgen machte Miss James bei der Morgenandacht keine Scherze, und als sich ihre Brille in ihren Halsketten verhedderte, entwirrte sie sie wortlos. Sie sprach ernst darüber, dass sich an der Schule ein Betrüger befand. Vielleicht sogar mehrere. Und nicht nur irgendein Betrüger, sondern einer in der größten Teamaufgabe, die diese Schule je in Angriff genommen hatte. Ein Betrüger, der nicht nur sich selbst, sondern die gesamte Schule enttäuscht hatte.

Schweigen.

Miss James erklärte, das Puzzle auf ihrem Schreibtisch sei nicht bloß ein Puzzle. Es sei Symbol einer Gesellschaft, die gemeinsam auf ein würdiges Ziel hinarbeite, nämlich eine anständige, schwerarbeitende, ehrliche Generation von Männern und Frauen heranzuziehen. Sie sei beschämt und entmutigt. Dass dies kurz vor Ende des Schuljahres und nur wenige Tage vor ihrer Pensionierung nach zwanzig Jahren als Schulleiterin passiert sei, sei zweifellos entmutigend. Sie erwarte, dass der oder die Schuldigen sich in der Mittagspause in ihrem Büro meldeten.

Als sich kein Schuldiger stellte, wiederholte sie den Aufruf am nächsten Tag und stellte ein Ultimatum. Sollte niemand sein Fehlverhalten eingestehen, dann wäre für die gesamte Schule der unterrichtsfreie Nachmittag am letzten Schultag gestrichen. Bis zum Ende der Woche hielt sie die Morgenandacht mit versteinerter Miene. Es gab weder Scherze noch Anekdoten.

Auch die morgendlichen Dienstbesprechungen veränderten sich. Miss James hielt sie erbärmlich kurz und förmlich ab. Der Puzzletisch war leer und wirkte seltsam nackt.

Nach einer solchen Besprechung blieb Nicky zurück und fragte Miss James, ob alles mit ihr in Ordnung sei.

Miss James schaute sie an und meinte lediglich: »Man hat mich belogen.«

Zu ihrer Verwunderung sehnte Nicky sich nach Miss James' entnervendem Lächeln zurück. Unterdessen strapazierte sie ihre eigene Belastungsfähigkeit bis an die Grenzen. Am nächsten Morgen um Punkt neun war Anmeldeschluss für die Fahrt nach Bournemouth. Einen Tag später musste sie der Jugendherberge sämtliche Diätanforderungen mitteilen, und das bedeutete, sämtliche Anmeldeformulare zu überprüfen und die Eltern anzurufen, die vergessen hatten, diesen Punkt auszufüllen. Außerdem musste sie für alle Schüler, die nicht mitfuhren, Arbeitsmaterial für fünf Tage vorbereiten, um es der aufsichtführenden Kollegin rechtzeitig zu geben, und sie musste noch Zeugnisse schreiben. Die zweizeiligen Beurteilungen der vergangenen Jahre reichten dieses Mal nicht aus. Nicky mussten zu jedem Kind genügend positive, ermutigende und anregende Dinge einfallen, um ein ganzes Heft zu füllen. In manchen Fällen lief es auf ihre kreativste Schreibübung des ganzen Jahres hinaus. Und zu guter Letzt musste sie noch einen ausführlichen, liebevollen Brief an ihre ganze Klasse für das Jahrbuch schreiben, das eine der Mütter in mühevoller Arbeit zusammenstellte.

Am nächsten Tag schnellte ihr Stressfaktor hinauf in den roten Bereich, als Amanda im Lehrerzimmer mit erwartungsvoller Miene auf sie zukam.

»Ihr ratet nie, wer mitfährt«, erklärte sie.

»Na ja, das spart Zeit«, erwiderte Nicky teilnahmslos, ohne von ihrer Arbeit aufzusehen.

Ally und Pete lachten herzlich darüber, und Rob lächelte.

»Na los, ratet mal«, forderte Amanda sie auf und sagte zu Rob: »Ich bin ja so aufgeregt!«

»Die Queen«, sagte Rob grinsend.

Amanda kreischte vor Lachen. »Falsches Geschlecht.«

»Prinz Philip?«

»Nein!« Sie sprach jetzt nur noch mit Rob. »Ich gebe

dir einen Tipp: Er arbeitet an dieser Schule, ist aber kein Lehrer. Hat ein Kind namens Oscar im sechsten Schuljahr. Blond. Grüne Augen.« Sie schaute Nicky an und konnte sich ein Grinsen nicht verkneifen.

Martha gesellte sich zu ihnen. »Du machst Witze!« Amanda und sie kreischten los.

»Nein.« Amanda lachte. »Geht und schaut selbst nach. Er steht auf der Liste. Direkt unter mir!« Wieder kreischte sie vor Lachen.

Nicky starrte Amanda entsetzt an.

»Du kommst mit?«, fragte sie. Der Schreck überwog ihre Höflichkeit.

»Klar. So einen Spaß lasse ich mir doch nicht entgehen.« Amanda lächelte.

Nicky verzog das Gesicht. »Ist dir eigentlich klar, wie viel Arbeit so eine Fahrt macht? Das ist kein Urlaub.«

Amandas Lächeln gefror. »Vielen Dank, Miss Hobbs, ich weiß durchaus, was eine Schulfahrt mit sich bringt.«

»Wir fahren mit Kollegen, nicht mit Freunden, in einem Reisebus, schlafen in einer Jugendherberge mit Gemeinschaftsdusche, arbeiten!«

Die anderen lachten nicht mehr, und auch Amandas Lächeln verschwand spurlos.

»Ich weiß«, erklärte Amanda mit Nachdruck, »und ich fahre mit. Finde dich damit ab.«

Nicky wandte sich verzweifelt an Ally und Pete.

»Seht ihr, wenn Amanda es kann, könnt ihr es auch.«

»Wenn Amanda es kann, kann es jeder«, erwiderte Ally loyal und fügte mit einem Blick auf Amanda hinzu: »Nimm es mir nicht übel, Amanda.« Sie wandte sich wieder Nicky zu. »Aber ich unterrichte lieber und bin gern mal eine Woche ohne euch.«

Nicky war regelrecht deprimiert. Der Alptraum wuchs sich zu Hitchcock'schen Dimensionen aus: eine ganze Woche lang Tag und Nacht unter Miss James' prüfenden Blicken verbringen (die seit Tagen nicht gelächelt hatte); mit Rob konkurrieren, der entweder den Coolen spielte oder Anspielungen auf eine mögliche gemeinsame Zukunft machte; dabei für Ordnung, Disziplin, Spaß, Abwechslung und Wohlergehen von vierzig Kindern sorgen, die zum Teil das erste Mal von zu Hause fort waren; ohne Allys moralische Unterstützung auskommen; ständig in Marks Nähe sein, der ihren Kopf vor Grübeleien schrumpfen und ihren Körper schwellen ließ, und das alles unter den Argusaugen dieser boshaften Hexe Amanda.

»Ich habe mich auch eingetragen«, kreischte Martha. »Ich komme auch mit!«

Und auch noch Martha.

Nicky ging hinaus, um einen Blick auf die Liste zu werfen. Ally folgte ihr auf den Fersen. Tatsächlich stand Marks Name gleich neben Oscars (über Marthas, unter Amandas).

»Übrigens, du warst eben vielleicht ein bisschen schroff zu Amanda«, murmelte Ally.

»Wieso zum Teufel fährt er mit?«, fragte Nicky. »Wieso kommt Oscar eigentlich mit? Jeder weiß doch, dass die Fahrt für unterprivilegierte Kinder gedacht ist.«

»Vielleicht wollte Oscar zur Abwechslung mal mit den anderen Kids zusammen sein.«

»Und wieso nimmt er seinen Daddy mit?«

»Zuerst hattest du was gegen Mark Samuels, weil er sich nicht genug um seinen Sohn kümmerte, jetzt bist du wütend, weil er sich zu viel kümmert. Er kann es dir wohl einfach nicht recht machen, was?«

»Glaubst du wirklich, dass er mit auf diese blöde

Schulfahrt nach Bournemouth kommt, nur um mit seinem Sohn zusammen zu sein?«

»Was willst du damit andeuten, Miss Hobbs?«, fragte Ally mit großen Augen. »Dass Mark Samuels eigennützige Motive hat?«

»Er ist schließlich ein Mann, oder?«, knurrte Nicky zähneknirschend.

»Was steckt also deiner Meinung nach dahinter?«

»Keine Ahnung. Aber es gefällt mir nicht.«

»Wieso? Wenn er hinter einer her ist, dann doch hinter dir. Schließlich hat er versucht, dich zu küssen.«

»Wie soll ich das wissen«, erwiderte Nicky. »Ich bin die Einzige, von der ich es weiß. Er könnte es bei jeder versucht haben. Amanda ist ständig in seinem Büro.«

»Also bei mir hat er es nicht probiert.«

»Ich meine, was weiß ich denn schon über den Mann«, sagte Nicky. »Sicher weiß ich doch nur, dass er seinem Sohn in den ersten zehn Jahren ein lausiger Vater war. Außerdem weiß ich, dass er seine und meine Chefin belogen hat, nur um eine schnelle Knutscherei zu kriegen. Das ist das Einzige, was ich eindeutig über ihn weiß. Alles andere ist nur Geflirte und Wunschdenken. Seine Vorstellung vom Aufstieg auf der Karriereleiter besteht wahrscheinlich darin, mit der nächsten Schulleiterin zu schlafen. Er kommt aus der Finanzwelt. Da läuft das so.«

Sie schauten sich an. Schließlich seufzte Ally lange und tief.

»Nicky«, sagte sie leise. »Ich unterbreche dich nur ungern in deinem Zusammenbruch, aber du vergisst einen wichtigen Punkt.«

Nicky runzelte die Stirn und keuchte dann. »Klar! Seine Au-pair-Mädchen!«

»Nein! Nicky, hör zu, er mochte dich schon, bevor von Miss James' Stelle überhaupt die Rede war.«

»Ach ja?«

»Ja«, rief Ally. »Er hat dich doch vor allen über den grünen Klee gelobt, erinnerst du dich nicht?«

»Ja, schon. Aber da war ich Konrektorin, oder? Weißt du was? Es gibt für mich nur eine Möglichkeit, ihm zu glauben, dass er es ehrlich mit mir meint.«

»Und die wäre?«

»Wenn er die Schule verlassen würde.«

»Was?«

»Dann wüsste ich, dass es ihm um mich ginge, nicht um seine blöde Stelle hier.«

»Hör mal. Ich weiß, dass du in letzter Zeit hart gearbeitet hast, aber du musst dich in den Griff kriegen. Mark Samuels geht mit auf eine einwöchige Schulfahrt, weil er mit seinem Jungen zusammen sein will. Ende der Geschichte.«

Nicky stand reglos da.

»Nicky?«

»Ja«, seufzte sie müde. »Ja. Entschuldige. Ich bin nur diese ganze Taktiererei so leid.«

»Schon gut. Das Schuljahr ist ja bald vorbei.«

Mark saß in seinem Büro und starrte auf seine E-Mail-Liste. Er hatte es getan. Und es war nicht annähernd so unangenehm verlaufen, wie er befürchtet hatte. Eigentlich hatte Miss James so mit anderen Dingen beschäftigt gewirkt, dass sie es kaum zur Kenntnis genommen hatte. Sicher, sie hatte sich überrascht und enttäuscht geäußert, weil seine Anstellung die Atmosphäre sehr verbessert habe, aber als er ihr aufrichtig seine Gründe erläutert hatte, hatte sie großzügig erklärt, sie habe volles Verständnis dafür. Da sie den

Kollegen die Neuigkeit erst nach der Schulfahrt mitteilen wollte, hatte sie ihn gebeten, bis dahin keiner Menschenseele etwas davon zu sagen. Sie wollte die Fahrt nicht durch eine Mitteilung verderben, die sicher jeden belasten würde.

Da Mark also niemandem von seiner Kündigung erzählen durfte – auch wenn er es Nicky gern gesagt hätte, durfte er ihre Karriere nicht gefährden, indem er sie in dieses Geheimnis einweihte – und nach der Schulfahrt nur noch zwei Unterrichtstage übrig blieben, hatte er keine andere Wahl. Natürlich hatte er keine Lust auf diese Fahrt, welcher vernünftige Mensch hatte das schon? Aber ihm war klar, wenn er diese Chance nicht nutzte, um noch etwas Zeit mit Nicky zu verbringen, wäre es zu spät. Hinterher hätte er keinen Vorwand mehr, sie wiederzusehen. Solange er ihr nicht sagte, dass er die Schule verließ, hätte er vielleicht sogar Chancen bei ihr. Also überredete er Oscar zu der Schulfahrt und meldete sie beide an.

KAPITEL 27

Nickys Schlafzimmerfenster stand weit offen, und eine feuchte Brise wehte über ihre Kleider, die ausgebreitet auf dem Bett lagen wie sonnenbadende Models. Sie und Ally musterten der Reihe nach jedes Kleidungsstück, wobei Nicky versuchte, sich darin als zukünftige Schulleiterin zu sehen, während Ally sie unter dem Aspekt inspizierte, ob sie zu einer heißen Braut auf Anmachtour passten.

Claire sollte in zehn Minuten ebenfalls kommen, um Nicky bei der Auswahl der Sachen zu helfen. Ihr blieben also zehn Minuten Zeit für eine Maniküre, eine Gesichtsmaske und eine Wachsbehandlung.

Ally folgte ihr ins Bad, setzte sich auf den Wannenrand und schaute zu, während Nicky sich großzügig Enthaarungscreme auf die Beine, eine Schlammpackung ins Gesicht und Lovechild-Nagellack auf die Fingernägel strich.

»Dir ist ja wohl klar, dass Rob sich zwei Minuten, bevor er aus dem Haus geht, eine Zahnbürste in die Jackentasche steckt«, sagte Ally.

»Ich weiß«, antwortete Nicky durch ihre Gesichtsmaske, »für Männer ist alles einfacher.«

»Sie müssen sich nicht mal auf eine kalte Toilette setzen, die Mistkerle«, pflichtete Ally ihr bei.

Als Claire kam, hatte Nicky ein schlammbraunes Gesicht, knallrote Fingernägel und rotfleckige Beine.

»Hey, sexy«, meinte Claire, während Nicky Wachs und Schlamm zu entfernen versuchte. Sie ging ins Schlafzimmer und ließ den Blick über das Bett schweifen. »Wie lange bleibst du weg? Einen Monat?«

»Eine Woche«, antwortete Nicky und kam hinter Ally ins Zimmer.

»Eine Woche?«, fragte Claire.

»Ich habe ihr schon gesagt, dass es nicht reichen wird«, schaltete Ally sich ein.

Claire starrte auf die Kleider. »Für eine Woche nimmst du so viel Zeug mit?«

Nicky atmete gleichmäßig und spreizte die Finger auf ihren Hüften. »Nein. Du sollst mir aussuchen helfen, was ich für eine Woche mitnehme. Und zwar ohne mein Selbstwertgefühl zu untergraben. Glaubst du, dass du das schaffen kannst?«

»Ich untergrabe dein Selbstwertgefühl nicht«, antwortete Claire. »Du nimmst alles viel zu ernst.«

Nicky zählte bis zehn, bis ihre Fingernägel getrocknet waren, und anschließend bis fünfzig, bis ihre Wut sich gelegt hatte.

»Gut«, sagte Claire und nahm Nickys Lieblingsrock. »Tja, der ist toll.«

»Danke.«

»Wenn du auf eine Urlaubsnummer aus bist.«

»Genau«, pflichtete Ally ihr bei.

Nicky hängte ihn in den Schrank, ohne ihm noch einen Blick zu gönnen. »Genau diese Art von Hilfe brauche ich.«

Nach einer halben Stunde war die perfekte Garderobe für eine zukünftige Schulleiterin ausgesucht, und Nicky hatte acht verschmierte Fingernägel. Als Claire zur Toilette ging, flüsterte Ally Nicky zu: »War sie immer schon so angsteinflößend?«

»Ja«, antwortete Nicky nachdenklich. »Ich glaube, das kommt vom Muttersein.«

»Erinnere mich bloß dran, dass ich nie Mutter werde.«

Nicky schüttelte den Kopf. »Nein, ich meine, dass sie mir die Mutter ersetzt hat, als ich noch so jung war. Gut. Ich mache mir die Nägel noch mal. Bin gleich wieder da.«

Ally setzte sich stirnrunzelnd aufs Bett. Als sie hörte, wie Nicky die Badezimmertür schloss, öffnete sie den Koffer und legte zwei sexy Röcke hinein, die Nicky verworfen hatte. Sie überlegte, ob sie die fuchsienrote Strickjacke und die Riemchensandalen dazupacken sollte, wollte es aber nicht übertreiben. Dann verabschiedete sie sich rasch.

Als der Vormittag in einen feuchtschwülen Nachmittag überging, kam Rob eine Stunde früher als sonst nach Hause. Er hob die Post von der Fußmatte auf und sah sie durch, während er ins Schlafzimmer ging, um zu packen. Er ließ sich aufs Bett fallen und starrte den Umschlag in seiner Hand an, drehte ihn um und zog den Moment in die Länge. Er hielt seine Zukunft in der Hand, die langersehnte Antwort von einer Privatschule in London, bei der er vor sechs Wochen ein Vorstellungsgespräch hatte. Er war sicher, dass dieses Gespräch gut gelaufen war.

Er beschloss, Bournemouth zu schwänzen, falls er diese Stelle bekäme. Verstorbener Verwandter, Beerdigung usw. Als er sich Amanda und Nicky ohne sich im Bus vorstellte, musste er grinsen. *Zu schön, um wahr zu sein*, wiederholte er wie ein Mantra, als er den Umschlag öffnete. Beim Lesen erstarb sein Lächeln. Er las den Brief noch einmal, zerknüllte ihn und schleuderte ihn fluchend auf den Boden. Dann öffnete er seinen Kleiderschrank und warf ein paar Kleider in den offenen Koffer, der hinter ihm stand. Jetzt ging es um mehr als einen bloßen Schulausflug. Es ging um das Bewerbungsgespräch seines Lebens. Er musste der nächste Schulleiter von Heatheringdown werden. Um jeden Preis. Innerhalb von fünf Jahren würde er die Größe der Schule verdoppeln und bei den Lernstandserhebungen die besten Resultate von ganz London erzielen. Dann würde er an eine vornehme Privatschule im Süden wechseln und einen Wagen fahren wie dieser aufgeblasene Mark Samuels.

Er betrachtete den unordentlichen Kleiderhaufen in seinem Koffer, nahm alles wieder heraus und packte es ordentlich gefaltet wieder ein. Später wollte er Pete anrufen und hören, ob er ihm interessanten Klatsch aus der Clique entlocken konnte. Mädchen erzählten sich doch alles, und manchmal hatte Ally eine Schwäche für Pete.

Um diese Zeit hätte er bei Pete nur den Anrufbeantworter erreicht, denn Pete saß nur mit einem Handtuch um die Hüften in der Umkleidekabine seines YMCA-Hauses, lehnte sich gegen seinen Spind und keuchte mit eingefallener Brust. Sobald er wieder Luft bekäme, wollte er duschen. Bis dahin würde er einfach nur dasitzen und versuchen, niemanden anzusehen. Er schloss die Augen.

Vielleicht sollte er nicht mehr ins Fitnesscenter gehen. Wie sollte etwas, wobei man sich vor anderen Männern bis auf die Haut ausziehen musste, dazu beitragen, sich besser zu fühlen? Vor Männern, die offenbar regelmäßig trainierten. Es war doch ohnehin egal. Sie interessierte sich jetzt keinen Deut mehr für ihn als vor seinem Fitnesstraining. Was lag ihr schon daran, dass er jetzt schwerere Gewichte stemmen konnte als vor zwei Monaten? Und eine Viertelstunde länger laufen konnte. Ihr wäre es auch egal, wenn er einen Lastwagen auf dem Rücken schleppen könnte.

Einmal hatte sie ihn tatsächlich erwischt, als er sie angeschaut hatte, und ihn mit einem Blick voller tödlicher Verachtung bedacht. Als hätte er ihr gerade erzählt, dass er es mit Schafen triebe oder so. Er hatte eine Woche gebraucht, bis er ihr wieder in die Augen sehen konnte. Schwer seufzend stand er auf, schlang das Handtuch fester und trottete langsam in die Dusche.

Nachdem Ally von Nicky weggegangen war, verbrachte sie den Tag in Muswell Hill, bevor sie mit dem Bus nach Finsbury Park fuhr. Eigentlich hatte sie überlegt, zu Fuß bis Crouch End zu gehen und dort in den Bus zu steigen, um etwas Bewegung zu bekommen, aber sie hatte zu viel zu tragen. Welchen Sinn sollte es auch haben? Sie könnte jede Stunde eine ganze Meile laufen und sich für den Rest des Lebens nur von Gemüse ernähren und sähe immer noch eher nach Superman als nach Lois Lane aus. Sie fragte sich, ob Leute sich bei ihrem Anblick Gedanken über ihre Körperfülle machten. Hatte die Clique Mitleid mit ihr? Einmal hatte sie bemerkt, wie Pete auf ihren üppigen Busen starrte, aber er hatte sofort weggeschaut, als er merkte, dass sie es mitbekommen hatte. Die Scham in seiner Miene hatte sie mehr gekränkt als alles andere. Als ob ihre Brüste so groß und ihr Rücken so breit wären, dass es ihm für sie peinlich sei. Aber was erwartete sie schon von jemandem, dessen Schenkel wahrscheinlich gerade mal so dick waren wie ihre Schienbeine?

Etwa zur gleichen Zeit saß Oscar auf seinem Samsonite-Koffer, während Mark versuchte, ihn zu schließen. Der Tag hatte Spaß gemacht. Gleich nach dem Frühstück hatten sie angefangen zu packen. Immer wieder hatte sein Dad etwas gefragt, und Oscar hatte Daisy anrufen müssen, die dann ihre Mum fragen musste. Daisy hatte ihm Liliths Antwort gesagt, die er dann seinem Dad weitergegeben hatte. So hatte das Packen mehr Spaß denn je gemacht. Er ging früh ins Bett, konnte aber lange nicht einschlafen.

Mark dagegen ging spät ins Bett und schlief sofort ein. Er hatte gewusst, dass vieles sich wie von selbst regeln würde, sobald er in Heatheringdown kündigte. Seine Arbeit machte ihm Spaß, aber als er den Anruf von der weiterführenden Schule Fortune Green bekam, die Oscar ab September besuchen würde, und man ihm die gleiche Stelle zu erheblich besserer Bezahlung anbot, war ihm klar, dass es verrückt wäre, das Angebot abzulehnen. Lilith hatte recht behalten. Er verdiente einfach nicht genug. Sie hatten zwar reichlich Ersparnisse, aber es erforderte Mut, von den Rücklagen zu leben. So würde er von seinem Einkommen leben und weiter mit Oscar zur Schule gehen können (natürlich nur bis der Junge zu cool wäre, um mit seinem Vater zu gehen).

Sobald er gekündigt hatte, ergab plötzlich alles einen Sinn. Ihm war klar, dass er hoffnungslos in Nicky Hobbs verliebt war, weil der Gedanke, sie nicht jeden Tag zu sehen, ihn deprimierte. Obwohl er noch an der Schule arbeitete, vermisste er sie schon jetzt. Jedes Mal wenn er sie auf dem Korridor grüßte, tat es weh, zu wissen, dass es nur noch einige Tage so sein würde.

Nach viel Überredungsarbeit hatte Oscar eingewilligt, den Schulausflug gemeinsam mit ihm mitzumachen. Da er sich anfangs eisern geweigert hatte, hatte

Mark ihm von seiner neuen Stelle erzählen müssen, nachdem er sich hatte schwören lassen, dass er es geheim halten würde. Es hatte funktioniert. Oscar war nicht nur überredet, sondern vollauf begeistert. Nicht über die Fahrt, die sicher furchtbar würde, sondern über die Aussicht, im September dieselbe Schule zu besuchen, in der sein Vater arbeitete. Jetzt hatte er keine Angst mehr davor.

Noch nie war es Mark so auf die Nerven gegangen, für eine Reise zu packen. Er hatte großzügig, wie er glaubte, einen halben Tag dafür eingeplant, aber es hatte sich immer weiter in die Länge gezogen. Bis zum Mittag hatte er eine Einkaufsliste mit notwendigen Dingen zusammengestellt, die er bis dahin nie als notwendig erachtet hatte, weil Fünfsternehotels sie selbstverständlich bereitstellten. Als das Packen sich über den ganzen Tag ausgedehnt hatte, waren ihm allmählich Zweifel an seiner Entscheidung gekommen, sich mit Oscar für diese Fahrt anzumelden. In welcher Art von Unterkunft musste man schon seine eigene Seife mitbringen? Nachdem sie alles mit Namensschildchen versehen hatten (Wozu? Damit ein Dieb wusste, wem er etwas gestohlen hatte?), entdeckte er in der Drogerie, dass es Toilettenartikel in kleinen Urlaubsgrößen gab.

Als er später zum Abendessen Nudeln gekocht hatte, war ihm plötzlich eingefallen, dass bei früheren Urlaubsreisen ein Au-pair-Mädchen sich in seiner Abwesenheit um das Haus gekümmert hatte. Nun musste er daran denken, Milch und Tageszeitung abzubestellen, alles, was schlecht werden könnte, aus dem Kühlschrank zu nehmen und den Müll hinauszubringen. Außerdem musste er Lilith bitten, am Abend bevor die Müllabfuhr kam, die Mülltonne hinauszustellen.

Nach dem Abendessen räumte er auf, packte seine eigene Tasche und war urlaubsreif, als er ins Bett ging. Allerdings hätte er einen Urlaub gebraucht, bei dem man seine Seife nicht selbst mitbringen musste. Er schloss die Augen und stellte sich Nicky beim Packen vor. Er fragte sich, ob sie je eine Reise gemacht haben mochte, auf der sie nicht ihre eigene Seife mitbringen musste. Er sah sie im Bikini an einem Pool liegen. Am nächsten Morgen schreckte er aus dem Schlaf hoch. Er starrte vor sich hin und sah Nicky im Bikini an einem Pool liegen.

Zwei Kilometer entfernt schlug Nicky die Augen auf und ging im Geist noch einmal ihre Packliste durch. Schließlich stand sie auf, holte die hübsche fuchsienrote Strickjacke und Riemchensandalen aus dem Kleiderschrank und packte sie in ihre Reisetasche. Verwundert starrte sie auf die beiden kurzen Röcke, die obenauf lagen. Grinsend griff sie zum Telefon und wählte Allys Nummer.

KAPITEL 28

Claire brachte Nicky an die Schule, damit sie ihren Wagen nicht eine Woche unbeaufsichtigt auf dem Parkplatz stehen lassen musste. Sie waren an diesem Samstagmorgen die Ersten. Während sie mit Blick auf den Eingang im Wagen saßen und auf die anderen warteten, legte Claire Nicky eine Papiertüte in den Schoß.

»Was ist das?«, fragte Nicky.

»Eine Tüte«, antwortete Claire.

Sie enthielt ein Paar Ohrringe, eine Kette und ein Armband.

»Die Mädchen haben sie ausgesucht«, sagte Claire. »Sie passen zu den Röcken, die du nicht einpacken solltest.«

»Woher wusstest du, dass ich sie einpacken würde?«

Claire zuckte mit den Schultern. »Wann hast du je gemacht, was ich dir gesagt habe?«

Nicky lächelte verkniffen, worauf Claire meinte: »Gern geschehen.«

Als der Bus auf den Parkplatz bog, stiegen sie aus und schleppten Nickys Reisetasche hinüber. Es war nicht gerade ein strahlend schöner Tag, aber er hatte seine Jugend auf seiner Seite, und die Morgenluft war frisch, fast schon kühl.

»Tu nichts, was ich nicht tun würde«, sagte Claire kurz angebunden, als sie sich zum Abschied küssten.

Nicky konnte sich gerade noch die Bemerkung verkneifen: »Was, etwa zu lange mit dem Kinderkriegen zu warten?«

Zwei Kleinbusse mit jeweils mindestens fünf Kindern bogen auf den Parkplatz.

Nicky holte ihre Teilnehmerliste heraus, um die Namen abzuhaken, und lächelte den beiden Müttern entgegen.

»Gibt's da auch Käse?«, begrüßte eine der beiden sie schon von weitem.

»Das weiß ich nicht«, antwortete Nicky. »Wieso?«

»Er mag keinen Käse. Isst er nicht.«

»Ist es eine Allergie?«

»Könnte schon sein, so wie er das Zeug hasst.«

»Haben Sie das in dem Formular angegeben? Wenn ja, ist es in Ordnung.«

»Welches Formular?«

»Das Anmeldeformular, das Sie zurückgeschickt haben. Da gab es eine Rubrik zu Allergien.«

»Aber es ist ja keine Allergie.«

»Nein. Aber er isst doch keinen Käse.«

»Geht nicht mal in die Nähe. Will nicht mal im selben Raum damit sein. Mr Pattison weiß Bescheid.«

»Ach so, dann ist es ja gut.«

Mittlerweile war der Bus umringt von Autos wie ein Mutterschwein von ihren Ferkeln. Der Parkplatz wimmelte von Eltern, die ihre Nervosität zu ignorieren versuchten, während Kinder herumrannten und ihnen auf den Nerven herumtrampelten. Nicky stellte ihre Handtasche im Bus links auf den vordersten Fensterplatz und ging wieder auf den Parkplatz, um mit Eltern zu plaudern und Namen auf ihrer Liste abzuhaken. Sie sah Martha mit Anhang kommen. Obwohl Nicky nur ein Gepäckstück entdeckte, war Nicky keineswegs sicher, dass Marthas Freund nicht versuchen würde, sich im Laderaum zu verstecken.

Miss James ließ sich von einem »Freund der Familie« bringen. Nicky machte große Augen. Die Schulleiterin trug einen pinkfarbenen Jogginganzug und ein makellos weißes T-Shirt. Nicky konnte sich gerade noch zurückhalten, ihre Chefin mit einem Küsschen zu begrüßen, und begnügte sich mit einem herzlichen Hallo.

»Schönes Wetter«, stellte Miss James fest. Nicky fragte sie, ob sie den Busfahrer begrüßen wolle, und beobachtete, wie Miss James mit ihren quietschenden weißen Turnschuhen über den Kies an die Bustür schlenderte und ihm die Hand reichte. Es war, als wäre sie bereits im Ruhestand und um zehn Jahre verjüngt. Nicky drängte sich die Frage auf, ob sie wohl zehn Jahre älter wirken würde, wenn sie ihre Stelle bekäme.

Sie schaute auf die Uhr. Noch eine halbe Stunde bis zur Abfahrt. Wo zum Teufel blieb Rob bloß? In diesem Augenblick röhrte sein Wagen neben den Bus, und er sprang heraus.

»Morgen, Sonnenschein«, begrüßte er sie und zwinkerte ihr wie üblich vertraulich zu.

»Willst du deinen Wagen die ganze Woche hier stehen lassen?«, fragte Nicky.

»Ja. Wenn ich Glück habe, wird er geklaut.«

»Wieso kommst du so spät?«

»Verschlafen«, knurrte er.

»Schon gut. Wir wären sowieso nicht ohne dich gefahren. Wenn nötig, hätte ich dich mit dem Bus zu Hause abholen lassen.«

»Davon bin ich überzeugt.« Er schenkte ihr ein leichtes Lächeln und ging, um Miss James zu begrüßen. Nicky beobachtete, wie er sich mehrmals bei ihr entschuldigte, wurde aber in ihren Beobachtungen durch ein munteres Hallo unterbrochen. Sie stählte sich, bevor sie sich zu Amanda umdrehte.

»Alle Mann an Bord«, trällerte Amanda.

Sie trug ein leichtes Sommerkleid, Espadrilles mit hohem Blockabsatz, einen großen Schlapphut und eine scharfe Sonnenbrille. Sie sah umwerfend aus, wie für eine Luxuskreuzfahrt. Lipgloss brachte ihre rosigen Wangen zur Geltung, eine mustergültig aufgetragene, teure Foundation verlieh ihr den seidigen Teint eines Hollywood-Sternchens, und als sie die Sonnenbrille hochschob, schaute Nicky in perfekt geschminkte Augen mit fein säuberlich getuschten Wimpern, makellos gezogenem Lidstrich und passendem Lidschatten.

»Wow, Amanda«, brachte sie mühsam hervor. »Du hast dich aber in Schale geschmissen!«

»Ach, das würde ich nicht sagen«, meinte Amanda grinsend. »Nur passend angezogen für einen Sommerurlaub!« Sie musterte Nicky ausgiebig von oben bis unten und fragte harmlos: »Kommst du auch mit?« Während Amanda Rob mit viel Trara begrüßte, gingen Nicky tausend verschiedene Antworten durch den Kopf, die sie ihr hätte geben sollen.

Am anderen Ende des Parkplatzes sah sie Ned kommen. Schon von ferne waren seine hängenden Schultern zu erkennen. Langsam ging er an den Kofferraum, holte einen kleinen Koffer heraus, gab seiner Frau, die am Steuer saß, durch das geöffnete Seitenfenster einen Kuss und kam zu der versammelten Mannschaft herüber. Als er Nicky sah, nickte er ihr zu, bevor er eingehend den Boden zu ihren Füßen studierte. Sie legte ihm die Hand auf den Arm.

»Ned, viel Glück bei der Bewerbung.«

Er schaute sie an. »Danke«, sagte er und stieg in den

Bus. Im Eingang drehte er sich noch einmal um. »Dir ebenfalls.«

Als sie aufschaute und überraschend Ally und Pete kommen sah, musste sie lächeln.

»Wir wollten euch zum Abschied winken«, sagte Ally.

»Und lachen«, fügte Pete hinzu.

»Ach, danke, Leute«, meinte Nicky lächelnd.

Janet, Miss James' Sekretärin, die sich ihre Teilnahme an diesem Ausflug noch weniger hatte aussuchen können als die beiden Konrektoren, kam dräuend auf sie zu. Sie hatte für die Zeit ihrer Abwesenheit eine Aushilfe besorgen müssen, und das bedeutete, wie jedem klar war, dass sie hinterher Überstunden machen musste, um den Rückstand aufzuarbeiten. Aber alle wussten auch, dass Miss James unmöglich ohne sie auskommen konnte, nicht einmal auf einem Schulausflug.

»Hallo«, grüßte Nicky.

»Ach, verpiss dich«, knurrte Janet leise genug, dass kein Kind es hören konnte, und stieg in den Bus.

Nicky schaute Ally und Pete an.

»Ihr habt Glück«, flüsterte sie.

»Mit Glück hat das gar nichts zu tun«, sagte Pete lachend. »Das ist bloß mangelnder Ehrgeiz.«

Sie folgten Janet in den Bus, um allen eine gute Fahrt zu wünschen.

Liliths Wagen bog auf den Parkplatz und hielt am Bus, gleich neben Robs. Kaum hatte sie angehalten, flogen sämtliche Türen auf und Daisy, Oscar, Mark und Lilith sprangen heraus. Mark lief an den Kofferraum und lud das Gepäck direkt in den Laderaum des Busses, während Lilith Daisy umarmte und Oscar zu Nicky lief. Sie hakte seinen Namen auf der Liste ab, und er stieg in den Bus, ohne sich noch einmal umzusehen. Nachdem sie Daisy abgehakt und Lilith zugewinkt hatte, wandte sie sich Mark zu.

»Hi«, begrüßte er sie lächelnd.

Sie zückte ihren Stift. »Name?«, fragte sie mit einem bemüht professionellen Lächeln, das eher zu einem schelmischen Grinsen geriet.

»Samuels, Miss«, antwortete er.

Sie tat, als suche sie seinen Namen. »Du bist spät dran, Samuels.«

»Wie läuft's?«, fragte er leise.

Sie legte den Stift an die Lippen, als denke sie nach. »Ach, weißt du, wie im Fegefeuer«, seufzte sie achselzuckend.

Sie sah, wie er den Mund öffnete, um etwas zu sagen, aber fast einen halben Meter in die Luft sprang, als Rob aus dem Bus brüllte: »Komm in die Gänge, Samuels! Wir warten alle auf dich!«

Ally und Pete sprangen aus dem Bus und grinsten die beiden zum Abschied an. Nicky stieg hinter Mark ein, und alle johlten. Und als Rob rief: »Oscar! Sprich mal ein Machtwort mit deinem Vater!«, grölten alle vor Lachen.

Miss James hatte Nickys Tasche vom linken Sitz über den Gang auf den rechten Sitz gestellt und sich auf den besten Fensterplatz gesetzt, den Nicky sich eigentlich ausgesucht hatte. Sie setzte sich auf den Platz am Gang hinter den Fahrer. Miss James warf ihr über den Gang hinweg ein Lächeln zu, bevor sie wieder aus dem Fenster schaute, und Nicky rief sich in Erinnerung, dass es praktisch nur noch zehn Tage dauerte, bis Miss James in den Ruhestand ging.

Rob beendete sein Geplauder mit dem Fahrer, stellte sich breitbeinig vorn in den Bus, begrüßte alle und überprüfte die Anwesenheitsliste, indem er sämtliche Namen aufrief. Während er ein paar Witzchen machte und komische Stimmen nachahmte, überlegte Nicky, ob er Miss James angeboten hatte, diese Aufgabe für sie zu übernehmen, oder ob sie ihn darum gebeten hatte. Sie warf einen verstohlenen Blick zu Miss James hinüber, die Rob mit geheimnisvollem Lächeln um die Lippen beobachtete. Nicky versuchte, ihn mit Miss James' Augen zu sehen: groß, schlank, dunkler Teint, dunkle Haare, gutaussehend und unumstritten geschickt im Umgang mit Kindern. Ein zukünftiger Schulleiter? Ein zukünftiger Vater? Ein zukünftiger Samenspender?

Als Rob fertig war, schaute er Nicky an, als sei sie die einzige Person im Bus. Sie wich seinem Blick mit einem Blinzeln aus. Als der Bus losfuhr, zwängte er sich neben sie auf den Fensterplatz. An ihm vorbei schaute sie hinaus auf den Parkplatz. Marthas Freund stand reglos da. Neds adrette, zierliche Frau war ausgestiegen und schaute dem Bus mit verschränkten Armen nach. Ally und Pete spielten Fangen. Lilith wurde immer kleiner, mit jedem Winken rückte ihr Gesicht in weitere Ferne.

Ally und Pete hörten auf, Fangen zu spielen, und schauten dem Bus hinterher, bevor sie langsam über den Schulhof gingen.

»Was machen wir jetzt?«, fragte Pete.

»Brunch«, schlug Ally vor.

»Ich dachte schon, du würdest nie fragen.«

Bis zu seinem Wagen spielten sie weiter Fangen.

Im Bus sangen die Kinder lauthals »A Hundred Green Bottles«. Plötzlich rutschte Miss James auf den Sitz am Mittelgang, näher zu Nicky und Rob. Nicky dachte schon, sie wolle einen von ihnen bitten, sich über den Lärm zu beschweren, aber sie lächelte sie lediglich an.

»Ich habe ganz vergessen, Ihnen beiden etwas zu sagen«, begann sie und machte eine dramatische Pause. Rob beugte sich über Nicky hinweg vor und stützte sich mit der Hand auf die Kopfstütze hinter ihrem Kopf. Er war ihr so nahe, dass sie die kühle Frische seines Deos und den Zitrusduft seines Rasierwassers riechen konnte. Sie drehte den Kopf zu Miss James.

»Der Schulvorstand war von Ihnen beiden sehr beeindruckt«, erklärte Miss James. »Und man hat mich gebeten, eine Empfehlung zu geben, sobald ich von der Schulfahrt zurückkomme.«

Sie schaute von einem zum anderen. Nicky spürte, wie Rob neben ihr heftig nickte. Verwundert starrte sie Miss James an. Hatte die Frau jetzt endgültig den Verstand verloren? Das lief ja geradezu auf den Vorschlag hinaus, die Sache in Bournemouth in einem Duell auszufechten. Wieso lag Miss James so sehr daran, sie zu Rivalen zu machen? Andererseits freute Nicky sich, dass sie immer noch eine Chance hatte.

»Sie kennen natürlich beide meine Einstellung zu Ihnen«, meinte Miss James, sie nun abwechselnd anstrahlend.

»Und was ist mit Ned?«, flüsterte Rob und packte Nicky heimlich an der Schulter, als wären sie Verschwörer und keine Rivalen.

Miss James schüttelte traurig den Kopf und schloss die Augen. Als sie sie wieder öffnete, nickte sie und erklärte, er könne vielleicht einer der nächsten Konrektoren werden. Vielleicht sogar *der* Konrektor. Sie wolle es ihm auf der Fahrt mitteilen. Es sei das Beste für ihn, wenn er es so bald wie möglich erfahre. Rob nahm die Hand nicht von Nickys Schulter.

»Und was ist mit den externen Bewerbern?«, fragte er.

»Alle höchst beeindruckend«, räumte Miss James ein und ließ die Bemerkung wirken, bevor sie hinzufügte: »Aber nicht beeindruckend genug.«

Miss James rutschte wieder auf ihren Fensterplatz und schlief bald ein. Ihr Kopf rollte an die Fensterscheibe entlang. Nach gut zehn Minuten rückte Rob, so weit es ging, ans Fenster und bedeutete Nicky, näher zu kommen.

»Hallo, sexy Biene«, raunte er. »Zukünftige Supermami.«

Sie hob eine Augenbraue.

»Na ja, das ist immer noch besser als die Spielchen, die sie uns aufzwingen will.«

Damit hatte er nicht unrecht. Allmählich hatte es den Eindruck, als seien sie nur Bauern in einem traurigen Schachspiel, das sich in Miss James' Hirn abspielte. Nicky vergewisserte sich mit einem verstohlenen Blick, dass Miss James sie nicht belauschte, aber sie schnarchte leise. Als sie sich wieder zu Rob umdrehte, wären ihre Nasen fast kollidiert. Sein Kopf war so dicht an ihrem Ohr, dass sie seinen Atem an ihrem Hals spürte, als er flüsterte: »Sie will uns zu Konkurrenten machen.«

Nicky flüsterte ihm ins Ohr: »Wir sind Konkurrenten.«

Er zuckte mit den Schultern. »Nicht wenn wir beschließen, auf derselben Seite zu stehen. Du und ich. Endlich. Nicht du gegen mich.«

Nicky zog den Kopf ein bisschen zurück.

»Ich verrate dir ein Geheimnis«, raunte er. »Ich habe mich auch auf andere Stellen beworben.«

Sie nickte.

»Noch hat keiner angebissen … bis jetzt.«

Wieder ein Nicken.

»Ob du es glaubst oder nicht«, sagte er langsam und deutlich, »für mich ist das alles viel schwerer als für dich.«

»Was? In einem Bus zu sitzen?«, fragte sie verständnislos.

»Ich habe das noch nie zugegeben«, sagte er mit gesenktem Blick, »aber du bist nicht die Einzige mit einer tickenden Uhr, weißt du.«

Sie runzelte die Stirn und sah ihn als Captain Hook aus *Peter Pan* vor sich, in dessen Bauch ein gespenstisches Ticktack hallte.

»Wovon redest du, Rob?«, fragte sie rundheraus.

»Wenn ich nicht Schulleiter werde, bevor ich fünfunddreißig bin, werde ich es nie«, erklärte er leise. »Dann ist es zu spät. Wie bei dir und den Babys. Nur könntest du natürlich noch Kinder adoptieren.«

Sie stutzte und vergaß völlig zu flüstern. »Frauen kriegen noch mit Mitte vierzig Kinder, und Männer werden bis in die sechzig noch Schulleiter!«

»Pssst!« Rob sank tiefer in seinen Sitz, Nicky mit ihm. »Sei doch leise. Ich will nicht, dass sie aufwacht.«

Nicky wiederholte ihren Einwand flüsternd.

»Was? Und mit fünfzig einen Fünfjährigen haben? Nein danke.«

Nicky schaute nach vorn. »Rob. Es ist furchtbar nett, dass du dir Sorgen um mich und meine nicht vorhandenen Babys machst, aber das brauchst du wirklich nicht. Kümmere du dich nur um dein …«

Er packte ihre Hand und sagte eindringlich: »Nicky, begreifst du das denn nicht? Mir liegt an dir. Ich will nicht, dass du jedes Mal weinst, wenn du befördert wirst.«

»Ich habe ein einziges Mal geweint.«

»Aber Fakten sind nun mal Fakten«, wandte er ein. »So ungerecht, anachronistisch und sexistisch es auch sein mag: Wenn du Schulleiterin wirst, kannst du jahrelang keine Kinder bekommen.«

»Wieso?«, rief sie.

»Pssst!« Er lachte, und unwillkürlich musste sie mit ihm kichern. »Weil du in dem neuen Job unglaublich unter Druck stehen würdest. Versuch doch mal, dem Schulvorstand zu erklären, dass du ein halbes Jahr Mutterschaftsurlaub haben willst, nachdem sie dir gerade die Schulleitung übertragen haben.« Er lachte. »Mit Glück würdest du gerade mal zwei Wochen freibekommen.«

Nicky schwieg.

»Da wir in einer ungerechten Welt leben, wäre es andererseits bei mir völlig unerheblich, wenn ich den Job bekäme. Es würde die Sache für dich sogar beschleunigen – für uns.«

»Hmmm.«

»Nehmen wir doch einfach mal an, wir beide wären zusammen – als ob wir am Abend des Feuerwerks einen Schritt weitergegangen wären oder nie Schluss gemacht hätten –, und sagen wir, wir wollten jetzt eine Familie gründen, wir könnten sofort damit anfangen.« Lachend raunte er ihr ins Ohr: »Wir könnten uns auf der Stelle nach hinten in den Bus verkrümeln. Dann wäre endlich Schluss mit diesen verdammten grünen Flaschen!« Beide mussten grinsen. »Du würdest deinen Mutterschaftsurlaub bekommen und könntest sogar Teilzeit arbeiten oder auch nicht, wie du willst, und ich würde genug für uns alle verdienen.«

Sie schwieg weiter.

»Andererseits«, sagte er und rückte nachdenklich

ein Stück weg, »wenn du den Job bekämst und ich nicht, würde ich mit einem Konrektorengehalt herumkrebsen, und du könntest von Glück reden, wenn du zwei Wochen freibekämst. Und du würdest seine besten Jahre verpassen.«

Nicky grinste Rob an. »Seine? Hat er auch schon einen Namen?«

Rob erwiderte ihr Grinsen. »Rein hypothetisch.«

»Genau. Rein hypothetisch. In Wirklichkeit stellt sich die Frage also gar nicht.«

Er schaute sie an. »Du vergisst uns, Nicky.« Er riss die Augen auf und schaute sie tief und ernst an. »Es könnte sein, Nicky. Es könnte jetzt schon sein, wenn wir am Abend des Feuerwerks weitergegangen wären. Es ist alles viel einfacher, als du denkst. Du bist diejenige, die es kompliziert macht.«

Sie wünschte, er würde endlich aufhören, von dem Abend in ihrer Küche zu reden. Es brachte sie durcheinander. Vielleicht hatte Rob ja recht. Vielleicht waren sie schon immer füreinander bestimmt. Und Mark war derjenige, der sie von ihrem eigentlichen Leben ablenkte. Sie hatte Mark noch nicht einmal geküsst; nach allem, was sie wusste, konnte es durchaus sein, dass er lausig küsste. (Vielleicht sollte sie es aus Forschungszwecken einmal probieren.) Von Rob wusste sie zumindest, dass er gut küsste. Und mehr. Na ja, wenn er in Stimmung war, sich Zeit zu nehmen. Ansonsten war es gerade mal Alltagssex oder das, was Nicky mittlerweile Männersex nannte: eine Menge sanfte Gewalt, die Männer für Leidenschaft hielten, und sehr wenig Vorspiel. Aber im Grunde waren sie miteinander glücklich gewesen. Gut, in den sieben Jahren, die seither vergangen waren, hatte sie sich in mancherlei Hinsicht verändert, aber Rob wahrscheinlich auch. Hoffte sie jedenfalls. Wenn sie darüber nachdachte, war er sexuell immer ein bisschen selbstsüchtig gewesen. Das war ihr erst richtig klargeworden, als sie nach ihm andere Beziehungen eingegangen war. Sie fragte sich, ob er sich in dieser Hinsicht verändert haben mochte. Wenn sie sich an den Kuss in der Küche erinnerte, fand sie es etwas beunruhigend, dass ihr vor allem im Gedächtnis geblieben war, wie sie dabei ständig an Mark gedacht hatte. Aber war das nicht völlig normal?, fragte sie sich. War das nicht das reale Leben? Machten es nicht viele glücklich verheiratete Paare so? Wartete sie vielleicht auf etwas, was es gar nicht gab?

»Denk einfach mal drüber nach«, sagte Rob, stand auf, streifte sacht ihre Schulter und ging nach hinten in den Bus.

Nicky schaute aus dem Fenster, sah verschwommen Menschen in ihren Autos und fragte sich, wie sie alle es zu ihrer eigenen kleinen behaglichen Familie gebracht haben mochten. Hatten sie alle ihre große Liebe gefunden und Wunschkinder bekommen? Oder hatten sie sich mit dem zufriedengegeben, was sie kriegen konnten? Oder hatten sie einfach nicht darüber nachgedacht und es geschehen lassen?

»Entschuldigung, Miss Hobbs, ist der Platz frei?«, fragte eine tiefe Stimme hinter ihr.

Als sie aufsah, stand Mark neben ihr. Hinter seinem Kopf bildete die Sonne eine Aureole. Sie bemühte sich, sie zu ignorieren, und nickte. Er zwängte sich an ihr vorbei auf Robs Platz.

»Hallo. Ich wollte mich mal mit einem erwachsenen Menschen unterhalten.«

»Gute Idee«, erwiderte sie. »Suchen wir einen Erwachsenen.«

Er lachte, lehnte sich zurück und schaute sie an. Sie

bedachte ihn mit einem lockeren, unverbindlichen Lächeln. Er erwiderte es herzlich und legte den Kopf zurück. Sie legte ebenfall den Kopf zurück. Sie lächelten sich an. Schließlich lachte Mark auf, und sie fiel ein.

Hinter ihnen fiel die achtzigste Flasche um, lautstark angeführt von Rob.

»Wissen Sie was?«, flüsterte er.

»Was?«, flüsterte sie zurück. Wollte er die Schule verlassen und Kinder mit ihr bekommen?

»Ich hasse Kinder.«

Ihr Lächeln schwand. »Außer Oscar.«

»Natürlich außer Oscar.«

»Ich liebe sie«, sagte sie leise.

Er schnitt eine Grimasse. »Sie haben auch nicht gerade zwanzig grüne Flaschen über sich ergehen lassen.«

»Nein.«

»Ich freue mich schon darauf, dass Oscar groß wird. Ich glaube, er wird ein wunderbarer Erwachsener. Ein guter Kumpel.«

Sie nickte. »Ich wette, er war ein süßes Baby.«

»Das meiste habe ich verpasst. Aber es war harte Arbeit. Das möchte ich nicht noch mal erleben. Nein, jetzt ist er mir lieber.«

Er lächelte sie wieder an. Sie versuchte, es zu erwidern, aber es fiel ihr schwer, da sie das Gefühl hatte, gerade einen Schlag in die Magengrube bekommen zu haben.

»Und, wie ist es jetzt mit dem Gespräch unter Erwachsenen?«, fragte er.

»Ich sollte wirklich mal nach den Kindern sehen«, brachte sie mühsam heraus, stand auf und ging zu Rob.

KAPITEL 29

Die Jugendherberge war gefunden, das Gepäck ausgeladen, der Bus fortgeschickt und die Kinder untergebracht, als den Lehrern Miss James' Buchungsfehler in seiner ganzen Tragweite klarwurde. Nicky erfuhr es als Letzte, weil sie sich noch um zwei Etagenbettstreitigkeiten und einen schweren Fall von Heimweh mit Erbrechen gekümmert hatte. Und das waren nur die Kinder.

Als sie den Kopf durch die Tür des Zimmers steckte, in dem ihrer Ansicht nach die weiblichen Lehrkräfte untergebracht waren, fand sie dort sämtliche Kollegen versammelt bis auf Miss James, die sie am Ende des Korridors mit dem Herbergsvater streiten hörten.

»Anscheinend hat es ein ›Missverständnis‹ gegeben und wir sind alle in einem Zimmer untergebracht«, erklärte Rob fröhlich grinsend. »Wie es aussieht, schlaft ihr Mädels hier bei uns.«

Nicky konzentrierte sich so angestrengt darauf, Mark nicht anzusehen, dass es eine Weile dauerte, bis diese Mitteilung zu ihr durchdrang. Am Ende starrte sie Rob eine Ewigkeit an. Er grinste sie weiter an, legte sich auf das untere Etagenbett neben der Tür und verschränkte die Arme hinter dem Kopf.

»Wir sind also alle zusammen hier drin«, sagte sie zögernd. »Männer und Frauen? Zusammen?«

Amanda, Martha, Mark, Ned und Janet nickten.

»Ehm, Robert, hast du uns gerade ›Mädels‹ genannt?«, fragte Amanda, die auf dem unteren Etagenbett Rob gegenüber auf dem Bauch lag, mit den Beinen in der Luft schlenkerte und das Kinn auf die Hände stützte. Sie sah aus wie aus einem alten Hollywood-Musicalfilm.

»Wer sagt denn eigentlich, dass es nicht unser Zimmer ist?«, schaltete Martha sich ein und lehnte sich an Amandas Bett. »Und dass ihr bei uns schlafen müsst? Schließlich sind wir viel mehr Frauen als Männer.«

»Guter Einwand, Schwester!«, rief Amanda. »Schließlich dürfte Miss James ja wohl kaum vergessen haben, ein Zimmer für sich zu buchen, oder?«

Peinliche Stille trat ein. Es war die erste Anspielung, dass Miss James an dieser misslichen Lage schuld war. Fast alle bemühten sich, die Bemerkung zu überhören. Aber das ließ Martha nicht durchgehen. Sie kam gerade in die bissige Phase ihrer Anstellung. Da sie nun schon ein ganzes Schuljahr an der Schule war, empfand sie sich nicht mehr als Neuling. Sie fühlte sich sicher und fand nun, nachdem die erste Begeisterung verebbt war, an allem etwas auszusetzen. Gleichzeitig war sie noch frisch und nicht desillusioniert, und so besaß ihre Bissigkeit etwas Jugendliches und beinahe Positives.

»Stimmt«, pflichtete sie Amanda fröhlich bei. »Das ist unser Zimmer, und die Jungs schlafen bei uns! Oje. Das ist mal wieder typisch. Gut, dass die alte Schachtel in den Ruhestand geht, was?«

Wieder wurde es still im Raum. Miss James' Pensionierung war nichts, worüber Rob, Nicky und Ned reden wollten, und schon gar nicht in diesem Kontext. Ned hatte im Bus von Miss James erfahren, dass er die

Schulleitung nicht bekommen hatte, aber für den Posten des Konrektors in Betracht gezogen würde, falls die Stelle frei werde. Ohne Rob oder Nicky anzusehen, war er auf seinen Platz zurückgekehrt.

»Huch!«, kicherte Amanda. »Erwähne bloß den Krieg nicht!« Sie zwinkerte Martha auffällig zu.

Martha kicherte. Als Amanda Martha anbot, sich ein Etagenbett mit ihr zu teilen, kehrte Nicky den beiden den Rücken, um ihren Vorahnungen Einhalt zu gebieten, dass sie bald geheime Tagebücher austauschen würden. Sie war zu niedergeschlagen, um die beiden zu ertragen.

Da sie nichts Besseres zu tun hatte, sah sie sich im Zimmer um. Es war lang und schmal und vollgestellt mit vier breiten, hohen Etagenbetten; in jeder Ecke eins mit dem Fußende zur Zimmermitte. Die Zwischenräume waren so eng, dass man ohne weiteres hinüberreichen und seinen schlafenden Nachbarn an den Haaren ziehen konnte, wenn man wollte. An einer Schmalseite führte eine Tür auf den lauten Korridor, an der anderen eine in das Gemeinschaftsbad. Auf der anderen Seite des Korridors lagen die Kinderschlafsäle viel zu nah, um Ruhe zu finden, aber darum ging es bei diesen »Ferien« schließlich nicht.

Schon jetzt lag der Zwischenraum zwischen den Betten voller Rucksäcke und Kleider. Amanda und Martha teilten sich das linke Etagenbett an der Badezimmerseite, daneben hatte Ned sich beeindruckend im unteren Bett vergraben, so dass nur noch seine großzügig gestopften Socken zu sehen waren. Auf dem Bett über ihm lag Miss James' Tasche. Damit blieben zwei Etagenbetten übrig. Rob lag besitzergreifend auf dem unteren Bett links von Nicky. Ihm gegenüber, rechts von ihr, saß Mark still mit gesenktem Blick auf dem unteren Bett. Mitten im Zimmer stand Janet imposant mit finsterer Miene.

Nicky schaute zu Mark. Er rührte sich nicht. Sie drehte sich zu Rob. Er grinste augenzwinkernd. Sie schaute zu Amanda hinüber, die sie unverhohlen mit wissendem Grinsen beobachtete.

Sie wusste einfach nicht, was sie machen sollte. Wenn sie das Etagenbett mit Mark teilte, müsste sie jeden Abend über ihn hinauf- und, was noch erschreckender war, jeden Morgen nach einer unruhigen Nacht mit wirren Haaren herunterklettern. Und wenn sie im Schlaf redete? Oder noch schlimmer: Wenn er sie in Miss James' Gegenwart so leidenschaftlich anschaute, dass Miss James annähme, innerhalb von zwei Jahren werde Nicky Vollzeitmama, und daraufhin Rob die Stelle gäbe? Je weniger sie mit Mark zu tun hatte, umso besser. Aber wenn sie das Bett ihm gegenüber nähme, hätte er sie noch besser im Blick, und vor allem hätte sie ihn ständig aus der Vogelperspektive vor Augen und müsste so viel Energie darauf verschwenden, ihn nicht anzusehen, dass sie keine Kraft mehr für die Kids hätte. Wenn sie andererseits über Rob schlief, würde sie ihm durchaus zutrauen, dass er zu ihr ins Bett kröche, sobald die Lichter ausgingen, um gleich an Ort und Stelle eine Familie zu gründen.

Sie schaute Janet an.

»Also, wo möchtest du schlafen?«, fragte sie achselzuckend.

»Zu Hause«, antwortete Janet kurz angebunden und kletterte auf das Bett über Mark.

Nicky wandte sich an Rob. »Gut. Wie es aussieht, teilen wir uns das Bett.«

»Ich dachte schon, du würdest nie mehr fragen«, meinte er grinsend. »Möchtest du lieber oben liegen?«

Alle im Raum pfiffen. Oje, dachte Nicky, als sie auf das Bett über Rob kletterte, das würde eine sehr lange Woche werden.

Anfangs dachte Pete, sie würden nur über Rob, Nicky, Amanda und alles reden, was auf der Schulfahrt passieren könnte. Aber so war es nicht. Inzwischen hatten sie den ganzen Tag miteinander verbracht – so lange Zeit, wie sie noch nie miteinander allein verbracht hatten – und die anderen kein einziges Mal auch nur erwähnt. Nicht nur das, die Idee, in die Matineevorstellung zu gehen, war nicht einmal von ihm gekommen. Sie hatten die Beine auf die Rückenlehne der vorderen Sitzreihe gelegt, sich an ihren Süßigkeiten, Popcorn und Getränken festgeklammert und lauthals über die Witze des anderen gelacht, die allesamt komischer waren als der Film. Als sie aus dem Kino kamen, blinzelten sie in das Nachmittagslicht. Das Wetter schlug um.

»Ich bin halb verhungert«, sagte Pete.

»Ich auch. Was sollen wir essen?«

»Pizza«, schlug er vor.

Sie nickte. »Perfekt.«

Rob hatte eine stramme Strandwanderung um das East Cliff nach Boscombe organisiert. Es dauerte nur eine Stunde, die Kinder fertigzumachen, und eine weitere halbe Stunde, Miss James' Brille zu finden. Sie lag unter Neds Bett, und er entschuldigte sich fast bis zum Ende der Wanderung.

Als endlich alle den Strand erreicht hatten, war Nicky so weit, dass sie sich am liebsten ins Meer gestürzt hätte. Sie grübelte über Marks Bemerkungen im Bus nach. Wenn der Mann deiner Träume keine Kinder wollte, gab es kein langes Nachdenken. Da hieß es Schluss machen. Sie hatte von Frauen gehört, die geglaubt hatten, sie könnten ihren Mann umstimmen, nur um zehn Jahre später festzustellen, dass er sich irgendwann in der Mittagspause hatte sterilisieren lassen. Sie wollte Mark zwar, aber nicht so unbedingt, wie sie Kinder wollte. Und einen Mann nur ihrer eigenen Bedürfnisse wegen zu ändern, war nicht ihre Sache. Sie beneidete das vor Heimweh schluchzende Kind, mit dem sie am Ende der langen Schlange ging. Wenn sich ihre eigenen Probleme bloß lösen ließen, indem sie einfach nach Hause führe. Von hinten hatte sie alles bestens im Blick. Sie sah schwarze Wolkenfetzen über den weißen Himmel jagen, die tosende Brandung auf dem grauen Meer schäumen und Janet immer dichter an Mark rücken, während sie immer weiterwanderten. Sie würden gut zueinander passen, dachte sie. Jedes Mal wenn Janet ihn anschaute und lächelte, versetzte es Nicky einen Stich. Sie hatte gar nicht gewusst, dass Janets Mund sich überhaupt nach oben verziehen konnte. Falls sie sich nicht sehr irrte, sah sie Janet sogar lachen, denn ihre Schultern bebten.

Nicky zwang sich, woandershin zu sehen, und entdeckte in der Mitte der Schlange Amanda und Martha in ein Gespräch vertieft. Der Anblick lenkte sie tatsächlich ab, denn sie wurde Zeugin des bedeutsamen Moments, in dem zwei Frauen ihre erste verbindende Zickensitzung abhielten, jenes Urstadium einer bestimmten Art intensiver Frauenfreundschaft, in dem sie ausloteten, was beide hassten. Und wie es aussah, würden diese beiden lange Busenfreundinnen bleiben.

An der Spitze der Schlange sah sie Rob mit auf dem Rücken verschränkten Händen einen bescheidenen Schritt hinter Miss James hergehen. Sie verspürte einen Anflug von Bewunderung, fast schon Stolz, aber keine Eifersucht, was sie bewog, sich auszumalen, ein Leben lang mit Rob zusammenzuleben. Zumindest hätten ihre Kinder lange Beine und brennenden Ehrgeiz. Diese Vorstellung löste bei ihr zwar keine Begeisterungsstürme aus, aber zumindest auch keinen Herzschmerz.

Sie war das Grübeln leid und beschloss, sich den Kindern zuzuwenden. Vielleicht sollte sie einfach die ganze Woche nur mit ihnen verbringen, das würde ihr guttun. Wenn es etwas gab, was einen von Grübeleien über Probleme abbringen konnte, an denen sich ohnehin nichts ändern ließ, dann war es, sich um Kinder zu kümmern, wenn sie einen am meisten brauchten. Sie drückte die Hand des Kindes an ihrer Seite und tauschte mit ihm ein zartes Lächeln aus.

Zwei Stunden später kamen sie durchnässt, hundemüde und entnervt wieder in die Jugendherberge und brauchten alle dringend einen heißen Kakao und eine warme Decke. Nicky beschloss, für die Dauer der Schulfahrt die Erwachsenen, die Beförderung, Robs unwirklichen Vorschlag und ihre widerstreitenden Gefühle für Mark einfach zu vergessen.

Den Rest des Tages verbrachte sie ausschließlich in den Schlafsälen der Kinder, unterhielt sich mit ihnen, hörte ihnen zu und half ihnen, sich bettfertig zu machen. Sie blieb bei ihnen, bis auch das letzte eingeschlafen war (auch wenn selbstverständlich mindestens eins mitten in der Nacht vor Heimweh, Angst vor der Dunkelheit oder beidem aus dem Schlaf schrecken würde). Der Abend verging schneller als die Gischt, die sie förmlich auf der Haut und in ihrem Haar spüren konnte. Oscar schlief bereits, als sie in seinem Schlafsaal ging, um eine gute Nacht zu wünschen.

Am späteren Abend hatten sie ihre erste Lehrerbesprechung, und Nicky stellte erfreut fest, dass sie fast zu müde war, um sich etwas aus den ganzen Spannungen in ihrem kleinen, stickigen Schlafzimmer zu machen. Das Einzige, was sie wirklich störte, war ihr klebriges, salziges Haar. Hätte man sie in diesem Moment vor die Wahl gestellt, Schulleiterin zu werden oder sich die Haare waschen zu können, hätte sie sich für das Letztere entschieden.

Robs Tagesplanung war Hauptthema.

Miss James bedachte ihn mit einem strahlenden Lächeln. »Ich denke, wir sind in einer Position, in der uns nichts anderes übrigbleibt, als einen Kompromiss zu schließen.«

Nickys Blick schweifte unwillkürlich zu Mark, und als erbärmliche Ausflucht bedachte sie anschließend jeden Einzelnen mit einem ähnlichen Blick. Alle saßen zu zweit auf den oberen Betten. Miss James hatte wie sie alle gehofft, dass der Aufenthaltsraum jeden Abend frei wäre und sie wie im vergangenen Jahr dort ihre Besprechungen abhalten könnten. Aber die Jugendherberge war in diesem Jahr gut gebucht, und offenbar wollten drei Familien ihn nutzen. Miss James hatte vor, am Ende des Aufenthalts einen Preisnachlass zu verlangen. Daher sollte Janet jede Kleinigkeit notieren, die falschlief. Keiner bezweifelte, dass sie genau die Richtige für diese Aufgabe war. Eindeutig hatten sie Miss James' Freundschaft mit dem Herbergsvater überschätzt.

»Ich bin ganz Ihrer Meinung«, versicherte Rob Miss James. »Sie haben völlig recht.«

»Gut, gut, gut«, meinte Miss James und zog die Beine unter ihr Hinterteil. Ned, der mit auf ihrem Bett saß, rückte beiseite, um ihr mehr Platz zu machen.

»Allerdings hat es mich Monate gekostet, diese Tagesplanung exakt richtig hinzubekommen«, erklärte Rob. »Für den oberflächlichen Betrachter mag es nicht so aussehen, aber hier ist eine komplexe, durchstrukturierte Symbiose am Werk.«

Nicky bemühte sich angestrengt, Mark nicht anzusehen. Schließlich schaute sie Amanda an, die sie mit herausfordernder Miene anstarrte.

»Und welche, mein Lieber?«, fragte Miss James.

»Na ja, die Tagesplanung hat ein Thema«, setzte Rob an.

»Ooo, wie schön«, antwortete Miss James.

»Und mehr als das«, fuhr Rob fort, »das Thema baut sich langsam, aber stetig auf, so dass die Kinder am Ende der Woche nicht nur eine schöne Zeit hatten, sondern hoffentlich etwas gelernt haben werden.«

»Wenn ich vielleicht mal fragen dürfte«, sagte Janet in einem Ton, der ihm deutlich zeigte, dass es ihr völlig egal war, ob er etwas dagegen hatte, »was haben die Kids denn von einem Nachmittag im Regen gelernt?«

Nicky lachte zustimmend auf, worauf Amanda sie anstarrte und Martha als klassisch loyales Verhalten gegenüber dem Alphaweibchen eingehend ihre Zehen studierte.

»Gute Frage«, erwiderte Rob lachend. »Na ja, sie haben hinterher die heiße Schokolade genossen, und alle haben gelernt, dass der Körper Dinge tun kann, die er vielleicht nicht mag, wenn man nur will.«

»Wenn es dir nichts ausmacht, würde ich dazu gern was sagen«, schaltete sich Janet wieder in einem Ton ein, der deutlich machte, dass sie sich sehr freuen würde, wenn es ihm etwas ausmachte. »Das sollen Ferien sein. Die Eltern der Schüler haben gutes Geld dafür bezahlt. Wenn sie nach Hause kommen und ihnen erzählen, dass sie es grässlich fanden, werden wir mit Beschwerden überhäuft. Letztes Jahr hatten wir einfach nur Spaß.«

»Und genau deshalb ist diese Frau, die so wunderbar offen ihre Meinung sagt, seit zehn Jahren meine Sekretärin«, erklärte Miss James grinsend und streckte die Arme in Janets Richtung. Dann wandte sie sich an Rob. »Ich bezweifle keine Sekunde, dass Thema, Struktur, Symbiose und allmählich aufbauende Lektion dieser Ferien hervorragend sind, guter Mann. Aber wir dürfen nicht vergessen, dass wir nicht zu bestimmen haben. Wir sind bloß Diener. Öffentliche Diener der Eltern dieses Landes. Und diese Eltern haben uns ihr sauer verdientes Geld bezahlt, damit ihre Kinder Ferien bekommen, keinen einwöchigen Unterricht. Wir wollen doch keine Klagen.«

Stille trat ein.

»Außer meinen selbstverständlich«, schloss sie und schaute Janet an. »Und davon wird es einige geben.« Janet nickte.

»Absolut«, stimmte Rob zu. »Was schlagen Sie also vor, Miss James?«

Miss James schaute ihn verdutzt an und strahlte dann Nicky an.

»Was schlagen Sie vor, meine Liebe? Von Ihnen haben wir den ganzen Abend noch nicht viel gehört.«

»Ehm«, sagte Nicky und setzte sich auf. »Na ja, ich finde, wir sollten uns an Robs vorgeschlagene Tagespläne halten, und wenn das Wetter nicht mitspielt, gehen wir einfach zum nächsten Punkt auf der Liste. Sobald das Wetter sich bessert, gehen wir zurück zu dem Punkt, den wir ausgelassen haben. So kommt die Reihenfolge nicht allzu sehr durcheinander.«

Miss James wandte sich an Rob. »Robert?«

»Ich finde das hervorragend«, stimmte er beinahe fröhlich zu.

»Gut, gut, gut«, sagte Miss James und klatschte in die Hände. »So, Mark, mein Lieber, Sie sind der Tür am nächsten, könnten Sie vielleicht gerade mal hinausspringen und eine Runde Cognac für uns holen? Ich denke, wir könnten alle einen kleinen Schlummertrunk vertragen, oder?«

Schnell kamen sie überein, dass die Frauen sich für die Nacht fertigmachen sollten, während die Männer ihren Schlummertrunk in der Bar nahmen. Nach einigem Hin und Her, wer an diesem Abend nüchtern genug bleiben sollte, um die Schlafsäle der Kinder im Auge zu behalten, tranken Ned, Rob und Mark die erste Runde dieser Woche, und Miss James, Amanda, Janet und Martha nahmen ihren Schlummertrunk auf ihren Betten und lasen, während Nicky als Erste ins Bad durfte. Sie wusste nicht recht, ob sie gerührt oder entsetzt über so viel Verständnis sein sollte, dass ihr Haar so lange zum Trocknen brauchte. Als sie wiederkam, war es still im Zimmer.

Schweigend nahm Miss James ihren Kulturbeutel und verschwand mit einem flüchtigen Lächeln. Amanda setzte sich auf und flüsterte laut: »Verdammt, das ist ja, als wäre man mit seinen blöden Großeltern in Urlaub.«

Martha lachte schallend, bis Amanda sie wütend zum Schweigen brachte. Nicky und Janet grinsten.

»Aber ich will euch mal was sagen«, fuhr Amanda fort, »dieser Mark Samuels, wieso ist der eigentlich Single?«

Janet lachte, was ein völlig ungewohntes Geräusch war.

»An mir dürfte der ruhig mal ein bisschen herumfummeln«, flüsterte Amanda.

Janet schnaubte, und alle lachten.

Nicky schloss die Augen und drehte sich zur Wand.

»Findest du nicht auch, Nicky?«, fragte Amanda.

Nicky schlug die Augen auf und schaute an die Wand. Sie wusste, dass Amanda sie nicht sehen konnte. Sie war in Sicherheit.

»Darüber habe ich noch nie nachgedacht«, erwiderte sie gähnend.

Gott, sie vermisste Ally und fragte sich, was sie wohl gerade machte.

Ally holte in dem Pub ihres Viertels noch zwei Bier. Als sie an der Theke stand, überlegte sie, ob sie sich nur einbildete, dass sie beide dem Thema auswichen, das groß wie ein Elefant im Raum stand. Unvermittelt drehte sie sich nach Pete um. Er lächelte sie nervös an, worauf sie sich rasch wieder abwandte. Verdammt. Sie bildete es sich nicht bloß ein. Ihre Hände wurden feucht.

Hinter ihr lief Pete ein kalter Schauer über den Rücken. Er starrte Allys Hinterkopf an. Dieser Blick hieß »nein«. Er hieß »nur gute Freunde«. Was war bloß gerade passiert? Alles war doch so gut gelaufen. Was hatte er falsch gemacht? Er versuchte, sie anzulächeln, als sie zu ihm zurückkam, aber es kostete ihn erhebliche Mühe. Nachdem sie schweigend getrunken hatten, meinte Ally: »Ich frage mich, was sie gerade machen.«

Zur gleichen Zeit holte Mark gerade in der Bar der Jugendherberge in Bournemouth die zweite Runde. Als er zurückkam, schaute Rob Mark strahlend an.

»Alles klar, Markie-Mark? Wir haben eben gesagt,

dass diese Janet eine ganz schöne Überraschung ist, findest du nicht auch?«

Mark setzte sich lächelnd. »Ach ja?«

Rob pfiff. »Diese Jeans. Die macht Dinge mit ihrem Hintern, die ich auch gern machen würde.«

Mark grinste in sein Bier.

»Ich sehe sie lieber im Rock«, erklärte Ned mit Nachdruck. »Bei Licht kannst du alles sehen. Ich meine, wirklich alles.«

Rob und Mark starrten ihn an. Er trank sein Bier aus und ging an die Bar, um die nächste Runde zu holen.

»Tja!«, murmelte Rob.

»Tja, ja«, pflichtete Mark bei.

»Ich glaube, der Druck nimmt ihn mit«, sagte Rob.

Mark nickte. Beide schauten zu Ned hinüber, der an der Bar saß und Erdnüsse knabberte.

»Gott sei Dank brauche ich mir wegen der Beförderung keine Gedanken zu machen«, seufzte Rob.

»Ach ja?«

Rob beugte sich vor. »Erzähl es niemandem, aber …« Er tippte sich an die Nase und nickte.

Mark runzelte die Stirn, Rob warf einen Blick zu Ned an der Bar hinüber und beugte sich noch weiter vor.

»Nicky und ich«, flüsterte er und zwinkerte.

»Was?«

»Das ist eine Win-Win-Situation, Mann.« Wieder ein Augenzwinkern und ein Nasetippen.

»Was denn?«, fragte Mark.

»Ein Geheimnis«, flüsterte Rob. »Sie und ich.«

»Was? Du und Nicky? Hobbs? Zusammen?«

Rob lachte gezwungen. »Mehr als zusammen, Mann. Kriege ich die Stelle, gründen wir eine Familie.«

»Ich glaube wirklich, dass er erwachsen geworden ist und endlich mit ihr Kinder haben will«, erklärte Pete Ally.

»Ach, Quatsch«, rief Ally. »Wenn Leute Babys kriegen würden, indem sie ein Formular ausfüllen und dem Partner ihrer Wahl schicken müssten, glaubst du, dass Rob das mit Nicky machen wollte? Oder überhaupt jemand? Was glaubst du wohl, wieso zur Fortpflanzung Sex nötig ist? Damit Männer es überhaupt tun. Rob will keine Kinder. Er probiert's bloß.«

»Also ...«

»Ich sage dir, Rob will keine Kinder«, fiel Ally ihm ins Wort. »Wollte er nie. Aber aus irgendeinem Grund benutzt er es jetzt als Mittel, um ihr an die Wäsche zu gehen.«

»Verdammt, du hasst Männer wohl wirklich«, stellte Pete kopfschüttelnd fest.

»Nein«, erklärte Ally bestimmt. »Es ist nur so, dass ich mit Rob fertig bin. Ich werde ihm nie verzeihen, dass er mit Amanda gegangen ist. Er ist ein Mistkerl.«

»Nein, ist er nicht«, sagte Pete. »Er ist mein Freund. Also rede bitte nicht so über ihn. Wieso bist du eigentlich so streng mit ihm?«

Ally schaute ihn gequält an. »Weil ich ehrlich dachte, er wäre anders als alle anderen.«

Pete starrte kurz vor sich hin und kippte dann sein Bier in einem Zug herunter.

»Anders?«, fragte er und räusperte sich. »Inwiefern?«

Sie zuckte mit den Schultern. »Ich dachte, er hätte ein Hirn und würde keine Freundin wollen, der er seine Witze erklären muss.«

Pete nickte.

»Ihr Männer seid doch alle gleich«, sagte Ally. »So scheißvorhersehbar.«

Das hatte sie schon oft gesagt, aber noch nie, als Pete betrunken war.

»Das ist ein bisschen ungerecht«, wandte er ein.

Sie schaute ihn unumwunden an. »Ach ja? Du wirst nie erleben, dass jemand wie Rob auf jemanden wie mich steht, oder?«

Er hielt ihrem Blick stand. »Hättest du das gern?«

»Nein«, erwiderte Ally. »Aber darum geht's gar nicht.«

»Du wirst auch nie erleben, dass jemand wie Nicky auf jemanden wie mich steht«, hielt er ihr entgegen.

Ally starrte ihn an. »Ich … ich habe nicht …«, murmelte sie und wurde rot.

Er hob die Augenbrauen. Verächtlich erklärte sie: »Ich glaube, du hast gerade bewiesen, dass ich recht habe.«

»He? Wieso?«

»Weil du auf Nicky stehst, aber …« Sie brach vielsagend abrupt ab.

»Aber?«, hakte er nach.

Sie schüttelte nur den Kopf und flüsterte. »Ach, nichts.«

»Aber sie ist außerhalb meiner Liga«, beendete er den Satz für sie. »Weißt du, das funktioniert in beiden Richtungen.«

Ally starrte achselzuckend auf ihr Bier.

»Nur dass ich nicht auf Nicky stehe, du aber auf Rob«, sagte Pete wütend. »Und auf Mark. Und auf jeden, der Hosen anhat, wie es scheint.«

»Nein, tu ich gar nicht.«

»Und warum kriegst du dich dann seinetwegen nicht ein, verdammt noch mal?«

Sie warf ihm einen Blick zu. »Aus Rache.«

»An wem? An allen Männern der Welt?«

»Nein, weil du dich wegen Amanda nicht einkriegst.« Abrupt verstummte sie.

Sie konnte nicht aufsehen, also trank sie schweigend ihr Bier aus.

Als Ned von der Theke zurückkam, begrüßte Rob ihn wie einen alten Freund, den er ewig nicht gesehen hatte. Mark trank zügig aus, ohne auf ihr Gespräch zu achten. Er hätte es ahnen müssen, sagte er sich. »Kompliziert«, hatte sie im Auto gesagt, als sie zum ersten Mal über die Beförderung gesprochen hatten, und auch wieder in seinem Haus, kurz bevor sie sich beinahe geküsst hätten. Na ja, man konnte es durchaus kompliziert nennen, dachte er erbittert, oder auch den größten Fehler ihres Lebens. Sie war also heimlich mit Rob verlobt, ihrem Rivalen um die Beförderung. Kein Wunder, dass sie sich mit der Entscheidung so schwergetan hatte, und er hatte sie gedrängt, sie unterstützt und die ganze Zeit Rob beschimpft wie ein ahnungsloser Idiot. Das erklärte auch ihre Knutscherei draußen bei der Silvesterparty! Amanda war wohl nur Tarnung. Plötzlich passte alles zusammen, bis auf die Dinge, die sie ihm an dem Abend, als sie sich beinahe geküsst hätten, über Rob gesagt hatte, überlegte er. Sie hatte zugegeben, dass sie früher mal ein Paar waren, sich danach noch mal geküsst hatten und dass es noch immer kompliziert war, aber mehr nicht.

Gott, er hatte sich komplett zum Narren gemacht. Das erste Mal seit Helen, dass er losgelassen hatte, hatte sich in eine Frau verguckt, die in festen Händen war und zur Krönung auch noch den größten Windbeutel ihm vorzog.

Eine Stunde später rückten Ned, Rob und Mark die Welt zurecht. Sie waren sich einig, dass Lehrer besser verdienen sollten, Frauen nicht Auto fahren konnten und ein natürliches Talent fürs Bügeln besaßen (wenn man sie fragte, gaben die meisten sogar zu, dass es ihnen Spaß machte) und dass der ständige Kampf, mit Frauen um Jobs zu konkurrieren und gleichzeitig die Brötchen zu verdienen, die Spermienzahl der Männer senkte. Berufstätige Frauen waren buchstäblich der Untergang der Menschheit. Fast tat Rob Mark leid, seine Rivalin zu lieben brachte ihn emotional tatsächlich in eine schwierige Lage, das musste man ihm lassen. Er schlug ihm auf den Rücken und erklärte, die Welt sei völlig aus den Fugen.

Als der Pub schloss, fluchte Pete.

»Wieso fluchst du?«, fragte Ally dumpf. »Das musste doch kommen.«

»Ich kann nicht mehr fahren. Ich bin betrunken.«

Achselzuckend schaute sie auf seine Schultern und meinte: »Dann musst du eben bei mir übernachten.«

»Ach, okay. Prost.«

»Schon gut.«

Sie verließen den Pub getrennt, Pete lief ein paar Schritte voraus. Draußen ging er ein Stück, drehte sich schließlich um und wartete mit den Händen in den Hosentaschen auf Ally. Als sie die Pubtür aufstieß, ging er einen Schritt auf sie zu. Sie kam auf ihn zu, und sie trafen sich in der Mitte.

KAPITEL 30

Als Ned, Rob und Mark um 23.30 Uhr ins Zimmer kamen, war es dort stockdunkel und still. Sie stolperten mindestens zweimal über alles und mahnten sich mit lautem Psst!, das Tote hätte aufwecken können, leise zu sein. Hätten sie geahnt, dass keine der Frauen schlief, hätte es ihnen viel Mühe erspart.

Janet war gerade erst aus einem der Kinderschlafsäle zurückgekommen, wo sie sich zwei Stunden lang um ein erbrechendes Kind gekümmert hatte. Nicky hatte bis vor einer Stunde ein heimwehkrankes Kind getröstet und lag nun mit dem Gesicht zur Wand im Dunkeln und konnte nicht einschlafen. Worüber hatten die Männer bloß den ganzen Abend geredet? Ned, Mark und Rob? Das Einzige, was die drei gemeinsam hatten, war doch wohl, dass sie essen mussten. Während sie noch darüber grübelte, erfüllte ein furchtbares Donnern das Schlafzimmer. Ned hatte gefurzt. Es war das schrecklichste Geräusch, das Nicky je gehört hatte, als hätten Terroristen in ihrem Kopf eine Stinkbombe gezündet. Aber zumindest konnte nun niemand mehr vortäuschen zu schlafen. Miss James setzte sich in ihrem Bett auf und befahl Ned, das Fenster zu öffnen und zwei Gläser Wasser zu trinken, bevor er sich wieder hinlegte. Janet musste das Wasser holen und bei ihm bleiben, bis er es getrunken hatte. Rob schaltete das Licht ein, und Mark ging duschen. Amanda und

Martha lachten Tränen. Selbst Nicky musste grinsen. Als Ned sechs Versuche brauchte, um die Leiter des Etagenbetts hochzuklettern und das Fenster zu öffnen, gab es einen jener seltenen Momente, in dem alle über dasselbe lachen konnten.

»Meine Güte, Ned, ich muss mich wirklich über Sie wundern«, fuhr Miss James ihn schließlich an.

»'tschuldigung«, stammelte er. »'tschuldigung, 'tschuldigung, 'tschuldigung.«

»Sie brauchen sich nicht ständig zu wiederholen, wir haben Sie schon beim ersten Mal gut verstanden«, sagte Miss James.

Amanda und Martha schüttelten sich vor Lachen.

Rob schob den Kopf dicht an Nickys auf dem oberen Etagenbett und murmelte: »Das ist noch nicht alles. Unser Ned steckt voller Überraschungen.«

Als Mark nur in Schlafanzughose wieder hereinkam und sich die Haare mit einem Handtuch trockenrieb, sah er Rob an Nickys Bett lehnen und flüstern. Die beiden lachten zusammen, sein Gesicht verdeckte ihres. Gott, dachte Mark, es war ja so offensichtlich, wenn man es erst einmal wusste. Ein Wunder, dass es sonst noch niemandem aufgefallen war. Als Rob an ihm vorbei in die Dusche ging, lächelten sie sich an, und Rob gab ihm einen Klaps auf den Arm. Mark bemühte sich, Nicky nicht anzusehen, obwohl er ihren Blick auf sich spürte.

»Gut«, befahl Miss James. »Sehen wir zu, dass wir etwas Schlaf bekommen. Wir haben morgen einen anstrengenden Tag vor uns.«

Leider war sie es, die alle eine halbe Stunde später aufweckte, als sie zur Toilette musste, aber vergaß, dass sie oben in einem Etagenbett lag. Zum Glück landete sie auf Neds Bettdecke, die er im Schlaf weggestrampelt hatte, und auf seinem Rucksack, den er vergessen hatte, unter dem Bett zu verstauen. Leider musste sie in dieser Nacht dreimal zur Toilette. Rob schlug vor, sie solle doch lieber das untere Bett nehmen, aber das lehnte sie ab, weil sie dazu viel zu klaustrophobisch sei. Nachdem sie das dritte Mal aus dem Bett gefallen war, besorgte Rob eine zusätzliche Matratze und legte sie neben ihrem Bett auf den Boden. Am nächsten Morgen wachte Ned nach dem besten Nachtschlaf seines Lebens darauf auf.

Da das Wetter ihnen keinen Strich durch die Rechnung machte, konnten sie Robs Tagesplanung einhalten und einen Vormittag voller Spaß im Aquarium verbringen, gefolgt von einem Nachmittag voller Spaß auf dem Jahrmarkt. Anschließend sollte es zum Abendessen wieder in die Jugendherberge gehen, und danach konnten die Kinder lesen, duschen und allmählich zur Ruhe kommen, bis im Schlafsaal die Lichter ausgingen, während die Erwachsenen unweigerlich allmählich aufdrehten, über den Schlummertrunk und die Nachtaufsicht verhandelten und Nicky sich die Haare so früh wie möglich wusch, um ein bisschen Schlaf zu bekommen, bevor Miss James anfing, auf dem Weg zur Toilette aus dem Bett zu fallen.

Innerhalb einer Stunde waren sie mit dem Frühstück fertig, und um neun Uhr erreichte eine Schlange aus Neun- bis Elfjährigen in Zweierreihen und acht rasch alternden Erwachsenen die Strandpromenade von Bournemouth.

Es war ein typisch britisches Bild mit Unmengen von weißem Fleisch unter weitem weißem Himmel. Auf der Hauptpromenade gab es Stände mit Zuckerwatte, Hamburgerbuden und ein Karussell. Ein Stück vom Strand entfernt war eine frisch gemähte Rasenfläche mit einem Bach, Minigolf und Konzertbühne. Darauf spielte eine Amateurblaskapelle Oldies, teils sogar richtig und gedämpft durch das melancholische Geschrei von Möwen und Kleinkindern.

Am Eingang des Aquariums kam die Schlange bebend zum Stillstand und wartete, bis die Türen sich öffneten. Ganz vorn standen Miss James und Rob. Nicky zählte einmal rasch durch, falls sich jemand auf dem zehnminütigen Fußweg aus dem Staub gemacht haben sollte, was sie selbst nur zu gern getan hätte.

Oscar stand neben seinem Dad und drückte ihm die Hand. Sein Dad schaute ihn an und lächelte, wodurch er noch trauriger wirkte, wie Oscar fand. Als Miss Hobbs vorbeiging und sämtliche Namen abhakte, spürte Oscar, wie sein Vater förmlich in sich zusammenschrumpfte. Er rückte dichter an ihn heran.

Als sie hineingingen, nutzte Oscar die Gelegenheit, um ihn genauer zu beobachten als die Fische. Durch die riesigen Wasserbecken mit Haien und Piranhas sah er ihn das Glas anstarren. Einmal meinte er sogar, er würde seinen Kopf an die Scheibe lehnen. Und was war mit Miss Hobbs? Ständig warf sie seinem Dad flüchtige enttäuschte Blicke zu. Was war bloß passiert?

Wenn er seinen Vater doch nur fragen könnte. Aber das ging nicht, es war einfach nicht ihre Art. Er würde seinen Vater auch nie fragen, ob er Miss Hobbs liebte. Er wusste einfach, dass sein Dad sie liebte, und ihm war klar, dass sein Vater wusste, dass er Bescheid wusste. Aber er musste herausfinden, was passiert war. Er fragte Daisy, und während sie durch das Aquarium gingen, brachte sie ihm ihre Kniffe bei.

»Regel Nummer eins: Sag nie, niemals, was du meinst«, erklärte sie.

»Wie meinst du das?«

»Also zum Beispiel, wenn du am Samstag schwimmen gehen willst, sagst du nicht: ›Ich will am Samstag schwimmen gehen‹, weil dein Dad dann nein sagt. Du sagst: ›Wusstest du eigentlich, dass acht von zehn Kindern sich nicht genug bewegen?‹ Und dann sagst du, als ob es dir gerade erst eingefallen wäre: ›Daddy, darf ich das ganze Wochenende fernsehen?‹« Sie grinste Oscar selbstzufrieden an. »Siehst du?«

Er schaute sie voller Bewunderung an und sagte beeindruckt: »Phantastisch.«

»Ich weiß. Und das Schönste ist, dass du nicht nur das kriegst, was du wolltest, sondern sie auch noch denken, es wäre ihre Idee gewesen.«

Als sie aus dem Aquarium kamen und mit einem Eis auf die Strandpromenade gingen, setzten Oscar und sein Dad sich zusammen an den Strand. Oscar kam sich wie ein Lügner vor, aber er wusste, dass er keine andere Möglichkeit hatte, etwas herauszufinden.

»Dad«, begann er, räusperte sich und hoffte, dass er nicht rot wurde. »Ich mag Miss Hobbs.«

Mark lächelte ihn an und streichelte ihm über den Kopf. »Schön. Sie ist eine Frau, die man gut mögen kann.«

»Du auch?«, murmelte Oscar mit gesenktem Blick.

Mark seufzte. »Ja. Ja, sehr sogar.«

Oscar fand es peinlich für seinen Vater, wie einfach es war. Irgendwie hatte er mehr von ihm erwartet.

»So ... wie du Mum mochtest?«, krächzte er.

Mark betrachtete ihn, worauf Oscar schnell wegschaute.

»Seit wann bist du so klug und erwachsen?«, fragte Mark sanft.

»Mag sie dich auch?«

Mark schüttelte den Kopf. »Anscheinend ist sie schon vergeben.«

»Was? Sie hat einen Freund?«, platzte Oscar heraus. Er konnte einfach Daisys Tricks nicht durchhalten, er fühlte sich furchtbar verraten. In diesem Augenblick ging Rob an ihnen vorbei und grinste Mark verstohlen an, als wüsste er, worüber sie gerade redeten. Mark sah ihm nach. Als Oscar ihn fragend anschaute, sagte Mark leise: »Er hat es mir erzählt. Von Mann zu Mann.« Dann gab er Oscar einen Kuss und reichte ihm sein restliches Eis.

Oscar aß es auf, er war zwar völlig durcheinander, aber Eis war schließlich Eis.

Eine halbe Stunde später kletterten Daisy und Oscar auf der Promenade am Klettergerüst hoch. Daisy war Oscar ein Stück voraus.

»Mr Pattison und Miss Hobbs«, wiederholte Daisy. »Du willst mich wohl veräppeln.«

»Gar nicht«, erwiderte Oscar wütend, setzte den Fuß auf einen Vorsprung und zog sich auf eine Höhe mit Daisy. »Ich hasse sie. Wie kann sie lieber mit dem als mit meinem Dad zusammen sein?«

»Ist sie ja gar nicht. Und überhaupt ist Mr Pattison mit Miss Taylor zusammen. Das sieht doch jeder.«

»Ist er nicht!«, schrie Oscar.

»Ist er doch!«, schrie Daisy zurück.

»Woher weißt du das?«

»Ich weiß es eben.«

»Ach, du weißt wohl alles«, knurrte Oscar finster.

Daisy antwortete so wütend, dass sie beinahe vom Klettergerüst fiel: »Ich weiß es eben, so. Wenn du nicht auf mich hören willst, bist du blöd, Oscar Samuels.«

Beide schauten nach unten, wo die anderen Kinder darauf warteten, dass sie an die Reihe kamen. Vor ihnen standen Mr Pattison und Miss James, am Ende der Schlange stand Miss Taylor.

Oscar schaute auf. »Daisy.«

»Was?«

»Willst du Detektiv sein?«

Daisys Augen leuchteten.

Am späten Nachmittag setzten sie sich beim Abendessen abseits von den anderen und entwickelten eine Geheimsprache und einen Code. Während der Lesestunde übten sie »überwachen«. Und bis zur Schlafenszeit hatten sie ihren Plan fertig.

Am nächsten Tag begann die Schatzsuche, die bis zum Ende der Schulfahrt jeden Vormittag stattfinden sollte. Dabei mussten sie jeden Tag Fragen über den Teil von Bournemouth beantworten, den sie gesehen hatten. Während der Schatzsuche hatten die Kinder strikte Anweisung, sich stündlich bei einem Erwachsenen zu melden, damit klar war, dass man sie nicht umgebracht oder entführt hatte oder sie eine lustigere Beschäftigung gefunden hatten. Sie durften weder in die Nähe von Straßen noch in Geschäfte gehen.

Oben über dem vierseitigen Quiz standen Robs Name als Autor, darunter die Adresse des örtlichen Polizeireviers, der Name des freundlichen Ortspolizisten, nach dem sie fragen sollten, Name und Adresse der Jugendherberge, in der sie wohnten, eine Liste von Fragen, die von Fremden als ungehörig galten und ein Signal waren, wegzulaufen und die Polizei zu rufen, und die Handynummern sämtlicher Lehrer. Darunter stand die Anweisung: Viel Spaß!

Daisy und Oscar starrten die erste Frage an.

Auf, auf, auf und halt. Von oben blinzelt es herab …

»Das kapiere ich nicht«, sagte sie schließlich und rümpfte die Nase.

»Ich weiß«, pflichtete Oscar ihr bei. »Wieso sollte jemand Mr Pattison lieber haben als meinen Dad.«

Daisy schaute Oscar an. »Ich meine doch die Schatzsuche.«

Oscar schaute an ihr vorbei. »Guck! Da drüben!«

Sie wirbelte herum. Mr Pattison stand auf der Wiese in der Nähe der Konzertbühne. In einer Hand hielt er die Namensliste der Schüler, die stündlich abzuhaken war, in der anderen sein Handy, um den anderen Lehrern mitzuteilen, welche Kinder noch lebten. Ständig schaute er auf die Uhr.

»Gut, lass uns gehen«, sagte Daisy.

»Warte«, zischte Oscar. »Er darf uns nicht sehen.«

Sie beobachteten ihn eine Weile.

»Du behältst ihn im Auge«, erklärte Oscar. »Ich bin gleich wieder zurück.«

Noch bevor sie protestieren konnte, war er verschwunden. Sie hielt ihren Ausdruck der Schatzsuche hoch und lugte dahinter hervor, um Mr Pattison zu beobachten. Er schaute immer wieder auf die Uhr. Eindeutig wartete er auf jemanden, oder ihm war schrecklich langweilig. Sie schaute sich suchend in der Umgebung um und bemerkte mit Herzklopfen, dass Miss Hobbs auf die Konzertbühne zuschlenderte und gerade den Minigolfplatz und den Fesselballon passierte. Ein heimliches Treffen! Vielleicht hatte Oscars Dad ja doch recht! Miss Hobbs ging sehr langsam mit gesenktem Kopf und ihren Papieren und Handy in einer hübschen Umhängetasche. Kurz bevor sie eine Bank erreichte, blickte sie sich um, als ob sie jemanden suchte. Sie verhielt sich eindeutig verdächtig. Daisy warf einen Blick über die Wiese, um zu prüfen, ob Mr Pattison sie gesehen hatte. Ja. Er starrte sie reglos an. Daisy hielt den Atem an. Würde Mr Pattison zu Miss Hobbs gehen?

Nein. Er drehte sich um und ging den Pfad entlang, einige Stufen hinauf zu den Läden, also weg von Miss Hobbs' Bank. Dann trottete er an die andere Seite der Konzertbühne, wo er nicht mehr zu sehen war. Daisy folgte ihm zu der Brücke über dem Bach und ging langsam auf den Pfad zu, der hinter die Bühne führte. Streng genommen durfte sie hier nicht hin. Sie schaute zurück zu Miss Hobbs, die nun auf der Bank saß, die Tasche auf den Schoß gelegt, den Kopf nach hinten gelehnt und die Augen geschlossen hatte. Sie nahm ein Sonnenbad, und ihr langes Haar hing hinter der Banklehne herunter. Daisy fand, dass es hier anders aussah. Die Locken waren noch kräuseliger, wie Korkenzieherlocken, und die Farbe war hell und glänzend. Es war wunderschön. Daisy schaute zurück auf die Strandpromenade. Mr Samuels war nirgendwo zu sehen. Auch Miss Taylor nicht. Als sie wieder zu Mr Pattison schaute, sah er sich verstohlen nach links und rechts um.

Wo zum Teufel blieb Oscar bloß? Wieder schaute sie zurück und entdeckte ihn, wie er mit rutschenden Socken auf sie zugelaufen kam. Als er näher kam, erklärte sie hastig: »Postbote Pratt wartet eindeutig auf jemanden.«

Sie deutete auf Pattison.

»Gut«, antwortete Oscar und hielt eine Einwegkamera hoch. Sie klatschten sich ab und schauten wieder zu Mr Pattison.

Er war weg. Verschwunden. Sie schauten suchend nach links, rechts, nach oben zu den Läden, hinter die Bühne und sahen verdutzt Miss Taylor aus Richtung der Geschäfte kommen. Sie hatte es eilig. Schnell rannten sie zurück auf die andere Seite des Baches, wo sie sich aufhalten durften, und taten, als guckten sie ins Wasser. Da Miss Tylor sie nie unterrichtet hatte, wussten sie nicht, wie streng oder humorvoll sie war. Eigentlich kannten sie sie kaum. Sie hatte eine Handtasche über der Schulter hängen und ließ eine Tragetasche gegen ihre Beine schlenkern. Schnell versteckten sie sich hinter einem Baum, und Oscar zückte die Kamera. Aber sie ging zu schnell. Auf dem Weg bog sie rechts ab, weg von dem erlaubten Terrain. Sie sahen sich an. Dieses Gebiet war den Kindern streng verboten, und die Lehrer sollten während der gesamten Schatzsuche für sie erreichbar bleiben.

Sie gingen ihr nach.

Der Bach führte sie endlos quer durch das Stadtzentrum, wo sie sich das Mosaik einer Meerjungfrau anschauten, in den oberen Park und vorbei am Kriegerdenkmal. Miss Taylor sah auf die Uhr und fing beinahe an zu laufen. Kurz darauf ging sie langsamer auf einige Tennisplätze zu. Und da stand Mr Pattison mit wütender Miene. Miss Taylor winkte.

»Wo bleibst du denn, verdammt?«, rief er, worauf sie antwortete: »Ach, hör doch auf.«

Daisy und Oscar huschten hinter einen Baum. Oscar hielt die Kamera vor sein Auge und musste sie an seinem Gesicht abstützen, damit sie aufhörte zu zittern.

Miss Taylors und Mr Pattisons Münder trafen sich zu einem heftigen Kuss, der richtig Geräusche machte. Daisy und Oscar mussten sich ein Prusten verkneifen, und Daisy flüsterte: »Ich hab’s dir doch gesagt.« Oscar stieß sie in die Rippen, aber dann fiel ihm ein, dass er die Kamera spannen musste. Zum Glück küssten Miss Taylor und Mr Pattison sich immer noch. Daisy schaute mit unverhohlenem Ekel zu. »Die sehen aus, als ob sie sich fressen würden«, raunte sie. »Gleich muss ich kotzen.«

Oscar hielt die Kamera hoch, konzentrierte sich und drückte mit dem Finger fest auf den Auslöser. Die Kamera klickte so laut, dass er und Daisy aufsprangen und so schnell die Flucht ergriffen, dass sie beinahe übereinander stolperten.

Im Nu waren sie wieder an der Konzertbühne, wo sie sich hysterisch lachend ins Gras warfen und nach Atem rangen.

»Glaubst du, du hast es?«, fragte Daisy schließlich.

Oscar zuckte mit den Schultern. »Ist doch egal. Ich erzähle es meinem Dad einfach.«

Beim Abendessen setzten sie sich abseits von den anderen ans Ende des Speisesaals und beobachteten die Lehrer. Miss Taylor und Mr Pattison taten, als wäre nichts passiert, und Mr Pattison ging zwischen den Tischen entlang, neckte die Kinder, reichte ihnen, was sie brauchten, und plauderte hin und wieder mit Miss Hobbs.

Oscar fragte Daisy, woher sie gewusst hatte, dass die beiden ein Paar waren. Sie erklärte ihm, dass sie es daran gemerkt habe, wie Miss Taylor ihn während der Morgenandacht anschaute.

»Wie? Ganz verknallt?«, fragte Oscar.

Daisy schüttelte den Kopf. »Nein, wütend. So wie meine Mum ihre Freunde anguckt, wenn sie sich über sie ärgert.«

Daisy fragte Oscar, wie sein Vater überhaupt auf die Idee gekommen sei, dass Mr Pattison und Miss Hobbs ein Paar waren. Er erzählte ihr, dass Mr Pattison es ihm gesagt habe.

Diese Information musste Daisy erst einmal verdauen.

»Na ja. Er ist ein Riesenlügner.«

»Oder er betrügt Miss Hobbs. Das ist ja furchtbar.«

»Also, die meisten Männer sind Mistkerle, sagt meine Mum.«

»Mein Dad nicht!«, entgegnete Oscar.

»Nein. Da hast du recht. Nicht mehr.«

Sie musterten den bekehrten Mr Samuels, der mit den anderen Erwachsenen, einschließlich Miss Hobbs, zusammensaß, aber mit niemandem sprach.

»Aber Mr Pattison glaubt wohl, dass er deinen Dad loswerden muss«, überlegte Daisy weiter. »Und das heißt, dass er glaubt oder Angst davor hat, dass dein Dad und Miss Hobbs zusammenkommen könnten.«

Oscar runzelte die Stirn. Daisy merkte, dass er weitere Erklärungen brauchte.

»Vielleicht hat Miss Hobbs ihm ja erzählt, dass sie deinen Dad mag oder so. Warum sollte er sonst so eine Lüge erfinden?«

Oscar schüttelte den Kopf. »Keine Ahnung. Ich kapiere das alles nicht.«

»Na ja, mach dir keine Gedanken. Ich schon. Und ich habe mich entschieden. Wenn ich groß bin, werde ich Privatdetektivin.«

Oscar schaute sie mit einem Ausdruck an, der an Ehrfurcht grenzte.

Am nächsten Tag vergaßen Oscar und Daisy die Kamera im Schlafsaal und konnten den Film nicht entwickeln lassen. Ohnehin hätten sie kaum Gelegenheit dazu gefunden, da an diesem Tag ein Tagesausflug auf einen Abenteuerspielplatz auf dem Programm stand und dort kein Fotoladen in der Nähe war. Sie hatten beschlossen, Oscars Dad erst von ihrer Entdeckung zu erzählen, wenn sie ihm den Beweis liefern konnten, und mussten nun also noch einen Tag warten. Aber während der Busfahrt zum Spielplatz konnten sie immerhin die Schatzsuche fertigmachen.

Sie liegt nicht in Wasser, sondern in Stein,
von Handel umgeben, nicht von Seemannsgebein.

Das war die Meerjungfrau, die sie im Stadtzentrum gesehen hatten.

Danke ist ein schlichtes Wort, das kaum besagt,
wie tief der Dank für das, was ihr uns gabt.

Das war das Kriegerdenkmal.

Wenn man den Kniff erst einmal heraushatte, war es ganz einfach. Man musste nur daran denken, dass Mr Pattison ein selbstgerechter Wichtigtuer war. Außerdem half es ihnen, dass sie vor allen anderen Kindern über das erlaubte Terrain hinausgegangen waren.

Am nächsten Tag hatten sie den ganzen Tag Zeit für die Schatzsuche. Da Oscar und Daisy aber schon damit fertig waren, konnten sie weiterspionieren und den Film entwickeln lassen. Oscar war so aufgeregt, dass er in der Nacht kaum schlafen konnte. Mit dem Spionieren hatten sie dann kein Glück, aber nach dem Mittagessen hockten sie hinter der Bühne, wo niemand sie sehen konnte, und stritten sich um das Foto.

»Ich hab's aufgenommen«, schrie Oscar.

»Ohne mich hättest du doch gar nichts davon gewusst«, kreischte Daisy.

Schließlich öffneten sie die Fototasche gemeinsam.

Die Aufnahme war unscharf und zeigte hauptsächlich Mr Pattison. Aber wenn man ganz genau hinsah, konnte man ein bisschen von Miss Taylors Haaren erkennen. Und zwischen seinen Beinen ein Stück von ihrem Rock. Es war Beweis genug und erinnerte sie beide an den Kuss. Sie lutschten laut schlürfend an ihren Armen und schubsten sich gegenseitig, prustend vor Lachen.

Dann übten sie, wie Oscar seinem Vater diese wichtige Neuigkeit möglichst dramatisch mitteilen sollte. Daisy musste viel mit ihm üben, und so beschlossen sie, dass Oscar ihr die Hälfte abgeben sollte, falls sein Vater ihm zum Dank etwas schenkte.

Erst nach dem Abendessen erwischte Oscar seinen Vater allein. Vor dem Schlafengehen hatten sie eine Stunde Zeit, zu lesen und sich bettfertig zu machen. Er klopfte an der Tür des Erwachsenenzimmers. Sein Dad öffnete. Er war allein. Die anderen unterhielten sich mit einigen Kindern, trafen Vorbereitungen für den nächsten Tag oder nutzten ihren freien Abend, um sich zu betrinken.

»Ich muss dir was sagen«, verkündete Oscar. »Etwas ganz Wichtiges und Dramatisches.«

»Ach ja?«

»Daisy und ich haben gestern gesehen, wie Mr Pattison Miss Taylor geküsst hat«, platzte er heraus. »Ich meine, richtig geküsst. Als ob er wütend wäre.«

Er erwartete, dass sein Vater in Tränen ausbrach und ihn in den Arm nahm. Mark starrte ihn nur an.

»Woher zum Teufel weißt du das?«

»Wir haben ihnen nachspioniert! Guck! Ich habe ein Foto gemacht.« Er hielt seinem Dad das Foto vor die Nase.

Mark blinzelte das Foto an.

»Verdammt«, flüsterte er. »Was zeigst du mir da, Oscar?«

»Ich zeige dir, wie sie sich küssen«, brachte Oscar mühsam heraus. »Guck, das ist ihr Haar, hinter seinem Kopf. Und zwischen seinen Hosenbeinen das ist ihr Rock. Du musst ein bisschen blinzeln.«

Sein Dad schob das Foto beiseite. »Ich meinte: Was hast du bloß gemacht?«

»Ich habe es fotografiert!«, schrie Oscar. »Um es dir zu zeigen! Wir haben ihnen nachspioniert. Daisy hat es die ganze Zeit gewusst!«

»Was ist bloß in dich gefahren, Osc?«, murmelte sein Dad.

Oscar wich zurück. »Ich habe Daisy erzählt, was du über Miss Hobbs und Mr Pattison gesagt hast, und sie hat gesagt, Mr Pattison ist Miss Taylors Freund, nicht Miss Hobbs' Freund. Und sie hat recht. Sie glaubt, Männer sind Mistkerle. Stimmt das, Dad?«

Sein Vater starrte ihn lediglich an.

»Willst du denn nichts unternehmen?«, fragte Oscar. »Es Miss Hobbs sagen? Oder Miss Taylor? Oder Mr Pattison?« Er stockte. »Und mir ein Fahrrad kaufen?«

»Es Miss Hobbs erzählen?«, wiederholte sein Dad. »Und derjenige sein, der ihr das Herz bricht wegen des Mannes, mit dem sie den Rest ihres Lebens verbringen will? Und hoffen, dass sie mir aus lauter Dankbarkeit in die Arme fällt?«

»Ja«, rief Oscar. Meine Güte, manchmal war sein Vater so ein Idiot. »Daisy hätte gern auch ein Fahrrad, aber ich habe gesagt, dass ich ihr nichts versprechen kann. Aber sie war wirklich gut. Wenn sie groß ist, will sie Privatdetektivin werden.«

»Das machst du also mit unseren Geheimnissen«, brüllte Mark. »Rennst gleich hin und erzählst sie Daisy? Erzählst du ihr auch von meiner neuen Stelle?«

»Nein!«

»Und dass du auch noch eine Belohnung dafür willst, dass du jemandem hinterherspionierst, macht mich einfach sprachlos.«

»Aber …«

»Ich .. ich bin so enttäuscht von dir, Oscar, ich weiß gar nicht, was ich sagen soll.«

Oscar wurde puterrot. Am liebsten hätte er sich vor seinem Vater versteckt, aber gleichzeitig wollte er, dass er ihn in die Arme nahm.

»Wenn du es Miss Hobbs nicht sagst, erzähle ich es ihr«, stieß er keuchend hervor.

»Du bist ein Idiot«, entfuhr es seinem Vater.

»Ich bin kein Idiot, du bist einer!«, brüllte Oscar.

»Oscar!«

Oscar stürmte aus dem Zimmer, verkroch sich sofort ins Bett und drehte sich mit dem Gesicht zur Wand. Als Daisy ihn ansprach, stieß er sie einfach weg.

Am nächsten Morgen wachte Oscar früh auf, dachte an den Streit mit seinem Vater und redete während des Frühstücks kein Wort mit Daisy. Hinterher saßen sie auf dem Rasen, versuchten, alles zu vergessen und so zu tun, als ob sie sich mit der albernen Schatzsuche beschäftigten. Daisy erklärte Oscar, wenn sie seinen Vater nicht bearbeiten könnten, müssten sie sich eben weiter um Mr Pattison und Miss Taylor kümmern.

»Ich will ihm nicht helfen«, erklärte Oscar. »Ich hasse ihn.«

»Nein, tust du nicht«, widersprach Daisy ungeduldig. »Du bist nur wütend auf ihn, weil du ihn so liebst. Aber du bist emotional verkümmert, darum kannst du mit Gefühlen nicht umgehen. Alle Männer sind emotional verkümmert, sagt meine Mum.«

»Aber Miss Hobbs liebt Mr Pattison.«

»Nein, tut sie nicht.«

»Woher weißt du das?«

»Ich weiß es eben.«

»Ach, lass mich doch in Ruhe!«

»Willst du denn nicht, dass Miss Hobbs und dein Vater zusammenkommen?«

Oscar zuckte mit den Schultern und musste daran denken, dass er an dem Abend, als Miss Hobbs bei ihnen zu Besuch war, alles verdorben hatte. Er hatte bei seinem Vater etwas wiedergutzumachen, auch wenn sein Dad ihn dafür hasste.

»Tu es nicht für deinen Vater, tu es für dich«, sagte Daisy, die seine Gedanken las.

Oscar nickte. Er stellte sich vor, dass Miss Hobbs ein Wochenende mit ihnen verbringen, mit ihm schwimmen gehen und ihn richtig mit ihrer ältesten Nichte bekannt machen würde.

Aber was sollten sie nun tun? Sie versuchten, sich etwas Endgültiges, Brillantes auszudenken, aber das Einzige, was ihnen einfiel, war, Miss Hobbs das Foto aufs Kopfkissen zu legen.

Nein. Das war unreif und feige, fanden sie. Außerdem war das Foto nicht gut genug.

Also beschlossen sie, zu tun, was jeder gute Detektiv tut, wenn er oder sie nicht weiterweiß. Sie würden weiter spionieren. Aber dieses Mal mussten sie belauschen, was gesprochen wurde. Und dazu gab es nur einen Weg.

KAPITEL 31

Die Schulfahrt dauerte nur noch zwei Tage. Daisy und Oscar war klar, dass sie am nächsten Abend ihre Spähaktion in Angriff nehmen mussten, weil am letzten Tag ein Ausflug auf die Insel Brownsea geplant war, von dem sie erst spät zurückkehren würden. Nur abends hatten die Lehrkräfte etwas Zeit für sich.

Die ganze Nacht schmiedeten sie ihren Plan, nur zwischen drei und fünf Uhr nickten sie ein bisschen ein, bis Oscar aufwachte, weil ihm der Speichel auf den Arm lief. Um sechs Uhr am Morgen stand ihr Plan mitsamt Decknamen und Codes. Als um sieben Uhr die Glocke bimmelte und anzeigte, dass es Zeit zum Aufstehen war, hätten sie einen ausgiebigen Nachtschlaf vertragen können.

Oscar war so aufgeregt, dass er beim Frühstück keinen Bissen herunterkriegte. Zum Glück war er ohnehin zu müde, und es gab Fisch. Der Tag verlief langweilig und musste irgendwie überstanden werden, bevor sie ihren Plan O-D (Oscar-Daisy) in die Tat umsetzen konnten.

Beim Abendessen tauschten sie ein Geheimzeichen (sich mit dem rechten Zeigefinger am linken Ohrläppchen kratzen) und stahlen sich in ihren leeren Schlafsaal. Sie hockten sich hinter die halbgeöffnete Tür. Von dort hatten sie bestens im Blick, wer das Erwachsenenzimmer gegenüber betrat oder verließ. Sie gingen ihren Plan noch einmal durch.

»Wenn du reingehst und jemand ist drin?«, fragte Daisy.

»Plan A«, antwortete Oscar.

»Nämlich?«

»Ich tue so, als wollte ich mit jemandem reden.«

»Und wenn jemand im Badezimmer ist?«

»Plan B.«

»Nämlich?«

»Verstecken.«

»Und?«

»Spionieren.«

Daisy nickte. »Gut. So. Ich bleibe hier. Wenn du ›huhuu-huhuu‹ hörst, was bedeutet das?«

»Dass jemand verdammt schlecht eine Eule nachmacht.«

»Oscar! Es ist ernst!«

»Dass jemand kommt.«

»Und wenn du es zweimal hörst?«

»Alles klar.«

»Gut.«

Sie hörten etwas. Daisy lauerte auf dem Korridor, und Oscar spähte durch den Türspalt.

»Hobbit kommt«, flüsterte sie eindringlich. »Hobbit im Loch.«

»Ich weiß, ich bin doch neben dir«, zischte Oscar.

»Also, dann los!«

Oscar schüttelte den Kopf. »Sie ist doch noch drin.«

»Vielleicht ist sie im Badezimmer.«

»Lass ihr zwei Minuten Zeit.«

Daisy schaute auf die Uhr. Nach exakt zwei Minuten sagte sie: »So. Los.«

Oscar sprang auf und schlitterte auf Socken über

den Korridor in das Zimmer der Erwachsenen. Hinter sich hörte er Daisy kichern. Im Zimmer war niemand, und an der Badezimmertür zeigte ein roter Streifen unter der Klinke, dass es besetzt war. Also Plan B. Verstecken und spionieren. Mit pochendem Herzen legte er sich flach auf den Rücken neben das nächste Bett und wollte darunterkriechen. Sein Gesicht stieß an die Unterseite. Es war nicht genug Platz unter dem Bett. Er hörte die Toilettenspülung und sprang auf. Was nun? Ihm war gar nicht in den Sinn gekommen, dass unter einem Bett nicht genug Platz sein könnte, sich zu verstecken. Schnell kletterte auf das obere Etagenbett, kroch unter die Decke und machte sich so flach, wie es nur ging. Dann setzte er sich rasch noch einmal auf und häufte einige Kleidungsstücke, die am Fußende lagen, auf die Bettdecke. Er war ein Naturtalent! Dann legte er sich wieder flach unter die Decke und packte einen Pullover um seinen Kopf, ließ aber sein Ohr in Wandnähe frei, damit er alles hören konnte. Das war perfekt. Er hörte, wie die Badezimmertür sich öffnete – Miss Hobbs! – und wieder schloss. Er konnte sie summen hören. Besser konnte es gar nicht laufen.

Er schlief ein.

Jenseits des Korridors saß Daisy mit gekreuzten Beinen auf dem Fußboden, nahm ihre Zeitschrift und öffnete ihre Notration Kekse, die sie im Laufe des Tages aus der Küche stibitzt hatte. Ihre Augen fielen zu, sie lehnte sich schwer zurück und drückte die Tür hinter sich zu.

Nicky setzte sich auf das untere Bett, da sie zu müde war, in ihr eigenes zu klettern. Wieso ignorierte Mark sie? Hatte er ihre innersten Gedanken erahnt und fand sie abstoßend? Hatte er ihr ausdrücklich gesagt, dass er Kinder verabscheute, um sie von der Vorstellung abzubringen, dass zwischen ihnen je etwas laufen könnte? Wie demütigend. Aber sofort sagte sie sich, wenn er Kinder furchtbar fand und sie ignorierte, mache er es ihr nur leichter, sich mit Robs spießiger Vision eines gemeinsamen Lebens abzufinden. Eine Frau konnte mit weitaus weniger zufrieden sein, sagte sie sich und dachte an Claire.

Sie streckte sich auf Robs Bett aus und seufzte leise. Die Tür ging auf.

»He«, sagte Rob. »Fängst du schon ohne mich an? Ich wusste ja, dass du konkurrenzwütig bist, aber das ist nun wirklich lachhaft.«

Sie setzte sich ruckartig auf. »Ich bin viel zu kaputt, in mein Bett zu klettern. Ehrlich, das ist der reinste Hindernislauf, sich schlafen zu legen.«

Lachend setzte Rob sich neben sie.

»Keine Sorge, Nicky«, sagte er sanft. »Es dauert nicht mehr lange.«

Sie rang sich ein flüchtiges Lächeln ab. »Ja, dann ist das längste Bewerbungsgespräch der Menschheitsgeschichte vorbei.«

»Ja«, erwiderte Rob und rückte dichter an sie heran, »und dann können wir den alten Drachen ignorieren und uns nur noch um unser Leben kümmern, was?«

Nicky lehnte sich an die Wand und schaute ihn an.

»Mr Pattison, würde ich dich nicht besser kennen, dann könnte ich glatt glauben, du wolltest mich aus dem Rennen haben, bevor es vorbei ist«, meinte sie schelmisch.

»Wohl kaum«, antwortete er ernst. »Verdammte Scheiße! Ich bin der Einzige, der dir alles bietet, was du dir je gewünscht hast, anstatt das zu gewinnen, was eine blöde alte Schachtel sich unter einem Wettrennen vorstellt.«

Nicky runzelte die Stirn.

»Alles, was ich mir je gewünscht habe«, wiederholte sie, dumpf nickend.

»Ja!« Er klang pikiert. »Kinder, Mann, finanzielle Sicherheit, das ganze Paket. Aber wenn du lieber weitermachen und ein beschissenes Rennen gewinnen willst …«

»Ach«, sagte Nicky, die plötzlich begriff, »ich verstehe, du meinst alles, was ich mir mit dreiundzwanzig gewünscht habe!«

Er schaute sie sanft an. »Ich kenne dich, Nicky. Besser als jeder andere auf der Welt. Und ich weiß, dass du dich nicht sonderlich verändert hast.« Er legte ihr seine große Hand auf den Schenkel.

»Du kennst mich nicht besser, als ich mich kenne, Rob.« Sie schob seine Hand fort.

»Manchmal bist du dir selbst der größte Feind«, raunte er und legte seine Hand sanfter wieder auf ihren Schenkel.

Sie versuchte sich zu konzentrieren.

»Und manchmal tarnen unsere schlimmsten Feinde sich als unsere Freunde.« Wieder schob sie seine Hand weg.

Das schien ihn wirklich zu ärgern. »Was zum Teufel soll das denn heißen?«

Sie hatte ihn nicht ärgern wollen, sondern das nur so dahingesagt, während sie versuchte, seine Hand von ihrem Bein fernzuhalten. Aber nachdem sie nun einmal damit angefangen hatte, konnte sie auch weitermachen.

»Weißt du«, sagte sie zuckersüß, »wenn du wirklich so starke Gefühle für mich hättest, wie du behauptest, dann würdest du dich für mich freuen, dass ich versuche, die Schulleitung zu bekommen. Ich freue mich für dich und versuche nicht ständig, es dir auszureden, oder?«

»Eben weil ich so viel für dich empfinde, versuche ich dir doch zu helfen«, versicherte Rob flehend. »Ich kenne dich, Nicky, und ich weiß, dass du das nicht zu Ende gedacht hast! Wenn du dich mit mir zusammentätest, hättest du innerhalb eines Jahres die Familie, die du immer wolltest, und würdest einen Scheiß um diese verdammte Beförderung geben.«

»Hör doch mal endlich auf, ständig von mir und Kindern zu reden«, schrie Nicky. »Du bist ja völlig besessen!«

»Nicky, du kannst ruhig versuchen, dir was vorzumachen, aber ich kenne die Wahrheit. Ich bin derjenige, mit dem du Schluss gemacht hast, weil ich keine Kinder mit dir wollte, bevor du fünfundzwanzig warst. Ich bin derjenige, an dessen Schulter du dich ausgeheult hast, weil du dachtest, eine Beförderung hieße, keine Kinder haben zu können, schon vergessen?«

»Ich war dreiundzwanzig, Rob! Was wusste ich schon über mich? Ich danke Gott, dass ich nicht so jung schon Kinder bekommen habe. Und geheult habe ich nur ein einziges Mal! Das war bloß der Schock. Du vergisst anscheinend, dass ich nicht geheult habe, als es um die Schulleitung ging.«

»Hör zu, du kannst es ruhig abstreiten, aber ich sehe, wie es ist. Du wirst nicht jünger. Wenn du mehr als ein Kind willst – und ich weiß, dass du das willst –, dann musst du sie bald kriegen. Und glaub mir, du wirst weder die Zeit noch dic Energie haben, nebenher auch noch Schulleiterin zu sein. Und du wirst eine so gute Mutter sein, dass dir das ohnehin völlig egal ist.«

»Was zum Teufel gibt dir das Recht, mir zu sagen, was ich will und was nicht?«

Eine Pause trat ein.

»Liebe«, sagte er leise. Wieder kam die Hand.

Wieder trat eine Pause ein.

»Und überhaupt«, sagte sie, um einen leichteren Ton bemüht, und schob seine Hand weg, »vielleicht finde ich ja einen Mann, der bereits Familie hat. Vielleicht werde ich eine phantastische Stiefmutter und eine brillante Schulleiterin.«

»Ach, verdammt, Nicky!« Zu ihrer Verwunderung fing Rob an zu schreien. »Du bist so verdammt naiv. Du lebst in einem Wolkenkuckucksheim. Von welchem Planeten kommst du eigentlich? Es ist genauso, wie du dich jeden Morgen mit Miss James' armseligem Puzzle abmühst. Du musst Stunden damit vergeudet haben.«

»Ach, hör doch auf!«, entrüstete sich Nicky. »Nur weil du der Puzzlekönig bist, heißt das noch lange nicht, dass ich keine gute Schulleiterin sein kann.«

»Ich bin nicht der Puzzlekönig!« Rob lachte fast hysterisch. »Genau das meine ich: Du bist ja so naiv! Nicola, ich schummele!«

Nicky war verdutzt. »Was? Jedes Mal? Jeden Morgen?«

»Klar, jeden Morgen! Ich habe Besseres zu tun, als das letzte Stückchen von Jugoslawien zu suchen, nur weil sie zu faul für ihr eigenes Hobby ist! Die ganze Schule wäre ein komplettes Schuljahr weiter, wenn ihre Scheißpuzzles nicht wären.«

»Das ist nicht dein Ernst!«, stöhnte Nicky. »Du bist der Puzzlebetrüger? Deinetwegen musste ich eine Rückenmassage absagen, weil ich auch noch am Nachmittag des letzten Schultags unterrichten muss?«

»Gib nicht mir die Schuld, sondern Miss James! Die Frau ist doch geisteskrank! Und dank unserer morgendlichen Dienstbesprechungen machen wir am Ende ihr Puzzle fertig! Vielmehr: du! Jeden Morgen verschwendest du eine halbe Stunde darauf! Wenn du die Zeit mal zusammenrechnest, die du in diesem Jahr auf ihr Puzzle verwendet hast, hättest du mittlerweile vermutlich eine neue Sprache lernen können!«

Es blieb lange still.

»Siehst du«, sagte Rob, nun wieder ruhiger. »Du bist einfach nicht zynisch genug für eine vernünftige Schulleiterin. Du wärst viel zu sehr damit beschäftigt, allen bei ihren Puzzles zu helfen.« Er lachte und fuhr dann leise fort: »Außerdem weiß ich genau, dass du nicht die Familie eines anderen willst.« Er strich ihr über das Haar. »Du willst deine eigene.«

»Na, das zeigt, wie wenig du mich kennst.« Sie schüttelte seine Hand ab.

Rob schwieg einen Moment, bevor er ungläubig und zähneknirschend sagte: »Du redest ja wohl nicht im Ernst von diesem arroganten Arsch und seinem blöden Sohn, oder?«

»Sprich nicht so über sie!«

Sie starrten sich an. Plötzlich warf Rob sich zu Nickys Verwunderung vor ihr auf die Knie. Es erinnerte sie an einen schlechten Comedysketch, und sie musste sich ein Lachen verkneifen, als sie merkte, dass er keinen Witz machte.

»Heirate mich, Nicky«, bat er verzweifelt, als hinge sein Leben davon ab.

»Wie bitte?«, brachte sie mühsam heraus.

»Du hast mich schon verstanden. Heirate mich. Leb gefährlich. Scheiß auf die Konsequenzen. Lass es uns einfach tun.«

Er sprang auf, setzte sich wieder neben sie und nahm ihre Hand.

»Du bist ja verrückt. Lass mich. Du machst mir Angst.«

»Wieso nicht?«

»Das ist kein guter Grund, zu heiraten, Rob.«

»Ich habe schon schlechtere gehört. Also, wieso zum Teufel nicht?«

»Sosehr mich dieser romantische Antrag auch rührt, muss ich mich doch zwingen, nein zu sagen.«

Rob stand wieder auf und lief hin und her. »Du willst also deine letzte Chance auf wahres Glück für einen aufgeblasenen Scheißkerl aufgeben, der schon ein eigenes Kind hat?«

»Du weißt ja nicht, was du redest.«

»Ich weiß genau, dass ein beschissener Zehnjähriger nicht deiner Vorstellung von der perfekten Familie entspricht.«

»Oscar ist nicht beschissen. Hör auf, so über ihn zu reden.«

»Ich habe ihn auch ein Jahr lang unterrichtet, vergiss das nicht. Hab das ganze Jahr kaum ein Wort aus ihm herausgekriegt. Und hier guckt er mich die ganze Woche schon böse an. Richtig gruselig.«

»Weißt du was?«, fuhr Nicky ihn an. »Wenn er dich böse anguckt, bist du wahrscheinlich auch böse, Rob. Er ist ein wunderbarer Junge. Ich finde ihn ganz hinreißend.«

»Mein Gott, Nicky! Du solltest dich mal reden hören! Du hörst dich an wie ein schwärmerisches Schulmädchen. Glaubst du wirklich, dass du aus dem richtigen Holz geschnitzt bist, um Schulleiterin zu werden? Und sein Dad ist ein gerissener Scheißkerl, der glaubt, er könnte hier hereinspazieren und sämtliche Muschis mit seinen schicken Anzügen, seiner Nobelkarre und seiner Superdad-Show ins Bett kriegen. Ich kann einfach nicht fassen, dass du, ausgerechnet du, Nicky, eine der intelligentesten Frauen, die ich kenne, darauf hereinfällt! Und dass du dafür deiner einzigen Chance auf wahres Glück den Rücken kehrst!«

Eine lange Pause folgte.

»Lass mich einfach in Ruhe, Rob.«

»Nicky, ich versuche doch bloß, dir zu helfen.«

»Raus.«

»Ich sage dir das nur, weil mir an dir liegt.«

»Raus.«

»Okay. Aber versprich mir eins: Lass dir von ihm nicht deine Träume ruinieren, Nicky.«

Er knallte die Zimmertür hinter sich zu. Nicky wusste nicht recht, warum sie zu schluchzen anfing, sie wusste nur, dass viele Tränen herauswollten. Sie ließ sich auf Robs Bett fallen und ließ ihnen freien Lauf.

Sie hörte nicht einmal, dass die Tür aufging. Erst als sie dicht neben ihrem Ohr Mark fragen hörte, was los sei, fuhr sie auf.

»Ach! Entschuldigung. Bitte. Es ist gerade kein günstiger Moment.« Sie setzte sich auf und schniefte. »Bitte lass mich allein.«

»Was ist los?« Als er sich neben sie setzte, fühlte sie sich schlagartig so geborgen, dass sie wieder weinen musste. Sie bemühte sich, nicht auf seine langen Schenkel neben sich zu schauen. Und nicht auf die knisternde Spannung zu achten, die sie durchzuckte, nur weil sie ihn so dicht neben sich spürte. Sie musste sich zusammenreißen und sagte sich, dass dies der Mann war, der ihr ausdrücklich erklärt hatte, er wolle keine Kinder mehr, und der sie die ganze Woche ignoriert hatte. Außerdem hatte er ein starkes Motiv, sie sich zur Freundin zu machen.

Aber er hatte auch wirklich lange Schenkel.

»Bitte. Bitte, lass mich allein.«

»Nicky, bitte«, sagte er in einem Ton, der wie ein samtiges Pulsieren genau da traf, wo es zählte. »Wer hat dich so aufgeregt?«

»Niemand. Ich.«

»War es Rob? Nicky, sag es mir. Was hat er gemacht?«

Nicky gab ein Geräusch von sich, von dem sie selbst nicht wusste, ob es Lachen oder Weinen war. Verflucht, was hatte sie schon zu verlieren?

»Er hat mir einen Heiratsantrag gemacht«, sagte sie unvermittelt hart.

Stille trat ein.

»Heiratsantrag? Dir?«, fragte Mark. »Ich dachte …«

»Was?« Sie schaute ihn an. »Dass jede Faser meines Körpers für etwas anderes als die Ehe gemacht ist?«, fragte Nicky spitz. »Ist es so schwer vorstellbar, dass jemand mich tatsächlich heiraten möchte?«

Ihr kam es vor wie das Gefährlichste, was sie je in ihrem Leben gesagt hatte. Sie sah förmlich, wie ihr Schutzengel sich mit der Hand an die Stirn schlug und in die Kaffeepause ging.

»Wenn du schon fragst«, hörte sie Mark schließlich antworten, »genau das stelle ich mir ständig vor.«

Jedenfalls dachte sie, dass er das sagte, aber in ihren Ohren rauschte es so laut, dass er auch alles andere gesagt haben konnte.

»Eigentlich kann ich kaum noch an etwas anderes denken«, hörte sie ihn sagen.

Das hatte sie genau gehört. Sie schaute ihn an. Er schaute sie an.

»Wirklich?«, wisperte sie mit Fistelstimmchen.

»Ja!« Marks Stimme bebte eindringlich. »Nicky! Du musst doch wissen, was ich für dich empfinde. Oder?«

Ihr verschlug es die Sprache. Hörte sie da oben vielleicht Engel?

»Ich weiß, dass es zwecklos ist. Ich weiß, dass du Rob liebst, aber ich kann nicht dagegen an. Ich liebe dich abgöttisch.«

Sie starrte ihn an. Irgendwo in dieser Liebeserklärung war ein Denkfehler. In dem Bewusstsein, dass es ungeheuer wichtig war, ging sie seine Sätze noch einmal durch.

»Ich liebe Rob nicht«, erklärte sie ruhig und war sich ziemlich sicher, dass sie den springenden Punkt entdeckt hatte.

»Wirklich nicht?« Er fing an zu lachen.

»Wirklich nicht«, wiederholte sie und lachte ebenfalls. »Er macht mich wahnsinnig. Jedes Mal wenn ich ihn sehe, versucht er mich zu überreden, Kinder mit ihm zu kriegen. Er ist fest überzeugt, dass zwischen uns etwas läuft, als ob wir wieder etwas miteinander angefangen hätten. Ich will ihn nicht verärgern, weil er mein Rivale ist und ich genau weiß, wie hart er einen Konkurrenzkampf führen kann, wenn er wütend ist, aber, um ehrlich zu sein, allmählich wird es unheimlich. Und ein bisschen nervig.«

Mark lachte nun wirklich und sie ebenfalls. Es war ein gutes Gefühl, zur Abwechslung einmal aufrichtig über Rob zu reden.

»Mein Gott«, rief Mark. »Gott sei Dank! Nicky, ich bin verrückt nach dir. Ich weiß einfach nicht, was ich ohne dich machen würde.«

Sie zog gerade in Erwägung, ohnmächtig zu werden, als er sie in die Arme schloss und sanft ihre Lippen küsste. Zing, schoss es ihr durch den ganzen Körper. Und als sie sich sanft und zärtlich küssten, sah sie ein Feuerwerk unter den geschlossenen Lidern. Plötzlich mussten sie beide lachen. Sie wusste nicht, wie es kam, dass sie mit einem Mal nebeneinander auf dem Bett lagen, sie die Arme um seinen Hals schlang und er seine um ihre Hüften legte. Seine Berührung war zart, beinahe zittrig.

Auf dem Bett über ihnen riss Oscar die Augen auf. Was ging da bloß vor? Es herrschte völlige Stille.

Waren sie weg? Er wartete eine Ewigkeit. Nichts.

Sie mussten weg sein. Er hörte nichts. Er musste so schnell wie möglich verschwinden. Er schob die Decke fort und setzte sich auf.

Als er auf dem Bett stand, hörte er viermal einen lauten menschlichen Eulenruf und dann eine Tür, die zuschlug. Er sprang die Leiter hinunter und sah sich Mr Pattison gegenüber. Das Gesicht des Lehrers war knallrot. Beinahe wäre Oscar die Leiter wieder hochgesprungen. Aber er folgte Mr Pattisons Blick und sah verdutzt seinen Dad und Miss Hobbs zusammen auf dem Bett liegen! Miss Hobbs war ganz rot, und sein Dad hatte Lippenstift im Gesicht.

Einen Moment lang starrten sich alle unverwandt an. Es war so still, dass Oscar schon glaubte, er sei taub geworden.

»Ach, du liebes Tantchen«, flüsterte Mr Pattison schließlich. Oscar meinte, er würde gleich grinsen, aber dann wurde er ganz ernst. »Das ist äußerst beunruhigend.« Er schaute Oscar an. »Und alles vor dem Jungen. Sehr unprofessionell.«

Zu Oscars Erstaunen schaute Miss Hobbs ihn wütend an.

»Oscar Samuels!«, sagte sie leise. »Was um alles in

der Welt machst du hier?« Sie sprang auf und richtete ihr Top.

Oscar schaute seinen Dad an, der ebenfalls aufsprang und noch wütender war als sie.

»Oscar! Erklär das bitte!«

»Eigentlich interessiert mich Miss Hobbs' Erklärung mehr«, sagte Mr Pattison. »Mal sehen, die Konrektorin knutscht vor den Augen ihres Schüler mit dem Finanzverwalter der Schule, der zufällig auch noch der Vater des Schülers ist.« Er schüttelte den Kopf. »Ich weiß nicht recht, ob ich damit leben kann, Miss James nichts davon zu sagen.«

»Aber! Sie ...«, setzte Oscar an. Am liebsten hätte er gesagt, dass er gesehen hatte, wie Mr Pattison mit Miss Taylor geknutscht hatte, aber die Worte blieben ihm im Hals stecken.

Mr Pattison sah ihn gespielt erstaunt an. »Ja, Oscar?«

Noch mehr wunderte Oscar sich, als Miss Hobbs anfing, ihn anzuschreien, statt sich bei ihm zu bedanken. Sie verdonnerte ihn für den nächsten Tag zu einer Strafarbeit, einem Aufsatz zum Thema: Warum ich mich nicht im Zimmer anderer verstecken darf. Er hätte gern zurückgeschrien, brachte aber kein Wort heraus. Er hasste sie und seinen Dad und Mr Pattison. Bevor ihm die Tränen kamen, stürmte er aus dem Zimmer und warf sich auf sein Bett.

KAPITEL 32

Rob, Mark und Nicky starrten sich an.

»Du würdest es nicht wagen, es Miss James zu erzählen«, sagte Mark zu Rob.

»Sag du mir nicht, was ich tun oder nicht tun würde, du arroganter Arsch«, fuhr Rob ihn an.

»Ich bin der arrogante Arsch?«, brüllte Mark. »Ich bin ja wohl nicht derjenige, der einer Frau einen Heiratsantrag macht und die andere vögelt.«

»Was?«, fragte Nicky.

»Hör gar nicht auf ihn, Nicky«, sagte Rob. »Er versucht doch bloß, dich gegen mich aufzubringen.«

»Tu ich nicht«, donnerte Mark. »Du vögelst Amanda, du Heuchler.«

»Ach, ich bin also der Heuchler«, erwiderte Rob. »Ich habe noch nie über meine Gefühle gelogen. Du gibst dich hier doch als der völlig neue Mann aus, um ihr an die Wäsche zu gehen, und dabei erzählst du uns Kerlen in der Bar, dass Frauen wie sie das Ende der Zivilisation sind, wie wir sie kennen.«

»Was?«, fragte Nicky.

»Was?«, fragte auch Mark.

»Du sagst das eine und tust das andere«, erklärte Rob.

»Na, du ebenfalls«, entgegnete Mark.

»Hört auf, alle beide«, fuhr Nicky dazwischen. »Ich habe genug von euch beiden gehört.«

»Nicky«, setzten beide gleichzeitig an.

»RUHE!«

Sie verstummten.

»Mark«, fragte Nicky leise, »was meinst du damit: Er vögelt Amanda?«

»Nicky«, rief Rob. »Ich bin's, Rob. Hör gar nicht auf ihn, er würde doch alles sagen, um dir an die Wäsche zu gehen! Dabei fällt mir ein: Was zum Teufel habe ich da gerade gesehen?« Er wandte sich an Mark. »Macht es dir Spaß, deinen Sohn zugucken zu lassen, Samuels? Du krankes Schwein!«

»Rob«, fiel Nicky ihm ins Wort, »was du gerade gesehen hast, war ...«

»Nicky«, schaltete Mark sich ein, »du brauchst ihm gar nichts zu erklären.«

Nicky schaute ihn an. »Begreifst du nicht, Mark? Ich habe mich gerade vor den Augen meines Schülers mit dem Finanzverwalter der Schule eingelassen, der zufällig auch noch dessen Vater ist.« Sie zuckte mit den Schultern. »Das ist ja wohl kaum reif für den *Club der toten Dichter*, oder?«

»O nein, Nicky.« Mark verzog das Gesicht. »Das war ein blöder Film.«

»Nicky«, erklärte Rob feierlich, »ich denke, du solltest ernsthaft über das nachdenken, was gerade vorgefallen ist.«

»Ach, halt doch den Mund, du ...«, blaffte Mark ihn an.

»Mark, er hat recht«, sagte Nicky leise.

»Nicky, wir haben nichts Falsches getan«, erklärte Mark sanft und eindringlich.

Rob lachte barsch.

»Doch«, sagte Nicky traurig. »Hör zu, ich bin im Moment völlig durcheinander, aber ich weiß, dass es hier um meine Karriere geht und dass mir daran viel liegt. Mit dir zusammen zu sein wäre im Augenblick vermutlich das Leichtsinnigste, was ich in meiner bisherigen Laufbahn tun könnte.«

»Wieso?«

»Ich muss mich konzentrieren, einen klaren Kopf behalten.«

»Nicky, hör mir zu«, bat Mark.

»Warum sollte sie«, warf Rob ein. »Was weiß sie schon über dich? Weiß sie, dass du der Ansicht bist, berufstätige Frauen seien der Untergang der Menschheit? Weiß sie, dass du glaubst, Frauen sollten lieber bügeln, während ihre Männer arbeiten gehen?«

»Was?«, rief Nicky.

»Ich weiß überhaupt nicht, wovon du redest«, sagte Mark.

»Ach ja?«, erwiderte Rob. »Ist schon erstaunlich, welche Perlen einem Charmeur herausrutschen, wenn er ein oder zwei Glas zu viel getrunken hat.«

Fast hektisch wandte Mark sich an Nicky. »Ich war völlig betrunken, weil er mir gerade mitgeteilt hatte, dass du und er eine Familie gründen wollt.«

Nicky schaute Rob an.

»Quatsch!« Rob lachte und machte große Augen. »Verdammt, Mann, deine Lügengeschichten werden immer toller.«

»Nicky, ich sage dir, ich habe nur meinen Kummer darüber ersäuft, dass du mit einem anderen eine Familie gründen willst.«

»Aber ich dachte, du wolltest keine Familie mehr«, wandte Nicky ein.

Mark sah sie ehrlich verdutzt an. »Das habe ich nie behauptet!«

»Doch. Im Bus auf der Fahrt hierher. Du hast gesagt,

du wolltest es nicht noch mal durchmachen, ein Baby zu haben.«

»Ich würde nicht noch mal das Gleiche durchmachen wollen wie mit Oscar, als er klein war«, erklärte Mark. »Es war die Hölle. Seine Mutter starb, als er vier war. Der reinste Alptraum. Aber ich hätte verdammt gern noch mehr Kinder. Oscar bettelt schon ewig um ein Brüderchen oder Schwesterchen.«

»Ha!«, schaltete Rob sich ein. »So hast du aber mit uns Jungs in der Bar nicht geredet.«

»Halt den Mund!«, fuhren ihn beide an.

Nicky schüttelte den Kopf. »Ich bin ganz durcheinander. Ich weiß nur, dass ich euch beide einfach nicht richtig kenne. Welche Motive habt ihr? Und im Augenblick bin ich auch ganz durcheinander, was mich angeht.«

Stille trat ein. Schließlich schüttelte Nicky seufzend den Kopf. »Aber eins weiß ich: Oscar ist mein Schüler.«

»Ach, gib auf, Mann«, sagte Rob zu Mark. »Siehst du nicht, wann du geschlagen bist?«

»Verpiss dich, Prattison«, zischte Mark.

»Wag ja nicht, mich Prattison zu nennen, du Scheißkerl«, maulte Rob. »So hat sie mich jahrelang genannt, bevor du in deinen Designerklamotten aufgekreuzt bist. Du glaubst wohl, bloß weil du einen Phallus als Auto hast, kriegst du alles, was du willst.«

»Willst du meinen Wagen, oder was?«, fragte Mark. »Du redest nämlich verdammt viel davon.«

»Nein, danke«, antwortete Rob. »Ich habe selbst einen Schwanz.«

»Ach ja, das wissen wir alle«, gab Mark zurück. »Und auch, dass du ihn ganz schön beschäftigt hältst.«

Nicky stieß einen markerschütternden Schrei aus. Beide verstummten und schauten sie an.

»Findet ihr nicht, dass jemand nach Oscar schauen sollte?«, fragte sie. »Am besten sein Vater?«

Mark wandte sich mit finsterer Miene von Rob ihr zu. »Tu bitte nicht mehr so, als wolltest du mir beibringen, ein besserer Vater zu werden. Ich weiß sehr gut, dass Oscar rausgerannt ist. Aber in diesem Fall fände ich es passender, wenn seine Lehrerin nach ihm sehen würde. Er weiß, dass ich ihn bedingungslos liebe und ihn nie verlassen werde, auch wenn ich manchmal wütend auf ihn bin, aber er hat bisher noch nie erlebt, dass eine Lehrerin ihn so angebrüllt hat. Eine Lehrerin, die er sehr mag. Zumal es sich hier um ein disziplinarisches Problem handelt, nicht um ein elterliches.«

»Entschuldigung«, murmelte sie. »Ich gehe zu ihm.« Damit verließ sie das Zimmer, ohne die beiden auch nur eines weiteren Blickes zu würdigen.

Am letzten Tag der Schulfahrt war ein fröhlicher Ausflug mit der Fähre auf die Insel Brownsea in Poole Harbour geplant. Nicky war als Kind schon einmal dort gewesen, in den einzigen Ferien mit ihren Eltern, an die sie sich erinnern konnte, aber davon war ihr nur das liebeskranke Geschrei der Pfauen im Gedächtnis geblieben, die verzweifelt ihre Schwanzfedern in die Höhe reckten. Sie bot an, bei den Kindern zu bleiben, die Strafarbeiten zu erledigen hatten.

Außer Oscar mussten noch ein paar andere Kinder zurückbleiben, drei wegen Strafarbeiten und eins wegen Bauchschmerzen. Die vier schrieben ihre Strafarbeiten im Speisesaal, und Nicky ging den ganzen Vormittag zwischen ihnen und dem Mädchen hin und her, das krank im Bett lag.

Am letzten Abend standen Sketche auf Robs Programm. Der Herbergsvater hatte ihnen endlich erlaubt, den Aufenthaltsraum zu benutzen, den während der ganzen Woche sonst niemand in Anspruch genommen hatte. Am nächsten Abend sollte es in der Schule die übliche Willkommensparty geben, eine Disco mit spärlicher Beleuchtung, Würstchen und mehr Trubel für die Kinder als für die Erwachsenen. Nicky konnte es kaum erwarten.

Die Sketche waren so grauenvoll, wie man es erwarten durfte, und die Kinder konnten gar nicht genug davon bekommen. In den meisten kam Rob vor, der zugleich Komparse und Hauptbeifallspender im Publikum war. Außerdem verkündete er die Gewinner der Schatzsuche. Oscar und Daisy belegten nicht einmal den dritten Platz. Als Nicky ihn beobachtete, hatte sie den Eindruck, einen Sieger im Endspurt zur Ziellinie zu sehen. Je mehr sie ihn beobachtete, umso mehr wollte sie glauben, dass er auf ihrer Seite stand. Sie suchte bei Amanda nach Anzeichen, ob das, was Mark über Rob und sie gesagt hatte, der Wahrheit entsprach. Den ganzen Abend schauten die beiden sich kaum einmal an, und wenn, hatte es mit Leidenschaft nicht viel zu tun. Eigentlich unterhielt Amanda sich nahezu den ganzen Abend mit Martha, und Rob flirtete mehr mit Martha als mit Amanda.

Nein. Mark musste gelogen haben, dass Rob etwas mit Amanda hatte.

Sie überlegte, was sie eigentlich über Mark wusste, geriet dabei aber immer wieder auf Abwege und erinnerte sich an ihren Kuss, der jeden ihrer Küsse mit Rob in eine alte Hutschachtel verbannte. Das half ihr auch nicht weiter.

Nachdem Oscar einen selbstverfassten Sketch über die tägliche Schatzsuche zum Besten gegeben hatte, der die verkrampften Fragen erbarmungslos aufs Korn nahm, ging er in sein Zimmer, um sich umzuziehen. Der Sketch war gut gelaufen, und er war in Hochstimmung. Nicky beobachtete Rob so eingehend dabei, wie er vorgab, den Sketch lustig zu finden, dass sie gar nicht merkte, wie Mark seinem Sohn folgte. Amanda entging es jedoch nicht.

Mark blieb in der Tür zu Oscars Schlafzimmer stehen und sagte leise: »Hi, du.«

Oscar schreckte auf und richtete sich gerade auf. Er kehrte seinem Dad den Rücken zu und zog sich weiter um. Mark konnte kaum fassen, wie groß sein Junge schon war.

»Das war phantastisch. Glückwunsch.«

»Danke«, sagte Oscar.

Mark trat ins Zimmer.

»Komm schon, Oscar. Vertragen wir uns wieder.«

Wie meistens brach Oscar schnell in Tränen aus und wischte sie mit dem Handrücken fort. Mark nahm ihn in den Arm.

»Ich wollte doch nur helfen«, meinte Oscar weinend an seiner Brust.

»Psst, ich weiß, Schatz.«

»Entschuldige«, murmelte Oscar. »Entschuldige.«

Wieso brach es Mark immer das Herz, wenn Oscar sich entschuldigte? »Schon gut«, beruhigte er ihn. »Ich bin gerührt, dass du dir solche Mühe gemacht hast, mir zu helfen, auch wenn es der falsche Weg war.«

Oscar schlang die Arme um seinen Vater und wischte sich die Augen an seinem Pullover ab. Mark küsste ihn auf den Kopf, was er nicht mehr lange ohne Trittleiter würde tun können. Sie ließen sich los. Langsam ging Mark zur Tür.

»Dad«, rief Oscar durchs Zimmer.

»Mmm?«

»Ich bin froh, dass du hier weggehst.«

»Ja. Ich auch. Es ist alles ein bisschen kompliziert geworden, was?«

»Weggehen?«, fragte Amanda schockiert von der Tür aus.

Mark und Oscar fuhren erschrocken herum.

»Wieso um alles in der Welt gehen Sie weg, Mark?«, hakte sie nach.

Nach den Sketchen veranstalteten die Kinder in ihren Schlafsälen Kissenschlachten, und die Erwachsenen gingen an die Bar, um sich lustig zu trinken. Nicky hatte angeboten, nüchtern zu bleiben, falls es Kindern schlecht werden sollte, weil sie zu viel gegessen hatten oder die Freude zu groß war, bald wieder nach Hause zu kommen. Daher verließ sie die Bar als Erste, zwei Stunden vor den anderen. Martha würde auf keinen Fall vor Amanda gehen, Amanda nicht vor Rob. Rob hielt sich in Marks Nähe, allerdings nicht zu nahe, und Mark wollte keinesfalls in Nickys Nähe sein, dafür aber nahe am Alkohol. Miss James genoss einen der letzten Abende ihrer Berufstätigkeit, und Ned und Janet tranken alle unter den Tisch, was mittlerweile niemanden mehr wunderte.

Als Amanda eine Runde holte, kam Rob mit, angeblich um ihr tragen zu helfen. Sie lächelten sich an und warfen einen verstohlenen Blick zurück zu den anderen.

»Ich habe heute Abend etwas sehr Interessantes herausgefunden«, erklärte sie.

Er hob die Augenbrauen. »Ach ja? Einen Penny für deine Gedanken.«

»Ach, meine Gedanken sind viel mehr wert.«

»Dann ein Pfund.«

»Das ist nicht annähernd genug.«

»Wie wär's mit ...«, er atmete tief durch, »einem dicken fetten Diamantring?«

Amandas Augen leuchteten. »Du sagst es.«

Er grinste.

»Wie wär's, wenn wir den Termin für unseren kleinen ›Deal‹ vorziehen?«, fragte sie.

Er schaute sie von der Seite an. »Red weiter.«

»Sobald Miss James bekanntgibt, dass du der nächste Schulleiter wirst, machen wir reinen Tisch, was uns angeht. Wir warten nicht ab, bis ein ganzes Jahr seit unserer Abmachung, damals am Silvesterabend in Gwens kleinem Garten, vergangen ist.«

Sie lachten verschwörerisch.

»Ich kann immer noch nicht fassen, dass sie in den Garten kam, als wir darüber sprachen«, murmelte Rob.

»Ich weiß. Ich musste meinen Lippenstift verschmieren, damit es so aussah, als ob wir geknutscht hätten. Zum Totlachen.«

»Und ich musste so tun, als wäre ich besoffen. Hab total übertrieben.« Er sah sie grinsend an. »Aber es hat Spaß gemacht, Mand, oder?«

»Nichts hat mich je so angemacht«, gestand sie mit einem raschen Seitenblick auf ihn. »Es ist ungeheuer sexy, es vor allen geheim zu halten.« Sie strich mit dem Absatz ihres Schuhs über seinen Knöchel und hörte, dass er tiefer atmete. »Besonders, wenn sie glaubt, du würdest ihr im Lehrerzimmer schöne Augen machen. Ich weiß gar nicht, was ich machen soll, um mich zu amüsieren, wenn das hier erst mal vorbei ist.«

»Wieso willst du dann den Termin vorziehen?«, fragte er.

»Ach, ganz einfach.« Sie seufzte gekonnt. »Jede Frau

möchte sich irgendwann sicher fühlen. Selbst eine Frau wie ich.«

Rob überlegte. »Könnte schwierig werden.«

»Tja, okay«, seufzte sie. »Wenn du nicht wissen willst, was ich herausgefunden habe, dann wird unser Jean-Brodie-Verschnitt was mit Mark anfangen, und du hast keine Handhabe mehr, deine werte Opponentin auszuschalten.«

Er schüttelte den Kopf. »Ich weiß nicht recht, ob ich überhaupt noch was in der Hand habe. Ich war mir so sicher, dass sie Wachs in meinen Händen ist. Ich hätte schwören können, dass sie schon die Babysachen kauft. Aber ich weiß nicht ...«

»Du brauchst diese Information«, erklärte Amanda nachdrücklich. »Ich sage dir, damit schaukelst du die Sache.«

Er atmete schneller. »Gott, du bist eine erstaunliche Frau.«

»Ich weiß.« Ihr Lächeln war eher ein Glühen. »Tja, es bedurfte schon einer starken Frau, dich damals an dem Abend zu überreden, wieder in mein Bett zu kommen.«

Er bedachte sie mit einem jungenhaft anzüglichen Grinsen. »Geredet haben wir nicht viel, soweit ich mich erinnere.«

»Es musste ja schließlich eine kleine Entschädigung dafür geben, dass Mark die kleine Lehrerin vom Pub nach Hause bringen durfte.«

Er schaute sie an. »Entschädigung. So kann man es auch nennen. Ich sag dir was: Wenn du jemals wieder ein Fundraising-Treffen organisierst, weiß ich, dass du fremdgehst.«

Sie kicherte. »Ich? Fremdgehen? Niemals. Nicht wenn ich erst mal den Mann habe, den ich will. Es sei denn ... der Termin wird nicht vorgezogen.«

Er grinste. Wie hatte er je glauben können, Nicky sei sein Typ? Amanda war eine wesentlich würdigere Partnerin, als er sie sich je hatte erhoffen können. Es hieß doch, hinter jedem erfolgreichen Mann stünde eine Frau, und sie war da keine Ausnahme. Ihr Ehrgeiz war klar und einfach: ihm zu helfen, seine Möglichkeiten voll auszuschöpfen, und an seiner Seite zu sein, wenn er es schaffte. Es war einfach wunderbar in seiner Schlichtheit.

»In Ordnung, abgemacht. Sobald Miss James bekanntgibt, dass ich der nächste Schulleiter werde, sage ich allen, dass wir seit Silvester heimlich verlobt sind.«

Lächelnd beugte sie sich zu ihm.

»Wirst du es nicht vermissen, Miss Hobbs nachzustellen?«

»Wem?«

Sie beugte sich noch näher.

»Bist du bereit für deine Information?«

»Ja.«

Ihre Brust streifte seinen Unterarm.

»Mark Samuels geht weg.«

»Wann?«, fragte er verdutzt.

»Am Ende dieses Schuljahrs.«

»Dieses Schuljahrs?« Rob machte große Augen.

Sie nickte bedächtig. »Ja. In zwei Tagen.«

Rob warf einen verstohlenen Blick auf den Spiegel hinter der Bar, in dem die anderen zu sehen waren.

»Brillant.«

»Fragt sich nur, was sich damit anfangen lässt«, raunte Amanda.

»Ganz einfach.« Rob beugte sich vor und flüsterte ihr etwas ins Ohr, worauf sie sich zurücklehnte und ihn anstrahlte.

»Sind wir nicht ein Mordsteam?«, meinte sie beeindruckt.

»Ich kümmere mich darum, dass Martha beschäftigt ist«, sagte er augenzwinkernd.

»Sicher.«

»Gut, die Pflicht ruft.«

»Deine beeindruckend schnelle Auffassungsgabe ist der Grund, dass du so ein guter Schulleiter wirst«, flüsterte sie und streichelte seinen Knöchel mit ihrem.

Nicky lag mit einem Handtuch um das frisch gewaschene Haar auf Robs Bett und starrte an die Decke.

Sie hatte gerade versucht, Ally anzurufen, aber wieder nur den Anrufbeantworter erreicht. Also musste sie diese Sache wohl allein klären. Eine Schande, denn Multiple-Choice-Aufgaben waren noch nie ihre Stärke. Zusammenfassend stellte sich die Frage:

Wem konnte sie vertrauen, Rob oder Mark?

1. Rob

a) Hatte er ein Verhältnis mit Amanda (von der er wusste, dass sie keinen Humor hatte)?

b) War er ein ernsthafter Verehrer, der sie heiraten und eine Familie mit ihr gründen wollte?

c) War er ein echter Freund, der sie besser kannte als sie selbst und nur ihr Bestes wollte?

2. Mark

a) War er ein moralisch verwerfliches Chamäleon und erzählte jedem, mit dem er gerade zusammen war, eine andere Geschichte? Schließlich hatte er behauptet, er könne Amanda und Rob nicht ausstehen, aber Amanda war ständig in seinem Büro, und allein auf dieser Schulfahrt hatte er stundenlang mit Rob getrunken.

b) War er ein verkappter Frauenfeind, der seine wahren Überzeugungen erst offenbaren würde, sobald er sie unter seinen Bann gebracht hätte?

c) War er ein Zyniker, der sie in sein Bett locken und ihr Vertrauen gewinnen wollte, nur um Einfluss auf die Schule zu haben, wenn sie Schulleiterin wurde?

d) War er der Richtige, der hoffnungslos in sie verknallt war und demnächst ihre Kinder zeugen würde?

Als die Zimmertür aufging, schaute sie auf und war froh über die Störung. Selbst als sie sah, dass es Amanda war, machte es ihr nichts aus. Amanda gähnte ein Hallo und plapperte drauflos, dass alle so viel tranken.

»Ned ist eine echte Überraschung, findest du nicht?«

»Was meinst du?«, fragte Nicky und stützte sich auf ihre Ellbogen. »Das Saufen oder das Pupsen?«

»Schwer zu sagen. Er kann beides gut.«

Sie lachten.

»Aber mal ehrlich«, sagte Amanda und ließ sich auf ihrem niedlichen Hintern neben Nickys Füßen auf dem Bett nieder. »Heute Abend gehen sie ganz schön ran.«

»Ach ja«, murmelte Nicky und setzte sich auf. Sie nahm das Handtuch von ihrem Kopf und rieb sich die Haare trocken.

»Mm. Aber ich bin einfach zu fertig«, erklärte Amanda, zog ihre langen Beine an und lehnte sich an die Wand. »Ich weiß gar nicht, wo Rob die ganze Energie hernimmt.«

»Mm.«

»Es ist schon komisch, ich kann mir gar nicht mehr vorstellen, dass wir mal miteinander gegangen sind.«

Nicky schaute sie neugierig an und sagte leise: »Du warst verrückt nach ihm.«

»Ich weiß. Schon ewig. Hab mich völlig zum Narren gemacht.«

»Wieso sagst du das?«

Amanda zuckte halbherzig mit den Schultern. »Na ja, so ist das eben, wenn man blind vor Verliebtheit ist.«

Nicky senkte den Blick, hörte aber verwundert, dass Amandas Stimme ganz belegt klang. »Eigentlich wollte er nie mich. Aber da sage ich dir ja wohl nichts, was du nicht bereits wusstest.«

Nicky schüttelte bedächtig den Kopf.

»Du siehst müde aus«, stellte Amanda fest.

Nicky schloss die Augen und nickte. »Bin ich auch.«

»Du hattest recht. Es war viel mehr Arbeit, als ich gedacht hatte.«

Nicky wurde rot.

»Ich bin nur froh, dass es vorbei ist«, sagte Amanda.

Wieder ein Nicken.

»Aber das mit Mark ist schade«, redete Amanda weiter.

»Hmm?«

»Mark. Schade, dass er weggeht. Ich meine, wenn man darüber nachdenkt, ist es eigentlich nicht überraschend. Oscar verlässt die Schule, was hält ihn also hier? Aber es war schön, zur Abwechslung mal einen dekorativen Mann an der Schule zu haben.«

Nicky fühlte sich, als hätte Amanda gerade ihr Innerstes auf links gedreht. Ihr war klar, dass Amanda weiterredete, weil ihre Lippen sich bewegten. »Ich glaube, er hat es sonst noch niemandem erzählt. Außer uns. Und Miss James natürlich.«

Zum ersten Mal seit sie hereingekommen war,

schaute sie Nicky richtig an und stutzte, als sie Nickys entsetzte Miene bemerkte.

»O mein Gott. Was zum … du wusstest es doch schon, oder? Du wusstest doch, dass er weggeht?«

Nicky brachte es kaum fertig, den Kopf zu schütteln.

»O nein. Er bringt mich um«, raunte Amanda mit Tränen in den Augen.

»Keine Sorge, ich sage es ihm nicht«, krächzte Nicky.

»Ich dachte einfach, er hätte es dir erzählt«, flüsterte Amanda. »Ich dachte, ihr wärt Freunde.«

Nicky schüttelte den Kopf. »Er hat mir nichts gesagt.«

»Gott, tut mir leid.« Amanda fing tatsächlich an zu weinen. »Es ist wirklich erstaunlich, wie falsch man manchmal liegen kann. Ständig liege ich falsch.«

»Und, wann hört er auf?«

»Ich weiß nicht, ob ich …«

»Ach, komm schon, jetzt kannst du es mir auch sagen.« Nicky bemühte sich um einen leichten Ton.

Amanda ließ weiter den Kopf hängen. »Zum Ende des Schuljahrs. Zwei Tage nachdem wir zurück sind. Er hat es mir nur gesagt, weil …« Sie brach ab.

»Sag schon«, hakte Nicky nach.

Amanda schüttelte den Kopf. »Er sagte, er wollte, dass wir in Kontakt bleiben, wenn er weg ist. Ich habe natürlich angenommen, dass er dir dasselbe gesagt hat.«

Nicky saß reglos da.

»Ich musste ihm versprechen, es niemandem zu erzählen«, gestand Amanda. »Aber ich dachte natürlich, dass sich das nicht auf dich bezieht.«

»Schon gut.«

»Nicky«, drängte Amanda und sah sie mit feuchten Augen an. »Du musst mir versprechen, dass du ihm nicht sagst, dass ich es dir erzählt habe.«

Nicky nickte.

»Ich meine es ernst. Sonst wird er bestimmt sauer auf mich. Er hat noch nicht mal den Vertrag unterschrieben, und Miss James musste er versprechen, es niemandem zu sagen.«

»Keine Sorge«, versicherte Nicky. »Ich habe es schon vergessen. Ist mir doch schnurzegal, was er macht.«

»Tut mir leid«, erklärte Amanda vielsagend, und Nicky dankte ihr mit einem Kopfnicken. Amanda drückte ihr die Hand, und so saßen sie eine Weile schweigend da, bis Amanda ausgiebig gähnte und verloren in die Dusche ging.

So, dachte Nicky, während sie sich zur Wand drehte, er geht also weg. Ihre dumme Angst, dass er eigennützige Motive verfolgen könnte, war also unbegründet. Es hatte keine heimlichen Beweggründe für diesen alles verändernden Kuss gegeben. Und das war ein Glück, wenn man bedachte, dass dieser Kuss ihr Leben tatsächlich völlig verändern würde, da sie die Beförderung und vielleicht sogar ihren Beruf verlieren würde. Aber er hatte Amanda von seiner neuen Stelle erzählt und ihr gesagt, er wolle weiter mit ihr in Kontakt bleiben. Und ihr gegenüber hatte er nicht einmal erwähnt, dass sein Job ihn langweilte. Was zum Teufel ging da vor? War er auch hinter Amanda her? Hatte er sie sogar schon geküsst?

Andererseits rief sie sich in Erinnerung, dass es für diesen umwerfenden, lebensbejahenden Kuss keine versteckten Hintergedanken gegeben hatte. Und dieser Gedanke verlieh ihr genügend Kraft, ihre Haare zu trocknen und in ihr Bett zu klettern, wo sie in einen tiefen Schlaf fiel, den nicht einmal Neds nächtliche Detonationen stören konnten.

Als sie aufwachte, fühlte sie sich seltsam im Frieden mit der Welt. Mark hatte sie um ihrer selbst willen geküsst, nicht weil sie die nächste Schulleiterin werden könnte. Aber er hatte Amanda als Erste in sein Geheimnis eingeweiht. Sie wusste eindeutig nicht, woran sie bei ihm war, aber es spielte keine Rolle mehr. Denn sie fühlte sich ungemein befreit, weil ihr plötzlich klar war, dass es sie keinen Deut scherte, ob Rob etwas mit Amanda hatte oder nicht, es sei denn, um hinter seine Motive zu kommen. Einen vollständigeren Schlussstrich gab es nicht.

Und damit war die mit Spaß vollgepackte Schulfahrt vorbei. Nach dem Frühstück blieben ihnen zwei Stunden, um zu packen und in den Bus zu steigen. Nicky belegte wieder mit ihrer Tasche den vordersten Sitz und hielt den Blick gesenkt, als alle einstiegen. Als Rob die Stufen heraufkam, schaute sie auf, nahm ihre Tasche fort und bedeutete ihm, sich zu ihr zu setzen. Er tat es nur zögernd.

Sie merkte, dass sie ihn kaum ansehen konnte.

»Ich glaube, wir müssen reden«, fing sie an. »Wir haben beide in diesem Jahr schwer gearbeitet, es war wirklich eine harte Zeit. Du sollst wissen, dass es mir leidtut, wenn ich dich über uns im Unklaren gelassen habe oder dir widersprüchliche Signale gegeben habe. Um ehrlich zu sein, ich war völlig durcheinander, was dich anging.«

Rob nickte bedächtig und fragte schließlich: »War?«

»Ja. Ich weiß jetzt, dass das mit uns nicht sein soll.«

Wieder nickte Rob.

»Rob, ich muss dich etwas fragen«, fuhr sie fort.

»Hast du das ernst gemeint, dass du Miss James von dieser dummen Knutscherei mit Mark erzählen musst?«

Er beugte sich zu ihr und flüsterte: »Natürlich nicht. Ich war nur so wütend und überrascht, Nicky. Dass du so was vor einem Kind machen konntest.«

»Aber wir haben doch eigentlich gar nichts gemacht.«

»Und wie erklärst du mir dann, was ich gesehen habe?«

»Ich weiß es nicht. Ich weiß überhaupt nichts mehr. Er war einfach plötzlich da!«

»Ich dachte immer, du hättest dich so gut im Griff«, sagte Rob traurig. »Aber in letzter Zeit weiß ich einfach nicht, was mit dir los ist. Es war einfach unglaublich, dass du das zugelassen hast.«

»Ich weiß, ich weiß. Aber ich kann dir versichern, dass es nicht wieder vorkommt. Es war ein Fehler. Wie sich herausgestellt hat, hat er ohnehin nur mit mir gespielt. Ich kann dir nicht sagen, woher ich das weiß, aber ich weiß es.«

Rob schaute sie an. »Das tut mir leid, Nicky. Ich habe dir immer gesagt, dass er ein …«

»Ja, schon gut. Du hattest recht.«

Sie schauten eine Weile auf die Straße.

»Aber wenigstens weißt du jetzt, dass es nicht wieder vorkommen wird. Ich habe mich wieder im Griff«, erklärte Nicky.

»Darum geht es ja wohl nicht, oder?«, fragte Rob. »Ich meine, kannst du dir vorstellen, welche Folgen so was hätte, wenn du Schulleiterin wärst?«

»Ach, lass doch.«

»Ich meine, wenn du den Job kriegst, Nicky – und wir wissen beide, dass du gute Chancen hast –, würden wir beide mit dem Wissen leben müssen, dass du das getan hast.«

Nicky schüttelte den Kopf.

»Wenn eine Konrektorin so was macht, ist das etwas völlig anderes als bei einer Schulleiterin. Glaubst du wirklich, du könntest ganz ehrlich, Hand aufs Herz, behaupten, dass du so einen Fehler mit Sicherheit nicht wieder machen würdest?«

Ihre Tränen kamen für sie selbst so überraschend, dass sie nicht einmal versuchte, sie wegzuwischen. Leise schniefend sagte sie: »Ich ziehe meine Bewerbung zurück.«

»Wahrscheinlich ist es das Beste«, pflichtete Rob ihr nach einer Weile bei, reichte ihr ein Taschentuch und hielt ihre Hand. »Und du weißt ja, dass ich niemandem erzähle, was du vor Oscars Augen getan hast.«

»Danke.«

»Wann machst du es?«, fragte er unvermittelt.

Sie zuckte mit den Schultern. »Ich weiß nicht. Heute Abend bei der Party?«

Rob seufzte leise. »Du bist sehr mutig, Nicky Hobbs. Ich bin stolz auf dich. Und du weißt ja, dass ich für dich da bin.«

»Danke. Das weiß ich.«

»Es ist deine Entscheidung«, murmelte er. »Ich denke, du musstest selbst darauf kommen.«

Nicky nickte so langsam, als wäre ihr Kopf zu schwer für ihren Hals. »Ja. Es ist meine Entscheidung.«

KAPITEL 33

Nicky stand mit den anderen Lehrkräften auf dem Parkplatz und verabschiedete sich herzlich von den Kindern, als sie von strahlenden Eltern abgeholt wurden, die größtenteils zehn Jahre jünger aussahen als eine Woche zuvor.

Eigentlich fiel es ihr schwer, sich von irgendjemandem herzlich zu verabschieden. Und gelegentlich vergaß sie den Abschied völlig. Sie war deprimiert wegen Mark und am Boden zerstört wegen des Schulleiterpostens.

Sie sah Mark angeregt mit anderen Eltern plaudern und beobachtete, wie Amanda ihr Haar über die Schulter warf. Wollte er sie wirklich? Und was war überhaupt mit Amanda? Sie hatte tatsächlich vor Mitgefühl geweint, als sie dachte, sie hätte ins Fettnäpfchen getreten. Wie konnte man sich in einem Menschen so irren? Das musste Amanda wohl ständig passieren, dachte Nicky, als sie deren lange Beine betrachtete. Vielleicht war eine so schöne Frau ja sehr einsam. Nicky beobachtete, wie Rob die Runde machte, mit allen Eltern sprach und die Kinder neckte, und fragte sich, welche Änderungen er im nächsten Schuljahr wohl einführen würde. Falls sie ihre Stelle nicht verlor, wäre sie seine zuverlässige, loyale Konrektorin. Sie sah Miss James, die jedes Kind an ihren Busen drückte, selbst die, deren Strafarbeiten sie einsammelte, und fragte sich, ob die Frau wohl ihr Leben als Schulleiterin vermissen oder ihm den Rücken kehren und nie mehr zurückschauen würde. Sie sah Ned, der seine Frau mit einem förmlichen Küsschen begrüßte, und fragte sich, ob seine Frau einen schwachen Geruchssinn oder starke Nerven hatte.

Schließlich überlegte sie, wie die quälende Disco am Abend eine solche Fahrt noch übertreffen könnte.

Sie kehrte der Menge den Rücken und sah ein Paar auf sich zukommen. Beinahe hätte sie die beiden nicht erkannt. Erst als Ally und Pete bis auf wenige Schritte heran waren, fiel der Groschen wie aus dem Nichts. Es gab keine offensichtlichen Anzeichen, sie hielten nicht Händchen, sie fassten sich nicht an, sie strahlten nicht einmal besonders, aber irgendetwas war eindeutig anders. Ein zögerndes Lächeln ließ Wärme aus ihrer Miene strahlen, als ihr auffiel, dass der Abstand zwischen den beiden sich verändert hatte. Pete ging ein entscheidendes Stück dichter an Ally als sonst, seine linke Schulter nicht neben ihrer, sondern leicht dahinter, was etwas Beschützendes hatte. Und ihr Körper wirkte, als wäre er sich bis in die Haarspitzen bewusst, wo seiner endete. Jede ihrer Bewegungen war auf seine abgestimmt.

Nicky starrte die beiden an, und ihr Begreifen wuchs mit ihrem Lächeln. Im Stillen verabschiedete sie sich von ihrer besten Freundin und lief den beiden entgegen.

»Und, wie war's?«, fragte Ally grinsend.

»Die Hölle auf Erden«, erwiderte Nicky das Grinsen. »Und was ist mit euch beiden?«

Sie grinste sie erwartungsvoll an. Sie schauten sich ebenso erwartungsvoll grinsend an und grinsten dann Nicky an.

»Toll«, sagte Ally.

»Ja, toll«, bestätigte Pete mit vielsagendem Nicken.

»Toll«, sagte Nicky. »Das ist toll!«

Plötzlich stand Oscar neben ihr.

»Miss Hobbs, ich muss Ihnen was sagen.«

Nicky sah, wie Pete zu Rob ging, bevor sie sich geistesabwesend Oscar zuwandte.

»Nicht jetzt, Schatz«, erwiderte sie und schaute ihre Freundin an. Ally strahlte.

»Du siehst toll aus«, sagte Nicky mit herzlichem Lächeln.

»Es ist wegen Miss Taylor«, begann Oscar. »Und meinem Dad.« Nicky erstarrte.

»Bitte, Oscar, jetzt nicht«, sagte sie und wartete, bis er ging. Ally hob vielsagend die Augenbrauen, beugte sich vor, als wollte sie ihr ein Geheimnis anvertrauen, und grinste. »Ich sag dir was, ich fühle mich auch toll!«

Nicky konnte sich gerade noch verkneifen zu sagen, das sei toll.

Stattdessen beschloss sie, ebenfalls mit Vertraulichkeiten herauszurücken. »Ach, ich ziehe meine Bewerbung um die Schulleiterstelle zurück. Mark küsst einfach unglaublich. Aber ich glaube, er ist hinter Amanda her. Amanda ist netter, als wir dachten. Und wenn Rob wollte, könnte er mich um meinen Job bringen.«

»Was?« Ally sah sie betroffen an.

»So!«, rief Nicky schnell. »Was habt ihr beiden denn so gemacht?«

Es hätte ein peinlicher Moment werden können, wenn nicht auch noch Mark plötzlich neben Nicky aufgetaucht wäre.

»Hallo«, sagte Nicky zu Oscar, da sie Mark nicht in die Augen sehen konnte. »Was wolltest du mir sagen?«

»Miss Taylor …«, setzte er an.

Sie wusste nicht, was sie gemacht hätte, wenn Rob sich nicht plötzlich zu ihnen gesellt und fast beschützend neben sie gestellt hätte. Oscar und Mark verschwanden beinahe so schnell, wie sie gekommen waren. Sie rief hinter Oscar her, lief ihm nach und umarmte ihn zum Abschied.

»Wir sehen uns heute Abend auf der Party.«

Er nickte.

»Du musst kommen! Ich möchte mit dir tanzen.«

Schlagartig wurde er munter. »Okay. Den ersten Tanz. Versprechen Sie es mir. Sie müssen es mir versprechen.«

»Versprochen.« Sie lachte.

Als sie ihn ins Auto steigen sah, fühlte sie sich so elend wie noch nie in ihrem Leben. Während die beiden abfuhren, kehrte sie ihnen den Rücken, aber das änderte nichts an ihrem Wunsch, bei ihnen im Wagen zu sitzen.

»Was machst du jetzt?«, fragte sie Ally verzagt.

»Ich treffe zum ersten Mal Petes Mutter.«

Nicky zwang sich, aufgeregt zu antworten: »Viel Glück!«

»Ich brauche kein Glück, ich brauche ein Wunder«, meinte Ally grimmig.

Nicky sah die beiden gemeinsam abfahren. Sie schaute zu, wie der Parkplatz sich nach und nach leerte, und stand schließlich allein da. Zwanzig Minuten später kam Claire.

Mittlerweile brachte Nicky kaum noch ein Lächeln zustande. Als ihre Schwester sie auf der Heimfahrt mit Fragen über die Schulfahrt bombardierte, antwortete sie nur einsilbig. Schließlich gab Claire auf.

»Weißt du, ich musste dich nicht abholen. Ich bin nicht dein Chauffeur.«

Nicky versuchte zu antworten, hatte aber einen Kloß im Hals und schniefte nur. Claire musterte sie eingehend, beugte sich herüber, holte eine Packung Taschentücher und einen Schokoriegel aus dem Handschuhfach und legte sie ihrer Schwester in den Schoß. Als sie Nickys Wohnung erreichten, kannte Claire die ganze Geschichte.

Sobald sie im Haus waren, setzte Claire Wasser auf und schenkte Nicky ein großes Glas Wein ein. Während Nicky den Wein trank, rief Claire Derek an, um ihm Bescheid zu sagen, dass sie später als geplant nach Hause käme.

»Na ja, dann musst du wohl einfach das Abendessen machen«, hörte Nicky sie ins Telefon sagen. »Im Kühlschrank ist Hähnchen und frischer Salat. Ich werde dir nicht sagen, in welchem Fach, Derek, das lernst du schon, wenn du es machst.« Nicky musste grinsen, und das tat ihr seltsam gut.

Claire setzte sich zu ihr an den Küchentisch, stellte einen großen Becher süßen Tee vor Nicky und drückte ihr fest die Hand.

»Es ist nichts weiter passiert, als dass du eine Beförderung nicht bekommst, die du vielleicht sowieso nicht gekriegt hättest. Der Rest ist unangenehm, aber es ist vorbei. Und du weißt doch gar nicht, ob er hinter Amanda her ist. Du kennst ja nur ihre Seite.«

Nicky nickte, was aber nichts daran änderte, dass ihre Tränen weiterflossen.

»Glaub mir, wenn er hinter Amanda her ist, willst du ihn gar nicht haben«, versicherte Claire und drückte Nicky so fest die Hand, dass es fast weh tat.

Nicky schniefte. »Er hat wunderschöne Unterarme.«

Claire seufzte.

»Und Haare. Ich liebe seine Haare.«

Claire nickte.

»Habe ich dir schon erzählt, wie gut er küsst?«

Claire nickte gequält.

»Das war's«, jammerte Nicky. »Mein Leben hat seinen Höhepunkt erreicht. Von jetzt ab geht es nur noch bergab.«

»Nicky, glaub mir, du wirst über ihn hinwegkommen«, beruhigte Claire sie. »Und vergiss nicht, es gibt ja immer noch Rob. Er war immer für dich da.«

»Ich will Rob nicht«, sagte sie so leise, dass Claire nicht einmal versuchte, Einwände zu erheben.

Als das Telefon klingelte, schauten beide sich an. Sie hörten Rob auf den Anrufbeantworter sprechen, dass er Nicky in einer Stunde abholen würde, falls sie zu müde sei, selbst zu der Party zu fahren. Sie brauche nicht zurückzurufen. Schweigend tranken sie ihren Tee.

Dank Claires unermüdlicher Unterstützung und eines weiteren großzügigen Schlucks Alkohol fühlte Nicky sich eine Stunde später schon wesentlich besser. Sie hatte eine dreiviertellange Hose angezogen, die ihre Taille und ihre sanft gerundeten Hüften betonte und vom Knie abwärts schmal geschnitten war, was ihre vollen Waden und zierlichen Knöchel zur Geltung brachte. Dazu trug sie ein schlichtes Baumwoll-Tanktop, das die Rundungen ihrer Oberarme und ihren Brustansatz unterstrich, aber ihr Bäuchlein kaschierte. Abschließend schlüpfte sie in ihre Lieblingspumps, die bequem, anmutig und subtil waren. Auf Make-up verzichtete sie. Allein schon es aufzutragen hätte ihr das Gefühl vermittelt, es nötig zu haben. Ohne noch einmal in den Spiegel zu schauen, öffnete sie Rob die Tür.

Bevor Rob den Motor anließ, fragte er Nicky: »Wie geht's?«

Sie schaffte es, ihm ein feinsinniges Lächeln zuzuwerfen. Es war schon erstaunlich, wozu der Körper imstande war, wenn er musste.

»Gut. Und dir?«

»Gut.«

Eine Pause trat ein.

»Bist du sicher, dass du es schaffst, heute Abend mit Miss James zu sprechen?«, fragte er zögernd.

»Ja. Eigentlich ist es sogar eine Erleichterung.«

Eine Disco für Schüler und Lehrer in einer Schulaula hatte nur zwei erhebliche Mängel: den Veranstaltungsort und die Besucher. Abgesehen davon, war es die perfekte Party. Nicky und Rob trafen früh ein. Der Vater eines Drittklässlers gab hinter dem Mischpult eine preisverdächtige Comedy-Vorstellung ab. Wenn je ein Mensch eine Baseballkappe richtig herum hätte tragen sollen, dann er. Vorn am Mischpult hing ein handgeschriebenes Schild mit der Aufschrift: *Schuldisco!!! Nur für Rebellen!!!*

Daneben waren drei Tapeziertische mit Harry-Potter-Tischdecken und passenden Tellern aufgereiht, auf denen sich Würstchen, tonnenweise Schokolade, Chips und Erdnussflips türmten. Am anderen Ende stand ein kleinerer Tapeziertisch mit dreißig Flaschen Diätcola und zwei Kartons Orangensaft.

»Verdammt«, murmelte Rob.

»Ich weiß«, sagte Nicky. »Dieses Mal haben sie wirklich ein Fass aufgemacht. Das ist sicher, weil sie aufhört.«

Kaum hatte sie das gesagt, hörten sie hinter sich Miss James' unverkennbare Stimme.

»Halloooo! Hallo, hallo, hallo!«

Sie drehten sich um und begrüßten sie. Sie war so in Hochstimmung, dass es schwerfiel, sich nicht davon ein bisschen anstecken zu lassen. Wie Nicky erstaunt merkte, gewöhnte sie sich schon an die Vorstellung, dass Rob der nächste Schulleiter, sie seine Konrektorin, Mark höchstwahrscheinlich ein Schuft war und das Leben trotzdem weiterging. Nach der Begrüßung sprang Rob auf die Bühne und schloss die Vorhänge, um »mehr Atmosphäre« zu schaffen, und Nicky begrüßte die eifrigen Discobesucher, die zum Teil ihren iPod mitgebracht hatten, falls die Musik »uncool« sein sollte.

Aber allmählich wich ihre gute Laune einer wachsenden Anspannung, die sie nicht recht zuordnen konnte: War sie nervös, weil sie nach einem überzeugenden Vorwand suchte, ihre Bewerbung zurückzuziehen, oder weil sie Mark sagen wollte, wie sehr es sie verletzt hatte, dass er sich Amanda statt ihr anvertraut hatte – womit sie sowohl Amanda als auch ihre eigenen tiefen Gefühle für ihn verraten würde.

An den Tapeziertischen wurde es allmählich voll, da sämtliche Kinder inzwischen eingetrudelt waren und an der Schokolade Stellung bezogen hatten. Innerhalb einer Stunde würden um die Schokolade heftige Kämpfe toben. Beim Disco-Outfit herrschte wenig Vielfalt. Die Mädchen sahen aus wie Prostituierte, die Jungen wie Rapper.

Als Nicky Daisy entdeckte und sich nach Oscar umsah, hoffte sie inständig, Mark zu finden, bevor er sie fand. Stattdessen bemerkte sie Lilith, die an der Tür stand und den DJ fassungslos anstarrte. Nicky ging zu ihr, und sie begrüßten sich herzlich.

»Sagen Sie, meint er das ironisch?«, fragte Lilith mit verschränkten Armen.

»Schwer zu sagen«, antwortete Nicky.

»Mm.« Als der »Birdie-Song« anfing und der DJ verstohlen lächelte, leuchteten Liliths Augen.

»Ja! Er meint es ironisch! Davon muss ich mehr haben«, rief sie und verschwand. Nicky sah, wie sein Blick sich erwärmte, als er sich über das Mischpult beugte, um Liliths Bitte zu hören.

Die Lautstärke nahm zu, als er die Boomtown Rats auflegte, und einige Kinder fingen sogar an zu tanzen. Als Miss James zu *I Don't Like Mondays* zu Nicky herübertänzelte und sich Maltesers in den Mund warf, beschloss Nicky, den Moment zu nutzen.

»Könnte ich Sie kurz sprechen?«, schrie sie Miss James ins Ohr.

»Ich weiß!«, sagte Miss James lachend und vollführte eine langsame Drehung. Dann zog sie Nicky zwinkernd in eine Ecke, wo sie sich verständigen konnten.

»Den anderen brauchen wir ja nichts davon zu sagen«, vertraute sie ihr an, zog ein Flakon aus ihrem BH und reichte es Nicky. Dankbar nahm Nicky es an. Es war purer Wodka. Miss James zwinkerte ihr zu. »Ein bisschen wie Fisherman's Friend, nur für Schulleiterinnen.«

»Ehm, ja, darüber wollte ich gerade mit Ihnen sprechen«, sagte Nicky, sobald ihre Stimme ihr wieder gehorchte.

»Aha!«, rief Miss James und schaute an ihr vorbei. Nicky folgte ihrem Blick und sah sich Mark gegenüber. Sie grüßte ihn so kühl, wie sie nur konnte, was bedeutete, dass ihre Körpertemperatur bis an die Decke schoss. Er erwiderte ihren Gruß ebenso kühl. Hinter ihm bemerkte sie Oscar, der sie beobachtete. Als Mark weiterging, winkte sie Oscar zu. Aber Miss James packte Mark fest am Arm.

»Mark!«, rief sie. »Ach, Mark! Mark, Mark, Mark.« Kopfschüttelnd seufzte sie. »Ach! Mark.« Dann drehte sie sich zu Nicky um. »Er verlässt uns.« Zu Mark sagte sie: »Ich weiß, ich weiß! Ich habe Sie gebeten, es niemandem zu sagen, und jetzt plaudere ich es aus wie ein Schulmädchen. Aber, ach je, Mark.«

Mark schaute Nicky an, die nicht wusste, was sie für ein Gesicht machen sollte.

»Ich wollte es dir sagen«, erklärte er. »Aber ich durfte nicht.«

Sie nickte gleichmütig. »Schon gut. Ich wusste es bereits.«

Er runzelte die Stirn. »Woher?«

»Ach, du je!«, stöhnte Miss James. »Marcus, Marcus, Marcus!« Seufzend fragte sie Nicky: »Finden Sie nicht auch?«

»Ja, ein bisschen«, antwortete Nicky.

»Woher hast du es gewusst?«, wiederholte Mark.

Sie schaute ihn an. »Dinge sprechen sich herum. Mädchen tratschen.« Bevor er etwas erwidern konnte, drehte sie sich um und ging. Sie war nur froh, dass sie keine hohen Absätze trug, denn jeder Schritt fiel ihr schwer.

Plötzlich wurde sie mit Gewalt an die Seite der Aula gezerrt.

»Wer hat es dir gesagt?«, flüsterte Mark ihr ins Ohr. »Das war doch wohl nicht dieses Biest Amanda, oder?«

Sie versuchte wegzugehen, aber er ließ sie nicht, sondern hielt sie am Arm fest.

»Wie kannst du sie ein Biest nennen«, meinte sie verärgert und zog ihren Arm fort. »Erlaubst du bitte? Die Leute können uns sehen.«

»Na und?«, erwiderte er drängend. »Miss James hört

auf. Ihr ist es egal. Ich gehe weg und bin nicht länger hier Finanzverwalter. Und in zwei Tagen ist Oscar nicht mehr dein Schüler. Wovor läufst du also weg?«

Sie starrten sich an.

»Vor dir«, antwortete sie.

Offenbar wirkte es. Er trat einen Schritt zurück.

»Gut.« Seine Stimme war völlig ruhig. »Ich verstehe. Tja, mach dir keine Sorgen. Ich werde nicht betteln. Ich komme in diesem Schuljahr nicht mehr in die Schule. Ich muss nur noch meine Sachen packen, und das kann ich auch in den Ferien tun. Wir sind nur gekommen, um dich zu sehen, also gehen wir jetzt.«

Nicky hielt den Blick gesenkt.

»Viel Glück bei allem.«

»Hallo ihr beiden«, schaltete Rob sich ein, der plötzlich neben Nicky stand. »Ich hoffe, ich störe nicht bei was Wichtigem.«

»Nein, eigentlich nicht. Ich wollte gerade gehen.«

»Nein! Geh nicht«, bat Nicky verzweifelt. Mark blieb stehen. »Ich … ich wollte doch mit Oscar tanzen.«

»Na ja, ich bezweifle sehr, dass er mit dir tanzen möchte.«

»Du hast ohnehin keine Zeit, Nicky«, drängte Rob. »Ich denke, du solltest es besser tun, bevor sie völlig hinüber ist.« Er deutete mit dem Kopf auf Miss James, die an der Wand entlang Shimmy tanzte.

»Was tun?«, schaltete Mark sich ein und schaute Nicky an.

»Ich ziehe die Bewerbung zurück«, erklärte sie rundheraus. »Wie es aussieht, war ich wohl doch nicht der beste Mann für den Job.«

Sein Blick schmerzte sie mehr, als sie gedacht hätte. Er sagte ihr, dass sie nicht die Frau war, für die er sie gehalten hatte. Schlimmer noch, er sagte ihr, dass er zwar die Schule verließ, aber dennoch unbedingt wollte, dass sie Schulleiterin wurde, weil er an sie glaubte. Er hatte es die ganze Zeit ehrlich gemeint. Und trotzdem wollte er mit Amanda in Kontakt bleiben.

Zum Glück zog Rob sie sanft zu Miss James hinüber, während Mark Oscars und seine Jacke holen ging.

Rob und Nicky fanden Miss James am Rande der Tanzfläche, wo sie Amanda beim Tanzen zuschaute.

»Bewegt sie sich nicht ungeheuer geschickt?«, fragte sie, als sie näher kamen. »Unwiderstehlich, würde ich sagen.«

»Miss James, ich muss Sie sprechen«, sagte Nicky.

»Ja, meine Liebe.« Sie drehte sich zu Rob um. »Ach, hallo, Rob. Bleiben Sie doch, Sie charmanter Junge.«

»Danke, Miss James.«

»Keine Ursache.« Sie wandte sich an Nicky. »Was kann ich für Sie tun?«

»Ich wollte mit Ihnen über meine Bewerbung um die Schulleitung sprechen.«

Miss James' Lächeln schwand.

»Ich … ich …«, Nicky stockte. Rob kniff ihr in den Arm. »Ich glaube, ich sollte nicht … ich muss meine Bewerbung zurückziehen.«

Miss James starrte zuerst sie, dann Rob an. »Mann! Das ist alles ziemlich verwirrend, nicht wahr?« Sie lächelte Rob zuckersüß an. »Aber Sie sind doch so gut im Puzzeln, vielleicht können Sie das alles entwirren.« Ihm verschlug es erst mal die Sprache. Unvermittelt klatschte Miss James in die Hände.

»Ach! Da fällt mir ein, ich muss noch eine Rede halten«, rief sie und drückte ihnen beiden den Arm. »Gehen Sie nicht weg.«

Sie schauten ihr nach, als sie die Stufen zur Bühne hinauflief.

»Was war das denn?«, fragte Rob und drückte fest ihren Arm.

Sie lehnte sich an die Wand, sah Mark und Oscar hinausgehen und hatte das Gefühl, als machte ihre Seele sich gleichgültig davon. Sie warfen nicht einmal einen Blick zurück, als sie die Aulatür öffneten und den langen Pfad hinuntergingen. Die Tür blieb offen und ließ eine sanfte Sommerbrise hereinwehen.

Miss James verschwand unterdessen hinter dem Vorhang und kam mit ihrer altgedienten Schultasche unter dem Arm und einem Mikrofon in der Hand zurück. Wie auf ein Stichwort gingen die Lichter an, und die Musik hörte auf. Der Saal brach in frenetischen, elektronisch unterstützten Applaus aus. Nicky schaute durch die offene Aulatür Marks und Oscars Schatten nach, die immer weiter aus ihrem Leben verschwanden. Oscar sah sich ständig um, aber Mark legte den Arm um die Schultern des Jungen, der sich nun seinem Schritt anpasste. Wie konnte eine solche Kleinigkeit nur so weh tun? Sie schickte sich an, ihnen zu folgen, aber Amanda ging quer durch die Aula und lehnte sich lakonisch in die offene Tür wie ein grinsender Wächter, und Rob hielt Nicky noch fester am Arm, dass sie sich nicht vom Fleck rühren konnte.

»Du siehst ihn noch in der Schule«, flüsterte er. »Das hier ist wichtig.«

»Eins zwei drei«, hallte Miss James' Stimme durch den Saal, gefolgt von ihrem Klopfen aufs Mikrofon. »Eins zwei drei. Eins zwei drei, eins zwei drei. Hallo, alle miteinander.«

Der Saal johlte.

»Ich dachte, heute Abend wäre ein geeigneter Zeitpunkt, meinen Nachfolger zu verkünden.«

Im Saal trat so gespannte Stille ein, dass man die

Luft mit einem Plastikmesser hätte schneiden können.

»Aber vorher muss ich einen ganz besonderen Aufsatz vorlesen«, erklärte Miss James.

Unter dem Raunen der Menge legte sie ihr Mikrofon auf den Boden und kramte in ihrer Tasche. Sie holte einen Aufsatz heraus, hob das Mikrofon auf und setzte sich die Brille auf.

»*Warum ich mich nicht im Zimmer anderer verstecken darf,* von Oscar Samuels«, las sie vor.

Ein leises Getuschel ging durch den Saal, als alle sich suchend nach Oscar umschauten. Nickys Gedanken waren schnell und schlicht. Sie würde sterben. Ihr Körper schaltete auf Fluchtinstinkt. Hektisch sah sie sich nach Lilith um, in der Hoffnung, dass sie Oscar hinterherlaufen und ihn noch erwischen würde. Aber Lilith war zu sehr damit beschäftigt, dem DJ in die Augen zu sehen, der nun Zeit hatte, ihren Blick eingehend zu erwidern. Wo steckte Daisy? Sie verschlang Schokolade. Nicky versuchte, hinter Oscar herzulaufen, aber Rob stieß sie an die Wand, dass ihr Kopf dagegenschlug, und zischte ihr ins Gesicht: »Denk nicht mal dran.« Am liebsten wäre sie in Ohnmacht gefallen, aber das hätte Rob wahrscheinlich auch nicht zugelassen.

Draußen in der sanften Sommerbrise fing Oscar an zu weinen. Mark drückte seine Schulter, war aber zu niedergeschlagen, um ihn trösten zu können. Mit jedem Schritt hatte er das Gefühl, sich eine weitere Meile von ihr zu entfernen. Wieso wollte sie ihn nicht? War ihre Karriere ihr so viel wichtiger als er? Er wollte ihr das schon zum Vorwurf machen, als ihm auffiel, dass seine eigene Karriere ihm bis vor kurzem auch ständig im

Weg gestanden hatte. Wie konnte er ihr etwas vorhalten, was er selbst so lange praktiziert hatte?

»Weißt du was darüber?«, zischte Rob Nicky zu, als Miss James anfing, Oscars Aufsatz vorzulesen.

»Nein«, zischte Nicky zurück. »Aber vielleicht hast du Glück und er zieht meine Bewerbung für mich zurück. Er könnte mir sogar meine gesamte Karriere ruinieren.«

In Robs Miene zeichnete sich etwas zwischen Ungeduld und Wut ab. »Na gut. Dann warten wir's mal ab.«

»Ich muss nachsitzen«, las Miss James weiter, *»als Strafe, weil ich meinen Lehrern nachspioniert habe. Aber ich brauche keine Strafe. Ich habe meine Strafe schon bekommen. Ich habe was über Erwachsene, über Ungerechtigkeit und über Liebe gelernt, was sie uns in der Schule nicht beibringen. Sachen, die ich gar nicht wissen wollte: Es gibt kein Happy End. Erwachsene sind nicht alle gut. Und manchmal gewinnen die Bösen. Mit Lügen kriegt man, was man will. Und wahre Liebe bringt nicht alles in Ordnung.*

Genauer gesagt, habe ich das auf meiner Schulfahrt mit der Grundschule Heatheringdown gelernt.«

Nicky verschlug es die Sprache. Würde sie gleich erleben, wie ihr Leben den Bach herunterging? Was mochte Oscar über den Kuss geschrieben haben?

»Erstens: Mr Pattison hat eine heimliche Affäre mit Miss Taylor.«

Nickys ganzer Körper zuckte hoch, ohne sich zu bewegen. Ein Raunen ging durch den Saal. Während Miss James eine dramatische Pause machte, spürte Nicky, wie Rob neben ihr erstarrte. Seine Finger gruben sich tiefer in ihren Arm.

»Zweitens: Mr Pattison hat Miss Hobbs einen Heiratsantrag gemacht, und als mein Vater ihm vorgeworfen hat, dass er über seine Affäre mit Miss Taylor lügt, hat er wieder gelogen und gesagt, er hätte keine, und dann hat er meinen Vater einen Lügner genannt.«

Nicky legte den Kopf schief. He? Wie viele Lügner waren das jetzt? Rob fluchte verhalten.

»Drittens: Miss Hobbs mag Mr Pattison, obwohl wir ihn seit der dritten Klasse Schleimi genannt haben. Daisy sagt, Miss Hobbs mag ihn, obwohl er ein Schleimer ist, weil sie das nicht merkt, weil er so gut aussieht, wenn man so was mag. Daisys Mum sagt, Mr Pattison ist harmlos anzugucken, aber giftig, wenn man ihn anpackt. Ein bisschen wie Quallen.«

Der Saal fand das komisch. Daisy hüpfte aufgeregt auf und ab. Sie lief durch die Aula zu ihrer Mutter, und sie umarmten sich, während sie beide grinsend weiter zuhörten.

»Viertens: Mr Pattison hat vor Miss Hobbs zugegeben, dass er derjenige ist, der beim Puzzle geschummelt hat.«

Der ganze Saal hielt erstaunt den Atem an, selbst der DJ. Dann brach ein Aufruhr los, dass Miss James erst abwarten musste, bevor sie weiterlesen konnte.

»Fünftens: Mr Pattison denkt, Miss James ist … (sie stockte) *›geisteskrank‹.«*

Wieder wurde Empörung laut. »Schande«, ertönte es, was Miss James lächelnd gegen ihre Tränen ankämpfen ließ.

»Sechstens: Mr Pattison sagt öfter das Wort mit ›Sch‹ als die fünfte Klasse. Siebtens: Miss Taylor, die eine heimliche Affäre mit Mr Pattison hat (siehe erstens), hat belauscht, wie mein Vater und ich darüber geredet haben, dass er seine Stelle gekündigt hat. Dann hat sie

meinen Dad gezwungen, ihr alles zu erzählen, dabei hatte er es noch nicht mal Miss Hobbs erzählt (und in sie ist er verliebt), weil Miss James ihm gesagt hatte, dass er nichts sagen soll.«

Nicky stöhnte und riss ihren Arm los. Rob lief zum Bühnenaufgang, als sei er gerade aus einer Trance erwacht. Als er die Stufen erreichte, flog das erste Würstchen durch die Luft und traf ihn am Kopf. Auf die Bühne schaffte er es nicht mehr. Es war schon erstaunlich, was Kinder zu opfern bereit waren, wenn Opfer nötig waren. Schokolade, Chips, Erdnussflips, Limonadenflaschen und sogar zwei volle Kartons Orangensaft.

Mark und Oscar hatten das G für Gnu auf dem Lehrpfad erreicht.

»Möchtest du Schokolade, wenn wir nach Hause kommen?«, fragte Mark.

Oscar schüttelte schniefend den Kopf.

»Wir könnten uns noch mal *Johnny English* angucken«, schlug Mark vor.

Wieder ein Kopfschütteln und ein Schniefen, danach gingen sie schweigend bis ans Ende des Lehrpfads. Plötzlich kniete Mark sich auf den Asphalt und packte Oscar an beiden Armen.

»Osc, wein doch nicht, Schatz. Sie wollte dich nicht kränken. Sie wollte immer noch mit dir tanzen. Sie mag dich doch. Nur mich liebt sie nicht.« Aber Oscar weinte weiter und schüttelte den Kopf. Schließlich schmiegte er sich an seinen Vater und murmelte an seinem Hals: »Will sie uns nicht, weil ich ihr hinterherspioniert habe?«

»O nein!« Mark umarmte Oscar, der anfing zu schluchzen.

Was mit Rob passierte, nachdem die Schokolade ihn getroffen hatte, bekam Nicky nicht mehr mit, weil sie aus der Aula, über den Schulhof, den Lehrpfad entlang zum Parkplatz rannte. So verpasste sie auch, dass Miss James »die wunderbare Miss Hobbs« als ihre Nachfolgerin bekanntgab, dass Amanda ohne einen Blick zurück durch den Seitenausgang verschwand und zum Glück auch, dass Ned und Martha es in der Kantine auf den Doppelkeksen trieben.

Sie lief weiter, und als sie das G für Gnu erreichte (aus dem sie eine Gans machen würde, falls sie je Schulleiterin werden sollte), musste sie stehen bleiben, um nach Atem zu ringen. Sie hörte einen Automotor anspringen und lief weinend weiter. Als sie den Parkplatz erreichte, sah sie einen Wagen wegfahren. Es war nicht Marks Auto. Verzweifelt schaute sie sich auf dem Parkplatz um. Ganz hinten stand Marks Wagen, und Mark und Oscar wollten gerade einsteigen. Mit blecherner, schriller Stimme rief sie lauthals ihre Namen. Sie drehten sich um. Sie winkte ihnen verzweifelt zu. Sie starrten sie an. Langsam, mit unsicheren Beinen und so laut keuchend, dass sie nicht einmal hören konnte, wie sie ihr Sprüchlein übte, ging sie zu ihnen. Als sie bei ihnen ankam, stellte Oscar sich neben seinen Vater.

»Es tut mir so leid«, sagte sie mit brüchiger Stimme. »Oscar, es tut mir leid!«

Oscar lief zu ihr, und sie trafen sich in einer heftigen Umarmung. Nicky kniete sich auf den Boden, damit ihre Köpfe beinahe auf einer Höhe waren. Sie lehnten sich mit der Stirn aneinander.

»Ich glaube, du schuldest mir noch einen Tanz«, sagte sie schließlich verheult.

»Miss Taylor! Sie hat uns belauscht«, sprudelte er heraus.

»Ich weiß«, bestätigte Nicky und strich ihm über das Haar. »Ich weiß alles, mein Schatz.« Mark war näher gekommen und stand nun einen Schritt entfernt. Seine Silhouette hob sich gegen einen sanften Sommersonnenuntergang ab. Sie schaute ihn an. »Miss James hat gerade der ganzen Schule die Strafarbeit deines Sohnes vorgelesen.« Sie hielt Oscars Hand.

Oscar atmete ganz tief durch, Mark johlte, und sie fingen alle an zu lachen.

Mark kam zu ihr.

»Dann weißt du also, dass ich die Wahrheit gesagt habe«, sagte er rasch. »Über Rob. Über mich. Über meine Gefühle für dich. Über unsere Gefühle für dich. Du weißt, dass ich dich liebe, dass wir dich lieben, dass wir beide dich lieben.«

»Daad!«, schrie Oscar und wurde puterrot. »Daad!«

Nicky stand auf und lachte schluchzend. »Oscar hat es sogar noch wortgewandter ausgedrückt als du, falls du dir das vorstellen kannst.« Sie hielt immer noch Oscars Hand, teils um das Zittern ihrer eigenen Hand zu kaschieren. »Es tut mir so leid, Mark.« Sie spürte Oscars Händedruck und erwiderte ihn, als sie seinen Vater leise fragte: »Kannst du mir verzeihen?«

»Ja! Ja, ja«, versicherte er. Alle drei umarmten sich auf dem Schulhof, und Mark entfuhr ein kehliges Geräusch. Wieder mussten alle drei lachen und umarmten sich schwankend. Und Nicky hatte wieder etwas gelernt, nämlich dass es möglich war, zwei Menschen gleichzeitig zu lieben.

DANKSAGUNG

Mein Dank gilt der Tetherdown Primary School, insbesondere Annie Ashraf, die mich in ihre Klasse gelassen und mir großzügig ihre Zeit und Kraft geopfert hat, die scharfsichtig, intelligent, freundlich und so völlig anders ist als meine alten Grundschullehrer.

Deborah Nathan verdanke ich wertvolle Einblicke in die Welt der Hochfinanz in der Londoner City, die sie mir trotz ihres kranken Knies vermittelt hat. Und Joshua Nathan verdanke ich wertvolle Einzelheiten über die Welt eines Elfjährigen mit zwei gesunden Knien.

Mein aufrichtiger Dank gilt, wie immer, Alison Jones für all ihre Pläne.

Danken möchte ich auch meiner wunderbaren Agentin, Maggie Phillips. Ich kann immer noch nicht fassen, dass sie mich vertreten will.

Und natürlich gilt mein Riesendank der phantastischen Lektorin Kate Elton, die (auf wirklich langen Beinen) wandelndes Glück und Professionalität ist.

Außerdem danke ich allen bei Random House, insbesondere den hervorragenden Mitarbeitern und Mitarbeiterinnen Rina Gill, Georgina Hawtrey-Woore, Ron Beard und Rob Waddington.

Ich bin in der ungewöhnlichen Lage, zu wissen, dass dieses Buch aller Wahrscheinlichkeit nach posthum erscheinen wird. Daher möchte ich an dieser Stelle noch einen etwas ungewöhnlichen Dank hinzufügen. Zunächst an meine wunderbaren Eltern. Ihr habt mir ein Leben voller Liebe, Unterstützung und Freundschaft geschenkt. Ich hatte das Glück, mit euch beiden auf Augenhöhe zu sein und zugleich zu euch aufschauen zu können. Ihr beiden seid meine besten Freunde. Bitte, denkt nie, ich hätte ein schweres Leben gehabt. Ich hatte 37 wunderbare Jahre und bin euch dankbar, dass ihr beide es mir geschenkt habt. Ich bin glücklich und in Frieden.

Jeremy, es hat sich so ergeben, dass unsere Beziehung eine von Arzt und Patientin war. Ich hätte es mir niemals so ausgesucht, aber es war so. Du warst immer für mich da, vom ersten Telefonat, als ich dich mit neunzehn Jahren anrief und dir sagte, dass ich einen Knoten entdeckt hatte, bis zu der Nacht – und darüber hinaus –, die du im Krankenhaus auf einer Luftmatratze neben meinem Bett verbracht hast, als ich sieben Jahre später meine erste Mastektomie hatte. Du warst alles, was ein Bruder nur sein kann, und mehr. Ich danke dir.

Mein wunderbarer Andrew. Ich respektiere dich ebenso sehr, wie ich dich liebe, und das will was heißen. Von allen Menschen, die ich kenne, bist du derjenige, der das durchstehen wird. Schließlich hast du annähernd zwölf Jahre Ehe mit mir durchgestanden, und das ist keine einfache Leistung. Ich hatte das ungeheure Glück, dich zu kennen. Du warst mein Fels, mein sanfter Riese, mein bester Freund, mein Alles. Ich wünsche dir ein glückliches Leben voller Liebe und Freude.

Und mein erstaunlicher Sammy. Ich würde dich gern länger kennen, mein Junge, aber es soll nicht sein. Mit nur drei Jahren hast du schon jetzt einen Eindruck in meinem Herzen hinterlassen, der mit mir gehen wird, wo immer ich auch hingehen mag. Die Mutterschaft hat mein Leben wertvoll gemacht. Und das hast du mir gegeben. Was wünscht eine Mutter ihrem Sohn? Ich wünsche dir Glück. Du hast einen wunderbaren Daddy und eine Familie, die dich über alles liebt. Geh in die Welt mit dem Wissen, dass du deiner Mutter alles warst, aber dass du dich nicht mit einer nervigen Frau herumärgern musst, die dich ständig küsst, wenn du fünfzehn bist. Ich werde im Himmel sein und dich von ferne küssen.

Heike Wanner

Der Tod des Traumprinzen

Roman

Originalausgabe

ISBN 978-3-548-26806-4
www.ullstein-buchverlage.de

Silke Sommer, sechsunddreißig, geschieden, lebt zufrieden mit ihrer Katze Gurke zusammen. An ihrem Geburtstag wird sie mit ihren Teenager-Tagebüchern aus dem Keller der Eltern überrascht. Und Silke liest sich gebannt fest. Da sie gerade nichts Besseres vorhat, hört sie auf ihre besten Freundinnen und macht sich auf die Suche nach drei ehemaligen Traumprinzen ihrer Jugend. Was einmal so hinreißend war, kann ja so schlecht auch heute nicht sein. Oder doch?

UB479

ullstein

Conni Lubek

Anleitung zum Entlieben

Roman

Originalausgabe

ISBN 978-3-548-26807-1
www.ullstein-buchverlage.de

In *Anleitung zum Entlieben* beschreibt Lapared (auch Lpunkt, Lchen, Rindvieh ...) ihre Trennung von 119, eine schwierige Trennung, denn 119 ist ein Mann und ihre große Liebe. Dennoch ist Lapared sich sicher: Ihre Trennung von 119 wird mustergültig sein. Ein Beispiel an Konsequenz und Geradlinigkeit. Sie verlässt ihn schließlich nicht zum ersten Mal.

Entstanden aus einem der beliebtesten Internet-Tagebücher.

250 000 Besucher, Platz 1 der Weblog-Charts!

UB464

ullstein